NÉMESIS

SEBASTIÁN ROA

Artemisia de Halicarnaso,
la Centinela de Asia

Editado por HarperCollins Ibérica, S.A.
Núñez de Balboa, 56
28001 Madrid

Némesis. Artemisia de Halicarnaso, la Centinela de Asia
© Sebastián Roa, 2020
Autor representado por Silvia Bastos, S.L. Agencia Literaria
© 2020, para esta edición HarperCollins Ibérica, S.A.

Diseño de cubierta: CalderónStudio

ISBN: 978-84-9139-582-9
Depósito legal: M-15765-2020

Esta es para Yaiza

For my will is as strong as yours, my kingdom as great…,
you have no power over me.

(Porque mi voluntad es tan fuerte como la tuya,
mi reino igual de grande…,
no tienes poder sobre mí). Trad. libre.

Dentro del laberinto (*Labyrinth*)
Jim Henson

NATURALMENTE, OTRO MANUSCRITO

El 13 de septiembre de 1994 llegó a mis manos un conjunto de pliegos sin título ni autor, pero con una dedicatoria en latín, añadida en el estrecho margen de la primera hoja:

Emmanuel Martinus Gregorio Mayansio, doctissimo atque illustrissimo viro. Valentia Edetanorum. XVII Kal. Decembris, MDCCXXXI.

El cuerpo del texto estaba en griego, uncial diminuta y muy perjudicada, con fragmentos ilegibles y otros casi destruidos. Nueve partes numeradas y no consecutivas: 1, 45, 81, 115, 160, 202, 243, 281 y 311.

Por aquel entonces yo acababa de llegar a Valencia para ocupar mi plaza como profesor de Filología Griega, y un alumno me hizo entrega de los pliegos, procedentes de una herencia. Junto a ellos había material curioso: un *Idiota sapiens* de Raynaud, *In Job commentaria* de Zúñiga, la *Grammatica arabica* de Van Erpe... Volúmenes que, de tan viejos, eran poco más que polvo aglutinado entre cubiertas de piel. Mi alumno, cuyo nombre ocultaré, pretendía donar el material para su estudio y archivo, pero antes quería que yo lo clasificara y, supongo, que tuviera en cuenta su interés a efectos de calificación académica. Finalmente me regaló el conjunto de pliegos, que acabé bautizando como *Manuscrito H-312*. Di salida a las demás obras y me lancé a traducirlo.

Lo que pensé desde la primera línea fue que se trataba de una falsificación, pero me surgieron dudas tras el análisis paleográfico. ¿Estaba ante algo auténtico, o el *H-312* era la fantasía de un escribano medieval? Según mis conclusiones, pendientes aún de publicación, el manuscrito fue probablemente elaborado en el *scriptorium* de un monasterio hacia el siglo XI. Su autor, anónimo, es el mismo del famoso *Codex Angelicanus*, que se guarda en la romana Biblioteca Angélica.

¿Cuáles fueron, según creo, sus avatares? Por resumir diré que el *H-312* acompañó al *Angelicanus* durante cuatrocientos años, hasta que apareció en la biblioteca de José Sáenz de Aguirre, cardenal en Roma. De allí viajó a la colección particular de Manuel Martí y Zaragoza, gran humanista que, en 1731, lo regaló a su amigo Gregorio Mayans —y de ahí la dedicatoria en latín—. Este trasvase ya tuvo lugar en Valencia, y aquí se pierde de nuevo el rastro del *H-312* hasta que reaparece en el siglo XX, en un inmueble de la calle Poeta Querol. Mi impresión —e insisto en que se trata de conjeturas— es que Teresa Vives, nuera de Gregorio Mayans, vendió el conjunto de pliegos, tal como hizo con otras obras propiedad de su difunto suegro, a los Padres Agustinos Calzados. Esto ocurriría hacia 1801. Once años después, con el incendio del convento agustino durante la guerra de la Independencia, el *H-312* sufrió daños serios y perdió la mayor parte de su contenido. Calculo que un 92 % de la obra desapareció. El resto es el breve conjunto de pliegos que yo poseo, el que mi alumno me regaló en 1994.

Y ahora vayamos con el contenido. Porque la sorpresa mayúscula llegó al descubrir lo que pretendía ser el *H-312*: la copia de una obra perdida de Heródoto, escrita en el siglo V a. C., cuando era joven y aún vivía en Halicarnaso. Mucho antes de su destierro y de crear la obra que lo haría realmente famoso: sus *Historias*. Heródoto, referente para todo el que conozca los orígenes de nuestra civilización, considerado el primero entre los historiadores.

Se sabe que Heródoto compuso al menos otras dos obras, *Hechos líbicos* y *Hechos asirios*, pues hay testimonios de su existencia un siglo después de que las escribiera. Sin embargo, en algún momento desaparecieron y no se conoce su contenido. Tampoco el escrito original de las *Historias* ha llegado hasta nosotros. Lo que tenemos son copias recuperadas de distintos tiempos y lugares. Fragmentos de papiro hallados en Egipto, volúmenes incompletos de pergamino cuya referencia más temprana es su integración en una biblioteca florentina, algunos códices en Roma, otros en París…

Y ahora tenemos el *Manuscrito H-312*. ¿Es lo que parece ser? Resulta imposible recobrar lo perdido, y es poquísimo lo que se conserva en estado legible. Lo que aquel monje del siglo XI copió en su *scriptorium*. ¿Pretendía hacerlo pasar por una auténtica obra de juventud de Heródoto? ¿O fue un simple ejercicio literario? Durante estos años he acariciado el proyecto de completar las lagunas con imaginación, pero no dispongo del talento necesario. Por eso es mi deseo entregar una traducción de los pliegos a un buen amigo: que sea él, con su capacidad para la ficción, quien rellene los huecos del *H-312*. ¿Tenemos algo que perder? Sinceramente, no lo creo. Al fin y al cabo, seguro que esto no es más que una gran mentira.

Marcos M.
Valencia, 31 de octubre de 2017

CAPÍTULO I

Sworn to avenge,
condemned to hell.
Tempt not the blade,
all fear the sentinel.

(Juramentada para vengarse,
condenada al infierno.
No tentéis al filo,
temed todos a la Centinela). Trad. libre.

The sentinel (1984, Judas Priest: *Defenders of the Faith*)
Downing/Halford/Tipton

DEL MANUSCRITO DE HERÓDOTO

FRAGMENTO 1

Es el primer año del reinado de Artajerjes, hijo de Jerjes, el persa; gran rey, rey de reyes y rey de las tierras. Y esta es la exposición de las visitas que Heródoto de Halicarnaso cumple a la señora Artemisia de Caria, hija de Ligdamis, para poner de manifiesto sus notables hazañas y las singulares empresas que afrontó, tanto para sí misma como por el padre del gran rey, y en especial lo que atañe al enfrentamiento entre griegos y persas.

El segundo año del reinado del difunto Jerjes, hijo de Darío, fue el de mi nacimiento en Halicarnaso. Es por ello por lo que mi conocimiento de aquella guerra, sucedida cuando yo era un niño, no es propio y directo, si bien puedo obtenerlo de quienes la vivieron. Así pues, he solicitado en varias ocasiones que la misma señora de Halicarnaso, protagonista indiscutible, me hiciera sabedor de los hechos. Sus tareas de gobierno son ya pocas, pues su hijo se ocupa en gran medida de lo que conviene a la ciudad y a las islas que le rinden tributo. Verdad es que la señora, como antaño, gusta de salir a navegar, y es frecuente que transcurran semanas sin que en Halicarnaso sepamos dónde se encuentra nuestra soberana. Pero es llegado el mes de Markásanash, que los atenienses llaman Memacterión; y una vez cerrada la temporada de navegación, la señora Artemisia ha dado orden de que comparezca en palacio. Me ha informado de su complacencia por mi interés en contar estas historias, más aún por ser yo vástago de ilustre familia halicarnasia y sobrino de su bien amado amigo y servidor Paniasis. También se interesa en que realce la fama del difunto Jerjes y de sus súbditos, entre los que mi señora Artemisia logró posición de no poca importancia. Sobre todo, considera que es merecido tributo para la persona del añorado rey Jerjes que aquí se narre la verdad, que es lo que él habría deseado por haber sido durante su vida un declarado enemigo de la mentira. Y también para acallar las voces calumniadoras, tanto persas como extranjeras, que tras su muerte se empeñan en faltar a la justicia en el retrato de tan magnífico rey.

Alzo la mirada desde mi escrito. Artemisia de Caria espera sonriente, acomodada sobre un diván en el salón principal de palacio. Agita con suavidad la copa mediada de vino. Tengo dispuestos pliegos de papiro egipcio sobre la mesa; suficientes para escribir una larga historia. A mi espalda, la estancia se abre a una galería encarada al mar. La brisa nos trae voces de pescadores atareados, gritos de chiquillos y graznidos de gaviotas. Apunto todos estos detalles, tal como me enseñó mi tío Paniasis. También describo la cámara, amplia y luminosa, con columnas rojas y numerosos adornos, casi todos trofeos de guerra: escudos, gallardetes, lanzas, espadas. Mi vista acude al objeto que preside la estancia desde la pared del fondo. Es la sagaris, *el hacha doble de nuestra soberana. Los halicarnasios nos hemos acostumbrado a verla en los estandartes de los trirremes y en las piedras talladas de los templos. La señora Artemisia advierte que mi atención se ha fijado en el arma. Se levanta, deja la copa junto al papiro y cruza el aposento con el caminar pausado de quien ya no tiene prisa, pues hizo todo lo que había que hacer. Descuelga la* sagaris. *Se me hace extraño ver el hacha de doble hoja en manos de una mujer, pero ¿qué otra cosa podría esperarse de esta? La tirana de Halicarnaso luce sus ropas de buena factura y me ha recibido engalanada, así acostumbra al despachar en palacio. Aunque su aspecto no es el de una dama de buena familia, como mi madre. De esas que permanecen en el gineceo u ocupadas en la gober-*

nanza del hogar, con la palidez resguardada de la intemperie y el cabello cubierto por el velo. Mi señora Artemisia no se avergüenza de su pelo castaño veteado de experiencia, ni de la vieja cicatriz que marca su frente. Ni de su tez madurada por el sol y el salitre. Pequeños surcos se entrecruzan junto a sus ojos color miel y en el dorso de sus manos. Delatan el mucho tiempo que ha pasado al descubierto, con los párpados entornados y la mirada fija en el horizonte, observando el mar de fondo en proa o dirigiendo la navegación en su sitial, a popa. Pliegues prolongan su boca y revelan su tendencia a la sonrisa. Porque mi señora sonríe casi siempre. Ahora mismo sonríe, mientras hace girar la sagaris entre sus manos. Las hojas, bruñidas, reflejan el sol que entra rasante desde el lado del mar. El rostro de Artemisia se ilumina y se oscurece al ritmo que marca la rotación del hacha. La detiene de golpe. Creo que se observa en el metal. Ensancha su sonrisa cuando mueve la cabeza ante el improvisado espejo doble. Como si cada hoja le mostrara una cara distinta. Como si acabara de descubrirse.

—He cambiado mucho desde que todo empezó.

No es mi intención escribir al dictado, pero registro lo que mi señora ha dicho. Mi tío Paniasis me diría que he de ser moderado. Aventar, filtrar, seleccionar. Sobre todo, callar y escuchar. Siento curiosidad, sin embargo.

—¿Cómo eras, señora, cuando todo empezó?

Ella sigue fija en su reflejo doble.

—No muy distinta de cualquier muchacha caria.

Cuesta creerlo. Que sobre esa muchacha caria llegara a pesar la ira de tantos griegos. Que, contra su entrega como cautiva, se prometiese una recompensa de diez mil dracmas. Cuesta creer, sí, que fuera capaz de dirigir naves y aun flotas, y que de ella llegara a decir lo que dijo el difunto gran rey Jerjes. Que inspirara tanto miedo a los atenienses como el que sus antepasados padecieron por culpa de las temibles amazonas.

—¿Y cómo es posible, mi señora, que una muchacha caria, no muy distinta de cualquier otra muchacha caria, se convirtiera en la peor enemiga de Atenas?

Vuelve al diván, misma parsimonia. Reposa la sagaris *sobre su regazo. Percibo que la charla preliminar ha terminado. Aprovecho la pausa, cargo el cálamo, tomo aire. Aguardo mientras ella prepara sus palabras.*

—Un griego te diría, joven Heródoto, que el destino lo decidió así. Ni los dioses pueden huir de su hado, ¿verdad? Fácil empresa, pues libra de responsabilidad. ¿Cómo podría yo haberme sustraído de acarrear grandes males a los griegos, si es lo que estaba predestinado?

»Un persa, por el contrario, asegurará que es el hombre quien talla su futuro con sus pensamientos, palabras y obras. Somos responsables de nuestros actos. Así lo creo yo también. Por eso me convertí, muy a sabiendas, en adversaria de Atenas. Por eso acepté que se pusiera precio a mi libertad y a mi vida. Por eso hice todo lo posible para evitar que los griegos me capturaran, y por eso me declaro culpable de los muchos incordios que causé por mar y por tierra a nuestros enemigos.

»Así pues, aquello fue posible porque yo lo quise. Apliqué mi voluntad, construí el destino. Sin aguardar a que lo hicieran otros, hombres o dioses. Mírame, soy Artemisia de Caria. Y nadie decide por mí.

Escribo. Los trazos recorren ágiles el papiro. Letras que forman palabras apretadas. El cálamo, como el remo, rompe la monótona superficie. Pero esta vez el agua no oculta la huella del barco. Ahora la estela permanecerá. Una singladura que llevará esta nave a través de los siglos. Los que pueblen la tierra tras nosotros sabrán que nadie decide por Artemisia de Caria.

Completo la última frase. Aparto el papiro lleno, tomo otro. Recargo tinta, vuelvo a mirar a mi señora. Ella cierra los ojos y, por primera vez, borra su sonrisa. El tono de su voz cambia:

—Yo era una muchacha caria y Halicarnaso ardía.

PREFACIO: EL TEATRO DE LA VIDA

Año 494 a. C.

Halicarnaso ardía.

Años más tarde y a un mar de distancia, en uno de esos caprichos de los dioses que no son sino obra humana, me encontraría sentada en el teatro de Atenas. Atenas a medio carbonizar, agobiada bajo una nube caliente e irrespirable, de casas desprendidas en ceniza flotante, templos envueltos en jirones negros. Allí comprendería el significado de ese primer incendio en Halicarnaso: todo aquello no era más que la humeante tragedia de la vida; y nosotros, los desgraciados actores.

Pero volvamos al teatro en el que yo me estrené, Halicarnaso.

Mi ciudad está dispuesta en terrazas. Sus calles forman semicírculos que se suceden cuesta arriba, desde el puerto y por las laderas de los tres montes que nos rodean. Eso las convierte en un graderío encarado al escenario marítimo del que obtenemos la riqueza. Esa noche, la obra que se representaba era la del dolor, el miedo y la muerte. Hasta tengo un título para la tragedia: *El castigo persa.*

Un castigo que ya prendía en el templo de Apolo y amenazaba el de Afrodita. En el puerto, las naves leales a Persia eran las únicas que no llameaban. Entre aullidos de perros, la nube negra ocultaba las estrellas y el calor crecía. Pero lo peor era el pánico. A la luz de los incendios, los villanos concurrían hacia los muros del palacio como reses acosadas por la manada de lobos. Corrían por las empinadas calles rumbo a la ciudad alta, atropellándose, dejando tras de sí cuerpos pisoteados; esquivando las casas que ya eran pasto de las llamas, y a los grupos aislados de invasores que alanceaban a placer.

Yo lo vi. Con las uñas clavadas en la piedra de la galería, junto al resto de mi familia. Tenía diecisiete años entonces, y llevábamos seis en guerra. Pero hasta ese momento había sido una guerra distante, casi ajena. Apenas algunas noticias exageradas de escaramuzas más allá de las montañas, o de algún que otro desembarco de saqueo en las islas. Eso nos había vuelto confiados. En nuestra ingenuidad pensábamos que todo acabaría sin afectarnos, y casi nos daba lo mismo el resultado. ¿La guerra? ¿Qué guerra?

Ahora la guerra había llegado a Halicarnaso. Como en una pesadilla, las llamas se curvaban en destellos imposibles a través de mis lágrimas. Todos llorábamos. La servidumbre lloraba. Mi madre, mi hermano y hasta mi padre lloraban. Y los halicarnasios se apretaban abajo, al otro lado del muro que protegía el palacio; cada vez más numerosos, apartándose a codazos, pisoteándose, oleaje rompiendo contra el acantilado que separaba el horror de la esperanza. Aporreaban las puertas exteriores, suplicaban que se les franqueara el paso. Desde el patio, los guardias miraban una y otra vez a la galería, pero siempre recibían el mismo gesto negativo de mi padre.

Mi padre, Ligdamis, tirano de Halicarnaso. Cario de nacimiento, pero con el corazón griego. En mala hora había escuchado a quienes le aconsejaron sumarse a la revuelta jonia. «Nos une la lengua. Hablamos el mismo idioma. El idioma de la libertad». Con esa estupidez lo habían convencido de que intentara sacudirse las cadenas persas.

¿Las cadenas persas? Sandeces. Ninguno de nosotros había llevado jamás cadenas. Tampoco los pescadores ni los pastores de Halicarnaso, los mercaderes o los campesinos de los alrededores.

El sátrapa persa que nos gobernaba desde Sardes, Artafernes, apenas se relacionaba con nosotros. Más que exigir, pedía el tributo para el gran rey: cuatrocientos talentos de plata que reuníamos entre carios, jonios, eolios, magnesios, frigios, milias y panfilios. El pago de nuestra parte suponía una pequeña porción de lo mucho y bueno que nos daba el mar. Y a cambio disfrutábamos de la paz y la prosperidad persas. Nunca, en la memoria de los más ancianos, se había vivido un periodo de semejante bonanza desde que los carios nos habíamos unido al Imperio persa. Y lo mismo o parecido ocurría con jonios y eolios, con cualquier ciudad griega de la costa asiática. En Halicarnaso ignorábamos cómo era un soldado de Persia, nunca habíamos visto un trirreme; carecíamos de un gran ejército y de naves de guerra, solo porque no eran necesarios. Pero los avariciosos habían calentado las orejas de mi padre. «El persa favorece a los fenicios, les ha regalado el mar». Así le hablaban. Que sin permiso para competir con ellos, decían, nuestro potencial se veía reducido. Ah, ¿quién sabía las riquezas que desembarcarían en Halicarnaso si nos atrevíamos a cerrar el paso a los fenicios?

Así que cuando las ciudades jonias se rebelaron contra Persia, los malos amigos aconsejaron a mi padre que se uniera al alzamiento. Al principio vaciló, pero entonces llegó la noticia de que Atenas estaría de nuestro lado: los hermanos griegos de este y del otro lado del mar, juntos para liberarnos del yugo persa. Aquello había sido a mis once años, y recuerdo su cara de entusiasmo cuando supo lo de los atenienses. De nada sirvieron las advertencias de mi madre.

Y ahora Halicarnaso ardía.

Mi padre recorría el gran salón del trono. Daba pasos largos, furiosos, y blandía un rollo de papiro. Hablaba solo, pero todos podíamos oírlo:

—Vendrá. Tiene que venir.

Entré desde la galería. Mi hermano pequeño, Apolodoro, lloraba. Yo había intentado consolarlo, pero mis temblores no ayudaban. En cuanto a mi madre, se dedicaba a repartir órdenes a los criados. Sobre todo para esconder joyas y peplos caros. Los cofres, los trípodes y las ánforas no había dónde meterlos.

Yo no dejaba de volverme hacia el gran ventanal. A su través se pasaba a la galería saladiza, apoyada en columnas y protegida por una baranda de piedra. Aquella balconada abría la vista al patio del palacio amurallado y, más allá, a la ciudad que bajaba hasta el puerto. A la bahía entera. Era mi sitio favorito del palacio, pero esa noche no quería salir. Me aterraba asomarme y ver cómo las llamas devoraban Halicarnaso.

—Llegará en cualquier momento —repetía mi padre—. Hay que aguantar.

—¡Te lo dije! —tronó mi madre—. Que no hicieras caso de esa carta. ¡Los atenienses siempre mienten! Todo esto es culpa suya. Y tuya, por prestarles oídos.

—¡Calla, mujer! —Y, tal vez para escapar de los reproches, salió a la galería. Mi madre lo siguió. Yo continuaba aterrada, pero quería saber. Y ver cómo llegaba ese misterioso ateniense que había prometido salvarnos. Así que también salí.

Hasta ese día, aquella galería había servido para que mi padre se mostrara al pueblo que gobernaba. Y los halicarnasios, con las puertas exteriores abiertas, podían pasar al patio, elevar sus manos y vitorear al tirano que tanta bonanza les procuraba. Pero esa noche, allá abajo, la presión se hacía insoportable para los guardias. Al otro lado de las murallas gemían sus amigos, sus parientes. Seguro que entre los desgraciados que aporreaban las puertas estaban sus propios padres, o sus esposas, sus hijos… Nuestra exigua guardia no existía para protegernos del pueblo, porque ellos también eran el pueblo.

Abrieron.

Mi padre lanzó alaridos. Ordenó que se volvieran a atrancar las puertas y, en su desesperación, incluso mandó que sus guardias retuvieran con las armas a la chusma. Pero Halicarnaso se desbordaba por el patio de abajo. Me abracé a mi madre. Sobre su hombro vi a Apolodoro, que seguía dentro. Desencajado el rostro de mi hermanito, marcado por los chorretones del llanto.

—¡Adentro! —mandó mi padre.

Obedecimos. Él se quedó en la galería, tronando órdenes que los guardias no podían escuchar. Cuando se cansó de vocear, también entró. Nos empujó hasta el fondo de la cámara. Allí era donde recibía audiencias, juzgaba los pleitos importantes y dirigía Halicarnaso. Anduvo de un lado a otro apartando a los esclavos a codazos; los faldones del quitón recogidos, el manto a rastras, desplegando por enésima vez la carta, buscando algún detalle que se le hubiera escapado.

—La culpa es de los atenienses —masculló mi madre.

—He dicho que te calles, mujer.

Menuda era mi madre. Como para callar.

—¿Callar? Más valdría que hubieras hecho tú eso: debiste callar cuando los buscavidas te incitaron a aliarte con los rebeldes. Seguro que llevaban la bolsa llena de dracmas atenienses. ¿Y qué hemos sacado nosotros de esto? —Se acercó a mi padre, lo agarró de la ropa y lo sacudió—. ¡Dime, Ligdamis! ¿Qué va a ser de nosotros?

—¡Que te calles, Aranare!

Había que ver a mi madre. Majestuosa con su peplo negro, el abundante pelo cano recogido en un moño alto. Era cretense, y a las mujeres cretenses no se las silenciaba así como así. Se volvió hacia mi hermano y señaló el arma que pendía de la pared. El símbolo de nuestro gobierno.

—Apolodoro, coge la *sagaris*. Si tu padre no es lo suficiente hombre para defendernos, que nos defienda un niño.

El pobre Apolodoro no dejaba de gimotear, pero hizo lo que mi madre le ordenaba. Y allí estaba él, con sus catorce años, aupado para descolgar el hacha doble. Cuando lo consiguió, el peso hizo que uno de los filos rebotara contra el suelo. Nuestro héroe.

—Madre… —sollocé.

La erinia cretense me miró con severidad.

—Valor, Artemisia. Valor para afrontar la némesis que nos han procurado los atenienses. Y la estupidez de tu padre. —Se volvió hacia él—. ¡Y la traición de Ameinias!

—¡Calla, Aranare! —repitió él antes de dirigirse a los portones que comunicaban el salón con el resto de palacio. Los abrió para llamar a gritos a la guardia. No pensé que nadie fuera a responderle, pero lo cierto era que muchos de los soldados se habían replegado hasta las estancias altas. Entraron cuatro, pálidos y con las lanzas terciadas. A uno de ellos le habían arrancado el casco y ahora, con el rostro a la vista, se le veía joven, aterrado, casi ridículo. Junto con los soldados entraron más siervos. Un par de ellos se habían hecho con cuchillos. Todos, menos mi padre y los guardias, vinieron hasta el fondo. Aquello empezaba a resultar agobiante. Por si fuera poco, el viento cambió y nos trajo el olor del incendio. Hubo toses. Los gritos se alimentaban unos a otros. En vano exigía silencio el tirano. Dos guardias amontonaron cofres y ánforas contra las puertas. Otro corrió a la balconada. Nada más asomarse, retrocedió como si el propio Cerbero lo acosara desde las puertas del Hades.

—¡Abajo entran! —gimoteó—. ¡Están matando a la gente!

Mi madre intentaba imponerse. Lanzaba gritos secos a los hombres. Que salieran de entre las mujeres y se dispusieran para la defensa, les decía. Los siervos, poco hechos a esos menesteres, se rezagaron. Mi padre se llegó hasta ella. La aferró por los hombros.

—Voy a rendirme, Aranare. Suplicaré piedad. Artafernes es un hombre razonable, me escuchará. Al fin y al cabo…

Ella lo cortó con un manotazo que, además, le sirvió para librarse de su agarre.

—¡Necio! Los sátrapas no recorren las ciudades rebeldes con antorchas. Artafernes estará en Sardes, escribiendo al gran rey para decirle que por fin ha aplastado la revuelta y eliminado a sus enemigos. Esos que entran son chusma dispuesta a saquear. Te degollarán, estamparán a mi hijo contra el suelo. A mi hija… —se interrumpió cuando vio que yo escuchaba. Se acercó. Nos abrazó a Apolodoro y a mí. Los gritos en los corredores del palacio se oían fuertes. Seguían rogando auxilio, pero ahora también aullaban de miedo y de dolor. Mi hermano casi no podía articular palabra:

—Madre… Madre…

Ella separó su rostro del nuestro. Se tragó las lágrimas.

—Usa esto, Apolodoro —tocó la *sagaris*—. Que no os capturen. Jura que matarás a Artemisia antes de que la cojan. Júralo.

Me eché atrás hasta tropezar contra la pared. Apolodoro abrió mucho la boca y estuvo a punto de dejar que el hacha cayera.

—Madre…

—¡Júralo!

El grito le hizo saltar en el sitio y anuló su estupor. Lo juró varias veces. Alguien golpeó la puerta desde fuera. Un impacto fuerte, único. Mi padre, con su carta en la mano, buscó refugio tras los que empuñaban armas. Yo seguía con la espalda pegada a la pared. A través de ella sentía la vibración. Ecos apagados de destrucción, los latidos de mil corazones aterrados antes de pararse de golpe, todos a la vez. Otro impacto. No hubo nadie en la cámara que no retrocediera. A Apolodoro le temblaban las piernas.

—No os resistáis —nos decía mi padre—. Yo lo arreglaré.

Mi madre tuvo el cuajo de echarse a reír.

—Necio… Más te valdría quemar esa carta.

Mi padre miró el rollo de pergamino. Y luego alrededor. Desde el ventanal se veía el mayor incendio de nuestras vidas, pero nosotros no disponíamos de fuego allí dentro. Mientras mi padre pensaba en cómo deshacerse de la carta, los portones cedieron. Hubo ruido de cerámica quebrada, y un chillido colectivo ahogado por el grito de guerra.

No eran persas. Ninguno de ellos. La mayoría eran soldados lidios, con petos de cuero y plumas en lo alto de sus cascos. También había carios y jonios que se habían mantenido leales al gran rey. De nada sirvieron los ruegos de mi padre.

—¡Nos rendimos! ¡No nos matéis!

Nuestros guardias caían atravesados, y eso que todos habían

arrojado sus armas. Un par de sirvientes se arrojaron a las rodillas de los vencedores solo para recibir humillados el mordisco de la muerte. Uno de los invasores advirtió nuestra presencia y vino a pasos largos. Mi madre se interpuso, una leona defendiendo a los cachorros. El lidio la apartó de un bofetón, y ella quedó allí, tendida y medio inconsciente mientras la soldadesca seguía empeñada en manchar sus armas de sangre rebelde. Mi padre insistía en sus ruegos, pero yo apenas lo escuchaba. Había muchos gritos. Ánforas que se quebraban al caer, rociones escarlata que se alargaban por el enlosado, cortinajes a medio arrancar y arcas volcadas. Todo eso no me parecía más que sombras y rumores. Mi vista estaba fija en aquel lidio que ahora nos observaba como un tiburón a dos pececillos. Llevaba una espada curva que chorreaba desde su filo interior. Su sonrisa cruel se alargó al reparar en nuestra *sagaris*. Apolodoro moqueaba. Pegada su espalda contra mi pecho igual que yo pegaba la mía a la pared.

—Suelta eso, niño —dijo el lidio. Su acento sonaba tosco en nuestra lengua. Alzó su espada de filo arqueado como si fuera a partirnos por la mitad a los dos juntos. Apolodoro hipó. Creo que solo en ese momento fue consciente de que sostenía la *sagaris*. La dejó caer.

—No… Mátala… Mata a tu hermana.

Era mi madre, tumbada, vuelta hacia nosotros. Sangraba por la boca. El lidio se nos acercó un poco más, su arma aún en lo alto. Mi hermano entrelazó los dedos. Supongo que rogó por su vida, tal vez también por la mía. No entendí lo que decía. Al fondo pasó un soldado jonio arrastrando a mi padre, aún vivo, por el pelo. Vi que no había soltado la carta. Otros guerreros seguían derribándolo todo, descolgando los objetos de valor. Un puñado de sirvientas se arracimaban en un rincón, y varios hombres las acosaban. Como los lobos que, famélicos, irrumpen en el corral y arrinconan a las ovejas, y no saben por dónde empezar con el desgarro de gargantas. Y muerden aquí y allá sin pararse a comer, y el sabor de la sangre los excita y redobla sus ansias de matar. Así se movían estas bestias de metal, chorreantes sus fauces, rápidas a la hora de alancear varones y arrebatar el ropaje de las hembras. Volví a mirar al lidio que nos amenazaba. Se despojó del casco emplumado con la izquierda. Su cabello sudado se aplastaba sobre la frente. Tenía la piel tiznada, y eso destacaba el brillo febril de sus ojos. Mi madre se arrastraba hacia nosotros. Extendió la mano hacia Apolodoro. Lo repitió:

—Mátala…

El lidio se volvió hacia ella y le reventó la nariz de un puntapié. En ese golpe había algo más que violencia animal. La sangre salpicó hacia arriba, y casi recuerdo las gotas flotantes contra la humareda que se colaba desde fuera. Sangre de mi madre, cenizas de mi patria. El mundo se redujo a eso. Alrededor, negrura. Enfrente, aquel lidio de ojos enrojecidos. Solo estábamos él y yo. Y la *sagaris*.

—Suelta eso, zorra —escupió—, o te reventaré con ella.

No sé cómo la había cogido, el caso es que yo tenía el hacha en las manos. Los pies separados, la espalda encogida, la cabeza baja y la mirada fija en mi enemigo. Algo vio él en mis ojos, porque abandonó su postura displicente y echó atrás la pierna derecha mientras me oponía su espada. Levanté la *sagaris*.

El golpe me sorprendió de lado y me cortó la respiración. Me sentí caer, un dolor agudo me sacudió el hombro derecho. Al tratar de levantarme, un soldado jonio apoyó la punta de su lanza en mi cuello. Tras él apareció otro. Y otro. Alguien apartó la *sagaris* con el pie.

—La quiero para mí —volví a oír el acento rudo del lidio—. Sujetadla.

Cerré los ojos. Aquello, lo que más temía mi madre, iba a sucederme de todos modos. Alguien me agarró del peplo, tiró para arrastrarme y noté el rasgón. Manoteé conforme mi cuerpo se deslizaba. Inútil. Llené mis pulmones de aire asfixiante y grité. Rogué, insulté, volví a rogar, escupí. Ruegos de nuevo. Reían. Al llegar al rincón más cercano, me soltaron como un fardo. Mi cabeza rebotó contra la pared y una garra me apretó el cuello. Había olvidado la cara partida de mi madre, e ignoraba si mi padre y mi hermano seguían vivos. Me opuse a que me subieran los faldones, aunque pronto inmovilizaron mis brazos. Cuando volví a mirar, tenía a cuatro hombres sobre mí, repartiéndose la tarea. Seguí resistiéndome, pero al contorsionar la espalda recibí un puñetazo en el costado. Eso me dejó otra vez sin aire. Vomité. Aunque a ellos no les importó. Uno de ellos, el lidio de mirada febril, ya se metía entre mis piernas cuando la voz sonó autoritaria a poca distancia:

—Dejadla.

Se hizo el silencio, solo roto por mis toses. Al verme libre, gateé para escapar del rincón. Las costillas me ardían, a mi garganta acudían nuevas arcadas. Tropecé con mi madre. Me apreté contra ella y me pringué con su sangre. Se agitó en su inconsciencia.

—Quería matarme —se excusó el lidio de los ojos rojos.

La voz de mando se oyó de nuevo, cortante:

—Imbécil. Las esclavas triplican su valor si son vírgenes. Más aún las de buena cuna. Fuera de aquí. Y vosotros. Llevaos a los hombres, pero dejad aquí a las mujeres. Quien me desobedezca responderá ante el propio Artafernes.

Levanté la mirada. A través de las lágrimas vi a un hombre que no vestía coraza, sino quitón largo y manto terciado. Tendría unos treinta años y era alto, muy delgado. Ni un solo pelo en la cabeza, aunque su barba era larga y tupida. Me sonaba su cara. Los soldados bajaron la cabeza y se repartieron por la sala. Empujaron a las criadas hacia nosotras y, a punta de espada, ordenaron salir a los hombres supervivientes. Solo entonces comprobé que mi padre y mi hermano aún vivían. A Apolodoro tuvieron que llevárselo en volandas porque seguía paralizado y parecía ahogarse en cada hipido. Intenté limpiar el rostro ensangrentado de mi madre con su propio peplo. Fuera, los chillidos de los halicarnasios remitían, pero el humo era cada vez más abundante. Uno de los soldados trajo algo al del pelo rapado. Era el rollo de papiro que mi padre no había tenido tiempo de destruir.

—Lo tenía el tirano, noble Acteón.

Acteón, ese era el nombre de aquel mandamás. Entonces recordé que se trataba de un magistrado de Kálimnos. Y Kálimnos era una de las islas bajo soberanía de Halicarnaso. En aquella época no me interesaba por la política, así que nada más sabía de él. Acteón desenvolvió el rollo y leyó con interés. La sonrisa fue tomando forma en su rostro.

—Lo que suponía. —Levantó la vista de la carta y nos dedicó una mirada de desprecio—. Esto no ha hecho más que empezar.

Esa noche se durmió poco en Halicarnaso.

El dolor en las costillas remitió algo. Daba igual, porque me avergonzaba compararlo con el sufrimiento que me rodeaba. Los cadáveres seguían allí, repartidos por el salón del trono, con la sangre endureciéndose a su alrededor. Nadie se había atrevido a moverlos. Las supervivientes, apretadas contra la pared más alejada de las puertas, llorábamos nuestra suerte. Yo me tapé los oídos cuando alguien empezó a hablar del futuro que nos esperaba como esclavas. Pero veía sus caras, sus gestos de horror. Cómo se abrazaban unas a otras. Salí a la balconada. Prefería fijar mi atención en los incendios del puerto y en los gritos lejanos. Parecía mentira, si apenas unos días antes nos creíamos inmunes a la mala fortuna, seguros en nuestra felicidad. Y ahora el mundo se reducía a una cadena de incertidumbre y miedo. De dolor y muerte. Respiré hondo una, dos, tres veces. Hipé un poco y por fin dejé de llorar. Oí la voz de mi madre, que seguía dentro. Sentada contra la pared.

—La culpa es de los atenienses. —La fractura de la nariz le había cambiado la voz—. ¿Ves a tu hermano?

No preguntaba por mi padre, no. Solo por Apolodoro.

—No veo a nadie aquí abajo. Los habrán encerrado.

Era mentira. Sí que veía a alguien. A los soldados fieles a Persia. Salían del palacio arrastrando las piezas saqueadas, las envolvían en telas y ataban fardos. También vi botín humano. Plebeyas con ropas desgarradas y cabellos revueltos. Algunas se resistían aún, pero casi todas parecían resignadas. Yo no quería pensar en lo que nos esperaba. A nosotras y a ellas. En el patio, junto a los portones abiertos, guerreros armados compartían un pellejo de licor. Bebían y charlaban. Junto a ellos, otros hombres acumulaban objetos de madera. Me fijé en que había más montones como ese. Alguien prendió fuego a uno de ellos. Así que eran hogueras. Tal vez se disponían a trasnochar allí, burlándose de nuestra suerte. Miré el techo de nubes, anaranjado por efecto de los incendios. Es curioso cómo todo lo que creemos eterno puede desaparecer en un parpadeo. Y cómo lo insignificante, de repente, se vuelve notorio. Volví dentro y me agaché frente a mi madre. Ella me miró sin verme. No había podido lavarla, así que la sangre seca seguía pegada bajo su nariz rota.

—Madre, el que manda sobre estos hombres se llama Acteón.

—Acteón —repitió ella.

—¿No es el lugarteniente de Damasítimo en Kálimnos?

Mi madre subió la vista. Los párpados a medio caer. La orgullosa Aranare de Creta. Qué frágil parecía ahora.

—Sí. Sí que lo es. Damasítimo nos ayudará. ¿No ha venido?

Negué. Damasítimo, prematuramente huérfano, había quedado como señor de la isla de Kálimnos y, al igual que su padre, había rendido pleitesía a Halicarnaso. Yo lo recordaba vagamente de cuando era un chiquillo larguirucho y tímido, no mucho mayor que yo, y acompañaba a su padre, que venía a palacio para rendir cuentas de gobierno.

Las risas de los soldados se elevaban fuera. Chistes obscenos, supongo. Se estarían contando cómo, antes de que Acteón llegara a fastidiarles la diversión, habían violado a una, dos o tres halicarnasias tras degollar a sus esposos. O tal vez el orden era el contrario. Son esos detalles que se ocultan cuando se habla de la guerra en las fiestas y en los poemas. Sobre todo si esas guerras son lejanas o sucedieron hace tiempo. Entonces el asunto se vuelve muy heroico, las armas muy brillantes, las muertes muy honorables.

—Acteón tiene la carta que llevaba padre. Eso es malo, ¿verdad?

Cerró los ojos con pesar mi madre.

—La culpa es de los atenienses. De uno sobre todo: ese malnacido de Ameinias, que nos prometió ayuda… Y de tu padre, que lo creyó.

—Madre, ¿nos ayudará Damasítimo? ¿Dónde está?

—Damasítimo es buen muchacho. Amigo de la familia. Y es listo. Se negó a seguir a tu padre en su… absurda traición. Ojalá haya dado con Ameinias… Ojalá lo haya matado. Y a todos los atenienses. A todos…

La voz nasal de mi madre se debilitaba. Incluso en el trance, la fatiga podía con la rabia. Se le cerraban los ojos y cabeceaba entre maldiciones balbucientes hacia Atenas, hacia el tal Ameinias y hacia mi padre. Me senté junto a ella y, a través del amplio ventanal, observé los destellos reflejados en las nubes. Supuse que la rebelión habría empezado en los demás sitios con escenarios parecidos. Alguien me había contado que los milesios y los atenienses, alzados en armas contra Persia, habían incendiado Sardes, la capital lidia donde moraba el sátrapa Artafernes. Seguro que allí también ocurrió de noche. Que corrió la sangre. Y que hubo violaciones, saqueo y burlas.

Se oyeron gritos abajo. Mi madre, sobresaltada, apretó con fuerza mi brazo. Me levanté y corrí hacia la balconada, como ya hacían unas cuantas criadas. Las hogueras ardían en las cuatro esquinas del patio y los fardos con botín se amontonaban junto al muro exterior. Estaban preparando su marcha, o eso parecía. Me supuso alivio. Ingenua de mí.

Más soldados aparecieron escoltando a los cautivos. Sirvientes, escribanos, guardias del palacio. A la mayoría los llevaban en volandas o a golpes. Me tapé la boca para no llamar a mi padre cuando lo vi recibir patadas para que avanzara. Miré atrás. Aranare seguía postrada, negando lentamente. Una criada la avisó antes de que yo pudiera evitarlo. Mi madre, vacilante, se levantó. Los prisioneros ya formaban una hilera en el centro del patio, justo entre las cuatro hogueras. Las habían encendido para iluminar algo. Una ceremonia. Los guerreros colocaban a cada preso en su lugar, golpeaban sus corvas para que cayeran de rodillas y luego regresaban a por más. Un par de hombres recorrían la fila y repartían caricias con las conteras de las lanzas.

—¿Y Apolodoro? ¿Lo ves?

Mi madre se había puesto a mi lado y entornaba los enrojecidos ojos. Se tambaleaba, así que le pasé el brazo por los hombros.

—No lo veo. No han sacado a ningún joven.

Apareció más gente abajo. Encabezándolos, Acteón. Los recién llegados, como él, vestían quitones, no armaduras. Vi rollos de papiro en lugar de lanzas o espadas. Caminaban en fila, con aire solemne y un poco altivo. Formaron una línea frente a los cautivos y los observaron. Acteón se adelantó con un documento enrollado. Lo subió con solemnidad, dispuesto para desplegarlo.

—¡Rebeldes, en nombre del gran rey, rey de reyes y rey de las tierras! ¡Escuchad!

Pausa dramática mientras estiraba su escrito, y a mí se me encogió el corazón. A todas allí arriba. Mi madre seguía tambaleante. Su voz gangosa era apenas un murmullo:

—Mi hijo. ¿Dónde está?

—Que no está —contesté—. Espera.

—*¡Os alzasteis contra el gobierno de Darío!* —leyó Acteón—. *¡Desagradecidos! ¡Traidores! Lógico habría sido combatir contra el rey de reyes si antes no hubierais aceptado su protección y amistad, pero ¿acaso no le entregó Halicarnaso el agua y la tierra?*

Los cautivos, arrodillados, humillaban la cabeza. Aunque uno de ellos intentó ponerse en pie, lo que arregló un soldado con un patadón en su espalda. El desgraciado rodó y, desde el suelo, suplicó piedad. Y algo más dijo:

—¡Fue Ligdamis! ¡Él nos obligó!

Lo reconocí. Era el tesorero de mi padre, Eudamo. Uno de los que más había insistido en unirse a Atenas y Mileto en la rebelión. Para llenar aún más las arcas, supongo. No le guardo rencor por aquella acusación en el patio. No está bien juzgar a quien mira de frente a la muerte y no puede defenderse.

Acteón continuó:

—Así habla Darío, el rey: *Por el favor que Ahura Mazda me ha concedido, es mi deseo que se cumpla el bien y se evite el mal. Que la verdad triunfe y la mentira resulte derrotada. Que se recompense al justo y se castigue al vil. Mando a todos mis súbditos que, según estas palabras, devuelvan la paz y la rectitud a las tierras que gobierno, y que tomen cuantas medidas sean necesarias para que los rebeldes no repitan sus malvadas acciones. Quien haya obrado contra un fiel súbdito, ha obrado contra mí. Por lo tanto, actúese contra él como yo mismo lo haría.*

Acteón, con gran parsimonia, enrolló el escrito y se lo pasó a uno de sus acompañantes. Pero no dejó de hablar:

—Es privilegio del gran rey decidir sobre la vida o la muerte, así que él debería presidir este juicio. Sin embargo, la sangrienta rebelión con la que habéis sacudido la satrapía ha hecho que los injustos salieran de sus agujeros en abundancia, como una plaga. Ni en toda una vida podría juzgar el gran Darío a semejante cantidad de criminales. Así pues, vulgares alimañas de Halicarnaso, sabed que vuestro destino ha sido acordado por el noble Artafernes, sátrapa de Lidia y legítimo gobernador vuestro. Sabed también que la justicia que ha impartido hasta ahora ha desbordado de sangre las demás ciudades rebeldes.

Apreté a mi madre. Pero era como si ella no escuchara. Lo repitió:

—¿Y Apolodoro? ¿Dónde está?

El de abajo siguió:

—¡Ligdamis, en pie!

Un escalofrío recorrió la balconada. Dos soldados ayudaron a mi padre a incorporarse. Creo que lloraba, ya que sus hombros se conmovían. Desde arriba, a pesar de las hogueras, no se veía con claridad.

—No debiste escuchar a los atenienses —escupió mi madre—. Estúpido, necio. Mereces lo que te ocurra.

—¡Rebelde Ligdamis! —continuó Acteón—, te uniste a los traidores que, incitados por Atenas, se rebelaron contra el rey de reyes. Y tus infamias no han cesado hasta este mismo día. —Se volvió hacia uno de sus ayudantes, que le extendió otro papiro. El acusador lo desplegó—. Tengo en mis manos la carta firmada por uno de los atenienses que lideró la rebelión, Ameinias de Eleusis. La hemos hallado en tus manos, Ligdamis. ¿Quieres que la lea?

—¡No! —suplicó mi padre. Pero Acteón ya desenvolvía la misiva.

Gritó su contenido con un punto de burla en la voz:

—*Noble Ligdamis, resiste. Acudo en tu ayuda con cinco naves de Atenas repletas de guerreros. No rindas Halicarnaso a los perros del persa Darío. La gloria y la libertad nos esperan.*

Acteón volvió a enrollar la carta. Con deliberada lentitud, se aproximó a una de las fogatas y acercó el papiro a las llamas. Mi madre murmuró entre dientes.

—Necio. Debiste destruirla. Estúpido. Nos has arrojado a la ruina.

Abajo, Acteón observó cómo la prueba de la perfidia se convertía en cenizas. Se volvió hacia el principal acusado.

—Miserable Ligdamis, entérate de lo que ocurrió con Histieo, el tirano de Mileto que, como tú, convenció a los suyos para traicionar al gran rey. Hace unos días que el glorioso ejército persa lo capturó, pues aunque ancho es el mundo, el poder de Darío hasta el último rincón llega. El noble Artafernes, en cuyas manos está ahora tu destino, lo ha mandado empalar. ¡Así acaban quienes desconocen el bien y extienden el mal!

A mi padre le fallaron las piernas. No se derrumbó porque los soldados seguían sujetándolo, pero todos escuchamos su gemido de terror. Habíamos oído hablar del espantoso castigo del empalamiento. Aunque era una pena reservada para los violadores, se decía que Darío se inclinaba a empalar a quienes lo traicionaban.

—Por favor… —lloriqueó mi padre en el patio—. Déjame explicar…

—¡Se acabó el tiempo de las explicaciones! —tronó Acteón—. ¡Tapadle la boca!

Los soldados se aplicaron. Antes de amordazarlo con un paño sucio, mi padre tuvo tiempo de pedir clemencia unas cuantas veces más. De jurar que sería fiel a Darío. Acteón hizo un gesto perentorio para que los soldados se apresuraran en silenciarlo. Extendió su índice acusador hacia él.

—Eres mentiroso, Ligdamis. Nada ofende más al gran rey. Y lo peor es que esas mentiras han arrastrado a tus súbditos a la desgracia.

—Estúpido —insistía mi madre entre dientes—. Necio…

Yo quería apartarme. No podía ver a mi padre recibiendo la sentencia. Por un momento temí que fueran a cumplirla allí mismo. Que lo tumbaran ante sus antiguos súbditos, abrieran sus piernas y le embutieran la estaca. Que, silenciado, se retorciera sin gritar mientras la punta de madera perforaba sus entrañas y se abría camino hasta reventar su pecho o salir por su boca. Y que enderezaran el palo con mi padre clavado en él, y lo afirmaran en tierra para que el condenado agonizara en lo alto, a la vista de todos. Pero entonces apareció mi hermano Apolodoro. Los dedos de mi madre se clavaron en mi brazo.

—Hijo mío… —dijo, casi sin fuerza.

No era solo él. Los soldados traían a los jóvenes, hijos de los nobles cautivos que ya ocupaban el patio. Toda la estructura del poder halicarnasio, presente y futura, se encontraba allí en ese momento. Los muchachos venían cabizbajos, con las manos atadas a la espalda. Llamé a Apolodoro, y todas las miradas convergieron sobre mí. Las de los presos mayores, los jóvenes, los hombres armados, Acteón…

—¡Artemisia! —gritó Apolodoro—. ¡Madre!

No sé si quería decir algo más. Un soldado lo animó a continuar de un empujón. Y por el mismo método usado con los nobles halicarnasios, sus hijos varones fueron alineados frente al improvisado tribunal. Acteón, brazos cruzados, caminó despacio, a largos pasos, hasta quedar a muy poca distancia de mi hermano. Sin embargo, siguió dirigiéndose a mi padre, que ya no se resistía:

—¡Tirano rebelde, has de saber que a toda causa sigue su consecuencia!

—A toda *hybris* sigue su némesis —murmuró mi madre entre lágrimas.

—¡No puede haber crimen sin castigo! Ni debemos consentir que los tiranos conduzcan a sus pueblos a la ruina. ¡Soldado, ven aquí!

Uno de los lidios se adelantó, firme la mano izquierda en la empuñadura de su espada curva. Cruzó ante la fila de muchachos y se colocó frente a Acteón.

—Manda, señor.

—Calienta tu hoja.

El soldado se dirigió a la hoguera más cercana, desenfundó su arma y la posó junto al fuego, con la punta dentro de las llamas.

—Tirano Ligdamis, traidor, mentiroso y rebelde —Acteón lo señaló—, se confiscan todos tus bienes. Al igual que los de estos halicarnasios que te ayudaron, pasan desde hoy a la administración del fiel Damasítimo de Kálimnos, mi señor.

»De tu boca no han de salir más embustes. Se te condena a perder la lengua.

—¡No! —grité. Acteón desvió la mirada hacia la balconada. Creí ver que una sonrisa burlona precedía a la continuación de la sentencia.

—¡Hay más! ¡Ligdamis, como líder de la rebelión en Halicarnaso, se te condena a la ceguera! ¡Disfrutarás de la oscuridad que tú mismo te has procurado!

Volví a gritar. Me abracé a mi madre, pero ella no reaccionaba.

—¿Y Apolodoro? ¿Qué pasa con él?

Fue como si Acteón la hubiera oído. A su gesto, varios soldados rodearon a mi hermano. Él intentó resistirse, pero lo redujeron con sencillez. Empezó a chillar casi al mismo tiempo que mi madre. Me rompí las uñas contra la piedra de la balaustrada cuando comprendí que lo estaban desnudando. Era todo confuso, las manos se movían encima de él. Las criadas tuvieron que sujetar a mi madre, primero para que no corriera hacia la puerta, luego para que no saltara desde lo alto. Inmovilizada, al igual que su hijo, advirtió que los soldados apiñados retrocedían y dejaban a Apolodoro a la vista. Habían anudado cuerdas en sus muñecas y tobillos, y tiraban de ellas en direcciones distintas. Una tormenta de imágenes y sensaciones azotaba mi mente. ¿Iban a destripar a mi hermano allí, ante nosotras? ¿A degollarlo como ejemplo para los demás tiranos levantiscos del mundo? Los soldados mantenían alta la cabeza de mi amordazado padre. ¿Y mi madre? ¿Qué desgarros no sufría su corazón al ver a su hijo a merced de los carniceros, tan desnudo e indefenso como cuando lo trajo al mundo? Ella, que no había consentido que se alimentara de más leche que la de sus pechos. Que lo había lavado y vestido tantas veces, que había puesto su amor y sus esperanzas en él. Que soñaba con verlo convertido en un hombre justo y valiente. En el padre de sus nietos, defensor de su casa, báculo de su vejez.

La espera fue agónica, y solo terminó cuando un hombre de quitón blanco y barba trenzada se acercó a mi hermano, casi suspendido en el aire porque los cuatro soldados tiraban de él en aspa. El barbudo pasó por encima de una de las cuerdas y se colocó entre las piernas de mi hermano, que se retorcía a sacudidas. Sujetó su miembro viril. Tuvo que afanarse para agarrar también sus testículos, y lo ató todo con un cordel bien apretado, del que tiró hacia arriba. Los chillidos de Apolodoro, a esas alturas, se habían convertido en los de un jabato acribillado a flechazos. Y cada grito suyo quebraba un poco más la poca cordura que le quedaba a mi madre. En cuanto a mi padre, se revolvía como una fiera acosada por los perros. En uno de sus cabeceos logró que la mordaza resbalara.

—¡Soltadlo, por favor! —Espumeaba, y la voz se le rompía. Se dirigió a Acteón—. ¡Hazme a mí lo que quieras! ¡A él perdónalo!

No hubo respuesta. Quizá no ocurrió así exactamente pero, tal como lo recuerdo, en ese momento se hizo el silencio. Todo se paralizó. Los dioses inmortales y los desgraciados que habitamos el mundo observábamos expectantes. Vimos brillar algo en la diestra del barbudo. Un objeto curvo que movió con rapidez de relámpago. En un parpadeo, Apolodoro estaba castrado.

Los gritos regresaron. Gritaba mi madre, y también mi padre. Las criadas gritaban. Los soldados se gritaban unos a otros para contener a los cautivos, que se revolvían entre gritos, en el temor de sufrir el mismo castigo. Apolodoro gritó poco ya. Muy pronto quedó inmóvil, perdida la consciencia mientras el barbudo le aplicaba un paño en la herida sangrante. Junto a él, tirada en tierra, atada todavía por el cordel, quedaba la esperanza dinástica de Ligdamis, tirano de Halicarnaso.

Yo era la que más gritaba, o eso me pareció. Recuerdo que llamaba a Damasítimo, como si pudiera oírme desde el mar, o desde la isla de Kálimnos, o dondequiera que estuviera. Le pedía ayuda, o piedad, o que viniera a rescatarnos del tal Acteón, de las causas, de las consecuencias. De los designios reales.

No sé en qué instante se desmayó mi madre. De pronto la vi en el suelo, atendida por manos temblorosas. Cuando el escándalo remitió abajo, Acteón rodeó al grupo que aún sujetaba a Apolodoro y se dirigió hacia mi padre. Le acercó mucho la cara, pero no por eso bajó la voz:

—¡Tu único hijo varón es ahora un eunuco! ¿Por qué lloras, traidor? Alégrate por él, ya que su vida será fácil en algún harén, o tal vez como servidor del mismísimo rey de reyes. Todos estos jóvenes, los más nobles y hermosos, los que eran la esperanza y el futuro de tu patria, viajarán ahora a Quíos, donde también se convertirán en eunucos.

Nueva tormenta de gritos, tanto de los muchachos de Halicarnaso como de algunos de sus padres, allí presentes. El mío, a pesar de que el trapo ya no tapaba su boca, se mantuvo en silencio, rota su voluntad. Los soldados repartieron patadas y golpes hasta controlar la situación. Acteón, satisfecho, hizo una seña al guerrero que había dejado su espada en el fuego. Entre mareos, vi cómo aquel hombre recogía su arma con la punta al rojo. Fue más fácil mantener quieto a mi padre que a Apolodoro, y costó poco mantenerle abierta la boca mientras le sacaban la lengua con ayuda de unas pinzas. El soldado aprovechó esa rendición y no fue rápido al cumplir la primera parte de la sentencia. Ni cuidadoso. Una espada de ese tamaño no era la herramienta adecuada para el trabajo. En cuanto la hoja ardiente entró en la boca de mi padre, este empezó a agitarse. Casi creí escuchar el siseo de la carne húmeda en contacto con el hierro abrasador. Ahora sí gritó mi padre. El soldado removió su arma y, sin acabar el corte, ordenó al de las pinzas que tirara. El escupitajo sanguinolento salpicó a varios, pero no pareció importarles. Luego el soldado se tomó su tiempo, y solo cuando los alaridos remitieron y la cabeza del traidor quedó de nuevo inmóvil, hundió la punta de su espada en sus ojos. Diligente para no herir muy profundo, pero removiendo con saña para convertir en pulpa hirviente la vista de Ligdamis, vaciar sus cuencas y enviarlo a la negrura perpetua.

Acteón sonreía con satisfacción. Esperó a que mi padre dejara de agitarse. Cuando quedó tendido en tierra, convulso ante la mirada despavorida del resto de los nobles halicarnasios, el implacable juez se dispuso a rematar la sentencia.

—¡No hemos terminado! —Se volvió en dirección a la balconada y nos señaló—. ¡Sabed que las mujeres e hijas de los traidores quedan reducidas a la esclavitud!

Los gritos a mi espalda me ensordecieron. Y de pronto sentí un vacío en el estómago que se agrandó como un remolino, abarcó mi pecho y llegó a mi garganta en forma de arcada. A mi lado, una muchacha perdió el sentido y se desplomó. Otras cuantas cayeron de rodillas, rogando a Apolo y a Afrodita. Cuando dejaron de chillar, distinguí el susurro de mi madre. Débil, incapaz de consolarme.

—No nos separarán —me decía—. Te lo juro.

Pero yo sabía que mentía, y ella también lo sabía. Y que mi destino era yacer como concubina de algún extranjero en la otra punta del Imperio.

—¡Y ahora, escoria rebelde, agotad vuestra última noche en este nido de ratas! ¡Mañana, con el alba, Ligdamis y sus cómplices serán empalados!

Las hogueras se habían apagado abajo, y ya solo se escuchaban aullidos en la lejanía. Y, de vez en cuando, arranques de llanto fatigado en alguna noble que pronto perdería al esposo, traspasado por una estaca. Varias, de pura fatiga, se quedaron dormidas. Mi madre fue una de ellas, aunque repitió el nombre de Apolodoro incluso en sueños. Lo hacía a gritos, y por eso despertaba a las demás; y las que no dormíamos nos apenábamos y maldecíamos. Se aproximaba la salida del sol, porque el sol siempre sale. Da igual que la tragedia sea brutal y parezca que todo se acaba: llega una mañana nueva y el horror crece, o bien el caos tiende al orden. Me volví hacia mi madre y vi que estaba despierta. Mirándome fijamente.

—La culpa es de los atenienses.

—¿Madre?

Creo que no me veía. Como si fuera transparente. Tampoco habría conseguido gran cosa, porque yo misma estaba a punto de ceder, arañarme la cara y romper a gritar. Pobre, mi madre. ¿Quién podía soportar aquello sin perder la razón? Presenciar cómo capan a tu hijo, cómo ciegan a tu marido y lo condenan a una muerte dolorosa, cómo convierten a tu hija en una esclava destinada a calentar la cama de un desconocido... Todo eso equivale a clavar un punzón en tu cráneo y remover el contenido. Lo bueno y lo malo se mezclan, forman una pasta caliente y apestosa. Y por el mismo hueco que escapa tu alma, entran todos los *daimones*. Y mientras esos *daimones* se peleaban entre sí, Aranare seguía a lo suyo, recordando, tal vez ya sin reparar en su lógica, lo único razonable que había pensado antes del desastre: que la culpa era de los atenienses.

Sonó martilleo abajo. Me sorprendí llorando de nuevo. ¿Aún me quedaban lágrimas? Las pocas mujeres que dormían se despertaron, y me imitaron en el llanto. Una de ellas se puso de pie. Arropada en su manto, se arrastró hasta la balconada. Lloró con mayor fuerza al mirar abajo.

—Preparan las estacas —dijo alguien. Como si fuera necesario.

Acabaron pronto con su funesto trabajo. Y entonces, mientras esperaba a que el cielo empezara a aclarar, me dormí.

Tuve pesadillas de guerreros feroces. Todos con la cara oculta por sus yelmos, vomitando furia y desgarrando con sus espadas. Los invasores se movían entre grandes hogueras que consumían Halicarnaso; castraban a los muchachos, empalaban a los hombres y nos arrinconaban a las mujeres. Yo estaba en lo más alto, viendo cómo el mundo ardía entre cuerpos espetados en estacas. De alguna manera lo presenciaba como si mi rincón se hubiera convertido en un teatro y yo asistiera a una representación, y en el escenario cupiera el mundo. Ardía Caria, ardía Asia entera. Ardían nuestras islas; y a lo lejos, hacia Europa, ardían también las islas cercanas a Grecia. La propia Grecia ardía. Solo Atenas, en la lejanía, se libraba de las llamas. «La culpa es de los atenienses», repetía mi madre, que en el sueño tenía la cara tumefacta, pringada de sangre. Y yo me convencí de que era cierto: la culpa era de los atenienses. Así que cada vez que los invasores mutilaban a alguien, gritaban con voz de tormenta: «Por Atenas». En cierto momento me di cuenta de que soñaba, y me repetí que debía despertar. «Despierta —me decía—. Despierta, Artemisia».

—Despierta, Artemisia.

Abrí los ojos y vi una figura alta, deslumbrante, poderosa. Un guerrero salido de los poemas antiguos. Un gran penacho de crines negras ondeaba sobre su cimera. Enorme escudo labrado y lujosa espada al tahalí. Y con esa lanza podría empalar a tres enemigos a la vez. Dos guerreros de parecido porte lo flanqueaban.

—Sigo soñando —dije.

Pero el guerrero, con pausado movimiento, apoyó la lanza en

la pared, se levantó el casco corintio y su rostro, apenas una máscara oscura antes, quedó al descubierto.

—Soy Damasítimo. ¿No me recuerdas?

Lo miré. Sí que lo recordaba. Había madurado. Sería esa barba negra, breve y bien recortada. La mandíbula cuadrada, la mirada limpia y segura. O la indumentaria guerrera. Sentí un sobresalto cuando me di cuenta de que era de día, y por eso veía tan bien a Damasítimo. Me puse en pie de un salto.

—¡Mi padre!

Damasítimo me sujetó el brazo con suavidad.

—No temas. No va a morir.

Las demás mujeres despertaban también. Me di cuenta de que las puertas del salón estaban abiertas. Algunas se asomaban con timidez, y nadie parecía detenerlas. Me volví y agité a mi madre, que abrió los ojos con lentitud. Cobré conciencia de que me moría de sed.

—Agua, Damasítimo. Por favor.

Damasítimo se descolgó el pequeño odre de cuero que llevaba atado al cinto y, tras destaparlo, lo acercó mis labios. Bebí por fin. Desesperada, tomé yo misma el recipiente y apreté. El líquido se desbordaba, mojaba mi pecho.

—Despacio —decía Damasítimo—. Pásaselo a tu madre.

Miré a mi derecha. Despierta por fin, su mirada fija en la nada. Pertinaz en la cantinela:

—La culpa es de los atenienses.

Estaría loca, pero se aplicó a beber en cuanto le ofrecí el odre. Se atragantó, y con las toses escupió pequeños restos de costra.

—¿Qué ha pasado? —pregunté a Damasítimo.

—Ven ahora. —Damasítimo me ayudó a incorporarme—. Enseguida te lo explico.

Descubrí que estaba muy débil y me dolían las costillas al respirar. Algunas criadas se acercaban a mi madre para beber tras ella. Otras no se atrevían a moverse. Damasítimo me echó un manto sobre los hombros.

—¿Adónde vamos? —pregunté.

—Fuera de aquí. Tienes que comer algo.

Dejé a mi madre en manos de las demás mujeres. Damasítimo me rodeó la cintura con el brazo porque yo apenas podía andar, y me sacó del salón. Los corredores estaban llenos de soldados que limpiaban el desorden, pero aún se apreciaban los restos de la tragedia. Bajamos hasta el patio, donde no había rastro de estacas. Un par de centinelas masticaban queso frente a una hoguera. Damasítimo les pidió un poco, y uno de ellos partió una buena porción. Ahora todo el mundo era amable. Mi vista se fue al fuego. La leña y las llamas eran nuevas, pero la pira era la misma en la que aquel guerrero implacable había calentado al rojo su espada. Me imaginé el dolor. La sensación de que tus ojos se derritan al contacto con el hierro rusiente.

—Siéntate. Come. No dejaré que te hagan daño, lo juro.

Había un tronco colocado a modo de banco. Me acomodé como mejor pude y mordí el queso. Estaba rancio, aunque me supo a ambrosía. Damasítimo se sentó a mi lado y dejó que yo comiera. Uno de los soldados me pasó su odre. Esta vez era vino. No se lo agradecí. Ni siquiera lo miré. El líquido me calentó. Casi pude notar cómo me devolvía algo de la vida que daba por terminada.

—Dejadnos solos —ordenó Damasítimo. Los soldados obedecieron.

Recorrí con la vista el patio. Los restos de las otras hogueras, las boñigas de los asnos, los fragmentos de cerámica rota, los hoyos para las estacas. Y en medio, un pingajo arrugado sobre un charquito negro. Lo señalé con rabia.

—Castraron a Apolodoro. Delante de mi padre, que suplicaba de rodillas. —Miré a los ojos de Damasítimo, notaba cómo mi pena y mi fatiga se convertían en ira—. Mi madre ha enloquecido. No deja de repetir que los atenienses tienen la culpa. Sobre todo un tal Ameinias. —Las palabras tropezaban al salir en tropel de mi boca—. A mi padre lo cegaron con una espada al rojo. Pero antes le cortaron la lengua. También estará por ahí, tirada. Dijo

Acteón que convertirían a los jóvenes en eunucos, y a nosotras en esclavas. ¡Y que empalarían a mi padre y a los demás hombres!

Él me pasó la mano por la espalda y me atrajo para consolarme.

—Sé que ha sido duro, Artemisia. —La voz de Damasítimo sonaba arrulladora—. Y que hay cosas que ya no tienen remedio. Pero gracias a los dioses he llegado a tiempo.

Lo rechacé. Aún no sabía qué había ocurrido y, aunque sentía el alivio, era consciente de una gran verdad:

—Estás con los persas, Damasítimo.

Tardó un poco en contestar.

—Lo contrario habría sido locura, Artemisia. Nadie es más poderoso que el gran rey. Ni más justo. La rebelión fue una estupidez que solo ha servido para traer desgracia a gentes que vivían en paz y prosperidad. Tu padre cometió un gran error, y yo me negué a seguirlo. Eso nos ha convertido en enemigos, supongo. Pero ya ha pasado todo. —Con cariño casi fraternal, subió el manto que resbalaba desde mis hombros—. Lo que he hecho ha sido por tu bien. Aunque es normal que no lo entiendas.

—Claro que no lo entiendo. Acteón nos condenó anoche. Y ahora…

—Acteón cumplía las órdenes que me dio el sátrapa Artafernes: tomar Halicarnaso, convertirlo en cenizas, esclavizar a la población. Y reservar el mayor castigo para tu padre y los nobles que lo han ayudado en la rebelión.

»Pero yo sabía que el pueblo no es culpable del error que ha cometido tu padre. Ni lo eres tú. Así que mandé por delante a Acteón y yo me quedé en Sardes, tratando de disuadir a Artafernes.

»Fue muy difícil. El gran rey Darío está cansado de la rebelión y no quiere más muertes, pero lo de Artafernes es distinto: él tuvo que encerrarse cuando esto empezó. Vio cómo ardía Sardes y se desataba la locura. Estuvo a punto de morir, lo mismo que su familia y los demás persas que lo acompañaban. Más que aplastar la rebelión, quería venganza. Era evidente que Halicarnaso caería, y que pasaría como cuando tomamos Mileto: casi todos los hombres muertos, las mujeres convertidas en esclavas, lo mismo que los niños; sus templos incendiados, sus casas ofrecidas a extranjeros.

»Tras mucho insistir, y gracias a que le di mi garantía personal, Artafernes cedió a parte de mis ruegos. Aunque no podía dejar la rebelión sin castigo. Fue muy claro: Ligdamis debía pagarlo, servir como ejemplo. Había que cortar su dinastía como un árbol enfermo y apartar a sus cómplices.

»No podía perder más tiempo allí. He venido desde Sardes sin comer, sin dormir, reventando caballos… Al llegar de madrugada, he dado órdenes de suspender los empalamientos y he revocado vuestra esclavitud. Pero lo siento: no puedo hacer nada por tu padre y por tu hermano. Ni por los consejeros y sus hijos. Acteón acaba de partir hacia Quíos con ellos.

—¿Ya se han ido? ¡Apolodoro!

Quise levantarme y él me lo impidió. No le fue muy difícil.

—Por favor, Artemisia. —Me cogió la cara entre las manos, se las arregló para que lo mirara. Con delicadeza, pero firme—. Di mi palabra a Artafernes. ¡Te digo que es por tu bien! Piensa ahora en tu madre, y en esas muchachas… En los demás hombres de Halicarnaso, en sus hijos. Piensa en tu ciudad, en las islas. Piensa en ti.

—¿Qué nos pasará?

—¡Nada! Me he ocupado de eso. La cólera de Artafernes está saciada, y el gran rey solo se inmiscuye para atajar la crueldad, no la misericordia. El pueblo amaba a tu padre, a tu familia. Salvo esta locura de la rebelión, habéis traído bienestar a la ciudad y a nuestras islas. Yo sé que ahora odias a Artafernes, a mis soldados, a mí mismo. Pero algún día lo entenderás. Ahora aguarda aquí.

Se puso en pie. Vi cómo se alejaba en dirección a palacio. Yo estaba reventada, confusa. Damasítimo nos había salvado. Y a la mayor parte del pueblo. Pero al otro lado del muro, las humaredas aún ennegrecían el cielo. ¿Cuánto tardaría Halicarnaso en recuperarse de semejante desgracia? Había oído contar historias sobre ciudades arrasadas, desaparecidas. Imaginé cómo podía haber sido la bahía en unos pocos años: solo arena, roca y ruinas. Ahora, ese futuro terrible se había esfumado. De algún modo que todavía era incapaz de comprender del todo, mi vida había caído desde lo más alto y después había resurgido en una sola noche. El propio Damasítimo, hasta ese momento, había pasado casi inadvertido para mí. Apartado en Kálimnos, la isla más norteña de cuantas nos rendían vasallaje. Era, según yo había oído, un lugar abrupto y salvaje en el que abundaba la caza. Precisamente así había muerto Candaules, el padre de Damasítimo: cazando. Se había despeñado por un barranco mientras perseguía alguna fiera herida, eso decían. Había ocurrido antes de la rebelión, y Damasítimo se había hecho cargo del gobierno con el visto bueno de mi padre. No era habitual que alguien tan joven, con apenas veinte años cumplidos, tomara el poder. Pero ahora, tras ver a Damasítimo armado e imponiéndose a nuestro horror, nada me extrañaba. Sin embargo, de poco servía aquello para aliviar la pena. Mi hermano, eunuco, navegaba en ese momento junto con otros jóvenes inocentes rumbo a la isla de Quíos, célebre castradero donde, tras perder sus atributos por mal de hierro curvo, serían vendidos. Tal vez algunos, los más hermosos, fueran enviados directamente a la corte del gran rey. Se decía que un eunuco podía prosperar mucho en los palacios de Darío o en las mansiones de los altos nobles persas. Nada sabríamos del destino de los mayores, convertidos en esclavos y desterrados a algún lugar lejano del Imperio. Y el Imperio era muy grande.

Regresó Damasítimo. Traía la *sagaris*. Me levanté a pesar del dolor.

—Hemos hecho lo correcto —me dijo—, y lo correcto a veces no es lo más agradable. Artafernes es un hombre sensato, créelo. Un buen sátrapa. Fiel a Darío, inteligente, hasta afectuoso. Lo convencí de que alguien respetado, querido por la gente, ha de gobernar Halicarnaso. Según sus órdenes, yo debo administrar ahora la ciudad y las islas, y recibir los bienes confiscados a tu familia y a los demás nobles. Pero eso no va a pasar. Todo lo contrario. Toma.

Me extendió la *sagaris*. Yo lo miré sin comprender.

—¿Qué?

—He visto a tu madre ahí arriba. No volverá a ser la misma, creo que te has dado cuenta. Así que solo quedas tú.

—¿Estás diciendo que yo gobierne Halicarnaso?

—El pueblo no aceptaría a nadie más. ¿Un líder impuesto por quienes acaban de quemar sus casas y matar a sus hijos? Lo que necesitan los halicarnasios es a alguien que los devuelva a la realidad. Que los reconcilie con Persia y los ayude a reconocer al auténtico enemigo. Artafernes manda que todo quede como estaba antes de la revuelta, y esto es lo más parecido. Coge el hacha.

Lo hice. Seguía pesando mucho. Más incluso.

—Pero yo sola…

—Sola no. Me tendrás a mí. Pero no aquí, a tu lado. Los halicarnasios me verían como a un invasor, es comprensible. Ahora navegaré a Cos y a Nísiros y, en tu nombre, los retornaré a la obediencia sin derramar sangre. Luego regresaré a Kálimnos, y allí estaré siempre que me necesites. Ven cuando quieras. O llámame a tu lado y acudiré. A partir de hoy eres tú mi señora.

—Yo, señora… Los consejeros de mi padre y sus hijos son ahora esclavos. ¿Cómo lo conseguiré?

—Que el pueblo forme una asamblea. Ábreles el palacio, reclama su ayuda. Si quieres, puedo pedir a Artafernes que te mande una guarnición persa. Pero no será necesario. Acabamos de asegurar la paz, es cuestión de tiempo que Halicarnaso vuelva a ser una ciudad próspera y feliz.

—Sola no podré. Ojalá fuera un hombre.

—Si fueras un hombre, yo no habría podido salvarte. Ahora tu hombría sería un colgajo sanguinolento tirado por ahí. Y navegarías en brazos de la fiebre, rumbo a Quíos, junto a tu hermano. El destino te ha puesto aquí y ahora por ser lo que eres: una mujer.

—El destino no debe gobernar Halicarnaso. He de hacerlo yo, según dices. ¿Y si busco un esposo?

Damasítimo no contestó enseguida. Se quedó mirando el fuego. Asintió un par de veces, como si se preguntara a sí mismo y se diera la respuesta.

—Un esposo. Algún día lo tendrás, claro. Espero que uno bueno y capaz. Pero el pueblo respeta tu linaje, y casarte ahora sería meter a un extraño en palacio. No aceptarían a cualquiera.

Dudé. Se me pasó una idea por la cabeza, aunque sonaba demasiado absurda, así que la deseché sin hablar de ella. Suspiré. ¿Por qué era todo tan difícil?

—Sola no podré. Todo esto se me hace grande.

—Es que es grande, Artemisia. Debes dejar atrás el pasado, hacerte fuerte. Y lista. Fuerte para sostener el hacha. Lista para tomar las decisiones correctas. Ser débil o equivocarte acarrea consecuencias, ya lo has visto.

Recordé las palabras de mi madre:

—La némesis.

—Parece un buen motivo. Te dará fuerza y despertará tu valor. Sí: tal vez es lo que necesitas. Tu madre habrá perdido el juicio, pero la he oído decir una gran verdad: la culpa es de los atenienses. Bien, puede que los jonios se hubieran rebelado igualmente, aunque sin ayuda ateniense no se habrían atrevido a incendiar Sardes. ¡La mismísima capital de la satrapía!

—Si hace falta una némesis, es que esto no ha acabado. Tantos muertos y esclavos… ¿No dices que el rey Darío está harto de desgracias?

—Una cosa es la rebelión en casa, otra muy distinta que vengan de fuera a quemarla. Cada cual pague sus deudas. Mientras unos se pudren clavados en estacas o viajan hacia la esclavitud, el auténtico culpable sigue libre. Puede que algún día dé con él. O a lo mejor tu esposo lo hará. Alguien tendrá que llevar la némesis a quien desató toda esta *hybris*. A quien prendió el fuego de la rebelión, y luego lo azuzó al prometer a tu padre una ayuda que jamás llegó. Ameinias de Eleusis.

—Ameinias de Eleusis… ¿Por qué no cumplió su promesa? Mi padre lo creyó.

—Porque es un pirata embustero, como todos esos andrajosos que salen de Atenas, remando en sus botes, oliendo a pescado y sudor. Vienen, agitan el avispero y, mientras nosotros nos ocupamos en arreglar sus destrozos, ellos acuden a otro lugar y lo arruinan. Así obró con los jonios tras quemar Sardes: los abandonó a su suerte. Es otra ciudad la que ha ardido ahora, pero la traición es la misma.

Repetí el nombre, que cada vez me despertaba un odio mayor. Ameinias. Ameinias de Eleusis. Ameinias, el ateniense. Ameinias, el pirata. Apreté el astil de la *sagaris*.

—Ameinias de Eleusis...

—Eso es. —Damasítimo cerró el puño. Como si tuviera a aquel ateniense delante—. Recuerda ese nombre, Artemisia.

—Lo recordaré. —Mi vista se perdió en la hoguera—. Y ojalá él, igual que yo, vea un día cómo arde su ciudad.

Damasítimo me recolocó un mechón fuera de sitio.

—Es posible que Darío arme una expedición de castigo contra Atenas, pero ya no es un muchacho. Me temo que padeceremos la peste ateniense hasta que alguien más joven la cure. —Volvió a tocar la *sagaris*—. Imagina que fueras tú, ¿eh? Tú, partiendo por la mitad a ese mugriento de Ameinias. Tirando su cadáver al mar para que se lo coman las alimañas de las profundidades. Es una misión justa. La némesis que necesitas.

—Yo sola no puedo.

—Ah, Artemisia... Lo repites mucho. Que no puedes. Óyeme bien: puedes. Por tu padre y tu hermano, por los amigos que han caído en desgracia, por el juicio perdido de tu madre. Por Halicarnaso. Pero sobre todo por ti. Un día te traeré a Ameinias a rastras, lo arrojaré a tus pies y tú le darás su némesis con esto. —Tocó una de las hojas de la *sagaris*—. Dilo, Artemisia. Di que puedes. Promételo por los dioses que adoras, y también por los demás.

Un viento extraño bajó hasta el patio y agitó la hoguera. El escalofrío me recorrió el cuerpo desde los pies. Hice girar el hacha doble. En la pulida superficie de sus hojas me vi reflejada. Mi rostro sucio, los ojos cansados, el pelo revuelto. Las huellas del dolor y del miedo. El temor a la incertidumbre. O peor aún: a la certeza de que no lo conseguiría.

—Yo no...

—Di que puedes, Artemisia.

De pronto, la *sagaris* pesaba más. Tal vez por la promesa que no era capaz de cumplir. Y aun así lo dije:

—Puedo. Lo prometo por los dioses europeos y asiáticos.

El viento cesó. Bajé los brazos. Damasítimo, sonriente, me acarició una mejilla. Tenía la mano caliente en medio de tanto frío. Acercó su cara y me besó en la frente. Se fue.

Bajé mi vista hasta la *sagaris*. Su doble cabeza metálica seguía reflejando las débiles llamas. Los primeros fuegos de aquel drama me habían sorprendido siendo una muchacha caria, no muy distinta de cualquier otra muchacha caria. Parecía que hubieran pasado años, y era solo una noche lo que había transcurrido. Y con el nuevo día, el hacha doble en mis manos, había dejado de ser esa muchacha. Ahora yo era Artemisia de Caria, señora de Halicarnaso, y había una némesis que cumplir.

CAPÍTULO II

What you need is a big strong hand
to lift you to your higher ground.
Make you feel like a queen on a throne.
Make him love you 'til you can't come down.

(Lo que necesitas es una mano grande y fuerte
para alzarte a lo más alto.
Que te haga sentir como a una reina en su trono.
Hazlo amarte hasta que no puedas bajar). Trad. libre.

Express yourself (1989, Madonna: *Like a prayer*)
Ciccone/Bray

DEL MANUSCRITO DE HERÓDOTO

FRAGMENTO 45

La señora Artemisia, hija de Ligdamis, no considera de especial interés lo sucedido tras la caída de Halicarnaso. Sin embargo, en favor del conocimiento que han de cobrar las venideras gentes, declara —y así lo escribo yo— que el gran rey Darío dio por finalizada la rebelión. Regresó la paz al Imperio y de nuevo se gozó de prosperidad. Las ciudades de Jonia y Caria, así como las islas reducidas a la obediencia, recuperaron su vigor. No se tomaron más represalias internas. Se reconstruyó lo destruido, se sembraron los campos asolados, crecieron de nuevo los árboles talados. El noble Artafernes, saciada su ira, impuso acuerdos entre los griegos de Asia para resolver sus diferencias. Midió las tierras y fijó nuevos tributos, no más gravosos que los anteriores. Además permitió que cada ciudad se rigiera según sus costumbres, y lo mismo que en algunos sitios se decidía conforme a la asamblea de muchos, en otros lo resolvía un solo gobernante.

Y así como el gran rey proveyó lo necesario para la paz en su Imperio, otro tanto o más hizo por mover la guerra fuera de él. Darío estaba decidido a castigar a quienes habían soliviantado a los revoltosos, porque dice la Ley que toda transgresión ha de expiarse, y también porque nada bueno ni verdadero podía esperarse de los odiosos y embusteros atenienses. Antes bien cabía pensar que, más pronto que tarde, volverían a cruzar el mar para inocular su veneno en las ciudades de la costa. El Imperio no conocería la tranquilidad, pues, hasta que Atenas se arrodillara ante Persia.

Dos veces, dos, trató el gran rey Darío de castigar a los atenienses, y en ambas fracasó. En la primera ocasión envió una flota cargada de guerreros bajo mando de su pariente, el noble Mardonio. La expedición cobró gloria, y ganó para el Imperio la isla de Tasos y la tierra de Macedonia. Pero de camino hacia Atenas, las naves padecieron una gran tempestad al doblar el promontorio del Atos, y fueron muchos los que perdieron sus vidas en el agua, devorados por las fieras marinas o despedazados contra las rocas. Había algunos que no sabían nadar, y ello fue también causa de muerte; otros, finalmente, perecieron de frío. Tal fue, en definitiva, la suerte de la fuerza naval.

Ocurrió algo entonces. Algo ignominioso, impropio incluso de los seres más viles.

Levanto la vista de mi escrito. Artemisia ha perdido la mirada en la lejanía que se otea desde la cámara, a través del ventanal desde el que vio mutilar a su padre y a su hermano.

—¿Qué fue, señora?

—Darío, en nuevo arranque de mesura y a la vista de lo sucedido en el mar, se preguntó si valía la pena sacrificar las vidas de sus fieles súbditos para castigar a los griegos. Se plegó a dar a nuestros enemigos una última oportunidad: envió por delante a sus embajadores para ofrecer concordia a las ciudades griegas. A todas, pero especialmente a aquellas de las que más había oído hablar, de donde se decía que procedían los más valerosos guerreros: Atenas y Esparta. La paz persa a cambio, como siempre, de la tierra y el agua.

»Cuando los embajadores llegaron a Atenas y expusieron su oferta, los atenienses los condujeron a un lugar llamado Báratro, un agujero inmundo donde los arrojaron para que murieran, pero antes les indicaron que en el fondo de ese abismo podrían saciarse de tierra.

»Y al mismo tiempo, los espartanos mataron a los heraldos del *gran rey. Los precipitaron a un pozo y los dejaron ahogarse. Los invitaron a tomar de allí toda el agua que quisieran.*

Reflejo la doble ofensa en mi escrito. Me repite la señora Artemisia que Darío se inclinó siempre hacia la paz. A veces, incluso ofreciendo su renuncia a justas venganzas y compensaciones. ¿Y cómo reaccionaban ante esta magnanimidad sus enemigos? Con más injusticia. Con mayor insolencia. Vista semejante hybris, *¿cómo no pensar que el castigo a los griegos iba a ser terrible?*

—¿Es entonces —pregunto— cuando el rey envió la segunda expedición?

—Casi —me contesta Artemisia.

Mientras estos hechos vergonzosos tenían lugar en Grecia, el noble Artafernes murió, a lo que siguió gran consternación en toda Caria y en el resto de la satrapía porque, aunque implacable, había sido también justo y hasta compasivo tras los duros acontecimientos que le había tocado vivir. Darío, como recompensa y homenaje, decretó que el hijo del fallecido, de su mismo nombre, tomara el gobierno en Sardes. Y como primera misión le encargó liderar esa segunda expedición contra los atenienses. Fue así como el joven Artafernes dirigió otra flota, mayor que la primera y mucho mejor provista; esta vez no la hizo pasar junto al peligroso Atos, al norte, sino que cruzó el mar por entre las islas. De camino causó innumerables desdichas a los naxios y a los eretrios, que eran isleños de estirpe jonia y habían desafiado al gran rey, y por fin desembarcó a los suyos en Grecia, en una llanada que llaman Maratón. Cuando los atenienses tuvieron noticia de su llegada, también ellos marcharon hacia Maratón para defender su territorio. Y al tiempo mandaron un emisario para pedir ayuda a los espartanos, que, además de haber imitado a los atenienses en su espantosa ofensa a los embajadores, pasan por ser los mejores guerreros entre los griegos. Pero los espartanos se excusaron: se hallaban en el mes que conocen como Carneo, que coincide con el Metagitión de los atenienses y el Turnabazish para los persas. Y a los espartanos les prohíben sus leyes marchar en campaña militar entre el séptimo y decimoquinto día de ese mes. Y, pese a ello, los atenienses vencieron a los persas, lo que resultó en un gran quebranto para el joven Artafernes, que a duras penas pudo escapar de la muerte. Y mucho más dolor causó esta derrota en el corazón del gran rey Darío, que quedó convencido de que para derrotar a los griegos no habría más remedio que reunir el mayor ejército que hubiera marchado bajo la mirada de Ahura Mazda.

La señora Artemisia interrumpe su relato al notar mi sorpresa. Le pregunto cómo es posible, después de que el joven Artafernes hubiera congregado semejante tropa, que los miserables atenienses los vencieran en Maratón.

—Como siempre, Heródoto, no hay una sola respuesta. Yo, que he luchado contra los griegos a las puertas de su hogar, estoy segura de que no es lo mismo pelear para conquistar algo lejano que hacerlo para salvar las vidas de tus seres queridos. Es extraño, además, que al pavoroso pecado del Báratro no le llegara aparejado su castigo en Maratón, con la muerte de todos los atenienses y la ruina de su ciudad. Por mucho menos ardió Halicarnaso. ¿O no corresponde una némesis a toda hybris? Otros, sin embargo, te dirán que, en demasiadas ocasiones, son los persas los que han pecado de hybris. Ah, ¿quién sabe? Tal vez fue solo el capricho de un dios, o la inteligencia de un hombre. El valor, el miedo... ¿El deber?

Reflexiono sobre ello, pero pronto recupero mi tarea. La señora Artemisia me cuenta que el abatimiento de Darío ante el desastre de Maratón fue conocido en todo el Imperio. Se murmuraba hasta en los rincones más remotos que el gran rey languidecía, rodeado de lujos y de consejeros que le estorbaban, y que había ordenado a uno de sus esclavos que le recordara cada amanecer lo único que le quedaba por cumplir: vengarse de los atenienses.

Así pues, el gran rey despachó emisarios por todo el Imperio con la orden de preparar tropas, exigiendo a cada pueblo mayores tributos, y contingentes muy superiores a los que habían proporcionado en las campañas del pasado, así como naves de combate, caballos, víveres y navíos de transporte.

Ante estas medidas, Asia se vio convulsionada por espacio de tres años, mientras se reclutaban los mejores guerreros para marchar contra Grecia y se hacían los preparativos oportunos. No iba a ser una expedición al mando de un noble líder militar o de un sátrapa. Esta vez, el gran rey encabezaría el ataque.

Pero Darío era anciano, y su debilidad se volvía notoria. Los egipcios, presionados tal vez por las exigencias persas para la inminente campaña, olvidaron la dura lección que habíamos aprendido jonios y carios. O tal vez se animaron al ver cómo la fortuna sonreía a los atenienses. La cuestión es que se rebelaron. Eso fue demasiado para la salud del gran rey, y así, con el Imperio de nuevo sacudido por disensiones internas, sin ver cumplido su deseo de cobrar venganza sobre los griegos…, murió.

A la muerte de Darío, el trono pasó a manos de su hijo Jerjes.

En un principio, Jerjes ocupó todos los contingentes, tributos y bastimentos en combatir la insurrección egipcia, que se había endurecido al conocer la muerte del rey. Tras aplastar Jerjes, como era de esperar, a los rebeldes, les impuso un yugo mucho más severo que el que habían sufrido en tiempos de Darío. Pero Egipto es grande, y no resultó fácil devolverlo a la obediencia: así Jerjes agotó lo que su padre había provisto para la expedición griega.

—Fue por este tiempo —dice la señora Artemisia— cuando los griegos se enteraron de que habían estado a punto de sucumbir. Y creyeron, seguramente con razón, que se habían librado por la muerte de Darío y la revuelta egipcia. Era normal, pues no podían pasar desapercibidos semejantes preparativos militares, mucho menos tras su puesta en escena con el aplastamiento de los rebeldes. Y tampoco podían esperar que sus repetidas ofensas quedaran sin castigo.

—¿Y no hicieron nada los griegos, señora?

Artemisia sonríe.

—Sí que hicieron, Heródoto. Aún faltaba un poco para que Atenas construyera su gran flota, pero fue por aquel entonces, en el segundo año del reinado de Jerjes, cuando las naves atenienses empezaron a piratear. Poco a poco ganaron confianza y se volvieron audaces. A veces aparecían entre las islas y asaltaban algún mercante, o desembarcaban por sorpresa en una aldea y robaban el ganado. Eran grupos reduci-dos, de dos o tres trirremes, a veces naves más pequeñas. No se atre-vían a enfrentarse con la armada persa, claro. Más bien actuaban como molestos insectos que revoloteaban, clavaban su aguijón, se eva-dían, zumbaban junto al oído...

»Lo que realmente enojaba a Jerjes no eran esos picotazos, sino el recuerdo de la venganza que su padre no pudo cumplir. La ofensa sin castigo en el levantamiento jonio. El crimen contra los embajadores en Esparta y Atenas. Y Maratón.

Artemisia se interrumpe. La descubro mirándome con fijeza. In-tuyo que va a reanudar la narración de sus vivencias.

—Jerjes y yo compartíamos enemigos. ¿Recuerdas, Heródoto?

—Claro que sí: los atenienses.

—Los atenienses, sí. Uno de ellos en especial. Ameinias de Eleusis.

LA CAZA DE LA NAVE RODIA

484 a. C. Diez años después del incendio de Halicarnaso

El Némesis era mi amor. Nave preciosa, esbelta, rojiza salvo por los dos ojos rabiosos que adornaban cada amura, siempre mirando hacia delante. Alto de borda, como buen fenicio. Sin esos feos arbotantes laterales que añaden los griegos para alejar los remos superiores. Rematado a proa por una roda fina que subía en vertical desde el largo espolón de bronce. El corto mástil *akateion*, con su ligera inclinación hacia el frente; y el mayor, esbelto y bien plantado. Extender las velas de ambos era ver a Pegaso abriendo sus alas. Blancas, capaces de llevarte hasta el confín del mundo. Y a popa, el codaste exquisito remataba en bella parábola desde el agua y se curvaba sobre mi asiento de capitana para protegerme de todo mal. Un trirreme perfecto. Sin adornos superfluos, sin mascarones. Mi piloto, Zabbaios, jamás lo habría permitido. Todo lo que frenara al Némesis debía ir fuera. Todo lo que impidiera la armonía en la danza de la navegación, simplemente sobraba.

Justo ahora llegaba una de esas maniobras que ponían a prueba el arte de nuestra nave. Veníamos desde Halicarnaso, con el viento por la aleta de estribor. Cielo despejado, mar agradecido y el soplo de un etesio suave pero capaz, que cargaba en la vela mayor y hacía saltar al Némesis sobre las olas. Estábamos por sobrepasar el extremo oriental de Cos, y teníamos que virar. Eso implicaba perder el empuje.

Zabbaios, vuelto a medias desde su posición de timonel, se aseguró de que estuviera sentada y firme.

—Que no me voy a caer, Zab.

—No sería la primera vez.

Sonreí. Zabbaios me había visto rodar por cubierta a menudo. Algunas de esas caídas hasta las había provocado él con un bandazo a mala idea. Pero me gustaba llevarle la contraria y, además, disfrutaba con el tipo de maniobra que se aproximaba, así que me puse en pie y abandoné la protección de la toldilla. Me volví hacia popa, abrí los brazos y eché atrás la cabeza. Inspiré con fuerza el etesio que me golpeaba el rostro y mecía mi pelo en dirección a proa. La cada vez más lejana línea costera de Caria azuleaba en la distancia.

—Si te caes, ya puedes seguirnos a nado.

Me volví. Zabbaios ni siquiera me había visto levantarme, pero ese hombre era como una araña, consciente en todo momento de la menor vibración en su tela.

—Si me caigo, Zab, nadaré en dirección contraria solo por no aguantarte.

Zab. Solo yo lo llamaba así. Solo a mí me lo permitía. Era Zabbaios para el resto de la tripulación, o lo que es lo mismo: para el resto del mundo. Zabbaios, hijo de Maherbaal, de la casa de Azizú. Fenicio de Sidón. El mejor marino que ha surcado el mar desde Egipto hasta los estrechos del norte. Zabbaios sobrepasaba por poco los cuarenta, y llevaba casi diez años conmigo. Zabbaios hablaba poco, pero había que escuchar bien si abría la boca. Por lo general, no lo necesitaba. Era suficiente una de sus miradas fijas, con esos ojos grises que entornaba aunque no les diera el sol. A veces, incluso la tripulación del Némesis le obedecía sin necesidad de que se oyeran sus órdenes.

—¡Listos para arriar el aparejo!

Zab tenía el acento suave de los fenicios, y eso contrastaba con la firmeza que transmitía su voz. Los marinos se aprestaron junto al palo mayor. El cabo oriental de Cos pasaba en ese instante por nuestro través. La espuma saltaba contra la costa norte. Calma en la costa sur. Nuestro cómitre gritó sus propias órdenes y, bajo cubierta, los remeros se prepararon. Yo separé un poco las piernas y asenté los pies sobre cubierta.

Zab tiró a fondo de la caña del timón derecho. Yo doblé las rodillas y me contorneé para mantener el equilibrio. Aquello me encantaba. Incluso me entraban ganas de reír. Era como deslizarse sobre la cresta de una ola. Como cabalgar una nube a la altura del trono de Zeus. El Némesis se escoró a babor mientras viraba. Empecé a notar el etesio en la mejilla, y el peplo que se agitaba en torno a la piel. Yo siempre vestía de blanco. Hacía juego con las velas del Némesis, o tal vez era por oponerme al perpetuo luto de mi madre. Extendí las manos como alas, mis mangas flamearon. Inspiré con fuerza. Recordaba mis primeras veces, cuando me aterrorizaba que la nave se escorara. Ahora no había nada más excitante. De no ser la capitana de aquella nave, habría gritado. La vela mayor siguió hinchada un momento, reacia a abandonar la caricia del etesio. Zab no la dejó gualdrapear.

—¡Arriba el trapo!

Los marinos obedecieron. Cada cual tomó su cabo y actuó. Se coordinaban a voces para tirar al mismo tiempo.

—¡Aaaa-ho! ¡Aaaa-ho!

La vela mayor se recogió contra su verga. Al mismo tiempo el cómitre dio orden de boga. Escuché los gritos bajo cubierta. De forma impecable, las palas entraron a un tiempo en el agua. Apenas noté el tirón cuando la fuerza del viento fue sustituida por la de nuestros remeros. La nave se estabilizó poco a poco y Zab aflojó el timón. Dio un vistazo rápido a estribor, corrigió sobre la marcha. Apenas un ligero movimiento de la izquierda para arrumbar a su gusto. Siempre me asombraba esa seguridad. Era como si conociera cada detalle de todas las costas, de todas las islas. Hasta dónde llegaban los bajíos, en qué punto se hallaba cada escollo, cómo era la brisa que recibía un fondeadero las tardes de primavera, si cambiaba en las mañanas de otoño…

Pasé junto a Zabbaios. Paniasis, nuestro cómitre, ejercía su labor con medio cuerpo fuera de la escotilla. Paniasis era hijo de un rico comerciante halicarnasio. Uno de los que se había librado de la castración y la esclavitud. Vivaracho, provocador, con mirada siempre traviesa bajo sus abundantes rizos negros. Agachó la cabeza y dio comienzo a uno de sus cantos para marcar el ritmo a los remeros. Ellos, bajo cubierta, contestaban a cada uno de sus versos.

—¡Remamos con fuerza de Creta hasta Samos! —recitaba Paniasis.

Ellos:

—¡Sin ver a una chica diez días llevamos!

Y Paniasis de nuevo:

—¡Ay, Poseidón, llévame a puerto!

—¡Que sin meterla me caigo muerto!

Siempre reían al acabar una de esas. Yo me aguanté. Paniasis tenía facilidad para inventar rimas picantes, y eso hacía más llevadero su trabajo a los remeros. Cuanto más rápido cantara, más fuerza en la boga y mayor velocidad para la nave. Y si los remeros descansaban porque nos movíamos a vela, escuchaban sus poemas, también subidos de tono. Pocos sabían que, durante el invierno, Paniasis escribía cosas más serias. Me apoyé en su hombro para asomarme por la escotilla que descendía al sollado. Allí abajo, los cincuenta y cuatro remeros de las dos bancadas superiores eran los que trabajaban. Los otros ciento ocho descansaban, esperando su momento. Por ahora, primer turno de boga larga, sin prisas, en la ruta a Halasarna.

Caminé por cubierta de ida y de vuelta, medio asomada a estribor mientras Paniasis seguía con otro de sus cánticos sobre voluptuosas vírgenes cuyos faldones se levantaban por efecto del etesio. Oteé la línea de costa para asegurarme de que no había nadie. Los marinos pasaban junto a mí, atareados en asegurar la jarcia. Casi todos eran halicarnasios y estaban acostumbrados a verme a bordo. Les consentía ser amables, pero no que me trataran como a un estorbo. Porque no lo era. Me dirigí a uno de ellos.

—Arría el gallardete.

Corrió hacia popa, tras mi asiento de mando cubierto por la toldilla. Allí la cubierta se convertía en un estrecho pasadizo de madera que se encontraba con el codaste. Era el lugar en el que ondeaba mi blasón, atado a un corto palo. El marino deshizo el nudo y soltó cuerda hasta que el hacha doble de mi linaje se convirtió en un trapo arrugado en sus manos.

—Ahora somos una nave fenicia más —le dije a Zabbaios.

—Claro. En las demás naves fenicias, las mujeres corretean por cubierta.

—Sidonio cascarrabias… —Regresé a mi lugar bajo la toldilla. El amplio trapo tendido sobre el cordaje me ocultaba de las miradas.

—Lo de la discreción fue idea tuya, Artemisia. Además, vamos a cruzarnos con gente. ¡Oficial de proa, atento!

La tripulación fue pasando la orden a lo largo del trirreme, hasta que el aludido hizo un gesto para darse por enterado. Estaba encaramado a la roda, vigilante de las barquitas que entraban y salían de la playa pedregosa. Muchos vecinos de las islas cercanas se acercaban a Cos para tomar baños de agua caliente. Se decía que solo con poner un pie en la orilla se curaban todos los males. Eso estaba bien, porque la gente enferma gasta para curarse, y la gente sana gasta hasta enfermar. La isla de Cos estaba bajo mi soberanía, lo mismo que las de Nísiros y Kálimnos. Y su costa sur se llenaba de sanos y enfermos con el buen tiempo. Todos gastando su dinero.

Zabbaios mantenía fijas las cañas y olisqueaba el aire. A él no le incomodaban aquellos momentos en silencio. A mí, sí, algo. De modo que no aguanté mucho.

—Jerjes andará ocupado con la rebelión babilonia.

Zab hizo como si nada. Un rato al menos.

—Los babilonios son unos necios. Y su rebelión es pequeña.

Estuve de acuerdo. De hecho, podría decirse que ellos mismos se estaban derrotando solos. Para empezar, habían ignorado la reciente eficacia de Jerjes al reducir la insurrección egipcia. Pero se decía que todo nuevo rey tenía que hacer frente a dos o tres revueltas al principio de su mandato. Y si había alguien más orgulloso y desvergonzado que los egipcios, esos eran los babilonios. Así que un tal Bel-Simanni se había sublevado en el sur, y ahora lo acababa de hacer otro tipo, Samas-Eriba, al norte. De algún modo, ambos habían conseguido adeptos para sus respectivas aventuras y, en lugar de unirse para resistir a las fuerzas persas, se estaban peleando entre sí. Eran como dos ciervos corneándose por las hembras, ajenos a los lobos que observaban la contienda. Jerjes no tenía más que esperar a que se destrozasen entre ellos, y luego acudiría a rematar al maltrecho vencedor. Asunto arreglado.

—¿No temes que la rebelión babilonia deje de ser pequeña y se extienda a tu tierra? —pregunté a Zabbaios—. Al fin y al cabo, se trata de la misma satrapía.

—Los fenicios somos fenicios, no babilonios. Solo luchamos cuando tenemos seguro el triunfo. Acuérdate de eso, es una buena lección.

—Lo haré.

Había más razones para que los fenicios no pensaran en rebelarse contra Persia. Sus innegables privilegios se habían mantenido desde tiempos de Ciro el Grande, y Jerjes no había cambiado el criterio de la dinastía aqueménida respecto a eso: necesitaba a los fenicios por su pericia en el mar. Eso, dominar la navegación, era algo que impresionaba a los persas. Se tenían por leones tierra adentro, pero se convertían en ovejas en cuanto pisaban las tablas de una nave. Así que dejaban hacer y deshacer a los fenicios. De todas formas, me complacía desafiar a Zabbaios.

—¿Y si, pese a todo, os rebelarais?

—No haremos tal cosa. Pero si ocurriera, nadie podría reducirnos. Somos invencibles en el mar. Que los babilonios se ahoguen en la arena del desierto si quieren. Los fenicios somos marinos.

—Los egipcios se rebelaron, y son buenos marinos también. Puede que mejores que vosotros. Con cariño te lo digo.

—Los egipcios son más necios todavía que los babilonios. Aunque menos que los carios. Con cariño te lo digo.

Reí entre dientes y me incliné para asomar la cabeza. Rebasábamos la playa. Antes de media tarde llegaríamos a Halasarna, nuestro destino, justo en medio de la alargada costa sur de Cos. Sobre cubierta, los marinos se relajaban. Ahora era cuestión de remo tranquilo al ritmo de las cancioncillas de Paniasis. Metí la mano bajo el *strophion* de lino blanco que llevaba ceñido a la cintura, alrededor del peplo. Saqué un pequeño cilindro metálico.

—Mira, Zab.

Se volvió sin soltar las cañas y entornó los ojos grises. Moví el cilindro para que viera el sello que lo cerraba: un sol finamente labrado, llameante sobre la cera roja.

—Persa —dijo.

—Sí. Llegó desde Sardes. Tengo que llevarlo a Quíos y abrirlo ante el gobernador de la isla. No antes.

Zabbaios hizo un gesto de aprobación. Era él quien me había enseñado a ser cauta en tierra cuando se trataba de asuntos marineros: a lo secreto le sentaba bien guardarse hasta estar en la mar. Los pajaritos pían mucho, a los peces ni se les oye.

—Así que esa es nuestra misión: somos mensajeros del gran rey.

—Eso parece —dije—. No es que me guste, pero me han pagado bien.

—Y no tienes ni idea del contenido, claro.

Hice un ademán de desprecio.

—Allá los persas con sus misterios.

—Pues este rumbo no es bueno para Quíos, Artemisia.

Me guardé el cilindro.

—No lo es. Si alguien pregunta en casa, nos han visto alejarnos de Halicarnaso rumbo a Cos. El mensajero de Sardes lo dejó bien claro: nadie debe saber que llevo esto. —Palmeé mi *strophion*—. Ni adónde. Así que damos un rodeo. Pero aprovecharemos el viaje. Por eso recalaremos en Halasarna.

Zabbaios se volvió de nuevo.

—¿Qué tramas, Artemisia?

Enarqué las cejas para hacerme la enigmática un poco más.

—Pequeñas rebeliones.

En la playa de Halasarna había un varadero con cuna de madera, así que sacamos al Némesis del agua y lo acomodamos al sol, trabado con gruesos listones para que la tripulación lo carenase. Zabbaios era inflexible en eso. No importaba lo corto que hubiera sido el viaje: el casco debía quedar impoluto, encerado como la piel de un delfín y capaz de deslizarse sobre una capa de barro seco. Así que distribuimos los turnos de trabajo y vigía, dejé a Paniasis al mando y liberé a los demás hasta el amanecer.

—Aquí a la salida del sol. El que no llegue a tiempo, tendrá que nadar tras nosotros. Vamos, Zab.

Dejamos atrás el olor a brea y las tonadillas inspiradas de Paniasis. Yo llevaba una *calyptra* blanca enrollada en la cabeza y descansando sobre los hombros, de modo que me dejaba un solo ojo a la vista. Zabbaios caminaba por delante, íbamos sin escolta. A mi piloto le había dicho que se llenara la bolsa de plata persa. Preveía cierto gasto.

Zab se volvía cada poco mientras nos acercábamos al pueblo. Oteaba el horizonte en busca de algo más que chalupas de pesca. Algunos críos habían hecho de espectadores durante la maniobra de varado, y ahora nos observaban acodados en una baranda de piedra. Aunque pronto perdieron interés y volvieron a sus juegos.

—¿Adónde vamos? —preguntó Zabbaios.

—A la taberna del Pulpo. Debe de estar por ahí.

Los aparejos de pesca y los restos de antiguas embarcaciones daban paso a las callejas estrechas y entrecruzadas de Halasarna. Pronto nos asaltó el aroma de pescado frito. Al igual que Halicarnaso, mis ciudades isleñas habían recobrado la pujanza en los últimos diez años. Mis islas se encontraban en la ruta que unía Egipto y Fenicia con los estrechos del norte, así que eran muchas las naves que recalaban para hacer aguadas, calafatear y arreglar destrozos. Había varios talleres encarados a la costa. Puestos de comida ambulantes, carpinteros en busca de empleo, vendedores de estopa… Todos nos habían visto varar, así que se nos unieron durante un trecho mientras nos ofrecían sus servicios o reclamaban noticias. Se dirigían a Zabbaios, y lo hacían en la lengua franca de la costa y las islas, que mezclaba el griego jónico, el egipcio, el elamita, el babilonio y el arameo.

—¿Necesitas calafate? Mis hijos trabajan por buen precio.

—¿Sois fenicios? ¿Se sabe algo de la rebelión babilonia?

—Eres el capitán de esa nave, ¿no? ¡Vino de la isla a mitad de precio para tu tripulación, y te regalo un barril de arenques!

—¿De dónde venís con esa nave de guerra? ¿Es por los piratas? Zabbaios y yo nos miramos. ¿Los piratas?

—¿Dónde está la taberna del Pulpo? —preguntó él.

Todas las manos señalaron el camino a la vez. Dejamos atrás a la concurrencia, que se dispersó decepcionada. Yo seguía caminando tras mi piloto, como haría una esposa decente. *Calyptra* bien apretada, pasos cortos, mirada baja. Todos aquellos hombres ignoraban que yo era su soberana. E ignorantes debían seguir por el momento.

El Pulpo estaba abierto a la calle. En realidad era una casa como otra cualquiera de Halasarna: dos plantas de argamasa enyesada sobre zócalo de piedra. Solo que ampliada con pilares de madera y un sombrajo de cañas. Varios isleños holgazaneaban a cubierto del sol y sin hacer gasto al tabernero, un tipo redondo, de pelo grasiento. Al vernos llegar, se frotó las manos.

—¡Ah, los dioses me bendicen! ¡Adelante, por favor! Tomad asiento. —Nos indicó la mesa menos sucia bajo la cubierta de cañas.

Yo me acerqué mucho al hombre. Olía a aceite rancio y a sudor. Me separé la *calyptra* de la boca y, en voz baja, pregunté:

—¿Eres Lixes?

El tabernero enarcó las cejas. Miró a Zabbaios interrogante y recibió un asentimiento de cabeza: podía contestarme.

—Sí, soy Lixes.

—¿Y sabías, Lixes, que la lluvia jamás moja el santuario de la diosa en Bargilia?

El tabernero abrió mucho los ojos. Sufrió un amago de indecisión, pero se repuso pronto. Se hizo a un lado y extendió la mano hacia el interior del Pulpo.

—Pensándolo mejor, pasad.

Lo hicimos. El calor era opresivo dentro, así que no había clientes. Aproveché para despojarme de la *calyptra*. Tomamos asiento sobre sendos taburetes y el tabernero pasó un trapo sobre la mesa.

—Tengo cerveza de Babilonia. Con la rebelión se ha encarecido, pero a vosotros os la dejaré a precio de amigo.

—Vino, Lixes —contesté—. Del de aquí. Y acompáñanos.

El tabernero se frotó las manos en el delantal mugriento. Sonrió antes de entrar en el local y perderse entre sus cubas. Le oímos gritar:

—¡Mujer, prepara unos salmonetes! ¡Y no te pases con la sal!

El sitio era bastante roñoso. Manchas enormes de humedad cubrían frescos antiguos, casi indescifrables. Había ánforas resquebrajadas, y a nadie parecía preocuparle la arena de playa que invadía poco a poco el piso, ni el par de gatos dormilones del rincón. Zabbaios se removió en el taburete. No quitaba ojo de la puerta. Desde fuera, los parroquianos de Lixes se retorcían para mirarnos a través del quicio, y murmuraban sin recato.

—Tranquilo, Zab.

—Eso quisiera. ¿Qué es eso que le has dicho al tabernero, lo de la lluvia y del santuario de no sé qué diosa?

—Una clave. Lixes y yo no nos conocíamos, pero llevamos un tiempo en contacto. ¿Te lo explico?

Zabbaios gruñó una respuesta negativa. Él prefería ignorar todo lo que sucediera fuera del Némesis, sobre todo si tenía que ver con política. Yo suponía que esa animadversión hacia lo cortesano le venía de su pasado fenicio. Lo mismo que todas sus manías, lo mismo que todas sus virtudes.

Lixes regresó con una escudilla de pescado humeante y una jarra de vino blanco. En el segundo viaje trajo tres cuencos. Arrastró un taburete para él y nos sirvió. Hablaba en susurros:

—Pensaba que era falso eso que se cuenta, señora. Lo de que navegas aquí y allá. Porque eres tú, ¿no?

—Soy yo. Siempre lo he sido.

—Bien, pues tengo información interesante. Mucho me ha costado conseguirla, eso sí.

Miré a Zabbaios, gesticulé hacia la bolsa prendida de su correa. La descolgó y aflojó las cintas para sacar varios siclos de plata, pero yo se lo impedí. Se la quité suavemente de las manos antes de dejarla junto al cuenco de Lixes.

—¿Entera? —gruñó mi piloto.

—Claro. Esa información lo vale, ¿verdad?

El tabernero asintió sin apartar la mirada de la bolsa, que desapareció rápidamente de la mesa. Se aseguró de que los clientes de fuera no escucharan pero, por si acaso, se inclinó hacia los salmonetes y convirtió su voz en un susurro.

—El *gaulo* pasó hace trece días por aquí, algo separado de la costa. Era tarde, así que pernoctaría en Istros. A la mañana siguiente me entrevisté con un par de pescadores para confirmarlo. No quería avisarte sin estar seguro.

Asentí. Zabbaios me miraba entre impaciente y enojado. Me creí obligada a contarle algo.

—Se trata de un *gaulo* de Rodas, Zab. Mueve harina de trigo, de la fina, desde Fenicia. En teoría es para Lesbos, pero en Atenas la pagan al triple.

—¿Contrabandistas?

—Justo —contesté—. Los rodios navegan con patente de Jerjes y lucen gallardete real, así que se libran de gastos aduaneros. Y lo más importante: la flota persa los deja en paz en nuestras aguas.

71

—El viaje legal a Lesbos lo hacen costeando desde Fenicia —intervino Lixes—. Por trayecto seguro y durante todo el año. El armador rodio se ha hecho rico y ha puesto media docena de *gaulos* a hacer la ruta. Ir y volver, ir y volver. Pero uno de los pilotos está comprado por Atenas. Su *gaulo* es el Ofiusa, el de mayor capacidad de la flota comercial rodia.

»Actúa de modo normal hasta que llega el verano, cuando se puede salir a alta mar. Entonces, como de costumbre, zarpa de Rodas y acude a estibar la harina a Biblos. Después, ya cargado, costea el continente por la ruta establecida hacia Lesbos. Pero a la altura de Cnido cae a babor, y se cuela entre nosotros y Nísiros para hacer escala en Istros. Luego salta a Astipalea, Amorgos y Paros. Al zarpar de allí arría el gallardete real y lo cambia por la lechuza. Enseguida recibe escolta ateniense. Mañana hará dos semanas, y lo veremos pasar de vuelta hacia Rodas. Cargadito de oro griego y de nuevo con blasón persa.

Di una palmadita sobre la mesa.

—Quiero interceptarlo antes, sin testigos. Lo cazaremos cuando zarpe de Astipalea y…

—Espera, espera —me cortó Zabbaios—. ¿Es eso? ¿Tenemos que cazar una nave rodia que traiciona a Persia? ¿Otra misión real?

Negué con la cabeza.

—Esto no tiene nada que ver con los persas. Es cosa mía. —Sonreí al tabernero—. Y todos sacamos beneficio.

Pero Zabbaios no se fiaba. Se inclinó sobre la mesa y agarró la pechera de Lixes.

—¿Y cómo conoces tú tantos detalles sobre la ruta de ese *gaulo*?

—Ah… La vida es segura bajo el gobierno de nuestra señora Artemisia, por lo que le doy las gracias. Y al gran rey, por supuesto. Que Zeus os proteja a todos. Yo os lo explico, no hay nada que ocultar.

—Suéltalo, Zab.

El fenicio obedeció. Lixes me dirigió una sonrisa nerviosa.

—Veréis, se aburre uno mucho, así que menudean los cotilleos. Y si hay buena mar para los botes pesqueros, lo que ocurre en una isla por la mañana se sabe en otra por la noche. El cotilleo más valorado es el del contrabando. Después de un buen adulterio, claro, sobre todo si hay rapto de efebo o puñaladas incluidas. —Lixes bajó la voz aún más—. Pero esta información es mejor aún que un chismorreo de amancebamientos. En fin, recala en la taberna tanto tipo raro… Marinos de fortuna, rufianes perseguidos por la Justicia, mercenarios sin trabajo. Egipcios, fenicios, eginetas, cretenses… Hace tres años, cuando la cerveza babilonia estaba más barata, un rodio de paso bebió demasiada y se le desató la lengua. Había servido en el Ofiusa durante unos meses, hasta que se metió en una reyerta por un desacuerdo de juego y apuñaló a otro tripulante. Se escabulló en Paros. Os digo algo: la isla de Paros es el auténtico centro de las ratonerías en el Egeo.

—¿Paros? —repetí—. ¿Qué tiene de especial?

—Todo pasa por allí. —Lixes subió las cejas tres veces, muy deprisa—. Lo que ocurre en Asia se sabe antes en Paros que en Europa. Y al revés. Dicen que hay una mujerzuela que paga y cobra por la información. Conoce las rutas de los contrabandistas, dónde recalan los piratas, qué armador gana más y qué mercante hace aguas. Pero bueno, lo que os contaba: el marino que desertó del Ofiusa pagó a la mujerzuela esa de Paros para que lo ayudara a huir. De camino a Rodas pasó por aquí, y así me enteré yo del asunto. Lo demás ha sido observar y charlar con los pescadores. Con los que faenan cerca de Istros sobre todo.

Zabbaios me miró aprensivo.

—¿Y si los del Ofiusa van armados?

—Es un *gaulo*, Zab. Presa fácil.

—No lo parece. ¿Dices, tabernero, que hace tres años de la confidencia del marino borracho? Pero ¿cuánto tiempo lleva funcionando esa ruta de contrabando?

Lixes se encogió de hombros.

—Supongo que desde que se cerraron las rutas entre Occi-

73

dente y Oriente. Es lo que ocurre con los bloqueos comerciales: la gente se busca la vida.

Mi piloto asintió despacio. Nos dedicamos a comer salmonetes mientras Lixes nos dejaba para atender el negocio. A mí me había entrado la impaciencia, y Zabbaios se dio cuenta.

—No me creo que el armador rodio ignore todo esto. Seguro que saca tajada.

—Seguro —respondí, y dejé la última raspa en el borde de la escudilla—. Tal vez lo denuncie por ayudar a esos perros atenienses. Pero no ahora. Quiero el oro. Lo necesito para armar otro trirreme.

Gruñido de Zabbaios. Él conocía esa intención mía desde un par de años atrás. Y también que el nuevo trirreme lo quería fenicio, como el Némesis. Eso costaba dinero y, tal como se planteaba el asunto, suponía un riesgo. Me señaló con el índice.

—Tú no participarás en la caza. Tu madre me mata si se entera.

Terminé el vino de un trago. Luego me puse en pie.

—Pues que no se entere.

Navegamos con el alba hasta Pergousa, un islote despoblado a parasanga y media al oeste de Nísiros. Aprovechamos el etesio matinal para la singladura, con las dos velas desplegadas. Eso permitió a nuestros remeros llegar descansados. Lo iban a necesitar, porque la posición nos colocaba a sotavento de la ruta probable del Ofiusa. Fondeamos en la bahía norte de Pergousa, con la popa contra la orilla, y nos quedamos a la espera. Estaba con mi piloto a proa, agarrada a la roda. El Némesis cabeceaba sobre el oleaje que nos mandaba el viento norteño, y yo sentía un ligero temblor en el estómago. Aquella iba a ser mi primera vez, y tenía miedo de venirme abajo.

—¿Cómo quieres hacerlo, Zab?

Zabbaios, que oteaba el horizonte, se volvió.

—Decide tú. Es idea tuya.

Tragué saliva.

—Decidiré luego, cuando vea de cerca al *gaulo*.

Mi piloto suspiró.

—Mal. Decidir rápido y en el último momento es la mejor receta para equivocarse. ¿Saldrías a navegar sin saber si la mar estará calma o si se avecina tormenta?

—No, claro… —Me mordí el labio inferior. Notaba la incertidumbre a mi espalda. En el silencio, solo roto por murmullos aislados. La tripulación estaba así desde que les había revelado nuestro objetivo. —No quiero embestidas, eso seguro. Nada de arriesgarnos a perder el oro. Los abordaremos.

—¿Ya está? ¿Ese es tu plan?

—Sí. ¿Hace falta más?

Zabbaios se encogió de hombros antes de encaramarse a la roda. La isla de Astipalea era un borrón en la distancia, aunque al *gaulo* no le quedaba más remedio que pasar junto a nosotros para recalar en Istros.

—Ahí viene.

Forcé la vista, pero nadie podía superar a mi piloto en eso. Respiré hondo un par de veces. Sabía que era imposible quitarme el miedo, pero debía disimularlo. Me forcé por darle un tono seguro a mi orden:

—Arma a la tripulación de cubierta, Zab. Abajo el mástil.

El Némesis estalló en frenesí. Yo caminé hacia popa mientras mis hombres corrían para desatar los obenques, bajar la verga y abatir el palo mayor. Zabbaios los había entrenado bien, nadie tropezaba, no había estorbos ni dudas. Metí la cabeza por la escotilla y, a la luz lateral que entraba por las lucernas, vi los rostros expectantes de los remeros. Ordené a Paniasis que todos ocuparan sus puestos. Intenté tranquilizarlos.

—¡Es un *gaulo*, gordo y lento como una vaca. No será difícil. Pero quiero que nos vea volar!

Seguí hasta la toldilla y yo misma me ocupé de desmontarla. Quería que se me viera sentada en mi lugar de capitana. Observé el palo vacío sobre el codaste. Eso me dio una idea. O mejor dicho, dos. Volví a la escotilla y descendí hasta el sollado. Los hombres se pasaban pequeños odres, murmuraban salmodias y besaban los amuletos colgados de sus cuellos. En el hueco de popa, bajo mi asiento, estaba el sitio reservado para mi más preciado tesoro. Lo desenvolví con cuidado. Tomé la *sagaris* con ambas manos. Empuñarla me remitía siempre a mi adolescencia. Recuerdos turbios, que me hacían apretar los dientes y cerrar los ojos. Yo también tenía un canturreo casi supersticioso, pero no era para espantar maldiciones.

—La culpa es de los atenienses.

Salí a cubierta con el hacha doble, y la tripulación se detuvo un instante para mirarme. El mástil de la mayor estaba ya trincado, inmóvil a lo largo de la cubierta; los marinos se intercambiaban hachuelas y jabalinas. Era todo lo que teníamos a bordo para cortar y pinchar aparte de la propia *sagaris*. Zabbaios venía hacia mí desarmado. Necesitaba las manos libres.

—¿Qué vas a hacer con el hacha?

Sonreí para ocultar el temblor de los labios. Tercié el arma ante mi pecho.

—Imponer la autoridad del gran rey. Y la mía.

Pero nadie podía engañar a Zabbaios.

—Tienes miedo —murmuró.

Asentí. Sin borrar mi sonrisa forzada.

—¿Tú no, Zab?

—Claro. No soy estúpido.

Eso me reconfortó un poco. El fenicio se volvió hacia la tripulación. Creo que, en parte, lo hizo para que yo no viera que él también sonreía.

Su voz atronó el Némesis:

—¡Izad el gallardete de Halicarnaso! ¡Todos a sus puestos! ¡Por Artemisia!

El capitán rodio hizo lo único posible aparte de rendir el Ofiusa: viró hacia el sur para tener el viento a favor, y ordenó la boga más enérgica en la historia de su tripulación. Es decir: vino hacia nosotros. Por la diosa, incluso había olvidado que los *gaulos* de Rodas llevaban espolón.

Respiraba deprisa, y un nudo empezaba a instalarse en mi garganta. Así no era como lo había imaginado. El miedo de un rato antes amenazaba con convertirse en terror. ¿Y si me bloqueaba? ¿Y si no era capaz de reaccionar? Desde mi asiento, con la *sagaris* bien sujeta, veía la espalda de Zabbaios y esperaba que se volviera para darme la solución. Seguro que él sí lo había tenido en cuenta. Pero apenas se movía. Ligerísimas correcciones de rumbo, ladeos de cabeza para calcular distancias. Al final, fui yo quien se vio obligada a romper nuestro silencio.

—¿Qué pretende ese loco?

Ahora sí giró la cabeza Zabbaios. Lo justo para que distinguiera su gesto socarrón. Tuvo que gritar para alzar su voz sobre el chapoteo masivo de nuestros remos y el cántico bajo cubierta.

—¡Jugar contigo a ver quién los tiene mejor puestos!

La distancia se acortaba muy deprisa. Las velas de los gaulos son más anchas porque cuelgan de vergas dobles. A esta, hinchada por efecto del etesio, le habían bordado varias serpientes. Parecía que se burlaran de nosotros.

—Serpientes. ¿Por qué tenían que ser serpientes?

—¿Qué?

—¡Odio las serpientes, Zab! ¿Qué hacemos?

Zabbaios negó despacio con la cabeza.

—¿No se supone que ese *gaulo* venía de vacío? Harina de trigo que ha descargado en Atenas, ¿no? ¡Pues yo te digo que trae la bodega llena! ¡Fíjate en su línea de flotación! ¡En su marcha!

La verdad es que eso ahora no me consolaba. Lo que ocupaba mis desvelos era un monstruo de madera que se nos venía encima. Y de nada nos servía que ambas naves quedaran inservibles junto a un islote.

—¡Zab! ¿Y si lo discutimos luego?

—¡Ah, ahora te ha entrado prisa! —Con su típico cuajo, Zabbaios ladeó la cabeza—. ¡Dime algo, tú, que odias las serpientes! ¿Has visto alguna vez un icneumón?

—¿Un qué?

—¡Los egipcios los llaman ratas del faraón!

No podía creer que mi piloto me hablara de ratas egipcias. El Ofiusa se hacía cada vez mayor por nuestra proa. Sus dos hileras de remos subían y bajaban al compás, levantando surtidores de agua.

—¿Y qué pasa con esas ratas, Zab?

—¡Cazan serpientes! ¡Son bichos muy útiles!

Me desesperaba. Los marinos se miraban entre sí solo porque no se atrevían a mirarme a mí.

—¡Zab, por favor!

—¡El icneumón espera a que la serpiente haya comido! ¡Entonces, cuando la sabe atiborrada y torpe, se pone delante ella y se mueve despacio de un lado a otro!

—¡Zab! ¡Zab, por favor!

—¡Y la serpiente ataca, pero él se vuelve rápido de repente. Se aparta, la deja pasar y le muerde el cuello!

Mis nudillos se tornaron blancos de apretar la *sagaris*. Me puse en pie, el hacha agarrada con la diestra. Corrí hacia la escotilla y apoyé una rodilla en cubierta.

—¡Paniasis, media boga! —Me incorporé—. ¡Agarraos donde podáis! ¡Zab, todo a babor!

Paniasis ralentizó su cántico. Los remos redujeron su ritmo al tiempo que mi piloto tiraba de la caña de su izquierda. El Némesis empezó a virar, pero llevaba buena velocidad y se fue de ronza. La escora fue brutal, lo mismo que la cortina de agua que levantamos. Salí despedida. Rodé por cubierta, y no fui la única. Tumbada, observé cómo el Ofiusa aparecía por la amura de estribor. Casi podía ver la cara de satisfacción del capitán rodio al comprobar que le ofrecíamos nuestro través. El espolón del *gaulo* reflejó el brillo del sol mañanero al aparecer entre dos olas. Un par de mis marinos gritaron de terror. Abajo, los remeros multiplicaron las maldiciones. La colisión parecía inevitable, y me pregunté si había entendido el extraño cuento de Zabbaios sobre ratas y serpientes. La maldita Ofiusa iba a morder fuerte. Su único colmillo venenoso nos iba a entrar por la borda con tanta potencia que partiría el trirreme en dos. Apoyé las manos en cubierta. Descubrí que no había soltado el hacha.

—¡Paniasis! —grité con todas mis fuerzas—. ¡A toda boga!

Mi cómitre aceleró su canto. Sentí la propulsión de los ciento sesenta y dos remos tirando del Némesis. Ochenta y un ciudadanos libres de Halicarnaso por banda, moviendo sus cuerpos al unísono, venciendo la resistencia del agua, encorvando la espalda conforme doblaban los brazos y los músculos dorsales se contraían. Nuestra marcha se había reducido con la media boga y la violenta bordada, pero el trirreme arrancaba ahora como un tiburón que oliera sangre. Pese a todo, me pareció que transcurría un día entero hasta que el espolón del Ofiusa pasó bajo la sombra de nuestra popa. Vuelta hacia allí, vi a los marineros del *gaulo* boquiabiertos, todavía agarrados a los cordajes ante el choque que no había llegado. La amura rodia, mucho más panzuda que la nuestra, casi rozó las tablas curvadas de nuestro codaste. Habíamos evitado a la serpiente por muy poco, pero el borde de su ancha vela se nos enganchó en la popa. La escota de estribor del Ofiusa se tensó como la cuerda de una lira antes de partirse. Sonaron chasquidos, crujir de madera y el latigazo del cabo. La vela del *gaulo* ondeó libre. Por eso en las naves de guerra hay que desmontar el mástil mayor antes de combatir. Porque se convierte en un estorbo. Levanté la *sagaris* en señal de triunfo. En el Ofiusa se escuchaban insultos y maldiciones. No había tiempo que perder.

—¡Zab, cierra en redondo!

Nuevo zarandeo a babor. Esta vez no me pilló desprevenida. El Némesis describió un arco más amplio debido a su buena marcha. El Ofiusa, perdido el empuje del viento, no variaba su rumbo en un intento por conservar la inercia. El capitán rodio había decidido escapar a remo. Iluso.

Completamos el cuarto de giro y tomamos su estela, la costa del islote peligrosamente cercana por babor. Zab terminó de enderezar la derrota. Soltó una carcajada.

—¡La rata del faraón!

—¡Loco sidonio! —Pasé junto a él rumbo a proa, adonde confluía el resto de la tripulación en cubierta. Una nueva sensación sustituía al miedo en mi pecho. Una mezcla entre entusiasmo y embriaguez—. ¡Contra la costa! —Ahora lo veía. Lento el *gaulo*, renqueante. Su vela suelta, ondeando a medias, incapaz de capturar el etesio. Una docena de remos por banda a toda marcha. Ridículo impulso comparado con el nuestro. Reí. Mi enemigo era una serpiente con la panza a punto de reventar, sí. Ordené desplegar la vela de *akateion* para acortar el trance.

Lo alcanzamos enseguida. Empezamos a sobrepasarlo por su estribor, y Zabbaios metió caña para irnos contra él. Lo grité casi por instinto:

—¡Paniasis, dentro los remos de babor!

El cómitre repitió la orden, y la guiñada se acentuó. De pronto, nuestro espolón iba al encuentro del Ofiusa. El piloto del *gaulo*, en un movimiento reflejo para evitar el rumbo convergente, también cayó a babor, con lo que se aproximó demasiado al rompiente de Pergousa. Un poco más y encallarían. Fue demasiado para el carguero. Oí cómo ordenaban arriar la inútil vela y levantar los veinticuatro remos. El Ofiusa perdió velocidad conforme nuestras proas se acercaban. Zabbaios corrigió el rumbo y Paniasis suspendió la boga. Esperé hasta que ambas naves se deslizaron en paralelo, lentas, muy cercanas. Me arrimé a la borda. Localicé al capitán a media cubierta, repartiendo órdenes. Un tipo de hombros anchos y densa cabellera rizada. Lo señalé con la *sagaris*.

—¡Fuera tu ancla o te meto el espolón hasta las tripas, serpiente! ¡Y que no se mueva nadie!

El hombre palideció. Yo misma me sorprendí por las palabras que acababan de brotar de entre mis labios. Mis marinos, atentos a la maniobra, se mostraron en la borda, amenazantes. Los trirremes fenicios son altos, así que nuestra cubierta quedaba bastante por encima. Hasta ese momento había comandado a aquellos hombres en singladuras pacíficas con el Némesis; sobre todo escoltas a nuestras propias naves mercantes. Sin incidentes. Aquella era nuestra primera presa. Notaba las miradas de la tripulación puestas sobre mí. Casi podía oler el orgullo. Y me gustaba.

El ancla del *gaulo* chapoteó al hundirse, al momento lo hizo la nuestra. Nos abarloamos sin problemas, y los rodios no se atrevieron a tocar nuestros garfios cuando se los clavamos en cubierta. Solo se echaron atrás, apretados contra la regala de babor. Las dos naves quedaron enzarzadas y a la deriva.

Abordamos el Ofiusa sin oposición. Los tripulantes cayeron de rodillas, los remeros nos mostraron sus manos callosas y vacías. El capitán era el único que hablaba, y lo hacía para pedir calma a los suyos. Arrugó el ceño.

—Una mujer… —Se fijó en nuestro gallardete y entornó los ojos—. Ese es el pabellón de Halicarnaso. Artemisia de Caria, ¿eh? Así que es verdad lo que se cuenta. Pero tú eres leal a Jerjes, lo sé. Fíjate en mi pabellón. —Y señaló a su popa, donde ondeaba el sol alado de los aqueménidas.

Me fui hacia él, eufórica, y le acerqué al cuello uno de los filos de la *sagaris*.

—Tu pabellón es el del gran rey, ya lo he visto. ¿Cómo te llamas, rodio?

—Crantor. Hijo de…

—No metas a tus padres en esto —le interrumpí—. Se avergonzarían de ti, seguro. Llevas el cargamento para vendérselo al enemigo. ¿Lo niegas, víbora?

Crantor enrojeció.

—Eso es mentira.

—¿Entonces por qué das este rodeo tan peligroso para regresar de Lesbos? —Puse el filo en contacto con su piel.

No llegó a contestar. Uno de los míos, medio asomado a la bodega, se le adelantó.

—Mi señora, van hasta arriba de cerámica roja.

Zabbaios, que acababa de saltar al *gaulo*, se me acercó.

—Esa viene de Atenas, seguro. Déjame atarlo a la quilla.

Crantor se curvó sobre la regala. Un poco más y caería al agua.

—Está bien, lo confieso: venimos de Atenas. Pero no hay por qué tomárselo tan mal. ¿Y si nos dejas marchar y yo te lo pago bien? No solo eso: ¿te interesa ser mi socia?

—Socia —repetí, y retiré la *sagaris* de su cuello. Eso devolvió un poco de valor al rodio.

—Somos gente de mar, ¿eh? ¿Qué nos importan a nosotros las cuitas de soldados? Allá ellos con sus guerras. Mira: podemos llegar a un acuerdo y beneficiarnos todos. Un par de viajes de escolta al año, de Rodas a Paros y volver. Ya te digo que te pagaré bien. ¿De qué te sirve quedarte con esto ahora? Déjame ir y triplicarás el beneficio, así. —Chascó los dedos—. ¿Qué me dices, Artemisia?

—Me pagarás bien, ¿eh? ¿Con dracmas atenienses?

—Dracmas no, mujer. La plata es para miserables. Yo te ofrezco oro. Tetradracmas. Suficientes para comprarte todos los peplos y perfumes que te apetezcan. Piénsatelo.

Sí que fingí pensármelo.

—¿Dónde tienes esos tetradracmas, Crantor?

Señaló a popa.

—En la bodega. —Se tiró de la túnica bajo el cinto y la alisó a la altura del pecho. Sonrió antes de soltar un suspiro de alivio—. Sabía yo que nos entenderíamos. Ven. Te enseño el oro.

Y me enseñó sus tetradracmas, desde luego. Era verdad que la harina fenicia se pagaba al triple en Grecia. Supongo que la flota persa, con su control de las rutas de cereal desde el norte, hacía que los atenienses pasaran hambre. Y el cabrón de Crantor se aprovechaba. En fin, no es que me dieran pena esos gusanos de Atenas, pero tampoco me la daba Crantor. Ni su armador, que por lo visto, allá en Rodas, estaba al tanto del negocio. Ni el prestamista que financiaba los viajes a Atenas y para el que iba destinada toda aquella cerámica ática como pago de intereses. Al final resultaba que existía toda una red corrupta en Rodas, dedicada a desviar género y a llenarse las arcas.

Crantor llevaba otra cosa en la bodega del Ofiusa: un gallardete negro con una bonita lechuza blanca. El pabellón ateniense. El muy cerdo confirmó lo que me había contado Lixes: era rebasar Paros, y el *gaulo* con patente persa cambiaba de bandera.

Y había más: Atenas andaba en aquel momento en guerra con Egina, lo cual tenía poco de extraño. Al fin y al cabo, ¿cuándo no habían guerreado los griegos entre sí? La cuestión era que, para proteger al Ofiusa de los eginetas durante su viaje hasta el Ática, Crantor recibía desde Paros el acompañamiento de un marino ateniense. El mismo siempre. Uno muy capaz, astuto navegante, valiente luchador. Oír su nombre me congeló.

—Se llama Ameinias. Ameinias de Eleusis.

LOS PERROS DE ACTEÓN

Mi madre solía contarme historias. A eso se limitaban apenas sus momentos de lucidez tras el desastre de Halicarnaso: sus ojos se iluminaban, y así yo sabía que escapaba por un momento del tártaro de su locura. «Ven aquí, Artemisia», me decía, y me cepillaba la melena. Creo que, para ella, yo seguía siendo la joven de diecisiete años que aún no había presenciado la mutilación y la deshonra de su familia. Puede que aprovechara esos cuentos para revelarme algo más. Se valía de mentiras para decirme la verdad.

«Zeus andaba enojado con los hombres —contaba mientras paseaba el cepillo arriba y abajo—. Porque solo hombres había en el mundo, y lo desairaban una y otra vez. Y el titán Prometeo, que los favorecía, urdía engaño tras engaño contra el padre de los dioses, de modo que este se vio obligado a pensar en el peor castigo posible para ellos.

»Así ordenó a Hefesto que mezclara tierra y agua, y que modelara un nuevo ser; uno con apariencia bella y casta, de similar encanto al de las diosas. Y a Atenea le encargó que vistiera y acicalara a la creación de su hermano, y que le enseñara el arte de tejer. Afrodita la dotó de gracia y de formas que nublan la mente de los hombres. Y Hermes la revistió de falsedad y malas intenciones. Por fin Zeus, ansioso de extender la desgracia, la soltó entre los mortales, y ella llegó a ser la raíz de toda la estirpe de las mujeres. Pandora llamó a este bello monstruo, y condenó a los hombres a desearla sin cesar; y a que este deseo, por mucho que se satisfaga, no se vea jamás saciado».

Mi madre también me contaba que había dos grandes tinajas en el umbral del Olimpo. Una estaba llena de dones, la otra de maldiciones. Y Zeus repartía de ambas entre los mortales para que a veces seamos felices, y otras padezcamos desdichas.

«Pues bien —seguía en susurros, sin dejar de cepillarme la melena—, fue Pandora la que destapó una de las tinajas y dispersó su contenido sin medida. ¿Fue la de los dones o la de las maldiciones? Te dejo adivinar, Artemisia, cuál de las tinajas abrió la primera mujer».

Tiempo atrás, cuando Damasítimo me salvó y me consiguió el gobierno de Halicarnaso, me propuso que formara un consejo de ancianos, y también que fuera a visitarlo a Kálimnos siempre que lo necesitara. Lo de los ancianos fue un acierto. Con su apoyo, y con alguna que otra intromisión de mi madre, saqué adelante la ciudad. A Kálimnos fui unas cuantas veces. Al principio para contarle a Damasítimo mis planes y escuchar su opinión en largos paseos por los bosques de la isla. Luego, cuando nuestra relación se estrechó, solo cruzaba a Kálimnos para dejar que me mimara. Lo necesitaba tras aquellas largas sesiones de gobierno en Halicarnaso, discutiendo en palacio sobre tratados con las ciudades cercanas, tributos al comercio, compras de grano y licencias para el mercado del puerto. Poco a poco la relación se estrechaba, crecía el cariño.

Lo único molesto era la presencia de Acteón. El hombre que había dictado las sentencias contra mi padre, mi hermano y el resto de la nobleza halicarnasia. Se mostraba respetuoso, pero en su mirada había siempre un punto insolente. O eso me parecía. Yo trataba de convencerme de que Acteón solo había cumplido órdenes, tal como me repetía Damasítimo. Que no había nada personal en lo ocurrido. Pero existen imágenes, recuerdos, sentimientos demasiado fuertes, imposibles de derrotar por la razón. Por eso

Damasítimo se las arreglaba para que su lugarteniente no anduviera cerca cuando yo visitaba la isla. Nuestro acuerdo era tácito: yo dejaba que las velas de mi nave se vieran desde Kálimnos, y así Damasítimo disponía de tiempo para mandar a Acteón de caza. Pasábamos dos o tres noches juntos, y después me iba.

Ahora, tras la captura de la nave rodia, yo acudía a reunirme con mi amante. Quería caminar como Pandora rumbo al palacio de Zeus. Con ceñidor y peplo resplandeciente, velo y corona de hierbas. Pero eso no es fácil cuando eres la única mujer a bordo de una estrecha nave en la que sudan ciento ochenta hombres. Además, había un sitio en Kálimnos al que deseaba volver antes de presentarme ante Damasítimo. El lugar donde habíamos hecho el amor por primera vez. Me traía recuerdos de placer y felicidad, cuando por unos instantes conseguía olvidar mi pasado de némesis propia, mi futuro de némesis ajenas.

Habíamos varado las dos naves en la bahía sudeste, la principal de la isla, donde mi tripulación y los cautivos pasarían la noche. Yo seguía eufórica. Había conseguido mi primera victoria y, a pesar del miedo, estaba contenta conmigo misma. Con mi forma de reaccionar y de ganarme el respeto de la tripulación. Zabbaios insistió en acompañarme, pero no se lo permití. Primero, porque sabía que ese sidonio languidecía lejos de su trirreme. Segundo, porque había algo que quería hacer sola. Por eso caminé a lo largo de la costa oriental de Kálimnos, con mi velo sobre la cabeza y los hombros; al ceñidor, un cuchillo y algo más: un cilindro con el sello de Jerjes. Era un paseo corto, recorriendo las playas hasta llegar a la zona más pedregosa. Allí estaban las fuentes calientes, casi donde el monte poblado de pinos bajaba hasta el agua.

Me tomé un momento mientras inspiraba con profundidad. Me hallaba sobre el borde de piedra lisa que separaba el agua salada de la dulce. Entre la orilla del mar y el pequeño estanque termal. El sol me daba en la cara; y las olas, encrespadas por los bajíos, me salpicaban. Disfruté de la vista de Cos en la lejanía. Las siluetas azules de mis islas, legadas por un linaje castrado. Me despojé de la ropa despacio y la deposité junto al cuchillo, el velo y el cilindro con el mensaje. Anudé el ceñidor en torno a mi cabellera para recogerla en un moño. Me quité las sandalias. A mi izquierda, lejanas, las barcas de los buceadores regresaban a la bahía con su cargamento de esponjas. Descendí descalza sobre las rocas, y dejé que el agua caliente me acariciara. Una bandada de estorninos escapó de la pinada. Cronos se volvía haragán cuando me sumergía en aquel fluido tibio. Sentada sobre el lecho resbaladizo, reposé la cabeza contra las losas pétreas. Unas pocas nubes desfilaban perezosas sobre mí, y a mi diestra me arrullaba el surtidor. Solo me faltaba un coro de ninfas con vasijas para derramarme el líquido desde muy alto. Mi madre también me había contado que, sueltos por entre los mortales, menudeaban los *daimones*. Criaturas sin cuerpo ni forma, emparentadas con los dioses, pero enganchadas a los mortales y a su destino. La propia Némesis era un *daimon*. Y Hedoné era el *daimon* que me poseía en ese momento, mientras me abandonaba al placer y anticipaba mi encuentro con Damasítimo.

Al principio, los ladridos me sonaron lejanos. Luego descubrí que me había dormido, y que los perros estaban a mi lado. Me aparté del borde hasta situarme en el centro del estanque. Los animales eran grandes, de mirada fiera. Uno de ellos, de pelo todo blanco, babeaba y hacía amagos de entrar en el agua. Gruñía mientras me clavaba esos ojos hambrientos. Miré alrededor. La jauría llegaba hasta la docena y me rodeaba por completo.

—¡Quieto, Melampo! ¡Atrás, Dorceo!

Me volví hacia el origen de aquellos gritos. Entre dos árboles, en la empinada ladera del monte, había un hombre. Barba frondosa, pétaso calado hasta las cejas.

—¿Quién va?

—¿No me reconoces, Artemisia?

Me eché atrás, pero un ladrido furioso me sobresaltó. A mi espalda, en el borde del remanso, el perro blanco me mostraba sus colmillos, tenso, dispuesto a saltar. Nueva orden del extraño:

—¡Leucón, basta!

El hombre se ayudó de los troncos para resbalar hasta mi altura. Llevaba arco, de su cinto pendían una aljaba y una liebre con el pelaje ensangrentado. La jauría, que se había repartido para acosarme, se reagrupó a los pies del extraño. Todos los perros salvo el blanco. El hombre se quitó el pétaso, y así pude ver su cabeza desprovista de pelo. Era él, claro.

—Acteón.

Ejecutó una parodia de reverencia.

—Para servirte. Te veo tan hermosa como siempre.

Solo entonces me di cuenta de lo cristalina que era el agua. Pero no hice nada por cubrirme. Acteón, el sentenciador, sonreía. Y no apartaba la mirada. Yo tampoco lo hice. Caí en la cuenta de que era la primera vez que Acteón y yo estábamos solos.

—Llévate a tus perros —le ordené.

Él aparentó sordera. O tal vez no contestó para no abrir la boca, lo que le hubiera supuesto soltar toda la baba que se acumulaba en ella. Tuve que repetírselo. Ni así. Pero al menos habló:

—¿Qué haces aquí, Artemisia?

—Es mi isla, ¿recuerdas? Una de ellas.

—Ah, claro. —Señaló mi ropa—. ¿La quieres?

Leucón, el feroz perro blanco, estaba junto al peplo. Me acerqué a esa orilla, y el animal estiró las orejas.

—Llámalo, Acteón. Que vaya contigo.

—No te hará daño. Si yo no se lo ordeno, claro.

Me sentí humillada. Pero no quise demostrarlo, sino todo lo contrario, así que broté del manantial como Afrodita de la espuma chipriota. Me obligué a moverme despacio, a pulgadas de aquellos colmillos. Mientras me echaba el peplo sobre la piel mojada, Acteón observaba.

—Andaba por el monte —palmeó la liebre muerta— y he visto entrar dos naves en la bahía. Una era tu trirreme. El Némesis. ¿Por qué lo llamas así?

No le di el gusto de explicárselo. Némesis. Como el *daimon* que ese hombre había soltado en Halicarnaso aquella noche. Leucón, a mis pies, parecía ahora un cachorro de tan dócil. Olisqueó mientras yo, rodilla sobre la roca, anudaba los lazos de las sandalias a mis tobillos.

—Vengo a ver a tu señor, Damasítimo. —Desaté el ceñidor de mi moño, con lo que se me esparció la melena. Lo enrollé en torno a mi cintura. Enfaticé lo siguiente que le dije—. Damasítimo, ya sabes: mi súbdito.

Risotada entre dientes. Hasta que reparó en el cilindro. Sus ojos, ya pequeños, se convirtieron en puntos negros.

—Un mensaje. ¿Eso que veo es el sello de Jerjes?

—No te incumbe.

Lo recogí junto con el velo. Cuando iba a acercar la mano al cuchillo, Leucón gruñó.

—Tranquila. Lo tengo bien educado, como a todos. Solo es que los he dejado unos días sin comer. Y esta liebre no la compartiré con ellos. No lo hago por mal: son mis niños. —Extendió la mano para acariciar la cabeza a uno de los perros—. He salido de caza. —Se me acercó. Acteón no era feo, pero había algo repugnante en él. Aparte de su mirar desvergonzado, claro—. Solté ciervos el año pasado, escaparon hacia el norte de la isla. Ya habrán criado. Voy para allá. En cuanto mis niños huelan uno, con el hambre que tienen, echarán a correr. Y no pararán hasta despedazarlo.

Su forma de decirlo servía para congelar la sangre, pero lo miré por el lado bueno: esa solitaria partida de caza alejaría a Acteón del palacio. Kálimnos era la más abrupta e inaccesible de mis islas. Toda ella, especialmente al norte, estaba cruzada de montes y barrancos, por lo que la población se concentraba en la capital, muy cerca de la bahía, y en unas pocas aldeas de buceadores. Seguir un rastro en el áspero norte podía llevar días.

—Busca un macho, Acteón. Uno con gran cornamenta. Que tenga al menos la posibilidad de defenderse contra tus perros. Que no le pase como a mi padre y mi hermano, a los que ordenaste mutilar cuando estaban vencidos e indefensos.

—Ah, Artemisia…, detecto resentimiento. No es bueno eso. Aquello era justicia. Y ni siquiera fue idea mía: solo transmití las órdenes de quien está por encima de nosotros. Si ni siquiera soy un soldado. No valgo para luchar. Cazar es lo que me gusta. Ciervos sobre todo. En la caza no valen esos trucos que se usan en la guerra. Míralos. —Abarcó a su jauría con un movimiento parabólico—. Mis niños también son así. ¿Ves? Lo justo, lo natural es que cumplan lo que les manda su amo. Para eso los he adiestrado desde cachorros. Los de ahí son Melampo e Icnóbates. Grandes rastreadores. Ladrarán cuando detecten al ciervo, que a lo mejor se siente seguro en su montaña. Entonces yo calaré una flecha y dispararé. Tal vez no necesite más. Soy un arquero diestro, pero mi intención no es matar a la presa. Para eso están ellos. La sangre del ciervo los vuelve locos. A Leucón más que a ninguno. Él correrá, diga yo lo que diga, porque es lo que le he enseñado y es lo justo. Y los demás lo imitarán. Puede que la persecución dure un día, incluso más. Pero darán con el ciervo herido que hace poco se creía a salvo en su montaña, y lo acosarán aquí y allá, brincando para morder su grupa y sus patas, esquivando sus cornadas, hasta que el desgraciado caiga exhausto, rendido a su destino. Hay que ser rápido entonces. Llegar antes de que los perros lo despedacen. O bien puede uno tomarse su tiempo. Lo que ha de ser, será, y nadie se atrevería a calificarlo de injusto porque está en la naturaleza del ciervo ser cazado. Y en la del perro, cazar. Mandar en la del fuerte, obedecer en la del débil. —Acteón se tiró de la barba—. Es tu naturaleza la que no comprendo, Artemisia. Sobre todo después de verte ahí, desnuda, joven, prometedora, con la melena suelta, la piel húmeda, rodeada por mis niños…

—Cierra la boca ya. Lo que es justo y natural no necesita tan largas explicaciones. Y no temas por mis reproches. Si algún día te procuro un mal, que no sea por lo que hiciste a mi familia. Que sea por esto de hoy.

Nueva risita.

—Nada malo he hecho. No deberías estar aquí, bañándote sola, a merced de cualquiera. Ni es justo ni es natural. Cásate, mujer, ahora que tienes algo que ofrecer.

Acteón lo dijo echándome una última mirada de las sandalias al velo. Yo era consciente de mi peplo húmedo, y más aún del cuchillo que aún seguía a mis pies. Quería cogerlo, sacarlo de su funda y coser a aquel puerco. Pero me abstuve.

—Buen consejo. Lo pensaré. Y ahora fuera de aquí.

—Hasta pronto, Artemisia.

Acteón apretó el arco y trepó por la colina. Sus perros lo siguieron. El último en marcharse fue aquella bestia blanca llamada Leucón, que permaneció a mi lado hasta un momento antes de que la jauría desapareciera.

El palacio de Damasítimo, en la parte alta de la ciudad, encajaba en la austeridad de Kálimnos. Si pasaba por mansión de cierto lujo era, más que nada, por la larga escalinata que lo comunicaba con la calle polvorienta; y si llamaba la atención era por los mercenarios lidios que montaban guardia a su alrededor. Tanta era la seguridad que, pese a ser la señora de aquella isla, tuve que aguardar mientras un jovenzuelo subía para anunciarme. Junto a mí esperaban varios isleños, hombres de ropas humildes y pieles cuarteadas por la sal. Me miraban asombrados. Uno de ellos se me acercó. La tez tan morena que parecía uno de esos hombres oscuros de más allá de Egipto.

—¿De verdad eres Artemisia de Caria?

—Lo soy.

El hombre se inclinó en una exagerada reverencia. Los demás lo imitaron.

—Que Zeus te alargue la vida, señora —me dijeron.

—Y a vosotros. ¿Sois pescadores? ¿A qué venís al palacio?

El que se había dirigido a mí sonrió ufano. La mismísima señora de Halicarnaso se interesaba por sus problemas. Así que a eso comparecían: a que alguien los escuchara. El hombre se erigió en vocero.

—Somos buceadores, señora. Pescadores de esponjas de Keleris, en el extremo occidental de la isla. Venimos a pedir ayuda al noble Damasítimo.

—¿Para qué? No pasaréis penurias, ¿verdad? ¿Os trata bien el gobernador? No será cosa de su consejero, Acteón. ¿Es eso?

—El noble Damasítimo es generoso, señora. Y Acteón no nos causa mal alguno.

Eso me alivió y decepcionó a partes iguales.

—¿Entonces?

—Se trata de los piratas, señora.

Y ahí estaban otra vez. Los piratas.

—¿Qué piratas?

—Atenienses, señora. A veces los vemos aparecer desde Lebintos. Se acercan mucho. No han llegado a desembarcar: habrán visto que no tenemos nada que se pueda rapiñar.

—¿Y cómo sabéis que son atenienses?

Aquí intervino otro de los buceadores.

—Por la lechuza, claro.

Asentí.

—¿Cuántos son?

—Solo una nave, señora. Un trirreme. Es de color negro y, en lugar de una roda, lleva dos. Como si fueran cuernos en la proa. Así. —Cerró los puños y los levantó a ambos lados de su cara.

—Yo hablé hace unas semanas con un pescador de Leros —metió baza otro—. A ellos sí les han atacado. El trirreme negro con cuernos.

Alguien miró arriba, atraída su atención desde la escalinata de acceso al palacio. Los demás lo imitaron. Los buceadores de Keleris retrocedieron un par de pasos. Me volví y vi a un veterano mercenario lidio bajando los escalones de dos en dos. Las plumas tremolando sobre el yelmo, la espada curva al cinto. Damasítimo se había quedado con aquellos guerreros que lo ayudaron a someter mi ciudad. Tal vez ese mismo era uno de los que había estado a punto de…

—Señora Artemisia, te estábamos esperando. Mandaré que azoten al estúpido que te ha hecho esperar.

—No será necesario, soldado. Cumplía con su deber.

—Como ordenes. Sígueme, por favor.

El palacio de Damasítimo resplandecía por dentro, incluso más que en mi última visita. Habían decorado los corredores con azulejos en un patrón geométrico que se repetía sin fin. Rebasamos a los dos últimos guardias lidios y entramos en el salón principal, de techo alto y sustentado por dos filas de columnas. Me gustaba que Damasítimo reservara la grandeza para el interior. Los alardes de los hombres siempre me han parecido maniobras para ocultar algo. Un corto entendimiento, o tal vez un corto mérito. Sea lo que sea, se trata de algo corto.

Había un trono en el extremo del recinto, sobre una tarima pétrea. Pero nadie lo había ocupado jamás. Damasítimo lo había construido para mí. En realidad, todo el palacio era para mí. Él me lo había dicho varias veces. El mercenario hizo una torpe reverencia y se marchó. Me supuso consuelo escuchar cómo se distanciaban sus pasos. A los pies de la tarima había una mesa de trabajo con rollos de papiro en torno a una crátera; Damasítimo estaba sentado allí hasta que me vio. Se puso en pie y corrió a saludarme. Casi por instinto, recoloqué los pliegues de mi peplo. Dio igual, porque lo volvió a arrugar al abrazarme.

Le correspondí. Y recibí sus besos en la frente y en las mejillas. Era grata la sensación cuando estaba junto a él. Un poco como llegar a casa, fuera donde fuera nuestro encuentro. Por eso a veces me costaba separarme de su pecho. Como si al hacerlo dejara atrás el abrigo de una bahía cerrada y expusiera mi nave a la tempestad. Damasítimo me hablaba. Me decía cuánto se alegraba de verme, me preguntaba por mi madre. Al mismo tiempo me invitaba a sentarme y palmeaba para llamar a la servidumbre. Se presentó un criado al que Damasítimo se dirigió con familiaridad:

—Capis, mira quién está aquí. Agasájala como tú sabes, buen amigo.

Capis asintió.

—Vino de Cos, señora. ¿A que sí? Te traeré también higos de Nísiros. ¿Queso tal vez?

—Sí, Capis.

El criado se marchó. Observé a Damasítimo un momento. Me agradaba el tono dulce que usaba incluso con los que le servían. Aunque lo prefería revestido de coraza y yelmo, con todas sus armas. Lo que provocaba en mí entonces era algo más que agrado.

—Qué alegría verte. —Tomó asiento junto a mí—. ¿Qué te trae por Kálimnos? ¿Vienes a por esponjas para tu madre?

—No. Estoy de paso hacia Quíos. —Saqué el cilindro y lo puse sobre la mesa. Él ni lo tocó.

—Sello de Jerjes. Un correo.

—Artafernes, a través de un mensajero, me ordenó hacerme a la mar con el Némesis y llevar esto al gobernador persa de Quíos. Solo a él.

—¿Artafernes, el sátrapa? ¿Sabe del Némesis? ¿Y que tú navegas en él?

—Yo no me he ocultado. Se ve que llamo la atención.

Damasítimo alargó un dedo e hizo rodar el cilindro.

—No me gustan estos secretos. El gobernador persa de Quíos es Ariabignes, uno de los hermanos de Jerjes. Y Artafernes no es solo el sátrapa más poderoso a occidente de Persia: es el primo del rey. Esto abulta más de lo que parece, Artemisia. ¿Por qué encargarte a ti una simple labor de correo? Aquí se oculta algo peligroso.

—Sin riesgo, poco beneficio conseguiré. Y me gusta que se me valore.

Capis reapareció con una bandeja ocupada por higos, queso y dos copas. Tras él, una muchacha traía una jarra de vino y una hidria. Damasítimo derramó unas gotas en el suelo, a su lado.

—Por Apolo, nuestro patrón. —Vertió el resto en la crátera.

Habló mientras añadía el agua—: Que él te proteja en tu viaje. Y que tumbe con sus flechas a quien se le ocurra hostigarte.

Lo de las flechas me recordó algo.

—He visto a Acteón. No ha sido agradable.

—Ah. Aún resentida. —Se encogió de hombros—. Él cumplía órdenes, ya lo sabes.

—Lo sé, lo sé. Pero no lo soporto. Y es tan…

—¿Impertinente? Cierto. Pero también el mejor administrador que conozco. No podría gobernar la isla sin él, Artemisia.

Apreté los labios. Lo que había ocurrido en el manantial era algo más que impertinencia. Estuve a punto de contárselo. Pero me vino a la mente el cuento de mi madre sobre Pandora, la primera mujer. Recordé también que los buceadores de la isla me habían alabado la gestión de Damasítimo y su consejero. ¿Ganaba más que perdía denunciando la actitud de Acteón? ¿Había venido yo a destapar tinajas de maldiciones? Tal vez no. Tal vez la maldición que buscaba venía en un tarro pequeño. Y ese lo abriría yo cuando lo considerara oportuno.

Decidí desviarme.

—He charlado con los pescadores ahí abajo. Dicen que los piratas atenienses se acercan demasiado. Una nave negra y con dos rodas, como si fueran cuernos.

Damasítimo se removió incómodo. Sirvió la mezcla de vino y agua en las copas.

—La armada persa ha aflojado la vigilancia desde que se rebelaron los babilonios. Pero ese asunto se ha arreglado, según me informan. Dentro de poco, los trirremes de Jerjes volverán a patrullar y las naves atenienses desaparecerán.

Lo di por bueno. Y eso me llevó al asunto principal, el del *gaulo* de Rodas. Le conté a Damasítimo todo mi plan, aunque callé el nombre de mi informante en Halasarna. Después me explayé a gusto con el relato de la caza marítima. Las sensaciones cruzadas. El miedo, la excitación, el orgullo. Me ufané un poco de mi primer triunfo real.

—Me quedo con esa idea de llevar varios gallardetes a bordo —concluí—. Izas uno u otro dependiendo de con quién te cruces.

—Propio de piratas. No me gustan esos apuros, Artemisia. Hace diez años me prometí cuidar de ti, y no me dejas. No es porque te crea incapaz de gobernar un trirreme, ya lo sabes. Y también sabes que todo lo que te digo es por tu bien. ¿Qué pasará en Halicarnaso si te ocurre algo? Eres la última de tu linaje.

Lo único que no me gustaba de Damasítimo era que recurría mucho a ese argumento: mi linaje. Y mi condición de única esperanza para continuarlo. Algo que no casaba mucho con sus palabras en aquella noche lóbrega y llena de pesares de diez años antes. Me gustaba más cuando me animaba a destilar venganza. O justicia, que para el caso era lo mismo. Decidí seguir con lo del *gaulo*.

—Da igual, he cazado esa nave y la he traído hasta aquí con una parte de mis remeros. Zab me escoltaba de cerca con el Némesis y el resto de la boga. Esto es lo que vamos a hacer:

»El *gaulo* es el Ofiusa, el mejor de la escuadra comercial rodia. Lo cacé intacto a propósito. Nos lo quedamos, por supuesto, lo mismo que su carga. El dinero me ayudará a armar un segundo trirreme, y quiero que tú armes otro aquí. Sé que Kálimnos no es muy rica, pero la venta de la cerámica ateniense te servirá para empezar, y el provecho que le saques al Ofiusa hará el resto. Tal vez algunos de esos buceadores de Keleris quieran cambiar su oficio por uno más seco.

—¿Armar un trirreme yo? ¿Por qué?

Me entretuve con unos higos. Era un plan que llevaba un par de años dándome requiebros en la cabeza. Y el éxito de nuestra reciente aventura naval me abría puertas.

—Jerjes acabó primero con el motín egipcio y ahora está acabando con el motín babilonio. Eso ha consumido recursos y tiempo, lo sé, pero por fin quedará libre para la empresa que no cumplió su padre. —Me incliné sobre la mesa—. Algo muy grande, Damasítimo. Tú lo predijiste hace años. Estamos llamados a participar. Lo sé. Esto —señalé el cilindro persa— me confirma que el gran rey cuenta con nosotros. Vamos. Serías un excelente guerrero de mar, igual que lo eres en tierra.

Él se reclinó. Ajeno a mis elogios o no, indiferente ante mi piel recién lavada o no, agitaba la copa y observaba cómo el vino de Cos se mecía en su interior. De alguna manera, el sol que se filtraba por los ventanales se reflejaba en el licor y daba al rostro de Damasítimo una cambiante tonalidad púrpura. Yo también bebí. De pronto sentía la necesidad de quedarme allí, junto a él. Tal vez fuera el ajetreo de la caza naval. O el baño en las fuentes calientes. El aleteo del *daimon* Hedoné a mi alrededor. O el miedo ante los perros de Acteón.

Acteón.

—Eres la señora de Halicarnaso —dijo Damasítimo—. Y de las islas. Si mandas que construya un trirreme, lo haré.

—Enviaré la misma orden a Cos y a Nísiros. En pocos años tendremos una pequeña flota y no será necesario que las naves persas nos salven de los piratas atenienses.

—También sigues resentida con los persas, ¿eh?

Mejor no contestar a eso. A veces me sentía resentida con todo el mundo. Continué:

—El capitán del *gaulo* es un rodio llamado Crantor. Me confesó que su patrón está al tanto del negocio sucio con los atenienses, así que ni uno ni otro merecen nuestra compasión. Darás a los marinos rodios la oportunidad de quedarse y trabajar en tu nuevo trirreme hasta que paguen su rescate. Eso, o su destino es el mercado de esclavos. A Crantor lo encerrarás. Mandarás un mensaje a Rodas, a su armador, y le pedirás una cuantiosa suma por rescatar a ese contrabandista y por mantener la boca cerrada ante Artafernes. Ah, y le darás las gracias por ese *gaulo* tan bonito. Aunque no nos gusta el nombre, así que se lo cambiaremos. Y no cambiaremos solo eso. Si al armador rodio le da por denunciarme, no habrá pruebas que me incriminen. De todos modos no lo hará. Incluso con esta pérdida, su contrabando le sale rentable. Por eso hay que sacarle lo justo, sin dejarlo exhausto.

Damasítimo se acarició la barba bien recortada.

—Demasiado peligro. Deberías denunciar tú antes. Además, ¿vas a dejar que los rodios sigan haciendo negocios sucios y alimentando a los atenienses?

—Si los denunciamos a los persas, Artafernes desmontará el negocio del armador, requisará los barcos y se quedará con todos sus bienes. ¿Por qué tendría que dejar que se enriquecieran ellos y no nosotros? Que los persas se conformen con el tributo anual. Además, siempre podemos denunciar al rodio el año que viene. O dentro de cinco años. Durante este tiempo pagará por nuestro silencio. Y nos obsequiará con el suyo si asaltamos en ruta alguno de sus hermosos *gaulos*.

Damasítimo ladeó la cabeza.

—Casi no te conozco. Eso es pirateo, repito. Artemisia, cuidado. Eres la señora de Halicarnaso y...

—... y las islas, ya lo sé. —Casi sonaba como las palabras de Acteón junto al manantial. Mejor casarme, buscar la seguridad. Ah, que a Acteón lo fulminara Zeus—. ¿Qué más soy, Damasítimo? ¿Una pirata? No suena mal. Sí sé lo que no soy. No soy la niña indefensa de aquella noche, sacudida por el destino. ¿Y quién eres tú? Mi súbdito, creo. Has de obedecerme, y no solo en lo de construir un trirreme. ¿Es así?

Eso lo pilló desprevenido.

—¿Te enojas conmigo, Artemisia? Claro que te debo obediencia.

—Bien. Entonces dejemos aquí el vino y los higos, y los planes y los peligros. —Me puse en pie—. Vamos a tu lecho. Tengo más órdenes para ti.

EL CASTRADOR DE QUÍOS

Para navegar desde Kálimnos hasta Quíos, mi destino, escogí la ruta que bordeaba la isla Icaria por el oeste. Algunos dicen que se llama así porque Ícaro, el atrevido jovenzuelo con alas artificiales, cayó muy cerca cuando el sol derritió el invento de Dédalo, su padre. Icaria es alargada, estrecha, y la población se concentra en el extremo oriental. Su cabo más occidental se aleja de Asia. Son costas pedregosas, casi impracticables. Si existe un lugar peligroso en esas aguas, uno donde hundirse como venganza divina por la soberbia, es el cabo oeste de Icaria. Por eso casi nadie vive en esa punta maldita.

La mañana era clara en nuestra derrota directa hacia el extremo occidental de Icaria, así que divisamos la columna de humo desde muy lejos. La mirada que me echó Zabbaios vino a confirmar que aquello no tenía buena pinta, así que ordené a mis remeros que se prepararan para cualquier cosa. Navegábamos a media boga, con los ojos puestos en cualquier sombra de la costa sur de Icaria. Conforme nos acercábamos, vimos que eran varios los focos del incendio. Casas. ¿Una aldea de pescadores? Barquitas destrozadas flotaban a la deriva, desvencijándose un poco más cada vez que las olas las arrojaban contra las rocas.

Más que varar, acercamos nuestra popa a la bahía pedregosa,

ciando con precaución, dispuestos a arrancar al menor atisbo de emboscada. Y solo cuando estuvimos seguros de que no había peligro inminente, Zabbaios y yo desembarcamos. Con el agua por las rodillas, las piedrecitas del fondo clavándose en nuestros pies, observamos la pendiente áspera y empinada que subía hasta la aldea. Aunque aldea era mucho decir. Más bien un pobre conjunto de chozas. Algunos huertos de poco fruto, un cercado y un único camino. El excavado en la roca que ahora recorríamos nosotros. Había que ser duro para establecerse allí, aislado de la civilización.

Subimos en silencio. Había algunas prendas tiradas en los bordes del sendero. Jirones de quitón, una sandalia. Zabbaios se agachó a un lado. Pasó el índice sobre una piedra y me lo mostró.

—¿Sangre? —le pregunté.

—Vino. Y ahí. Restos de un ánfora.

Seguimos ascendiendo. La senda serpenteaba para sortear los peñascos más grandes, de modo que desde abajo carecíamos de buena vista. Tres de las seis casas ardían. El etesio movía el humo con suavidad hacia el sur.

Zabbaios me hizo un gesto para que esperase, y se adelantó en un rodeo por el lado norte. El chamizo más cercano había perdido el techo, y el fuego rugía en su interior como en un horno. Las chispas emergían entre las turbonadas de humo negro, giraban un instante y desaparecían. Me volví. Vi a mi tripulación apiñada a popa del Némesis, observándonos. Los imaginé tocándose la frente con dos dedos para alejar la mala suerte. Invocando a seis o siete deidades diferentes, deseando salir de allí. Oí la voz de mi piloto:

—¡No hay peligro!

Anduve con precaución pese a todo. La única calle, que tampoco merecía tal nombre, dividía la aldeucha en dos partes iguales, con tres casas a cada lado. Imaginé a las familias de colonos. Tal vez samios que pretendían ganarse el pan en una costa con buena pesca y mal mar. Un lugar donde no era necesario competir para faenar en los mejores bancos.

Zabbaios estaba al fondo, brazos en jarras. Junto a él, entre las dos casas más alejadas, yacía un perro destripado.

Vi a la primera familia a través del quicio desnudo, a mi izquierda. Figuras negras, de brazos y piernas encogidos. Estaban acurrucados el uno junto al otro, a los pies de la ahora inexistente puerta. Supuse que los habrían encerrado antes de pegar fuego a la casa. Me figuré su final, rezando a los dioses mientras se apretaban contra el rincón, cegados, abrazándose. Maldiciendo a toses el momento en el que desearon apartarse juntos del mundo. Un súbito cambio en la brisa me trajo el olor. Me tapé la nariz.

—¿Piratas?

Zabbaios, al extremo de la calle, movió la cabeza lentamente. Afirmando.

—Aquí hay otra pareja joven. No están muy quemados. El padre cayó primero. Aún empuña el cuchillo. Y la madre no consintió que se llevaran al bebé. Pobrecito… ¿Quieres verlo?

—Por la diosa, no.

Prefería respirar aire ardiente y tragar olor a carne chamuscada. Zabbaios señaló al camino que bajaba hasta la pequeña bahía.

—Una de las chicas se resistía demasiado. Está ahí, con la cabeza abierta. No la hemos visto desde abajo. —Pasó el pie derecho sobre el cadáver del perro, luego el izquierdo. Vino de vuelta—. Esa otra casa está vacía. En la de allí hay un hombre de mi edad. Son heridas precisas, Artemisia. De espada. Supongo que llegaron de noche. El perro fue el primero en caer.

Señalé a la pareja asada, la más cercana a mí.

—¿Y estos?

—No había empalizada. Poca cosa con la que defenderse. Cada cual se encerró en su casa, seguro. Entonces los piratas empezaron a quemarlas, una por una. Hasta que los que quedaban, acobardados por los gritos, se rindieron.

Lo acompañé para alejarnos del fuego. Llené el pecho de aire. Los ojos enrojecidos por el humo.

—No pudieron sacar gran cosa —dije—. Esclavos, ya está.

—Suficiente. —Los ojos de Zabbaios se entornaron para contemplar el horizonte. A occidente, difuminadas por la bruma marina, se adivinaban las costas de Mikonos—. Ajá.

—¿Los ves?

Señaló al suroeste.

—Dos naves. Rumbo a Naxos. Velas desplegadas aunque poco viento. Demasiado lejos. Demasiada ventaja. ¿Atenienses? Muy posible.

Forcé la vista. Me pareció ver dos puntos lejanos. ¿Cómo lo hacía ese fenicio?

—¿Alguna de ellas es negra? ¿Ves si tiene dos rodas?

—Diría que no. Tenemos el sol a nuestra espalda, así que no nos habrán visto. ¿Quieres que lo intentemos?

Me mordí el labio. A bordo de aquellos navíos piratas viajarían ahora los pocos supervivientes de la aldea. Un par de adultos, y tal vez tres o cuatro muchachas a las que venderían como esclavas para servir a damas griegas en Corinto, Argos o Mégara. Las pobres recordarían a sus padres masacrados en un rincón olvidado de Icaria. No me hizo falta volver a consultar a mi piloto. El mismo viento que apenas empujaba a los piratas era el que apenas nos empujaría a nosotros. No había esperanza de rescate.

—Tenemos una misión, Zab. Vamos a Quíos.

A dieciséis parasangas de Halicarnaso, en el interior de Caria, se encuentra Lagina, el lugar donde vi un eunuco por primera vez.

A mitad de camino está Labraunda. Allí se adora a un Zeus que lleva la *sagaris*. Gente de toda Caria peregrina para verlo. Siendo yo niña, mucho antes de la gran desgracia, fuimos a Labraunda con escolta y carros de exvotos para agradecer la abundante pesca y las buenas cosechas. Apolodoro aún no sabía andar y el viaje duraba varios días, así que se quedó en casa. De Labraunda recuerdo la efigie de Zeus con la gran hacha doble de nuestro gallardete. Y a mi padre en la puerta del templo, oferente, brazos abiertos y ojos cerrados. Mi madre se burlaba de él en voz baja. Acercaba la boca a mi oído y me decía que Zeus solo tenía la *sagaris* en préstamo.

«Se la trajo de Creta», decía.

Así era mi madre. No siempre resultaba fácil comprenderla, y eso que aún no había perdido el juicio. De Labraunda y a regañadientes, mi padre accedió a seguir ruta hasta Lagina, porque mi madre insistía en visitar a su propia diosa, Hécate. Fuimos, y la oí rogarle que encendiera su antorcha y la guiara por la oscuridad. Que le permitiera escoger el camino correcto. Gran madre y triple diosa, la llamaba. Maestra de lo que se sabe y de lo que se oculta. Reina de la noche.

Debí prestar más atención a mi madre y a Hécate, pero los ojos se me iban a los sirvientes de la diosa. Hombres grandes, imberbes aunque no parecían jóvenes. Había algo extraño en ellos. Algo andrógino.

«Los sacerdotes de la diosa, los guardianes de su bosque sagrado, han de ser puros —explicó mi madre al verme tan intrigada—. Se dedican a ella por completo. Cualquier distracción se corta. Cortan los lazos con sus familias, cortan su afición a la riqueza, cortan el recuerdo de su pasado. Cortan todo lo que estorba».

Eunucos, eso eran. Se castraban para evitar la tentación.

Pero aquello ocurrió mucho antes de que yo recalara en Quíos con el Némesis y mi mensaje persa. Ese día recorrimos el enorme mercado instalado junto al puerto. Zabbaios por delante, como de costumbre, y yo bien velada de *calyptra*. Al otro lado del canal se divisaba Asia, y en Quíos, tierra adentro, quedaban aún restos del gran incendio. Porque, como Halicarnaso, Quíos había ardido en su día. Igual que Lesbos y Ténedos, islas que osaron respaldar la rebelión jonia.

Pese a todo, Quíos se reconstruía a buen ritmo, porque en la bahía podían fondear hasta ochenta naves y porque en esta isla estaba instalado nada menos que un príncipe persa. Nos dirigíamos a su encuentro entre puestos de cerámica y resina de lentisco, y yo no podía evitarlo: me detenía cada poco, atraída por los colores, por las ofertas de los mercachifles, por los olores penetrantes, por los paños de linda factura. Zabbaios desesperaba. Se volvía y miraba alrededor, siempre temeroso de que alguien me hubiera reconocido. Había gentes de todas partes. Samios, eolios, misios, fenicios, tracios, egipcios… Llamó mi atención una multitud, y sujeté a mi piloto por un hombro.

—Espera, Zab. Vamos a ver.

Rezongando, me abrió paso a sutiles empujones. La gente se apelotonaba frente a un pabellón. A su entrada, un toldo apoyado en un grueso mástil. Y a él estaban encadenados también tres muchachos. Jovencitos que bajaban la mirada.

—Esclavos —murmuré—. También aquí.

Y no sin sorpresa. Desde tiempos de Ciro, el abuelo de Jerjes, se consideraba la esclavitud como un baldón en el Imperio, lo que encarecía el género por lo escaso. Solo los prisioneros de guerra y los rebeldes —así como sus familias— podían ser sometidos y vendidos. De hecho, gran parte de la población de Quíos había acabado así, castigada por su traición a Darío. Sobre todo, de entre las mujeres de la isla habían salido no pocas destinadas al concubinato, pues las quiotas pasaban por ser especialmente hermosas. A saber qué lechos persas calentarían ahora.

—¡Fijaos en estos eunucos! —gritaba el mercader—. ¡No encontraréis nada mejor desde los estrechos hasta Creta! ¡Lo que paguéis por ellos aquí, lo doblaréis al venderlos en Sardes!

Me fijé mejor en aquel hombre. Larga barba trenzada, quitón blanco.

—¿Nos conocemos? —le pregunté.

Zab me propinó un codazo. Pero no me importó. Y al resto de la clientela, por lo visto, tampoco. El mercachifle se lo tomó como una oportunidad.

—Puede que sí, señora. Soy Panionio, natural de esta isla. Seguro que has oído hablar de mí. —En ese momento dejó de dirigirse a mí y lo hizo a Zabbaios—. No hallarás obra tan bien acabada como la mía, señor. Te garantizo ausencia de infecciones y taras. —Tendió la mano hacia su mercancía humana—. Cualquiera de estos te servirá fielmente. Pareces persona principal. Por ser para ti, te dejo al que escojas en ciento veinte siclos. ¡Espera! Hoy me siento generoso: si te llevas dos, son doscientos cuarenta. Nadie te pedirá tan poco por tanto bueno.

—Qué afortunados nos sentimos, Panionio de Quíos —le dije sin asomo de sorna—. Y dime: ¿qué pides por los tres?

Nuevo codazo de Zab. Este sin disimulo. Panionio, que no tenía ya claro a quién debía hablar, se frotó las manos.

—Ah, señora. Con permiso de tu esposo, te haré una oferta que no podrás rechazar. Trescientos sesenta siclos y son para ti.

—¿Podemos hablar en algún sitio más discreto, Panionio?

—Pero ¿qué haces? —susurró Zabbaios. No le contesté.

—Queréis reserva… Sí, claro. —Al mercader le chispeaban los ojos como teas en el Tártaro—. Pasad, por favor.

—Vamos. —Tomé de la mano a mi piloto y lo arrastré dentro.

El resto de la clientela potencial perdió el interés. Nos adentramos en el pabellón mientras los tres eunucos quedaban fuera, expuestos al sol y a las miradas indiferentes de los viajeros. Panionio nos invitó a tomar asiento y nos ofreció vino y pastas. De momento, ni nos sentamos ni aceptamos las viandas. Zabbaios permanecía a mi lado con los labios apretados, sin perder de vista el menor movimiento del mercader. Y este se gastaba una sonrisita mordiente. Supongo que, a esas alturas, pensaba que Zabbaios y yo queríamos a los eunucos para algún retorcido vicio. No pareció importarle: al contrario.

—Entiendo que hay asuntos que es mejor tratar sin testigos. Si lo deseáis, también puedo conseguiros alguna chica. Necesitaré tiempo, eso sí. Pero aun así os haré una buena oferta. ¿Alguna preferencia?

—Dejémoslo en los eunucos —le dije—. Insisto, Panionio: creo que nos conocemos.

—Y yo insisto en que no me extraña, señora. He recorrido todas las islas, y también el continente. Por tu acento pareces caria. Allí he estado en varias ocasiones. En Milasa, en Termera, en Halicarnaso… Pero ¿os cuadra el precio que os hago o preferís negociar?

—Nos cuadra, nos cuadra. ¿Has castrado tú mismo a esos muchachos?

Panionio exhibió una ancha sonrisa.

—Sí, señora. Es a lo que me dedico, y soy el mejor.

—Me interesa mucho eso, Panionio. Zab, la bolsa.

Zabbaios se hizo de rogar, pero obedeció. Panionio se frotó las manos.

—Entonces hemos dicho trescientos sesenta siclos. Haces buena compra, señora. Los dos la hacéis.

—No dispongo de plata persa. —Metí la mano en la bolsa y extraje una de las monedas de oro ateniense. Hice una pausa para calcular el cambio—. Con nueve de estas igualamos el precio.

Panionio pasó de la sonrisa a la carcajada de satisfacción.

—Tetradracmas del enemigo. Eso es peligroso, señora. Lleva un recargo. Diez monedas y los chicos son tuyos.

—Te daré once si, además, me cuentas cómo te convertiste en castrador y tratante de esclavos. Y ahora sí que aceptamos tu vino y tus pastas.

Panionio se mostró encantado. Nos sirvió él mismo, y explicó que llevaba el negocio en la sangre. Su padre ya había sido comerciante de esclavos, especializado en eunucos y concubinas. Tanto Panionio como sus hermanos siguieron con el negocio paterno, y él descubrió su habilidad en el arte de la castración. Tanto que, en tiempos de Darío, los eunucos que mejor se pagaban en Sardes eran los que provenían de Quíos, de su taller familiar. Pero todo se fue abajo con la rebelión jonia.

—De sorpresa me pilló, aunque enseguida me imaginé el resultado —contaba Panionio mientras saboreaba un pastel de queso—. Así que me puse a disposición de los persas. Mis hermanos no fueron tan listos. No sé qué fue de ellos. Además, me vi pronto muy ocupado.

Y tanto. El sucesivo aplastamiento de los focos rebeldes se convirtió en una fuente continua de suministro humano. Muchos de esos derrotados eran jovencitos de buen ver, perfectos para servir como cortesanos y vigilantes de harén en las mansiones de los altos nobles. Ambos oficios, tan apegados a las personas de sus dueños y a sus esposas, precisaban de sirvientes desprovistos de ambición dinástica y de impulsos lujuriosos.

—Los persas transigen de mala gana con el tráfico de esclavos en sitios alejados de la corte, salvo que se trate de eunucos. Compro a los más aptos siempre que no estén demasiado crecidos. No me importa pagar bien por ellos. Les hago el corte y los curo, luego los revendo. Jamás pierdo dinero. No solo eso: gano reputación. Si un noble persa necesita un eunuco, busca siempre la mercancía de Panionio de Quíos. Os contaré una anécdota que me hace sentirme orgulloso. Además, tiene que ver con algo ocurrido en tu tierra, señora:

»En los días de la rebelión, un magistrado cario fiel a Persia me pidió que lo acompañara mientras se sofocaban los últimos reductos desleales. Me ofreció la exclusividad para comprarle prisioneros y castrarlos, y yo era libre de venderlos donde y por cuanto me conviniera. Acepté, claro. En Pédaso tuve trabajo. Uno de los muchachos a los que corté se llamaba Hermótimo. Recuerdo cómo lloraba el pobre. Yo le decía que no era tan malo lo que le esperaba. No conozco a ningún eunuco que padezca por serlo, os lo juro por el agua de la Estigia.

»Pues bien, antes de castrarlo, el tal Hermótimo se desesperó gritando y empezó a amenazarme. Es algo habitual: unos ruegan, otros tratan de meter miedo. En fin, capé a Hermótimo y lo vendí en Éfeso. No suelo interesarme por el destino de mis castrados, pero este es especial. ¿Sabéis a quién acabó sirviendo?

—No me dirás que al gran rey.

—Al mismo, señora. Hoy, Hermótimo de Pédaso es el eunuco

favorito de Jerjes. Disfruta de prebendas, posee tierras regaladas por él, vive como un dios, goza de felicidad, su poder de decisión excede al de un sátrapa. Me escribe de vez en cuando, y siempre me da las gracias por lo que hice. En su última misiva me invita a instalarme en una de sus posesiones en Atarneo, frente a Lesbos. Me ofrece casa, terreno y renta para mí y mi familia. La verdad: me lo estoy pensando.

Miré a Zabbaios. No podía reprimir el gesto de asco. Y más después de ver lo que habíamos visto en la aldeucha de Icaria. De nuevo observé al castrador. Mi primera impresión no había sido falsa. No: no podía equivocarme en algo así.

—Y dime, Panionio de Quíos, ¿recuerdas a otro muchacho al que capaste? Apolodoro, hijo de Ligdamis. En Halicarnaso.

Al mercader se le abrieron mucho los ojos.

—¡Claro que lo recuerdo! ¡El hijo del tirano! Me hicieron castrarlo en el palacio, ante su padre, como ejemplo para los demás nobles.

Esperaba la confirmación, y aun así supuso un golpe. Por fortuna, estaba sentada. Creo que Zabbaios sí notó algo, pero lo disimuló bien. Tuve que beber para recuperar el habla.

—Así que... te obligaron, ¿eh?

—Un mal trago pasé, señora. Y eso que, al fin y al cabo, se trataba de rebeldes que habían causado grandes ofensas al viejo Artafernes.

—Pobrecito Panionio. ¿Sabes qué fue de ese crío?

El castrador se tiró de la trenza que colgaba de su barba.

—A ver... A los eunucos de Halicarnaso me los llevé a Sardes y los revendí a varios tratantes. —Se encogió de hombros—. Imposible seguirles la pista. Aunque vivirán en palacios persas, mejor incluso que sus dueños. Sí te puedo decir dónde mandaron al resto de nobles halicarnasios: con los milesios supervivientes, a Babilonia. ¿Cómo se llamaba esa ciudad...? Ah, sí: Ampe. Donde desemboca el Tigris.

Aquello me provocó otro tipo de desazón. Así que mi padre,

seguramente, vivía en Babilonia, una tierra nuevamente azotada por la rebelión. ¿Qué sería de él, mudo y ciego, extranjero y esclavo, como una chalupa desvencijada, alejada de la costa por la marea y azotada por una tras otra tempestad?

—¿Te enorgulleces de tu trabajo, Panionio de Quíos? —intervino por fin Zabbaios.

—Ah, señor, no me digas que eres como esos persas de alta alcurnia. ¿A quién se le ocurre no tener esclavos? ¿Acaso es mejor masacrar a tus enemigos vencidos, a sus mujeres, a sus hijos? ¿Qué pasa con los delincuentes? ¿Y con los que no pueden pagar sus deudas? ¡Un poco de piedad! Yo les doy una oportunidad, si lo piensas bien. Te lo repito: mis eunucos viven mejor que la gran parte de los hombres libres que tú conoces. ¿Si me siento orgulloso? Trabajo en lo mismo que trabajó mi padre, y es también el trabajo que les he enseñado a mis hijos. Además, cumplo mis obligaciones como buen súbdito de Jerjes. La venta de esclavos está sujeta a tasas reales, y yo las pago con puntualidad. Incluso por esta pagaré. —Sonrió—. Aunque no con tetradracmas atenienses, claro.

»Dentro de poco habrá guerra, todo el mundo lo sabe. En unos años, los mercados se llenarán de prisioneros griegos derrotados por los grandes ejércitos persas. Recordad lo que os digo: mis hijos y yo evitaremos la desgracia de muchos de ellos. Tal vez algún ateniense acabe sirviendo en vuestro hogar como eunuco, o alguna espartana como concubina. Y ruego a los dioses que os aprovechen y os proporcionen gran placer.

Zabbaios no cambió su mueca.

—Ahora no hay revueltas ni batallas. ¿De dónde han salido esos tres eunucos que vamos a comprar?

—Ah, señor, un mercader ha de ser discreto con sus proveedores, ¿no crees? No tengo intención de compartir suministro con todos los traficantes de esclavos de aquí a Egipto. Pero deja atrás los escrúpulos, que te diré algo para calmarlos: tus adquisiciones vienen de Grecia. ¿Algo más?

Conté los once tetradracmas atenienses. Lo hice con parsimonia para que Panionio de Quíos se relamiera a la vista del oro. Antes de dejarlos caer en su palma abierta, le hice una última pregunta:

—El magistrado cario que te contrató para acompañarlo hace diez años… ¿Recuerdas su nombre?

El mercachifle se pasó la lengua por los labios.

—Sí, sí… Espera… Un isleño listo, pero inquietante. No era un guerrero, no. Un cazador, eso era. Se hizo rico con aquello, y en parte gracias a lo que yo le pagué por todos esos críos. ¡Acteón, eso es! ¡Acteón de Kálimnos!

Dejamos atrás el mercado instalado junto al puerto, y entonces me di cuenta de la gran suerte que habíamos tenido en Halicarnaso. Las calles estaban vacías, y muchas de las casas eran aún montones de escombro ennegrecido. Aparte de los ancianos y los niños, los únicos habitantes parecían los obreros que trabajaban en la restauración de algún edificio. Obreros libres, claro. Lo habitual bajo el Imperio persa. Preguntamos a uno de ellos cómo llegar hasta el palacio de Ariabignes. Seguimos su indicación.

—¿Y vosotros? —me dirigí a mis nuevos eunucos, que caminaban tras nosotros—. ¿Cómo os llamáis? ¿De dónde sois? ¿Entendéis lo que os digo?

Les costó arrancar, pero claro que me entendían. Y también se expresaban como yo, en la lengua franca de los marinos. Se trataba de Timantes, Nicomedes y Estrebo, naturales de Egina, isla muy cercana a Atenas y en guerra con ella. Para ablandar su ánimo, pregunté a los chicos por sus familias. ¿Cuánto hacía que eran esclavos? ¿Y cómo habían acabado en Quíos?

Dijeron que eran gente de mar, todavía aprendices en una flotilla mercante que traía trigo norteño desde los estrechos. A diferencia de lo que ocurría con los barcos atenienses, la armada persa permitía el paso a los eginetas, segura de que la mercancía no acabaría en los silos de su peor enemigo. La nave de Timantes, Nicomedes y Estrebo, junto con las demás de su expedición, volvía con las bodegas cargadas. Sortearon en columna la maraña de las islas Cícladas para evitar el Ática, pero a la altura de Serifos les salió al paso un trirreme ateniense.

—Veníamos escoltados por dos *pentecónteros* de los nuestros. No fueron rivales para ese cabrón —contó Estrebo, un chaval rubio y muy delgado—. Mientras se enzarzaban, nos dispersamos e intentamos huir. El pirata ateniense atravesó nuestros *pentecónteros*. Uno detrás de otro. Dos de los mercantes se escabulleron, pero a nosotros nos tocó la mala suerte. Nos persiguió hasta darnos caza. Normal: se trataba del Tauros.

—¿El Tauros?

—El trirreme pirata más peligroso de Atenas, señora. Es negro, y lleva dos rodas en lugar de una. —Estrebo levantó el puño derecho con el índice y el meñique extendidos—. Parecen cuernos.

Zabbaios y yo nos miramos.

—Así que el Tauros.

—Por ese nombre se le conoce. El mayor peligro de la ruta desde los estrechos. Ha quebrado más naves eginetas que nadie, y dicen que es capaz hasta de enfrentarse a la armada persa.

»Nos hicieron prisioneros. Estábamos muy cerca de Paros, y nos desembarcaron allí. Creo que nos vendieron en bloque.

—Espera, espera… Paros es una isla leal a Persia —apuntó Zabbaios.

—Paros es leal a sí misma, como todos —dije yo—. Sigue, Estrebo.

—A nosotros nos separaron de los demás. No sé qué sería de ellos. Nos llevaron a…

El muchacho se interrumpió. Su vista, como la de los otros dos, se clavó en sus pies.

—¿Adónde? —instó Zabbaios.

A un prostíbulo. Ahí se los habían llevado. Estrebo, muy tur-

111

bado, confesó que los habían tenido casi un mes trabajando por turnos día y noche, compartiendo comida con algunas jovencitas a las que también prostituían para la chusma que recalaba en Paros. Por lo visto, su compradora había sido una *porné* llamada Cloris.

—Cloris la Blanca. Dirige el lupanar más concurrido del puerto. Eso me extrañó.

—¿Una *porné* dirige un lupanar y compra esclavos?

—No es una *porné* normal. Algunas chicas decían que Cloris había empezado desde abajo. Otras, que era una esclava huida tras matar a sus amos. Lo cierto es que ahora manda en el negocio, trata con gentes de este lado y del otro, y le da igual que le paguen en moneda griega o bárbara. Dicen que, de las costas de Asia a las de Europa, nada ocurre sin que Cloris la Blanca se entere.

Asentí. Así que esa era la mujerzuela de la que había hablado Lixes, el tabernero de Halasarna.

—Cloris la Blanca —repetí—. Cuéntame más.

—No puedo decirte mucho más de ella. La conocimos el último día, cuando llegó Panionio en busca de mercancía. Cloris dijo que le dábamos pena, que no merecíamos estar allí, poniendo el… Decía que las chicas tenían una oportunidad, como la había tenido ella, pero que lo nuestro era diferente. Malviviríamos como sodomitas mientras pudiera hacernos pasar por efebos. Pero eso quedaría atrás algún día, y entonces ya nadie pagaría por nosotros. En fin, que con Panionio nos esperaba una vida mejor. Nos vendió, y él nos marcó. —Estrebo levantó el brazo derecho. Entre la muñeca y el codo figuraban a fuego las iniciales de Panionio de Quíos. Me fijé en Timantes y Nicomedes: lo mismo—. Después nos trajo aquí y… Bueno…

—Es suficiente. —Llegamos al edificio más lujoso de la ciudad. Seguramente donde antaño se reunían los magistrados y la asamblea de Quíos. El fuego lo había respetado, como respetó mi propio palacio en Halicarnaso. Había dos soldados lidios, con escudo y lanza, a ambos lados de los portones—. Esto tengo que hacerlo sola. Zab, llévate a los chicos al Némesis. Que descansen, que coman… Se unirán a la tripulación. —Me dirigí a ellos. No podían diferenciarse mucho de los desgraciados que habíamos visto quemados en Icaria. Ni de mi pobre hermano. De no ser por Damasítimo, yo misma me parecería bastante a ellos—. Me habéis costado dinero; pero si sois enemigos de Atenas, sois amigos míos. Trabajaréis para mí hasta que pueda devolveros a casa.

Los eginetas no daban crédito.

—Pero somos esclavos, señora.

—Ahora sois súbditos del gran rey Jerjes, lucháis para él en una nave de su armada. Tapaos esas marcas.

Zabbaios cruzó conmigo una mirada de aprobación que nadie más pudo percibir. Tiró de los tres eginetas de vuelta hacia el puerto. Yo me volví hacia los dos guardias. Retiré la *calyptra* de mi rostro.

—Vengo a ver al noble Ariabignes. Decidle que Artemisia de Caria está aquí.

—Así que tú eres Artemisia de Caria.

Ignoraba cuál era el protocolo exacto, aunque había oído cosas sobre genuflexiones, besos soplados al aire y otras boberías persas. Finalmente me doblé en una tímida reverencia.

—Para servir a tu familia, noble señor —le dije.

Pero Ariabignes no permitió que estuviera mucho rato inclinada. Posó las manos sobre mis hombros y, con mucha suavidad, me obligó a enderezarme. El persa tenía muy buena planta. Era alto, aunque no tanto como Damasítimo. Tez muy morena, pelo abundante y largo, barba bien recortada y rayada de canas. Me habían dicho que los persas se teñían los cabellos, pero este no lo hacía. Llevaba una lujosa túnica blanca con ribetes carmesíes, y bajo ella asomaban los pantalones medos de los que suelen burlarse los griegos, tanto de Asia como de Europa y las islas. De su cinto colgaba una daga curva.

—Me han hablado mucho de ti, Artemisia. Al principio no me creía eso de que capitaneas tu propio trirreme. ¿Es cierto que se llama Némesis?

—Es cierto.

—Pero eres la señora de Halicarnaso. ¿Acaso no cuentas entre tus súbditos con buenos marinos?

—Sí que cuento. Pero me gusta navegar.

A Ariabignes le brillaron los ojos, ribeteados por una fina línea negra.

—En algo nos parecemos entonces, porque somos raros entre los nuestros. Los persas padecen una especie de temor enfermizo al mar, pero a mí me encanta. Pasa y sigamos rompiendo hábitos. Por ejemplo, no es costumbre que las mujeres nos acompañen a la mesa. ¿Comes conmigo?

Acepté la invitación porque no me quedaba más remedio. Y, desde luego, no me sentí cómoda con aquella inesperada simpatía. No me hizo falta fingir para admirar el palacio quiota de Ariabignes, que superaba en lujo al mío de Halicarnaso. Las columnas soportaban techos muy altos, y cortinajes larguísimos colgaban de ventanas a las que era imposible asomarse. Tras mi anfitrión, sobre la pared del fondo, un enorme tapiz presidía el salón. Bordado en él, el disco alado de la dinastía aqueménida.

Comimos en divanes cuya venta habría dado para construir y dotar un trirreme entero. Él reclinado. Yo, sentada y rígida como una estatua de Hermes. Nos sirvieron sargo con aceite de oliva y limón. Delicioso. Pero lo realmente estupendo, lo que venció mis recelos y me desató la lengua, fue el vino de palma, servido en cuernos con pies en forma de pez. Ariabignes siguió en actitud amistosa. Y parecía sincero. Había que reconocerlo: era buen conversador, y aún mejor escuchando. Tendría algo menos de cuarenta años, la mirada triste y oscura. Me obligó a contarle mis recuerdos de la rebelión. Yo me resistí un poco, pero el lechoso fluido de palma espoleaba la locuacidad. Varios criados rellenaban las copas, y un par de muchachas tocaban el arpa en un rincón. Había algo flotando, girando en volutas alrededor de las columnas. Un humo azulado que a saber de dónde saldría.

—Me habían dicho, Artemisia, que usabas ropas de hombre.

Levanté los brazos. Las anchas mangas de mi peplo blanco colgaron bajo los brazos. Casi me alegré de aquella observación algo impertinente, porque me devolvía un poco de la desconfianza inicial. Es sano desconfiar de los persas. O eso pensaba entonces.

—Soy una mujer, visto de mujer. No es lo más cómodo a bordo, pero a todo se acostumbra una. También se dice que los persas no son buenos navegantes, aunque seguro que tú lo desmientes, ¿no? Y hablando de navegar, noble Ariabignes: sé que el gran rey confía en tu pericia para gobernar la armada. ¿Se sabe cuándo volverán las naves?

—Llegarán pronto. Babilonia está casi apaciguada y ya no hace falta vigilar la costa siria. ¿Por qué?

—Por los piratas griegos. Me han contado cosas. Y algunas hasta las he visto.

—Comprendo. —El persa chascó los dedos y, con un gesto, ordenó a la servidumbre que se retirara. Se incorporó para tomar la jarra y rellenar las copas con aquel licor claro y un poco ácido. Habló bajo, de modo que las arpistas no pudieran oírnos—. Te refieres al Tauros, ¿eh?

Así que estaba al corriente. Ariabignes me dijo que el Tauros era un instrumento de Ahrimán. Ahrimán, algo así como un dios maligno para los persas, opuesto a Ahura Mazda. Ahrimán se empeñaba en ponernos las cosas difíciles. En negarnos el acceso a la felicidad. La vida, la fertilidad, la verdad y el bien eran obra de Ahura Mazda. Los desiertos, la enfermedad, el crimen, la mentira… Ese era el legado de Ahrimán. Y Ahrimán, sin duda, inspiraba la maldad del ateniense que capitaneaba el Tauros.

—¿Y quién es ese ateniense, noble señor? —Yo me había contestado esa misma pregunta en mi mente, pero necesitaba confirmación—. ¿Se sabe?

—No, ni importa. Es un enemigo al que hay que eliminar, se llame como se llame. ¿Tú serías capaz, Artemisia? ¿Batirías al capitán del Tauros?

Bebí. Fascinante la sensación del vino de palma refrescando la garganta. Y el aroma que se elevaba desde el oculto pebetero. Seductor el sonido de las arpas.

—No creo que pudiera con él. Dicen que es muy bueno en lo suyo.

—Lo es. Ataca mercantes eginetas cuando salen de los estrechos, y últimamente hasta desembarca en algunas aldeas más acá de Naxos. Roba grano, quema barcos y captura a súbditos de Jerjes. No es la única nave ateniense que piratea, pero el Tauros se está convirtiendo en un problema especial, sobre todo para los eginetas. De momento se mueve entre islas, pero cualquier día se atreverá a tocar el continente. El caso es que, tiempo atrás, Egina entregó la tierra y el agua al gran rey y, además, está en guerra con Atenas; así que nos suplicaron su ayuda, y mi hermano me encargó del asunto. Hace un año, antes de la revuelta babilonia, envié patrullas en busca del Tauros. Tres naves persas lo interceptaron a poniente de Lemnos, mientras remolcaba un *gaulo* recién capturado. El muy perro cortó las estachas y soltó su presa, y se volvió para combatir. En desventaja de tres a uno, Artemisia. Fue capaz de embestir al primero de nuestros barcos y lo inutilizó antes de huir a todo trapo. La segunda nave se quedó para auxiliar a la hundida y recuperar el *gaulo*, y la tercera se lanzó detrás del Tauros a toda boga. Pero en cuanto ese hijo de Ahrimán divisó el Atos, se fue para allá. Fin de la persecución.

Comprendí. El promontorio del Atos horrorizaba a los persas, sobre todo tras el desastre de aquella primera expedición naval previa a Maratón. Muchas de las fábulas marinas que se oían en las tabernas costeras hablaban de las trescientas naves asiáticas estrelladas contra el Atos. De monstruos de las profundidades, de súbitos remolinos capaces de tragar islas enteras, de olas que podrían arrasar ciudades, bosques y montañas. Y no era algo exclusivo de jonios, carios o eolios. Los griegos de Europa también se espantaban cuando oían ese nombre: Atos.

—¿No se ha visto más al Tauros?

—Nos esquiva —dijo Ariabignes—. Pero todo el mundo habla del trirreme negro con doble roda. Los rumores también llegan a Sardes, y lo que llega a Sardes acaba en Susa y entra en los oídos del gran rey. Así que, con nuestra armada lejos, necesitábamos a alguien en quien confiar para hacerse a la mar.

—¿Por eso estoy aquí? Me siento honrada.

Ariabignes me miró durante un rato. Tal vez calculaba si podía decirme toda la verdad. O a lo mejor percibía mis recelos.

—Artemisia, que esto quede entre tú y yo: al principio, Artafernes quiso que fuera un hombre quien dirigiera tu trirreme. Un súbdito tuyo que ya nos ha servido bien en el pasado.

No pude evitarlo: apreté los dientes.

—Te refieres a Damasítimo. Es leal. Lo habría cumplido sin tacha.

—Seguro. Aunque al final, Artafernes te escogió a ti; y te diré por qué. La guerra se acerca, Artemisia. Mercaderes de ambos continentes y de las islas que hay entre ellos viajan de acá para allá. Cualquier indicio se estudia hasta el detalle. El aumento de pino macedonio en un astillero, el encargo de cotas en una herrería, las obras de reparación de los caminos… Hay ojos y oídos atentos a cada movimiento, a cada ruido, a cada gesto de los marinos y soldados. De Tesalia hasta Éfeso se cuchichea sobre los grandes preparativos para invadir Grecia. Damasítimo no habría pasado desapercibido a bordo de tu Némesis. Pero ¿quién va a sospechar de una mujer que juega a ser hombre?

Y aquí estaba otra vez. ¿Por eso me había invitado Ariabignes a su salón contra el uso común? ¿Por eso había sido tan afable y había compartido conmigo su vino de palma? ¿Para decirme lo que era?

—Así que eso soy: una mujer jugando a ser hombre.

—No te negaré que se dice mucho. Pero esto no es un juego, ¿verdad?

—No. Yo los juegos los olvidé hace tiempo. Antes de que dejaran ciego y mudo a mi padre. Antes de que castraran a mi hermano. Antes de que mi madre se hundiera en la locura.

Me arrepentí de haberlo dicho al cerrar la boca, lo cual suele ser mal negocio. Ariabignes se bebió el resto de su vino de palma.

—Enfádate, Artemisia. No seré yo quien te lo reproche. Pero luego, cuando los vapores de la palma se esfumen, piensa. El capitán del Tauros se aprovechó del miedo que los persas le tenemos al Atos. Pero si el Atos nos venció antaño, fue precisamente porque no le teníamos miedo en absoluto. Pasa igual cuando se subestima a una persona. Sus hachazos pueden ser mucho más eficaces porque nadie los espera. Y ahora veamos lo que yo llevo unos días esperando. Porque lo has traído, ¿verdad?

—No me he separado de él desde Halicarnaso. —Me incorporé. Saqué el cilindro del *strophion* y se lo tendí con el sello por delante—. ¿De verdad no sabes qué dice?

Ariabignes tomó el cilindro, aunque no lo abrió todavía.

—Ya me has oído: demasiado espía suelto. Y de todas formas, mi hermano es muy cuidadoso. No deja que nadie conozca por completo lo que piensa. Ni siquiera sus más allegados. —Ladeó la cabeza, resignado—. En fin: es el rey.

Pensé en eso. Y hasta descubrí una forma de devolverle el arañazo de antes.

—Perdona mi curiosidad, señor… Sé que eres mayor que Jerjes. ¿No deberías reinar tú?

—Yo nací antes que Jerjes, sí. Y, de hecho, reclamé el trono cuando murió nuestro padre, que Ahura Mazda lo premie con rectitud. Pero Jerjes invocó sus derechos. Cuando yo vine al mundo, Darío aún no había sido coronado. La tradición dicta que un rey solo puede nacer de un rey.

—¿Y lo aceptaste?

—De buen grado y según el arbitrio de un hombre justo. Soy el servidor más leal de mi hermano. Y él lo sabe.

—Vaya. ¿Y no maldijiste al destino? Es decir… Fíjate bien: no eres rey por un pequeño detalle.

—Oh, qué malvada… —Ariabignes sonreía—. Pero hablas del destino. ¿Y qué es eso, Artemisia? El destino no ha decretado que tú estés aquí, comiendo sargo. —Ariabignes tomó la raspa de su plato. La levantó un palmo y la dejó caer—. Pequeños gestos, grandes decisiones. El valor, el miedo. La suma de voluntades, los planes bien trazados o los malentendidos. El propio pez, que decidió nadar sobre una corriente en lugar de sobre otra. El pescador que lo sacó del agua. El criado que lo compró en el mercado. El cocinero que decidió asarlo. Artafernes, al escogerte a ti en lugar de a tu súbdito Damasítimo. Tú, al presentarte aquí hoy, y no ayer o mañana. Yo, al invitarte a entrar y a compartir mi mesa. Y por encima de todos nosotros, una voluntad más fuerte que ninguna. —Señaló al techo—. Ahura Mazda, que ha designado que la felicidad llegue a toda la humanidad.

—Entonces Ahura Mazda es el destino. Nosotros, simples mortales que comemos sargo según su voluntad.

Ariabignes rio.

—Ahura Mazda quiere lo que quiere, pero a ti te ha hecho libre para que también quieras lo que quieres. Hay que colaborar con Ahura Mazda para que su voluntad se cumpla. Por eso me has traído esto.

Rompió el sello y golpeó el cilindro contra la mesa. Un rollo de pergamino asomó. El persa lo desplegó. Texto corto, escrito en arameo, lengua oficial para los documentos del Imperio.

—¿Puedo saber qué dice, noble Ariabignes?

—Te nombra a ti. Dice que serás quien los lleve a Cime, nuestra base naval en el continente. Allí te esperan para que los conduzcas a Sardes.

—¿A quiénes?

El persa se levantó. Yo lo imité.

—A dos viajeros griegos. Aunque nadie debe saber que lo son. De ahí tanta precaución, tanta revuelta y tanto misterio. Acompáñame, Artemisia.

Lo seguí. En ese momento, mi intriga y el licor de palma superaban toda precaución; y también había dejado atrás el enfado. Además, confieso que me sentía halagada. Supongo que el trato y la presencia de Ariabignes habían contribuido a ello. Me había dejado claro que se me subestimaba, pero no que él lo hiciera. Caí en la cuenta de que él era el primer persa al que conocía. Y por alguna razón que aún no tenía clara, me estaba costando bastante odiarlo. No sé por qué lo pregunté. Por el vino de palma, seguro:

—¿No estás casado, noble Ariabignes?

Se detuvo. Lo oí inspirar con fuerza.

—Lo estuve. Antes de que muriera mi padre, yo pensaba que sería mi reina. Bromeábamos mucho con eso. Shamsi se llamaba. —Volvió la cabeza—. Ella era única. Como tú.

No dijo más, y como el asunto parecía bastante doloroso, yo tampoco insistí. Sabía que los nobles persas tenían varias mujeres y concubinas, pero Ariabignes solo me había nombrado a una. De alguna forma, eso lo convirtió en alguien más admirable a mis ojos.

Pasamos a un salón no muy diferente del que habíamos dejado atrás. Allí también se comía sargo. Cuatro hombres compartían mesa. Dos de ellos, parecidos en cierto modo a nuestro anfitrión, se levantaron en cuanto nos vieron entrar. Se inclinaron a un tiempo y me miraron con curiosidad. Ambos eran de buena estatura, tan morenos y apuestos como Ariabignes. Vestían elegantes túnicas y pantalones medos. Collares y brazaletes de oro. Sin armas a la vista.

—Artemisia, te presento a Bakish y Karkish. Guardias reales. Te acompañarán como escolta.

Encantadores. Al contrario de los otros dos hombres, que ni siquiera se habían levantado. Me miraron sin volver la cabeza. Los dos lucían largas melenas y barbas trenzadas, solo que llevaban sus labios superiores rasurados. Vestían simples *exomis* de color crudo; los hombros derechos, puestos al descubierto por las prendas, se veían nervudos, densos y cruzados de pequeñas cicatrices. Los señalé.

—¿Y ellos?

—Los viajeros griegos. Sus nombres no importan. Ni a ti, ni a mí ni a nadie. —Ariabignes me tomó la mano, la levantó a la altura de mi cara y se inclinó para besarla. Lo hizo sin dejar de mirarme—. Parte ya, Artemisia de Caria. Que Ahura Mazda te proteja, y que nos permita reencontrarnos en el futuro. Recuerda: un futuro que no lo marca el destino, sino tus decisiones.

A Zabbaios no le hizo gracia nuestro pasaje. Desde su puesto de piloto observó a los cuatro viajeros, que se agarraban con aprensión a los obenques. Habíamos salido de Quíos a remo, con el etesio soplando por la amura de babor, las velas plegadas contra sus vergas. Un viaje corto pero complicado, ya que el canal era un caótico cruce de derroteros. Entre Quíos y el continente pasan todas las naves que hacen la ruta desde Egipto y Fenicia hacia los estrechos y viceversa. Y también las que se mueven desde el continente a Quíos y de Quíos al continente. Barcos procedentes de Éritras navegaban de este a oeste. Los de Clazómenas, Esmirna y Focea entraban por el nordeste, los de Teos, Éfeso, Samos e Icaria por el sur. Para complicarlo todo, el canal estaba casi obstruido en la boca septentrional por Oinusa, una isla alargada que obligaba a las naves a rodearla. Eran frecuentes los atascos por temor a una colisión. Unos pocos trirremes avanzaban a trompicones y bordadas entre *pentecónteros*, *gaulos*, birremes y *triacónteros*. Eso sin contar las pequeñas barcas de pesca de quiotas y asiáticos.

—Atento, Zab. Alguien podría embestirnos por accidente.

—Ya veo a qué tipo de accidente te refieres.

Los dos viajeros griegos estaban juntos, separados de los guardias reales persas. No hablaban. Solo afirmaban los pies sobre cubierta como bien podían. Ni unos ni otros eran gente de mar, desde luego. Yo crispaba las manos en los reposabrazos de mi sitial, a popa. Llevaba la cabeza descubierta y había quitado la toldilla. ¿No quería Artafernes que se viera a una mujer comandando el trirreme? Pues ahí estaba. Y lo cierto era que percibía las miradas, entre curiosas y divertidas, desde las naves con las que nos cruzábamos.

Los tres eunucos eginetas trataban de buscar labor. Eran marinos, pero el trirreme se les quedaba estrecho. Demasiado débiles aún para bogar, preferí que se quedaran en cubierta. Aun así se movían entre mi tripulación, procuraban no estorbar y se ofrecían como ayuda para bajar agua a los remeros. En uno de esos recorridos, el rubio Estrebo se me acercó.

—Señora, pensaba que eras enemiga de los atenienses.

—¿A qué viene eso?

Señaló a los viajeros griegos.

—A que esos no lo son, pero pasan por sus aliados contra los persas. Son espartanos.

Zabbaios se volvió desde su puesto. Se lo hizo repetir a Estrebo. Y Estrebo lo repitió:

—¿No los veis? Solo ellos llevan el pelo así de largo y trenzado. Y esa barba sin bigote. Los vi de niño, en una delegación que vino a Egina después de que entregáramos el agua y la tierra al gran rey. Hubo gran discordia promovida por Atenas, y Esparta se avino a reprendernos. Aquello no acabó del todo bien: nos tomaron diez rehenes y se los entregaron a Atenas. Recuerdo a los espartanos que se presentaron. Todos iguales entre sí. Iguales a esos.

Volví a observar a los misteriosos viajeros. Había oído decir que los espartanos eran silenciosos. Que solo hablaban cuando era necesario y, si llegaba ese caso, lo hacían con frases cortas y punzantes. Me pareció buen modelo y llevé mi índice a la boca.

—Discreción, Estrebo. Estamos en misión para el gran rey.

No comentes nada. Y si tus amigos eginetas piensan como tú, adviértelos.

El joven eunuco hizo una sola afirmación de cabeza y anduvo hacia proa.

—¿Cómo lo ves? —pregunté a Zabbaios.

—Mal. Los espartanos son soldados desde niños. Y esos persas de ahí también lo son, se nota. Así que todas las naves con las que nos cruzamos tienen al menos un par de enemigos en nuestra cubierta. ¿En qué líos me metes, Artemisia?

Me puse en pie. Una embarcación de carga discurría en ese momento ante nuestra proa. Egipcia, con la enorme vela desplegada y el viento largo en popa. La tripulación nos observó desde la regala. Pensé en lo que me había dicho Ariabignes. Espías por todas partes. Miré atrás, a mi codaste. La bandera persa capturada al *gaulo* rodio ondeaba hacia estribor. No me agradaba verme envuelta en ese juego de lealtades y misterios. Y menos trabajando para Persia. ¿Qué hacían allí dos guerreros de Esparta, dirigiéndose hacia una de las principales bases de la armada asiática? Y de ahí a Sardes.

—¿Sabes que los espartanos no ayudaron a los atenienses cuando Maratón? ¿Y qué interesa más a Esparta, Zab? ¿Que ganen los atenienses o que ganen los persas?

Zabbaios no se volvió. Conducía el Némesis con mil ojos, dando órdenes a Paniasis para frenar o acelerar la marcha según el tráfico marítimo. En ese momento virábamos a babor para tomar el paso entre Oinusa y la costa asiática.

—Los espartanos solo se interesan por sí mismos. Un piloto chipriota me contó lo de Maratón a poco de ocurrir, en una taberna portuaria. No recuerdo dónde. Tal vez fue en Tera, o en Íos.

»Me dijo que, cuando los atenienses se enteraron de lo que se les venía encima, mandaron a un corredor a Esparta para pedir ayuda. Pero los espartanos estaban celebrando las fiestas de Apolo Carneo, y su religión es severa en ese punto: no podían salir en expedición militar hasta que terminaran las Carneas. Pasaron los días y, cuando el ejército de auxilio llegó al campo de batalla, todo se había resuelto.

»Lo curioso es que las Carneas se celebran, claro, en el mes que los espartanos llaman Carneo. En la segunda semana. Eso coincide con el Karbashiyash de los persas. Pero el chipriota juraba una y otra vez que lo de Maratón fue con el Karbashiyash bien avanzado. Casi en el mes siguiente, Bagayadish.

»En fin, no sé si ese piloto hizo mal las cuentas, si iba más borracho de lo que aparentaba o si se lio con tanto nombre de mes. El caso es que, según él, los espartanos habían puesto una excusa burda para no ayudar a los atenienses.

—¿Y qué crees tú?

Zabbaios chasqueó la lengua.

—Yo creo que los espartanos hicieron lo que debían. Su deber está por encima de todo cuando luchan y cuando no luchan. Y estos de aquí cumplen también con su deber, sea el que sea.

Me quedé un rato reflexionando sobre aquello. Observé a los dos espartanos que ahora transportaba. Callados y apartados de los dos persas, que charlaban entre sí junto a la regala de estribor. Unos obedientes a sus leyes, los otros al gran rey. Ambos cumplirían con su deber llegado el momento, supuse. ¿Sería posible que ese momento no estuviera muy lejano? De pronto fue como si, tras caminar un trecho a ciegas, abriera los ojos y me asomara a un abismo inmenso. Como si me entrara un mareo inesperado y necesitara retroceder para alejarme del borde.

—¿Qué estamos haciendo, Zab?

—Meternos de cabeza en una guerra, Artemisia.

CAPÍTULO III

Look at your young men fighting.
Look at your women crying.
Look at your young men dying,
the way they've always done before.
Look at the hate we're breeding.
Look at the fear we're feeding.
Look at the lives we're leading,
the way we've always done before.

(Mira cómo luchan tus jóvenes.
Mira cómo lloran tus mujeres.
Mira cómo mueren tus jóvenes,
tal como siempre han hecho.
Mira cómo engendramos odio.
Mira cómo alimentamos el miedo.
Mira cómo consumimos sus vidas,
tal como siempre hemos hecho). Trad. libre.

Civil War (1990, Guns N' Roses: *Use your illusion II*)
Rose/Slash/McKagan

DEL MANUSCRITO DE HERÓDOTO

FRAGMENTO 81

La señora Artemisia, hija de Ligdamis, cree oportuno interrumpir aquí su relato. Es preciso, dice, aclarar algunos extremos sobre Esparta. Extremos relacionados con la desmesura y su castigo, y con el papel que jugaron los espartanos en esta historia. Extremos que, bien sea por voluntad divina o por esfuerzo humano, llevaron a que un rey espartano cobrara gran protagonismo en la guerra entre griegos y persas.

Que es bueno recordar la singularidad de Esparta. A diferencia de esos lugares donde manda un solo hombre, como Persia, y de esos otros donde son todos los que lo gobiernan, como Atenas, en Esparta hay dos reyes. Y la ley espartana dicta que, en caso de guerra, uno de estos reyes comande el ejército mientras el otro permanece en la patria. Las acciones de los reyes espartanos anteriores a la enemistad entre griegos y persas son, pues, lo que interesa a estas líneas. La señora Artemisia está segura de lo mucho que a las gentes venideras aprovechará este conocimiento.

—Que has de saber algo, Heródoto: los espartanos son en verdad capaces de las hazañas más admirables, y también de las maldades más vergonzosas. Y más que nadie entre ellos, sus reyes.

El primer rey espartano del que me habla la señora Artemisia es

Cleómenes, hijo de Anaxándridas. Y su acción más vil tiene que ver con un incendio.

—Otra vez el fuego —le digo a mi señora.

—Así es, Heródoto. El fuego está siempre presente en las guerras. Este fuego, además, se prendió al mismo tiempo que ese otro que quemó Halicarnaso, el que yo vi desde este mismo palacio.

Me cuenta Artemisia que los espartanos son muy celosos de su libertad. No así de la libertad de otros. Por tal motivo, deseosos de dominar el Peloponeso, en tiempos ancestrales conquistaron Mesenia, el país que se encuentra junto al suyo; esclavizaron a todos los mesenios, y todavía hoy los llaman ilotas y los obligan a trabajar sus tierras mientras ellos se adiestran para su único cometido: la guerra. De igual o parecido modo los espartanos ejercían su autoridad sobre otros pueblos del Peloponeso, a los que habían convertido en periecos. Y en vida del rey Cleómenes se hallaban enemistados con Argos, ciudad poderosa que estorbaba su frontera norte.

Así pues, Cleómenes marchó contra Argos, y ambos ejércitos se encontraron junto a un bosque sagrado. Desatada la batalla, muchos argivos quedaron muertos, y aún más corrieron a refugiarse al bosque. Entonces fue cuando Cleómenes echó mano del ardid más alevoso, pues prometió a los argivos que los dejaría marchar si abandonaban la protección de los árboles sacros. Y conforme los derrotados confiaban en el compromiso y salían, Cleómenes iba ordenando su muerte con la mayor crueldad. Una vez los argivos se dieron cuenta de la trampa, decidieron quedarse en el bosque, así que Cleómenes mandó a sus ilotas rodearlo y prenderle fuego, lo que ocasionó gran matanza entre los derrotados. Esto supuso una doble ofensa para la divinidad, pues el rey espartano había incendiado un bosque inviolable y, además, había sometido a una brutal muerte a griegos acogidos a sagrado.

De resultas de esta guerra y, sobre todo, a causa de la impiedad de Cleómenes, quedó Argos huérfana de ciudadanos, de modo que hasta los esclavos se apoderaron de los empleos públicos y se casaron con las mujeres libres. Y hubo muchos argivos temerosos de que los espartanos los redujeran a esclavitud, tal como habían hecho en tiempos remotos con los mesenios, por lo que decidieron exiliarse del Peloponeso. Y es bien cierto que el Gobierno de Argos quedó en manos de esclavos hasta que los hijos de los muertos llegaron a edad varonil, y ni así pudieron recobrar su pujanza y oponerse a Esparta. Todo esto, en suma, no hizo sino acrecentar el odio perpetuo de los argivos hacia los espartanos.

Y no acaban aquí los desmanes de Cleómenes. Él y el otro rey espartano, Demarato, se detestaban, de modo que aquel ideó la forma de arrojar a este en el deshonor, e hizo que se extendiera el rumor de que Demarato no era hijo legítimo de quien se suponía su padre, el anterior rey Aristón. El asunto se volvió tan grave que hubo que consultar al oráculo de Delfos para confirmarlo o descartarlo, pero el astuto Cleómenes, que iba un paso por delante, ya había sobornado a la pitia para que dictara veredicto según su conveniencia. De este modo el oráculo ratificó la bastardía; se depuso a Demarato y, en su lugar, Cleómenes procuró coronar a Leotíquidas, a quien podía manejar a su antojo.

—Es justo señalar algo, Heródoto —añade la señora Artemisia—. Fue en ese momento, mientras Cleómenes y su pelele dominaban Esparta, cuando llegaron los heraldos del gran rey a pedir el agua y la tierra y, como respuesta, los arrojaron a un pozo para que se ahogaran.

—Sean persas o griegos los ofendidos, opino que el agravio es imperdonable.

—Pues no opines tan deprisa sobre lo que se puede o no perdonar, Heródoto, y sigue escuchando.

Me cuenta Artemisia que hay más que decir acerca del nefasto rey Cleómenes, y es que la divinidad ha dictado que a toda hybris corresponda su némesis. Esta es la razón, no hay duda, de que a Cleómenes lo trastornara una demencia enviada por las erinias, que le hacía maltratar a todo espartano con el que se cruzaba. Se propasaba de modo tan extremo que sus propios parientes lo ataron a un cepo. Y ni aun así Cleómenes dejó de intrigar, pues atemorizó al ilota que lo guardaba a tal punto que le obligó a conseguirle una cuchilla. Con ella, *el rey loco empezó por sus piernas una horrorosa carnicería, haciendo desde el tobillo hasta los muslos unas largas incisiones; las continuó después hasta las caderas y la espalda, y no paró hasta destrozar su propio vientre. Así murió Cleómenes, el rey loco de los espartanos, después de sembrar grandes males en este mundo.*

Mientras tanto el rey depuesto, Demarato, ofendido en su honor y tratado con injusticia, había huido de Esparta para refugiarse en la corte de Darío, y este lo acogió y lo dotó de ricas posesiones. Tras la muerte de Darío y el ascenso de Jerjes, continuó Demarato gozando de prebendas en la corte persa y, aquejado de grandes resentimientos, se prestó a dar consejos a Jerjes con miras a su ansiada expedición contra Grecia. Acerca de Esparta, le advirtió de que, aunque todos los demás griegos le entregaran la tierra y el agua, los espartanos solo saldrían a recibirlo con las armas en la mano. Y le explicó que eran libres, pero no sin freno, pues por soberana tienen la Ley en su patria, y a ella la temen mucho más que al rey de Persia o a sus vasallos. Y que los espartanos hacen sin falta lo que la Ley les manda, y ella siempre les manda lo mismo: no volver las espaldas estando en acción a ninguna muchedumbre de hombres armados, sino vencer o morir sin dejar su puesto.

Transcribo las palabras de Artemisia. Vencer o morir sin dejar su puesto. Levanto la mirada. Me falta un dato para completar esta pequeña historia de reyes espartanos.

—Así pues, señora, al infamado Demarato le sucedió el pelele Leotíquidas. ¿Y quién sucedió al loco Cleómenes en esta doble monarquía?

—Quien no estaba destinado a ello. Y como siempre que al destino no le salen bien las cuentas, alguien importante en esta historia.

Cargo la pluma y la acerco al pergamino.

—¿El nombre de ese rey espartano, señora?

—Leónidas.

HIJOS DE ARGOS

Llegamos a Cime a media mañana del día siguiente. Un viaje sencillo, pero tenso. Los persas y los espartanos no se habían dirigido la palabra, aunque tampoco se separaron más de diez pasos unos de otros.

En los últimos años, con la caída de Mileto y de las islas rebeldes, el comercio se había buscado a sí mismo. Y uno de los lugares donde se había encontrado era Cime, que además era punto de partida para llegar hasta la populosa Sardes. Por eso se veía también a mucha mujer, y no solo de mala nota. Viajeras de las islas y del resto de la costa asiática recalaban en la ciudad. Incluso sin la armada persa, el puerto bullía. Costó encontrar varadero a pesar del gallardete aqueménida. Por fortuna, una vez desembarcados, nuestros dos guardias reales se encargaron de apartar obstáculos administrativos. Es más: cuando las autoridades cimerias comprobaron que había persas entre nosotros, nos allanaron el camino e incluso se comprometieron a conseguirnos alojamiento barato. Yo se lo agradecí a Bakish y Karkish.

—Hay poco que agradecer como no sea por parte de Cime —me replicó el persa Bakish en su meliflua lengua, entreverando algunas palabras en acadio y en babilonio. Y por cierto que tanto él como su compañero se dirigían a mí con un sincero respeto, y con

131

cercanía. Poco después sabría que a los jóvenes de la nobleza persa se los educa precisamente en la justicia y la generosidad y, sobre todo, en la verdad. Qué importante es la verdad para ellos. A todo persa le estaba prohibido mentir.

—¿Tanto le debe Cime a Persia? —pregunté.

—En efecto. ¿Sabes la historia de Sandoces, Artemisia?

No la sabía, no. Así que Bakish me la contó.

Resultó que Sandoces llegó a gobernador de Cime en tiempos de Darío, tras la revuelta jonia, y ejerció como uno de los jueces reales. Sandoces era ecuánime, lo que complacía mucho al rey porque, según decreta Ahura Mazda, el bueno y el malo han de beneficiarse y sufrir, respectivamente, sus merecidos premios y castigos. Pero no es solo la voluntad de Ahura Mazda la que alumbra con su luz a los mortales. En cierta ocasión se descubrió a Sandoces en pleno cohecho, esto es, aceptando dinero a cambio de dictar una resolución. A más penar, dicha resolución era contraria a la justicia. Enterado Darío, sintió gran dolor en su corazón por lo mucho que había confiado en el cimerio, pero acudió para ver cómo se le crucificaba, castigo previsto para tan depravada acción. Pues si no podemos esperar justicia de un juez, ¿dónde podríamos hallarla?

—Sandoces fue crucificado —siguió explicando Bakish—. Y el rey de reyes presenciaba su suplicio. Pero antes de que la agonía extendiera sus negras alas sobre el reo, Darío recordó los grandes servicios que, como juez, había prestado Sandoces a la casa real, y los comparó con el delito cometido. Consideró el rey que pesaban más aquellos que este, y al punto ordenó que lo bajaran de la cruz.

—Muchos se alegraron de la compasión de Darío —intervino Karkish, el otro guardia persa—, pero otros se opusieron. Que había pecados imperdonables, decían, y que nadie debería escapar de ellos por muchos que fueran sus méritos anteriores. Pues ya sabes lo que se cuenta, Artemisia: el que se desvía de la senda recta, andará torcido toda la vida.

Consideré esta historia y pensé cuánto más podría el difunto

132

Darío haberse apiadado de mi padre y de mi hermano aquella infausta noche en Halicarnaso. Y mientras fantaseaba con perdones imperiales y con el regreso de mis familiares, Zabbaios se me acercó.

—Te llevas bien con los persas, ¿eh?

—Te aseguro que quiero odiarlos. Hasta me esfuerzo por recordar que mis parientes son sus esclavos. Pero es que parecen buenas personas. ¿Qué más puede pedirse?

—Nada, supongo. Pero ahora pensemos en lo que nos han pedido a nosotros.

Debatimos un rato sobre qué hacer con el Némesis. Me esperaba un viaje tierra adentro, y no sabíamos cuándo podríamos volver. Al final, el futuro coste de mantener a la tripulación inactiva durante semanas me convenció: decidí que partirían de regreso a casa. Y el Némesis no lo podía pilotar cualquiera, claro.

—Prefiero ir contigo a Sardes, Artemisia.

—Que no. Bakish y Karkish cuidarán de mí.

Estábamos en una cantina del puerto. Un lugar muy concurrido por marinos y pasajeros de toda procedencia. Casi teníamos que gritar para hacernos entender, porque los que vendían pescado y los estibadores gritaban como Esténtor y Hermes juntos. El Némesis quedaba a nuestra vista, alineado con otras naves eolias, jonias e isleñas, mientras la tripulación se afanaba en el carenado. Bebíamos vino de Izalla muy aguado y comíamos un guiso de escorpena. Zab y yo por nuestro lado; los persas y los espartanos juntos, sentados a una mesa, sin conversación.

—Artemisia, no te fíes de nadie. De ellos tampoco, por muy buenos que aparenten ser.

—No pienso hacerlo. —Miré a Bakish y Karkish. No sabría decir por qué, el caso es que sí me fiaba. Volví sobre mi idea de botar otro navío para Halicarnaso. No quería que en nuestras costas se repitiera lo que habíamos visto en Icaria—. Llevas el oro del Ofiusa, Zab. Busca a algún viejo amigo sidonio, o componte para encontrar un trirreme fenicio a bajo precio. No quiero depender de las naves persas, y saldrá más barato arreglar una vieja que construirla nueva.

—No me gustan los remiendos.

—Lo dejo a tu criterio. Ah, y cuida de los jóvenes eginetas. No está mal contar con griegos de la Hélade para lo que nos proponemos.

Zabbaios frunció el entrecejo.

—¿Y qué nos proponemos?

—Seguir vivos, Zab. Todo el tiempo que podamos.

Algo llamó mi atención en ese momento. Fue una palabra que sonó a mi espalda. «Espartanos».

Me volví a medias y, de reojo, observé a un grupo de trabajadores del puerto que habían hecho un alto para reponer fuerzas en la cantina. Llevaban mandiles de piel manchados de grasa, y compartían un cazo con gachas mientras cuchicheaban. Agucé el oído. A pesar de que en Halicarnaso hablamos un dialecto distinto, aquella variante griega me resultaba familiar.

—Tienen que serlo —decían—. Mira las barbas, y esas greñas. Y no tocan el pescado.

—Están acostumbrados a su caldo negro de mierda, los muy hijos de puta.

No me gusta que insulten a la madre de nadie. Es una manía que tengo. Y esos tipos hablaban de nuestros pasajeros, estaba claro. Detecté lo que me sonaba tanto en aquella forma de hablar: tenía tintes dorios, como la lengua de los propios espartanos y, a propósito de madres, como la lengua de la mía. Ante la sorpresa de Zab, me cubrí media cara con la *calyptra* y anduve hacia el cantinero, que servía cerveza tras el mostrador. Deposité un siclo con dos dedos, lo hice girar. Zumbó un poco mientras perdía velocidad. Cuando quedó inmóvil, señalé con el pulgar por encima de mi hombro.

—Esos de ahí, los de los mandiles. ¿Quiénes son?

El cantinero tomó la moneda de plata. Entornó los ojos hacia los estibadores.

—No tengo muy buena vista, me va mejor el oído. Me gusta el sonido metálico, por ejemplo.

Bufé, pero dejé caer un segundo siclo sobre el mostrador.

—Ah, vale, vale. Ya los veo. Sí, peones a sueldo de Góngilo. Exiliados de Argos. Malos humos, aunque se gastan medio sueldo en mi cerveza.

Argivos. Desde el mostrador, me volví para mirarlos con más detenimiento. Seguían murmurando a cuenta de los espartanos. Ahora comprendía la rabia. El odio ancestral, alimentado con el fuego que había devorado aquel bosque sagrado repleto de argivos. Uno de ellos, de pelo hirsuto y rojizo, incluso hacía aspavientos. Apretaba los puños y los descargaba sobre la mesa. El cazo se tambaleaba. Si aquello seguía así, nuestra discreción se iría al tártaro.

Me acerqué a la mesa que compartían persas y espartanos.

—Hay que partir. Nos espera una larga marcha.

Los guardias reales se pusieron en pie enseguida. Los espartanos no. Ellos se limitaron a mirarme como sorprendidos por mi atrevimiento. Fingí que no les prestaba atención. Zabbaios vino y tomó mis manos entre las suyas.

—Ten cuidado —me repitió—. Y vuelve pronto a casa.

Se lo prometí. Al fondo, los estibadores argivos no perdían detalle.

El viaje nos ocuparía cinco días. La ruta era amable y había posadas, pero no se trataba de uno de los afamados caminos reales, como el que unía Sardes con Susa. Al menos habíamos arrendado una mula. Varios cimerios se dedicaban al negocio, asociados a otros eolios y a lidios: habían distribuido postas a lo largo del camino y, por unos pocos siclos, te ahorrabas cargar con peso. Como eran muchos los peregrinos tanto de ida como de vuelta, los animales rendían en uno y otro sentido.

Los espartanos insistieron en abrir la marcha, muy pegados, con la vista puesta en cada recodo. Por supuesto, en silencio. Yo andaba detrás, junto a los guardias reales. Ninguno de nosotros llevaba armas, al menos a la vista. El paisaje era precioso. Pinadas sobre suaves ondulaciones, prados listos para la siega, cipreses que flanqueaban la senda... Empezamos muy animados, charlando de naderías, y ni cuando el sol empezó a castigarnos se espació el parloteo.

—Tendrías que ver el Camino Real —me decía Karkish.

—Algo he oído de él. Empedrado y seguro, ¿eh?

—Desde luego. Nuestros correos tardan poquísimo tiempo en hacer la ruta de Susa a Sardes. Y lo hacen tranquilos, porque saben que no les va a ocurrir un accidente y que nadie los va a asaltar. Nosotros no podremos decir lo mismo.

Eso me escamó. Karkish enarcó las cejas. Una expresión divertida. El otro persa se sonreía.

—¿Hay algo de lo que no me estoy enterando?

—Nos siguen desde Cime.

Miré atrás. El camino serpenteaba entre colinas bajas. Nada.

—A los lados —susurró Karkish—. Entre los árboles.

Traté de localizar a nuestros perseguidores. Lo único que entreví fue un borrón pasando tras unos olivos a la izquierda.

—¿Bandidos? —pregunté.

—Puede. O tal vez son esos argivos de la cantina.

—Ah, os habéis percatado...

—Para eso venimos —me dijo Bakish.

Daba igual. El camino torcía en una curva cerrada a la derecha, y los espartanos acababan de detenerse. Allí estaban plantados los estibadores de Argos, ya sin mandiles. Cinco hombres con porras y cuchillos. Y un sexto al frente: el pelirrojo. Alzó la mano armada con un largo bastón. Nos apuntó a nosotros, que seguíamos tras los espartanos.

—¡Vosotros podéis iros! ¡Lo nuestro es con estos dos hijos de perra!

Y dale con mentar a las madres. El insulto lo había escupido el argivo señalando a los espartanos, que instintivamente se habían pegado el uno al otro, hombro contra hombro.

Karkish y Bakish se volvieron al unísono. Les traduje la orden doria del pelirrojo.

—Artemisia, sé tan amable de decirles que nos hallamos en la tierra del rey de Persia, que esos hombres son sus huéspedes y que los están ofendiendo. Que se aparten ahora que pueden.

Lo hice. El del pelo rojo apretó los dientes. No tuvo necesidad de ordenar nada: sus compinches se abrieron en semicírculo. Los dos persas susurraron algo, y no esperaron a que nuestros adversarios completaran su maniobra. De pronto, en las manos de ambos brillaba el metal. Se lanzaron a los lados, lo que sorprendió a los argivos.

Y a mí. Bakish y Karkish se revolvían como gatos. Se servían de cuchillos rectos y estrechos, algo más de palmo y medio de doble filo. Pero no los esgrimían como los griegos, con la punta por delante, sino de modo que la hoja quedara pegada a sus antebrazos. En un pestañeo, los dos persas trazaron bruscas parábolas de un lado al otro. Rajaban y pinchaban, arriba y abajo, relámpagos plateados, movimientos cortos. Sendos argivos se vinieron abajo, su vida huyendo por varias heridas que ninguno había visto abrirse. Eso desbarató el ataque. El pelirrojo se acordó de los antepasados de nuestros guardias reales hasta la séptima generación.

—¡Cuidado! —avisé. Otro de los griegos embestía como un toro hacia los espartanos, la diestra arriba para descargar el porrazo. Karkish se interpuso de un salto, esquivó el golpe del argivo y le metió la punta de su arma en la axila. Una, dos, tres veces. Giró sobre sí mismo, y aprovechó el movimiento para cortar el costado. Como si eso no fuera suficiente, apuñaló en la espalda. Otra vez ese movimiento fulminante, cuatro, cinco, seis, siete pinchazos. El argivo se derrumbó. Los espartanos ni siquiera se habían movido. Miré alrededor. Necesitaba hacer algo. Vi un pedrusco del tamaño de un puño y me agaché a por él. Cuando me alcé, un cuarto argivo yacía en tierra a los pies de Bakish, cruzado de tajos desde el cuello hasta el vientre. Otro de los griegos decidió que aquel no era buen negocio y echó a correr. El último enemigo en pie era el pelirrojo. Hizo girar el bastón en su mano.

—¡Hijos de mala madre, hijos de zorra asiática, hijos de puta!

De verdad que me irritan los insultos a cualquier madre, sea casta o puta, europea o asiática, mala o buena. Lancé la piedra con toda la fuerza que pude, y el griego, que también era hijo de alguien, no la vio venir. Sonó a huesos quebrados. Karkish no esperó a ver si el impacto en la sien era decisivo. En dos pasos se plantó cuerpo a cuerpo con aquel tipo, y su cuchillo le dibujó un mapa de Argos en el pecho.

—Por la diosa… —murmuré.

Me acerqué a la carnicería. Hacia Cime, el único argivo superviviente levantaba una nube de polvo con su huida. Solo otro argivo respiraba aún, e incluso trataba de arrastrarse, y eso que la sangre se le derramaba a toda prisa por una docena de pinchazos y rajas. Karkish dio un puntapié al cuchillo que el pobre tipo quería recuperar.

Ayudé al desgraciado a voltearse. Imposible taponar aquellos surtidores.

—¿Por qué? —le pregunté.

El argivo se retorcía. Nadie charla en un momento así.

—Lo han hecho porque era su deber —dijo por fin uno de los espartanos. Buscó con la vista por el suelo, tomó el cuchillo que Karkish había alejado del argivo y se acercó. En cuclillas, apoyó la punta sobre la base del cuello—. Ellos eran hijos de Argos, nosotros de Esparta. Enemigos en Grecia y en Asia. Este hombre no merece morir lentamente.

Hundió el metal con ganas, pero sin insultar a la madre de nadie. El argivo dejó de agitarse.

El espartano soltó el arma, se sacudió las manos y acudió junto a su compañero. Reanudaron la marcha como si no hubiera pasado nada. Los persas me miraron extrañados. Traduje la corta sentencia doria. Bakish, divertido, limpió la sangre de su cuchillo en las ropas del último muerto.

—Así que los hijos de Argos cumplían con su deber, ¿eh? ¡Pues vosotros no habéis cumplido con el vuestro, hijos de Esparta!

Los aludidos casi se habían perdido tras la curva del camino. Cambié al griego las palabras del persa. Entonces sí se detuvieron los espartanos. Se volvieron a un tiempo.

—No hemos venido a pelear. Por fortuna para vosotros.

No sufrimos más imprevistos durante el camino a Sardes. Y, para variar, ninguno de los dos espartanos volvió a abrir la boca. En cuanto a los persas, ya no ocultaban sus mortíferas armas. Las llevaban en vainas labradas.

Lo ocurrido con los argivos había despertado mi curiosidad. Sabía del prestigio guerrero en Esparta, pero no esperaba semejante reacción entre persas, de modo que me interesé por ello. Karkish y Bakish, siempre atentos, me preguntaron a su vez por las costumbres guerreras espartanas.

—Los educan desde niños para ser soldados —les dije—. De entre los griegos, ninguno es un enemigo más desaconsejable que un espartano.

—¿Luchan con el arco? ¿Tienen buenos caballos en Esparta?

—El arco es innoble para ellos. Luchan a pie. Escudo y lanza, eso es lo que necesitan. Y un compañero a cada lado.

Reían. Los espartanos, adelantados en la caminata, no podían oírnos.

—Los aplastaríamos desde lejos con nuestros arcos —explicó con desdén Karkish—. Y luego barreríamos al resto con la caballería. Somos los mejores en eso.

Parecía lo lógico, y más después de ver lo ocurrido con los

estibadores argivos. Pero mi madre me había hablado de Esparta en varias ocasiones. Poco a poco, una curiosidad morbosa crecía en mi interior. ¿Qué pasaría si se enfrentaran espartanos y persas?

—¿Y vosotros? —les pregunté—. ¿Quién os ha enseñado a luchar así?

—Todos y cada uno de los pueblos que se han sumado al Imperio —contestó Bakish—. Licios, árabes, frigios, indios, babilonios, fenicios, partos, bactrianos, egipcios, sakas… Cientos de naciones cuyas armas se unen bajo una sola voluntad. Y tanto como les da Persia, Persia recibe de ellas. Mira. —Desenfundó su largo cuchillo de dos filos—. Esto viene de la Cólquide.

Lo tomé. En manos de los guardias reales parecía más pequeño, en las mías comprobé su auténtica medida. Se trataba de una espada corta.

—No atravesará los escudos griegos. —Se lo devolví a Bakish.

—Tal vez no el primero, ni el segundo. Pero cuando cien cuchillos, o cien lanzas, o cien hachas hayan chocado contra esos escudos, sus portadores empezarán a cansarse. Y, tras mil ataques, no soportarán su peso. Pueden matarnos, Artemisia, a millares tal vez. Y siempre quedaremos más, y más y más. Esta vez no se trata de una aventura con unas cuantas naves, como lo del desastre del Atos o el desembarco de Maratón. Esta vez será una invasión total. Ningún pueblo del mundo ha resistido el empuje persa, y hay más griegos de parte del gran rey que en su contra.

Le di la razón por no desairarlo. Bakish, lo mismo que Karkish, estaba convencido. Entusiasmado de pertenecer a la gran nación persa, lo mejor de lo mejor en el corazón del Imperio. Pero los grandes guerreros como ellos, en realidad, eran los escogidos. Los mil más capacitados de entre los diez mil miembros de la guardia real. Jóvenes de la nobleza persa, educados en una mezcla de grandeza y moderación. Desde pequeños se les obligaba a dormir junto a los edificios públicos para guardarlos por las armas y, de día, recibían la instrucción de sus maestros. Les enseñaban las grandes hazañas de los antiguos dioses y héroes, las aventuras del joven Ciro, las virtudes del buen persa. En la adolescencia entraban en la Spada, el ejército permanente, donde se les sometía a duras pruebas y pasaban a formar parte de las unidades de combate. Karkish y Bakish se hallaban en esa situación. Tras diez años de servicio, venían otros diez en la reserva, dispuestos para alistarse si el gran rey lo disponía. Eran jinetes y arqueros excelentes; y si, como ellos, sobresalían por altura y habilidad, se integraban en la selecta guardia real.

Y eso era solo en Persia. Al poder del gran rey en el corazón imperial había que sumar todos los pueblos que lo acompañarían en su expedición. Nosotros, los carios, unidos a sogdianos, bactrianos, hircanios, asirios, cisios, etíopes, paflagonios, lidios, tracios, armenios, egipcios, chipriotas, jonios, helespontinos, arios, indios... A veces pensaba que ni el propio Jerjes sería capaz de recordar los nombres de todas las naciones sometidas a su obediencia. Así que Karkish y Bakish tenían razón: ¿cómo podía nadie soñar siquiera con resistir a ese inabarcable Imperio en pie de guerra?

Creo que sé otra razón por la que aquellos dos persas se sentían tan ufanos. No era solo la confianza en sí mismos o en la enormidad de las tierras sometidas a Jerjes. Era la sensación que les había causado el incidente con los argivos. Yo recordaba lo que Zabbaios me había contado sobre Maratón y las fiestas Carneas. Eso de que, si bien la guerra era un deber para Esparta, no luchar también podía serlo. Era cierto: Karkish y Bakish gozaban de un aspecto formidable, y la visión de ambos en pleno combate extasiaba y aterrorizaba a partes iguales. Mirar a los dos espartanos no era lo mismo.

Sobre todo porque no los habíamos visto luchar.

Encontramos la fértil llanura de Sardes entre el río Hermo y el monte Tmolo. Un afluente de aquel, el Pactolo, fluía por entre los muros, cruzaba el ágora, traía en su cauce el polvo de oro que había convertido a Lidia en una tierra riquísima. Ah, Sardes, capital de la satrapía. Desde su lujosa acrópolis rodeada de triple cerca se gobernaba el extremo occidental del Imperio. Sardes, la ciudad del antiguo rey de Lidia, Creso.

No se veían restos del famoso incendio, por supuesto. Como residencia de los sátrapas, tanto Artafernes padre como Artafernes hijo habían procurado que reluciera. Igualmente relucían sus habitantes, o eso parecía. Observé lujosos peplos y quitones, y también pantalones al estilo persa. Conforme caminábamos hacia la acrópolis, nos cruzamos con unas cuantas comitivas. Mucha pluma y colorín, y criados que apartaban los mosquitos para evitarles picaduras a orondos señores. No me pasó desapercibida la mueca de desagrado en los dos espartanos. Qué ganas tenía de conocer sus nombres y su misión.

—Es aquí —dijo Karkish. Me volví. Era la parte alta de la ciudad, y entre los templos se abarcaba no solo Sardes, sino la fecunda explanada. Llené el pecho de aire. «Ojalá mi madre pudiera verme ahora», pensé.

—Entremos.

No había puertas cerradas para los dos guardias persas. Otros compatriotas suyos, de similar aspecto, les franquearon acceso tras acceso. Todos llevaban túnicas largas y ribeteadas sobre los pantalones de piel, bandas alrededor de la frente. Aljabas y arcos a la espalda; lanza, pero no escudo. Los saludos de bienvenida hacían alusión a Ahura Mazda, y cargaban con deseos de larga vida y buena salud. No hubo nadie que no observara con curiosidad a los dos espartanos. Ni que me negara una sonrisa.

Las hileras de columnas cedían a galerías, y estas a nuevos salones. Cruzamos jardines cuya sombra proporcionaban árboles que jamás había visto. Había estanques y aves de sorprendentes colores. Grupos de mujeres charlaban en las umbrías. Me asaltó el deseo de tumbarme junto a una de esas charcas artificiales y descansar de la larga marcha desde Cime. Pero aquello aún no había terminado.

Un chambelán anunció nuestra llegada. Mientras aguardábamos, Karkish y Barkish trataron de adecentarse. Me contagiaron su nerviosismo. Incluso ellos, guardias del propio Jerjes, se inquietaban al presentarse ante el sátrapa más poderoso del occidente persa, Artafernes. Su padre, del mismo nombre, era el que había ordenado la toma de mi ciudad diez años antes. Si mi familia había sufrido lo indecible, era por culpa de aquel hombre, ya difunto. Y ahora yo me disponía a conocer a su hijo. El doble portón se abrió pesadamente. El chambelán, hierático de gesto, fijó su vista en un punto indefinido tras nosotros.

—Seguidme.

Lo hicimos. La sala era estrecha y alargada. Columnas rojas sobre bases amarillas. Los rayos caían oblicuos desde nuestra izquierda y creaban áreas iluminadas y en penumbra. Al fondo, un enorme halcón coronado por el disco solar. A ambos lados había guardias reales, enjoyados y con túnicas adornadas, las conteras de las lanzas apoyadas sobre los pies derechos. El estrado se hizo visible. A sus pies, dos escribas aguardaban sentados en el suelo, con las plumas y el papiro listos. Tres escalones y un suntuoso trono. El chambelán subió hasta colocarse junto al sátrapa. Karkish y Bakish se doblaron en calculadas reverencias. Tanto los espartanos como yo permanecimos inmóviles mientras el chambelán hablaba.

—Noble Artafernes, hijo de Artafernes, sátrapa de Lidia, Eolia, Jonia, Caria, Licia, Cilicia y Panfilia; estos son los embajadores de Esparta, cuyos nombres aún desconocemos. Y esta, Artemisia de Caria, que los ha acompañado según tu deseo.

Y allí estaba. Unos treinta y seis años tendría, mirada clara, inquisitiva, directa. No era un hombre guapo, como Ariabignes, pero había algo que lo hacía interesante. Madurez y serenidad, tal vez. Me llamó la atención su cicatriz vertical en la frente, sobre la ceja izquierda. Túnica dorada con bordes azules, cabeza descubierta. A diferencia de los guardias reales, no llevaba la barba y el pelo muy crecidos. Artafernes se puso en pie y bajó hasta el segundo escalón. Contempló a los espartanos, estos le aguantaron la mirada.

A mí me habían contado que los dignatarios persas, constreñidos por un protocolo ineludible, sometían a los embajadores y peticionarios a días enteros de espera antes de recibirlos en audiencia, que daban vueltas y revueltas en saludos, que gastaban incontable saliva en palabras vacías antes de ir al grano. Todo falso. Artafernes el joven habló en un griego jónico perfecto:

—Doy las gracias a Ahura Mazda por veros sanos y salvos. Mucho tiempo llevo intrigado por vuestro deseo de venir y parlamentar. Bien, pues ya estáis aquí. Hablad.

Todos esperábamos. Ese día confirmé algo que llevaba días intuyendo: el silencio de los espartanos no es solo ausencia de palabras. Los dos hombres se tomaron su tiempo. Hasta que uno de ellos, el más veterano al parecer, se adelantó.

—Soy Espertias, hijo de Anaristo. Mi compañero es Bulis, hijo de Nicolao. Estamos aquí con el beneplácito de nuestros conciudadanos para dar satisfacción a Jerjes, hijo de Darío.

Artafernes hizo un solo movimiento afirmativo.

—Bien. Eso decía la carta que enviasteis. Y yo os traslado la propuesta de Jerjes, rey de reyes. Él os considera, espartanos, los mejores de entre los griegos, y por eso os ofrece su amistad, y os promete que nada tocará de vuestras leyes y costumbres, vuestra lengua o vuestros dioses. Ved que así ha obrado con todas las tierras que prosperan a su lado. El gran rey, además, os ofrece la primacía entre los habitantes de Grecia, y os asegura que seréis los primeros de ellos y que los demás os deberán obediencia.

Aquello me sorprendió. Estaba siendo testigo de un acuerdo de paz y ayuda mutua entre Persia y Esparta. Una agradable sensación de triunfo me subió por la garganta. No es que me alegrara por Persia. Es que, con semejantes aliados, costaría poco plantarse en Atenas. Y Atenas debía arder.

—¿Jerjes nos ofrece ser los primeros entre los griegos?

La pregunta la había hecho el otro espartano, el tal Bulis. No me gustó el tono. Y a Artafernes tampoco. Retrocedió un paso, con lo que subió un escalón.

—Eso he dicho.

—¿Y qué tenemos que darle nosotros, los espartanos, a Jerjes?

—Gran rey —corrigió Artafernes—. Es su título habitual, aunque tiene otros muchos. Rey de reyes sirve también. No lo llames Jerjes.

Bulis insistió.

—¿Y qué quiere Jerjes, el de muchos títulos?

Artafernes subió el último escalón. Alzó la ceja derecha. A la izquierda se lo impedía la cicatriz. Karkish y Bakish, que no podían entender nada de lo que se hablaba, detectaron la tensión. Se separaron del atrio y percibí cómo se preparaban para cualquier cosa. El chambelán, por su parte, descendió por un lateral para escabullirse entre las columnas. Los escribas también volaron. En un momento, los guardias se acercaban con las lanzas terciadas.

—Lo que quiere el gran rey —continuó Artafernes— es el agua y la tierra.

Espertias y Bulis se volvieron. Observaron que estaban rodeados. No pareció afectarles mucho.

—Agua y tierra —repitió Espertias—. Sí, por ese asunto estamos aquí.

»Hace siete años, dos heraldos persas se presentaron en Esparta y nos reclamaron lo mismo: agua y tierra.

Artafernes levantó un dedo acusador. Noté la tensión en el aire. En la forma en que los guardias apretaban sus puños en torno a las lanzas. En cómo Karkish y Bakish acercaban sus dedos a las empuñaduras de sus cuchillos colcos.

—Hace siete años, sí —dijo el sátrapa, y extendió las manos a ambos lados para pedir calma a los guardias reales—. Y los heraldos acabaron en el fondo de un pozo. No importa en qué dioses creáis o qué leyes os obliguen: tal recibimiento es un crimen aquí, en Esparta y en el otro extremo del mundo. Por eso, porque semejante acción es un crimen, vosotros estáis a salvo ahora.

—No hemos venido para estar a salvo. —Bulis, por primera vez, dejó de mirar a los ojos a Artafernes. Bajó la cabeza—. Todo

145

lo contrario. Esparta se avergüenza de aquel delito, y nuestras leyes nos obligan a expiarlo. Aquí estamos, para recibir el castigo adecuado a semejante iniquidad.

Espertias también adoptó una posición humilde:

—Ofrecemos nuestras vidas a Jerjes, hijo de Darío.

Artafernes se dejó caer sobre el trono. Estupor y admiración se mezclaban en su gesto. A mis ojos también acababan de cambiar aquellos dos espartanos, y mucho.

—No entiendo —insistió el sátrapa—. ¿Os presentáis de forma voluntaria para morir?

—Nos envían nuestros iguales. Es la misión que se nos ha encomendado.

—Es su deber —hablé por primera vez. Artafernes me miró. Por un instante pensé que se molestaría. Pero no.

—Su deber —repitió—. No el mío. No voy a masacrar a unos heraldos. Mucho menos si vienen por propia voluntad o por deseo de sus conciudadanos para aceptar la muerte.

—Toda *hibrys* merece su némesis —añadí.

Y ahora se presentaba la curiosa situación de una némesis reticente. Artafernes se rascó la barbilla. Espertias y Bulis seguían con la vista fija en el suelo. Supongo que si en aquel momento el sátrapa hubiera dado orden de degollarlos, ni se habrían movido para evitarlo. Pero no fue eso lo que mandó Artafernes.

—Entiendo lo que quieres decir, Artemisia. En verdad Ahura Mazda decreta que se recompense el bien y se castigue el mal. Pero también es Él quien nos ha dotado de raciocinio y, sobre todo, el que ha iluminado la inteligencia del gran rey. —Se dirigió a los espartanos—. Aceptad la oferta de amistad a cambio del agua y la tierra. Convertíos en aliados de Persia. Eso expiará de sobra el crimen de hace siete años.

Espertias alzó la mirada despacio.

—Artafernes, hijo de Artafernes, lo único que hacemos es cumplir las leyes de nuestra ciudad, y ni siquiera nuestros dos reyes escapan a ellas. Son esas leyes las que nos hacen iguales entre nosotros y no nos permiten reconocer a nadie por encima, salvo a la propia Esparta. Nuestras leyes rechazan que el agua y la tierra espartanas se entreguen a nadie. No tenemos especial cariño a los atenienses. No los apreciamos más que a los argivos o que a cualquier otro griego. Tampoco más que a los persas o a cualquier otro bárbaro. Has de saber esto, y has de comunicárselo a Jerjes, hijo de Darío: la ley de Esparta nos obliga a ofrecerle nuestras dos vidas aquí y ahora. A tu alcance tienes estos cuellos por si los quieres cortar: no nos defenderemos. Arrójanos a un pozo o sométenos al tormento más cruel. Arráncanos la piel o empálanos. Pero si os atrevéis a pisar nuestra tierra o a beber nuestra agua, los espartanos matarán a los persas por miles. Te matarán a ti, Artafernes, hijo de Artafernes. Y matarán a Jerjes, hijo de Darío.

Los hombros del sátrapa descendieron levemente. Lo siguiente que dijo fue en persa:

—Estos dos espartanos son mis huéspedes. Karkish, Bakish, respondéis de sus vidas con las vuestras. Se alojarán en palacio y no se les negará nada. Hoy mismo enviaré correos a Susa para trasladar al gran rey las palabras de Esparta y la oferta de expiación de Espertias y Bulis. Espero que en su respuesta, además, me aclare si hemos de considerar a los espartanos como amigos o enemigos.

Fui yo quien tradujo a los espartanos la decisión del sátrapa. Se dejaron escoltar hacia la salida por los guardias reales. Aguardé hasta quedarnos a solas:

—¿Y qué deseas de mí, noble Artafernes?

Suspiró. Movió la cabeza a un lado y a otro, como si se desentumeciera tras una larga guardia. Me sostuvo la mirada un rato, justo hasta que su gesto serio se transformó en otro más amable.

—Lo que deseo es agradecer tu entrega, Artemisia de Caria. Todo lo que has visto debía llevarse con discreción, y no has fallado. Supón que los espartanos hubieran accedido a una alianza. La maniobra habría sido perfecta.

—Y nadie sospecha si la dirige una mujer. Sí, Ariabignes me lo explicó.

—Creo que ya da igual si Atenas se entera o no de esto. Eres libre de quedarte o marchar.

El chambelán aguardaba junto a los portones. Yo permanecí en el sitio. Hasta ese viaje, mi sentimiento hacia Persia se parecía más al odio que a la sumisión indiferente. Pero ahora me picaba la curiosidad. Ninguno de los persas a los que acababa de conocer se aproximaba a lo que yo había imaginado.

—Noble Artafernes, me gustaría conocer el desenlace antes de regresar a casa. Por si después salgo a navegar y me topo con algún navío espartano.

Artafernes sonrió.

—Entonces tengo un huésped más.

LA ANGUSTIA DE ANDRÓMACA

Me resultaba imposible imaginar la gran distancia que recorría el Camino Real de Susa a Sardes. El difunto rey Darío había terminado de trazar esa y otras rutas para unir las principales ciudades del Imperio. El Camino Real era ancho, estaba empedrado y bordeado de sillares. ¿Cuántos hombres, todos libres, habrían trabajado para completarlo a lo largo de décadas? Existía una cadena de postas astutamente colocadas entre jornadas y provistas de monturas de refresco. Ágiles caballos y buenos jinetes apostados a trechos. Eso significaba que un correo oficial podía salir de Sardes, llegar a Susa en una semana y regresar con las órdenes reales en otra. Ni la nieve, ni la lluvia, ni el calor del sol ni la noche los detenía. Daba vértigo pensarlo, porque Susa y Sardes estaban separadas por un espacio que multiplicaba por once el que había entre la propia Sardes y Halicarnaso. Y mareaba más comprender que, hacia oriente, el Imperio se extendía por una extensión aún mayor. Intentaba ponerme en la piel de los griegos europeos. Creerme yo misma una ateniense y jugar a imaginarlo. Zabbaios me había contado que, justo antes de Maratón, un corredor había cubierto la distancia entre Atenas y Esparta para pedir ayuda. El oscuro asunto de las Carneas. Se tenía aquel viaje por toda una gesta digna de las más sinceras alabanzas, porque eran más de mil estadios ¡Mil estadios! Pues bien, había que multiplicar tal distancia por veintitrés para entender la anchura del Imperio persa. Y, puestos a comparar extensiones, había que añadir que no todos los griegos europeos estaban dispuestos a enfrentarse a Persia.

Yo contaba, así pues, con que el correo de Artafernes al gran rey cubriría pronto el camino de ida y vuelta. De modo que me dispuse para una corta espera, instalada en el gineceo de la ciudadela. Los dos primeros días traté de adaptarme al ritmo tranquilo de aquella vida entre sirvientas y eunucos. En los jardines, a distancia, el séquito de doncellas rodeaba a la esposa de Artafernes, Sadukka. Sadukka me dio envidia al principio. En realidad me la sigue dando. Era muy agraciada. Melena negra que le llegaba a la cadera generosa, ojos grandes, también oscuros y de un triste bellísimo. Me observaba desde lejos, sin ocultar su curiosidad. Yo evitaba su mirada y seguía a lo mío, paseando entre los árboles, con un par de criadas tras de mí, atentas a cualquier petición.

El tercer día por fin hablamos, aunque la razón fue de todo menos feliz. Artafernes me había enviado una invitación para asistir a un evento público en la ciudad baja, y coincidí con Sadukka en la comitiva. Anduvimos cerca la una de la otra, sin cruzar palabra y escoltadas por un destacamento de la guardia real. Durante el trayecto, nada más salir de la acrópolis, vi la gran cantidad de gente que acudía hacia el lugar del espectáculo. Los ciudadanos de Sardes caminaban serios, con pasos rápidos. Poco a poco, conforme llegábamos al sitio, el gentío se volvía denso y retardaba nuestro avance. De vez en cuando echaba un vistazo hacia Sadukka. Como yo, llevaba la cabeza cubierta. Andaba con la mirada al frente, alta la barbilla en su papel de dama persa. Empezaba a picarme la curiosidad, pero me abstuve de preguntar.

Desembocamos en el ágora. A un lado habían construido un tablado de madera, y sobre él, alineados, nos aguardaban los asientos de honor. Un trono de caoba en el centro, seis escabeles a cada costado. Me sorprendió ver que los espartanos Espertias y Bulis ya estaban allí, instalados en el bloque de la derecha. Sadukka ocupó su lugar en el flanco opuesto, junto al trono, y me señaló el asiento que había a su lado.

—Aquí, Artemisia de Caria. Si te place.

Le di las gracias con una reverencia y me acomodé. El ágora se llenaba por momentos. Todo menos un área central acotada por los soldados lidios. Tras nosotros, un par de guardias reales tomaron posiciones. Arco y flechas al hombro, lanza presta. Me volví a medias hacia Sadukka.

—¿Qué vamos a ver?

Ella apretó los labios. En ese momento hizo acto de presencia el sátrapa. Hubo aclamaciones del público cuando el lujoso carro de guerra, precedido por una escuadra a caballo, llegó hasta el ágora. Artafernes saludó a la plebe y descendió. Rostro serio, paso firme. Trepó al tablado y cruzó una mirada rápida con su esposa. Nos contempló a los demás, deteniendo su vista un poco sobre los espartanos. Espertias y Bulis, con sus sempiternos *exomis* rojos, permanecían sentados, espalda recta y manos apoyadas en las rodillas.

—La justicia real. Eso es lo que vamos a ver.

Lo había dicho Sadukka.

—¿La justicia real?

La chusma estalló en gritos, lo que me sobresaltó. Los soldados lidios terciaron lanzas para contener las oleadas de curiosos. Una nueva comitiva emergió desde el extremo opuesto del ágora. Varios soldados escoltaban al protagonista de la tarde, un tipo vestido con una túnica corta y deshilachada, con el cráneo rapado y cruzado de cortes. Más que caminar, arrastraba los pies. Cargaba con un madero dos veces más largo que él, y tan grueso como uno de sus brazos. Cada dos pasos recibía un golpe de contera. Una fruta voló desde la multitud y le impactó en la cabeza. El ágora estalló en carcajadas.

Miré de reojo. Artafernes había ocupado su lugar en el trono. Hierático como una estatua de Zeus. Advertí que Sadukka temblaba, aunque hacía esfuerzos para ocultarlo. El escándalo creció. Verduras y frutas sobrevolaban la línea de seguridad lidia y caían en la ruta del individuo que cargaba con el madero. Perdió pie cuando una manzana podrida estalló contra su cara. El palo cayó. Uno de los soldados agarró al tipo por el brazo y lo obligó a recogerlo. Por fin, la comitiva llegó hasta el punto central del ágora. Justo en el lugar donde había un hoyo. Mis puños se cerraron y, al mismo tiempo, abrí mucho los ojos. Sentí un contacto en el muslo. Uno suave, amistoso. La mano de Sadukka. Percibí su temblor a través de la ropa. Al volverme la vi pálida.

—Acabará pronto —dijo.

Artafernes se puso en pie. Como una escena cien veces ensayada, la plebe fue acallando sus rugidos. Los verdurazos disminuyeron y de pronto, contra el silencio, se escuchó un llanto ahogado. Era el condenado. Desencajada la faz, los dedos agarrotados. El palo volvió a caer, y entonces reparé en lo afilado de su extremo.

—Quiero irme —susurré. Sadukka apretó un poco.

—Y yo.

El sátrapa anduvo hasta el borde del tablado. Vi las innumerables caras expectantes, fijas en él.

—¡En nombre del gran rey, rey de reyes, rey de las tierras! —Artafernes hizo una larga pausa. Hasta el condenado dejó de hipar y levantó la vista—. ¡Así habla Jerjes: por el favor que Ahura Mazda me ha concedido, es mi deseo que se cumpla el bien y se evite el mal. Que la verdad triunfe y la mentira resulte derrotada. Que se recompense al justo y se castigue al vil!

Una violenta arcada me sacudió. Me llevé la diestra a la boca.

—Quiero… irme.

Sadukka movió su mano sobre mi muslo.

—Aguanta.

Un vacío helado se adueñaba de mi pecho. Abrí la boca en busca de aire, pero era como si estuviera de nuevo en Halicarnaso, aterrada en la galería de palacio, respirando el humo de la destrucción, atenta a cómo un hombre cruel dictaba su sentencia.

—¡Janto de Pérgamo! —clamó Artafernes.

El del palo, abajo, se postró de rodillas.

—¡Por favor! ¡Clemencia! ¡No sabía lo que hacía!

—¡¡Janto de Pérgamo!! —repitió el sátrapa—. ¿Rogaron clemencia tus víctimas? ¿Lloraron, como tú lloras ahora? ¿Enjugaste sus lágrimas y las dejaste ir?

El tal Janto se volvió loco. Se incorporó de un salto y trató de huir, aunque no dio ni tres pasos antes de que un soldado lidio lo derribara de un conterazo. La multitud volvió a rugir.

—Tú eres su esposa. —Mi voz salía tan ronca que no la reconocía—. Pídele que me deje ir. Por favor.

Sadukka negó.

—No puedo. Es la justicia real.

—¡Janto de Pérgamo! ¡Fuiste condenado! ¡Y tu sentencia, confirmada por el gran rey! ¡Cúmplase!

En ese momento noté cómo despertaba el odio que, a lo largo de los años, se había adormecido. Miré a mi alrededor. Salvo los guardias reales, impertérritos, no vi a nadie que no disfrutara. Que no escupiera al insultar a Janto de Pérgamo, o que no se riera de él. Que no se alegrara ante la agonía que le esperaba. Me incliné hacia delante y comprobé que, más allá de Artafernes, los dos espartanos asistían atentos, con los párpados entornados. Abajo, los soldados ya habían inmovilizado al condenado y le arrancaban su túnica. A pesar de los chillidos, las cuerdas se anudaron con fuerza a sus pies y manos. Cerré los ojos. Nadie podía impedirme eso. Traté de aislarme. De dejar de oír los bramidos de la masa. Pero el horror rompía contra mi voluntad como el oleaje en una tarde de borrasca. El único alivio era la mano cálida de Sadukka en mi pierna.

El griterío creció, una especie de soplo acre hizo vibrar el aire a mi alrededor. Yo quería estar en Caria, contemplando el horizonte desde alguno de mis promontorios favoritos. O en Kálimnos, sumergida en el agua tibia del manantial. Envuelta en seda, abrazada al cuerpo de Damasítimo. O en el jardín de mi palacio, con la melena suelta mientras mi madre la cepillaba.

El grito desgarró el espacio y rompió aquellas imágenes en mil pedazos. Los dedos de Sadukka se crisparon a través de mi peplo, sus uñas me arañaron la piel. La voz de Janto se volvió más y más aguda; y la crueldad que lo rodeaba, más y más grave. Como si Escila, pavorosa bestia de los mares, chillara por cada una de sus seis bocas repletas de colmillos. Aullidos penetrantes que hacían sangrar los oídos de los marinos mientras sus naves se tronzaban entre crujidos de madera. Yo también grité cuando Sadukka apretó mi carne. Abrí los ojos y la vi a mi lado, llorando, con la vista clavada en el lugar de la ejecución. No pude evitarlo, yo también miré. Y vi a Janto de Pérgamo agitándose en lo alto, el madero fijado en el suelo, vertical, atravesando el cuerpo desnudo. Desgarrando sus entrañas, astillándose en su camino a través de la carne para abrirse camino y asomar por su boca. La sangre le chorreaba por el cuello, y entre sus piernas. Resbalaba por el palo, se acumulaba en su base, crecía en un charco. A sus pies, los soldados lidios se colgaban de las cuerdas hasta que sonó un chasquido. Con la mandíbula dislocada, el cuerpo se deslizó dos palmos a lo largo de la estaca. Un eco gutural escapó de la garganta hecha trizas. La estaca afilada apuntando hacia el cielo. Y Janto agonizando, preso de bruscas sacudidas. Artafernes se acercó a uno de los guardias reales y, con un gesto, le reclamó el arco. Tomó una flecha y la caló en la cuerda. Solemne el gesto, pie izquierdo delante, brazo extendido. De medio lado, tensó hasta que la diestra rozó su mejilla. Tomó aire, lo retuvo. Un, dos, tres. El dardo voló con un silbido agudo y se clavó en la cabeza del condenado, justo en la sien. Janto de Pérgamo se convulsionó un par de veces más y quedó inmóvil.

Desde aquel día y hasta que me fui de Sardes, Sadukka y yo no nos separamos.

Sadukka, hija de Hidarnes, esposa de Artafernes. No me importaba que fuera persa, porque Sadukka era una mujer que no odiaba y a la que era imposible odiar. Lo supe al verla sufrir durante la agonía de Janto. Lo noté en el temblor de su mano sobre mi pierna. En la forma de apoyarse en mí tras la ejecución, mientras regresábamos a la acrópolis de Sardes en silencio, ambas con los ojos enrojecidos, aún temblorosas. En el modo en el que, ya en sus estancias privadas, me invitó a sentarme y me explicó quién era Janto de Pérgamo:

—Un hombre normal. Un buen vecino. Amigo de sus amigos, siempre dispuesto a ayudar. Por eso nadie pudo creerlo cuando lo sorprendieron forzando a aquella muchacha. Y cuando, ya arrojado en una mazmorra, más y más de sus víctimas se animaron a romper el silencio. Aquellas que habían callado por vergüenza, o por las amenazas de Janto. Jóvenes ilusas empeñadas en hacer como si nada hubiera ocurrido. Confiadas en que tarde o temprano olvidarían la humillación.

—La humillación no se olvida —dije—. Ojalá hubiera sabido quién era ese puerco. No habría derramado ni una lágrima.

—Yo lo sabía, Artemisia. Y he llorado más que tú.

Sadukka sentía curiosidad por mí. Había oído decir que gobernaba Halicarnaso y que capitaneaba un trirreme, lo que a sus ojos me convertía en algo así como un personaje de un poema antiguo. Durante esos días solíamos reunirnos en los jardines del palacio, aunque a veces me llevaba hasta su biblioteca personal. Hablaba un griego que habría encantado a los dioses, lleno de palabras y giros que sonaban a eras remotas, cuando los grandes héroes poblaban la Tierra. Se debía a la forma en que lo había aprendido, y por eso usaba expresiones como «flor de la juventud». Deliciosa.

—Llegué aquí en la flor de la juventud —me contaba mientras caminábamos entre armarios repletos de papiros. A Sadukka le gustaba la ropa egipcia, y me había regalado un par de sus peplos de lino. Eran blancos, como a mí me gustaba; muy cómodos y frescos, aunque algo insolentes. Sobre todo para mí, acostumbrada a mi ropa jónica, de mangas largas y costuras en los costados. Me sentía casi desnuda con aquello puesto. Por fortuna, los únicos hombres que nos observaban eran eunucos—. Mis padres me entregaron a Artafernes. Él no era aún sátrapa: lo era mi suegro, que se llamaba también Artafernes y me trató siempre con el cariño que se da a una auténtica hija. A mi llegada me obsequió con mi mejor tesoro. Te lo voy a enseñar. ¿Sabes leer, Artemisia?

—Sí.

Abrió una de las portezuelas y sacó un abultado rollo. Tiró del *ónfalos* hasta que apareció el arranque de un poema. Lo puso ante mí, y leí.

—*Canta, oh diosa, la cólera del Pelida Aquiles.* —Asentí entusiasmada y levanté la vista—. He oído esto antes. En el mercado de Halicarnaso y en las fiestas de Salmacis. Muchos aedos lo recitan, pero es la primera vez que lo veo escrito.

—Así aprendí tu lengua, Artemisia. Bueno, y con la ayuda de un preceptor samio que pedí a mi suegro. Este y los demás rollos del poema los consiguió en Atenas antes de la rebelión, cuando no se esperaba semejante perfidia por su parte. Los atenienses lo recitan en la fiesta de su diosa. —Sadukka recogió el papiro y lo devolvió a su lugar. Tocó cada uno de ellos, contando en voz baja hasta que llegó al que buscaba.

—¿Otro poema? —pregunté.

—No, el mismo. Es que es muy largo. ¿Sabes lo que cuenta?

—La guerra de Troya.

Sadukka extrajo el rollo.

—Funesta guerra entre europeos y asiáticos, sí. De hace mucho tiempo. Esta es mi parte favorita. Andrómaca, la de níveos brazos, es la mujer de Héctor, y sufre porque él ha de salir a defender la ciudad. Teme que no vuelva. Que lo mate Aquiles, el de los pies ligeros. Pobre Héctor, domador de caballos.

Sonreí. Me encantaba escuchar a Sadukka.

—También he oído esa parte del poema —confirmé—. Ella está con el hijo pequeño de ambos... —No recordaba el nombre.

Cerré los ojos y chasqué los dedos un par de veces para despertar mi memoria. Mi amiga persa vino en mi ayuda:

—Astianacte.

—¡Eso es! Astianacte. Un pobre bebé que llora cuando ve a su padre vestido para la batalla.

—Muy bien, sí. Andrómaca es asiática, como nosotras. —Sadukka dejó el rollo en su sitio y lo alineó con cuidado. Se hizo dos pasos atrás para comprobar la armonía del conjunto—. Cuando estalló la rebelión, había nacido ya mi primer hijo, Artactes. Los jonios y los atenienses vinieron por la noche desde Éfeso. Nadie los esperaba, así que se apoderaron de Sardes sin resistencia. Nos quedamos encerrados en la acrópolis, y mi suegro organizó la defensa con su guarnición persa y algunos soldados lidios. Empezó a arder la ciudad. Por aquel entonces había muchas casas con techos de caña, así que el voraz fuego se propagó deprisa. Hasta el templo de Cibeles se quemó.

»Mi esposo vino a traer consuelo a mi corazón, a despedirse de Artactes. Iban a intentar una salida desesperada al amanecer. Lo vi allí, con el yelmo en la mano y la coraza puesta. Nuestro hijo se echó a llorar. Yo era Andrómaca, ¿comprendes? Artafernes era Héctor. Y Artactes era Astianacte, asustado por el aspecto guerrero de su padre. En ese momento estuve segura de que mi esposo no regresaría. Que se enfrentaría a algún Aquiles ateniense o jonio, semejante a un dios, que lo mataría y que arrastraría su cuerpo lejos. Me dolía tanto el pecho que no podía respirar. En estos poemas no lo dice, pero sé que Troya, la de altas puertas, pereció entre las llamas. Hasta de los templos sacaron a rastras a las mujeres, y estamparon a los tiernos niños desde lo alto de las murallas. ¿Sabes cómo acabó Andrómaca?

—Convertida en esclava de un griego. —Sentí despertar un antiguo dolor. Como esas cicatrices que se resienten al cabo de muchos años, cuando amenaza lluvia. Al igual que Sadukka, yo también había estado a punto de convertirme en esclava—. Bueno, el caso es que te libraste.

—Gracias a Ahura Mazda, los nuestros triunfaron en su salida. Los jonios y los atenienses se retiraron. Entonces, como si escribiéramos ese poema al revés, el gran rey asiático fraguó su venganza contra Europa. Mi suegro acababa de morir, así que mi esposo lideró el ejército que cruzó el ancho mar hacia Atenas. Otra vez aquí sola, Artemisia, notando cómo el corazón se me encogía. ¡Ay de mí, desgraciada! Ahora Artafernes se iba allí, a luchar contra los descendientes de todos esos guerreros salvajes que aparecen en el poema. Áyax, del linaje de Zeus; Diomedes, valiente en el combate; Menelao, caro a Ares. Hombres crueles que se igualan a sus dioses y solo buscan la propia gloria. Aunque les cueste la muerte en la juventud. No me gusta eso, Artemisia. No son como el asiático Héctor, de tremolante casco, que defiende su ciudad y a su familia.

»Antes de que la expedición regresara, los mensajes de la derrota en Maratón llegaron a Sardes. Nadie me decía si Artafernes seguía vivo. No imaginas mi angustia. ¿Y si la negra muerte lo había alcanzado lejos de la patria?

—Pero sobrevivió.

—Ya. Volvió con esa herida que le has visto en la frente. Un ateniense lo golpeó con su escudo. Mi esposo no es de los que se quedan atrás: lucha en primera línea para que lo vean sus soldados, igual que aprende la lengua de la gente que gobierna. Pero sí: sobrevivió, gracias a Ahura Mazda. No desde luego gracias a los dioses europeos, que son caprichosos, y no padecen por los hombres que se baten ni por las mujeres que esperan angustiadas. Y eso que yo no sé si las mujeres europeas sufren así, Artemisia. No se lo deseo aunque algunas sean nuestras enemigas. Y tampoco deseo volver a sufrir. Pero sufriremos, ya no hay quien lo remedie.

—¿Entonces tú no quieres esta guerra, Sadukka?

—¡No! —Señaló los rollos de papiro—. Se lo repito a quien me pregunta, porque soy persa y devota de Ahura Mazda, y por eso he de decir la verdad. Me entristece ver a los jóvenes anhelantes de ponerse la coraza, tomar el arco y partir a la guerra. Eso es porque ellos no han visto el fuego, no han oído los gritos ni han sentido el terror. Pero ¿sabes qué? A lo mejor Troya fue un cadáver corroído por gusanos, con enjambres de moscas posándose sobre la sangre seca, los ojos reventados, el rictus de dolor... Solo que ahora, tantos siglos después, nosotras vemos el esqueleto venerable, cubierto de polvo, con la espada sujeta por la mano huesuda. El tiempo vuelve épico hasta lo más vulgar.

»Oye ahora esta verdad, Artemisia: deberíamos aprender de lo que está escrito. Porque el bien, del conocimiento es pariente, igual que lo es el mal de la ignorancia. ¿Cambiará algo que ahora seamos nosotros los que crucemos al otro lado para conquistar la tierra de los otros? No salió bien cuando Troya.

—Ya. Y crees que tampoco saldrá bien ahora.

Aquellos días nos entretuvimos leyendo el viejo poema. Sobre todo la parte preferida de Sadukka. También tenía otros escritos en acadio, y en más lenguas que yo no había escuchado jamás. Historias sobre dioses, demonios, héroes y bestias. Grandes gestas y horribles castigos. Estaba convencida de algo:

—Saber es una ventaja, Artemisia. Saber más que los demás, doble ventaja. Y triple si los demás ignoran que tú sabes más.

—Hablas como si los demás fueran siempre tus enemigos —le respondí—. ¿Quieres convertirte en la mujer más sabia del mundo?

—No creo que eso sea posible, Artemisia. Pero sí es posible que tu amigo se convierta un día en tu enemigo. O tu enemigo en tu amigo.

Y ella me aguantó la intensa mirada que le dirigí tras esas palabras.

—¿Imaginas, Sadukka, que tú y yo fuéramos enemigas?

—¿Por qué preguntas eso? Somos amigas.

Lo creí. Y como amiga suya, le conté lo ocurrido en Halicarnaso al final de la rebelión. Dejé que mis ojos se arrasaran, que mis dientes se apretaran al hablar. Que mi relato se sazonara de odio cada vez que nombraba a los suyos. Al difunto rey Darío. Y al también difunto Artafernes, suegro querido de aquella mujer que se decía mi amiga. Sadukka se mostró herida. Sé que no fingía, porque fingir es mentir. Aquel día, entre lágrimas pero sin sollozos, me pidió disculpas y se retiró pronto. Porque ella era persa, y los persas eran causa de gran sufrimiento para mí.

Aquella confesión a Sadukka fue como dormitar en mi añorado manantial de Kálimnos. O como abrir los brazos en la popa del Némesis, recibiendo el etesio en la cabellera mientras el espolón cabalgaba las olas; ajena a toda la ruindad, las traiciones, las cobardías. Descansar, aunque solo fuera por un instante, del *daimon* que llevaba tanto tiempo agarrado a mi ánimo, carcomiéndome con sus dentelladas de rencor.

No pude disfrutar mucho más de la compañía, pues al día siguiente Artafernes envió a un mensajero al gineceo para citarme: debía preparar mi vuelta a Halicarnaso y presentarme ante el sátrapa para la despedida. Así que me cuidé de guardar las vestiduras egipcias, y el persa más poderoso de Occidente me recibió en compañía de su chambelán.

—¿Has disfrutado de tu estancia en Sardes, Artemisia?

—Mucho. ¿Ha llegado ya la respuesta del gran rey?

—Hace dos días.

Eso me sorprendió. Y me ayudó a darme cuenta de lo fácil que es alejarse del mundo cuando te ves segura y feliz.

—¿Y puedo saber su decisión?

—Tú y todos. Mi primo Jerjes les ha perdonado la vida. Espertias y Bulis han partido ya de regreso a Grecia. En fin, no esperaba que el gran rey ordenara su ejecución. Ni siquiera al conocer la respuesta a su nueva oferta de amistad.

Me alivió saber que Jerjes era compasivo. O tal vez era solo inteligente.

—Es una sabia decisión. Creo que enfrentarse a esos hombres no es una buena idea. Lo recordaremos cuando vayamos a la guerra, ¿verdad?

Ni siquiera me había dado cuenta de que acababa de hablar en primera persona. Artafernes se rozó la cicatriz de la frente con el índice. No, no le hacía mucha gracia ganarse enemigos al otro lado del mar, y mucho menos si esos enemigos eran espartanos. Se levantó y me invitó a pasear a su lado por entre las altas columnas, esta vez sin guardias, hacia la salida. Yo lo miraba de reojo conforme andaba, lento y majestuoso. Pese a la cicatriz, costaba imaginarlo en coraza y yelmo, batiéndose contra los rebeldes entre las ruinas de la Sardes ardiente. O en la playa, protegiendo la retirada de sus hombres desde Maratón.

—Dejemos ahora la guerra y hablemos de perdón, Artemisia: hay algo que mi esposa me ha contado. Es sobre lo que ocurrió en Halicarnaso hace diez años.

Me detuve. Noté cómo el corazón se me aceleraba.

—Espero no haber importunado a Sadukka. Ni a ti.

El persa me sonrió.

—No. Mal mundo será aquel en el que la verdad importune, necio quien prefiera una mentira complaciente. Mi esposa insiste para que investigue el destino de tu familia y tus paisanos.

No oculté mi sorpresa.

—¿Vas a buscarlos? ¿Tú, noble Artafernes?

—Claro. Sadukka dice que tu padre podría vivir en Babilonia. ¿Es así?

—Ah, sí... Un traficante de esclavos me dijo en Quíos que a muchos halicarnasios los deportaron a Ampe.

—Bien. Haré lo posible para comprobarlo. Y para saber qué fue de tu hermano. Se te causó un gran mal y, aunque no pareces resentida, nadie te reprocharía que lo estuvieras.

—Gracias, noble Artafernes.

Reanudamos el paseo. El chambelán, unos pasos por detrás, parecía ajeno a la conversación.

—El caso es que me acuerdo, Artemisia. Me acuerdo de aquellos últimos días de la rebelión. Sé lo que sufrió Sadukka, y las muchas persas, lidias, jonias, carias, chipriotas… Todas las que se quedaron viudas entonces, o las que se convirtieron en esclavas. Pero el dolor de mi padre fue el que más se grabó en mi memoria. No es de extrañar que tardara tan poco en morir cuando el Imperio quedó de nuevo en paz. Cada día, cada semana y cada año de aquel absurdo alzamiento consumían lo que le quedaba de vida. Por eso, en cuanto Mileto cayó, mi padre se dispuso para un último sacrificio. Si por él hubiera sido, habría perdonado a todos los milesios: tantas ganas tenía de recobrar la concordia. De escribir a su hermano, el gran rey, y decírselo: «Darío, la paz ha regresado». Pero por raro que parezca, se tragó las ganas de paz y castigó a los milesios con gran rigor por una sola causa: conseguir que el resto entrara en razón. Sí, los castigos fueron justos, eso creemos. O eso queremos creer.

»Después, mi padre envió misivas a los pocos rebeldes que todavía no se habían sometido. Casi les rogaba su rendición. Sin represalias, sin rencores. No era una treta. Si mi padre prometía algo, lo cumplía. Recuerdo cuando dictaba esas cartas y se las entregaba a mensajeros de su confianza. Y cómo en una de ellas se dirigía al tirano de Halicarnaso. Ligdamis. Tu padre se llama Ligdamis, ¿verdad?

—Sí, noble Artafernes. Si es que aún vive.

El sátrapa carraspeó.

—Que Ahura Mazda lo consienta. Aquello podía haberse evitado, estoy seguro. Bueno, tú lo has visto. Pese a las ofensas y las injusticias, pese a la voluntad de que cada mala acción reciba su castigo, Jerjes insiste en dar una oportunidad tras otra a los griegos. Así lo ha hecho con los espartanos. Así lo hacía también su padre. Y el mío. ¿Cómo es que Ligdamis no se avino a esas razones? ¿Por qué se negó a sí mismo, a su familia y a sus súbditos esa oportunidad?

Me encogí de hombros.

—Yo era una cría, mi padre no me explicaba sus decisiones. La única carta que recuerdo fue la del puerco que nos prometió su ayuda y luego nos traicionó. A mi padre lo ensordecieron los atenienses mucho antes de que lo cegarais los persas.

Nuevo carraspeo. Artafernes se rascó la cicatriz. ¿Estaba nervioso?

—Es que no lo entiendo. ¿Tan lejos llega la influencia de Atenas? Es como lo de esos espartanos. ¿Cómo es posible que acudan animosos a entregar la vida? ¿A qué clase de enemigo nos enfrentamos, Artemisia?

Artafernes logró contagiarme su desazón. En verdad, Espertias y Bulis habían buscado y aceptado su propia ejecución. Lo vi en la emboscada del camino. Ni siquiera habían tratado de defenderse, y eso pese a la sabídisima querencia espartana por la lucha. Si alguien se comportaba así cuando asumía su muerte, ¿cómo lo haría para procurar la del enemigo?

—Mi padre no era espartano —reconocí—, sino cario. De antiguo linaje asiático. No creo que tuviera intención alguna de hacerse matar o de arriesgarse a la mutilación y el destierro, salvo que se hubiera vuelto loco o necio. Porque había que estar loco o ser un necio para confiar en el triunfo de esa rebelión. —A mi memoria regresó la escena de terror en palacio, mientras las llamas enrojecían la noche de Halicarnaso—. Ligdamis obró mal al rebelarse, volvió a obrar mal al rechazar la oferta de tu padre, y remató su error prestando oídos a un pirata ateniense.

Estuve a punto de añadirlo: «Ningún persa tuvo la culpa de eso». Pero no lo hice. Porque aunque la razón me dictara otra cosa, y aunque pudiera permitirme algún momento de desahogo, la furia y el miedo seguían anidando en mi corazón. Llegábamos hasta el doble portón. El chambelán nos adelantó y abrió uno de los batientes.

—Artemisia, mi primo Jerjes también ha recibido noticia de tu servicio y me ordena que te lo agradezca.

Eso me hizo parar de nuevo.

—¿El gran rey sabe de mí?

—Sí. Entre los persas existe una costumbre. Cuando alguien demuestra su valía al gran rey, lo sirve con lealtad y se gana su confianza, recibe el honor de convertirse en su *bandaka*.

Lo repetí:

—*Bandaka*.

—Así te considera Jerjes. Eso significa que recibirá tu saber y tu ayuda, y que él te los prestará también cuando los precises. Y ahora ha llegado el momento de que regreses a Halicarnaso. Karkish y Bakish, cuya simpatía te ganaste, te acompañarán junto con algunos otros de mis guardias. He dado orden de que viajéis con el estandarte real bien visible. Pasaréis por Éfeso, por Priene y por la vieja Mileto. En cada ciudad, en cada aldea, se anunciará tu llegada como *bandaka* del gran rey, y cada gobernador te recibirá como tal. Ahora ve a despedirte de Sadukka y acepta los regalos que te esperan en tu aposento. No tardaré en reclamarte de nuevo.

Cuando llegué a Halicarnaso, el otoño había entrado y se acercaba el cierre marítimo. Me informaron de que Zabbaios no estaba en Halicarnaso, así que lo imaginé viajando por Chipre, Rodas o Cilicia, en busca de un trirreme fenicio en buen estado.

De camino a palacio recibí la bienvenida de la servidumbre y de los miembros del consejo ciudadano con los que me crucé. Con pocas palabras me confirmaron que todo marchaba viento en popa en la ciudad. La temporada de pesca había sido buena, lo mismo que la cosecha. En las islas no era lo mismo, porque el miedo a los piratas atenienses se extendía demasiado. Eso me irritó. Mi obligación como tirana era proteger a mis vecinos. Los consejeros, por cierto, me advirtieron de que los niños de la rebelión se hacían hombres, y algunos reclamaban un puesto al servicio de su señora. Sabían que la boga y la marinería en el Némesis se pagaban bien, y les atraía la posibilidad de viajar. Mucho más que hacer frente a las tareas del campo o a las rutinarias salidas costeras en busca del sargo, el alitán y el mujol. Pues bien: si todo iba según mis planes y botaba un segundo trirreme, yo daría a esos muchachos de Halicarnaso la salida que pretendían. Y también se la ofrecería a mis súbditos isleños de Nísiros, Cos y Kálimnos. No iba a consentir que nadie tocara a los míos.

Me dijeron que encontraría a mi madre en el jardín, como siempre. Porque ella pasaba allí la mayor parte de vida. Sentada en el suelo, entre confidencias con los pajarillos y caricias a las hojas, mientras su mente navegaba por el mar de la locura. Llorando en las pocas islas de lucidez. Aunque a veces era difícil saber si no se trataba de todo lo contrario, y lucía su demencia mientras la cordura se le apagaba.

Llevaba su peplo negro, el velo bien apretado en la cabeza. La vieja marca en la nariz, producto de aquella noche horrible. Ni una sola de sus blancas guedejas escapaba a la prisión del luto perpetuo. Y eso que no se le había muerto nadie, que nosotras supiéramos.

—¡Artemisia!

Corrió a abrazarme. Me sujetó la cara entre las manos como solía desde que yo era niña. Sonreía satisfecha en esas ocasiones, orgullosa de su obra.

—¿Qué tal el verano? —le pregunté.

Aranare no respondió. A veces lo hacía, a menudo no. O contestaba algo que nada tenía que ver en apariencia. Solo en apariencia. Me cogió de la mano y tiró de mí hasta el pie de un ciprés cercano. Tras él estaba el muro, por cuyos resquicios trepaba la hiedra. Por todas partes colgaban racimos, y aún se creaban umbrías. Había un banco corrido que mi madre despejó de hojarasca.

—Siéntate. Cuéntame.

Le conté casi todo. No le quise nombrar a Acteón ni la masacre de Icaria. Le resumí la caza del Ofiusa y omití la mayor parte de mi encuentro con Damasítimo, aunque le dije que él estaba bien de salud y regía Kálimnos con sabiduría. Eso la alegró porque, desde el desastre, mi madre le guardaba mucho agradecimiento. Hasta ese momento de mi relato, ella fingió bien el interés. Ni se me ocurrió hablarle del castrador quiota o del violador de Pérgamo. Esas cosas despertaban a la frenética Lyssa, esencia violenta, hija de la noche y de la sangre, que a veces poseía a mi madre desde el desastre. Y si ese *daimon* tomaba el mando, todo eran gritos, telas rasgadas y mechones arrancados. Así que preferí describirle al gentil y hermoso Ariabignes. Y luego, tras hablarle de los gallardos persas a los que había conocido, llegué a Artafernes. Su historia y la de Sadukka la trajeron de vuelta a este mundo. A diferencia de mí, que no conseguía arrancarme el recelo sazonado de odio hacia los persas, ella no los consideraba responsables de nuestras desgracias. Para mi madre, la culpa siempre sería de los atenienses.

Hubo un momento de charla normal, como si la locura no hubiera existido jamás, cuando pasamos sobre la angustia de Andrómaca y de Sadukka, sobre el miedo de mi amiga persa a las guerras, fueran ficticias o reales. Hasta hice sonreír a mi madre cuando le expliqué que me había convertido en *bandaka* del gran rey. Sus ojos brillaban, lo que indicaba que por un momento había escapado al encierro negro de su locura. Así que saqué el tema de la carta que el viejo Artafernes había mandado a mi padre justo antes del final.

—Si existió esa carta, cosa que no dudo, tu padre se la ocultó a todo el mundo. Yo no vi ninguna salvo la de ese traidor ateniense, Ameinias. Tal vez temía que los demás lo abandonaran si sabían de la clemencia persa. Porque además de necio, tu padre era un cobarde.

—Sea cobarde o no, aún sigue vivo.

—Tu padre era un cobarde, digo. Deseo que la diosa le haya concedido el alivio de la muerte.

Negué despacio. Si mi padre era un cobarde, ¿por qué había rechazado la oportunidad del viejo Artafernes? Temer más a Atenas que a Persia era como temer más al gato que al león. Eso me hizo pensar en el influjo ateniense. ¿Tan poderoso era? Casi tenía ganas de conocer a algún hijo de Atenas. A esa rata de Ameinias, por ejemplo. Antes de partirlo por la mitad, me gustaría hablar con él. Comprobar si en verdad era tan sugestiva su causa.

—¿Qué tienen? —me dije en voz alta—. ¿Qué, que no tengamos nosotros?

—¿Me has traído esponjas de Kálimnos?

Me volví hacia mi madre, que me miraba como si acabara de llegar. Hasta ahí llegaba su luz. Le puse un beso en la frente antes de levantarme. Pensé en contarle que el joven Artafernes, el mismo que ya había intentado acabar con los atenienses en Maratón, se disponía a investigar el paradero de Ligdamis y Apolodoro. Que incluso había pistas que ayudarían a comenzar la búsqueda. Pero era mejor callar. Mantener la esperanza dentro de la tinaja es siempre una buena forma de ahorrar decepciones. A lo mejor Pandora lo intuía, y por eso dejó escapar todo lo demás.

De modo que Aranare se quedó allí, tarareando una cancioncilla cretense. Puede que ella tuviera razón: mi padre era un cobarde. Pero no era un necio, eso lo sé. Subí hasta el salón principal del palacio y comprobé que la *sagaris* estaba en su lugar. Buen Zabbaios. Me acerqué al gran ventanal y salí a la balconada. El noto venía caliente y arrastraba nubes oscuras. El Némesis reposaba fuera del agua, brillante el casco por el carenado. Sujeto con puntales, desmontada la jarcia. Eso me trajo a la mente el trirreme negro con dos rodas. El Tauros. Yo estaba segura de quién era su capitán. Tenía que ser él. El viento templado me trajo aroma a bosque mojado. A lo lejos, hacia mis islas, el mar se rizaba. Se me instalaba una leve pena en el pecho cuando sabía que no podía navegar. Pero cada día que pasaba quedaba un día menos para la primavera siguiente.

—Y entonces iré a por ti, Ameinias de Eleusis.

CAPÍTULO IV

It's too late to break
the spell that encircles us.
The chains of destiny are strong,
stronger than both of us.
Come on, let's surrender.

(Es demasiado tarde para romper
el hechizo que nos atrapa.
Las cadenas del destino son fuertes,
más fuertes que ninguno de los dos.
Venga, rindámonos). Trad. libre.

Only a heartbeat away (1990, Vixen: *Rev it up*)
Gardner/Pedersen

DEL MANUSCRITO DE HERÓDOTO

FRAGMENTO 115

La señora Artemisia, hija de Ligdamis, me invita a reflejar las noticias que llegaron a Halicarnaso aquel otoño y el invierno siguiente. Así me lo aconseja:

—Pues has de saber, Heródoto, que no solo los persas acechaban el otro lado del mar y cuidaban de los ojos y oídos indiscretos en Asia. De igual modo hasta Europa arribaban las noticias, arrastradas por las mareas y empujadas por los vientos. Que el persa se prepara para cruzar, decían.

Los griegos, pese a llegarles toda esta información, no se sentían afectados en idéntica medida. En efecto, aquellos que habían entregado a Persia la tierra y el agua abrigaban la confianza de que no iban a sufrir el menor daño. En cambio, quienes no habían cedido eran presa de un pánico cerval, dado que en Grecia no existía un número suficiente de naves de combate para resistir al invasor, ni podían todos los griegos reunirse en tan vasto ejército como era Jerjes capaz de movilizar. Así, hubo muchos que se inclinaron a pactar con el gran rey.

—Pero no los espartanos —opino—. Tampoco los atenienses. ¿Verdad, señora Artemisia?

Verdad, sí. Artemisia me recuerda lo que significan en Esparta el deber y la obediencia a la Ley. Hay otras muchas cosas, algunas ciertas, otras falsas, que afectaron a los griegos. Consultas a oráculos, discursos en ágoras, mensajes ocultos. En Europa se extendió la creencia de que Jerjes era un depravado. Un ser enloquecido, lujurioso y cruel, que consideraba a todos los hombres sus esclavos. Y que deseaba invadir la Hélade para aumentar el número de aquellos a quienes podía azotar con su látigo. Que arrasaba las ciudades, quemaba los templos, destruía las efigies de los dioses, cortaba las lenguas de los derrotados o los empalaba por millares para marcar los caminos que llevaban de un palacio a otro. Que, mientras el abyecto rey persa vivía entre opulencia, oro y excesos, su pueblo moría de hambre y de fatiga.

El Imperio persa era una bestia enorme, decían. Una oscuridad inmensa capaz de devorar a Escila y Caribdis, a las hidras, leones, jabalíes y esfinges que se cruzaran en su camino. Por eso había que perder toda esperanza, o bien prepararse para luchar.

Los atenienses, al igual que los espartanos, habían elegido luchar. Aunque su suerte era desigual hasta el momento.

—El hombre que dirigió a los atenienses en Maratón —explica mi señora— se llamaba Milcíades. En aquel sitio junto al mar demostró genialidad. La suficiente para superar a Artafernes.

Sigo escribiendo al dictado de Artemisia. Me dice que tras el desastre que los persas sufrieron en Maratón, Milcíades vio considerablemente acrecentado su prestigio. Solicitó naves, tropas y dinero a sus conciudadanos, pero sin revelarles cuál iba a ser el objeto de su expedición. Solo les aseguró que los haría ricos. Cumplimentada su petición, Milcíades zarpó para atacar la isla de Paros, fiel a Persia. Desembarcaron allí los atenienses y exigieron una suma inabarcable a los parios. Pero estos decidieron resistir hasta la llegada del auxilio persa. Cosa diferente es luchar por la supervivencia de los tuyos que invadir tierra ajena por ambición. Y los atenienses, arrastrados por la soberbia de Milcíades, habían cambiado lo uno por lo otro.

El asalto a Paros salió mal. Milcíades resultó herido y ordenó la retirada. Lo sometieron a juicio en Atenas por su imprudencia, aunque los méritos de Maratón quizá podrían haberlo salvado. Dio igual, porque murió a los pocos días a resultas de la herida. Justo escarmiento a su insolencia.

Solo entonces se dieron cuenta los atenienses de que el hombre que los había salvado en Maratón... ya no estaba. ¿Quedarían ahora a merced de Persia?

Sonrío antes de descansar la pluma sobre el papiro. La señora Artemisia me devuelve la sonrisa. Comprendo lo que hizo al hablarme de Esparta y sus reyes. De sus grandezas e ignominias. Comprendo lo que hace ahora al contarme de Atenas. De sus sacrificios y ambiciones. Hybris y némesis, una vez más.

—Intento que aprendas, joven Heródoto, lo distintas que son las gentes y cuánto se parecen al mismo tiempo. Qué diversidad hay entre las personas de aquí y allá, aunque todos, al fin, combinan fuerza y debilidad. Templanza y apocamiento. Esto atañe, no lo dudes, a la guerra entre griegos y persas. Sin el concurso de esos hombres y mujeres, cada cual con sus virtudes y defectos, nuestra historia sería muy otra.

—Lo veo, señora. En Halicarnaso tú sucediste a tu padre, Ligdamis. Después de Darío llegó Jerjes como gran rey. Leónidas vino tras el loco Cleómenes en Esparta. ¿Y quién surgió en Atenas cuando Milcíades recibió su némesis?

—Pues entre los atenienses había un ciudadano que había empezado a figurar entre los más destacados desde hacía poco tiempo: Temístocles, hijo de Neocles.

Me cuenta mi señora que Temístocles insistía en que el mar sería la salvación para todos, y por eso había propuesto que el Pireo fuera el nuevo puerto de su ciudad, lo que había de proporcionar grandes rentas a Atenas. Pues bien, este Temístocles, por medio de ciertos vaticinios interesados y de su propio poder de convicción, se esforzaba en calcular cómo podría Atenas hacer frente al desafío que se aproximaba.

Había cerca del cabo Sunión, al sur del Ática, una región áspera que se llama Laurión, donde Atenas poseía unas minas que se consideraban casi agotadas. Pero por designio divino, en este tiempo dieron con una veta riquísima de plata. Así pues, un descomunal ejército de esclavos se dedicó a arrancarla de la tierra. Según la costumbre, los atenienses se disponían a repartírsela entre todos a razón de diez dracmas por cabeza. Entonces Temístocles convenció a los atenienses para que desistieran de llevar a cabo ese reparto y, con las sumas de que disponían, construyesen doscientas naves para la guerra contra los eginetas. Esa pienso yo que fue su excusa, aunque él muy bien sabía que el enemigo contra el que habría que navegar no era la pequeña isla de Egina, sino el gran Imperio persa.

Dejo de escribir. Acabo de recordar algo.

—Señora Artemisia, ¿y qué ocurre con el otro ateniense, Ameinias de Eleusis?

Ella mueve la cabeza despacio. Niega, y luego afirma. Una sombra triste aparece en su rostro y, a pesar de ello, la veo sonreír.

—Ameinias era osado. Todavía el frío azotaba nuestras costas y ya llegaban noticias del Tauros, maldita nave negra y cornuda. Nadie se atrevía a hacerse a la mar, salvo él. De poco servía que la armada persa hubiera regresado. Los trirremes permanecían varados en las bases. En Cime, en Elayunte, en Kadytes. Pero el Tauros navegaba. Embestía aquí y allá, y desaparecía a todo trapo, entre olas capaces de tragar islas enteras. O los dioses amaban a Ameinias, o se divertían a su costa. Otras naves de Atenas se dejaron ver antes de que llegara la primavera. En parejas o en tríos, los nuevos trirremes de Temístocles se volvían buenos alumnos del Tauros.

»Yo no había permanecido indolente. En Nísiros y en Cos se había trabajado duro durante el otoño, y en el invierno se habían completado las tripulaciones de dos nuevos trirremes. Más lento avanzaba en su construcción el de Kálimnos. Zabbaios también había apalabrado la compra de una buena nave en Chipre. Cuando se abrió la temporada de navegación, ya eran tres los barcos bajo mi mando. Al Némesis se unieron, pues, el Casandra y el Laódice. No eran casuales los nombres, sino inspirados por lo que me había contado una mujer *asiática, sabia y temerosa de un destino en manos de nuestros adversarios: mi amiga Sadukka.*

Casandra y Laódice, sí. Así se llamaban dos de las asiáticas derrotadas en Troya. Ambas humilladas por los europeos. Ambas exigían venganza, y ambas la obtendrían convertidas en máquinas de guerra.

CLORIS LA BLANCA

Año 483 a. C.

El viento fue suave y hubo que aplicarse a la boga durante las dos primeras semanas de la temporada. Por fortuna, en la tercera la brisa cobró fuerza y nos empujó con mucha alegría. Luego, tras un par de días de lluvia primaveral, detecté a mi presa.

Y no me avergüenza decirlo: el miedo se me agarró a las tripas ante la posibilidad de que se tratara del Tauros. Para mi primer encontronazo cara a cara con naves de guerra atenienses, prefería a cualquier otro.

Pero no había forma de saberlo aún. Solo que eran cuatro trirremes atenienses saliendo del canal que separa Naxos y Paros. Zabbaios los divisó a mucha distancia, con esa vista sobrenatural que le había dado algún dios fenicio. Reaccionamos rápido, seguros de que ellos no nos habían detectado a nosotros porque era de buena mañana y teníamos el sol a popa. Así que nos ocultamos tras la isla de Keros, entre su bahía sur y los islotes que la resguardan, un poco dispuestos a improvisar. Noté de nuevo esa sensación en el pecho. La mezcla entre el recelo y las ganas de entrar en acción, tal vez para que todo terminara de una vez. Por aquel tiempo, me negaba a llamar miedo a eso.

—¿Qué pasa con los mástiles? —me preguntó Zabbaios.

—Los dejamos puestos. Las velas desplegadas.

Le pareció bien. O a lo mejor no, pero, de momento, se calló. Yo tenía algo pensado. Algo que había imaginado en infinitas variantes durante el invierno, observando el mar picado desde la balconada de palacio.

Recorrí la cubierta hacia proa para repartir sonrisas. Había descubierto que eso tranquilizaba a mi tripulación; y ver calmada a la tripulación me calmaba a mí. Al llegar a la roda, me asomé y fijé la vista en nuestro espolón. El oleaje que rompía contra Keros lo rebasaba sin llegar a ocultarlo, y acunaba al Némesis. Si todo salía según mis deseos, aquel día estrenaríamos aquel aguijón de madera recubierta de bronce. Era algo curioso pensar que los espolones fenicios eran más largos que los atenienses. Los hombres solían hacer bromas con eso, y yo fingía que me hacían gracia. Caminé de vuelta a mi puesto. Tras nosotros, en columna y en paralelo a la costa, mis otras dos chicas: el Casandra y el Laódice. Fondeadas en perfecta columna, popa con proa. Los cascos recién pintados, con sus ojos sobre los brillantes espolones. Gallardetes con la *sagaris* en las tres. Casi podía oírse el tamborileo de los corazones en mis dos nuevos trirremes isleños. Tripulaciones inexpertas: expectativas grandes, miedos mayores aún. Apenas habíamos tenido tiempo para adiestrarnos juntos en las semanas previas. Aun así, confiaba en mi gente. Pero, por si acaso, traté de transmitir calma.

—¡No tardarán mucho en aparecer! ¡Mantenemos los palos. Velamen extendido y navegamos en columna! ¡Así, si el asunto se nos da mal, saldremos a todo trapo y con viento largo! ¡Que nos pillen esas lechuzas si pueden! —Me volví a popa, hacia mi segundo trirreme—. ¿Oído en el Casandra?

—¡Sí, señora! —contestó el oficial de proa desde la otra nave.

—¡Seguid nuestra estela sin desviaros una pulgada! ¡Y que el Laódice haga lo mismo con vosotros! ¡Una cosa más: arriad los gallardetes!

El proel del Casandra asintió antes de correr hacia popa para transmitir la orden al tercer trirreme. Zabbaios me miraba de través, escamado con aquello. Y más aún cuando vio que yo también desataba el banderín con la *sagaris* y lo cambiaba por una lechuza. Se acercó para hablarme al oído.

—Eso es mentir. ¿Qué dirían tus amigos persas?

—Mucho no me importa ahora. Yo soy caria.

—Bien. El engaño funcionará al principio, supongo. Pero luego…

—¿Luego qué, Zab?

—Si los atenienses mantienen también su arboladura, podrían alcanzarnos cuando descubran la verdad. Sobre todo si sus tripulaciones son más veteranas que las nuestras, cosa no muy difícil. ¿Lo has tenido en cuenta?

Yo bajé la voz incluso más que mi piloto.

—Sí. Por eso es mentira que vayamos a huir.

Zabbaios gruñó algo, aunque no le hice caso. Nuestro oficial de proa lo gritó en ese momento:

—¡Ahí están!

Todo se paralizó a bordo. Delante, aún lejos para crear otra cosa que expectación, apareció el primer trirreme de Atenas. Surgió por entre las islitas de Heraclea y Esquinusa, con el velamen hinchado y rumbo sudeste. Llevaba muy buena marcha, así que de inmediato surgió la segunda nave. Poca separación entre ambas. Y ahí estaba la tercera. Y la cuarta. Una columna disciplinada, muy bien distribuida. Eso me abrumó un poco. Pero yo no era de arrepentirme.

—¡Adelante!

Lo habíamos hablado: la boga sería completa. Los tres niveles de remeros por borda, de arriba abajo, a pleno esfuerzo para apartarnos de Keros. Me agarré cuando el Némesis sufrió el típico tirón de arranque. Luego me volví para comprobar que el Casandra venía tras nosotros. Al Laódice le costó un poco más salir.

—Nos han visto —avisó Zabbaios. Eso me sorprendió. Incluso con la vela mayor desplegada, quedaba hueco entre esta y la cubierta para apreciar desde popa lo que teníamos por delante, pero la distancia era aún muy larga. Y la columna ateniense no daba muestras de corregir su rumbo.

—¿Que nos han visto? ¿Cómo lo sabes?

—Habría que estar ciego para no vernos con todo este trapo suelto.

Lo di por bueno.

—De acuerdo: nos han visto. Pero aún ignoran de qué lado estamos y cuántos somos. Con las velas desplegadas, imposible saber si tras nosotros vienen dos, seis o diez naves.

Zabbaios se mostró extrañado al principio. Luego miró nuestra vela mayor y comprendió. Navegábamos como los atenienses, en columna. Pero hasta que no estuviéramos más cerca, ellos solo podían distinguir con claridad el trirreme de cabeza. Nosotros.

—¿También quieres ocultar que somos menos que ellos? Valiente sorpresa se van a llevar cuando se sepan en superioridad.

—No busco sorpresa alguna. Lo que quiero es mantenerlos en la incertidumbre. Tú me lo enseñaste: lucha solo cuando tengas seguro el triunfo. ¿Recuerdas? Bueno, pues esos incendiarios no van a tener nada seguro hasta el último momento. Y se verán obligados a decidir rápido, que es la mejor receta para equivocarse. Eso también me lo enseñaste tú.

Esta vez, el gruñido de Zabbaios fue de aceptación.

—Qué lista.

Lo celebré con una risita de triunfo. Había en todo aquello otra enseñanza a aplicar, esta de Sadukka. La ventaja de saber siempre más que el resto. Mantener al enemigo en la ignorancia es media batalla ganada.

Recibíamos el viento por la aleta de estribor, así que todavía no ayudaba gran cosa. Paniasis lo remediaba manteniendo un buen ritmo de boga con una de sus rimas más celebradas:

—¡Sabias musas del Helicón! —provocaba a los remeros.

Y estos coreaban:

—¡Amo a una jonia, un bellezón!

—¡Pienso en su pecho, pienso en su boca!

—¡Se me pone dura como una roca!

Daba igual que lo hubieran cantado cientos de veces. Siempre acababan riendo. Y eso venía bien ahora, cuando faltaba tan poco para jugarnos la vida. La advertencia del proel no tardó en llegar:

—¡Viran hacia nosotros!

Me esforcé en imitar el temple de mi piloto. Zabbaios seguía ahí, firme entre las cañas. Yo subí la vista hacia el retal de lino atado al cordaje, que nos hacía de cataviento y mostraba la dirección y fuerza del etesio. Soplaba con ganas, pero seguía casi sin favorecernos. Lo bueno era que aún serviría de menos a los atenienses. Me repetía cosas así una y otra vez. Que contábamos con ventaja. Por la treta del gallardete, por la marea, por la iniciativa, por la brisa, por la calidad de las naves. Qué sé yo. Caminé a buen paso hacia proa, me encogí para rebasar la vela y llegué hasta el mástil *akateion*. Observé que los trirremes atenienses terminaban su conversión simple manteniendo las posiciones. Eso los llevaría a situarse en línea frente a nosotros. Lo habitual y lo más prudente por su parte. Descubrí que me costaba un poco respirar. La maniobra enemiga se ejecutó a la perfección, como si sus timoneles se leyeran la mente unos a otros. La distancia se reducía. No vi que el agua chapoteara a los lados de cada nave ateniense. Sus velas sí que empezaron a recogerse, aunque no había tiempo para que abatieran los mástiles. Yo entorné los párpados y me sorprendí a mí misma al descubrir cuál era la principal razón de mi ansia.

—¿Ves si alguno de esos trirremes es negro y tiene dos rodas? —pregunté al proel.

—Diría que no, señora. Pero aún estamos demasiado lejos.

Regresé junto a mi piloto. Resuelta a no mostrar nerviosismo a la tripulación. Vi que no habían esperado a mi orden para sacar los garfios y las hachuelas. También salió a relucir alguna jabalina. Zabbaios me recibió con su habitual gesto hierático.

—¿Y bien?

—Nos reciben de frente.

—Normal.

—Se han pegado bastante. Lo justo para no estorbarse al remar, aunque parece que se han detenido.

—Esperan. Ahorran fuerzas.

Chasqué la lengua. Zabbaios no preguntaba por las dos rodas. ¿Y si me estaba obsesionando? Las dudas me fustigaban como el látigo con el que la erinia Tisífone azota a los condenados. ¿Me equivocaba al aceptar el reto de tres contra cuatro? ¿Y si de repente descubría que el Tauros era una de las naves enemigas?

Miré atrás. El Laódice, último de nuestra columna, acababa de rebasar el extremo de Keros. Se me pasó por la cabeza que aquello terminara en desastre para todos. Casi seiscientas personas a mi cargo. De pronto tenía sed. Mucha sed. Pero había algo que en ese momento necesitaba más que el beber. Volví a recorrer el Némesis. Al pasar bajo la vela mayor, me sorprendió ver lo mucho que nos habíamos acercado al enemigo. Me coloqué junto a mi oficial de proa, que esta vez no precisó pregunta alguna.

—Son oscuros, pero ninguno tiene dos rodas, mi señora. El Tauros no está entre esas naves.

Cuánto alivio me supuso aquello. Nuestra desventaja numérica se había convertido en algo nimio.

Entre las historias que mi amiga Sadukka me había contado en Sardes, había una que me despertaba especial aversión: la de la gran serpiente Azi-Dahaka.

Azi-Dahaka era uno de esos seres malignos que los persas llaman *devas*, a los que yo encuentro cierto parecido con algunos de nuestros *daimones*. Los *devas* fueron creados por el horrendo Ahrimán, rival del luminoso Ahura Mazda. Aunque es cierto que antes y después he oído cosas parecidas dichas por gentes que vivían en lugares muy distantes. Da igual en lo que crea cada uno o lo antigua que sea su creencia: las serpientes están en el origen de todo mal. ¿Acaso no era normal que yo las temiera tanto? Serpiente es Tiamat, madre de todos los dragones, según cuentan en Babilonia. Y luego están las serpientes aladas que viven en Arabia, o eso dicen algunos. Las que al mismo tiempo que copulan con el macho, lo estrangulan y se lo comen. Y después su propia prole, como venganza, las devora desde dentro, hasta que se abren camino por el vientre y las dejan muertas, rasgadas y, por fin, inofensivas. Serpiente es también la mitad monstruosa de Equidna, mientras que la otra mitad es la de una ninfa con ojos vivos y hermosas mejillas. Tan perniciosa para inmortales y mortales que se la retiene bajo tierra, confinada a una gruta desde la que no pueda confundir a los griegos con su belleza, engañar con su astucia, matar con su veneno.

A la persa Azi-Dahaka, que tiene tres cabezas, también la encadenaron en una gruta, bajo la montaña más alta. Y como las serpientes babilonias, árabes y griegas, es ladina. Un disfraz que usa el mal para engañar a los mortales y atraerlos a la oscuridad. No hay nada peor para un persa que la mentira. Ni nada tan horrible y peligroso como una serpiente embustera que echa a perder a los hombres.

Aquella mañana, entre el enredo de islas que salpican el mar entre Asia y Europa, mi serpiente de tres cabezas se valió del engaño para atacar a los atenienses. El Némesis, el Casandra y el Laódice reptaron sobre el agua, batida por sus remos. Y cuando se hizo evidente que el enemigo poseía la ventaja del número, la serpiente caria se deslizó entre la línea ateniense y la costa de Esquinusa. Los trirremes de Atenas no reaccionaron, pues divisaron sin problemas la lechuza de mi falso gallardete. Entonces, a la inercia remera de nuestra columna se unió el aliento del etesio cuando caímos a babor, directos hacia el sur. Nuestras velas se hincharon, lo que arrancó vítores de las tripulaciones. Nos costó poco rebasar la línea enemiga y tomar su retaguardia. Cuando nos cruzamos de cerca con la nave ateniense situada más al norte, pudimos ver las caras de los griegos sobre cubierta. Casi sentí lástima por su confusión.

Se dieron cuenta del engaño demasiado tarde. Intentaron arrancar, y nos lanzaron algunas jabalinas que se perdieron entre las olas. Después seguimos nuestra parábola, rebasamos popa tras popa hasta que enfilamos el espolón contra el trirreme capitán, objetivo casi inmóvil. Tan sencillo como aplastar una mosca sin alas.

—¡A proa! —grité. Toda la marinería corrió a obedecer la orden. Creo que jamás, en las travesías cumplidas hasta ese momento, había navegado a tanta velocidad. Inspiré despacio, recibiendo los rociones de agua salada, la *sagaris* terciada. El Némesis brincaba sobre el oleaje. Levantaba cortinas de espuma cada vez que el espolón sobrepasaba una cresta y caía a plomo. Mientras yo misma me desplazaba por cubierta de cabo en cabo, temí que el impacto destrozara no solo la nave enemiga.

Nuestra proa se sumergió un par de palmos cuando nos reunimos tras la roda. Nos agarramos como bien pudimos al cordaje, todos acuclillados. Apretando los dientes mientras veíamos crecer la silueta enemiga ante nosotros. El aire se llenó de gritos, volaron un par de jabalinas inocentes. En el último momento, Paniasis avisó a los remeros, que suspendieron su trabajo para encajar el impacto.

El Némesis se clavó como esas espadas cortas que había visto en manos de los guardias persas. Con un crujido sordo y múltiple de madera rota. No hubo nadie a bordo que no sintiera que sus huesos se conmovían. Era como si un semidiós tirara de nuestros miembros al mismo tiempo. Como si los separara y los soltara de golpe para que regresaran a su sitio. Di de bruces contra la cubierta, y un alargado chirrido se transmitió de proa a popa. Casi parecía que fuéramos a partirnos allí mismo.

—¡Fuera velas!

Lo dije incluso antes de levantarme. Mi tripulación ya corría de vuelta a sus puestos. Yo me quedé allí, soltando hachazos a los pocos garfios que los atenienses nos lanzaban en un inútil intento de trabarnos para escapar de su trampa flotante. Flotante no por mucho tiempo, claro. No fue difícil destrabarnos cuando el cómitre dio la orden de ciar: un nuevo chasquido y el Némesis se desclavó. Recuerdo que reí a carcajadas, encaramada a la roda, levantando la *sagaris* y haciendo lo posible para que aquellos gusanos me vieran.

—¡Soy Artemisia! —les escupí con la fuerza entera de mis pulmones—. ¡Artemisia de Caria!

Los gestos de estupor sobre la nave enemiga dieron paso al miedo. Nada más salir nuestro espolón de sus entrañas, el trirreme ateniense se escoró de babor. Un par de listones de su codaste saltaron como resortes. El palo mayor crujió.

Miré a mi izquierda. El Laódice se había empotrado oblicuamente contra el trirreme ateniense de más al norte, y no conseguía destrabarse. Las otras dos naves enemigas escapaban hacia el este a boga frenética, perseguidos por el Casandra. Se agolparon en mi mente las ideas. Pese a lo que había fantaseado antes de ese momento, ningún escenario creado por mi imaginación coincidía con lo que estaba ocurriendo. Pensé en unirme al Casandra, que ahora también arriaba su velamen. Cambié de idea enseguida. Lancé una última mirada a la nave que habíamos penetrado. Los griegos dividen sus cubiertas en dos, con un pasillo central más bajo. Por allí vi aparecer a los remeros enemigos, solo vestidos, como los nuestros, por taparrabos. Ahora no había tiempo para pensar en ellos. Pasé junto a Zabbaios.

—¡Ayudemos al Laódice! ¡Y que alguien ice nuestro verdadero gallardete!

Me lancé a la escotilla y metí la cabeza bajo las tablas. Mis remeros sudaban como nunca antes, pero respondieron a mi siguiente orden sin una queja. Había que avanzar de nuevo.

Viramos en redondo, ahora ya con el velamen recogido. Era extraño lo que sentía mientras nuestra proa se enfilaba hacia el trirreme ateniense herido por el Laódice. Algo lascivo, creo. Un *daimon*, un *deva*. ¿El espíritu de la serpiente Azi-Dahaka?

Grité de gusto cuando nuestro espolón se clavó por segunda vez en madera ateniense. No era necesario ese segundo pinchazo, pero sirvió para abreviar el trago. La tripulación enemiga, superada, arrojó las armas y suplicó piedad. A poniente, el Casandra suspendía la persecución de los otros dos trirremes, que ahora caían al sur y desplegaban las velas. Así que sí: la embustera serpiente había triunfado de nuevo.

Las corrientes arrastraron la noticia a los estrechos del norte y a las cálidas costas del sur, a la Hélade y a Jonia. Y como suele ocurrir en estos casos, cada vez que la historia pasaba por un nuevo confidente, se añadían detalles de cosecha propia que la convertían en una fábula. En cosa de un mes, la flota demoníaca de Artemisia de Caria se componía de unas veinte o treinta naves con velas gigantescas y espolones de hoja de sierra, con tripulaciones comedoras de carne humana y cuyos remeros, esclavos griegos a los que les habían sacado los ojos, bogaban para no servir de sacrificio a algún oscuro demonio persa.

Sé que los marinos de verdad, incluidos los atenienses, no creían esas patrañas. Pero sí resultaba difícil saber si nuestra flota constaba de tres o seis naves, y si era cierto que habíamos apresado más de quince mercantes y diez trirremes corintios, megarenses e isleños. Y, entre tanta mentira escandalosa, tampoco podía saberse si era verdad que cambiábamos el gallardete aqueménida por la lechuza o la *sagaris* según la presa que quisiéramos hacer.

Cuando arribamos a la isla de Paros, lo cierto era que a los dos trirremes atenienses desbaratados junto a Esquinusa habíamos unido un par de victorias sobre *gaulos* aislados procedentes del sur, a los que habíamos mandado a las profundidades con sus cargas de cereal para la hambrienta Atenas; a eso sumábamos un *pentecóntero* eretrio que se nos cruzó en el mar Tracio y un tercer mercante, este corintio, que conseguimos capturar sin daños a poca distancia del Peloponeso. Con todos habíamos usado el truco del gallardete falso.

Extremamos las precauciones antes de fondear en el atiborrado puerto occidental de Paros. Escondí el banderín con la *sagaris* e icé el aqueménida. El Casandra y el Laódice, en esos momentos, navegaban de vuelta a Halicarnaso remolcando el mercante corintio.

Paros era un sitio igual a ningún otro. A medio camino entre Europa y Asia, como caída al azar en el desbarajuste de islas e islotes, rendía teórico vasallaje a Persia. Sin embargo, nadie ignoraba que allí recalaban naves de todas partes. Se hablaba de reyertas nocturnas, y era posible que alguna de ellas estuviera relacionada con la enemistad entre atenienses y persas. Pero tampoco era extraño que en un puerto tan bullicioso se desatara pendencia por cualquier otra causa. Esta mezquina neutralidad, a la que había que añadir la excelencia del mármol isleño, reportaba no poca riqueza a los parios.

Zabbaios y yo dejamos atrás el sector más atareado del puerto. Paulatinamente, los estibadores y comerciantes cedieron paso a los rufianes y las prostitutas. Edificios menores, callejas estrechas, puertas cerradas. El joven eunuco Estrebo nos había dado buenas indicaciones para llegar a nuestro destino.

—Creo que es por aquí —dijo mi piloto, y doblamos por un callejón que apestaba a pescado podrido.

Un borracho reposaba la curda de lado a lado, con la diestra apretada en torno al cuello de un pellejo vacío. Lo saltamos antes de desembocar en una plazoleta con pilares de madera carcomida. Un inesperado gentío retozaba bajo los porches acribillados por las termitas. La mayor parte marinos de piel tostada, sentados en irregulares filas que terminaban en portezuelas. Sobre cada una de ellas, un tablero de madera descolorida con un nombre. *Aminta, Dorcia, Ramina, Lais, Kasmut, Melina...* No la necesitaba, pero Zabbaios me dio la explicación:

—Las más conocidas tienen clientes fijos y cuestan más. Fíjate en esas dos puertas sin cartel. Putas viejas. De desecho.

Observé. Para las prostitutas anónimas hacían cola los más desarrapados. Ni la *porné* barata necesita nombre, ni el pobre puede permitirse elegir.

Había una última fila, la que llegaba hasta un portón más cuidado. Esos eran los clientes adinerados. Armadores, pasajeros con posibles y marinos ahorradores, supuse. Tampoco había tablero allí, pero sí montaba guardia un tipo enorme, de cabeza cubierta por un pañuelo. Parecía capaz de reventar un cráneo solo apretándolo entre sus manazas.

—Es ahí, seguro —susurró Zabbaios.

—Pues vamos.

Mi presencia llamó poco la atención. Iba cubierta con mi *calyptra*, claro, y caminaba tras Zabbaios como si fuera mi amo. Al parecer, la llegada de mujeres al lugar no era algo extraño. Nos dirigimos al portero gigantón, y mi piloto puso en práctica la estrategia que nos había aconsejado Estrebo.

—Vengo a hacer negocios con Cloris. Traigo buen material.

El tipo nos miró alternativamente. Se metió los pulgares en la faja.

—¿Tu nombre?

—Zabbaios, hijo de Maherbaal.

—Fenicio, ¿eh? No te conozco.

Hubo un momento de indecisión. Mi piloto se volvió y me dedicó una mirada de circunstancias. A continuación, dio un súbito tirón de mi *calyptra*. Varios de aquellos ociosos de la cola se movieron para curiosear. El gigantón ladeó la cabeza. Yo, con el rostro descubierto, fingí vergüenza. Aunque lo que sentía era otra cosa.

—No está mal —dijo el portero—. Separa los brazos, fenicio.

Zabbaios obedeció. El cacheo fue rápido y sin miramientos. Por fortuna, Estrebo también nos había advertido de eso, así que mi piloto iba desarmado. Sin embargo, el portero se detuvo al palpar la abultada bolsa repleta de monedas. Arqueó las cejas.

—Acabo de vender otra muchacha en el puerto —explicó Zabbaios—. A un egipcio.

—¿Y esta por qué no te la ha comprado? Si no le ha parecido lo bastante buena a él…

—El egipcio no tenía suficiente dinero —cortó Zabbaios—, así que le he vendido la barata.

Aquello picó mucho más la curiosidad de la expectante clientela. El gigante pareció quedar satisfecho con la respuesta. Entonces repitió el cacheo sobre mí. Sin miramientos, pero también sin demostrar emoción alguna. De reojo observé cómo Zabbaios apretaba los dientes. Ambos aguantamos. El portero dio un paso atrás y se hizo a un lado.

—Primer piso.

Subimos por una escalera estrecha y empinada. El olor, opresivo, mezclaba la humedad con el exceso de hierbas aromáticas. Arriba nos hallamos ante un corredor con varias puertas. De nuevo tableros con nombres, entre ellos algunos masculinos. Caminamos en silencio mientras desde cada estancia se filtraban jadeos apagados y algún que otro grito teatral. Al fondo, un último portón. Entreabierto. De este salía luz y ningún sonido. Zabbaios se detuvo un momento y, con un gesto, me invitó a mirar el tablero sobre el dintel. Madera podrida y un nombre apenas visible de tan vieja que era su escritura.

Cloris tenía bien ganado su apodo. Su palidez resplandecía, e incluso me pregunté si no provendría de su piel aquella media luz que iluminaba la estancia. Tal vez el efecto fuera estudiado. Lo mismo que el gigantón, sin duda hermano gemelo del portero de abajo, que permanecía en pie tras la empresaria del amor, los brazos enormes cruzados y aspecto de masticar bestias marinas. Cloris, sentada a una mesa, miró apenas a Zabbaios. Se fijó más en mí.

—¿Tu nombre?

—Artemisia.

—Ah, muy de moda. ¿De dónde eres, Artemisia?

—De Caria.

Cloris levantó aquellas cejas finísimas. Resultaba difícil aventurarle una edad, pero era mayor que yo, desde luego. Tenía los ojos rasgados, remarcados sus contornos con pintura negra que se estiraba en dos finas y larguísimas rayas; el pelo moreno retirado de la frente y desparramado sobre los hombros. Es posible que aún hoy siga siendo la mujer más bella que he visto en mi vida.

—Así que Artemisia de Caria, ¿eh? Me gusta. Eso se la pondrá muy dura a los atenienses, y por aquí recalan a montones. —Se dirigió a Zabbaios—. No sé cuánto querrás por esta zorra. Ya veo que es ingeniosa, y de cara no está mal. No tiene pinta de joder bien, eso sí. Aunque lo arreglaremos. Desde luego, no me pidas nada hasta que vea el resto. Que se quite la ropa.

Zabbaios carraspeó.

—No lo has entendido —dije—. Soy Artemisia de Caria. La auténtica.

Cloris la Blanca se puso en pie. Rodeó la mesa y se acercó mucho a mí. Era tan alta como yo y, desde tan cerca, sus ojos fulguraban en verde oscuro sobre esa piel tan pálida. Vestía un peplo dórico de color amarillo, sin mangas, muy ceñido y cerrado a la derecha con fíbulas verdes. Algo me llamó la atención en su cuello. Una cicatriz lo cruzaba de lado a lado. Cloris me observó a conciencia. Hasta pareció que me olisqueaba. Percibí cómo su gesto cambiaba poco a poco. Faltaba casi nada para que se convenciera, así que la ayudé.

—Zabbaios, deja el dinero en la mesa.

Cloris ni parpadeó cuando escuchó el tintineo. La comisura izquierda se le levantó una pulgada. Chascó los dedos.

—Vosotros dos. Fuera.

No le hizo falta repetirlo. Zabbaios y el gigantón desaparecieron. La puerta se cerró, y Cloris y yo quedamos solas en aquella estancia de luz difusa. Acercó un poco más su cara. El perfume que llevaba era abundante y denso, estuve a punto de toser. Pero aguanté.

—Artemisia de Caria, Artemisia de Caria… —Cloris parecía divertida—. He conocido dos tipos de mujer en mi vida: la decente y la que no lo es. Adivina cuál de ellas es la única que se atrevería a aparecer por aquí.

—Ya imagino. Ahora te toca a ti: adivina lo que me importa tu concepto de decencia.

—Vaya. Va a resultar que eres quien dices ser. Bien, supongamos que es cierto. Ahora, Artemisia de Caria, te haré la pregunta que hacemos a todos los que nos honran con su visita y traen plata suficiente: ¿qué coño quieres?

Tardé un poco en captarlo. En otra situación, tal vez habría resultado gracioso. Pero yo no estaba para gracias.

—Información. Eso quiero.

Cloris se volvió, lo que me dejó respirar. Sopesó la bolsa y, ya sin soltarla, regresó a su silla tras la mesa. No me invitó a sentarme.

—Parece mucho dinero por simple información. O lo que ignoras es importante, o lo que yo sé es peligroso.

—Ambas cosas. Se trata de tres muchachos eginetas. Los compraste hace un año, trabajaron aquí un tiempo y luego los vendiste a un traficante de Quíos.

Cloris se reclinó y puso ambas manos sobre la mesa. Dedos largos y blancos, uñas afiladas, de un rojo sangre. Aún no sé dónde había ido a parar la bolsa con mi dinero. El rostro de la *porné* parecía tallado en mármol. Sus labios se curvaban todavía a medias, en un gesto burlón.

—Los recuerdo. Y recuerdo también al quiota: Panionio. Uno que alardea de su habilidad. Corta los huevos a los críos.

Lo había dicho como si tal cosa. Cloris movía los dedos sin separar las palmas de la madera. Deprisa, uno tras otro. Dibujando trazos blancos y rojos en el aire.

—El que me interesa no es Panionio de Quíos —aclaré—, sino el ateniense que te vendió a los eginetas.

Los dedos se detuvieron sobre la mesa. La media sonrisa de Cloris se convirtió en completa.

—Y aquí está el peligro, supongo. Sabes a quién buscas, pero no dónde encontrarlo.

—Así es.

Ella asintió despacio.

—Ameinias pasó por Paros hace una semana.

Apreté los puños y estuve a punto de dar un salto. Cloris, pese a que yo no brillaba tanto como ella, se dio cuenta de mi entusiasmo. Aún me era extraño el arte de ocultar mis sentimientos. Algo importante cuando están en juego el dinero o la vida. O el dinero y la vida.

—¿Y dónde ha ido?

Ahora Cloris negó.

—Eso te costará más.

—No es poco lo que te he dado.

—Es verdad, Artemisia de Caria. No puedo decirte dónde ha ido Ameinias porque no lo sé. Sé otras cosas. Sé que este año no ha zarpado solo con su trirreme cornudo. La novedad es que ahora se hace acompañar de otras dos naves. Es más seguro navegar en grupo.

—¿Por qué?

—La pregunta no es por qué, Artemisia de Caria. Es por quién.

Y me señaló con un índice largo como cabeza de Hidra.

—¿Ameinias sabe de mí?

—Todo el mundo sabe de ti en Atenas. ¿Sabes cómo te llaman? Bueno, te llaman puta, sarnosa, mugrienta… Pero eso ya te lo imaginabas. El caso es que te han sacado un apodo amable y otro más arrastrado.

—Siento curiosidad. ¿Cuál es el amable?

—La Centinela de Asia. Qué pomposo, ¿no?

—Un poco. Pero me gusta. ¿Y el otro?

—La Serpiente de Caria.

Serpiente tenía que ser. Compuse un gesto de asco.

—Me gusta más lo de la Centinela.

—Y a mí. El caso es que, te llamen como te llamen, aún no te toman en serio. Ameinias sí lo hace.

Eso excitó mi orgullo. Aunque también me hirió un poco. Me centré en la herida:

—¿No toman en serio a la Centinela de Asia?

—No te avergüences. Que les den por culo a esos mamones. ¿Has visto el cartel sobre mi puerta?

—Sí.

—Lleva mi nombre y mi apodo, que son los mismos que cuando jodía por medio cuscurro de pan en un callejón del puerto. O cuando lo hacía en el piso de abajo, con marinos que apestaban a sudor, y solo me quedaba una cuarta parte de lo que ganaba. El mismo nombre que llevé cuando subí a este piso y, por la mitad del beneficio, me dejaba follar por capitanes, pilotos y mercaderes. O como cuando me convertí en mi propia dueña y me acostaba una vez al mes con algún magistrado corintio o un noble jonio. El mismo nombre que llevo ahora, cuando no dejo que me toque casi ningún hombre. Las tornas han cambiado. Pero si todo el mundo ignorara mi nombre, si nadie hubiera sabido quién era Cloris la Blanca…, no estaría ahora aquí, enriqueciéndome a costa de otros.

—Otros como yo.

—También, espero. El caso es que si yo no conociera tu nombre, esa bolsa repleta de dinero no te habría servido de nada. Entiéndeme: tal vez no te sirva de nada de todas formas.

—Me servirá más si dejas de contarme tu vida y me dices algo útil, Cloris.

—Joder. —La sonrisa se estiró hasta su tope—. Cada vez me gustas más, Centinela de Asia.

—Tú a mí también.

—Maravilloso. Lástima que no sea de esas. —Se puso en pie—. Ameinias recala siempre aquí al comienzo de la temporada. El año próximo me interesaré por su ruta, y entonces tú vendrás, me pagarás bien y yo te daré esa información que necesitas.

Cloris rodeaba la mesa. Yo di un paso atrás.

—¿Y por qué debo creerte? ¿Por qué Ameinias habría de confiarte su destino?

—Ya te lo he dicho: porque soy Cloris la Blanca. También he dicho que no me toca casi ningún hombre, ¿lo recuerdas? Te lo repito: casi ninguno.

Comprendí. Eso me llevaba a navegar en aguas muy revueltas. Solo que la sensación que tenía en ese momento era la de llevar un buen rato bregando con el temporal.

—¿Te acuestas con Ameinias por dinero, Cloris?

Ella elevó la barbilla.

—Es mi oficio, Centinela de Asia. Siempre lo ha sido pese a todo. ¿Y el tuyo? ¿Cuál es tu oficio?

Yo también opté por lo desafiante.

—Matar atenienses. Y a sus amigos, estén donde estén. Meterles el espolón hasta las tripas y quitarles todo lo que tienen.

Volvimos a mantener uno de esos duelos de miradas cercanas. Aunque no recuerdo haber temido en ningún momento a Cloris. Creo que era sincera cuando decía que yo le gustaba.

—Qué fuerte eso de meter el espolón, Centinela de Asia. Menuda pareja de zorras somos, ¿eh?

—Tú y yo no somos iguales.

—Claro que no. Yo no pago nunca, da igual que se metan espolones u otra cosa. Pero tú acabas de dejarte aquí un bonito dineral.

Apreté los dientes, aunque fue para no sonreír como sonreía ella.

—¿Cómo es Ameinias, Cloris?

—Es un hombre. Y encima, marino. Los marinos, créeme, se parecen a las putas viejas. Pasan por muchas camas, no paran de hablar y todo lo que cuentan es mentira. Ameinias: putero, charlatán y mentiroso. ¿Contenta?

Se me pasó algo por la cabeza. Fue fugaz, pero brilló lo suficiente y lo compartí con Cloris.

—¿Se dejaría comprar, entonces?

La *porné* arrugó la naricilla.

—Acostumbrada a que el oro te abra todas las puertas, ¿eh? Cuidado. Ameinias puede parecer una puta vieja, pero no lo es. Además, odia a los persas.

—Yo no soy persa.

—Eso no lo detendrá si os encontráis. Que os encontraréis. He oído que cambias tu gallardete según te pique el coño. ¿Es cierto?

—Puede. Me quedo con los de las naves que capturo, así que tengo bastantes a bordo.

—Bravo, Centinela de Asia. Pues asegúrate de llevar izado el pabellón persa cuando te cruces con Ameinias en el mar.

—Lo haré. ¿Sabes por qué odia tanto a los persas?

—Por lo de siempre, claro. Por lo mismo que estamos hablando ahora. Algunos ya lo tenéis cuando venís al mundo, otras tenemos que ganárnoslo en la cama.

Arrugué el ceño. Cloris no mentía. Allí, en su pozo negro de prostitución y esclavitud, se sentía suficientemente segura para decir la verdad sin miedo. Así que nada de ese orgullo democrático del que se hablaba, o de las historias fantásticas sobre la crueldad persa. Nada sobre antiguas rencillas entre gloriosos guerreros europeos y asiáticos que se baten a las puertas de una gran ciudad por una reina secuestrada.

—Yo no lucho por dinero, Cloris. Yo tengo mis motivos.

—Algo he oído, sí. Te felicito, putón asiático. Puede que cuando mueras en el mar, muy señoritinga, muy vengadora y muy valiente, no lo hagas por dinero. Entonces los dioses inmortales te lanzarán pétalos de rosa desde las alturas olímpicas. Y todos hablarán de tu gloriosa despedida. ¿Sabes que los persas mataron al hermano de Ameinias en Maratón? Sí. Cinegiro se llamaba. Ameinias tiene otro hermano, uno que escribe obras de teatro. A lo mejor el teatrero ha metido mano en el asunto, y por eso lo que se cuenta es que Cinegiro murió gloriosamente, luchando contra una multitud de persas, resistiendo hasta el último aliento pese a las horribles heridas que recibía. Creo que esa es la razón de que Ameinias nunca haga prisioneros persas. Y a lo mejor cuando Ameinias muera en el mar, muy democrático, muy vengador y muy valiente, no lo hará por oro. Y los dioses lo halagarán tanto como a ti.

»Pero, en el fondo, todos sabemos que la causa es el dinero. Dinero, dinero. Los jonios se rebelaron para tener más dinero, y los persas se defendieron para no perder dinero. Los atenienses vieron buen negocio en ello, y también, por lo que me han contado, lo vio tu padre. Los persas quieren controlar los estrechos por dinero, y los atenienses intentan evitarlo por dinero. Lo que te ha traído aquí es que yo, un día, gané dinero con unos críos eginetas, y un malnacido de Quíos ganó dinero cortándoles los huevos. Y para que te diga todo esto, te has valido del dinero. Dinero que has arrebatado a quienes arriesgan su vida por dinero, o a quienes se valen del dinero para no arriesgarla. Por dinero volverás a mí, por dinero morirás. Por dinero has hecho todo lo que has hecho y harás todo lo que vas a hacer. Al final no importa quién le mete el espolón a quién, sino el dinero que cuesta y a qué caja va a parar. Dices que no nos parecemos, Centinela de Asia, pero eres tan zorra como yo.

Cloris tomó aire tras su charla. Al final, supuse, era cierto que a las putas viejas les gustaba mucho hablar.

—No todo el mundo es así, Cloris.

—¿Ah, no? ¿Conoces tú a alguien que desprecie el dinero o lo que el dinero puede comprar?

—Algún que otro persa. Y un par de espartanos.

—Y una mierda, Centinela de Asia. El persa más honorable se derretirá si lo deslumbras con suficiente oro. Y en cuanto a los espartanos, fíjate en su rey desterrado, ese Demarato que besa los pies a tu gran rey. Prefirió largarse a Persia antes que permanecer en su hogar y ser uno más. No me hace falta conocer a Jerjes para saber que es un ingenuo. Porque solo un ingenuo se fiaría de un baboso egoísta como Demarato.

Consideré que ya había oído suficiente sobre el sentido de la vida. Solo quedaba una cosa.

—¿Y qué hay de ti? ¿Cómo sé que no le hablarás a Ameinias de mí?

La sonrisa de Cloris se acentuó. Abrió la puerta.

—Oh, es que le hablaré de ti, puedes estar segura. Le diré que lo buscas. Así que ándate con cuidado, Centinela de Asia. Quiero otra bolsa repleta de ese dinero que tanto nos gusta. Y la quiero antes de que ese cabrón de Ameinias te meta el espolón del Tauros hasta las tripas.

LA RUECA

Hicimos una presa más. Un *gaulo* de Epidauro que había fondeado frente a Paros. Algunos de los míos, entre vinos de cantina, oyeron hablar a sus tripulantes de que pretendían seguir viaje hacia la Hélade con su cargamento de cereal egipcio. Yo no recordaba en ese momento si Epidauro había entregado la tierra y el agua a Persia, pero mis hombres también se enteraron de que el grano era para venderlo en Atenas. Que una nave griega viniera furtivamente desde tierras bajo soberanía del gran rey y se dirigiera a puerto enemigo para matar el hambre demostraba que, como alguien me había advertido, hacerse rico no es una posibilidad exclusiva de los tiempos de paz. Esperamos la partida del *gaulo* y lo perseguimos hasta perder de vista el puerto. No hizo falta más que izar nuestro pabellón con la *sagaris* al rebasarlo por estribor. El capitán epidaurio, un veterano llamado Antifonte, se rindió sin otra condición que respeto por la vida de sus marinos. Lo habitual en estos casos era, además, que el derrotado de turno intentara comprar su libertad. Antifonte no lo hizo.

—Es mi destino —contestó cuando le pregunté por qué se resignaba—. ¿El hilo se corta aquí? Vueltas ha dado ya la rueca, no tengo queja. Acaba rápido, por favor.

Resultó que Antifonte había pasado su vida obsesionado con

las *moiras*. Las tres implacables hermanas que deciden en toda vida. Y en toda muerte. En el mismo momento del nacimiento de Antifonte, una de las *moiras*, Cloto, había hilado su existencia. Y nada podía hacer él, salvo discurrir obediente por su delgadísimo camino. Otra hermana, Láquesis, había estipulado la longitud del hilo: cuánto iba a vivir Antifonte. Por fin la tercera, Atropo, era la encargada de cortar. Las tres *moiras* eran diosas antiguas, de esas que mi madre temía y amaba a un tiempo.

De modo que Antifonte echó la cabeza a un lado, ofreciendo su cuello a mi *sagaris*.

Liberé a Antifonte y a su tripulación en Amorgos, isla sometida a Persia pero de fidelidad dudosa. Desde allí los epidaurios podrían regresar a casa sin dificultades o, al menos, sin rescates descomedidos. Zabbaios me había aconsejado que obrara así con quienes no presentaran resistencia, intentaran o no comprarme. La voz se correría, y nuestras futuras presas sabrían que lo mejor era entregar nave y carga a Artemisia de Caria. Y que las tres *moiras* vinieran a pedirme cuentas si no le parecía bien el apaño.

Por cierto que en la isla de Amorgos, junto al templo de Apolo, un buhonero avispado me reconoció. Dijo que yo no podía ser otra que Artemisia de Caria, esa mujer siempre vestida de blanco a la que llamaban Centinela de Asia y que se creía hombre. Zabbaios estuvo a punto de hacerle una cara nueva, pero yo se lo impedí. Tal vez me podía la vanidad, y empezaba a gustarme eso de que en cualquier rincón del mar se supiera quién era. Ah, y lo de Centinela de Asia… Es que me encantaba. El mercachifle pretendía venderme un yambo manuscrito con mala letra. Obra de un tal Semónides, me explicó. Poeta local que había alcanzado cierta fama, sobre todo después de irse a la tumba. Seguro que cuando estaba vivo lo corrían a verdurazos, añadió. Esas cosas tiene la muerte. Me aconsejó que lo leyera cuando tuviera tiempo, a ver si se me iba la chifladura viril y regresaba a mis labores. Esta vez no pude evitar que Zabbaios lo tumbara de un puñetazo. En fin, le dejé caer una moneda de plata por las molestias dentales y, picada por la curiosidad, me llevé el poema.

No me quedó más remedio que navegar de vuelta a Halicarnaso con nuestro nuevo *gaulo*. Mi idea era descargar el grano, dar tripulación y nuevo destino a la nave, descansar un par de días y zarpar otra vez con el Némesis. Suponía que Ameinias se habría dirigido al norte, a hostigar a los mercantes que cruzaban los estrechos. Yo no quería enfrentarme a él aún, y menos tras la fructífera charla con Cloris la Blanca. Así que mis tres trirremes tomarían rumbo sur, más allá de Creta. Sin embargo, mis planes se trastocaron al llegar a casa.

Varamos, con la tarde ya avanzada, entre el Casandra y el Laódice. Las barcas de pesca regresaban, así que disfruté de comitiva y bienvenida; recibí los vítores de mi gente mientras maniobrábamos para entrar en la bahía y sacar al Némesis del agua. En el puerto, entre los saladores de musola y alitán, me llegó la noticia: una delegación persa me esperaba en palacio. Dejé instrucciones a Zabbaios para dirigir la descarga del cereal, y corrí.

Al franquear la entrada a la ciudadela, una tormenta de ladridos cayó sobre mí. Había una jauría encadenada en un rincón, y un par de cuidadores intentaban calmarla con más miedo que eficacia. El corazón me dio un salto en el pecho.

«Los perros de Acteón», me dije.

Allí estaban, sí, amagando mordiscos entre ellos. Solo uno evitaba el caos y clavaba sus ojos enrojecidos en mí. Leucón, la enorme bestia blanca que ya me había aterrorizado en Kálimnos.

—¡Artemisia!

Me volví. Era Karkish, el guardia persa. Y tras él venía su inseparable compañero Bakish. Ambos sonrientes y distinguidos, como de costumbre. Me regalaron besos en la mejilla, lo que, según su costumbre, venía a ser una muestra de respeto hacia un igual. Pocos que no fueran persas podían presumir de ese trato.

Como nadie me esperaba, no se había preparado una recepción formal. Eso llevó a un feo malentendido con otros guardias persas que se interpusieron en mi camino, y a los que la servidumbre sacó de su ignorancia: era a la señora de la casa, la tirana de

Halicarnaso, a quienes importunaban. No fue la mejor forma de llegar, y menos tras la bienvenida de los perros de Acteón. Hice el resto del camino enojada, a paso rápido, adelantándome al chambelán que pretendía anunciarme según el protocolo imperial. Eso me permitió sorprender a mis inesperados huéspedes sentados a la mesa, degustando mis viandas a dos carrillos; como pretendientes que, en la ausencia de Odiseo, cortejaran a la tejedora Penélope y le dejaran la despensa más vacía que el ojo de Polifemo.

—¿Qué es esto? —gruñí desde la puerta.

Artafernes y Damasítimo se levantaron a un tiempo. El sátrapa hizo una ligera inclinación de cabeza mientras el isleño se permitía abrazarme como si no hubiera nadie más allí. De soslayo, vislumbré la sonrisa sardónica de Acteón, que seguía sentado, pringando pan en la salsa sobre la que flotaba un mujol. Un súbito calor me subió por el pecho. Me deshice del abrazo de Damasítimo sin miramientos. Pregunté a qué se debía tan alto honor. Pero lo hice con los dientes apretados.

—Tengo una misión para ti, Artemisia —me anunció Artafernes—. Y otra para Damasítimo. ¿Sucede algo?

Cerré los ojos, tomé aire. Sentía a mi lado la evidente incomodidad de Damasítimo. Y casi podía oler la burla de Acteón. En mi propio hogar.

—No sucede nada, noble Artafernes. Soy leal súbdita del gran rey.

—Fue él quien encomendó encontrar a los mejores para cumplirla —dijo el sátrapa—, y yo pensé en vosotros. Por eso mandé recado a Kálimnos. También a ti, pero ya habías zarpado con rumbo incierto y no tenía forma de contactar contigo. Se rumorean cosas sobre ti, Artemisia, y sobre el Némesis. Casi todo serán exageraciones, ¿verdad?

—Verdad, noble Artafernes. Exageraciones.

El sátrapa afirmó despacio y sonriente. Yo recordé entonces algo que también se rumoreaba: el Imperio persa contaba con una tupida red de informadores, compuesta por agentes a los que llamaban «ojos del rey» y «oídos del rey». No era necesario mucho más para sacar conclusiones. Artafernes me señaló.

—Esto es precisamente lo que necesita tu rey, Artemisia: pericia en el mar y discreción. Pero antes de contarte nada, estoy seguro de que querrás saludar a Sadukka. Ve con ella, descansa de tu viaje y de esas… exageraciones. Tenemos días para hablar.

Escapé de aquella sala, que en ese momento era para mí una tormenta de sentimientos en colisión. Había evitado la mirada de Acteón, pero a mi marcha, hasta que abandoné el salón, pude notarla clavada en mi cuerpo. Supuse que se acordaba de nuestro encuentro entre perros feroces y aguas termales. Me dio asco pensar en cómo su imaginación recompondría la escena en su aposento, por las noches.

Las encontré en el jardín, sentadas en el banco junto al que crecían el ciprés y la hiedra. Estaba a punto de oscurecer, en esa hora a la que los vencejos vuelan a ras de tierra y lo llenan todo con sus chillidos. Sadukka había dejado sus transparencias egipcias en Sardes, así que la encontré vestida de buena persa. Recatada, aunque no por ello menos encantadora. Este abrazo sí fue caluroso, y yo lo correspondí. Se me olvidó el enfado en cuanto la oí hablar en su particular jerga de aedo.

—¡Salud, amiga que llegas!

Mi madre, siempre de negro, me saludó como solía, tomando mi rostro entre sus manos. Después me sometió a la retahíla de preguntas cuyas respuestas olvidaría más que pronto. Todo ante la paciente sonrisa de Sadukka. Cuando por fin nos acomodamos en el banco, mi amiga persa desveló parte de aquella misteriosa misión que precisaba de pericia y reserva.

—Jerjes se ha buscado nueva esposa y hay que llevarla a Susa. Desde Eber-Nari.

Hasta ahí, bien. Eber-Nari, *Más-allá-del-río*, era el nombre acadio de una satrapía de nueva creación, escindida de Babilonia tras la última revuelta en un intento del gran rey por debilitar a los más levantiscos. Fenicios, sirios y judíos vivían ahora bajo la autoridad de un recién nombrado sátrapa en Damasco. De este modo, las dos satrapías más peligrosas, Egipto y Babilonia, quedaban separadas por el nuevo territorio. Solo que el cambio administrativo no implicaba cambio de personalidad, y era necesario un gesto con significación para atraer simpatías. Las arcas persas habían quedado tocadas tras aplastar a los rebeldes babilonios, y los esfuerzos económicos tenían que enfocarse por fin hacia la destrucción de Atenas. Por eso Jerjes, inclinado pese a todo a las soluciones pacíficas y al valor de la prevención, había ordenado que se le buscase esposa entre alguna noble judía. La elegida había viajado hasta Fenicia, donde nos aguardaba.

—¿Hay que llevarla desde Fenicia a Persia? —pregunté—. Para eso no es necesario hacerse a la mar.

—Lo es —repuso Sadukka—. El camino más corto va por tierra, pero atraviesa Babilonia. Jerjes se niega a que la comitiva corra ese riesgo. El último emisario que mandó a caballo para ultimar los detalles del enlace fue interceptado por un grupo de rebeldes, y mejor no te cuento lo que hicieron con su piel.

—Pensaba que la revuelta fue sofocada.

—Lo fue. Algunos rebeldes escaparon al ingrato desierto. Caerán, eso es seguro. Pero mientras sigan vivos esos perros sarnosos, es mejor evitar el peligro. Es más: según parece, los rescoldos de la nefasta rebelión podrían reavivarse con un golpe de efecto. Matar a la prometida del gran rey, incluso fuera de Babilonia, parece uno muy bueno. Para evitarlo, mi esposo ha pensado en una *bandaka* de Jerjes. Tú.

El plan estaba trazado. Artafernes y Sadukka regresarían pronto a Sardes y esperarían a la llegada de la novia judía. Esta se había trasladado a Sidón, la ciudad de Zabbaios, donde yo la recogería y, con la mayor discreción, la llevaría por mar a Halicarnaso. Desde allí Damasítimo la escoltaría hasta Sardes, donde la élite de la guardia persa la conduciría por el Camino Real rumbo a su casamiento. Cuando terminó de contármelo, a Sadukka se la veía orgullosa, incluso ilusionada con el gran honor que me hacía Jerjes.

Yo disimulé. Aquello era perder el resto de la temporada marítima, con todas las presas que podía hacer a los atenienses y sus amigos. Tampoco era poca cosa seguir extendiendo la fama de la Centinela de Asia. Lo de las exageraciones. Quería, sobre todo, que me tomaran en serio. En fin, había contrapartida: la recompensa, aparte de la confianza del gran rey, tenía un fulgor dorado y abundante. Así que, de todos modos, tal vez pudiera completar mi proyecto de flotilla según mis expectativas. Tiempo habría de mandar atenienses a las profundidades.

—¿Qué sabemos de esa judía?

Sadukka se encogió de hombros.

—Que será una hija de nobles padres, con rostro parecido al de las bellas inmortales. Sabemos que un pariente suyo fue funcionario en Babilonia, y luego prestó meritorios servicios al gran rey durante la rebelión. También sabemos que la estirpe de la muchacha es antigua. Desciende de la realeza del lugar. Los detalles para reconocerla te los dará mi esposo.

—¿Y algo más que puedas decirme sobre...? Bueno, sobre aquel asunto de los esclavos deportados.

La persa asintió. Señaló a mi madre con la barbilla.

—¿Ahora?

Aranare escuchaba. O tal vez solo prestaba atención al escándalo de los vencejos.

—Por favor, sí.

Carraspeó la persa.

—Mi esposo se siente culpable, Artemisia. En Sardes percibió tu...

—¿Resentimiento?

—Pena, eso iba a decir. Yo también la percibí. La pena. Bien, sí: y el resentimiento.

—No estoy resentida contigo, Sadukka. Ni con Artafernes.

—Eso da igual, porque mi esposo se pone en tu lugar.

Sonreí con rabia.

—¿Y cómo hace eso? ¿Vio cegar a su padre? ¿Vio castrar a su

hermano? ¿Vio cómo su madre se volvía...? —Callé. Sadukka había bajado la mirada. Yo subí la mía y también observé el paso fugaz de los vencejos, cada vez más alto. A lo mejor era eso lo que me hacía falta a mí. Elevarme, contemplar el mundo desde otros ojos. Ponerme en el lugar de otros, como Sadukka y Artafernes—. Perdóname, amiga mía. Perdonadme los dos.

Puso sus manos en torno a las mías.

—Todos luchamos contra nosotros mismos, Artemisia. En lo más profundo existe una grieta que nos divide. Inclina una mitad hacia Ahura Mazda, y la otra hacia Ahrimán. La verdad y la mentira, el bien y el mal, residen por igual dentro de ti y de mí, del rey y del esclavo. Del persa y del ateniense. Ahura Mazda no nos exige la derrota del mal. Solo que no dejemos de luchar. ¿Recuerdas a Janto de Pérgamo, el hombre empalado en Sardes?

—Nunca lo olvidaré.

—Había luz en él, seguro. Pero Janto de Pérgamo dejó de luchar, y Ahrimán lo convirtió en su instrumento. ¿Crees que lloraba tras violar a aquellas muchachas? Tú sí lloraste cuando lo atravesaban con la estaca.

Asentí. Así que, en lo más profundo de mi alma, tomé la *sagaris* y me enfrenté a mi miedo, a mi pena y a mi ira.

—Cuéntame, Sadukka. Cuéntame lo que ha averiguado tu esposo.

Me contó. Artafernes mismo se había interesado por el destino de mi familia, tal como prometió. Y nadie se interponía ante la voluntad de uno de los nobles más encumbrados del Imperio. Además, Ahura Mazda había allanado el camino, como siempre cuando se trata de ayudar a uno de sus fieles: Apolodoro, ciertamente, vivía a todo lujo en el palacio de un alto noble medo en Ecbatana; un íntimo amigo, además, de Artafernes. Datis, se llamaba, camarada suyo en la desastrosa expedición que había acabado con la derrota de Maratón. Apolodoro, en fin, se había convertido en el jefe de los eunucos, acompañaba a su amo Datis en todo viaje, era su asistente en las partidas de caza y se ocupaba de las gestiones para sostener su casa. Hasta había cambiado su nombre por otro persa.

Miré a mi madre, que seguía allí, inmóvil como una estatua, ajena desde hacía mucho a nuestra conversación. O eso parecía.

—Pero ¿has oído? —le pregunté—. ¡Apolodoro está bien!

—Sigue siendo un esclavo —sentenció sin mover siquiera el rostro—. La culpa es de los atenienses. Eso es lo único que importa.

Salté del banco.

—¡Olvida ahora a los atenienses!

Esta vez sí: fijó su mirada de gorgona sobre mí.

—Jamás. Al menos hasta que los vea a todos sometidos o muertos, y su ciudad convertida en un montón de brasas. Nuestra familia cayó en la *hybris* y recibió su némesis. Turno para los atenienses. Es lo que dicta la diosa.

Sadukka se puso en pie y posó su mano en mi hombro. Supuse que para transmitirme de nuevo algo de su calma. Tomé aire un par de veces. Yo contaba ahora con el respeto de Artafernes y era nada menos que *bandaka* del gran rey. De algo serviría. Se me pasó algo por la cabeza. Si mi hermano había encontrado la felicidad pese a todo, ¿tenía derecho a cuestionarlo, por muy doloroso que hubiera sido el origen? Por otro lado, Apolodoro era el heredero legítimo del gobierno en Halicarnaso. A él deberían servir todos los que ahora me servían a mí. Y eso, seguramente, le haría más feliz que ser un sirviente prestigioso y hasta querido. ¿Podría Artafernes convencer al amo de mi hermano para devolverle la libertad? Pregunté a Sadukka qué le parecía la idea, pero fue mi madre quien contestó.

—¿Cambiar el decreto de un gran rey? Nadie puede.

Sadukka levantó la barbilla media pulgada.

—Otro gran rey puede.

Me mordí el labio. Recordé la historia que me habían contado en la base naval de Cime. La del corrupto Sandoces, condenado a la crucifixión y luego perdonado por el difunto Darío, porque sus virtudes pesaban más que sus defectos. Otra vez la lucha entre

Ahura Mazda y Ahrimán. Solo que Apolodoro apenas había tenido tiempo de ser virtuoso, y tampoco de no serlo. Me esforzaba noche tras noche por olvidar la última vez que había visto a mi hermano, desnudo y recién castrado. Y su imagen, antes de eso, era la de un muchacho aterrorizado, que soltaba la única arma con la que podía defendernos. ¿Debía reponerlo en el gobierno de Halicarnaso? Era posible que el pueblo no lo aceptara. También era posible que, de tenerlo de vuelta, los halicarnasios lo prefirieran a él para no seguir bajo el gobierno de una mujer. Aunque ¿consideraban un hombre a mi hermano? ¿Qué pasaba con su imposibilidad de engendrar? Había algo incluso más importante que todo eso:

—Madre, ¿sería Apolodoro capaz de vengar nuestros males? ¿De buscar y destruir el Tauros? ¿De devolver a los atenienses todo el dolor que nos han causado?

Su movimiento de cabeza fue casi imperceptible, pero estoy segura de que mi madre negaba.

—No creo que sea su destino.

—¿Es el mío, madre?

—Acabaremos por saberlo.

Me volví hacia mi amiga persa, que en ese momento observaba a mi madre con algo parecido a la desconfianza.

—¿Qué hago? —le pregunté.

—La decisión es tuya. Incluso aunque finalmente hagas lo que te sugieran otros, dioses, humanos o *devas*.

Eso sonaba bastante a lo que me había dicho Ariabignes en Quíos. En verdad parecía mucho más fácil el método griego de dejarse guiar. De poner el cuello ante la *sagaris*, como el epidaurio Antifonte.

—¿Propones que teja el destino, Sadukka? ¿El mío, el de mi hermano? ¿El de Halicarnaso?

—Tú no eres tejedora. Tú surcas el negro ponto, y decides adónde ir con un golpe de timón. Incluso con el viento de cara. ¿No es así?

—Sí —reconocí.

—No —intervino de nuevo mi madre—. Busca la respuesta en la diosa. Ella sabe lo que ha sido y lo que ha de ser.

Con un movimiento rápido, casi airado, Sadukka alisó su túnica.

—Hay quien cree que el destino depende de una rueca que gira y gira y nadie puede detener. Que nuestro tiempo es como un hilo que, una vez cortado, flota hasta posarse en la tierra. Yo creo que el tiempo es como el mar. Y el destino es tu barco, Artemisia.

Suspiré. ¿A quién escuchar? Me froté las sienes.

—¿Has averiguado algo más, Sadukka?

—También hemos sabido que tu padre vive.

Mi madre se tensó. Si no se hubiera mordido las uñas hasta casi la raíz, las habría clavado en el banco de piedra. Volví a sentarme y le puse una mano sobre la rodilla. Noté el temblor. Pero dio igual:

—Sigue, Sadukka.

—Ligdamis está con otros carios y jonios reducidos a la funesta esclavitud. En Ampe, en Babilonia. Según parece, la revuelta no les perjudicó. Allí los halicarnasios se dedican a la pesca y entregan a tu padre sus redes para que las remiende, oficio para el que, al parecer, no es necesaria la vista. Los demás le culpan por ocultarles la oferta de rendición de mi suegro. Y Ligdamis, carente de lengua, no tiene cómo contradecirlos.

Aranare estuvo a punto de rugir. Miró a Sadukka con desprecio.

—No hubo tal oferta.

Sadukka se alisó de nuevo la túnica. Empezaba a sudar.

—Es mejor que me retire ahora. ¿Me enseñarás tu tierra, Artemisia?

—Y mi mar.

Nos dejó solas. Aranare movía la cabeza de un lado a otro.

—No, no, no. Tu padre era un cobarde.

—No era: en todo caso es. Acéptalo ya. Sigue vivo.

—De haber tenido oportunidad, se habría rendido. Al final se vio atrapado entre un ateniense mentiroso y estos mentirosos persas. Porque tu amiga persa miente, Artemisia.

Ahora fui yo quien se levantó.

—Madre, no hables así de Sadukka. Ella no miente. No puede.

Me cogió la cara.

—La diosa, Artemisia. Ella te dará luz donde ahora hay oscuridad. Porque estás perdida, hija, y necesitas encontrarte. Ve al lugar donde empezó todo. Allí hallarás la respuesta. Olvida esas simplezas persas del mar sin hilos y las redes sin remendar. Yo perdí a mi esposo, perdí a mi hijo. Ya los lloré. Ya los lloro. Y lo que me queda. No olvides quién eres. Tampoco olvides servir el mejor pescado a nuestros huéspedes. ¿Has ordenado a los criados que preparen tu habitación? Ah, si fuera yo más joven, ahora mismo correrían de un lado a otro. Pero míralos, ahí, holgazaneando. ¡A ver! ¡Abrid los ventanales! ¡Que entre la brisa, que se limpie el aire! ¡Y luego encended los pebeteros! Pero ¿dónde os habéis metido, gandules? ¡Artemisia! ¿Ya has vuelto? ¿Qué tal el verano? ¿Me has traído esponjas de Kálimnos? Mira cómo llevas el pelo, muchacha… Trae un cepillo, rápido.

Besé las manos de mi madre. Aranare desvió la mirada hacia un par de vencejos tardones que se perseguían por entre las paredes de roca del palacio. Evolucionaban muy cerca el uno del otro, soltando chillidos que rebotaban contra los muros. El segundo repetía cada aleteo, cada giro, cada brusco cambio de dirección. Como si todo estuviera pensado ya. Como si una divinidad ancestral hubiera extendido desde una rueca cada momento de cada vida e incluso los pájaros se limitaran a cumplir con su destino. Hasta que el hilo cayera cortado.

Aquella noche hubo reunión formal en el salón principal de palacio. Yo rehusé ocupar el trono, así que nos sentamos en escaños iguales en torno a una mesa. Artafernes, Damasítimo y yo. Sin escribientes ni secretarios, por fortuna. No quería ni oler a Acteón. El sátrapa abrió el consejo agradeciendo mi hospitalidad y, como ya parecía norma habitual, incidió enseguida en el asunto principal.

—La elegida es una princesa judía. Es gente que da mucha importancia a la realeza, como suele ocurrir con quienes han caído bajo varios yugos sucesivos. Cualquiera diría que han nacido para ser esclavos, para huir eternamente o para reconstruir su hogar desde las cenizas. Pero ellos siguen comportándose como si sus reyes hubieran conquistado el mundo. Son altaneros. De ahí su afición a la revuelta. Y de esa afición, el temor de Jerjes y este matrimonio.

—¿Jerjes teme? —preguntó Damasítimo.

—Jerjes es un hombre, no un dios. Claro que teme. Y admira. Él, como antes los demás reyes de Persia, siente una especie de simpatía por los judíos. Yo creo que es una forma de desafiar a los babilonios. «Observad», parece decirles. «Mi antecesor Ciro os sometió a vosotros y liberó a los judíos, a los que antes habíais esclavizado. Ahora Persia favorece a Israel y sojuzga Babilonia. Que el gato no se envanezca de haber cazado al ratón, no sea que aparezca el león».

Me callé que a un león también se lo podía cazar. Era mejor conocer mi misión.

—¿Quién es ella?

—Hadassah de Ramá, hija de Abihail. Aunque ha adoptado el nombre persa de Stara para convertirse en consorte de Jerjes.

Artafernes siguió con los detalles, algunos de los cuales ya conocía por Sadukka. Después pasó al tema que le importaba de verdad: los preparativos para la expedición contra Atenas. Me disponía a hablar cuando Damasítimo tomó la palabra:

—Nuestro trirreme está casi a punto, y su tripulación también. «Cazador» lo vamos a llamar.

Enarqué las cejas. Esperaba que Damasítimo me permitiera bautizarlo con el nombre de alguna troyana desdichada.

—¿Por qué «Cazador»?

El sonrió y alargó la mano sobre la mesa. Tomó la mía para apretarla con calor.

—Porque con él cazaremos a quienes te hicieron sufrir. He decidido que yo mismo lo capitanearé.

Le devolví la sonrisa, pero sin ganas. A pesar de mis esfuerzos por luchar contra la oscuridad, seguía enfadada. Me dirigí a Artafernes.

—A los tres navíos de que dispongo se unirá pronto un cuarto que nos venden en Chipre. Ya tengo lista su tripulación. Con él y con el… Cazador, serán cinco naves las de mi flotilla.

El sátrapa pareció satisfecho. Se rascó la cicatriz.

—El año que viene estará lista la nómina de guerreros de a pie. Necesitamos saber el número de halicarnasios. Cuántos son arqueros, cuántos lanceros, cuántos jinetes, sirvientes, carros, bestias de carga… Empezaréis con los ejercicios de adiestramiento el próximo verano. Eso correrá de vuestra cuenta. La expedición la paga el gran rey, dure lo que dure. Distinguirá con los honores habituales a quien dé muestras de arrojo. Eso significa que algunos podrían regresar mucho más ricos de lo que se irán. Y lo que es más importante: con el agradecimiento de Jerjes. Y os puedo asegurar algo: es tan generoso cuando le favorecen como vengador cuando le ofenden. Además, el gran rey solicitará auxilio y consejo si los necesita. Si no los solicita, es mejor no darle ni una cosa ni otra. Y algo esencial: soporta el error, pero no la mentira.

»La infantería de Halicarnaso se integrará en el contingente lidio, que comandaré yo mismo. En el mar mantendréis el mando de vuestra propia flotilla y estaréis a las órdenes de Ariabignes, como los demás carios y todos los jonios. Además de los trirremes, Halicarnaso y sus islas aportarán dos de cada tres de sus naves, sean grandes o pequeñas. Da igual el tipo. Hay que transportar vituallas, armamento, animales, tropas… El gran rey ordena que los guerreros de a bordo sean persas. Llegado el momento, se asignarán treinta para cada nave.

Eso no me gustó.

—¿Treinta? Demasiados.

Artafernes no lo esperaba. Él era hombre de tierra adentro, como todos los persas. O casi todos, si teníamos en cuenta a Ariabignes.

—¿Cuántos propones, Artemisia? ¿Veinte?

—Menos. Diez. Cinco, si puede ser. Lo ideal sería ninguno.

Damasítimo volvió a cogerme la mano.

—Artemisia, es por tu bien. Los atenienses llevan hoplitas a bordo. En caso de abordaje…

—Nada de abordajes. —Retiré la mano de la mesa—. Yo peleo con el Némesis. Esa es mi arma. Acabada en punta, más liviana que Pegaso, mortífera como los ojos de Medusa.

Damasítimo miró a Artafernes con un asomo de temor. El sátrapa de Sardes seguía fijo en mí. Poco acostumbrado a que le llevaran la contraria. Pero yo lo conocía, o eso quería creer. Sabía que era justo y razonable. Pese a todo, se aferró a la orden real:

—Jerjes no lo consentirá.

—¿Ni siquiera si se lo pide su *bandaka*? —insistí.

—Yo estaría más seguro con esos treinta guerreros en cubierta —opinó Damasítimo—. Si somos más, hemos de aprovecharlo.

—Ya. Porque no has visto a los trirremes atenienses, hechos de abeto o de pino, en lugar de cedro, como los nuestros. No son tan resistentes, pero pesan menos. Y van tan aligerados que parecen esqueletos de madera. Por eso son tan rápidos. ¿Sabes de qué sirven treinta soldados armados hasta los dientes en cubierta? Para que la nave se vuelva lenta, para que se escore cuando se muevan, para dificultar cada maniobra y estorbar a la tripulación. Para ofrecer un blanco torpe y enorme lleno de gente que se ahogará tras la primera embestida. Sus espadas y sus flechas se irán al fondo con las armaduras, los cascos y los propios guerreros persas, y ahí abajo serán más, sí. Muchos más que nuestros enemigos. —Me volví de nuevo hacia Artafernes—. Mete a treinta tipos en cada trirreme jonio, cilicio o egipcio. Nosotros preferimos navegar rápido, clavar hondo y buscar nueva presa.

El sátrapa asintió. Parecía impresionado, y yo aún no sabía si eso era bueno o malo.

—Hablaré con el gran rey. Y ahora, Artemisia, te aconsejo que descanses. Has de zarpar hacia Fenicia cuanto antes. Trae sana y salva a la nueva esposa de Jerjes, y así él se sentirá más inclinado a favorecer a su *bandaka*.

Me desplazaba silenciosa por el corredor en penumbra. Hacía calor, como correspondía a la estación, y por eso prefería caminar descalza. Llegaban apagados los cantos de los grillos y las conversaciones de los guardias persas en turno de noche.

Me lo encontré apoyado en la pared, junto a la puerta que daba acceso al aposento reservado para Damasítimo. Se me revolvió el estómago. Y casi vomité cuando escuché su voz en la oscuridad.

—Artemisia. Qué sorpresa.

—Acteón.

—Para servirte. Creo que Damasítimo duerme. ¿Querías algo?

No distinguía bien su cara. Solo el tenue brillo del cráneo rapado. Pero imaginaba la sonrisa socarrona, y sus ojillos entornados hasta convertirse en puntitos negros.

—Lo que yo quiera es cosa mía.

—Tienes razón, Artemisia. Solo me ofrecía a servirte.

—Si quieres servirme, Acteón, desaparece con tus perros. Me molestan sus ladridos. Y los tuyos también.

Lo oí suspirar.

—Eres injusta conmigo, Artemisia. Solo cumplía órdenes. Es lo que he hecho siempre, lo que se me da bien. Servir. Yo sirvo a Damasítimo. Damasítimo te sirve a ti. Tú sirves a Artafernes y Artafernes sirve a Jerjes. ¿Ves?

—Gracias por la enseñanza. Fuera.

—Es bueno saber a quién sirves, y hacerlo lo mejor que sepas. Si uno de mis perros se rebelara contra mí, lo mataría sin contemplaciones. Eso lo entiendes, Artemisia. ¿Lo entiendes?

—Los perros no son hombres, Acteón. Y los hombres, salvo en casos como el tuyo, no son perros.

—¿Crees que eso me ofende? Los perros suelen ser más fieles que los hombres. Más útiles. Sobre todo, cada uno sabe cuál es su sitio. Fíjate bien en los míos la próxima vez que los veas. Comprobarás cómo bajan el hocico cuando Leucón anda cerca. Meten el rabo entre las piernas y no se atreven a disputarle ni un pedazo de carne. Leucón es el líder, todos los demás lo saben. Y es por algo. Lo he visto lanzarse a por la garganta de un oso mientras los demás corrían a su alrededor, ladrando y ladrando, amagando dentelladas al aire. Los dioses saben lo que hacen, Artemisia. Han establecido un orden, y eso nos protege del caos. Tengo una duda desde hace tiempo. ¿Quieres saber cuál?

—Si me prometes que te irás después de explicármela, adelante.

—Dudo de que nuestros líderes sean los más adecuados. Que sean capaces de desgarrar la garganta del oso. Puede que su sitio esté más bien correteando alrededor, ladrando y acosándolo. —Se separó de la puerta—. En fin, ya te dejo. Pero piensa en eso, Artemisia. Piensa en cuál es la mejor forma de servir a la jauría.

Cuando entré en el aposento de Damasítimo, me lo encontré despierto.

—Os he oído —dijo, palmeó la cama—. ¿Vienes?

Fui. Aunque mi ánimo había cambiado tras la siempre desagradable charla con Acteón. Me tumbé junto a Damasítimo y me limité a abrazarlo.

—No lo soporto. Y no entiendo que lo conserves a tu lado.

—Ya. Aun con su insolencia, no encontrarías a nadie mejor en lo suyo. Ese instinto que tiene para la caza le sirve también para la política. Y además, lo que te ha dicho ahí fuera es cierto: él solo cumplía órdenes. Todos lo hacíamos. Debemos dirigir nuestro esfuerzo a castigar al auténtico culpable.

—No quiero hablar más de Acteón. Pero sí hay algo que me gustaría contarte. Es sobre mi padre y mi hermano.

—¿Has sabido de ellos?

Le conté lo que Artafernes había averiguado.

—Pueden regresar, Damasítimo.

Él calló durante un rato. No mucho.

—Me duele muchísimo hablar de esto porque sé que sufres. Pero tu padre y tu hermano son esclavos, Artemisia.

—Y yo *bandaka* de Jerjes. Si le pido que los liberen, no me lo negará. Los persas odian la esclavitud.

—Odian más la traición, lo sabes. Deberías agradecer que sigan vivos. Artemisia, no importunes al rey. Tal vez él no tenga tanta paciencia como Artafernes.

Me incorporé a medias, los codos apoyados en el lecho.

—Sé hasta dónde puedo llegar.

Él buscó el contacto. Conciliador.

—Llegarías hasta el mismo trono de Jerjes, lo sé. Pero debes tener cuidado. La corte persa no es el mar. Te lo digo por tu bien.

Terminé de sentarme y me abracé las rodillas.

—Puede que tengas razón. Ahí fuera todo es más fácil. El viento, la marea, las olas. Ya está. Ni siquiera estoy segura de lo que piensa mi madre, y eso cuando su locura le permite pensar. El Apolodoro que ella añora no es el que regresaría. Ni siquiera se llama igual. Y en cuanto a mi padre…

Nuevo silencio. Damasítimo también se sentó y me pasó la mano por la espalda desnuda.

—Pero ¿tú quieres que vuelvan?

—Pues claro. ¿Qué pregunta es esa?

—La lógica. Dejarías de ser la tirana de Halicarnaso.

Y ahí estaban otra vez. Leucón y el resto de la jauría. ¿El orden o el caos? ¿Era yo capaz de lanzarme a por la garganta del oso? ¿Y si no lo era? ¿Y si todo eso de la tirana que gobernaba trirremes no era más que una pantomima sin utilidad real? ¿Estaba yo dispuesta a arriesgar la vida de mis súbditos y el triunfo persa por un capricho de cría mimada? Además, no sonaba tan descabellado: si una mujer podía gobernar, ¿acaso no cabía la misma posibilidad para un esclavo liberado? ¿Para un eunuco? Puestos a suponer estupideces… Entonces recordé las palabras de Sadukka. Lo importante es luchar. Que la luz no deje de enfrentarse a la oscuridad.

—Siguen siendo mi padre y mi hermano —dije—. Y me da igual lo que hayan dispuesto los dioses. Me dan igual las *moiras* y su rueca. Los quiero de vuelta.

Damasítimo me pasó el brazo por los hombros y me atrajo. Era un abrazo tranquilo, cariñoso. Me besó en la cabeza. En ese momento, uno de los animales de Acteón lanzó un aullido en el patio. Enseguida le contestó otro y, en nada, el resto de la jauría. No hubo perro en Halicarnaso que no se uniera al escándalo. Creo que el eco se extendió por la lejanía, y hasta el mismísimo Cerbero debió de ponerse a aullar en las puertas del Infierno. Un escalofrío me recorrió la espalda. Damasítimo me apretó un poco más.

—Navega a Fenicia y trae a esa muchacha judía, Artemisia. Yo me encargaré de tu padre y de tu hermano.

OTRA MUJER, OTRA SERPIENTE

Sidón ya era vieja cuando el mundo era joven, eso decía Zabbaios. Aunque nunca debe una creer a un fenicio. Ni siquiera cuando es sincero. Eso también lo decía Zabbaios.

Mi piloto no había descansado desde que empezamos a navegar por aguas fenicias. Nada más rebasar la costa este de Chipre, su mirada se dirigió a babor. Se le veía más taciturno de lo habitual, con tendencia a separarse de su costa. Como si algo le repeliera desde allí. Y, sin embargo, no podía apartar la mirada de la línea oscura que cortaba el horizonte. «Arwad», dijo en una ocasión. «Batroun», poco después. Comprendí que enumeraba los puertos fenicios. Tal vez, con cada una de esas palabras, rememoraba un oscuro capítulo de su vida. «Trípoli». «Biblos». Y entonces empezó a añadir murmullos en su lengua antigua, y a jurar por Dagón y Asherá.

—¿Qué es eso que dices? —le pregunté cuando rebasamos Berut.

—Nada. Viejas maldiciones.

Esos días recordé cómo había entrado el fenicio en nuestras vidas. Había sido a poco del gran desastre, cuando yo aún no había cumplido los veinte. Por aquel entonces no era difícil ver fenicios en Caria o en Jonia. La destrucción de Mileto y los demás

217

pesares de la rebelión habían dejado a los fenicios como amos definitivos del comercio marítimo entre Asia y Europa, así que frecuentaban nuestras costas para ofrecer sus artes como marinos. Un día la asamblea de Halicarnaso contrató a un sidonio recién llegado. Yo no sabía para qué, hasta que mi madre, en uno de sus cortos relumbrones de cordura, me lo dijo.

—Quiero que te enseñe a navegar.

Los consejeros no se opusieron. Casi todos habían vivido del mar, y no concebían que el gobernante de una ciudad portuaria y sus islas permaneciera siempre en tierra. Otra de las consecuencias de que el cuerpo nobiliario de Halicarnaso hubiera desparecido.

No me gustó Zabbaios al principio. Casi no hablaba, y cuando lo hacía era para reñirme. Ignoraba el respeto que se me debía, y también mis amenazas vacías cuando me ponía histérica. O si, novata sobre cubierta, vomitaba contra el viento y me pringaba la túnica y el pelo. O cuando, aferrada al mástil, me echaba a llorar por el mar rizado y rogaba que volviéramos a puerto. Por aquel entonces navegábamos a bordo de un *triacóntero* medio desvencijado que la Asamblea había comprado a precio de saldo en Samos. Decían que era una de las naves supervivientes de la batalla de Lade. ¿Una nave? Un ataúd flotante, eso era. Ni para el cabotaje servía ya. Pero a Zabbaios parecía no importarle. Insistía en mantener aquel armatoste limpio, bien carenado, y hasta ordenó pintarle dos ojos amenazantes a proa y sacarle brillo al espolón. Maldije tantas veces a Zabbaios que, durante un tiempo, llegué a considerarlo peor que los atenienses. Y cada noche, al regresar a palacio y rememorar todos los desdenes y agravios de aquel sidonio, me decía a mí misma que tenía que irme a dormir, que al día siguiente debía volver con él y demostrarle que no pensaba rendirme. Zabbaios me obligó a despellejarme las palmas tirando de las drizas. A torturar mis brazos sujetando las palas del timón. Hasta pasé días sin poder sentarme por las jornadas de boga.

Poco a poco me acostumbré. Y aunque había llegado a pensar que odiaría el mar para siempre, acabé por amarlo. Zabbaios lo supo de algún modo. Un día detectó que me había convertido en una de los suyos. Entonces se volvió algo más hablador. No mucho. Lo suficiente para explicarme derrotas, mareas y vientos. Cómo calcular tu posición por el mar de fondo. Cómo guiarte de noche por esa estrella que solo los sidonios llaman Sidonia, y que los griegos llaman Fenicia o, a veces, Cola de Perro. Me enseñó a distinguir cada costa por su perfil. A aprovechar las corrientes, a buscar los mejores abrigos, a esquivar los bajíos invisibles. Cuando le preguntaba por su tierra y su familia, Zabbaios rehusaba contestar. Si acaso, me contaba que los suyos habían navegado hasta los confines del mundo. Que los de su estirpe habían pisado tierras tan lejanas que ni los dioses conocían su existencia.

No hicimos otra cosa que conducir aquel viejo *triacóntero* entre las islas, como si fuera un juego. Él dejaba que yo me perdiera en la inmensidad de rocas, cabos, estrechos, bahías e islotes. Luego me daba pequeñas pistas para salir del atolladero. Un perfil aquí, una ensenada allá. A veces trasladábamos a algún pasajero a Cos o a Nísiros, o nos traíamos esponjas de Kálimnos. Los piratas atenienses no eran un peligro aún, los persas dominaban el mar y nos proporcionaban paz. Cuando Zabbaios consideró que yo había dejado de ser una niña, apareció con el Némesis. Después supe que el trirreme había llegado desde Sidón por encargo de la Asamblea, en cumplimiento de una vieja orden que mi madre había dado antes de sumirse de forma definitiva en la locura. Parecía que hubieran pasado siglos desde entonces.

Y ahora el Némesis volvía a su origen. Sidón.

—¿Cuándo me lo vas a contar, Zab?

Él no se volvió. Llevábamos un rato cruzándonos con naves fenicias, muchas más que las que hasta ahora habíamos visto de lejos. Sus navegantes nos saludaban al pasar, pero Zabbaios no devolvía el saludo. Casi podía notar su tensión mientras apretaba los puños en torno a las cañas. Fue entonces cuando su ciudad apareció a la vista. Zabbaios suspiró.

—¿Qué quieres que te cuente?

—Por qué abandonaste Sidón. Cuéntame eso.

Bajó un momento la mirada. En verano, entre Chipre y Fenicia, el viento sopla del sur. Las naves que se cruzaban con nosotros hinchaban con alegría su velamen, pero nosotros viajábamos en turnos de boga. Paniasis canturreaba:

—¡Dulce Afrodita, te cuento un secreto!

Y los remeros le contestaban:

—¡Tengo una bella novia en Mileto!

—¡Dulce Afrodita, voy a su encuentro!

—¡Que cuando llegue la meto hasta dentro!

Y Zabbaios era el único que no reía. Nos disponíamos a dejar por estribor el islote rocoso a cuyo alrededor solían fondear las naves que querían ahorrarse el peaje del puerto. Yo insistía:

—¿Te fuiste por una deuda de juego? ¿Mataste a alguien en una reyerta?

Y Zabbaios como si nada:

—Desde aquí deberíamos ir solos.

Resignada a que mis preguntas quedaran sin respuesta, me volví hacia el Casandra, que seguía nuestra estela. Señalé el islote. Su oficial de proa transmitió mi orden a lo largo del trirreme y más allá, hasta el Laódice. Ambos empezaron a virar a estribor para quedarse allí, fondeados mientras nosotros nos acercábamos a tierra firme. Era mejor no despertar sospechas, y tres naves de guerra carias no pintaban nada en un puerto fenicio.

Nunca he vuelto a ver nada como Sidón. De un lugar así, no de otro, tenía que salir Zabbaios. Dársenas larguísimas, construidas con enormes bloques de piedra, unían los islotes para formar un largo corredor de norte a sur. A ambos lados, torres y bastiones de piedra guardaban una ordenada sucesión de muelles. Mi piloto ordenó rebajar la boga a Paniasis, así que casi todos los remeros pudieron subir para saciar su curiosidad. Zabbaios, con estudiada lentitud, hizo discurrir el Némesis, con su atestada cubierta, a lo largo del puerto norte. *Gaulos*, *pentecónteros* y otros trirremes descansaban a cada lado, abarloados a la perfección. Al fondo, un estrecho canal se comunicaba con el puerto sur, en el que también se vislumbraba un bosque de mástiles.

No había posibilidad de varar. Nos largaron varios cabos desde la parte de tierra y atracamos entre un trirreme egipcio y un mercante sin pabellón. Zabbaios fue quien se encargó de los trámites con el funcionario que subió a bordo y examinó el sollado. Los oí hablar deprisa antes de que mi piloto sacara la bolsita con siclos persas.

No permití que la tripulación desembarcara. No podía consentir que el vino o el descuido arrojaran nuestra misión por la borda. Pero no evité que mis hombres se asomaran a babor para admirar el puerto. Había soldados persas de patrulla, y una infinidad de mesas con tratantes ante las que se formaban colas larguísimas. Si alguna lengua no se hablaba en el puerto de Sidón, era porque no existía.

Caminé tras Zabbaios, con la sempiterna *calyptra* mecida por la brisa marina. Según las instrucciones de Artafernes, debíamos reunirnos con un tal Balator el Viejo. Todos en Sidón, al parecer, lo conocían.

Abundaban los almacenes y posadas en las estrechas calles del puerto. «Cuidado con los espías», me había advertido Artafernes. No se refería a los griegos, sino a los babilonios y egipcios, siempre prestos a la revuelta. Por eso yo creía ver un enemigo en cada mercader, o en cada cliente que se volvía para mirarnos. Algunos me rozaban al pasar. Sin malicia, claro. Pero era suficiente para que mi aprensión creciera. Estaba deseando volver al Némesis. Lo sé: mi nave no dejaba de ser un frágil entramado de tablas, vulnerable ante las olas y el viento. Pero todo era más sencillo a bordo.

Las callejas convergían en una plaza amplia, llena de puestos. ¿Es que todo se vendía y se compraba en Sidón? Allí mi piloto se detuvo, como si no recordara bien cuál era el camino. Aunque yo más bien creo que, a su modo sobrio y abatido, disfrutaba del momento. Del martilleo acompasado en los talleres, común a todos los puertos. De los vendedores que cantaban sus mercancías en decenas de lenguas, de las montañas de ánforas y platos barnizados que crecían a los lados de cada puerta. Lo más llamativo era el olor. La plaza del mercado de Sidón estaba repleta de la pasta de molusco machacado de la que los fenicios extraían el tinte llamado múrice. Me adelanté dos pasos y miré a Zabbaios. Por eso seguía allí, parado. Había cerrado los ojos y aspiraba con deleite el hedor insufrible de aquel colorante púrpura que se vendía en todos los rincones del mundo. Dicen que el mejor vestido de Hécuba, la reina de Troya que había parido a Héctor y a Paris, era una hermosa túnica púrpura de Sidón. Arrugué tanto la nariz que casi se me cae la *calyptra*.

—No puedo ni respirar.

Él sonrió por primera vez en todo el viaje. Se dirigió a uno de los machacadores de múrice y mantuvo una corta conversación en voz baja. El hombre resultó ser un esclavo. Vestido solo con taparrabos y con la marca de sumisión grabada a fuego en la frente. Señaló al otro lado de la plaza con un dedo de uña púrpura. Dejamos a nuestra derecha la ciudad alta, cuya impresionante muralla de ladrillo sobresalía tras los edificios de una sola planta. Salimos a una calle en la que las mismas mujeres que se prostituían te hacían un descuento si comprabas una figurita de la diosa Asherá. Zabbaios se detuvo frente a uno de esos locales. Las rameras, curiosas, empezaron a caminar a mi alrededor. A saber lo que murmuraban.

—¿Por qué siempre acabamos en el mismo sitio? —pregunté a mi piloto.

Él se asomó a la entrada sin puerta.

—¿Balator?

Silencio. La oscuridad de dentro se aclaró, y un hombre de larga barba blanca asomó con un candil. Zabbaios y él hablaron en acadio. Nos invitó a pasar.

—Ahora entiendo por qué todo el mundo conoce a Balator.

Sí: era un proxeneta.

—Curioso lugar para encontrar a una prometida del gran rey

—opinó Zabbaios mientras seguíamos al anciano rumbo a un patio interior.

—El lugar donde nadie la buscaría —dije.

Balator nos hizo aguardar en el patio, bajo la copa de un enorme cedro que crecía desde el centro. Por fortuna, no nos llegaba la fetidez del múrice. Zabbaios me habló en voz baja.

—Debemos tener cuidado. Por lo visto hay más gente buscando a la princesa.

Eso me extrañó. ¿Cómo lo sabía Balator? Yo misma aclaré mi duda: estaba aprendiendo que los lupanares eran los mejores sitios para conseguir información. Por muy distintas que fueran las ocupaciones de los hombres, casi todos tenían la misma afición. Una que igual desataba las bolsas que las lenguas.

Balator volvió en ese momento. Tras él entró una muchacha de unos veinte años, tan alta que su cabeza sobresalía de entre las nuestras. Cabello castaño y largo; y ojos marrones, pintados a la egipcia sobre una cara redondeada, de esas cuyas mejillas dan ganas de pellizcar cuando las tienen las niñas. Vestía al modo fenicio, con mucho adorno metálico que tintineaba al andar y al mover las manos. Me pregunté cómo podía soportar el peso de aquellos collares. Llevaba una túnica blanca, cerrada del cuello a los pies, con una ancha faja anudada por delante. Lo que más llamó mi atención fueron sus pendientes, repletos de piedrecitas de colores. Colgaban casi hasta sus hombros y acariciaban sus mejillas.

Zabbaios se inclinó ante ella:

—¿Hadassah?

Ella negó. Habló en acadio:

—Ester.

Mi piloto y yo nos miramos. Nos habían dicho que el nombre persa de la novia era Stara. Balator nos lo aclaró:

—La princesa tiene dificultades para pronunciar el persa. Sobre todo su nombre.

Ella asintió.

—Estoy aprendiendo mi nueva lengua. Es la voluntad de Dios.

Me fijé en que la princesa hablaba despacio, sin separar los labios más allá de un beso. Intenté aligerar la pompa del momento:

—Ester suena mejor, no pasa nada. Yo soy Artemisia.

Ella movió una pulgada la cabeza.

—¿Eres persa, Artemisia?

—Caria. De Halicarnaso.

Aquellos meses me había acostumbrado a que la gente reaccionara ante mi nombre, pero Ester no lo hizo. Me gustó volver a ser una desconocida. Y, por primera vez, no me enojó que me tomaran por persa.

Balator proporcionó a la princesa un velo muy parecido a mi *calyptra*. Ella se despidió de los sirvientes que la habían acompañado desde Judea, y que se quedaron muy afligidos. Zabbaios se extrañó ante el exiguo equipaje de la judía. Yo también esperaba carretas llenas de cajas con joyas, seda y el resto del ajuar. Ester nos explicó que aquello viajaba en aquel momento por tierra, junto a muchas otras mercancías, en una caravana que atravesaría Babilonia sin levantar sospechas.

—Así que está todo pensado.

—Es muy importante que salga bien —dijo Ester con su sibilante acento—. La felicidad de mi pueblo depende de ello.

Balator se asomó a la calle de los lupanares y echó un vistazo. Volvió dentro con prisas. Parecía aliviado de desprenderse de aquella responsabilidad que, a buen seguro, lo había enriquecido más que sus negocios habituales.

—Os deseo buen viaje. —Hizo una profunda reverencia ante Ester—. Larga vida al gran rey. Quieran Dagón y Asherá que tengáis muchos hijos. Todos varones, altos como tú y fuertes como Jerjes.

Ester torció la boca al oír los nombres de los dioses fenicios. Ella deseó al proxeneta que Dios le guardara la salud. No los dioses, ni un dios concreto. Dios. Supuse que se trataba de Ahura Mazda. O tal vez era otra de las palabras que la princesa aún no dominaba.

Salimos, y tanto Ester como yo cubrimos nuestros rostros.

Zabbaios decidió tomar una ruta distinta a la de la ida, así que nos vimos zigzagueando por callejones hasta los que no llegaba el alboroto mercantil. En otro caso, mi piloto se habría ofrecido a cargar con el equipaje de la princesa, pero ahora necesitaba las manos libres. Así que Ester, poco hecha por lo visto a acarrear pesos, se retrasó. Me detuve para esperarla.

—No debemos separarnos.

Ella no se disculpó ni pidió que la ayudara. A lo mejor por eso la ayudé. Señaló a Zabbaios con la barbilla.

—¿Es tu amo? ¿Tu esposo?

—Ni una cosa ni otra.

Ester se detuvo, con lo que me hizo frenar.

—¿Qué clase de mujer eres? —preguntó—. ¿Como las que trabajan para Balator?

Eso me hizo gracia y me recordó un poco a Cloris la Blanca. Había dos clases de mujeres: las que entraban en los lupanares y las demás.

—A lo mejor un poco —respondí, y tiré del fardo para obligarla a continuar. Cuando busqué con la mirada a Zabbaios, no lo vi. Ester se sobresaltó.

—¿Dónde está?

Solté el equipaje.

—Espera aquí —dije. Me apresuré hacia el siguiente cruce de callejas. No era propio de mi piloto desaparecer así. Imaginé lo peor. Y luego aún se me ocurrió algo que lo superaba. Dejé de caminar deprisa y empecé a correr. La *calyptra* flotando tras de mí. Ahogué un insulto a Zabbaios cuando lo descubrí parado, la mirada fija en algún punto de lo alto. Allí arrancaba la colina en cuya cima se erigía la acrópolis. Aunque desde abajo solo se distinguía la imponente muralla de ladrillos. Agarré del hombro a mi piloto, pero no reaccionó. ¿Qué pasaba? Me descubrí zarandeándolo, y solo entonces volvió la cara. Jamás lo había visto así.

—¿Qué? —balbució.

Eso mismo me preguntaba yo. Ante Zabbaios solo estaba el

monte. Hierbajos, roca y un estrecho camino que llevaba arriba. Tal vez a alguna poterna en el muro de la acrópolis.

—Zab, ¿estás bien?

Él pareció despertar de un letargo.

—S... Sí. Sí, sí. ¿Y la princesa?

Ester, que no me había hecho caso, apareció arrastrando su fardo. Yo insistí:

—¿Me vas a decir a qué viene esto, Zab?

—No... Sí. —Se acuclilló para poner una palma sobre la tierra. Miré su mano abierta, en contacto con el suelo. No podía ver su cara, pero creo que tenía los ojos cerrados. Aquel extraño ritual duró muy poco. Zabbaios se olvidó de las precauciones, tomó el fardo de la princesa con ambas manos y, con un movimiento enérgico, lo cargó sobre su hombro. Volvió a mirar a lo alto—. Vamos.

¿Qué había sido eso? Mi piloto no era de los que vacilaba. No al menos sobre una cubierta de madera que se deslizara sobre agua salada. Me fijé con más atención en lo alto del monte. Y en la impresionante muralla. Tras ella estarían los templos de los dioses fenicios, supuse. Las estancias del ejército, los funcionarios y el palacio real. Mis ojos se deslizaron por la empinada ladera y terminé con la vista puesta en el lugar donde Zabbaios había tocado la tierra, a mis pies. Lo imité. La arena estaba caliente. Zabbaios se alejaba seguido de Ester. Un par de esclavos con cestas de múrice brotaron de un callejón y se perdieron en otro.

—Aquí —dije, aunque nadie podía oírme. Me incorporé y recoloqué la *calyptra* en torno a mi cara—. Aquí pasó lo que sea que te mantiene lejos de tu tierra, Zab.

Para los judíos, el nombre de uno es importante. Y decía mucho de Ester que hubiera renunciado al suyo, Hadassah, para tomar uno persa. Según me contó, su antiguo nombre significaba «mirto».

—El mirto es la planta de Afrodita —le dije.

Navegábamos de vuelta, viento largo de popa, las dos velas desplegadas, rumbo norte. Esta vez el Némesis ocupaba el espacio central de nuestra columna, con el Casandra a proa y el Laódice a popa. Acabábamos de dejar atrás Biblos, con lo que la costa fenicia se alejaba de nosotros mientras esperábamos vislumbrar Chipre por la amura de babor.

—¿Afrodita?

Descubrí que no sabía nada de nuestros dioses, ni de los dioses de los otros pueblos dominados por los persas. Tampoco de los que adoraban los persas antes de someterse al dictado exclusivo de Ahura Mazda. Los judíos son extraños en esto. No he conocido a nadie que desprecie tanto a los dioses ajenos. Tampoco he conocido a nadie que adore tanto a su propio dios, aunque sea único.

—Afrodita nació en el mar —le expliqué—, de la espuma que se formó cuando se hundieron los testículos de Urano.

Ester se escandalizó. Llevaba todo el viaje escandalizada. Hasta el momento de partir de Sidón, yo no era consciente de lo que implicaba una mujer a bordo. Era algo que ni siquiera me había planteado durante mi adolescencia, cuando compartía aquel estrechísimo corredor de madera con una multitud de hombres sudorosos. Mis propias rutinas para evitar la incomodidad, para procurarme espacios íntimos y para evitar momentos violentos, estaban grabadas tan profundamente en mi mente que las había perdido de vista. Pero Ester supuso un incordio. Cada poco tiempo nos veíamos obligados a varar para que la princesa desembarcase. Porque tenía que asearse, o satisfacer a la naturaleza. Porque no soportaba más el mareo o porque se hartaba de que la viéramos vomitar. Y por las noches, durante las acampadas en la costa fenicia, me obligaba a acostarme a su lado. Para tranquilizarla, yo dormía con la *sagaris* a la vista y nombraba una guardia especial a turnos. Aunque creo que la pobre Ester, pese a todo, casi no pegaba ojo. De día, cuando su cuerpo no le pedía tierra firme, se ocultaba bajo la toldilla, con la cabeza envuelta en su velo, evitando toda mirada masculina. Por eso yo, cada vez más irritada, intentaba distraerla, y le contaba historias de viejos amores, guerras antiguas y dioses desconocidos.

—¿Quién es Urano? ¿Y por qué le cortaron los testículos?

Le expliqué los ingredientes. Un padre maltratador, una madre vengativa, un hijo iracundo y una hoz. Ester lo reconoció: el resultado no podía ser bueno.

—Y esa Afrodita será horrible —añadió.

—Todo lo contrario. Salió del mar en Chipre, cuya costa pronto verás. Y resultó la más bella. Allá donde pisaba, crecía verde y olorosa la hierba. Es maestra en el engaño, el placer y la dulzura. Afrodita es dorada y siempre sonríe.

—No puedes creer esas cosas, Artemisia. Un dios que castra a su propio padre...

—Una forma de arrebatarle el trono. Un castrado no puede gobernar.

Ester me miró con fijeza.

—¿Por qué callas? De repente pareces triste.

Entretener a la princesa siseante no incluía contarle mis propias miserias, así que obvié las explicaciones y dejé atrás al dios eunuco.

—Las novias se ponen coronas de mirto. Tú podrías hacerlo también, en honor a tu nombre judío.

—Una corona de mirto...

A Ester pareció gustarle la idea. No le conté que los persas, antes de someterse a Ahura Mazda, coronaban con mirto a los animales para sacrificarlos a alguno de sus dioses antiguos. ¿Era eso, en cierto modo, lo que yo estaba haciendo con aquella muchacha? ¿Coronarla con mirto para llevarla al sacrificio?

—¿Por qué te vas a casar con Jerjes?

—Porque es el deseo de mi tío. Y por favorecer a mi pueblo.

Entonces Ester me contó lo de su tío Mardoqueo, hermano de su padre. El padre de Ester, Abihail, había regresado del exilio en Babilonia siendo niño, cuando el gran Ciro liberó a los judíos, de modo que ella había nacido ya en Judea. Pero un hermano de Abihail, Mardoqueo, se había quedado en la sometida Babilonia para trabajar como funcionario, ya bajo el Imperio persa. Y durante la última rebelión, Mardoqueo había viajado a Susa para ponerse al servicio de Jerjes, informarle sobre los pormenores babilonios y señalarle a las familias amotinadas. El gran rey había sacado partido a esos conocimientos, así que se consideraba en deuda con el judío.

—Mi padre me mantuvo soltera a petición de mi tío —siguió explicándome Ester—. El año pasado, mi padre murió. Entonces mi tío escribió para explicarme su plan: convertirme en una de las esposas del gran rey. ¿Imaginas cuánto bien puedo hacer a mi pueblo desde Susa?

En ese momento se oyó la voz del proel. Chipre quedaba a la vista. Convencí a Ester para que me acompañara y, juntas, rebasamos al silencioso Zabbaios. Desde la roda, la princesa observó.

—La isla de la diosa nacida de una castración.

Eso me hizo gracia. Miré atrás. Casi en el otro extremo del Némesis, a popa, Zabbaios estaba a lo suyo, aunque más callado que de costumbre. Alguna herida cerrada tiempo atrás se le había abierto en Sidón. Pero ¿deseaba él hallarse en su hogar? ¿Era una condena navegar eternamente? ¿Quién había tejido su destino? ¿Y el destino de Ester?

—¡Naves a proa! ¡Son trirremes!

El aviso se oyó como un eco en el Casandra, y enseguida en el Laódice. Me encaramé a la roda. Acababan de doblar el promontorio de la alargada península oriental de Chipre. Eran tres y nos arrumbaban en línea. Algo parecido a aquel enfrentamiento con los atenienses junto a la isla Esquinusa. Mejor, porque ahora estábamos igualados. Como entonces, el viento soplaba a nuestro favor. Pero el miedo no atiende a razones, así que se me aceleró el corazón y noté aquel vacío en el estómago que se había vuelto tan familiar. La judía de redondas mejillas clavó sus uñas en mi brazo.

—¿Qué hacemos?

—Tú vuelve bajo la toldilla, princesa. Siéntate y busca asidero. Y no te sueltes ni aunque venga tu dios único y te lo ordene.

Comprobé la tira de tela sujeta a la driza. En verano, el viento barría el estrecho entre Fenicia y Chipre con rumbo noroeste. Ordené que nuestra columna virara a estribor para gozar de barlovento en el momento del cruce.

Se acercaban deprisa, con los tres niveles de cada trirreme a toda boga. Eran naves de tipo fenicio, de borda alta y espolón largo. Habían pintado los ojos en color carmesí junto a las proas. Traían escudos trabados a las regalas, y sobre las cubiertas se veían guerreros armados con arcos y jabalinas. Ninguno de los tres navíos llevaba pabellón.

—Piratas —adivinó Zabbaios.

Sin duda. Chipriotas, o tal vez cilicios. No creí que fueran atenienses. No tan lejos de su hogar, y con esos buques tan pesados. Ordené que arriaran nuestros gallardetes de la *sagaris* en los tres trirremes y, en su lugar, izaran los aqueménidas con el sol alado. Enfrente debían tener bien claro que se iban a cruzar con súbditos del Imperio persa.

—Es mucha gente armada a bordo —observé. Ese era el sistema que disponía el gran rey sobre su flota, a tenor de lo que Artafernes me había explicado. Consideré aquello una buena ocasión para comprobar mis reticencias.

Yo estaba de pie junto a Zabbaios, con las piernas separadas para mantener el equilibrio mientras caíamos un poco a estribor. Mi idea inicial era formar columna, como en Esquinusa. En ese momento vimos cómo se abatían los mástiles a bordo de las tres naves extrañas. Eso solo podía significar una cosa. Como si lo supiera —aunque no tenía ni idea—, la voz de Ester sonó bajo la toldilla:

—¿Quieren robarnos?

—Seguro. Si nos atrapan, convertirán en esclavos a mis hombres y venderán las naves. A ti y a mí nos valdría más hundirnos hasta el fondo. O serán ellos quienes nos hundan otras cosas, y también hasta el fondo. Uno tras otro. Casi doscientos tipos sudorosos por trirreme. ¿Entiendes?

Oí el gemido de horror de la judía. Me arrepentí enseguida de la broma cruel, pero es que era una novedad llevar a otra mujer a bordo. Me sentía menos sola, y había que sacar partido a eso.

Zabbaios hizo un gesto hacia la prometida de Jerjes.

—A ver si buscan algo más que botín…

Por suerte, ella no lo escuchó.

—Tonterías. Son vulgares ladrones.

El viraje nos había ralentizado, y ahora los piratas venían en nuestra busca a buen ritmo. Además, les ofrecíamos el través. Debíamos de ser un blanco apetitoso. Justo lo que yo buscaba.

Grité la orden al proel, que la transmitió al Casandra. En el Laódice la recibieron antes aún. Los tres pilotos cayeron sobre la caña casi a la vez. Habíamos ensayado la variación en primavera, al sur de Nísiros. Nuestra columna se convirtió en línea, y las velas flamearon hasta cobrar el viento por popa. Zabbaios gritó a Paniasis la orden de boga completa, y él comenzó un brioso cántico sobre lo grandes que eran los pechos de una muchacha rodia. Los remos respondieron de inmediato a la rima escabrosa, repleta de falos impacientes y de muchachas empotradas contra la pared. Grité de gusto cuando el Némesis se encabritó, pero la prometida de Jerjes pensó que lo hacía de terror. La oí repetir una letanía en su lengua. Supuse que hablaba con su dios. Tomé mi hacha de dos filos, la agité en lo alto y volví a gritar. Hacer como si no tienes miedo es buen atajo para perderlo de verdad. Ester redobló sus rezos.

Aquel día perdí hombres. Ocurrió cuando impactamos con los trirremes piratas. Les hice creer que pretendía romper sus remos, así que los muy idiotas los ocultaron un poco antes del cruce.

Eso, sumado a su mayor peso por la cantidad de gente que tenían en cubierta, les hizo perder la poca propulsión que traían. Nuestra marcha nos permitió virar y buscar sus bordas y, aunque en oblicuo, logramos dos clavadas limpias. El espolón del Laódice resbaló sobre las tablas del enemigo que le había tocado en suerte, y aquel pudo escapar sin daños. Lo malo fue que ellos dispararon en ese momento. Es difícil hacer puntería desde una plataforma móvil, sobre todo si el objetivo está sobre otra plataforma todavía más rápida. Pero por pura suerte, antes de que se produjeran los choques, los arqueros y jabalineros enemigos acertaron en varios de mis marinos sobre el Laódice y el Némesis. En el Casandra solo sufrieron una baja. Tuve dos decenas de heridos, y tres de ellos morirían después, mientras nos recuperábamos en la costa de Chipre. Antes de aquella jornada habíamos tenido heridos, claro. Un par de ellos ese mismo verano, y otro el año anterior. Pero eran poco más que rasguños. Hasta ese día, la muerte era algo que sufrían los otros.

Ver a mis caídos casi me hace olvidarlo todo: el peligro, el miedo, la misión. Aquellos hombres eran mi familia. La gente a la que confiaba mi vida, igual que ellos me la confiaban a mí. Yo quería correr hacia ellos, taponar sus heridas, levantarles la cabeza, besar sus frentes. Pero comprendí que hacerlo desamparaba al resto. No hay sensación más odiosa que reducir la muerte de un amigo a una cuestión numérica.

Aunque se me hizo eterna, la escaramuza fue fugaz. Mis hombres corrieron a popa al tiempo que nuestros remeros ciaban para desclavarse. Había que evitar el abordaje como fuera. No permití que se atendiera a los heridos hasta que estuvimos lo suficientemente lejos. Dos naves enemigas quedaron destrozadas sobre el agua mientras la tercera viraba hacia el norte y se daba a la fuga. Su rumbo la llevaría a Cilicia.

Ester chilló al ver a los muertos. Yo no podía articular palabra, así que fue Zabbaios quien tomó el mando y nos guio hacia el largo promontorio oriental de Chipre. Algunos de los piratas supervivientes, a nado, siguieron nuestra estela. Ocho de ellos consiguieron alcanzar la playa, y los tomamos prisioneros después de varar.

Cuando vencí el temblor de piernas, me acerqué a los heridos. Intenté consolar a mis moribundos. Me comprometí a cuidar de sus familias en Halicarnaso, Cos y Nísiros. Lloré cuando uno de ellos, con una flecha atravesada en el cuello, llamaba a su madre antes de morir. Su voz ronca, burbujeante, se quedó clavada en mi memoria.

—Esos piratas no sabían luchar contra trirremes. Están acostumbrados a abordar *gaulos* solitarios y barcas de pesca, sin embestir para no echar a perder el botín. No es normal que se hayan enfrentado a naves de guerra.

Lo había dicho Zabbaios mientras inspeccionaba el espolón del Laódice, doblado tras su impacto fallido. Habría que cambiarlo al llegar a casa. Después se alejó de la nave varada y fue hacia donde un grupo de mis marinos armados custodiaba a los prisioneros. Yo corrí tras él. Por curiosidad, y también porque deseaba infligirles dolor. Vengar la muerte de los míos.

Zabbaios escogió a uno de los piratas. No sé si fue al que consideró más débil o si lo guio el azar. Solo sé que arrastró al tipo hasta sacarlo de la playa. El desgraciado suplicaba piedad en la lengua franca. Pronto se hizo un corro a su alrededor, mientras mi piloto lo estampaba contra el tronco de un pino.

—¿De dónde venís? ¿Quién os paga? ¿Qué buscabais?

El prisionero tosió. Todavía le duraba la fatiga del largo trayecto a nado. Varios de sus compañeros se habían ahogado en el intento, y los supervivientes estaban fatigados.

Así que no contestó enseguida. Tampoco al quebrarle Zabbaios los dedos de la mano izquierda, uno a uno. No lo impedí. Un par de tripulantes del Casandra se animaron y acabaron pegándole una paliza a puntapiés, pero lo único que pudieron arrancarle fue chillidos de dolor y algunos insultos en acadio y asirio. Ver aquello rebajó un tanto mis ansias de venganza, así que noté cierto alivio cuando, sangrante como un jabalí tras la cacería, Zabbaios lo arrastró de vuelta a la playa. Sus compañeros, aterrorizados, empezaban a arrepentirse de nadar. El segundo escogido de la tarde fue mucho más locuaz.

—¡Por favor, piedad! ¡Somos cilicios! ¡Cilicios!

Eso no lo libró de llevarse el primer puñetazo. Escupió un diente con un cuajarón de sangre, y alzó las manos ante la cara. Zabbaios ordenó que lo sujetaran. Entonces el tipo reparó en mí.

—¡Tú tienes que ser Artemisia! ¡Diles que tengan piedad, por favor!

—¿Por qué nos habéis atacado? —le pregunté.

—Por oro. Lo juro.

El segundo golpe de Zabbaios le rompió la nariz. Pero no dejó de hablar.

—¡Es verdad! ¡Por oro! ¡Ve a por Epipalos! ¡Él todavía lo guarda!

Zabbaios se volvió hacia el grupo de prisioneros. Se les veía apretados mientras mis hombres los intimidaban con sus hachuelas. No tan lejos como para no oír los gritos de su compañero.

—¿Y quién dices que es Epipalos?

El cautivo apaleado señaló al grupo.

—El más fuerte… Es nuestro capitán.

Zabbaios no se anduvo con miramientos. Arrancó media barba a Epipalos mientras lo arrastraba hasta el agua. Sí que era fuerte el tipo, pero estaba derrengado, así que no pudo defenderse. Mi piloto le sumergió la cabeza cuatro veces. A la quinta, el capitán pirata escupió agua salada. Zabbaios esperó hasta que terminó de toser.

—¿Dónde tienes el oro?

Epipalos, con las olas rompiendo contra sus rodillas, desató la bolsita que llevaba al ceñidor, oculta bajo la túnica a medio desgarrar. Parecía mentira que no se hubiera deshecho de aquel peso cuando nadaba por su vida. La codicia es así.

Vi que Zabbaios seguía con su interrogatorio. Epipalos, entre toses y vómitos de agua salada, le contestaba con un hilo de voz. Ester se me acercó por la espalda. Todavía temblaba.

—¿Lo va a matar? ¿Y a los otros?

—Les haría un favor. Si los llevamos hasta Jerjes y le contamos lo que han hecho, mandará que los empalen o algo peor. ¿Has visto alguna vez un hombre empalado?

—¡No!

—Yo sí, y no quiero volver a verlo.

Zabbaios ya venía. Traía la bolsa abierta en la zurda, y con la diestra sujetaba una moneda de oro que relucía al sol. Me la lanzó y la cogí al vuelo. Un tetradracma. Con su lechucita y todo.

—¡Atenas! —exclamé.

Mi piloto apretaba los dientes. Su extraño comportamiento me estaba descubriendo a un hombre nuevo.

—Epipalos dice que los contrataron en Paros hace dos semanas. Su misión: seguir y emboscar a Artemisia de Caria a su vuelta de Sidón. Matar a todos los tripulantes del Némesis. Solo dos excepciones. Dos mujeres que debían llevarle vivas al pagador, encadenadas e intactas. Tú y la judía.

Ester, tras de mí, se mordía las uñas.

—¿Quién es ese pagador? —pregunté.

—Ameinias de Eleusis.

El Laódice no podía seguir nuestro ritmo, así que fue en su cubierta donde atamos a los prisioneros. Después la nave puso rumbo a Tarso, en la costa cilicia. Allí la tripulación vendería a los piratas y, con la ganancia, repararía el espolón.

Los demás seguimos viaje hacia Halicarnaso. A partir de Chipre nos quedamos sin viento, y a las singladuras más cortas se unió lo que Ester llamó «su maldición». Su maldición era la de todas las mujeres judías, la de todas las mujeres no judías y, por lo tanto, también la mía.

Como Ester ignoraba cuánto iba a durar nuestro viaje, no previó que su menstruación la sorprendería en el mar. Eso nos obligó a varar más a menudo y a que me quedara sin mis propios trapos. Por fortuna yo andaba con algo de retraso, y además mis hombres rasgaron sus ropas para salir del apuro. Al cuarto día de sangrado, me lo preguntó con angustia:

—¿Cómo lo haces tú?

Le dije que sin tanto alboroto y con un poco de vista en el momento de planear mis viajes. Intenté convencerla de que aquello no era ninguna maldición. Solo un engorro doloroso e inoportuno. Pero Ester insistía. Me contó que la culpa había sido de la primera mujer.

—¿Pandora?

Se incorporó. Estábamos en una playa licia, separadas de los hombres por un promontorio. Ella, con el agua por los muslos, se lavaba por décima vez aquel día.

—Eva.

Aparte del detalle, lo demás no cambiaba gran cosa. A la tal Eva la había creado el dios único y sin nombre de los judíos, pero solo después de que el primer hombre se aburriera de estar solo. Desde luego, la pobre no podía compararse con él. Adán —que así se llamaba el tipo— era hermoso y enorme. Cuando se acostaba, su cuerpo se extendía de un extremo al otro del mundo. Su rostro era tan bello que Eva parecía un bicho a su lado.

—¿Un bicho?

—Y eso que ninguna mujer puede compararse con ella. Nosotras somos bichos a su lado, y ella era un bicho al lado de Adán.

Adán vivía en su mundo ideal hasta que llegó Eva. Por lo visto, una serpiente copuló con ella. La mordió, y eso la hizo sangrar.

—¡Una serpiente! —¿Cómo no?—. Odio a las serpientes.

—Todas deberíamos odiarlas. Son nuestras peores enemigas.

—¿Y dónde mordió a Eva para sangrar así?

Ester no me contestó a eso. En su lugar me dijo que, desde entonces, todas las serpientes quieren copular con las mujeres, y por eso las judías huyen cuando ven una culebra. No por el mordisco o el veneno. Por preservar su virginidad.

—No hay que dormir con las piernas abiertas —añadió—, y los faldones han de rozar siempre el suelo. De este modo, te proteges de las serpientes.

Aquella serpiente lujuriosa, me contó, no tuvo bastante con herir a la incauta Eva. Además, la sedujo con sus malas artes y aprovechando la falta de ingenio de la mujer. Entonces ella, valiéndose de vulgar atractivo, convenció al buen Adán para desobedecer al dios. Y como castigo, el dios los expulsó de su jardín precioso donde no existían el hambre, la enfermedad y la muerte. Y como Eva tenía mayor parte de culpa, el dios la maldijo. A partir de ese momento sangraría cada luna por el mordisco de la serpiente, y sufriría para dar a luz a sus hijos. Y todos los hombres de los miles de generaciones venideras tendrían algo que reprochar a sus mujeres.

—Vaya —dije—. Ahora me siento mucho mejor.

Ester no pudo o no quiso captar la ironía. Me aseguró que, pese a la maldición de Eva, deseaba dar muchos hijos a Jerjes.

—¿Tú no le has dado hijos a tu esposo, Artemisia?

Sonreí. Por si Ester se escandalizaba poco a mi costa, le desvelé que no estaba casada. Al principio se sintió compungida. Me preguntó cómo era posible, si yo no era tan fea después de todo. ¿Arrastraba algún baldón familiar? ¿O acaso me había consagrado como sacerdotisa de alguna de mis falsas diosas?

—Nada de eso. Me casaré, pero aún no.

—¿A qué edad os casáis en Caria? ¿Cómo os da tiempo a tener hijos?

—Podría llevar doce o catorce años de matrimonio y haber parido tres o cuatro veces, sí. No creo que en eso las carias seamos distintas de las judías o las persas. Pero he de hacer algo importante y no puedo si soy una esposa. Entiéndelo: tengo un deber.

—También tendrás pretendientes, espero.

Le dije que no exactamente. Que había alguien con quien había imaginado compartir mi vida. Alguien con quien tener hijos, sí. Ester me preguntó su nombre.

—Damasítimo. Gobierna una de mis islas.

A ella le costaba entender eso. Que mi futuro marido fuera mi súbdito.

—Eso no está bien, Artemisia. Has de casarte ya. Es tu principal deber.

La verdad es que hasta ese momento me había mostrado un poco cruel con Ester. No era una crueldad maligna, o eso quería creer. Tal vez solo me sulfuraba esa entrega suya. Al menos Sadukka tenía otras cosas en la cabeza. Y no digamos mi madre. Aparte de ellas y de Cloris la Blanca, las mujeres que había conocido eran parecidas a Ester.

—¿No te gustaría decidir? —le pregunté.

Ella parecía no comprender, pero lo que dijo a continuación me demostró que tal vez era yo quien no comprendía:

—¿Acaso tú has decidido ese deber del que hablas, el que te impide casarte? ¿Quién ha sellado tu destino?

No sufrimos más incidentes, así que, con la demora acumulada por el merecido bocado de la serpiente a Eva, nos presentamos en Halicarnaso para el final del verano. Como de costumbre, las familias de mis remeros y marinos acudieron al puerto en cuanto se divisó nuestra vela. Había temido ese momento desde días atrás.

Los hombres saltaban a tierra firme y abrazaban a los suyos. A la alegría por el reencuentro siguió el pasmo de quienes no veían bajar del Némesis a su padre, hermano, esposo o hijo. Entonces preguntaban a los vivos, y estos contaban lo sucedido. Cuando escuché el primer grito de angustia, desembarqué, dispuesta a entregarme a una misión quimérica. Ester contempló desde la borda cómo me desvivía por consolar a personas inconsolables. Cómo les prometía que no quedarían desamparados, y que la memoria de sus parientes muertos se honraría por siempre en Halicarnaso. Los míos eran gente dura, porque llevaban generaciones enteras en el mar. Viviendo y muriendo por él. Por eso sabía que, tarde o temprano, aquellas madres, esposas e hijas se tragarían su dolor, y de nuevo acudirían al puerto para despedir a otro pariente, a otro amigo. No hubo nadie que me reprochara nada, porque sabían que la vida, del mismo modo que a ellos, me había arrebatado a los míos.

Subimos desde el puerto en silenciosa procesión, y al llegar a palacio descubrí que Artafernes y Sadukka habían regresado a Sardes, y allí solo quedaban Damasítimo y Acteón. Y la jauría, claro.

A pesar de que Damasítimo conocía mi aversión por los perros y su amo, se habían alojado todos en palacio. Mis despensas no habían sufrido en demasía gracias a las partidas de caza tierra adentro que había organizado Acteón. Por eso, cuando llegué a casa, lo primero que me encontré fue la jauría. Los perros estaban todos atados en el patio, y nos deleitaron al llegar con un repertorio de ladridos, dientes amarillentos y gruñidos babeantes. Había un par de ciervos colgando del muro. Despellejados, abiertos en canal y con la cornamenta cortada. El líder de la jauría, el blanco Leucón, se abalanzó sobre mí hasta que su cadena lo frenó con un chasquido. Sacudió la cabeza mientras repartía dentelladas al aire. Ester se negó a pasar aunque era imposible que la alcanzaran, y casi tuve que arrastrarla. Irritada, se lo hice saber a Damasítimo incluso antes de que diera la bienvenida.

—¡Quiero a esos perros fuera de aquí! ¡Y los ciervos muertos también!

Estábamos en el salón principal, y Acteón aguardaba en pie, a distancia de respeto, con las manos a la espalda y ese gesto medio burlón que yo tanto odiaba.

—Mañana mismo nos iremos —me aseguró Damasítimo. Luego lanzó una mirada intensa a Acteón, que se despidió con una corta inclinación—. Ya deberíamos estar en Sardes. ¿Por qué habéis tardado tanto?

Aguardé hasta oír cómo se alejaban los pasos de Acteón. Me volví hacia Ester, que nada más bajar del Némesis se había vuelto a cubrir el rostro con el velo.

—Hemos tardado porque la princesa no está acostumbrada a las incomodidades. No queremos que Jerjes se disguste por haberla molestado, ¿verdad?

—Verdad. —Damasítimo dio un paso a un lado y se acercó a Ester. Pese a que él era uno de los hombres más altos que he visto, ambos se miraron desde el mismo nivel—. Bienvenida a Caria, señora. ¿Has tenido buen viaje?

—Muy agradable, sí —contestó ella, y añadió un grácil parpadeo.

De no ser por el luctuoso rito en el puerto, me habría dado la risa, porque recordaba a Ester amargada, con la cara descompuesta por el vaivén del Némesis sobre las olas y los dolores de la maldición sagrada, o dominada por el terror durante nuestro duelo con los piratas. Ahora todo eso tenía que quedar atrás. Una vez en tierra firme, yo era más consciente de que estábamos junto a la futura esposa del rey de reyes. Por eso también dejé de llamarla Ester y me dirigí a ella como señora.

—Señora, Damasítimo y sus hombres te escoltarán hasta Sardes. Desde allí seguirás por el Camino Real. Se acabó el navegar.

A la judía se le abrieron un poco más los ojos.

—Damasítimo —repitió—. ¿Tu futuro esposo, Artemisia?

Él carraspeó.

—Si ese es mi destino… —contesté.

Pero Ester ya se lanzaba. Abandonó el asomo de ceremonia, dejó caer el velo y descubrió su sonrisa. Se dirigió a Damasítimo como a un amigo de toda la vida.

—¡Damasítimo! Has de saber que tu prometida es muy valiente. ¡Se enfrentó a los piratas en el mar! ¡Con un hacha en la mano!

Y siguió contándole. No se puede decir que a Damasítimo le alegrara lo que oía. Cada dos frases de la judía, cambiaba conmigo una mirada. Ester terminó aconsejándole que me apartara de una vez de aquella vida impropia de una mujer. Que me colmara de dones y me hiciera varios hijos. Luego, mientras ella esperaba que nosotros dijéramos algo al respecto, se hizo un largo y perturbador silencio que al final rompí yo:

—Señora, estás agotada y aún te aguarda un larguísimo viaje. ¿Por qué no te retiras a descansar? Ordenaré que te sirvan las mejores viandas de Halicarnaso. —Di un par de palmadas, y un sirviente se coló en el salón—. Conduce a la princesa a mis aposentos. Que no le falte de nada.

—Es cierto —dijo Ester—, no puedo más. Pero no olvidéis lo que he dicho. —Antes de volver a cubrirse con el velo, soltó una sonrisilla pícara—. Artemisia necesita un heredero.

Y nos dejó solos. Yo me dejé caer sobre el trono y Damasítimo se alejó hacia el ventanal. Lo vi de espaldas, fijo en las nubes grises que ascendían desde Cos. Se volvió.

—Puede que ella tenga razón.

—Puede. También puede que no.

En lugar de llamar a un criado, Damasítimo se ocupó en persona de servir vino en dos copas. Me alcanzó la mía.

—Así que piratas, ¿eh?

Bebí. Todo de un trago.

—A sueldo de Ameinias.

Damasítimo también se disponía a beber, pero se congeló. Muy despacio, bajó la copa.

—¿Ameinias de Eleusis pagó a piratas para que os atacaran?

—Con orden de apresarnos vivas a la princesa y a mí.

—Por fortuna, todo salió bien.

Solté una risa cáustica.

—Díselo a los marinos que perdí en la escaramuza. Díselo a sus familias. Las encontrarás en el puerto, deshechas en lágrimas.

Damasítimo dejó la copa sobre la mesa. Se rascó la barba. Me miró largo rato antes de negar con la cabeza. Había algo que quería decirme, pero era como si no se atreviera. Así que le ayudé.

—Quieres que deje todo esto, ¿verdad? Que haga como Ester. Que nos casemos, que me quede aquí. Por mi bien.

—¿Procurar tu bien es tan absurdo?

—Depende. El bien de una no siempre depende de quedarse en casa. Mira lo que pasó hace once años ahí abajo, donde babean ahora mismo los perros. Y mira también lo que estuvo a punto de pasar aquí arriba.

—Y que Acteón evitó. Aquello queda atrás, Artemisia. Nada tienes que temer.

—Fuiste tú quien me libró del horror, Damasítimo. No Acteón.

Dos sirvientes se hicieron notar desde la puerta. Traían del puerto el equipaje de Ester y mi *sagaris*. Me levanté, más para esquivar aquella conversación que para descargar al criado del peso del hacha. La colgué de la pared. Damasítimo se mantuvo en silencio hasta que quedamos solos de nuevo.

—El Cazador está casi listo —dijo—. El año próximo podrá navegar junto a tus otros trirremes. Tenía intención de comandarlo yo, pero no creo que lo haga todavía.

—¿Por qué?

—Porque mi viaje a Sardes se alargará. Me llevo a Acteón, y tengo intención de continuar hasta Susa para mostrar mis respetos al gran rey. Quiero hacerle una petición. Bueno, la petición es tuya en realidad. Cuando obtenga el permiso de Jerjes, visitaré a tu hermano y a tu padre.

»Me llevará tiempo. Son tres meses por el Camino Real hasta Susa, y otros tantos cuando vuelva. Esperemos que el invierno no cierre los pasos de montaña. Solo los dioses saben cuánto tardará Jerjes en recibirme, y qué tiempo emplearé en ir a Ecbatana, y luego a Ampe. Jamás he llegado tan lejos.

—¿Y si viajara yo? Al fin y al cabo, soy *bandaka* de Jerjes.

—Ni hablar. ¿Otra vez a arriesgar tu vida, Artemisia? A veces pienso que has olvidado lo que te dije ahí abajo, después del incendio.

—No lo he olvidado. Me dijiste que un día me traerías a Ameinias a rastras y que lo arrojarías a mis pies. Y yo le daría su némesis con la *sagaris*.

—Y así será. Basta ya de chiquillerías. ¿No te das cuenta? ¿Qué habría pasado si a esos piratas les hubiera salido bien el plan? Ahora serías pasto de los peces, o te habrían arrojado a un pozo ateniense. ¿Y si mañana te topas con Ameinias en el mar? ¿Y si te alcanza una tormenta y tu barco se estampa contra las rocas?

—Es un riesgo que corren desde mi piloto hasta el último de mis remeros. Si no lo afronto yo, no puedo pedirles a ellos que lo hagan.

—Tu piloto y tus remeros no gobiernan Halicarnaso. Puedes sustituir a un marino, a diez, a todos. Hasta a tu querido fenicio. Que tus naves se hundan: botarás otras. Incluso la ciudad puede arder cien veces, y cien veces limpiaríamos las cenizas para reconstruirla. Pero a ti no te puede sustituir nadie. Eres la última de tu estirpe.

—No si vuelve Apolodoro.

Damasítimo apretó los labios.

—Eres demasiado valiosa. Sobre todo para mí. Así que regresaré con tu padre y con tu hermano, y Apolodoro gobernará Halicarnaso, como le correspondía. O tal vez él no desee regresar. Da igual, porque tanto en un caso como en el otro…

Se interrumpió.

—¿Qué?

—Nos casaremos. Parirás un hijo que un día, tal vez, se siente en ese trono. Y mientras, yo seré quien salga al mar, y volveré con Ameinias cargado de cadenas. Y pondré su cuello bajo tu hacha.

Solté una risita que pretendí socarrona.

—Antes de esta farragosa misión, de paso por la isla de Amorgos, me vendieron un yambo.

Damasítimo se mostró extrañado por el súbito cambio de tema.

—¿Un yambo?

—El poema de un tal Semónides. He estado leyendo durante el viaje, mientras la futura esposa de Jerjes largaba las entrañas por la borda o nos obligaba hacer el quinto varado del día. Estoy pensando en regalarte el yambo. Habla de mujeres.

»Dice Semónides que hay diez tipos de mujer. Está la cerda, que tiene el hogar mugriento y en desorden; y la perra, que no hace más que gruñir y todo lo quiere saber, y por eso va fisgando, asomada a los ventanucos, escuchando conversaciones ajenas. Está la yegua, que se acicala todo el día y siempre va perfumada, y evita las labores, porque solo quiere un marido tonto que la alimente y le compre joyas, y un coro de devotos que la admiren.

—¿Adónde quieres llegar, Artemisia?

—Al final, Damasítimo. Te ahorraré a la comadreja, a la mula, a la mona... Dice Semónides que algunas mujeres son como el mar. A veces serenas y alegres, a veces revueltas y peligrosas. Vuelven locos a sus esposos, porque ignoran de qué talante se levantan ellas cada mañana. ¿Crees que yo seré así?

—Espero que no.

—Ya. Lo que tú esperas es que sea como la abeja. A Semónides le gustaban las abejas. Ojalá al muy cabrón lo mataran miles de ellas a picotazos mientras escribía yambos en Amorgos. La mujer abeja es la única que no mereció sus reproches. La que envejece junto a su esposo y cría una hermosa familia. La que alcanza buena fama y es amada por los dioses, y evita los chismorreos con las perras, las monas y las zorras, porque está en su casa, laboriosa, amante y discreta.

Damasítimo tiró de su túnica, tomó aire un par de veces e hizo una inclinación. Después se acercó, me besó levemente en los labios.

—Eres injusta conmigo. No quiero abejas, ni zorras, ni comadrejas. Te quiero a ti, única y distinta de las demás. Está por ver lo que tú quieres de ti misma.

Y se marchó. Yo me quedé allí sentada, observando cómo las nubes grises oscurecían el horizonte a través del ventanal. Puede que Damasítimo tuviera razón. Que fuera injusta con él. De nuevo sentía aquella ira creciente en mi interior. Cada vez me atemorizaba más la posibilidad de que la oscuridad se tragara a la luz. Quería ir ya a por Ameinias. Cazar su nave negra, matar a toda la tripulación, partirlo a él por la mitad. Pero esas ansias me hacían olvidar lo bueno que había a mi alrededor. Pensé que, después de todo, incluso a mí me apetecía de vez en cuando convertirme en abeja. Luego me dije que Semónides era un necio que tal vez tenía que consolarse con las gallinas de Amorgos. ¿Y quién era yo? ¿Qué clase de mujer? Pensé en Ester, en su destino firmado y sellado desde niña. En Sadukka, y en estelas de vida marcadas por espuma marina. Pensé en una rueca, y en tres viejas horribles tejiendo el hilo de mi destino. Pensé en preguntas a las que siempre seguía el silencio. Pensé en las palabras de mi madre, que me consideraba perdida; y que entre otras muchas locuras, me aconsejaba buscar la respuesta en el lugar donde empezó todo.

Buscar la respuesta en el lugar donde empezó todo.

CAPÍTULO V

I can cast a spell with secrets you can't tell.
Mix a special brew, put fire inside of you.
Anytime you feel danger or fear,
then, instantly, I will appear 'cause
I'm every woman, it's all in me.

(Puedo lanzar un hechizo con secretos inconfesables.
Preparar un brebaje especial, prender fuego en tu interior.
Si alguna vez temes o te asustas,
entonces, de repente, apareceré, porque
soy cada mujer, está todo en mí). Trad. libre.

I'm every woman (1978, Chaka Khan: *Chaka*)
Simpson/Ashford

DEL MANUSCRITO DE HERÓDOTO

FRAGMENTO 160

Retomo aquí las palabras de la señora Artemisia, hija de Ligdamis.
Tras nuestra última reunión, en la que terminó el relato de su viaje a Fenicia, pareció caer en una suerte de apatía y me impuso unos días de descanso. Yo juzgué que la asaltaba la melancolía, tal vez por las decisiones que tomó o, más seguro aún, por las que no tomó. Así suele ocurrir cuando emprendemos el viaje y nos topamos con una bifurcación: que el camino que elegimos es aquel en el que dejamos nuestras huellas, mientras que el otro queda relegado al cobijo de la memoria, y de vez en cuando nos preguntamos si escogimos la mejor opción, pero la pregunta queda atrás y continuamos por la ruta decidida. Hay también quien se detiene ante el desvío e, incapaz de disponer de su voluntad, deja que los otros lo adelanten, bien por la ruta de la derecha, bien por la de la izquierda. Otro viajero se resuelve a circular por uno de los caminos pero, cuando le asaltan las dudas, se arrepiente y vuelve atrás para cambiar de ruta. Solo que cuando inicia esta segunda, le ocurre lo mismo y vuelve a arrepentirse, y así avanza y retrocede sin fin, que es muy parecido a quedarse parado. Los hay, por fin, que se angustian por no saber cuál es el mejor camino y también por no escoger ninguno, así que ruegan a

otro que tome la decisión, y la siguen en la creencia de que, si esa es la peor opción, es el otro quien se equivoca, y nadie podrá reprocharles nada a ellos.

—Ese año empezaron las obras en el Atos. —Así reanuda su relato mi señora—. De las posibles medidas, Jerjes se inclinó por la más llamativa; y lo que al principio fue incredulidad, pronto mudó en admiración. Muchos hubo que se alborotaron, porque pensaban que aquello era un desafío a los dioses inmortales: el gran rey pretendía cortar la tierra y excavar un canal para su flota. De esta forma, las naves no tendrían que rodear el promontorio donde años atrás naufragaran los persas.

En efecto, el lugar en el que el macizo termina y se une con el continente es también el más estrecho, apenas doce estadios. Allí trazaron una línea recta y empezaron a cavar, repartidas por sorteo las porciones del canal. Construyeron también escolleras y se dotaron incluso de un mercado para abastecer al contingente de obreros.

Otro plan fraguaba Jerjes, no menos ambicioso, y para ello había que preparar cables de papiro y de esparto, tarea que encomendó a egipcios y fenicios. También mandó instalar depósitos de víveres para el ejército, a fin de que no pasaran hambre ni las tropas ni las bestias de carga que se dirigiesen contra Grecia. Y es que el gran rey pretendía que la hueste más inmensa cruzara de Asia a Europa, y eso era algo que no podía hacerse solo a bordo de las naves. Así pues ideó la construcción de un larguísimo puente. Al saberlo, el coro de lamentaciones arreció entre los remilgados, y muchos dijeron que Jerjes pretendía convertir la tierra en agua en el Atos, y el agua en tierra en el Estrecho.

Tiempo faltaba para que todo esto se llevara a término, pero los preparativos resultaban imposibles de ocultar. Se extendió todavía más el miedo, y aleteó sobre las ciudades griegas que no habían entregado el agua y la tierra, así que varias se apresuraron a consultar al Oráculo, y este les descubrió un negro futuro. Sin embargo, al ver que los atenienses continuaban decididos a resistir y seguían construyendo trirremes, se despertó el orgullo y la vergüenza de quienes no se habían sometido todavía a la causa de los persas. Así, se reunieron en un *templo que se halla próximo a Corinto, dedicado al dios Poseidón. Estudiaron la situación y, como primera medida, decidieron poner fin a sus diferencias y a las guerras existentes entre ellos; la más importante, sin lugar a duda, la que enfrentaba a atenienses y eginetas. También resolvieron enviar espías a Asia, y emisarios a los lugares donde podían encontrar aliados.*

—Mientras tanto —sigue mi señora— nosotros cumplíamos las órdenes transmitidas por Artafernes en los territorios de su satrapía. Las fraguas y las carpinterías redoblaban sus tareas, y muchos jóvenes entusiastas corrían a alistarse en la aventura que prometía el gran rey: una guerra como nunca habían visto los mortales. Como nunca volverían a verla.

—¿No fue entonces cuando nació Pisindelis?

—Sí. Algo inesperado.

Escribo. En cuanto Damasítimo partió hacia Sardes con la prometida judía del gran rey, mi señora empezó a encontrarse mal. Ahí estaba la causa de su retraso con la sangre maldita.

Así que mi señora se encomendó al cuidado de las criadas más veteranas y al de la trastornada Aranare, que insistió en trasladarse con Artemisia a Creta. Que Halicarnaso no era un buen lugar para nacer, decía. Que una de las cuevas cretenses haría mejor papel. Si viajaban allí y cumplían buenos exvotos con Ilitía, la diosa partera, nacería una niña que podría empuñar la sagaris y cerrar el círculo. Mi señora se tomó aquello como una de las locuras de su madre, así que hizo caso omiso: pasó la preñez en palacio, y su hijo varón vino al mundo aquí, en Halicarnaso, en el mes persa de Thuravahara, el que los atenienses llaman Muniquion.

—No me considero una buena madre —reconoce mi señora—. Podría decirte que yo tenía un deber, y el crío vino a distraerme de él. Me contestarás que cuidar de Pisindelis también era mi deber. Y tendrás razón. Pero vivíamos una época como ninguna otra. ¿Comprendes, Heródoto? Tu tío Paniasis, entre escrito y escrito, podrá contártelo. Se avecinaba la guerra definitiva, la mar hervía de piratas y era el momento de la lanza y la espada. También podría decirte que Pisindelis

me irritaba por su mucho llanto. No es que yo no lo quisiera: lo quería mucho. Pero recordaba en todo momento que aquel amor era igual que el que mi madre había sentido por mi hermano. Y por eso, cuando ella presenció su martirio, perdió el juicio. En un tiempo de guerra, de sufrimiento, de miedo…, ¿hacemos bien al traer hijos al mundo? Para colmo, mi madre también empezó a mirar de reojo a Pisindelis. Porque había nacido varón, y no hembra, como ella deseaba. Por algo más también.

Mi señora deja de hablar de su hijo. Los halicarnasios —y sobre todo mi tío Paniasis, que se ha buscado algún que otro disgusto con sus rimas burlonas— sabemos que Pisindelis no es tan justo y sufrido como Artemisia. Se lo tiene por muy caprichoso y un poco cruel. Suponemos que cuando ella falte y él se haga con el gobierno por completo, todo cambiará.

—¿Qué opinaba Damasítimo de todo esto? —pregunto.

—No se enteró hasta su regreso, y eso ocurriría mucho después. El viaje a Persia y a Babilonia le llevó tiempo, sobre todo durante el invierno. Tal vez podría yo haber enviado algún mensajero con la noticia del embarazo, y supongo que lo correcto era comunicarle que había sido padre. Pero me incomodaba pensar en el momento en el que Damasítimo lo supiera.

»Dicen, Heródoto, que las amazonas no se casan antes de haber matado a un enemigo; y algunas hasta llegan a morir de viejas, vírgenes, por cumplir esta ley.

—Pero tú no eras una amazona, señora.

—Tampoco era virgen.

Eso me hace reír. Recojo tinta y escribo que, amazona o virgen, no hay nadie como Artemisia de Caria.

—¿Cuándo volviste a navegar?

—Demasiado pronto.

DUELO EN EL MAR

Año 482 a. C.

Obligada por mi madre, languidecía en palacio, viendo zarpar a los pescadores, planear a las gaviotas, florecer los campos. Aranare me obligaba a alimentar a Pisindelis con mis propios pechos, tal como ella había hecho con Apolodoro y conmigo. Que no había mejor leche que la cretense. De la estirpe de la diosa, decía. Yo desesperaba. Zabbaios apenas se alejaba de Halicarnaso, empleado como estaba en instruir a la tripulación de mi nuevo trirreme. Hécuba, así lo habíamos llamado. Como la madre de Héctor, de Paris y de las desgraciadas princesas troyanas humilladas por los helenos. Por lo demás, el espolón del Laódice estaba repuesto, la nave reparada y las bajas sustituidas.

La cuestión era que, entre el viaje a Fenicia en busca de Ester y mi puerperio, se le había perdido el respeto al hacha doble de Halicarnaso más allá de la isla de Cos.

Zabbaios vino a verme con el verano mediado. Me anunció que el Tauros se aventuraba en solitario hasta nuestras aguas y que había llegado a atacar a trirremes aislados de la armada persa. Que había otras naves atenienses adueñándose del agua entre las islas. Un par de días antes, habían avistado al trirreme cornudo desde Mindo, población costera no muy lejana de Halicarnaso. Los mindios no vivían bajo mi soberanía, pero nuestra relación era cordial. Tenían una nave de guerra, aunque no se habían atrevido a hacerse a la mar para hostigar al Tauros. De pronto me di cuenta de que el miedo desplegaba sus alas sobre nuestras islas. Sobre nuestras riberas. Eso me avergonzó. Peor fue cuando mi piloto me hizo ver lo que yo aún no había comprendido.

—Te está retando.

Eso fue suficiente. Me costó separarme de él, pero Pisindelis quedó en manos de una nodriza. Descolgué la *sagaris* y, con cierta debilidad en las piernas, me fui hasta el puerto. De nada sirvieron las reconvenciones de Aranare desde palacio, lanzando juramentos cretenses mientras sostenía a un llorón y pataleante Pisindelis. Si el crío crecía sin su madre, decía la mía, no se convertiría en un buen hombre. Demasiado malo era ya que careciera de padre. De este modo, un nuevo martirio se añadía a mis cuitas. Pues posiblemente Aranare tuviera razón. De todos modos, conozco a muchos que se agarraron a los faldones maternos hasta bien mayores, y hoy en día son unos necios. Y a algún que otro huérfano que podría darnos lecciones a todos.

Zabbaios insistió en que navegáramos unidos al Hécuba, el Casandra y el Laódice. No lo consentí. Si Ameinias buscaba un cara a cara, uno contra uno, lo tendría. Di orden de que las demás naves permanecieran en sus respectivos puertos, dispuestas para zarpar solo en defensa de ataques directos. Y salimos a media boga hacia occidente.

Y por cierto, creí que mi piloto se había recuperado de la visita a Sidón. Más tarde me daría cuenta de lo falso de aquella impresión. Zabbaios era, en sí mismo, una herida sin curar. Lo que yo había visto en su ciudad no era más que un reventón de la costra.

Buscamos al Tauros al norte, hacia Samos. En Drakanon, la punta este de la isla Icaria, nos dijeron que lo habían divisado una semana antes con rumbo oeste. Dos días después nos topamos con un trirreme ateniense que salía del estrecho entre Andros y Tenos, pero no era la nave cornuda de Ameinias. Presentó batalla, así que le quebramos los remos de babor en la primera pasada y lo partimos por la mitad en la segunda. Lo dejamos atrás mientras los pescadores de Andros acudían a socorrer a los náufragos.

Continuamos hacia poniente pese a las advertencias de Zabbaios. A la altura de Giaros me preguntó si quería plantarme en Atenas. Por si acaso, arriamos el gallardete de la *sagaris* y nos pusimos una lechuza de ojos bien grandes. Divisamos *gaulos*, *pentecónteros* y trirremes, y dejamos que nos vieran, pero no atacamos a ninguno. Nada de ir de isla en isla, perdiendo el rumbo en aquel caos de rocas esparcidas por medio Egeo. Al sobrepasar Ceos, los isleños no se dejaron engañar por el pabellón falso: recogieron sus redes y remaron despavoridos. Yo los insultaba desde la borda. Les decía que buscaran a Ameinias de Eleusis. Que le contaran que la Centinela de Asia estaba allí, y que viniera a mí si se atrevía. Una tarde, con la costa del Ática a la vista, me acerqué a la roda, *sagaris* en mano. Jamás había estado tan cerca del hogar de mis enemigos. Grité como si alguien pudiera oírme. No sé, quizá podían.

Zabbaios perdía la paciencia. Me advertía que era el tiempo de las tormentas. Que la lluvia podía desatarse en cualquier momento y que nos veríamos obligados a varar en costa hostil. Me señalaba el norte y, aunque el cielo se veía azul y despejado, apretaba los dientes.

—Baal-Saphón —repetía.

Baal, señor del norte. Donde nacen las tempestades. Cosas de fenicios.

Fondeamos en Serifos para hacer aguada. En la playa me despedí de Estrebo, Nicomedes y Timantes, los tres eunucos eginetas. Pagué sus salarios como a cualquier otro de mis hombres. No les sería difícil embarcarse rumbo a su isla. A su hogar.

—Ahora somos enemigos. —Les sonreí—. La próxima vez que nos veamos, evitad el Némesis.

Imposible conocer la magnitud de aquel juego. Salvando a la propia Atenas, y quizás a Esparta, en Persia no existía constancia de que hubiera muchos enemigos en la Hélade. Solo cambió la forma de verlo el modo en el que después se desarrollaron los acontecimientos. Por lo que a aquellos tres eginetas respecta, sé que jamás se consideraron enfrentados a mí. Y siempre confiaron en cualquier hombre o mujer del mundo más que en un ateniense. Con la excepción de algún quiota castrador, claro.

Viramos al este, rumbo a Paros, bajo un techo plomizo, denso como sangre a medio secar. Como dejábamos atrás aguas enemigas, volvimos a cambiar el gallardete. El etesio soplaba directo desde el norte, fresco y húmedo, por nuestro través de babor. No nos servía de nada, así que avanzábamos a un tercio de boga. Hasta las rimas de Paniasis se volvían sosas. Nada de novias pechugonas aguardando en alguna isla del Egeo. Ni de marinos desesperados que desean llegar a puerto. Zabbaios calló, obstinado en su puesto, cuando oscureció a mediodía. Se formaban cabrillas que rompían contra nuestra borda. Mi tripulación empezó con las miradas bajas y los aspavientos contra la mala suerte. La llovizna se desató por la tarde. Débil, pero agorera. El pabellón con la *sagaris* flameaba hacia el sur y, por encima, las gaviotas se dejaban arrastrar por el viento. Nos sobrevolaban a baja altura; nos miraban, con ese eterno gesto de chanza que tienen ellas. Llegaron hasta mis oídos los primeros murmullos desde el sollado. ¿Por qué no regresábamos ya? Yo misma estaba a punto de claudicar. Con el rastro que había dejado, la única posibilidad de que Ameinias no diera conmigo era que no quisiera.

Solo que quiso.

Al oeste de Paros, en paralelo con su costa, se extienden varias islas separadas por pasos estrechísimos. Como si Poseidón, enojado, hubiera emergido de sus profundidades para despedazar una larga lengua de tierra a golpes de tridente. Un tajo aquí, otro tajo allá. Y en cada corte, apenas el espacio suficiente para que se cuele una nave. A veces ni eso. Antíparos es la isla mayor en esta sucesión de mutilaciones, y al norte le quedan Fira, Diplo y otros pedazos insulsos de roca donde no aguantan ni los lagartos. Entre ellas y la costa de Paros, el canal aparece rociado de peñascos, salpicaduras de roca esparcidas por los golpes de tridente del dios. A lo largo de ese canal, las orillas de Antíparos y Paros se aproximan y se alejan, brotan del agua en esquirlas afiladas o se emboscan bajo la superficie, dispuestas a destrozar las panzas de las naves. Nadie pierde su tiempo en navegar por esa ruta llena de recodos, bajíos y obstáculos, salvo los pescadores parios que apenas se alejan de su propia costa.

El Tauros apareció por nuestra amura de estribor, justo entre Antíparos y Fira. Fue Zabbaios quien lo divisó. Señaló al sudeste como si pudiera maldecir con aquel índice extendido.

—¡Trirreme ateniense!

La impresión se me atoró en la garganta como si me hubiera tragado una manzana sin masticar. A través de la aún tenue cortina de agua, la nave se me mostró por primera vez. Ya no eran solo palabras en voz baja, como si hablar de ella en alto pudiera invocar su presencia y atrajera la desgracia. Su perfil negro surgía entre la lluvia y las olas como una enorme bestia marina conjurada por los dioses. Evolucionaba en círculo en ese momento, pugnando por virar mientras recibía el etesio de través, de modo que pudimos comprobar que lo que se decía de aquel trirreme era cierto. De la proa del Tauros sobresalían dos rodas, no una. Divergentes, curvas y puntiagudas como cuernos. No llevaba ojos pintados a proa, ni ningún otro adorno que rompiera su monótona oscuridad. Vimos la agitación a bordo de la nave enemiga. Cómo los marinos de Atenas se arremolinaban a babor. Una lechuza blanca bordada en el gallardete negro se agitaba sobre el codaste y nos clavaba su mirada rapaz.

—¡Todo a estribor! —ordené.

Zabbaios me miró. No era miedo lo que mostraba su rostro. Era otra cosa, y yo la veía por primera vez.

—¡Esto no puede ser casualidad, Artemisia!

Yo me restregué el agua que chorreaba desde mi frente. El Tauros completaba el giro y nos daba la popa en ese momento. Llevaba los dos mástiles plantados, pero ambas velas recogidas, como nosotros. Pese a ello, advertí que el velamen ateniense era tan negro como el resto de la nave.

—¡He dicho que todo a estribor!

Zabbaios tiró con brusquedad de la caña. El Némesis se escoró mientras arrumbábamos al enemigo. Me tambaleé hasta la escotilla por la resbaladiza cubierta y mandé a Paniasis que pusiera a todos los remeros a trabajar. Y que cantara algo fuerte. Lo más picante de su vida. Luego corrí a proa, pasando por entre mis marineros. Percibí sus miradas. Casi podía oír sus pensamientos, oler su miedo. El Tauros, nada menos. No es lo mismo cuando encuentras lo que buscas, por mucho que hayas alardeado de coraje a distancia segura. Ahora la lluvia caía desde atrás. Sentí cómo la brisa arreciaba y un escalofrío me recorrió la espalda. Delante, el Tauros evitaba la lucha, lo que nos pareció lógico al hallarse a sotavento. Tomaba el camino del paso entre Antíparos y Fira. Todos estuvimos seguros de que buscaba mejor posición para embestir. Un latigazo bajo mis pies, un crujido de tablas: bogábamos al completo. El oficial de proa, que no había abierto la boca, se sintió obligado a advertirme.

—¡Señora, apenas hay calado!

Le obligué a repetírmelo porque el chapoteo de nuestros remos no me dejaba oír. Me asomé por la borda y vi que el azul metálico del agua verdeaba conforme nos acercábamos a la costa de Fira. A la izquierda menudeaban los escollos. El oleaje creciente los ocultaba a ratos, y luego surgían de nuevo las peñas puntiagudas.

—Casi podemos ver el fondo.

Otra mirada delante. El Tauros no parecía atemorizado. Al contrario. Se ceñía cada vez más a babor, como si quisiera rascarse la barriga contra las rocas del lecho marino. Bien, solo teníamos que seguir su estela. La cantinela de Paniasis se oía ahogada por el temporal. Palabras soeces que rimaban con Troya y sus torreones, y que los remeros coreaban con pocas ganas.

Me volví. Al otro extremo del Némesis, Zabbaios no me quitaba ojo. Un roción de espuma saltó sobre la borda. Daba igual. Estábamos todos empapados. Arriba, el gris del cielo se agitaba en remolinos que negreaban tragados por ellos mismos. Una masa sombría que dejaba caer un peso invisible sobre nosotros. Dejé orden al proel de avisar en caso de que nos aproximáramos demasiado a la orilla. Algo absurdo, porque era imposible no excederse si seguíamos la ruta de nuestro enemigo.

Puse a trabajar a los hombres de cubierta, que es la mejor receta para atenuar su miedo. Mandé abatir el palo mayor, asegurar el cordaje, repartir el armamento. Luego regresé junto a Zabbaios.

—No se nos va a escapar —le dije.

—Nadie va a escapar a este paso. Ni él ni nosotros.

Tomé asiento. La franja de agua entre las dos islas se estrechaba por momentos, y el corredor a partir de ahí parecía aún más angosto. Observé cómo mi proel pasaba de un lado a otro de la roda, nervioso, y se doblaba sobre las bordas. Zabbaios metió caña para virar lentamente a babor, tal como hacía el Tauros por delante. El agua volvió a azotar mi mejilla. Solo en ese instante me di cuenta de que temblaba. Me convencí de que era por el frescor, por la lluvia, por el viento. Quería pensar en Pisindelis. En Damasítimo. En mi madre. Pero debía obligarme a seguir allí, con toda la piel mojada, el pelo pegado a la ropa, los sentidos atentos, la mente clara. El Némesis se escoró hacia la derecha.

—¡Reducimos distancia! —avisé.

—¡Qué forma tan rara de huir! —contestó Zabbaios sin volverse.

Apreté los dedos en torno a la madera de mis reposabrazos. En los extremos de ambas islas se erguían sendas rocas, guardianas del paso. Mi piloto compensaba con los timones el bandazo continuo del etesio, pero tanto el Tauros como nosotros resbalábamos

259

hacia el sur, empujados por la marea. Vi cómo los remos de los atenienses se movían allí delante. Arriba y abajo. Tres líneas por borda, movimiento perfecto. Casi parecía imposible que las palas de madera no chocaran contra las rocas que emergían repentinamente entre ola y ola. Allí, en la entrada del paso, rompían con más fuerza y levantaban surtidores de espuma. Tragué saliva. A lo lejos, los recovecos del estrecho se me antojaron murallas de piedra imposibles de franquear.

No. Ameinias no había elegido ese sitio por nada. Allí resultaba inútil buscar el flanco del enemigo. ¿Esperaba presentar batalla al salir de aquel callejón rocoso, cuando nos encontráramos en el canal entre Paros y Antíparos? ¿Por qué, si no, se había cruzado en nuestra ruta?

—¡Cuidado! —gritó el proel. Por si la lluvia y los cánticos amortiguaban su aviso, la marinería lo repitió, manos ahuecadas alrededor de las bocas. Zabbaios corrigió un par de pulgadas para alejarse de los bajíos de la derecha. Se me aceleraba la respiración. Y a pesar de que el agua caía cada vez con más fuerza, me atenazaba la sed.

El Tauros, ya metido en la zigzagueante ruta entre islas, cayó a estribor para seguir un nuevo recodo. A nuestra izquierda, el agreste margen de Fira subía hasta una colina de tierra oscura, sin apenas vegetación. A la derecha, el mar rompía contra Antíparos en una lucha eterna, sin vencedor ni vencido. Enfrente, más allá del Tauros, todo estaba nublado. Me impulsé para levantarme. La popa del trirreme enemigo se nos ofrecía nítida. Estábamos cada vez más cerca de él.

—¿Qué hace, Zab? ¡Lo vamos a alcanzar!

Lo vi asentir, siempre corrigiendo el rumbo, toques imperceptibles. Ajustando bordadas con ese instinto fenicio. Como si pudiera sentir la profundidad bajo el casco. La velocidad del viento en la borda. Los restregones de agua contra la quilla.

—¿No recuerdas a las rameras de Sidón, Artemisia? Caminando de un lado a otro de la calle. Meneando las caderas. Mirando sobre el hombro. Ese trirreme cornudo te seduce. Eso hace. Y tú vas a caer en sus redes como un vulgar borracho.

—¿Qué dices?

Tirón de caña para salvar un escollo. Nuestros remos pasaron a un suspiro del desastre, y la rociada cayó sobre cubierta como bofetón de novia celosa. Mis hombres, desesperados, se agarraban a los cabos. Prefería no pensarlo mucho. Imaginar que salía mal y encallábamos. Zabbaios mugía por el esfuerzo de mantener el control. Veía sus antebrazos tensos, las venas marcadas bajo la piel, el temblor de sus hombros al luchar contra presión.

—¡No lo sigas, Artemisia! ¡Volvamos atrás!

—Por Hécate... —Resbalé hasta la escotilla. Necesitaba perder de vista a Zabbaios. Al Tauros. Las rocas de aquel corredor mortal. Aparté a Paniasis y descendí al sollado. Me asaltó el hedor de la boga. Ya no había rimas obscenas, sino resoplidos monocordes y rítmicos. Observé un momento a los remeros, inmersos en su labor. Las cortinillas de babor abajo, las de estribor arriba. Los brazos doblándose, los músculos contraídos. El agua chorreaba por entre las tablas, caía sobre sus cabezas y se mezclaba con el sudor. Vi las frentes perladas, los rostros concentrados. El movimiento al compás, banco sobre banco. El hombre que rema lo ignora casi todo del exterior. Trabaja confiado en sus compañeros de cubierta, a los que encomienda su vida. Deseando que los listones no estallen a su lado. Que no aparezca un espolón enemigo a través del casco. El simple hecho de sentarse hacia popa, en dirección contraria al movimiento, es una metáfora de su oficio. Si Zabbaios me había educado sobre un banco de boga, era para que respetara a aquellos hombres. Y por la diosa que los respetaba.

Me deslicé por entre las tablas y tomé la *sagaris*. Cuando la liberé de su envoltura, los remeros me miraban fijamente a pesar del esfuerzo. Pero no mi cabello chorreante. Ni el peplo empapado que se pegaba a mi piel. Ni mi rostro desencajado por la excitación y el miedo. Miraban el hacha.

Cuando volví a cubierta, el Tauros caía a babor. Estábamos

llegando al final del pasillo entre islas, y nos encontrábamos tan cerca de los atenienses que se veían con total claridad las tablas curvadas del codaste y los detalles en la lechuza del pabellón. Las plumas, las garras. Y esos ojos grandes y redondos que nos miraban anhelantes. Corrí nave adelante con la *sagaris* en la mano. No sé cómo no me caí y acabé destrozada contra las rocas del paso. Llegué a la proa. Nuestro espolón asomaba sobre la corriente un instante, caía a plomo al siguiente, levantando chorros espumosos que se añadían al aguacero. Casi al alcance de mi mano, el Tauros. Monstruo negro de popa a proa. Puse un pie sobre el engarce de la borda con nuestra roda. La tela del peplo crujía con cada golpe de viento.

—¡Ameinias! ¡Ameinias de Eleusis!

Lo grité varias veces. Y entonces lo vi. Había oído mi llamada y se asomaba a babor. Tenía que ser él. Enfundado en una coraza negra, con un casco corintio también negro que no remataba un penacho, como era habitual, sino dos cuernos igual de negros, curvados como los de un toro. Un par de jabalinas en la diestra, el escudo sujeto a la espalda. No dijo nada. No contestó a mis gritos. Se quedó allí, plantado mientras el Tauros salía del estrecho y viraba con decisión hacia el norte. Los yelmos corintios no dejan ver el rostro del guerrero, ese es el truco. Porque si ocultas tu mirada, te despojas de lo que tienes de mortal y te conviertes en una bestia feroz. Y eso era aquel hombre revestido de negro, erizado de puntas, desprovisto de humanidad. Un temible guerrero dispuesto a matar sin piedad. A quemar Troya y despeñar a los críos de pecho desde lo alto de la muralla. Y pese a toda aquella oscuridad carente de piedad, supe que Ameinias me miraba. Y hasta imaginé su boca sonriente, y sus labios articulando las palabras bajo su cubierta metálica. Artemisia de Caria.

Poco a poco, el horizonte se abría ante nosotros. Yo tenía los nudillos blancos de tanto apretar el hacha. Deseaba alcanzar ya al Tauros. Hundir la proa en aquella borda negra. Saltar sobre ese guerrero terrible y destrozarlo. Ya faltaba poco. A nuestro ritmo, enseguida trabaríamos contacto. Nuestro espolón seguía remontando las olas, aproximándose sin remisión a la popa ateniense. Rebasamos el extremo del paso y la lluvia multiplicó su fuerza. Era el momento de virar a babor, hacia al norte, en pos del enemigo.

Y en lugar de eso, el Némesis cayó a estribor, rumbo sur.

Me asusté al principio. Lo primero que pensé fue que Zabbaios se había desvanecido, que había caído sobre la pala y que nuestra nave se movía sin control, arrastrada por la marea del canal. Pero al volverme lo observé decidido, manejando los timones con la misma seguridad fenicia de siempre.

—¡Zab! ¿Qué haces? ¡Todo a babor! ¡Todo a babor, por la diosa!

—No.

No lo escuché. Lo había dicho casi sin voz. Y el chapoteo de los remos, el golpeteo de la lluvia y la ira contenida del mar tampoco ayudaban. Pero leí en sus labios la negativa.

—¿Qué? —Miré de nuevo al Tauros. Su popa se alejaba con rumbo norte, la costa de Fira a su izquierda y un islote rocoso a su derecha. Nosotros seguíamos virando en dirección contraria—. ¡Zab! ¡Por tu sangre! ¡Por tu familia! ¡Vamos tras él!

Corrí por cubierta. La tripulación, tan sorprendida como yo, seguía arremolinada a proa, con las hachuelas y las jabalinas en las manos. Cuando llegué frente a Zabbaios, pensé que lo había poseído un *daimon*. O comoquiera que llamen los fenicios a esos entes que te vuelven loco en el momento más inoportuno. No sé. Tal vez fuera yo la poseída. Los latidos retumbaban fuerte dentro de mi cabeza. Y la lluvia me venía de frente. Yo no entendía nada, y él me lo vio en la cara.

—Hay que salir de aquí, Artemisia.

Me eché a llorar. Creo que hasta gimoteaba.

—¡Zab…! ¡Vira al norte! ¡Por favor!

—Piensa, Artemisia. Piensa.

—¡Ya pienso, sidonio cobarde! ¡No tendremos otra oportunidad así! ¡Solos el Némesis y el Tauros! ¡Es lo que queríamos! ¡Vira ahora, te digo, o juro que te abro en canal!

No recuerdo bien si esas fueron mis palabras exactas. Es posible que Zabbaios tampoco las entendiera, porque a esas alturas yo balbuceaba. Él seguía con las cañas inmóviles, el Némesis lanzado hacia el sur y con los remos a toda boga. Se me subía la sangre a la cabeza. A lo lejos, la figura negra del Tauros se perfilaba contra la tormenta. Virando entre la costa de Fira y el islote.

—Habrá otra oportunidad —dijo. Me sonó a la excusa que se da a una niña enrabietada.

—No. No podré… Da la vuelta, Zab. Míralo. Aún se ve. Aún…

Entorné los ojos. Algo ocurría allí, hacia el norte. Sombras que brotaban de la nada. Que se movían y adoptaban formas alargadas. Zabbaios no necesitó mirar para entenderlo. Sus labios se estiraron en una sonrisa triste.

—Era una trampa, ¿verdad?

Surgieron a los lados, tras los abrigos de la costa y el islote. Dos trirremes más. Se unieron al negro Tauros, que completaba su viraje. Tres naves con los palos alzados. Vi cómo se extendían sus velas. Primero las del trirreme de Ameinias. Oscuras como las alas de la noche. Blancas las de los otros trirremes. Se hincharon al recibir el temporal. Venían tras nosotros.

El cielo aún se precipitaba sobre el Némesis cuando anocheció. Había cuarto creciente, pero los únicos claros se abrían lejos, al noroeste. Servían solo para que adivináramos la ondulante silueta de Antíparos. Reflejos débiles, desdibujados, en olas que aparecían y desaparecían alrededor. Y las trazas de la lluvia fina y persistente. Apenas podíamos distinguirnos entre nosotros a bordo. Ramalazos de cubierta mojada, destellos de las gotas antes de chocar contra nuestros rostros. Tiritaba tanto que casi ya no lo notaba. Me moría por un cuenco de caldo, por secarme la melena, por cambiarme de ropa o por meterme bajo un manto y convertirme en un ovillo. Quería estar en cualquier otro sitio. Lloré varias veces, en silencio.

No había abierto la boca desde aquel momento de vergüenza, cuando descubrí lo que había estado a punto de ocurrir. A aquellas alturas, el Némesis podría flotar destartalado en aquellas aguas agitadas por la borrasca. Mi tripulación estaría muerta y yo, con mucha suerte, sería cautiva por fin de Ameinias. Todo por mi precipitación. Por mi soberbia también.

Zabbaios lo sabía, creo, y por eso me ahorraba el trago. Seguía al mando de los timones, fatigado sin duda. Pero no podíamos continuar así. A ambos lados se extendían costas abruptas y traicioneras, y ni siquiera un fenicio era capaz de navegar de ese modo durante mucho tiempo, sin referencias arriba ni abajo. Habíamos sobrepasado una aldea ribereña en Paros. Apenas media docena de luces alejadas, brillando más allá de la cortina de agua. El canal se abría poco a poco, pero creía recordar que había islotes diseminados en el paso.

Miré atrás. Estaban allí, seguro. El Tauros y sus dos acompañantes. Persiguiéndonos en la oscuridad, tan impotentes como nosotros. Me puse en pie y me moví despacio, temerosa de resbalar, tanteando. Pegada al codaste entorné los ojos. Al norte, a media altura, un frágil resplandor púrpura pugnaba por atravesar la capa de nubes. Un chapoteo a estribor, por la aleta. Tal vez fuera solo un pez.

Avanzábamos sin remar. Paniasis ni respiraba. Zabbaios, ante mi silencio avergonzado, había dado orden de alzar de nuevo el palo mayor y desplegar su vela. La *akateion* también flameaba, empujada por el etesio que, por suerte, seguía soplando largo de popa. Lo malo era que ese mismo viento empujaba a nuestros enemigos. Un nuevo chapoteo.

—¿Habéis oído eso? —dijo un marinero.

—El próximo que hable acabará en el agua —juró Zabbaios.

Y eso que había dado el aviso cuando aún quedaba luz. No se sabía cómo de cerca estaban nuestros perseguidores, así que debíamos conseguir que ellos también lo ignoraran. Tanto los atenienses como nosotros habíamos renunciado a encender candelas. Lo único que podía oírse, y solo porque no había manera de evitarlo, eran el repique de la lluvia sobre la cubierta y las sacudidas del etesio sobre el velamen.

Me tragué el orgullo, o la vergüenza, o lo que fuera. Me acerqué a Zabbaios.

—Yo también lo he oído —susurré—. Puede ser uno de ellos. Puede ser el propio Ameinias.

A pesar de la oscuridad, advertí que él negaba con la cabeza.

—Piensa siempre que él es al menos tan bueno como tú. Más incluso.

¿Como yo? Yo me había cegado con mi enemigo. Me había lanzado en pos del Tauros a pesar de las advertencias de mi piloto.

—Era una emboscada, Zab.

—Era una emboscada.

—Y tú lo sabías.

—No, Artemisia. Solo desconfío. Es aburrido, pero se vive más.

—He sido una estúpida. No sirvo para esto.

—El más listo no es quien no comete errores. Lo es quien aprende de ellos.

—No es momento de frasecitas, Zab. ¿Tú habrías cometido ese error?

—Yo los he cometido peores.

Suspiré. Miré arriba. A las líneas plateadas que se extendían desde el vacío negro y me mojaban la cara. De forma más débil ahora. La lluvia amainaba. A popa, los claros azulados eran cada vez mayores. Y otro chapoteo a nuestra izquierda.

—Ahí está, Zab.

—Baja la voz. No está. Ese tipo no es tonto, Artemisia. Viene tras nosotros a vela, en completo silencio. Pero no nos ve, y sabe que nosotros no lo vemos.

—¿Qué es ese ruido entonces?

—Los islotes del canal. Dos juntos, muy pequeños. Los hemos pasado hace un rato. Este es el tercero, algo mayor. Ha quedado atrás, por babor, cerca. Lo que oyes son olas rompiendo contra sus rocas.

Forcé la vista. Nada.

—¿Cómo lo sabes?

—No lo sé en realidad. Puedo suponerlo. Velocidad del viento, fuerza de la marea, paso del tiempo. Una racha más fuerte que otra y se nos comerán los peces.

Tragué saliva.

—¿Qué vamos a hacer, Zab?

—Nuestra mejor oportunidad es el puerto de Paros. Allí no pueden hacernos daño.

—Zab, el puerto de Paros está a popa, más allá de Ameinias.

—Lo sé. Y también sé que las naves atenienses son ligeras, ¿recuerdas? Reducen la distancia poco a poco. Está dejando de llover. El cielo se despeja. En algún momento de la noche, la luna brillará entre las nubes y alguien distinguirá el blanco de nuestras velas. Nos pillarán con ventaja. Tres a uno y con barlovento.

—No hace falta que me asustes. Ya estoy asustada.

—Escucha, Artemisia. Escucha a babor. Delante. Escucha.

Escuché. Poco a poco, anduve y encontré una driza a la que agarrarme. Bajé la cabeza, cerré los ojos. Fui consciente de que había dejado de llover. Oí ronquidos apagados. Parecía imposible, pero había remeros durmiendo bajo cubierta. Traté de concentrarme. Ignorar el crujido de la madera y el roce del agua contra nuestra borda. Y ahí estaba. El chapoteo. Otro más. Volví atrás.

—Hay un islote por la amura, Zab.

—Uno no. Tres. Glaraboda, Tigani y Pandros. Tan juntos que es como si fueran uno. Tres paredes de roca que rodean una bahía. Un escondite abandonado en medio de la nada.

Fondear en el refugio formado por los tres islotes fue la operación más angustiosa que recuerdo. El uso constante de la sondaleza para calcular la profundidad, el ciar cuidadoso de los remeros para frenar el curso del Némesis, la inquietud de la tripulación al arriar velas y desmontar aparejo sin decir una sola palabra, sin hacer un ruido más alto que otro. Caímos a babor cuando a Zabbaios le pareció el momento adecuado, pero aproamos a la boca de la bahía sin saber seguro si no nos disponíamos a embestir contra un muro de piedra. La panza de nuestro trirreme rozó en dos ocasiones contra la arena del lecho y, con el ancla fijada, aún guiñamos muy despacio contra la costa del islote más sureño, Pandros. Cuando todo terminó, permanecimos en silencio e inmóviles. Como cuando arrojas una piedra a un abismo de fondo incierto y esperas a oír el impacto. ¿Se había escuchado la maniobra? ¿Sufríamos daños serios?

Zabbaios seguía congelado en su puesto, con los dedos aferrados como garfios en torno a las ahora inútiles cañas. Respirar entrecortado. Miró al norte. Arriba, al otro lado de aquel techo de cristal oscuro, la luna se movía tras el velo. Una figura difusa, fantasmal, cuyo brillo se deslizaba lento, cambiante al atravesar los claros y las nubes menos densas.

—¿Cómo sabremos si pasan, Zab?

—No lo sabremos. Tal vez dejaron de perseguirnos hace rato y se han quedado a la capa, más al norte. Tal vez buscaron la costa y vararon en Antíparos. O a lo mejor costean hacia el este, siguiendo la línea de Paros.

Me retorcí los dedos. Lo peor era la incertidumbre, como siempre. No me gustaba esperar. Me recordaba demasiado a aquella noche del desastre, cuando el enemigo se acercaba y no sabíamos si al día siguiente seríamos esclavos o comida para perros. Decidí concentrarme en aquello. Era bueno alimentar el odio al ateniense. Lo justificaba todo un poco más.

Empezó a llover de nuevo, y de nuevo amainó. El etesio aflojó, se abrieron claros al oeste. En la seguridad de la bahía, algunos marinos se cubrieron para dormitar. Yo bajé al sollado y, aprovechando la oscuridad, me puse un peplo seco. Los remeros intentaban echar un sueño, lo que significa toda una proeza sobre esos listoncillos de madera que tienen por bancos, aunque se monten hamacas precarias con retales anudados a los toletes. Me senté un rato allí, con los ojos clavados en la oscuridad.

—Pisindelis…

Lo imaginé apretado contra mi pecho, mirándome mientras yo lo alimentaba. Apretando con esos deditos tan pequeños. Casi podía sentir el calor. La vida. ¿El amor? Me restregué la lágrima, sorbí los mocos. Una vez más me obligué a no pensar en él. No debía distraerme, aflojar. Eso me volvía vulnerable. Repasé lo que había vivido desde el avistamiento del Tauros. Entonces se iluminó el espacio durante un parpadeo. Un repentino chispazo que se coló por los huecos y la escotilla, y que me dejó ver a los hombres tendidos, unos sobre otros. A sus remos recogidos. La imagen se me quedó grabada al regresar la oscuridad. Un par de suspiros después llegó el trueno. Cuando su eco se apagó, mis hombres maldecían. Agarré la *sagaris* por puro instinto. Nuevo relámpago y más juramentos. Si los atenienses nos veían, nuestro escondite se convertiría en una trampa.

Cuando subí a cubierta, encontré a Zabbaios husmeando el aire, acuclillado en el borde y ajeno al débil bamboleo del casco. Señaló a occidente.

—Mira tú, Artemisia. Ahí. Por la boca de la bahía.

Lo hice. Me sentí ridícula observando la oscuridad. El trallazo de luz quebró el espacio más allá de Antíparos, hacia el continente. Durante ese breve chispazo lo vislumbré.

—Va solo, Zab. La única vela que despliega es la *akateion*. Y de color blanco.

El trueno tardó algo menos en llegar. Zabbaios se movió hacia popa y lo oí dando órdenes a Paniasis. Yo seguí allí, rogando para que Zeus descargara una vez más su rayo.

—Esto es una ratonera. —Furtivo como un gato, Zabbaios

había vuelto a mi lado—. Dispongámonos para salir. Necesitaremos toda la boga con rumbo norte para llegar al puerto de Paros, pero es cosa tuya si antes quieres que nos cobremos esa pieza. Cuidado. Solo hemos visto un trirreme, los otros dos podrían andar cerca. ¿Lo embestimos?

Era mía la decisión de luchar o huir, sí. Pero la reciente metedura de pata pesaba todavía. Esta vez el rayo fue más potente y dejó su impresión al oeste. El trirreme ateniense acababa de rebasar la boca de la bahía. Mantenía el rumbo, así que no nos había visto. El trueno coincidió con una gota gruesa y fría que se estrelló contra mi frente. Pronto se desataría una nueva tormenta, y sería igual para todos. Atenienses y carios. Solo que ellos eran más veloces que nosotros, y yo me había cansado de persecuciones.

—Vamos a por él, Zab.

Dos relámpagos más tarde arrancábamos a plena potencia. Cuando el rey de los dioses iluminó el cielo de nuevo, pudimos ver que el trirreme ateniense viraba hacia el oeste. Nos había detectado por fin.

No desplegamos trapo. Salimos a fuerza de remo y caímos a babor para tomar rumbo de colisión. En mar abierto, el ateniense habría debido corregir hacia el este, pero eso lo llevaba contra los islotes. Por eso había escogido la opción que más nos beneficiaba. Los goterones caían con fuerza sobre la cubierta, casi los sentía traspasando mi peplo seco. Zabbaios maniobró para tomar la estela del ateniense. Por un momento pensé que se daría a la fuga, pero aceptaba la lucha y continuaba virando. Me asomé a la escotilla. Mi deber era dar la orden a Paniasis para que este la transmitiera, pero quería que mis hombres me oyeran sobre los bancos.

—¡Bogad! ¡Bogad como nunca! ¡Canta, Paniasis! ¡Vamos a atravesar a esos mamarrachos!

Corearon mi nombre. El Némesis se encabritó y un nuevo chispazo eléctrico nos mostró al enemigo delante, ofreciéndonos la aleta de estribor durante el viraje. Su *akateion* desplegada se había convertido en un estorbo. Frenaba al ateniense contra el temporal que ahora arreciaba. La cortina de agua llegó de forma inesperada. Zabbaios tiró de caña y nuestra nave derrapó sobre el agua. Rugí como una leona. Y mis marineros me imitaron. Paniasis hacía rimas con el moño de una ateniense. Corrí a sentarme. Íbamos lanzados, jabalí en plena embestida, algo escorados a babor. Con el siguiente relámpago vi una ola despanzurrarse contra nosotros y saltar sobre cubierta. Ahora el trueno casi llegaba al mismo tiempo que la luz. La silueta del trirreme enemigo se materializó delante. Su movimiento había sido un error fatal. Tanto como pudo ser el mío de aquella misma tarde.

—¡A proa! —gritó Zabbaios. Los marinos, a gatas, avanzaron por la resbaladiza cubierta. En ese momento, el cielo se quebró casi sobre nosotros y el estampido coincidió con la brutal colisión. Me vi lanzada hacia las tablas y me golpeé la cabeza. Las cuadernas mugieron. Imaginé los baos doblándose y a nuestro espolón perforando el casco enemigo. Machacando a los remeros desafortunados. Me dio la impresión de que nos hundíamos sin fin en la nave ateniense. ¿Estaba soñando? Abrí los ojos, pero no había diferencia. Intenté incorporarme, el Némesis se inclinaba hacia babor. Caí de nuevo.

—¡¡Ciad!!

Paniasis dejó de cantar y repitió mi orden. Escuché gritos delante. Una ola me sacudió y me arrastró por cubierta. Braceé en la oscuridad hasta que encontré asidero. Un crujido de madera desencajada sacudió la nave. Mientras me sujetaba para no caer al agua, recordé viejas historias de *pentecónteros* hundidos tras quebrar su propio espolón. Alguien me agarró del peplo por la espalda y tiró. La luz azulada del siguiente rayo me mostró la cara de Zabbaios. En ese breve instante lo vi a través de la sangre.

—¡Estás herida!

—¡Zab!

Me arrastró hasta mi sitial.

—¡Allí! —gritó.

—¿Qué? ¿Dónde?

Tomó mi cara entre sus manos, como hacía mi madre. Me hizo girar el cuello. Un relámpago perfecto atravesó el cielo sobre Paros. La escena que presentó me trajo a la memoria los cuentos de marinos que regresaban a casa perseguidos por la ira de Poseidón, sorteando remolinos salvajes y monstruos insaciables. Retrocedíamos. A proa, el trirreme ateniense estaba doblado como una cañita golpeada por un buey. Los hombres saltaban desde sus restos y caían al agua entre tablas diseminadas. Y más allá, una nave con dos cuernos se acercaba a todo remo.

—¡El Tauros!

Me senté, superada por mi mala suerte. Ahora llovía con mucha fuerza, y el viento del norte nos sacudía. Paniasis revirtió la orden de ciar. Remábamos contra olas que se alzaban como muros. El Némesis cabeceó. Yo no podía quitar de mi mente la imagen de la nave negra que arremetía contra nosotros.

—¡Artemisia!

—¡Sácanos de aquí, Zab! ¡Estoy bien!

Pero no lo estaba. El chubasco me venía de frente y me ahogaba. Y sentía todos los ruidos del antiguo Caos retumbando en mi cabeza. Remos que se hundían, cuadernas que se combaban, marejadas que rompían contra batientes afilados. Dioses tan viejos que nadie los recordaba, y que emergían de las profundidades para cobrar su tributo. Y su tributo era yo. Tosí varias veces. A babor escuchaba los chillidos de pánico. Los atenienses rogaban auxilio mientras el mar los lanzaba contra las rocas. Me obligué a respirar hondo. Quería levantarme otra vez. Asomarme a la popa y esperar la acometida de Ameinias. Íbamos a morir. Era algo seguro. Ese puerco ateniense nos clavaría su espolón por la aleta y nos destrozaría. Yo me ahogaría, incapaz de nadar en medio de aquel temporal. Y si por piedad de Hécate sobrevivía, el oleaje me estrellaría contra las piedras de aquellos islotes perdidos. No volvería a ver jamás a mi hijo. Ni a Damasítimo, ni mi patria. Tal vez alguien recuperaría mi cadáver al día siguiente, si el temporal cedía. O tal vez no, y me convertiría en alimento para las bestias de las profundidades. ¿Me lloraría Pisindelis cuando creciera y le contaran quién había sido su madre?

Me costó ponerme en pie. Notaba el flujo tibio chorrear desde mi frente, mezclado con la lluvia fría que se me colaba bajo el peplo. El centelleo eléctrico me mostró la *sagaris* sujeta bajo el sitial. La tomé antes de tambalearme a babor. La sombra negra se hizo grande, acercándose por la aleta. Las dos rodas altas, curvadas. El Némesis dio un bandazo brusco a estribor, aumentando el ángulo con el trirreme que se nos venía encima. Un destello de bronce cuando el Tauros se encabritó sobre una ola y su espolón surgió, apuntando a nuestra borda. Grité antes del impacto, y luego el ruido cesó.

Me vi flotando entre dos aguas, con la superficie plagada de cadáveres y restos del Némesis. Me hundía. Era una sensación acogedora. El agua estaba tibia, se me enredaba como pequeñas serpientes. Se colaba bajo mi ropa, rodeaba mis muslos, acariciaba mi vientre, entraba en mis pulmones. Mi cabello suelto se extendía alrededor. El peplo se me desplegaba. Por debajo, mi *sagaris* se precipitaba hacia un fondo lejano, invisible. Giraba, y sus hojas me devolvían reflejos abisales que ningún mortal había visto jamás. Cerré los ojos a la muerte y me dormí para soñar que vivía.

O tal vez hice lo contrario.

Pues ¿qué otra cosa era yo sino un sueño? O eso me pareció mientras vivía fuera de la realidad. Fuera del tiempo. ¿Cuánto tarda una persona en morir? ¿Sueña mientras desciende hasta el fondo y el agua invade su pecho?

Soñé entonces que me hallaba en un jardín perfecto, aunque se parecía mucho al que teníamos en Halicarnaso. No se encontraba mi madre allí, y tampoco Pisindelis. El que estaba era Damasítimo. Me rogaba que no saliera a navegar, porque allí, en el jardín, disponíamos de todo lo necesario. Yo no tenía más que desearlo y a mis pies aparecían los platos más sabrosos, los peplos mejor tejidos, el vino más fresco y dulce. Disfruté de todo ello. Y de la compañía de mi amado. Jamás hacía demasiado calor, y tampoco pasábamos frío. Aun así, a veces me asaltaba el ansia de irme. Renunciar a la felicidad y embarcarme, desplegar las velas, perderme en el sinfín de islas que plagaban el horizonte, condenándome a no encontrar jamás el camino de vuelta. Con timidez, me acercaba a la salida; pero allí estaba Ester, la princesa judía. No se había marchado a Susa, a conocer al gran rey. Permanecía a las puertas de mi frondoso jardín y me advertía. «No duermas con las piernas abiertas, Artemisia, o la serpiente te morderá y lo echarás todo a perder».

Aunque aquello no eran más que palabras vacías para mí. ¿Para qué necesitaba yo vida eterna, amor, felicidad, manjares y bebida, si podía aspirar al hambre, la enfermedad y la muerte? Así que volví atrás y me dirigí al árbol más bello del jardín, plantado por la diosa Hera. De él colgaban manzanas de oro, y las protegía una terrible serpiente de incontables cabezas, de la estirpe de la tierra y el mar. Cada cabeza se dirigió a mí en una lengua distinta. Me habló en el viejo idioma de los persas. Y en arameo, y en acadio, y en el habla de los egipcios. En mi lengua jonia y otras muchas que no puedo recordar, aunque las comprendía todas. Sonaba con voces femeninas y distintas, pero al mismo tiempo era una sola mujer la que hablaba. La primera cabeza me contaba una historia; la segunda, otra muy diferente; en nada se parecían esas dos a la que me susurró la tercera, y pronto conocí muchas y diversas, hasta cien de ellas. Aunque todas, al fin, significaban lo mismo. Que aquello era un engaño para mis ojos. Que llevaba dormida desde que el Caos había parido a la negra Noche. Que no hacía sino soñar, y que la auténtica vida existía fuera del jardín. ¿Quería yo despertar?

Sé que Damasítimo me gritaba para evitar mi condenación. Me rogaba primero, postrado a mis pies y abrazando mis rodillas. Me amenazaba después, puesto en pie y alzando la mano. Pero no obedecí y arranqué una de las manzanas de oro. Corrí hacia el rincón más abrigado del jardín y allí, ante la mirada curiosa de las interminables cabezas de la serpiente, mordí.

Así que desperté.

Lo primero que vi fue a una muchacha dormitando sobre una silla, a mi lado. Me incorporé sobre los codos y descubrí que me hallaba tendida en un lecho, vestida con corta túnica parda y cubierta con una manta. La estancia era luminosa, con amplio ventanal de cuyo dintel colgaban las ramas de un parral. Paredes estucadas de rojo, mesas, taburetes, un par de cofres…

—¡Señora, has despertado!

La muchacha se puso en pie. Tomó una jarra y sirvió agua en un cuenco. Me ayudó a beberla y, aunque no era necesario, pasó un pañito por mi barbilla. Yo volví a mirarlo todo. Y a la chica otra vez. Era muy joven, vestida con ropa de calidad, pero rezumaba sumisión. Una esclava.

—¿Dónde estamos?

—Paros, señora. En casa del noble Epicarmo. Espera.

Salió. Yo me rocé la frente, de donde un dolor sordo se acompasaba con mis pulsaciones. Justo en el nacimiento del pelo, a la izquierda, palpé la herida. Punzaba un poco al presionar. Seguí sus contornos, que bajaban casi hasta la ceja. Tenía otras marcas. En los dorsos de las manos, en las muñecas. Un par de uñas rotas. Probé a moverme, y me pareció que todo estaba en orden. Vi que una sombra se aproximaba a la puerta. Ruido metálico, rozar de cuero. Ariabignes, tan grande y apuesto como lo había visto en Quíos, se plantó bajo el dintel. Larga túnica con pliegues verticales y mangas anchas, a bandas rojas y amarillas. Una cinta bordada sujetando su cabello y anudada en la nuca. Su sonrisa iluminó el cuarto.

—Artemisia de Caria, que Ahura Mazda te conserve siempre bella, tal como te veo ahora.

Se apresuró a impedir que me levantara. Sus manos me frenaron con suavidad a través de la manta.

—Estoy bien, de verdad —dije.

—Lo sé, lo sé. Pero el médico ha dicho que debes moverte despacio. Vamos.

Me destapó. Me hizo sentir como una niña mientras me calzaba unas sandalias y me ayudaba a ponerme en pie. Resultaba extraño ver así al hermano del rey de reyes, actuando como un servidor. Lo descubrí mirando de pasada mis piernas desnudas, pero no me importó. Recolocó la túnica sombre mis hombros y me soltó poco a poco, solo cuando estuvo seguro de que no me mareaba. Hizo que agarrara su brazo y me guio al exterior. Fuera, la muchacha aguardaba con una reverencia congelada. Era linda, de pelo casi blanco de tan rubio. Eso me hizo pensar en mi propio aspecto. En realidad no sabía cuánto tiempo llevaba encamada.

—Deja que me adecente, Ariabignes. ¿Dónde hay un espejo?

—No lo necesitas. Solo será un momento, Artemisia.

Salimos a una galería descubierta. Estábamos en un caserón en la ladera del monte que dominaba la ciudad. Encarados a esta, a la bahía y a occidente. La brisa soplaba con suavidad y traía el olor a resina de los muchos pinos que nos rodeaban. Llené el pecho de aire. En el puerto se distinguían varios trirremes. Apreté el brazo de Ariabignes.

—¿Y el Némesis? ¿Y mi piloto? ¿Y el cómitre?

Las palabras se amontonaban en mis labios. El persa palmeó mi mano.

—Tu piloto está bien, Artemisia, aunque es hombre de pocas palabras. Eso sí: le debes la vida. Tu nave precisaba reparación, pero volverá a navegar. Tu cómitre, ese tal Paniasis, me contó lo ocurrido.

Así que ya sabía más que yo. Ariabignes me invitó a sentarme a una mesa forjada, Allí mismo, bajo las nubes y con el mar a nuestra vista. La esclava rubia nos trajo vino muy aguado y fruta. El persa tomó un racimo, desprendió algunas uvas que me ofreció. Dulces y carnosas. De los viñedos de Epicarmo, explicó. Una delicia.

—¿Cómo es que estás en Paros, Ariabignes?

—No debería. Mi hermano ha ordenado que patrulle las aguas del norte para proteger los trabajos del Atos y las rutas de suministro. Pero hace cosa de un mes me avisaron de que había una nave negra y con dos cuernos haciendo incursiones bastante… desvergonzadas en nuestras aguas.

Bebió lentamente, estudiando mi reacción. No tenía por qué ocultar nada a ese hombre.

—Yo también lo oí. Por eso salí en su busca.

—¿Sola? ¿Con una nave nada más?

—Ya. Grave error. Uno de tantos.

—Así es, Artemisia. Eres *bandaka* del gran rey, y eso no supone solo privilegios.

Sonreí.

—¿Me riñes?

—Sí, sin duda. Te quiero viva, lista para el combate. No para que navegues por ahí, fuera de temporada, buscando escaramuzas con piratas asquerosos.

Ahora bebí yo. Más allá de la bahía, las nubes cubrían el horizonte. Por allí se iba a la Hélade. Por allí estaba Atenas.

—¿Qué pasó? —pregunté.

Me contó que había acudido con seis trirremes en busca de la nave negra. Y que había patrullado la línea de Andros, Tenos, Mikonos e Icaria con la única intención de que los piratas atenienses no se aventuraran más al norte.

—Capturamos un *pentecóntero* procedente de Giaros. Sus marinos juraban que habían visto una nave solitaria, con una loca vociferante a bordo que vestía de blanco y los desafiaba blandiendo un hacha doble. Lo de cambiar el pabellón engaña de primeras, pero la gente te va conociendo. Centinela de Asia, ¿eh?

Eso me hizo gracia. A Ariabignes no. Me sentí obligada a excusarme:

—El apodo no lo inventé yo. Y fui tan a occidente porque quería que se me viera. Atraer al Tauros.

—Y lo conseguiste. Paniasis me contó lo de la emboscada, lo de la aventura nocturna. No prescindas nunca de tu piloto, ¿Zabbaios es su nombre?

—Sí. No tengo intención de separarme de él.

Ariabignes había recorrido las islas más occidentales con sus seis naves, pero siempre llegaba tarde. Los atemorizados pescadores le decían que habían divisado a la Centinela de Asia, y luego daban las gracias al persa por no cargarlos de cadenas para llevárselos a empalar.

—Esa gente nos toma por monstruos —explicó—. Da igual. Seguí tu rastro por Serifos y Sifnos. Cuando me enteré de que te dirigías a Paros, pensé que habías entrado en razón. Sobre todo porque no eran ya fechas.

»Llegamos a Paros poco antes de que se desatara la tormenta. Estábamos poniendo las naves a resguardo cuando un pescador me avisó. Había trirremes atenienses a poco más de una parasanga, en la entrada norte del canal entre Paros y Antíparos.

Ariabignes y los suyos habían zarpado de nuevo, aunque la borrasca los retrasó. Obligados a navegar lentamente, fueron sorprendidos por la noche y fondearon a lo ancho del canal, al norte de los islotes.

—Estuvimos muy cerca entonces.

—Lo supe después, cuando tu cómitre me contó que entrasteis en combate. Quebrasteis uno de los suyos, pero luego el Tauros os embistió. Y tú estuviste a punto de caer al agua.

Eso me desconcertó. No lo recordaba así.

—¿Y mi *sagaris*?

—¿Esa hacha doble tuya? En el Némesis. El tal Paniasis asegura que no había forma de despertarte, pero sabían que vivías por lo fuerte que aferrabas el arma.

Suspiré de alivio y me acabé el vino. Al oeste, el cielo se oscurecía. Otra tormenta. Ariabignes continuó: nos había divisado en plena huida, con mis remeros agotados por el esfuerzo de avanzar contra la borrasca, y con el Tauros muy cerca de nuestra estela, en persecución, dispuesto a rematar la faena.

—Clareaba la madrugada cuando aparecisteis desde el sur. Supongo que la otra nave ateniense se había quedado atrás para rescatar a los náufragos. Cuando el Tauros nos vio, viró en redondo y desapareció. Ahura Mazda te mira con ojos amables, Artemisia. Por lo que parece, el espolón del ateniense se había clavado sin ángulo. Solo os arrancó algunas tablas. Dos muertos y siete heridos entre los tuyos.

—¡Dos muertos! —Me tapé la cara. Otras dos familias halicarnasias que no verían llegar a los suyos. Otros dos hombres caían para que sus compañeros pudieran seguir adelante. Para que yo estuviera ahora allí, gozando del vino, de las uvas, del sol. Ariabignes acercó sus manos, pero no llegó a abrazarme. Esperó a que me secara las lágrimas.

—Hundisteis una nave enemiga. —El persa cerró el puño en signo de triunfo—. Esos hombres fueron valientes. Honor para ellos.

Pero aquello no me consolaba. Pedí a Ariabignes que concluyera el relato. Me contó que, tras encontrarnos, él y los suyos nos habían escoltado hasta Paros. Epicarmo, oligarca de la ciudad afín a los persas, ofreció una de sus mansiones para mi recuperación. Pagó al mejor médico de la isla, que me aplicó mirra en la herida y me la vendó con lino. Mientras, Zabbaios y los demás se habían quedado en el puerto, atareados con el arreglo del Némesis.

—Gracias, Ariabignes.

Él me tomó la mano.

—Soy tu comandante, Artemisia. Sé que Artafernes te lo contó. Tú y tu flotilla estáis a mis órdenes. Todas las naves carias y jonias. ¿Eres consciente?

Su talante había cambiado de pronto. Ya no sonreía. Fruncía

levemente las cejas y apretaba los labios. Quise retirar la mano, pero no lo hice.

—Soy consciente, noble Ariabignes.

—Pasaré por alto el truquito de cambiar de gallardete. No es muy persa, pero tú tampoco lo eres después de todo. Cosa distinta es poner tu vida en riesgo por nada. No vuelvas a hacerlo. Sé que odias a los atenienses, que los matarías con tus propias manos. Pero no los conoces lo suficiente. Ellos no siguen la verdad, sino la mentira. Un ateniense jamás te ofrecerá un duelo en igualdad. Buscará la forma de engañarte, de llevarte a su terreno. Te mentirá y convertirá sus obstáculos en ventajas. Les reconozco la inteligencia, la astucia… Pero son viles. Indignos, Artemisia. No como tú y como yo. No como esos marinos tuyos que han muerto. ¿Entiendes?

—Entiendo, noble Ariabignes.

—No buscarás más al Tauros. No verás a Ameinias hasta que nos encontremos en batalla, si es que se atreve a oponerse a nosotros. Es una orden.

—Y yo la obedeceré, noble Ariabignes.

No pensaba hacerle ni caso, por supuesto. Ese ateniense me acababa de matar a dos hombres. A dos amigos. A dos hermanos. Ariabignes se puso en pie. Lo noté nervioso. A pesar de su linaje y de su deber, no estaba cómodo mostrándose firme, supongo. Se alisó la túnica antes de carraspear.

—Descansa ahora. He de impartir órdenes. Mañana zarpo hacia Cime. Pero permite que me honre con tu compañía durante la cena, Artemisia. Así nos despediremos como amigos. No como comandante y subordinada. ¿Aceptas?

—Naturalmente, noble Ariabignes.

Ariabignes regresó esa misma noche a la mansión de Epicarmo con una cena bien provista. Lo recibí con una reverencia, como correspondía a nuestra diferencia de estatus. Pero Ariabignes me sorprendió al acercarse, apoyar sus manos en mis hombros y depositar un corto beso en mis labios. Según el código persa, aquel gesto me identificaba como igual suyo.

Cenamos un inmenso róbalo cocinado en aceite de la isla y cubierto de hierbas aromáticas. El persa y yo solos, servidos por la guapa esclava rubia y mientras fuera caía un tormentón. Esta vez me había dado tiempo a conseguir un peplo blanco y a acicalarme, aunque no traté de disimular la herida de la frente, que llevaba camino de convertirse en cicatriz. Recta y vertical, de la ceja izquierda hasta mitad del cuero cabelludo. Igualita a la herida que los atenienses le habían hecho a Artafernes en Maratón.

—Tu nuevo adorno te da un aire fiero, Artemisia.

Eso me gustó. Bebimos vino pario con el fondo de los relámpagos. Hablamos sobre navíos, cabos peligrosos y corrientes traicioneras. También sobre los planes de Jerjes para cuando estuviera listo el canal del Atos. Me confesó que su hermano, en realidad, odiaba la guerra. No es que hubiera olvidado las últimas obsesiones de Darío, por supuesto. Solo que no había heredado su querencia por las armas. Lo que a Jerjes le gustaba, en realidad, era construir. Grandes palacios con columnatas larguísimas, coloridas paredes, jardines lujuriosos. Eso sí: tenía la obligación, como soberano persa, no solo de embellecer su Imperio, sino también de ensancharlo. Una tradición de la estirpe, decía Ariabignes. En Persia, me explicó, había un partido militarista encabezado por los nobles más poderosos. El más contumaz, primo y amigo personal de Jerjes, era Mardonio. Mardonio y los demás insistían en llevar adelante la expedición griega cuanto antes. En conquistar las tierras de la Hélade, que eran la puerta de Europa. Jerjes estaba más interesado en el Oriente, según Ariabignes. Países ignotos y enormes que se presumían mucho más ricos, más poblados que la pedregosa tierra de los griegos. Someter a estos sería tarea fácil y rápida, así que Persia quedaría pronto libre para mirar a oriente. Dos únicos escollos en la Hélade: la malicia de Atenas y la obstinación de Esparta. Nada que no pudiera salvarse con un poco de dedicación persa.

Una vez claros los planes militares, Ariabignes alargó la velada con preguntas sobre Halicarnaso y mi familia, así que empecé a sospechar que su amabilidad era algo más; y su beso en los labios, no solo una muestra de respeto entre iguales. Por eso decidí confesárselo.

—Fui madre hace poco.

Le impactó. Me suponía casta, reservándome para ese esposo que no llegaba nunca. Tal vez por eso se había decidido a… No sé a qué.

—¿Quién es el padre?

Sonreí y negué al mismo tiempo. No sabía cómo se lo iba a tomar. Se ruborizó. ¿Estaba decepcionado? Supongo que sí. No es que eso me afectara, pero siempre había sido sincero conmigo, como buen persa. Pensé que merecía algo más.

—Me casaré con él, Ariabignes. Cuando hayamos terminado nuestro trabajo con los atenienses.

—¿Es por eso? ¿Esperas a que termine una guerra que casi ni ha empezado? ¿Por qué no puedo saber quién es?

Las preguntas habían llegado muy rápidas, como flechas persas disparadas una tras otra, sin que la cuerda dejara de vibrar en el arco. Percibí su enojo, aunque él trataba de disimularlo con maneras cortesanas.

—No tendría que haber ocurrido —dije—. Él ni siquiera lo sabe aún. ¿Tanto cambia las cosas que yo sea madre?

Rumió lo que iba a responder.

—Ninguna doncella debería permanecer soltera mucho tiempo. Lo dicen los escritos. Otra cosa que dicen es que los buenos pensamientos, las buenas palabras y los buenos hechos los beben los niños en la leche de sus madres. Vuelve a Halicarnaso, cásate con ese hombre y cuida de tu hijo. Enséñale la virtud de la verdad y el defecto de la mentira. No te arriesgues más. Vive feliz, aunque sea con… —Apretó los labios—. Vive feliz, Artemisia.

—¿También es una orden, noble Ariabignes?

—No. Es el consejo de un amigo. Somos amigos, ¿verdad?

—Lo somos. Y seguiré tu consejo en cuanto terminemos ese asuntillo que nos aguarda en Atenas.

La tormenta amainó antes del amanecer, lo que facilitó la partida de Ariabignes. Y en cuanto la escuadra persa se perdió de vista, bajé al puerto con la *calyptra* puesta. Paniasis tomaba vino pario en una taberna, entretenido con una tablilla de cera en la que anotaba versos para su obra invernal, mucho más seria que las rimas picantes para los remeros. Otros miembros de mi tripulación holgazaneaban por la escollera, caminaban con cañas al hombro y pozales llenos de peces, o se jugaban el salario entre risas y maldiciones. A Zabbaios lo encontré examinando el estado del Némesis tras las reparaciones en el varadero. No se sorprendió de verme. Me retiró el velo y observó con rostro preocupado la herida de mi frente, pero luego me palmeó el hombro sin contemplaciones.

—Enhorabuena. Las cicatrices son la forma que tiene la mar de marcar nuestra ruta. Enséñame una piel impoluta y me estarás mostrando a alguien que jamás salió del puerto.

—Muy bonito y muy fenicio, Zab. ¿Estamos listos para zarpar?

—Cuando lo ordenes. Creo que el tiempo nos dará tregua un par de días.

—Bien. De todas formas, traza una ruta fácil por si hay que buscar refugio. Quiero volver cuanto antes a Halicarnaso, pero antes hemos de visitar a alguien aquí. Alguien que querrá dinero. ¿Vienes?

Volvimos a recorrer el puerto de Paros hasta el barrio menos aconsejable. A pesar de la fecha, los varaderos estaban todos ocupados, y la bahía también bullía de naves fondeadas. A diferencia de la última vez, ahora se veían más naves de guerra que mercantes. Eso hacía que tabernas y burdeles rebosaran, y que se alargara la estación rentable. Olía a guerra, lo que, de alguna manera, disparaba el gasto de los mortales. Al fin y al cabo, ¿de qué sirve el dinero al otro lado? Zabbaios me explicó que aquello acabaría en cuanto se desataran las hostilidades. Entonces todo el mundo se volvería desconfiado. Se cerrarían las casas y las tiendas, y el dinero se guardaría en bolsas y en agujeros.

Fuimos testigos de dos refriegas entre marinos de distintas tripulaciones, y hasta vimos un grupo que arrojaba al agua a un tramposo y se repartía la ganancia. Esquivamos toda complicación hasta llegar al callejón del pescado podrido. Parecía imposible, pero allí estaba el mismo borracho, atravesado de pared a pared, durmiendo una cogorza considerable sobre un charco cuya peste no quise inhalar.

La placeta interior estaba abarrotada, como esperaba. Pero algunos nombres de las meretrices habían cambiado en los tableros de madera. Zab se adelantó para susurrar algo al oído del portero gigantón.

—Ah, ya os recuerdo —contestó—. Cloris dejó instrucciones por si aparecíais.

Eso me causó desazón. Zabbaios también dio un paso atrás, y los marinos que hacían cola para desfogarse percibieron el miedo. Pero el portero soltó una risita sórdida, cacheó a mi piloto y se hizo a un lado. Subimos por la angosta escalera sin dejar de mirar atrás. En el corredor nos cruzamos con un par de clientes que casi no repararon en nosotros. Habían llegado con su sueldo arañado en jornadas de sudor, sal y fatiga. Con las manos reventadas por tirar de drizas o remar en el sollado. Y ahora, tras un momento de placer más falso que un darico de bronce, se iban con la bolsa vacía, dispuestos a reembarcar en alguna de las naves del puerto para despellejarse los callos hasta la siguiente isla. Hasta el siguiente prostíbulo. O hasta que un espolón de madera recubierto de bronce les abriera un boquete en la aleta y ellos se fueran pataleándo hacia el fondo, con el pecho inundado o la cabeza partida. Me entró la necesidad de decírselo a mi piloto.

—No quiero morir, Zab.

Él no se lo pensó mucho.

—Casi nadie quiere.

—¿Y tú? ¿Quieres morir?

Se detuvo ante el último portón. Como la vez anterior, estaba entreabierto.

—A veces sí —dijo con la mano apoyada en la madera, justo antes de empujarla.

Cloris estaba allí, sentada tras la mesa, iluminando el aposento. Peplo rojo esta vez, incluso más ceñido que en mi visita anterior. Con el gemelo del portero detrás, confundido con la penumbra. El aroma de la *porné* podía cortarse.

—Joder. Si es la Centinela de Asia. ¿Otra vez vestida con un saco blanco? Te tengo que prestar ropa de la mía. ¡Enseña carne, mujer!

—Zab, dásela.

Mi piloto arrojó la bolsa de piel sobre la mesa. El entrechocar de plata despertó la sonrisa de Cloris.

—No quiero hombres aquí. Fuera los dos.

Lo suponía. El matón y Zabbaios desaparecieron. La puerta se cerró tras el último, y Cloris me invitó a sentarme. La vez anterior no lo había hecho, así que lo tomé como un progreso. Me despojé de la *calyptra* y le clavé mis ojos durante un rato largo. Los suyos estaban de nuevo contorneados de negro, con aquella raya larga, fina y recta que se estiraba hacia las sienes. Me fijé de nuevo en la cicatriz de su cuello. La marca de su ruta en aguas muy batidas por la tempestad.

—Querías otra bolsa repleta de dinero, Cloris. Bien, ahí la tienes.

Ella alargó una mano y casi rozó su paga con una uña larguísima y pintada de rojo.

—Te dije que me la trajeras antes de que Ameinias te metiera el espolón hasta las tripas, ¿recuerdas? —La cogió para agitarla—. No lo has cumplido, so zorra.

Apreté los labios. No por el insulto, sino porque ella lo sabía.

—¿Quién te lo ha dicho?

—Él.

Eso me hizo respingar.

—¿Cuándo?

—No hace mucho. Tú dormías arropada por seda, bella y frágil, apartada del mundo, como una diosa raptada por Hades y arrastrada a lo más profundo. —Arqueó sus finísimas cejas—. A lo más profundo, pedazo de pendón. A lo más profundo.

Me dio miedo. Era como si pudiera leer en mí. Advertí que la bolsa con el dinero ya no estaba. ¿Cómo lo hacía?

—¿Ameinias ha estado aquí entonces? ¿Con el puerto lleno de trirremes persas y Paros atestada de gente que lo mataría sin vacilar?

—Ameinias va donde se le antoja, Serpiente de Caria. Cuando quiere hacerse notar, se tapa la cara con un casco negro, con dos cuernos bien grandes aquí arriba. Y cuando pretende pasar desapercibido, camina a cara descubierta, por delante de sus peores enemigos. ¿A que tiene gracia?

—Claro. ¿No ves cómo me río? Dime más cosas graciosas, Cloris. ¿Qué te ha dicho ese ateniense tan valeroso?

—Que eres una puta difícil de matar, eso ha dicho. Oye, qué herida más bonita llevas ahí. Ahora ya pareces un marino de verdad. No como antes, que tenías pinta de mujer.

—Gracias. ¿Le hablaste de mí a Ameinias?

—Mucho y muy mal, Centinela de Asia. La verdad es que te pusimos verde.

—¿Te contó que se vale de trampas, Cloris? ¿Que carece de virtud?

—Pero ¿qué tonterías dices? Parece mentira. Déjate de virtudes, que aquí estamos por lo que estamos. ¿Es que no recuerdas? Todos tenemos un precio. El tuyo, por cierto, es diez mil dracmas.

—¿Ah, sí? ¿Y quién lo paga?

—La ciudad de Atenas. A quien te lleve viva, molida a palos y atada, como a la perra que eres.

Eso me desconcertó. ¿Diez mil dracmas? ¿Atenas ofrecía diez mil dracmas por mi captura?

—¿Es eso cierto, Cloris?

—Mujer, las putas no nos mentimos entre nosotras, y menos cuando se trata de nuestro precio. Ameinias, que escupe sobre la virtud pero ama el dinero, quiere esos diez mil. Por eso intenta apresarte con vida.

—Es un detalle.

—Es necesario. Si deja que te hundas en el mar, no podrá demostrar que te ha matado. Además, creo que a los atenienses les gustaría tenerte así como te veo yo ahora. A saber lo que te harán cuando Ameinias te arrastre a su ciudad. ¿Te imaginas? Que a lo mejor hasta te gusta, con lo zorra que eres.

—Diez mil dracmas… —Me retrepé en el respaldo—. Es mucho dinero.

—Lo reconozco. Imagina lo que podrías ganar aquí. Piénsalo. Yo hablaría con Ameinias para que Atenas retirara la recompensa. Ya no serías un incordio para ellos, mi negocio prosperaría, tú también ganarías un buen pico. No te haría trabajar mucho. Hay que cuidar ese chochito asiático. Y podríamos pasar las tardes charlando, como dos buenas amigas. Hasta nos haríamos arrumacos. Quédate, Artemisia de Caria.

—Es tentador.

—Pues claro. En lugar de espolones, te meterán otra cosa. Pero es más seguro, de verdad. Vivirás. Y tú no quieres morir.

Me sacudí la sensación de desnudez que sentía ante Cloris. Tomé algo de aquel aire enrarecido.

—Hace dos veranos, Ameinias pagó a unos piratas cilicios para capturarme. Ya sé por qué lo hizo, gracias. Pero conmigo iba alguien más a quien también quería viva.

—La princesita judía, sí.

Increíble. ¿Había algo que aquella meretriz no supiera?

—Se llama Ester, y es la prometida del gran rey.

—Sé cómo se llama. Pero de prometida, nada. A estas alturas ya será una más de sus esposas. Chica guapa, me dijeron. Tráetela aquí, que entre las dos le enseñaremos un par de trucos. Ahora que lo comentas, ¿qué tal el parto? ¿Duele tanto como dicen?

Lo encajé con elegancia. Casi me estaba acostumbrando.

—Algo duele —dije—. Como que te corten el cuello, más o menos.

Carcajada de Cloris. Se inclinó sobre la mesa.

—De verdad que me gustas, Serpiente de Caria.

—Pues demuéstralo. Dime por qué Ameinias quería viva a Ester.

Palmeó la madera.

—¡Por el coño de Afrodita, te lo voy a decir! —Apuntó con el índice hacia el techo—. Y conste que Ameinias me lo prohibió. El pedazo de cabrón se enteró de tu viaje y a quién ibas a recoger. Ahora mismo hay en Asia más espías atenienses que putas en Paros. Incluso sumándonos a nosotras dos.

»Pues te cuento: Ameinias pensó que podía pescar dos buenas percas con el mismo sedal. Compró a los cilicios sin decirles cuánto se ofrecía por ti, y les aconsejó que te emboscaran a la vuelta de Fenicia. Fíjate si es marrullero: podría haberse arriesgado él mismo, podría incluso haber triunfado. Pero ahora todo el mundo sabría que los atenienses le querían quitar la novia a ese melindroso de Jerjes. En lugar de eso, lo que se piensa de aquello es que fue un plan de los propios cilicios. O sea: unos zarrapastrosos en busca de botín, y ya está. Con lo que no contaba Ameinias era con que le sacaríais la información a ese pirata en Chipre. —Chascó la lengua—. Qué fallo. Tú y yo no lo habríamos cometido.

»Pero aquí viene lo bueno, lo que ignora todo el mundo. ¿Sabes para qué quería Ameinias al chochito judío del gran rey? Para vendérselo a los babilonios. No me gustan los babilonios, Artemisia de Caria. Se comenta que tienen una costumbre: toda mujer natural de allí se prostituye una vez en la vida con algún forastero. Mucha competencia, ¿no crees? Si el mercado sigue así, ¿qué va a ser de las putas decentes, como nosotras?

—¿Los babilonios querían a Ester?

—Los babilonios no se han enterado de nada. Es que a este Ameinias no le gana nadie a cabrón. Ya verás: pretendía vender la judía a los babilonios como trofeo, y sugerirles que la usaran para presionar a Jerjes. Todavía quedan muchos rebeldes allí, por lo que parece, aunque callan tras el último fracaso. En Atenas se sabe, y se considera que la revuelta podría reavivarse si contaran con algún… aliciente. Con Babilonia en armas otra vez y la nueva satrapía descontenta por el rapto de la princesita, Jerjes tendría que volver a diferir la expedición a la Hélade para ocuparse de sus problemas domésticos. Y espera, espera, que ahora viene lo mejor.

»En caso de que Ameinias no hubiera dado con los babilonios adecuados, su plan era que el chochito apareciera un día flotando en el Éufrates. Imagínalo luego a él en Atenas, el muy puerco, con los diez mil dracmas de su recompensa en la bolsa, tú fuera de circulación y la amenaza alejada de nuevo, porque ahora la prioridad persa sería ir a Babilonia a dar un buen escarmiento.

Mis puños se cerraron con fuerza. Había sido una incauta al pretender que Ameinias aceptara ese duelo uno contra uno. Casi me merecía la emboscada y la marca que me iba a quedar en la frente. Un tipo capaz de sacrificar a una chiquilla… Vi que Cloris se sonreía de nuevo. Detectaba mis remilgos. «Dinero, Artemisia», me dije. El dinero los movía a todos. Mi rabia crecía. ¿Cuántos de mis hombres habían muerto por mi ingenuidad? Me incorporé.

—Gracias por la información —dije.

—De nada. ¿Qué no haría yo por una amiga? Pero cálmate y aguarda, que no hemos terminado. Ameinias quiere conocerte.

Volví a sentarme. Despacio, con el ceño apretado. Notaba la costra de la frente tirando entre las arruguitas que se formaban por mi extrañeza. Cloris la Blanca disfrutaba como nunca.

—Dime.

—Te digo, Artemisia: el padre de tu hijo es ese amante que tienes, ¿no? El de Kálimnos. ¿Cómo se llama?

A esas alturas me había resignado. Seguro que ella ya conocía su nombre.

—Damasítimo. Hijo de…

—Hijo de Candaules. Buen mozo según me han dicho. Dile que se pase por aquí alguna vez. Lo atenderé en persona. Eh, y con buen precio. —Estiró la mano sobre la mesa, como si pretendiera que yo la cogiera—. Entre nosotras no puede haber mezquindades. Yo te presto lo mío, tú me prestas lo tuyo. ¡Oye! ¿Te gustaría participar?

—Damasítimo no tiene nada que ver con esto.

—Mujer, no te enojes. Tendrá que ver si se entera de que has estado beneficiándote a Ariabignes estos días. ¿Qué tal, ahora que lo nombras? ¿Lo hace bien? ¿Es cierto lo que dicen de los persas? Ya sabes: eso de que la tienen como…

—¡Calla! No me he acostado con él.

Cloris, que aún estiraba la mano hacia mí, apretó todos los dedos menos ese índice de uña larguísima, con el que me señaló a la cara.

—Qué cacho de zorra. No te has acostado con él, es verdad. ¡Pero lo estás deseando! ¡Se te ve en los ojos!

—No es cierto.

Ella recogió el brazo y cambió enseguida de semblante. Ahora estaba seria.

—Mujer, era broma. Ya sé que eres fiel a Damasítimo. Supongo que te casarás con él, ahora que le has dado un hijo. Pero has de cuidarte, y también evitar a los príncipes persas capaces de joderte contra los azulejos de su palacio. Mira, aprovechando lo que te he contado antes sobre chicas flotando en el Éufrates… ¿Sabes lo que hacen los babilonios cuando se sospecha que la esposa ha cometido adulterio? La obligan a jurar su inocencia y, para comprobar que dice la verdad, la arrojan al río. Si la acusada resulta ser fiel, los dioses no permiten que se ahogue. Pero si es tan puta como tú y como yo, los dioses se carcajean de ella y la dejan bracear mientras la arrastra la corriente. Y se va al fondo poco a poco, tragando agua. Qué sensación tan angustiosa tiene que ser esa, ¿eh, Serpiente de Caria? ¿La has sentido tú alguna vez? Que te hundías sin remisión, que te perdías en la oscuridad. Cada vez más profundo. Y más, y más, y más profundo…

No sabía qué decir. La miraba fijamente, convencida de que aquella mujer era mucho más que una *porné* carísima.

—Yo sé nadar —repuse por fin.

—¿Ves? Podías haber dicho que tú no eres una adúltera. Pero no. Que sabes nadar. Evitar el justo castigo. —Cloris apoyó los codos en la mesa, entrelazó los dedos y los puso bajo su barbilla. En ese momento, era cierto, parecíamos dos amigas charlando de nimiedades—. Me gustas mucho, Centinela de Asia. Te lo digo otra vez. Y no quiero que te recoja un pescador en una ensenada cualquiera, flotando boca abajo, hinchada, con la piel de color morado y los ojos comidos por los peces. Tampoco me hace gracia que sufras. Llámame idiota. Pero si vas a fiarte de que sabes nadar, te voy a recomendar que alejes de ti a los hombres que te humedecen el coño, como tu príncipe persa. Y a los que sencillamente te importan, como tu navegante fenicio. ¿Sabes qué otra cosa hacen los babilonios? Cuando sorprenden a la esposa adúltera con su amante, los atan juntos y… Adivina.

—Los arrojan al Éufrates.

—Qué lista es mi niña. Y así no se puede nadar, según creo. De modo que ahora sí que caes hacia el fondo, Artemisia. Y arrastras a ese hombre atado a ti. Y cuando estás hundida muy abajo y todo es oscuridad, solo te queda un recuerdo muy amargo. —Se pasó la yema de los dedos por el cuello—. Y alguna que otra cicatriz.

Esta vez sí me puse en pie. Cloris me imitó. Inspiré aquel aire asfixiante, saturado del perfume de la *porné*. Ya no molestaba tanto. Incluso empezaba a agradarme.

—Has dicho que Ameinias quiere conocerme. ¿Cuándo y dónde?

—El año que viene. Aquí. Cuando entra el verano, celebran unas fiestas en Atenas. Skiroforias las llaman. Hacen hogueras muy altas y se pasan la noche mirando las llamas. Los atenienses son así: en realidad no creen en sus dioses, pero no se saltan ni un sacrificio, ni una ofrenda, ni una celebración. El día siguiente a las hogueras, Ameinias partirá hacia aquí.

—No puedo fiarme, Cloris la Blanca. Lo único que te mueve es el dinero.

—No debes fiarte, Serpiente de Caria. El dinero es lo único que me mueve.

Me forcé a sonreír.

—Que no sea una trampa —dije—. Entre putas tenemos que ayudarnos.

Rodeó la mesa. Me acercó la cara, mi mirada sostuvo la suya. Puede que no hubiera visto antes tanta firmeza en aquellos ojos tan negros.

—Nada de trampas. No lo permitiré.

MENTIRAS Y VERDADES

Que Atenas ofreciera una recompensa de diez mil dracmas por mi captura me gustó al principio. Me lo tomé como un halago, supongo. Un dracma ateniense era lo que ganaba un buen artesano por una jornada de trabajo. Mucho me valoraban entonces. O tal vez les daba vergüenza que fuera una mujer la que capturaba y hundía sus naves y las de sus aliados. Ah. Qué orgullo sentí al abandonar el antro de Cloris la Blanca. Yo, Artemisia de Caria, valía diez mil dracmas.

Conforme regresábamos del lupanar al Némesis, fui cobrando conciencia de lo que en realidad significaba mi precio. Lo que había querido decirme Cloris con sus sonrisitas y sus insultos. De pronto yo miraba por encima del hombro, comprobando si cualquier sombra nos seguía o nos espiaba desde un rincón. Si alguien esperaba en un cruce con las manos ocultas, o si se fijaba en nosotros y a continuación cuchicheaba con un camarada. Me bajé la *calyptra* hasta las cejas y cubrí mi boca por entero. Habría encogido hasta desaparecer. Una recompensa tal no era eficaz si no se difundía su existencia, y los atenienses me habían demostrado bastante eficacia. Así que, a esas alturas, toda la mitad occidental del Egeo estaría al corriente y a la otra mitad no le faltaría mucho. Seguramente ya había un montón de buscavidas haciendo preguntas por las tabernas portuarias.

Me pegué a Zabbaios. A mi alrededor, todos se convertían en sospechosos. Había allí centenares de seres que arriesgaban sus vidas por miserias cotidianas. ¿Diez mil dracmas atenienses? Una fortuna que no podían soñar con conseguir ni aun viviendo veinte vidas. A partir de ese momento, no dormiría tranquila. Tendría que extremar la precaución, evitar las rutas comunes. Me vería obligada a ocultarme, o a rodearme de escoltas. La llegada de mi nave a cualquier puerto concitaría la presencia de cazarrecompensas, mercenarios y vividores, e incluso entre los míos surgiría la tentación. Ahora comprendía lo que Atenas había hecho conmigo.

Navegué hacia oriente con esa congoja. Nuestro boquete en la aleta estaba reparado a la perfección, así que hicimos la ruta con rapidez, sin casi recalar ni para hacer aguadas. Apenas me levanté de mi sitial, y en ningún momento me separé de mi *sagaris*. Observaba a mis marinos. Estudiaba sus gestos cuando ellos me miraban. ¿Eran sinceras sus sonrisas? ¿O acaso ocultaban la picazón de la recompensa?

Esas preocupaciones se suspendieron al pisar Halicarnaso. Avisados por quienes nos acababan de avistar entrando en la bahía, los miembros de la comitiva nos aguardaban en el puerto. Damasítimo se hallaba al frente.

Tragué saliva durante la maniobra de atraque. ¿Cuánto tiempo llevaría allí? Tras él, Acteón, brazos cruzados y calva reluciente, mantenía formados a sus mercenarios lidios. Todos con las plumas del casco agitándose a la brisa otoñal. Y junto a Acteón, con el pelaje blanco rozándole el tobillo, aguardaba Leucón, el temible perro de caza. Por detrás, las familias de mis marinos. Hoy tendría que consolar a dos madres, y eso era más importante que Acteón y sus perros. Me lo repetí hasta que la pasarela quedó tendida desde la borda.

Desembarqué con la *sagaris* envuelta en las manos, y todos ellos se inclinaron. El resto de la tripulación bajó tras de mí y hubo reencuentros de familiares.

—Bienvenida a tu hogar. —Damasítimo recuperó la posición erguida. Lo vi serio, con los labios apretados.

—Bienhallado. Bienhallados todos —respondí.

—¿Qué te ha pasado en la frente?

Me pasé dos dedos por la herida.

—Nada de importancia.

Damasítimo asintió. Nadie se había movido aún de su sitio. Ni siquiera el perro.

—Por lo que sé, las cosas que no te importan podrían ser muy importantes.

Yo había imaginado de diez maneras distintas aquel encuentro, pero ahora no sabía qué decir. La culpa me pesaba más que la decisión.

—¿Has conocido a Pisindelis?

—¿A nuestro hijo? Sí, claro. Y a su nodriza, y a las muchachas que lo cuidan. Falta le hacen.

Miré de reojo el rostro medio sonriente de Acteón. El degenerado disfrutaba, cómo no. Me volví hacia el barco.

—¡Zab, saca el Némesis y prepáralo para invernar! —Y luego de nuevo a Damasítimo—. Aguardad. He de consolar a dos familias.

Cumplí con mi deber. Esta vez se me hizo más duro. Aún llevaba los ojos llorosos cuando volví junto a Damasítimo. Caminamos en solemne y silencioso desfile hacia palacio, con los mercenarios lidios cubriendo los flancos y Acteón tras nosotros, seguido a cortas zancadas por Leucón. Los pocos pescadores que terminaban los trabajos en el puerto me saludaron con reverencias. Parecía que una nube ominosa y negra flotara sobre nuestras cabezas. Damasítimo bajó la voz.

—Deja que te lleve el hacha.

—No, gracias.

—¿Por qué no me mandaste un mensaje? Habría venido enseguida. Lo habría dejado todo. Yo…

—Ya está hecho. Tú tenías un deber y yo tenía el mío.

—Tu deber como madre no cuenta, supongo.

Me detuve. Eso hizo que todos los demás también lo hicieran. Sentía la presencia de Acteón cerca, con el oído atento. Como ese mosquito que en verano zumba sobre tu cama en la oscuridad y, cuando dejas de escucharlo, sabes que ha parado para taladrarte la piel.

—Pisindelis ha estado siempre a salvo —dije. No con enojo, aunque tampoco como una excusa—. Nadie le hará daño.

—Por supuesto. Yo no lo permitiría. Pero hay otras cosas, Artemisia. No me cuentes cómo te has hecho lo de la frente si no quieres. Me lo he imaginado al ver cómo consolabas a esa gente. Sé lo que te importan tus hombres y sus familias. Lo sé. Pero ahora imagina que eres tú quien no regresa. Que estuvieras flotando por ahí, arrastrada por la marea. ¿Qué pasaría con nuestro hijo?

Nuestro hijo. Esas dos palabras rebotaban dentro de mi cráneo, cruzándose como piedras lanzadas por siete honderos rodios. No quería ni pensar en el momento en el que revelara a Damasítimo que se ofrecían diez mil dracmas por mi captura. Decidí cambiar de tema.

—¿Encontraste a mi padre y a mi hermano?

—Sí. Pero aguardemos a estar solos en palacio. Saluda a tu madre, besa a tu hijo. Recupera tu lugar.

Le hice caso solo porque me sabía en deuda.

Pedí a Damasítimo que los demás aguardaran fuera. Acteón, por su parte, solicitó permiso para ir a ver al resto de la jauría. Lo hizo en voz alta y con la vista fija en mí, como para recodarme que sus perros estaban allí, con él. Dispuestos a obedecer sus órdenes. Yo no contesté, así que soltó una de sus sonrisas sardónicas y se marchó. El blanco Leucón me mantuvo la mirada un momento, antes de acompañar a su amo. Ese bicho parecía humano. Y el perro también.

Mi madre me saludó calurosa, como siempre, sujetando mi rostro entre sus manos. Pero enseguida recordó que había abandonado Halicarnaso cuando más falta hacía mi presencia, así que se enfurruñó y regresó al jardín, cubierta con un manto mientras las hojas caían sobre ella. Pisindelis dormía, no quise despertarlo. El crío engordaba y sus mejillas mostraban un sano color. Lo observé un rato, pensando en lo que había dicho Damasítimo. Supuse que todos mis hombres miraban a los suyos así, antes y después de partir. Incertidumbre y alivio. Dolor, deber. Recordé aquella aldeucha a medio quemar en la costa de Icaria. Los cadáveres carbonizados, la familia apuñalada. Me alisé el peplo, recoloqué mis guedejas. Si arriesgaba mi vida era, entre otras cosas, para que Pisindelis no tuviera miedo.

Repartí parabienes entre la cuadrilla de mujeres que se ocupaban de él, y luego subí a dejar la *sagaris* en su lugar, tras mi trono y frente al ventanal. Las cortinas se agitaban cada vez más, pero me resistía a prescindir de aquel aire fresco y salado. Sobre la mesa había rollos de piel que envolvían varas de marfil, atados con cintas doradas. Una veintena larga, todos iguales. Supuse que Damasítimo se había encargado de mis tareas. Lo imaginé allí, recibiendo a los ancianos de la asamblea ciudadana, o dirimiendo pleitos entre mercaderes. Seguro que lo hacía bien, pero aquella cantidad de documentos me pareció excesiva. En fin, tomé asiento y despedí a los criados cuando reapareció Damasítimo.

—¿Has saludado a todo el mundo? —me preguntó.

—Sí. Ya podemos hablar.

—Enseguida.

Me ofreció vino. Dejó caer un chorrito al suelo y murmuró una corta plegaria para acompañar la libación, no sé a qué dios. Yo, de pura impaciencia, arañaba la madera de mi trono.

—Cuéntame, por favor.

Él bebió. Aquello le iba a costar. Me di cuenta y una de mis piernas empezó a temblar. Me dispuse a encajar el nuevo golpe, como si el Tauros se nos viniera encima en la noche tormentosa, espolón por delante. Damasítimo habló:

—Acompañé a Ester hasta Sardes, donde Artafernes la agasajó a conciencia. Los persas no tienen medida para esas cosas. Días de festejos, de visitas a los templos de la ciudad y a los magistrados lidios. Carros llenos de regalos que llegaban desde Cime, Focea, Eritrea, Éfeso, Ábidos… Y nos avisaron de que debíamos esperar a que los presentes de los isleños tocaran puerto para someter a la prometida del gran rey a más recepciones, a más halagos, a más muestras de alegría y deseos de felicidad. Todo esto multiplícalo por la inacabable burocracia persa, con secretarios y escribas pululando por entre los delegados de cada ciudad, comprobando credenciales, haciendo inventario de joyas, trípodes, figuritas y sedas, tomando nota de los mensajes que deseaban enviar a Jerjes para felicitarlo por su nueva boda. Antes de salir de Sardes, la noble Sadukka me entregó esto para ti.

Damasítimo se volvió y, de la mesa, recogió uno de los rollos. Desató la cinta dorada antes de entregármelo. Extendí la cabecera. Estaba en jonio, escrito con pulcritud. Tanto la piel como la tinta parecían recientes.

—*Canta, Musa* —leí en voz alta—, *de aquel varón fecundo en ardides que, después de abatir los muros de la sacra Troya, peregrinó larguísimo tiempo, conoció los pueblos y sus costumbres y sus leyes.*

—Sadukka la hizo copiar para ti. Historias de un griego antiguo.

—Ya sé quién es. Un navegante que quiere llegar a casa y ver a su familia. Otro más. —Recogí el rollo y se lo devolví a Damasítimo—. Sigue contándome.

—Pues el viaje a Susa fue parecido a la estancia en Sardes. La llegada a cada posta se anunciaba con suficiente antelación para que, desde los pueblos cercanos, acudieran en tropel masas de súbditos del gran rey, cada uno con su particular deseo de larga progenie y con más regalos. Poco a poco, nuestra comitiva se alargaba en una columna que sobrepasaba a cualquier caravana comercial. Por fin llegamos a la corte, y Jerjes conoció a su prometida.

Recordé la ingenuidad de Ester. Traté de imaginarla frente al gran rey. Apabullada por el brillo y la magnificencia del mayor imperio que el mundo ha conocido. La verdad es que me alegré por ella, porque sabía que eso era lo que había deseado toda su vida. Y porque era bueno para su pueblo de un solo dios.

—¿Cómo es Jerjes?

—Me pareció triste —dijo Damasítimo—. Como aburrido. Está siempre rodeado de gente, sobre todo los nobles de su familia. Creo que son ellos en realidad los que gobiernan.

Eso me recordó lo que me había contado Ariabignes.

—Dicen que es su pariente Mardonio el que lo ha convencido para atacar por fin la Hélade.

Damasítimo asintió.

—Precisamente fue él quien me recibió, aunque no antes de dos largas y aburridas semanas. Primero me atendió un chambelán, al que pregunté por tu padre y tu hermano. Tuve que acudir cada día a palacio, a esperar en la puerta. Susa es magnífica, Artemisia. Te gustaría mucho. A mí también, pero no pude disfrutar de ella.

—Lo siento.

—No importa —extendió su mano, que tomé con la mía—. No hay nada que no hiciera por ti. La madre de mi hijo.

Estuve tentada de retirar la mano. Pero él me miraba a los ojos y sonreía. Parecía orgulloso de verdad. De que yo fuera la madre de su hijo, digo. Así que yo también sonreí.

—¿Qué me dices de Mardonio?

—Un gran hombre. Me preguntó por nuestra flotilla y por los hombres que podemos aportar al ejército. También por Artemisia de Caria, *bandaka* del rey de reyes. Me dijo que el noble Ariabignes, hermano de Jerjes, hablaba muy bien de ti. No sabía yo que…

—¿Y mi hermano? —le corté—. ¿Y mi padre?

El semblante de Damasítimo cambió. Fue él quien soltó mi mano y dio dos pasos atrás.

—Mardonio, en nombre del gran rey, me concedió su gracia: Apolodoro y Ligdamis podían recibir la libertad y regresar a Halicarnaso si así lo deseaban.

Salté del trono y aplaudí. Por fin algo bueno. Una palmada,

dos, tres. Lo abracé. Me sentía jubilosa. Pero algo no marchaba bien.

—¿Por qué no me devuelves el abrazo, Damasítimo?

Él se soltó con suavidad.

—Partí hacia el sur, a Babilonia, con la escolta de mis guerreros lidios. Mardonio me advirtió de que era un viaje peligroso, porque todavía quedaban rescoldos de rebelión ocultos entre las piedras. Me dio igual. Mientras tanto, envié a Acteón al norte, a Ecbatana.

Eso no me gustó.

—Continúa.

—En Ampe, a la orilla del mar, di con los halicarnasios supervivientes. Son esclavos, sí, pero no viven mal. De verdad que no parecían oprimidos. Supongo que el tiempo suaviza hasta la peor condición. Unos pocos, al saber quién era, pensaron que venía a liberarlos. Algunos me preguntaron por sus hijos, a los que se habían llevado para convertirlos en eunucos. Pronto me vi rodeado, y los soldados tuvieron que ayudarme. Les expliqué que solo buscaba a su señor, Ligdamis.

Se hizo el silencio. Damasítimo contemplaba la punta de sus pies. Yo me incliné un poco para buscar su mirada. Creo que, pese a todo, no me sorprendió saberlo. Tal vez porque mi madre lo había repetido tantas veces...

—Mi padre ha muerto, ¿verdad?

Asintió despacio.

No hacía mucho de ello, en realidad. Eso me dijo después. Ligdamis vivía al margen, encerrado en sí mismo, y no solo porque fuera ciego y mudo. De sus antiguos conciudadanos recibía únicamente el desprecio y, de vez en cuando, algún escupitajo. Se valía con mucha dificultad, y sobrevivía gracias a que en Ampe también había milesios, samios y quiotas esclavizados que se apiadaban de él. A ellos no les importaba mucho si Ligdamis había sido un desarrapado o el tirano de Halicarnaso, porque cosas como el prestigio o la fama se convierten en minucias cuando te falta lo más importante. Se habían acostumbrado ya a aquel viejo con el que compartían las sobras y al que dejaban calentarse junto a ellos en invierno. Una mañana, al ir a despertarlo, se lo encontraron cosido a puñaladas.

Cerré los ojos y apreté los puños.

—¿Quién fue?

Damasítimo se encogió de hombros.

—Imposible saberlo. Pero no hay más que escuchar un rato a tu madre para hacerse una idea. No es la única que lo culpa por embarcar a Halicarnaso en aquella estúpida aventura. Por las castraciones, las muertes, los azotes, la esclavitud. Por escuchar a los que le prometían la simpatía ateniense, por creer en la carta de ese Ameinias. Los esclavos halicarnasios de Ampe no podrán ir a Atenas para vengarse, así que se conformaron con acribillar a cuchilladas a un viejo indefenso.

Tomé aire. Las locuras de mi madre adquirían poco a poco un odioso tono de clarividencia. Y lo que era peor: conducían al derramamiento de sangre. No se juega con la *hybris* y la némesis.

—¿Y qué hay de Apolodoro? No puede haber muerto también. Nadie tiene tanta mala suerte.

Damasítimo levantó las cejas y tomó aire. Otra pausa que preparaba una mala noticia. Me dispuse a encajarla.

—Tu hermano ni siquiera quiso recibir a Acteón. Ni saber nada de su pasado o de… Bueno, de su familia. Es alguien respetado ahora. Con otro nombre y muchas responsabilidades. Datis, más que su amo, es su amigo. Lo siento, Artemisia. Mi viaje no sirvió de nada.

Me levanté y anduve hacia el ventanal. Necesitaba que el viento marino entrara con fuerza en mis pulmones. Al menos, mi hermano vivía. Oí un llanto infantil. Lejano, apagado. Pisindelis.

—¿Se lo has contado a mi madre?

—Sí, Artemisia. Ella ya lo sabe. No le sorprendió. Ella espera que la escuches ahora. Yo también lo espero.

Me volví.

—¿A qué te refieres?

Damasítimo tiró de una de las sillas en torno a la mesa repleta de papiros. Tomó asiento y se frotó las sienes.

—El invierno se nos echó encima, así que regresamos a Susa. Mardonio nos invitó a esperar allí hasta la primavera. En cuanto pude, tomé el Camino Real de vuelta. Por fin. No sabes las ganas que tenía de verte de nuevo, Artemisia.

»Estábamos ya muy cerca, en Éfeso. Pretendíamos hacer la última parte del viaje por mar, así que contratamos transporte. Desayunábamos en el puerto, antes de zarpar, cuando me enteré. Fue Acteón quien me lo dijo, pero los rumores recorrían toda la ciudad.

Se hizo de rogar. Me miraba con fijeza. Incluso con enojo.

—¿De qué te enteraste, Damasítimo?

—De cómo te llaman los griegos, Centinela de Asia. Todos te conocen, te temen y te odian al mismo tiempo. Y lo más importante: me enteré de tu precio.

Así que era eso. Solté un bufido. Encaré de nuevo el viento. No quería ver su gesto de reproche.

—Una tontería. No hay de qué preocuparse.

A mi espalda sonó la silla arrastrándose por el suelo. Damasítimo se ponía en pie. Oí sus pasos alejándose. No quería discutir conmigo, seguro. Y él no lo sabía, pero yo tampoco quería discutir más. Sentí un escalofrío cuando me supe sola allí arriba, frente al mundo. Un mundo que quería cerrar grilletes en torno a mis muñecas y mis tobillos, y arrastrarme a una ciudad lejana y malvada. El llanto de Pisindelis volvió a resonar. Me sorprendí deseando que creciera rápido. Ya mismo. Ojalá al día siguiente pudiera sentarlo frente a mí, apoyar mis manos en sus hombros y pedirle que asumiera el gobierno. Imaginé que él me lo preguntaba. «¿Por qué, madre?». Respondía a su ilusión en voz alta.

—Porque tengo miedo.

Escuchar a Damasítimo había sido doloroso. Escuchar a mi madre fue irritante.

—Yo siempre lo dije. Lo dije siempre, Artemisia. ¿No lo dije siempre?

—Sí, madre.

—¿Qué es eso que llevas en la frente?

—Nada, madre.

—La culpa es de los atenienses, sobre todo de ese hediondo Ameinias. Pero eso sí: tu padre fue un estúpido. ¿Cuántas veces te he repetido eso mismo, Artemisia? ¿No lo dije siempre?

Intenté desviar la conversación. Solo lo conseguía si le preguntaba por Pisindelis, y entonces ella me decía que comía bien. Aunque claro, nunca es lo mismo cuando la leche sale del pecho de una nodriza.

—Ese chico crece sin madre. Mala cosa. ¿Qué es eso que llevas en la frente?

Aranare no lo reconocería jamás, pero había envejecido mucho, y había ocurrido en los últimos días. Supongo que no por la noticia de mi padre muerto, no. Más bien por la negativa de Apolodoro, que renunciaba a su pasado y a su familia. A ella.

—Mala cosa es —repetía— que un chico crezca sin su madre.

Levanté ambas manos para pedir cuartel.

—Está bien, está bien. Dime qué quieres.

Estábamos en las cocinas, porque el tiempo empeoraba y llovía fuera. Habían pasado dos días desde mi regreso, los que necesité para enfrentarme en solitario a Aranare. En ese lapso había intentado que Pisindelis no se deshiciera en gritos y gimoteos cuando lo tocaba. Imposible. Era verme y empezaba a berrear. Yo también rompí a llorar de impotencia un par de veces. Damasítimo quiso consolarme, pero yo prefería la soledad a verlo así, obligado a tragarse su enojo y su temor. Todo me salía mal. Fatal. Mi madre estaba loca, desde luego. Pero con su locura y todo, me lo notó enseguida.

—Quiero que los atenienses reciban su némesis —dijo al fin—. Pero también quiero que tú dejes de buscar la *hybris*.

303

—¿Cómo hago eso, madre? Una vez me dijiste que no sabías cuál era mi destino. Bien: yo tampoco lo sé. Ni siquiera sé si tengo un destino. Y si no sabes adónde vas, ¿cómo escoger camino?

Aquello era una blasfemia para ella. Me habría abofeteado, pero se contuvo.

—Insultas a los inmortales. Tu amiga persa te ha metido muchas tonterías en la cabeza. Y hablando de cabezas... ¿Qué te has hecho en la frente?

—Nada, madre. —Me paseé junto a las amplias mesas manchadas de harina. Los criados, ajenos a nuestra conversación, trajinaban con ánforas colmadas de aceitunas—. También me dijiste hace un tiempo que debía buscar la respuesta en la diosa.

Aranare se entretenía con la harina de trigo. Dibujaba trazos geométricos y los hacía cruzarse en un patrón sin fin. Me miró como si acabara de verme tras años de ausencia.

—Estás mayor, Artemisia. Déjate de juegos. —Entornó los ojos, señaló mi frente—. ¿Qué te has hecho ahí? Te vas a matar un día.

Me exasperaba. Yo no sé lo que mi madre veía cuando me miraba, o cuando era verano y contemplaba el vuelo de los vencejos desde el jardín. O cuando observaba a Pisindelis, o su propio reflejo en el estanque. De alguna manera, yo pensaba que mi madre se inventaba el mundo. Era como un poder que ella usaba a placer y que le evitaba sufrimientos. La versión de lujo de eso que a veces hacemos todos: cuando te asusta algo y lo tienes delante, cierras los ojos. Como si así fuera a desaparecer.

Ahora no me venía bien que mi madre usara su poder, así que la sujeté por los hombros y la zarandeé. No muy fuerte, pero eso hizo que la servidumbre callara y se nos quedara mirando. No me importó.

—Escúchame, madre. Escúchame con atención. Lucha por salir de ese pozo negro, aunque solo sea un momento. ¿Puedes? ¿Puedes hacer eso por mí?

—Claro, hija.

—Bien. Recuerda ahora. Me dijiste que la diosa me daría luz, porque estoy perdida y necesito encontrarme. Pues es verdad, ¿sabes? Estoy perdida.

—Sí, hija. Perdidísima.

—No sé qué hacer. Quiero quedarme aquí y cuidarte. Ver cómo Pisindelis crece. Pero no estoy segura de que esa sea la forma de encontrarme. También quiero hacer otras cosas. Cosas que me aterrorizan, madre. Pero alguien debe hacerlas.

—¿Tú, hija?

—Tal vez. Necesito saberlo. Recuerda lo que dijiste. Dijiste que fuera al lugar donde todo empezó. Que allí hallaría la respuesta. ¿Qué lugar es ese, madre? ¿Quién desvelará mi destino?

—La diosa, claro.

—¿Qué diosa?

—Pues… —Mi madre se miró las yemas blanqueadas de harina—. Renenutet, así la llaman los egipcios. Hay que dedicarle la primera gota de vino y —me mostró el dedo blanco— la primera hogaza de pan.

—Renenutet —lo repetí despacio. Era la primera vez que oía el nombre.

—Renenutet, diosa serpiente.

—¿Otra serpiente?

—La que alimenta, la que vuelve fértil la tierra y venturosos los nacimientos. Está presente cuando vienes al mundo, y también cuando te vas de él.

Le pedí que me lo explicara. Me dijo que Renenutet formaba parte de un tribunal divino que juzgaba las vidas humanas para asignarles un destino tras la muerte. Pesaba el corazón del difunto en una balanza, y luego llegaba el premio. O el castigo.

—Me suena todo eso, madre. ¿Sabes que para el dios persa también es importante cuánto de verdad y cuánto de mentira has tenido en tu vida? No hablo solo de palabras. Dicen los persas que quien bien piensa, bien predica; y que quien bien predica, bien debe actuar. Cuando un persa muere, su espíritu intenta cruzar un puente y se somete a juicio por sus pensamientos, actos y palabras. Si ha sido sincero, pasará al otro lado. Si ha sido mentiroso…

—Difícil juzgar qué es verdad o mentira, Artemisia. Lo que para mí es cierto, para ti puede ser falso. ¿Acaso los atenienses no son pérfidos?

—Lo son.

—Pues tú lo eres para ellos. Y no quieras saber lo que pensarán de los persas. Así que cuando un ateniense muere convencido de que no hay peor raza que la persa, y su espíritu se dispone a cruzar ese puente que tú dices, y muestra sus pensamientos, actos y palabras, ¿cómo se le juzga? ¿Por lo que él creyó que era cierto y luego resultó ser falso? ¿Y si es al revés? ¿Quién dice la verdad? ¿Y la mentira, quién la dice?

—Entonces, madre, ¿Renenutet no distingue la verdad de la mentira?

—Renenutet juzga en un sitio llamado Sala de las Dos Verdades.

—No sé si lo entiendo, madre.

—Ni yo, hija.

Nada más decir eso, entró en uno de sus estados ausentes. Pensé que no conseguiría nada más. Que mi madre seguía atrapada en su demencia, fantaseando sobre lo que veía allí dentro, en lo oscuro de su mente. A lo mejor acababa de inventarse lo de la diosa serpiente egipcia. Probé a cambiar de tema y le hablé de las lluvias, de la última cosecha y de cómo habían engordado las cabras de nuestros pastores. Cuando ella reaccionó y se puso a despotricar sobre lo estropeado que estaba el techo de palacio, la pillé por sorpresa.

—Entonces, madre, se trata de Renenutet, ¿no? Egipcia.

El truco funcionó.

—Ah, Renenutet… Se trata de ella y de todas las demás. Igual da cómo la llames, o si es egipcia, o griega, o persa, o caria.

Apoyé las manos en la mesa y resoplé.

—Madre, madre… ¿Dónde debo ir para visitar a esa diosa, sea quien sea?

—Donde fui yo. Para mí empezó allí: en casa.

—Tu casa es esta, madre.

Ella sonrió con media boca. Alzó la barbilla.

—Yo soy cretense. Esa es mi casa. La casa de la *sagaris*.

—Entonces he de ir a Creta.

—Sí. Cuanto antes.

—Madre, no hace tiempo para navegar. Esperaré a…

—Cada día que pasa es una oportunidad para echarlo todo a perder. —Subió la mano y me acarició la herida de la frente—. Ve a Creta, pregunta a la diosa.

Asentí, aunque no estaba segura de hacer el viaje, ni de qué preguntar, ni a qué diosa. De todas formas esperaría hasta la primavera. Mal se me tenía que dar para no llegar a mi cita en Paros justo tras esa fiesta ateniense de las hogueras, las Skiroforias. Salvo que las respuestas que buscaba me indicaran que no debía encontrarme con Ameinias. A lo mejor era eso lo que yo necesitaba. Que alguna inmortal de terrible mirada descendiera desde las mansiones celestes y me confirmara que ya estaba bien de aventuras absurdas. Que tenía que quedarme a salvo, en Halicarnaso.

—Está bien, madre. Iré. Pero Creta es muy grande.

Supuse que un sitio posible era la vieja ciudad de Cnosos. Sabía que muy cerca, en lo alto de un monte, se adoraba a esa misteriosa y cambiante diosa de mi madre antes incluso de que existieran templos. O quizá tenía que dirigirme a Licto, donde se decía que Rea había parido a Zeus, rey de los dioses. ¿Tal vez el lugar era Gortina? ¿O Cidonia? Mi madre negaba con la cabeza cada vez que yo decía un nombre. Acercó los labios a mi oreja y habló muy bajito, como si me estuviera desvelando un secreto capaz de cambiar el mundo.

—Al sur, donde nadie buscaría. Un pequeño pueblo de pescadores: Inato.

—Inato —repetí, también en un susurro—. En la costa sur.

—Cerca de Inato hay una colina con una cueva dedicada a Ilitía.

Ilitía, diosa de los nacimientos, maestra de comadronas. Amiga íntima de las *moiras*, las que jugaban con el hilo de cada destino. ¿Era esa griega la diosa, y no la egipcia?

—Así que se trata de Ilitía —musité—. Esa es la diosa.

—La diosa es la diosa, se llame como se llame. Recuerda eso bien. ¿Por qué ese empeño en ponerle un nombre? ¿Crees que una rosa huele distinto si la llamas margarita? Lo de Ilitía es para disimular. Nadie se preocupa de que las preñadas acudan a rogarle un parto limpio, o de que las que no conciben le supliquen para engendrar. Cuitas de mujeres. Todas suben a la colina como suplicantes, con grano, vino y miel para la ofrenda. Tú también lo harás. Hijos sanos, cosechas abundantes. Eso contestarás cuando te pregunten qué quieres.

—Hijos sanos, cosechas abundantes.

—Pero las hijas de la diosa no van allí para quedar encintas o recoger mejores cebollas. Las sacerdotisas te invitarán a bailar. No te niegues. Te despojarán de lo pasado, porque el futuro ha de mostrarse limpio y nuevo. Haz todo lo que te digan. Y cuando te den a elegir, toma la madeja.

—La madeja. Bien. ¿Por qué, madre?

—Porque es lo que yo elegí. Lo que todas debemos elegir.

—De acuerdo. ¿Y entonces?

—Entonces irás al encuentro de tu destino. No sueltes la madeja, pase lo que pase, veas lo que veas y oigas lo que oigas. El hilo sirve para no perderse. Sin él, no regresarás.

Lo repetí en mi interior. Aquello no me tranquilizaba precisamente. Me pasé la lengua por los labios. Ojalá no fuera más que otro desvarío de mi madre.

—¿Algo más?

Ella ladeó la cabeza. Gesto concentrado, mordiéndose el labio. Volvió a tocar mi herida. Despacio, la recorrió desde la frente al nacimiento del cabello.

—Solo una cosa. Huye de las serpientes. Te engañarán, lo perderás todo y te llevarán a lo más profundo. No se puede salir de ahí.

Al día siguiente de la conversación con mi madre, me convencí a mí misma de que jamás iría a esa colina en Creta. Menuda estupidez.

Luego, conforme fue cerrándose el invierno, me cerré yo también. Veía a Damasítimo, que se había quedado en Halicarnaso. Por las mañanas salía a caminar, y yo lo observaba desde el ventanal, envuelta en un manto, mientras él cruzaba el patio. Se hacía acompañar por Acteón. Hablarían de sus cosas, supongo. Caza, oro, guerras, mujeres. El blanco Leucón los escoltaba a distancia. En cuanto a los mercenarios lidios, Damasítimo había insistido en dedicarlos a mi escolta. Que hay pocas lealtades que resistan una tentación de diez mil dracmas, decía. Eso me ponía muy nerviosa, porque en ningún sitio he visto escrito que los mercenarios sean inmunes a las tentaciones.

Por las tardes, Damasítimo visitaba a Pisindelis y se quedaba con él hasta que oscurecía. Entonces venía a mí. Al principio fueron insinuaciones cariñosas. Luego peticiones ambiguas. Un día me lo dijo con claridad: quería que nos casáramos ya. Él se haría cargo de la flotilla, la dirigiría hacia la Hélade, cumpliría con Ariabignes, con Artafernes, con el propio Jerjes. Yo podría cuidar de nuestro hijo en palacio, descansar de mis pesares, segura de que la *hybris* ateniense corría de su cuenta. A salvo, sin temor a cazadores de recompensas o a piratas ensoberbecidos. Solo tenía que esperar, tal como habíamos planeado tanto tiempo atrás. Él me traería a Ameinias a rastras y lo pondría bajo mi hacha. Conforme las palabras escapaban de sus labios, me parecieron juiciosas. Eso me asustó tanto que no quise oírlo más y me negué a verlo durante el resto del invierno. Con una u otra excusa, me retiraba pronto y evitaba a Damasítimo. Probaba a hacerlo: tejer, contemplar la temprana puesta del sol, leer sobre los viajes del viejo Odiseo, mirarme en un espejo y ver cómo la herida de la frente se convertía en cicatriz. Y en la soledad me imaginaba esa vida proyectada en el futuro sin más fin que la vejez y la muerte. En Halicarnaso, entretenida con el telar, prestando cada vez menos atención a la Asamblea, a las peticiones y pleitos de los pastores, al estado de las naves, a los problemas de los pescadores entre las islas. Por todos los dioses de todos los países, qué aburrimiento.

Así que cuando los días empezaron a alargar, decidí que iría a Creta. No hubo quien pudiera disuadirme. Y ahora estaba allí, cubierta con la *calyptra*, sentada en la popa de una barca que los lugareños habían acercado para que desembarcara en Inato, porque la playa oscura era pedregosa y no había dónde varar. Ante la insistencia de Zabbaios para acompañarme a tierra, yo me había negado. Y me negué con más fuerza aún cuando me recordó lo de la recompensa. Tampoco quise llevar armas. Iba a un lugar sagrado.

Dos hombres de tez tostada remaban, de espaldas a la proa y sin dejar de mirarme. Impresionados, porque era extraño ver naves de guerra por allí. Se interesaron por la razón de que mi esposo no me acompañara. Yo les dije que iba a la colina de Ilitía y les mostré la cesta, en la que un tarro de miel y un pellejito de vino se hundían entre las semillas de trigo. Fue suficiente.

Casi todos los habitantes de Inato nos esperaban en la orilla. Observaron cómo saltaba de la barca y, con las olas rompiendo dóciles contra mis tobillos y la cesta acomodada entre el brazo y la cintura, completaba el trayecto hasta las piedrecitas redondas y negruzcas de la playa. Inato era pequeña y miserable, con la mitad de las chabolas reclamando a gritos un arreglo, lo mismo que las barcuchas encalladas en la playa. Allí no había riesgo de que se conociera lo de la recompensa. Me volví, y vi a mi tripulación expectante a lo lejos, sobre la cubierta bamboleante del Némesis. Los dos pescadores que me habían traído remaban ya de vuelta a lo suyo. Me dirigí a una de las matronas, le pregunté por el santuario de Ilitía y ella, sin soltar palabra, me señaló la pequeña elevación a espaldas de la aldea.

Subí por el estrecho sendero que partía de Inato franqueado por cipreses y retama, aunque pronto me vi ascendiendo por una pendiente desnuda hacia un cúmulo de rocas puntiagudas. Acalorada, me descubrí la melena y dejé que la *calyptra* me colgara del cuello. Los alrededores de Inato eran de lo más inhóspito. Tierra, piedras y monte bajo. Algunos árboles resecos aquí y allá, manchas verdes abajo, en las vaguadas que se formaban entre las estribaciones que, desde el centro de Creta, bajaban hacia la costa. Me preguntaba ya si realmente existía el santuario o si todo respondía a un desvarío de Aranare, cuando llegué a la cúspide. Los arbustos florecían allí con espigas blancas y formaban una especie de muro. Lo recorrí con mi cesta a cuestas hasta que di con una hendidura. Al otro lado, una aglomeración de rocas presidía la pequeña explanada salpicada de olivos con troncos gruesos y retorcidos. A la sombra de uno de ellos, recostada contra la madera y con las manos cruzadas sobre el regazo, una anciana dormitaba.

Me acerqué a ella. La vieja llevaba una ramita colgando de la comisura de los labios, y no le cabían más arrugas en la cara. Vestía una túnica que en algún momento de los últimos cincuenta años había sido blanca. Y las sandalias parecían fundidas con sus pies. Le puse la mano sobre el hombro.

—Mujer.

La ramita se enderezó. No abrió los ojos, pero habló:

—¿Quién eres?

—Una suplicante.

—¿Qué quieres?

—Hijos sanos, cosechas abundantes.

—¿Y a quién se lo pides?

—A la diosa.

—¿Qué diosa?

—La diosa es la diosa, se llame como se llame.

Ahora sí, la vieja separó los párpados. Sus ojos eran claros, casi transparentes. Me miró de arriba abajo.

—Veo que traes ofrenda.

—Grano, vino y miel. —Incliné la cesta para que comprobara el interior.

Me pidió ayuda para ponerse en pie, se sacudió el polvo y me indicó que la acompañara. Andaba encorvada, con pasitos cortos y lentos. Nos acercamos a cada árbol y me hizo derramar sobre ellos las semillas, el vino y la miel. Hasta que no me quedó nada. Un rito sencillo y rápido.

—¿Ya está? —pregunté.

La vieja no contestó. No había dejado de masticar la ramita, que cada vez era más corta. Me señaló una losa, una especie de banco natural al pie del gran montón de roca. Me senté mientras ella desaparecía al otro lado de los arbustos. Hice parasol con la mano y miré en derredor. Las piedras eran grandes como casas, llenas de aristas y hendiduras; parecían amontonadas por el mismísimo Poseidón. En las grietas crecía la hierba. Muy cerca de mí, el terreno cedía. Era una pendiente corta, irregular, que se embutía bajo un saliente alargado. Dejé la cesta vacía y me acerqué. Aquella formación pétrea no era tan casual como parecía. La pendiente descendía hacia una entrada en la montaña. Un hueco que permitía justamente la entrada de una persona.

—La cueva —me dije. Di un par de pasos hacia la boca. Al inclinarme, un soplo frío me azotó la cara desde la oscuridad. Retrocedí.

Yo sabía que Creta estaba llena de grutas como esa. Lugares donde la gente buscaba la atención de los dioses o el olvido de los mortales. Y durante mi estancia en Sardes, Sadukka me había contado que en los confines de Persia, y más al este aún, había cavernas inmensas, decoradas como palacios, donde solo podían entrar los sacerdotes a los que llamaban magos. Sadukka también me habló de que en Babilonia, antes de que se llamara así, existió una cueva que llevaba al inframundo. Le expliqué que había muchas de esas, y no solo en Babilonia.

«Esta de la que te hablo es distinta —me dijo en aquella ocasión—. Es la auténtica puerta de la casa oscura. La que lleva a la tierra de la que no se vuelve. Por la que campan los muertos, los ríos corren sin agua, en los campos no crece grano, las ovejas no dan lana. Es la boca de la bestia. Como unas fauces llenas de dientes afilados por donde escapa un aliento que quema y ahoga».

Recordar sus palabras me provocó un escalofrío. Me separé un poco más de la gruta. Hasta aquella puerta del inframundo de la que hablaba Sadukka había llegado la diosa Inanna, antigua, bella y bondadosa. La alegría del mundo. Casada con Dumuzi, a quien amaba por encima de todo. Inanna tenía una hermana, Ereshkigal, que era su reverso oscuro y terrible, y reinaba en esa tierra profunda de la que no se vuelve. Ereshkigal también estaba casada, aunque no con un ser hermoso y feliz, sino con el dios toro Gugalanna. Gugulanna murió y, cuando Inanna recibió la noticia, se apiadó de su oscura hermana. Se puso en su lugar e imaginó cuánto le dolería: qué soledad sentiría si ella perdiera a Dumuzi. Así que Inanna venció su terror, se dispuso a acudir al funeral y a consolar a Ereshkigal. Encargó a la madre de su esposo que lo cuidara en su ausencia, y luego se procuró siete prendas mágicas que la protegerían de todo mal. Ya estaba lista para el viaje.

La aterrada Inanna llegó a la entrada del inframundo, y allí la informaron de que, si pretendía llegar hasta su hermana, debía obedecer sin cuestionar. Aceptó, y la diosa de la luz traspasó, una tras otra, las siete puertas que conducían al reino de la tenebrosa Ereshkigal. El guardián de cada puerta le exigía algo a cambio de franquearle el paso. Una corona, un collar, una prenda. Ella protestaba, pero siempre acababa por ceder, pues se había comprometido. Cuando la diosa de la luz se presentó ante la de la oscuridad, iba desnuda e indefensa. Y Ereshkigal se dejó llevar por su naturaleza. Porque está en la naturaleza del león matar al ciervo, y en la naturaleza del día suceder a la noche. Así que la visitante fue muerta y empalada. Un adorno más en el inframundo. Por fortuna, los demás dioses acudieron en su ayuda, e Inanna acabó resucitando después de tres días. Pero Ereshkigal no consentía que su hermana abandonara sus profundos dominios si antes no le encontraba un

313

sustituto, así que, tras mucho buscar, se descubrió que el viudo de Inanna, Dumuzi, no se encontraba llorando la muerte de su esposa, sino que había usurpado su trono y gozaba de manjares, vino y mujeres. Inanna, dolida, lo escogió para ocupar su lugar en el reino oscuro. Dumuzi, al enterarse, trató de huir ayudado por su madre. Pero nadie podía evitar su destino. Sin embargo, no hay amor como el amor de quien te ha dado a luz, así que la madre se ofreció a su vez para compartir el castigo. Y desde entonces hasta que la Eternidad concluya, Dumuzi y su madre se alternan. Medio año lo pasa él en el inframundo, el otro medio lo pasa ella. E Inanna reina sola en su alto palacio.

Mientras yo recordaba aquel cuento de Sadukka, la vieja reapareció. Aunque ahora venía acompañada por un grupo de mujeres de edades diversas, vestidas con peplos remendados y cestas apoyadas en las caderas. Casi no repararon en mí, o eso aparentaron. Se movían en la pequeña explanada, sacaban ropa de las cestas y la desplegaban con mimo sobre el suelo. Las dos más jóvenes llevaron sus cargas hasta la entrada de la gruta. Cada una depositó su cesta a un lado. Observé que estas eran recipientes cerrados, con tapas aseguradas mediante lazos. Otras tres también se apartaron del grupo y sacaron instrumentos. Dos sistros con mangos de madera y varillas metálicas, y un *aulos* doble de caña.

—¿Qué he de hacer yo? —pregunté.

La vieja señaló mi peplo.

—Fuera esa ropa.

Le pedí que lo repitiera, y de mala gana me explicó que no podía presentarme así ante la diosa. Me encogí de hombros. Las muchachas me rodearon, y las dejé hacer sin quitar ojo a la vieja. Aquella mujer también me miraba fijamente. Yo quería ver algo de mi madre en ella, pero no lo conseguía. Supuse que, después de todo, se trataba de otra sacerdotisa amargada por servir en aquella colina reseca desde niña. Aguantando generación tras generación de mujeres inseguras que ansiaban conocer su futuro. O peor aún: de mujeres muy seguras de su futuro y reticentes a aceptarlo.

Las muchachas trabajaban sin hablar. En cuanto quedé desnuda, tomaron las prendas que habían traído en las cestas. Primero me envolvieron en una falda ancha, y tan larga que casi tocaba el suelo. Estaba compuesta por capas rojas y amarillas que se superponían desde la cintura hasta los pies. Su tacto no era suave, y cada una de aquellas franjas pesaba más que toda la ropa que llevaba antes. Después me ayudaron a ponerme una especie de blusa abierta por delante. Su tela también era densa, y lucía un patrón geométrico grabado en toda su superficie. Metí los brazos por sus mangas, que solo llegaban hasta el codo. Pero era como si le faltara casi toda la tela frontal. Tiré para tratar de cubrirme el torso. Imposible.

—Esto me está pequeño. No me llega. ¿No lo veis?

No respondieron. Una de las chicas tomó los cordones que colgaban de los extremos inferiores de la prenda y los enlazó sobre mi ombligo, de modo que mis pechos quedaban igualmente al descubierto.

—¿En serio? —insistí.

Lo siguiente fue una especie de delantal que tampoco tenía nada de ligero. Estrecho por los flancos, pero colgante hasta medio muslo tanto por detrás como por delante. Me lo ataron con fuerza, ajustándolo tanto sobre las caderas que hasta me dolió. Una jovencita pasó por mi cabeza un pesado collar con placas de metal mientras dos más me recogían el pelo con alfileres de cobre. Cuando tuve compuesto un moño alto, lo aseguraron con una coronita plateada. Lo último fue la pintura. Una danzarina extrajo un cuenco lleno de polvo negro y una pequeña brocha. Me aplicó una capa espesa alrededor de los ojos, pero no solo por los párpados: también sobre ellos, hasta las cejas, y por los lados; y por debajo, hasta media nariz y siguiendo la línea de los pómulos. Alargó la pintura por las sienes y llegó al nacimiento del cabello. Yo no podía verme, pero sí imaginar aquella franja negra a modo de antifaz, solo interrumpida por el blanco de mis ojos.

Se separaron para admirar su obra. Yo me sentía ridícula con

315

aquellos faldones amplios, con los pies desnudos asomando por debajo y, sobre todo, por los pechos al aire, realzados por la presión de aquella prenda tan ajustada. Entonces una de las chicas tomó un pequeño ovillo de lana, entresacó el cabo y se lo pasó a otra muchacha, que hizo lo mismo con la siguiente. Cada una agarraba una porción de hilo y entregaba el ovillo. Las dos chicas con los sistros y la de la flauta se abstuvieron de entrar en el reparto. Se quedaron apartadas y juntas. La vieja tampoco participaba. Se limitaba a inspeccionar la operación, siempre con la ramita en la boca. Yo fui la última, y recibí el cabo del ovillo. Allí estábamos. Una veintena de mujeres sujetando un hilo.

—¿Para qué es esto? —pregunté.

Tampoco a eso hubo respuesta. La vieja hizo un gesto a las chicas de los instrumentos. La del *aulos* pateó el suelo tres veces y se arrancaron con una melodía. Sonó interesante al principio, pero de cadenciosa se convirtió en repetitiva. Los sistros marcaban el ritmo y las muchachas lo seguían con cada paso. La que llevaba el principio del hilo tomó un camino circular, y la siguiente lo continuó. Una por una, se fueron añadiendo a la fila parabólica y formando una elipse móvil. Cuando me llegó el turno, estaba en el centro del torbellino, y apenas podía hacer otra cosa que girar sobre mí misma. Torpemente primero, y después sometiéndome al dictado de la melodía.

—Me voy a marear —advertí. Pero no me prestaban atención.

Las danzarinas diseñaban su caracola humana sin soltar el hilo, marcando cada golpe de sistro. Vi a la vieja fuera de la elipse, observando la ceremonia. Empezó a dar palmadas. Ella también seguía el ritmo. O mejor dicho, lo dirigía. La del *aulos* aceleró su música, los sistros acortaban el lapso entre sus impactos. La rueda giró más deprisa, y yo también. Las chicas se arrancaron a gritar. No decían nada, solo eran chillidos secos, cortos, al dictado de los sistros. Yo podía haber soltado el hilo, que amenazaba con enrollarse sobre mi cuerpo si no me volteaba a la velocidad adecuada.

Solo tenía que abrir la mano. Pero no lo hice, y seguí girando en el centro del vórtice. El pesado faldón empezó a flotar. Se levantaba, y parecía que él mismo rotara a mi alrededor. Cerré los ojos. Noté que me sostenían. Una mano que tocaba mi hombro y se apartaba. Y otra. Una más. Tal vez, hundida en aquel remolino vertiginoso, yo perdía el equilibrio, y ellas solo evitaban que cayera. Ignoro cuánto duró aquello. Solo que las palmadas de la vieja y los gritos de las muchachas se habían convertido ya en un sonido continuo y ensordecedor, y que la música había desaparecido. Y entonces, de manera abrupta, se hizo el silencio.

Me sostuvieron por los brazos. No me atrevía a abrir los ojos porque se me antojaba que la colina se había desprendido de Creta y ahora estaba boca abajo, colgando del cielo, zarandeada por Poseidón. Alguien me abrió la mano con suavidad, y el tacto del hilo desapareció. Se oyó la voz de la vieja:

—Bebe.

Noté el frescor en los labios. Era un brebaje amargo, muy fuerte. Me dio náuseas.

—Basta, por favor —pedí.

Poco a poco, abrí los ojos. Estaban allí todas, en torno a mí. No parecían mareadas, y el hilo había desaparecido. Me ofrecieron el odre por segunda vez.

—Bebe un poco más. Revive.

De nuevo la vieja. Me obligué a tragar algo más de aquello. Cuando se dieron por satisfechas, se apartaron un poco. Yo seguí un rato allí, jadeante, con el círculo de danzarinas a la espera. La vieja se abrió camino hasta ponerse frente a mí.

—¿Puedo saberlo ya? —le pregunté.

—¿Qué quieres saber?

—Mi destino.

La vieja se quitó la ramita de la boca. Señaló hacia atrás por encima del hombro.

—Ahora ya estás lista, sí. Pero si quieres conocer tu destino, tendrás que encontrarte con él. Tú sola.

Las danzarinas formaron pasillo. Lo que me indicaban era la entrada de la gruta. Di un paso vacilante en su dirección. La colina aún se mecía a mi alrededor. Otro paso. Con el tercero casi perdí el equilibrio, así que una de las chicas me sujetó. Avancé así, bamboleante, apoyándome en las paredes del callejón humano. Me pregunté si las danzarinas también habrían pasado por aquello. Dos de ellas se adelantaron hasta la boca de la gruta. Se inclinaron ante las cestas cerradas y desataron los lazos. Cuando llegué frente a la cueva, busqué a la vieja con la mirada. No la vi, pero pregunté igualmente.

—¿Qué pasa ahora?

Tal como esperaba, volví a oír su voz.

—Ahora debes elegir.

La muchacha de mi derecha destapó su cesta. Había otro ovillo de lana en su interior. Este era más grande que el de la danza mareante. Supongo que para eso servía el torbellino musical: para orientarme en aquel rito estrafalario. Debía agarrar el cabo del hilo, y mantenerlo agarrado por más vueltas y revueltas que diera. La voz de mi madre resonó en mi cabeza:

«No sueltes la madeja, pase lo que pase, veas lo que veas y oigas lo que oigas. El hilo sirve para no perderse. Sin él, no regresarás».

Mis ojos se fueron a la oscuridad del agujero que tenía delante. La vieja había dicho que debía ir sola, así que ahora no habría una elipse de mujeres guiándome. También había oído hablar de aquellas confusas cuevas con múltiples caminos que se cruzaban y se volvían a cruzar, llenos de bifurcaciones y cortes. Se decía que, si te perdías dentro, podías morir de sed mientras buscabas la salida. Entonces la chica de mi izquierda retiró la tapa de la segunda cesta y se apartó con aprensión.

Algo se movió dentro. Reflejos de luz en la piel escamosa conforme aquello se escurría en el fondo de la cesta. ¿Una serpiente? No. Dos serpientes. Grises, brillantes, lentas. Vi un hocico redondeado que asomaba entre los cuerpos blandos y largos, encajados con la misma forma de elipse de nuestra reciente danza. Una lengua bífida entraba y salía. La propia cesta parecía moverse. Girar sobre sí misma. ¿Me habían emborrachado con un par de tragos de aquello? Pero las serpientes parecían muy reales. El escalofrío me recorrió la espalda y los pezones se me erizaron. Retrocedí dos pasos. La vieja habló a mi espalda.

—Están adormiladas. Puedes cogerlas ahora, si quieres. O puedes elegir el ovillo. Es tu decisión.

Volví la cabeza. Casi le pregunté a qué venía aquello. ¿Quién en su sano juicio escogería las serpientes? Mi madre también me lo había advertido: debía huir de ellas.

«Te engañarán, lo perderás todo y te llevarán a lo más profundo. No se puede salir de ahí».

De todos modos, yo no necesitaba consejos.

—Odio las serpientes.

Las miré de nuevo. Se arrastraban muy lentas, como caracoles tras una tarde de lluvia veraniega. Adormiladas o no, se me antojaron inútiles en la cueva. No como el hilo.

—También puedes irte —continuó la vieja—. Nadie te obliga a entrar en la cueva. Nadie te obliga a escoger.

No diré que no se me pasó por la cabeza. Aquella estaba siendo la experiencia más absurda e hipnótica de mi vida. Me acerqué a la cesta con el ovillo. La muchacha que la había abierto sonrió. Yo le devolví la sonrisa. Me volví, y observé que todas sonreían. Todas menos la vieja. No puedo remediarlo, soy muy curiosa. Por eso lo pregunté:

—¿Alguien ha escogido alguna vez las serpientes?

La vieja no afirmó ni negó. Con las cejas arqueadas, como si la respuesta fuera obvia. Que lo era. Pensé en mi madre y en sus consejos sobre no soltar el hilo. En su vida, día tras día en el jardín de palacio, desvariando a ratos y culpando de todo a los atenienses. Pensé en Cloris, recluida por propia voluntad en su lupanar. Y en Ester, que ahora recibiría mimos y regalos diarios en la corte persa. Pensé en Sadukka una vez más, en sus libros y sus paseos en el gineceo de Sardes. En su historia sobre Inanna y el descenso al inframundo. Miré una vez más la madeja en la cesta. ¿Ese era mi hilo, tejido por una *moira*, extendido por la segunda y a la espera de que la tercera lo cortara? ¿Estaba su corte dispuesto para una noche remota o en ese mismo día? Me lo habían advertido muchas veces a lo largo de mi vida: que huyera de las serpientes. Pero ¿cuándo había yo hecho caso de las advertencias? De ser así, ahora estaría tejiendo con un hilo muy parecido a ese, en la seguridad de Halicarnaso.

Yo no era tejedora. Me lo había dicho Sadukka. «Tú surcas el negro ponto, y decides adónde ir con un golpe de timón. Incluso con el viento de cara».

Me acuclillé frente a la cesta con las serpientes. Un gemido ahogado se generalizó. Supe que las danzarinas habían dejado de sonreír.

—Cógelas junto a las cabezas —dijo la vieja—. Así evitarás que te muerdan.

Aproximé la mano derecha con recelo. El estómago revuelto, los dedos temblorosos. Las serpientes no reaccionaban. Busqué el punto adecuado y, con el corazón tronando como cien tambores, agarré la primera y la saqué de la cesta. El bicho se agitó un poco, nada más. Repetí la operación. Con más cuidado aún. Mi puño izquierdo se cerró en torno al cuello de la segunda serpiente y me incorporé. Me volví así, con los brazos separados del cuerpo y los reptiles colgando a cada lado. A la luz del sol, las pieles escamosas destellaban en azul pizarra. Las muchachas me observaban con los ojos muy abiertos. La vieja no.

—Ahora entra y busca.

La oscuridad de la entrada se disolvió pronto. Por las rendijas del techo se colaban rayos de sol que iluminaban algunos contornos. Desde fuera, aquellas aperturas serían poco más que grietas entre las rocas, pero allí dentro adquirían el poder de lucernas. Notaba el movimiento entre mis manos. Una arcada. Cerré los ojos y me obligué a acompasar mi respiración. Qué bien me habría venido un cántico obsceno de los de Paniasis. Volví a mirar. Poco a poco. Aquellos ojos de pupila vertical. Y el patrón que formaban las escamas en torno a la abertura de la que asomaba esa lengua doble.

—Puedo hacerlo —me dije. Subí un poco la diestra y se lo repetí al reptil, como si quisiera intimidarlo—. Puedo hacerlo.

Avancé muy despacio al principio, y más atenta a las serpientes que al camino. El mareo del baile se había rebajado hasta la sensación de letargo, supuse que por el bebedizo. Tras la boca de la cueva, un pasillo corto y de paredes rocosas descendía en suave pendiente. Hacía fresco dentro, y en el suelo, arrimados a cada lado, había vasijas, cuencos y estatuillas. Un haz de luz oblicuo me mostró una *sagaris* tallada en la pared de la derecha. Había más, de varios tamaños, de hojas desmesuradas o mangos demasiado largos.

Me detuve ante la primera bifurcación. Una estaca clavada en tierra, negra por el paso del tiempo. Seguro que era allí donde cientos, tal vez miles de mujeres, habían atado sus hilos para asegurar la ruta. Para no perderse en las profundidades y olvidar el exterior. Contemplé de nuevo mis serpientes, que poco a poco espabilaban. Una de ellas había empezado a enrollar su cuerpo sinuoso en torno a mi brazo.

—¿Derecha o izquierda? —le pregunté.

No me contestó, claro. Allí estaba sola, y la elección era solo mía. Esta y las que adivinaba después. Sobre el camino de la derecha había una marca. Una cabeza de toro. Sobre el de la izquierda, un delfín.

Escogí el lado del toro, más por impulso que por reflexión. El pasillo se estrechó, aunque seguía iluminado a medias. En la penumbra adiviné más exvotos, y más símbolos rascados en la piedra.

Imaginé que también los habían hecho las visitantes de otro tiempo, temerosas de que el hilo se rasgara contra un ángulo rocoso. Eran marcas para encontrar el camino de vuelta. Para no perder el nexo con el mundo. Solo que yo tenía ambas manos ocupadas y no podía atar hilos, sostener madejas ni grabar dibujitos en la pared.

Más adelante, una nueva bifurcación y, tras un recodo, un cruce. En cada uno de estos lugares, las opciones estaban marcadas con figuritas. Delfines que saltaban entre las olas, cabezas de mujeres con largas guedejas negras, barcos con las velas extendidas, toros de largos cuernos. Decisiones y más decisiones.

—Puedo volver ahora. Estoy a tiempo.

La segunda serpiente imitó a la primera, y su cuerpo se me pegó al brazo. Yo tenía que ignorarlas. Pensar en mi camino.

Ya que había empezado con una cabeza de toro, me incliné a seguir las demás. Lo siguiente que me encontré fue una especie de patio al final de un pasaje más oscuro que los demás. Arriba, la hendidura entre dos rocas era ancha y dejaba pasar mucha luz. En su vertical, en el suelo, se extendía una mancha húmeda. Imaginé aquella trampa rocosa bajo la lluvia, con goteras por todas partes, llena de animalillos que buscaban refugio bajo tierra. Advertí que me resultaba difícil tragar.

—Tengo que seguir.

Más ramificaciones, corredores que subían, otros que descendían. Y yo siempre pasaba bajo la cabeza de toro. Al tomar una bifurcación, me encontré con que el techo se había derrumbado, así que volví atrás. ¿Y si el obstruido era el camino correcto? Pasé junto a columnas con *sagaris* esculpidas. Encrucijadas cubiertas por paredes que se habían venido abajo. Sobre uno de los pasillos, la grieta luminosa se había convertido en todo un agujero capaz de tragarse un oso. Pisé con cuidado las piedras desprendidas y, tres desvíos más tarde, encontré una nueva cabeza de toro. Suspiré de alivio. No había razón para ello, pero esos signos se habían convertido en mi esperanza. Encontré más caminos cegados. Tal vez por los terremotos, o por el simple paso del tiempo, y tuve que desandar en un par de ocasiones, aunque siempre encontraba nuevos toros. Me extrañó no hallar cadáveres. Esqueletos de suplicantes perdidas, desesperadas, sujetando sus hilos rotos mientras iban y venían sin encontrar la ruta de su salvación. Pero no vi nada de eso. Lo que sí vi en una gran sala fue un fresco de colores que ocupaba una pared entera. Era un grupo de bailarinas con las manos unidas por un hilo. En la pared de enfrente, otra enorme pintura: una mujer vestida igual que yo. Con los pechos descubiertos, ese gran faldón de amplio vuelo y una serpiente en cada mano. Había más frescos coloridos, algunos defectuosos por los desprendimientos. Sus colores estaban desvaídos, pero aún eran apreciables. Al avanzar por un corredor en la oscuridad, hacia la luz del fondo, caí en la cuenta de que la noche sigue al día. ¿Cómo vería entonces? Eso me espoleó, pero también aumentó mi angustia. Corrí. Los cuerpos de las serpientes se liberaban y se volvían a enroscar. Noté que mi respiración se aceleraba, mis pasos resonaban. Casi me eché a llorar cuando, en un desvío, la luz era insuficiente para ver los símbolos grabados. Adiviné por fin la silueta de los cuernos y reanudé mi carrera, hasta que por fin desemboqué en una grandísima sala circular.

Me asomé. El techo estaba alto y de él colgaban rocas picudas como lanzas. De sus puntas caían gotas de agua. No fui capaz de averiguar de dónde venía la luz. Solo caminé despacio hacia el centro encharcado, ligeramente más profundo que los bordes. Me volví y observé que eran varios los caminos que desembocaban en aquel lugar. Sobre cada uno, un símbolo. La cabeza de toro por la que yo había llegado, pero también delfines, barcos, figuras humanas, caballos. Así que mi ruta había sido la correcta, pero todas las demás lo eran también. Eso supuse.

Había más en aquel espacio. Una lámina pulida de bordes irregulares, como encastrada en el muro rocoso, tal alta como yo. Bruñida, pero cruzada de grietas y rodeada por un cerco negruzco. De la pared opuesta brotaba una cabeza de toro negro de tamaño natural. Uno de sus cuernos se había roto y se veía el reborde de cerámica. Los ojos pintados en la superficie estaban descascarillados. Giré sobre mí misma, chapoteando en la fina película de agua.

—¿Y ahora qué?

La pregunta resonó contra las paredes húmedas.

—Ahora mírate en el espejo.

Me volví hacia la cabeza de toro. Juraría que era de allí de donde había surgido la respuesta cavernosa. Me acerqué a ella para observar la testuz, ancha y bien tallada. Ojalá hubiera tenido las manos libres para palpar el hocico y buscar el orificio de donde tal vez brotaba el sonido.

—¿Quién eres? —pregunté.

—¿Quién eres tú? —respondió la voz. ¿Era la de la vieja que había dirigido el rito?

—Soy Artemisia, hija de Ligdamis. Señora de Halicarnaso, Cos, Nísiros y Kálimnos, *bandaka* del gran rey Jerjes. Centinela de Asia me llaman algunos. —Levanté las manos con los ofidios enrollados—. Serpiente de Caria, así me llaman otros.

—Eso es lo que tú crees que eres. Lo que los demás te han dicho que eres.

Cada vez estaba más segura: la que me hablaba era la vieja de fuera. La sacerdotisa de aquella cueva pobre y olvidada. Recordé entonces lo que se contaba de los oráculos afamados, con almacenes repletos de ofrendas carísimas. Los que la gente de todo el mundo visitaba aquí y allá. Del más frecuentado, en Delfos, se decía que sus respuestas eran siempre acertijos que no aclaraban nada, y que solo podían interpretarse una vez había sucedido lo que vaticinaban. Negocios, matrimonios, tratados y hasta guerras se habían decidido tras una oscura respuesta en una sesión oracular. Y quienes servían allí y prestaban su voz a la divinidad eran seres humanos, tan débiles como todos los demás. Tan expuestos a que un puñado de oro definiera su vaticinio como cualquier mercader al que pagas una moneda más para que te ponga a ti, y no al vecino, el pescado más jugoso. ¿O acaso no se había servido de un oráculo el rey loco de Esparta, Cleómenes? ¿No lo había hecho también el astuto ateniense Temístocles?

Entonces recordé que yo no había pagado nada por estar allí. A lo mejor la vieja pretendía cobrarme cuando aquella comedia terminara. O a lo mejor no había oro de por medio.

—¿Y quién soy en realidad?

—Tal vez el espejo ayude —mugió el toro.

Enarqué las cejas. Ya me había mirado en muchos espejos. Pero en fin: había viajado hasta Creta, ofrecido el vino, el grano y la miel. Danzado como agitada por un ejército de *daimones*, vencido mis temores y atravesado aquella maraña rocosa con un bicho venenoso en cada mano. Me di la vuelta y me acerqué a la sucia lámina de metal. Me devolvió un reflejo deforme. Absurdo. Las líneas se curvaban por las imperfecciones de la superficie. Mi moño alto parecía estirarse, como si llevara un animal en la cabeza. Las serpientes eran dragones enormes entre mis dedos. Y ahora podía ver mi maquillaje: la banda negra horizontal, cuatro dedos de ancho y de oreja a oreja, en la que destacaba mi mirada. La suma de aquello con mi peinado, mi ropa y la falta de ella resultaba en un aspecto salvaje que habría escandalizado a Ester, pero que encantaría a Cloris.

—¿Qué estoy viendo?

Me pareció oír una risita burlona. No sabía que los toros tuvieran sentido del humor. Y menos aún los de cabeza de bronce. Me hice atrás y a un lado, de modo que abarcara mi reflejo y el de la cabeza cornuda a mi espalda.

—Lo que ves es a ti —dijo.

—Pues esto mismo podría haberlo hecho en mi palacio. Allí también hay espejos.

—Entonces tu viaje ha sido inútil.

Me dieron ganas de arrojar las serpientes contra el busto parlante. Ladeé la cabeza. Miré con mayor detenimiento. Pero allí no había más que lo que había.

—¿Y qué pasa con mi destino?

—¿No lo ves en el espejo?

Apreté los puños, y los reptiles respondieron apretando también mis antebrazos. Una de ellas abrió la boca y mostró unos dientes curvos, puntiagudos.

—¡El espejo solo devuelve mi reflejo!

—Así es. El espejo ve lo que hay ante él, nada más. Al espejo le dan igual tu nombre, tus títulos, los halagos o los insultos que te dedican los demás. El espejo ignora lo que tú crees tener, y lo que crees que jamás tendrás. Si te alegras porque eres bella, o si te lamentas porque no lo eres tanto como quisieras. Lo que te has atrevido a hacer, y lo que nunca harás porque no te atreves. O porque te han convencido de que no puedes hacerlo. Al espejo no le importan tu pasado y tu futuro.

—¡Por favor, basta de acertijos! Si el espejo no puede revelarme mi destino, ¿por qué he venido hasta aquí?

—Por la misma razón que las demás. Estación tras estación, miles de mujeres lo han intentado. Sujetando lo que quedaba de su madeja, con esa misma vestimenta, ese moño y ese maquillaje, y tras libar, beber, bailar y caminar por los corredores de la gruta. La mayor parte de ellas no llegaron a esta sala. Solo unas pocas lograron plantarse ante el espejo. De esas, algunas se sintieron tan ciegas como tú. Otras prefirieron ver lo que ya habían visto en otros espejos, en otros lugares. Todas recogieron hilo para volver a su vida.

—Pero yo no puedo recoger hilo. No tengo madeja.

—Eso ve el espejo. Una mujer que sostiene dos serpientes. Como las figuritas talladas en los corredores, pintadas en las salas. Una imagen repetida, con colores y vestidos cambiantes. Con distintos nombres.

—¿Qué nombres? ¿Quiénes son?

—Los nombres importan poco, ya te lo he dicho. Las has venerado en los templos, las has visto en tus sueños, has oído relatos sobre ellas. Pero siempre es la misma mujer. La misma canción, aunque hoy es una voz la que canta, y mañana será otra. La verdad es una sola, aunque se la llame de distinta manera o en una lengua diferente.

Seguí con la mirada fija en el espejo. Así que siempre era la misma mujer, ¿eh? Inanna, Ilitía, Hécate, Pandora, Eva, Renenutet, Afrodita…

—Artemisia —dije a mi reflejo—. Aranare, Sadukka, Ester, Cloris…

—Eres cada mujer —mugió el oráculo—. Todo está en ti. La duda y la decisión ante cada cruce de caminos. El valor, el miedo. La victoria, la derrota.

—Soy cada mujer. ¿Todo está en mí?

—Incluso el destino. Porque no importa si aciertas o fallas. Importa que sean tus aciertos y tus fallos. Hoy has recorrido tu camino sin perderte aunque a veces te sintieras perdida. Es que solo puedes perderte cuando recorres el camino ajeno. Cuando son otras manos las que sujetan la madeja y tiran de ti porque tiran de tu hilo, y tú no puedes sino pisar las huellas de otros, girar y verlos pasar. Dejar que las olas te arrastren. Pero hoy te has librado del falso caparazón, has cortado el hilo.

Lo absurdo dejó de serlo. Todo cobraba sentido. Y como suele ocurrir con las cosas complejas, la solución parecía bien simple. Volví a fijarme en mi reflejo. Era yo. Yo era la respuesta. Siempre lo había sido, aunque antes no lo supiera. Pero ese día todo había cambiado. Había cortado el hilo.

—He cortado el hilo —repetí.

—Sin morir no se puede volver a nacer. Ahora debes ser Artemisia. No la de antes: la auténtica. La libertad sin ataduras. La verdad sin mentiras.

—La verdad —repetí—. Sin mentiras. Sin cortar el hilo… Sin morir no se puede volver a nacer.

—Renace, Artemisia —mugió por última vez el toro negro en el centro del laberinto.

Las serpientes aflojaron su presión conforme el eco se apagaba en la gran sala. Miré sus hocicos en el espejo. Sus fauces a medio abrir. Las lenguas partidas que entraban y salían. Miré mi cuerpo cubierto por aquella tela tan gruesa que los colmillos de las víboras no podrían atravesarla jamás. Miré la única parte de mí que seguía desnuda, expuesta al mordisco.

—Sin morir no se puede volver a nacer.

Doblé los codos y acerqué sus cabezas a mis pechos. Noté el frío de sus escamas, y los pinchazos. Primero a la izquierda, casi en la axila; luego a la derecha, bajo el pezón. Dolor intenso. Me mordí el labio, abrí las manos. Cayeron con un chapoteo, y reptaron en direcciones opuestas, buscando la base de los muros. Me moví hacia el espejo. Hacia el reflejo de mi rostro desencajado. ¿Qué había hecho? Mis pechos ardían. Observé las diminutas marcas gemelas en mi piel. Un hilillo de sangre brotaba de una de ellas. Luego volví a mirar mi rostro. Desde tan cerca, mis ojos parecían pozos de luz enmarcados por la pintura negra. Retrocedí un paso. Dos. Pese al dolor creciente, sonreí. Lo había dicho el toro. O la vieja, que tanto daba. El espejo seguía mostrándome quién había sido. Pero estaba muriendo por dentro. O tal vez ya estaba muerta. Ahora, como Inanna, renacería. Sin hilos. Sin mentiras. Sin destino.

CAPÍTULO VI

Will our story shine like a light
or end in the dark?

(¿Brillará nuestra historia como la luz
o se perderá en la oscuridad?). Trad. libre.

We don't need another hero
(1985, Tina Turner: *Mad Max Beyond Thunderdome*
OST)
Britten/Lyle

DEL MANUSCRITO DE HERÓDOTO

FRAGMENTO 202

En este punto soy yo quien pide a la señora Artemisia un tiempo para la reflexión. Ella, comprensiva, me lo concede. Yo ya había oído historias sobre Creta, isla antaño habitada por bárbaros. Historias sobre su antigua reina Pasifae, esposa de Minos que, poseída por la lascivia, había copulado con un hermoso toro blanco. Pasifae se hizo construir una fortaleza de la confusión para encerrar al deforme fruto de sus amores prohibidos, mezcla de bestia y hombre. Si esto tiene alguna relación con lo que me cuenta Artemisia, yo lo ignoro. Tampoco sé, por el momento, si lo ocurrido en aquella gruta le sirvió para aclarar sus dudas. Lo que resulta evidente es que mi señora sobrevivió a la mordedura de las serpientes. Bien porque no fueran venenosas, bien porque ella es fuerte como pocas. Que no era la primera vez que se enfrentaba a la muerte y regresaba airosa. O quizá lo soñó todo, trastornada por el bebedizo de aquellas mujeres; o un dios quiso burlarse de ella, nubló su juicio y le envió una visión. Sea cual sea la verdad, me considero poco inclinado a creer en mortales que ofrecen su vida y después renacen.

—Me contaste, señora, de los preparativos del gran rey para cortar la tierra en el Atos y unir Asia con Europa en el estrecho.

—Esas obras continuaron, Heródoto. Y otras muchas que Jerjes había dispuesto para garantizar el éxito de su expedición.

Me dice Artemisia que se instalaron depósitos de víveres a fin de que no pasaran hambre ni las tropas ni las bestias de carga que se dirigiesen contra Grecia. Una vez informado de los lugares cuya situación era idónea, Jerjes mandó instalar los depósitos. Desde Asia se transportarían víveres a bordo de cargueros y gabarras. Pues bien, unos llevarían provisiones a un lugar de Tracia que recibe el nombre de Lucacte, en tanto que otros recibieron la orden de trasladarlas a Tirodiza, una villa perteneciente a Perinto. Otros a Dorisco, otros a Eyón, a orillas del río Estrimón, y otros a Terme, en Macedonia. Por estos notorios preparativos, a cualquiera le era posible anticipar el itinerario que el gran rey había pensado para su viaje.

—Hasta mis oídos —sigue mi señora— llegó que el gran rey había reunido a su ejército asiático en Critala, en Capadocia, y se desplazaba ahora hacia Sardes, donde pasaría el invierno y se añadiría el resto de las tropas de tierra. A Sardes también deberíamos acudir los jefes y subalternos de la armada antes de la primavera. Menos de un año, Heródoto, faltaba para la gran expedición.

»Jerjes mandó que se despacharan heraldos a Grecia para exigir de nuevo la tierra y el agua: esta era la última oportunidad de que algunos griegos pudieran zafarse sin derramamiento de sangre. Tal era la generosidad del gran rey. Tal su poco apego a la violencia. Y digo «algunos griegos» porque, pese a su repulsión hacia la guerra, Jerjes había tomado sendas decisiones respecto de Atenas y Esparta. En cuanto a Atenas, porque no era posible perdonar ya los continuos desmanes que causaba en el mar a los persas y a sus aliados. Y porque era esta ciudad la que, según informaban los espías, incitaba a las otras a tomar las armas contra Persia. En cuanto a Esparta, porque el sacrificio de los emisarios Espertias y Bulis había convencido a Jerjes de que los espartanos no aceptarían otra solución que la guerra. Y, aunque el gran rey expresaba en voz alta su admiración por ellos y prefería no enfrentarse con Esparta, tampoco consentía que persa alguno quedara por debajo de un espartano en valentía y habilidad.

»Había otra causa: Demarato, el rey espartano depuesto por la perfidia del loco Cleómenes y las mentiras del oráculo. Una vez huido de Esparta, Demarato mezclaba en su corazón el amor y el resentimiento contra la patria. Y por eso, instalado en la corte persa, aconsejaba a Jerjes. Sobre los espartanos le había asegurado que, tal como advirtieron Espertias y Bulis, jamás entregarían la tierra y el agua, y que solo los convencería en el campo de batalla. Por estos mismos consejos, que Jerjes consideraba prudentes, Demarato le acompañó a partir de ese momento. Hubo quien le advirtió contra el extranjero, pero el gran rey solía responder que no había espartano más interesado que Demarato en que su ciudad fuera sometida. Efectivamente, Jerjes le había prometido restituirlo en su cargo, así como otros presentes y ventajas, si le mostraba cómo superar a Esparta. Yo siempre he creído que Jerjes deseaba, más que nada, que los espartanos formaran parte de su imperio y de su ejército, pues admiraba su arrojo y su sentido del deber; y era bien consciente de que no se someterían a él ni ganaría su respeto si no los vencía en combate.

Pregunto a mi señora qué hacían los griegos mientras estos preparativos tenían lugar en Persia, y me dice que no estaban ociosos. Se sabe que habían mandado espías a Asia, y también emisarios a Argos, a Sicilia, a Corcira y a Creta, con el fin de concertar alianzas militares contra Persia. Todo esto, impulsado por el hábil ingenio del ateniense Temístocles, tenía por objetivo un frente común. Que los griegos se coaligasen ante los terribles peligros que los amenazaban por igual.

—Sin embargo, Heródoto, los griegos padecen un mal que frecuentemente acaba en lo peor: la división. Ni siquiera la existencia de un enemigo común los pone de acuerdo.

»Argos, tan maltratada por Esparta en los años recientes, era un aliado que los atenienses consideraban imprescindible. Los argivos mismos se convencieron de que el liderazgo de toda coalición griega les correspondía a ellos, como ocurriera en tiempos con su antepasado Agamenón, azote de Troya y pastor de hombres. Pensaban que, sin el mando de un argivo, ningún ejército europeo podría batir a otro asiático. Así que, al conocer la demanda ateniense para formar ese frente común, mandaron consulta al oráculo de Delfos.

—El oráculo de nuevo —respondo. Y como mi última intención es ofender a los dioses, no pregunto si esta vez el vaticinio fue sincero o si necesitó un riego previo de oro. Mi señora Artemisia sonríe, pues adivina lo que pienso.

—Y el oráculo contestó, Heródoto. Según juran los argivos, los informó de que eran un pueblo amado por los dioses pero odiado por sus vecinos, así que debían permanecer en guardia sin abandonar su casa.

»Ante la insistencia de los atenienses, que pensaban que Argos pretendía sacar tajada, los argivos dijeron que, pese al oráculo, se unirían a la coalición contra los persas con dos condiciones: treinta años de paz con Esparta y el liderazgo sobre la mitad del ejército griego. Naturalmente, los espartanos lo rechazaron, pues eran ellos quienes se creían merecedores de comandar las tropas. Así pues, Argos no se unió a la coalición y proclamó su neutralidad.

—Todo me suena a excusa. —Levanto el cálamo mojado en tinta—. Y a estupidez.

Artemisia asiente.

—Tanto de lo uno como de lo otro. Y es que, Heródoto, es fácil que el odio y el desprecio se abran camino cuando la vanidad crece en el corazón de los hombres. Unos se sienten diferentes de los otros. Y cuando alguien se sienta diferente de ti, amigo mío, no pienses nunca que es porque se considera peor. Al contrario, siempre será porque se cree mejor que tú. Y, para ocultarte su egolatría y su jactancia, encontrará mil excusas. Desde los dioses que adora a la lengua que habla; costumbres más remotas, mayor inteligencia, mejor disposición para el trabajo, cabellos más rubios. Ah, y no olvides las ofensas recientes, ciertas, exageradas o del todo inventadas; ni el consejo de los ancianos o, por fin, las promesas de un oráculo.

LA REUNIÓN

Encontrar la salida de la cueva fue sencillo. Fuera, las danzarinas recuperaron los extraños ropajes rituales y me devolvieron mi peplo. Nadie me preguntó por las serpientes, pero las dos mordeduras eran bien visibles cuando broté a la luz del sol. La vieja lavó las heridas con vino puro y me aplicó emplastos de aquilea. Mientras me curaba, no hizo pregunta alguna. Tampoco respondió a las cien con las que yo la acribillé.

Regresé al Némesis en el mismo bote y con los mismos remeros que me habían llevado a Inato, con restos de pintura negra en la cara y la sensación de que la verdad había estado siempre dentro de mí. Solo que para llegar a ella había que recorrer un camino sinuoso, lleno de cruces, bifurcaciones, desvíos, callejones sin salida, voces engañosas y reflejos imprecisos. Al subir a bordo no me vi capaz de saciar la curiosidad de la tripulación, y tampoco autorizada a desvelar lo que tal vez era un secreto de siglos. Así que se lo resumí a Zabbaios en voz alta:

—Hice mis ofrendas a Ilitía y ahora todo irá mejor. Me siento renacida.

Luego mandé poner rumbo a Paros y metí prisa a los marinos. Durante el viaje, reviví en mi mente el descenso a la gran sala con la cabeza de toro y el espejo. De tanto repetirme cada palabra, frases enteras llegaron a perder sentido. Solo el escozor en los pechos me certificaba que sí: aquello había ocurrido de veras. ¿Cuánto tiempo llevaba ocurriendo? ¿Y durante cuánto tiempo más ocurriría? ¿Qué pasaba cuando la vieja moría? ¿La sustituía una de las danzarinas? ¿O acaso era una inmortal disfrazada a ratos de sacerdotisa, a ratos de toro parlante?

Calculé que las fiestas Skiroforias estarían terminando en Atenas cuando pasamos junto a la ennegrecida isla de Tera. Tal vez en aquellos mismos momentos, Ameinias de Eleusis se hacía a la mar en el Tauros hacia el mismo puerto que yo. Así que, pese a burlarme del destino, lo más seguro era que yo me dirigía a mi propia e inmediata muerte. A lo mejor era el sino de las que preferían las serpientes a las madejas.

Nada más llegar a Paros, me cubrí la cara como una mujer decente y recorrí el conocido camino hasta el prostíbulo de Cloris. Esta vez, el matón de la entrada se apartó en cuanto me quité la *calyptra*. Pedí a Zabbaios que se quedara abajo y subí con el corazón encogido. La famosa *porné* me recibió con su consabida elegancia:

—¡Por el gran pollazo que Ares le dio a Afrodita! ¡Si es la Centinela de Asia! ¡Y con la misma ropa blanca y aburrida de siempre!

Esperé a que despidiera a su otro matón, gemelo del portero. Cuando estuvimos solas, abrí las manos vacías a los lados.

—Esta vez vengo sin dinero.

—Mujer, a veces se jode por un precio, a veces por placer.

Tomé asiento, y esperé un rato para acostumbrar el olfato al denso perfume. Intenté parar el repiqueteo de dedos sobre la mesa y el temblor obsesivo de mis piernas. Pero me resultaba imposible olvidar el miedo que me había acompañado desde Creta.

—¿Ha llegado ya? —pregunté.

—Lleva dos días aquí. Ha fondeado el Tauros cerca de Antíparos, donde casi te manda al fondo.

No pude evitarlo: miré a mi espalda. Puerta cerrada. Imaginé a Zabbaios abajo, solo. O en compañía de los bestiales gemelos de Cloris. A saber qué era peor.

—¿Estará seguro mi piloto?

—Ya te lo dije, Artemisia de Caria: no mientras siga a tu lado. Pero es mayorcito para asumir sus propios riesgos, ¿no?

—Me prometiste que no habría trampas.

—Y no las habrá. Aunque no puedo controlar todo lo que pasa en la isla. La gente está muy excitada, ¿sabes? Pero no como a ti y a mí nos gusta. Tiran rápido de metal y lo manchan de sangre a la mínima sospecha. Que si este es un espía persa, que si ese otro es amigo de los atenienses… ¿Quieres dejar las piernas quietas?

—No puedo. ¿Cómo es que Ameinias ha venido tan pronto?

—Porque sabe que tú también venías. Le mandé un mensaje para confirmarle que aceptabas su propuesta. Supongo que se lo habrá comido la impaciencia durante este tiempo, y que partió de Atenas antes de que se apagaran las hogueras de las Skiroforias.

Me costó tragar saliva. Volví a girar la cabeza hacia la puerta.

—¿Está aquí, en tu casa?

—No andará lejos. Ameinias está donde Ameinias quiere.

Lo imaginé en el puerto, con los brazos en jarras, como un marino cualquiera. Tal vez mirando el Némesis. Buscando en la borda el lugar por el que meter su próximo espolonazo.

—Quiero hacerlo cuanto antes, Cloris.

—Mujer, sabes que me gustas, pero ya te dije que no soy de esas. Claro que contigo podría hacer una excepción…

—Por favor, basta. ¿Puede ser hoy?

La *porné* negó.

—Mañana al atardecer. Aquí. Vendrá solo, y tú también. Hasta tu fenicio se quedará en el puerto.

El temblor de mis piernas aumentó.

—¿Tú estarás?

Cloris dejó de sonreír. Sus ojos negros se clavaron en los míos. Sólidos. Francos.

—Estaré muy cerca. Y no permitiré que te haga daño.

Sigo sin saber por qué eso me tranquilizó. Por mi mente pasaron varias posibilidades, y la mayor parte incluía que fuera yo la que le hiciera daño a él. Tal vez mis hombres esperando en una esquina. O un poco de veneno para verter en una copa. Cloris volvió a sonreír.

—Que se te vayan las tonterías de la cabeza. Cuando tú vas a Naxos, yo vuelvo de Samos. ¿Estamos, putón asiático?

Yo también sonreí.

—Estamos, putón isleño.

Me puse en pie, pero Cloris no daba por terminada la entrevista.

—Algo le ha pasado a la Serpiente de Caria. Estás muerta de miedo, pero te noto más decidida.

Le sostuve la mirada mientras pensaba cuánto se reiría Cloris si le contaba mi última aventura.

—¿Tú crees en el destino? —le pregunté—. ¿Crees que una diosa vieja y fea amenaza con cortar el hilo de tu vida?

Por primera vez, la vi vacilar. Acabó por señalar la cicatriz de su cuello.

—A mí ese hilo me lo cortaron hace tiempo, y no fue ninguna diosa vieja y fea. Pero mírame: aquí estoy. ¿Era mi destino morir ese día, o lo era salvarme y vivir con la garganta adornada?

—¿Y si no lo era ninguna de las dos posibilidades?

—Pues me importa muy poco, Artemisia. Y a ti tampoco debería importarte. ¿Todo esto es por esa marca en tu frente?

—Un poco. Y por algo que me ha pasado en una cueva.

—¿En una cueva? Pedazo de pendón… ¿Y quién ha sido? ¿El padre de tu hijo? ¿El príncipe Ariabignes?

—Un toro.

—¡Oh, sagradas tetas de Hera! ¿Un toro? Artemisia de Caria, quién te ha visto y quién te ve. Eso me lo tienes que contar.

—Ya, ya. —Señalé su cicatriz—. Cuando tú me cuentes cómo te hiciste eso.

—Esto fue en otra vida. Casi ni me acuerdo. Un día te tengo

que enseñar las demás cicatrices que tengo. Me valen para darte algún consejillo. Por ejemplo, deshazte del perro que muerde cuando lo acaricias. Tal vez la próxima dentellada no tenga arreglo.

—Hmmm. ¿Y cómo sabes que el perro te va a morder si es la primera vez que lo acaricias?

Cloris se puso en pie. Pasó junto a mí y abrió la puerta.

—Artemisia de Caria, somos bastante putas las dos. Con solo ver al hombre, deberíamos saber si se le va a levantar. Y con solo oír el ladrido, deberíamos saber si el perro muerde. Hasta mañana. Al atardecer.

Esa noche dormí —o lo intenté— a bordo, protegida por tres marinos a los que la suerte había deparado el turno de guardia. El resto de la tripulación, como era habitual, se desperdigó por Paros para gastar sus monedas en lo que el cuerpo les pidiera.

Bueno, también se quedó Zabbaios, claro. Porque él siempre pernoctaba en el Némesis, estuviéramos sobre húmedo o sobre seco. Yo, desvelada, vislumbraba su silueta por la abertura de la toldilla. Estaba en pie sobre la borda, mirando hacia las pocas luces del puerto. No debía de faltar mucho para el amanecer, y tuve claro que ya no conciliaría el sueño. Así que me levanté y, envuelta en una manta, me acerqué a él.

—¿Tampoco puedes dormir, Zab?

Me contestó sin mirarme:

—Me preocupa tu cita.

—¿Otra vez con eso? Tengo que ir. Respeta mis decisiones.

—Antes deberías tomar decisiones respetables. Porque no tienes que ir, Artemisia: quieres hacerlo, y ya está. Bueno, no está, porque no entiendo nada. ¿Te pareció poco la reunión bajo la tormenta, cuando ese cabrón ateniense nos quebró las tablas? ¿Te dio una impresión amistosa aquel día?

Llené mi pecho con el aire de la madrugada. Las siluetas de los marineros de guardia se movían despacio a lo largo de la cubierta.

—Aquel día, Zab, Ameinias llevaba ese yelmo negro con cuernos. No sé de nadie capaz de reconocerlo, salvo Cloris. Tal vez me lo haya cruzado por las calles de Paros. O a saber hasta dónde llega su audacia. A lo mejor se ha paseado por Quíos, por Cos. ¿Imaginas que haya desembarcado alguna vez en Halicarnaso? Dicen que a veces viaja de incógnito en un *gaulo*, que se hace pasar por comerciante o por simple marino. Así puede acercarse a las naves de la flota persa. Merodea por un puerto, charla con el piloto de un mercante, se entera de su carga y su ruta, y luego lo asalta en la mar. Es de ese tipo de gente, Zab. De los que se toman su tiempo. De los que saben que es mejor conocer al enemigo. No soporto esa ventaja suya. Necesito mirarlo a los ojos con la cara descubierta, sin máscaras ni disfraces. Yo también quiero conocer a mi enemigo.

—Cualquiera diría que lo admiras.

No me lo había planteado. Lo hice, y no me gustó lo que mi interior me respondía.

—Es bueno, Zab. Reconócelo.

—Lo reconozco. Los cocodrilos del Nilo también son buenos. Se mueven rápido, atacan en silencio, te destrozan antes de que te des cuenta. Admirables. Pero no tengo intención de conocer a ninguno.

—Ya. Pues a veces es interesante acercarte a tu enemigo, echarle la mano al cuello y poner tu cara muy cerca de la suya. Mi madre me contaba que los jóvenes de Creta se enfrentaban a toros enormes. Se plantaban delante y, cuando embestían, saltaban por encima. Desafiaban su miedo, Zab. Las chicas también lo hacían.

—¿Tu madre saltaba toros?

—No. Creo que nadie lo hace ya.

—Normal. Uno no llega a viejo saltando toros, nadando con cocodrilos o reuniéndose con los enemigos que quieren matarlo. Tu amiga, la *porné*, te dirá lo mismo. Pregúntale.

Como de costumbre, él tenía razón. Consideré la posibilidad de no acudir a mi cita. Descubrí que lo que me preocupaba de eso era defraudar a Cloris.

—Ella no permitirá que me pase nada.

—Ella hará lo que sea si el pago le place, Artemisia.

Negué con firmeza.

—Ha tenido oportunidad, y aquí seguimos. ¿Por qué habría de ser distinto ahora? No. Me pondría sobre aviso.

—Será cierto si tú lo dices. Lo que yo digo es que a ti nunca te cachea el matón de la entrada. Llévate un cuchillo. Haz lo que quieras, como siempre: salta toros, nada con cocodrilos y cítate con atenienses. Pero no vayas desarmada. Es lo único que te pido.

Lo miré de reojo mientras, ya en silencio, seguía escudriñando los fanales de las naves fondeadas frente a Paros. Escuchar a Zabbaios me había salvado la vida más de una vez. No hacerlo me había puesto al borde de la muerte. ¿Y qué podía esperar de aquel pirata de Atenas? Era el mismo que había encendido la llama, y luego traicionado a mi padre. El que nos había tendido la trampa junto a Antíparos. El que se nos había acercado como un cebo flotante para arrastrarnos a su emboscada. Y diez mil dracmas son muchos dracmas. Ariabignes también me había advertido sobre aquel ateniense mentiroso, uno más entre todos los demás atenienses mentirosos. «Buscará la forma de engañarte, de llevarte a su terreno. Te mentirá y convertirá sus obstáculos en ventajas. Les reconozco la inteligencia, la astucia… Pero son viles. Indignos, Artemisia. No como tú y como yo».

Si algo estaba haciendo yo últimamente, era seguir los consejos contrarios a los que me daba todo el mundo. Así que rechacé de nuevo la madeja y me imaginé en el prostíbulo de Cloris la Blanca. Sentada en su despacho, frente a Ameinias. Con solo una mesa entre nosotros. Me vi saltando como una muchacha cretense, clavando un puñal en el cuello del toro humano. ¿Cuántas preocupaciones ahorraría a capitanes, pilotos y remeros desde Halicarnaso hasta Paros? Una nueva posibilidad se abría paso. Sonreí. Ahora sí que me resultaría imposible dormir.

—Está bien, Zab. Llevaré un arma. Y tal vez la use.

Esa tarde acudí al prostíbulo con mi mejor peplo, maquillada con una larga raya negra, como Cloris. Sola, a pesar de las muchas quejas de Zabbaios. Avancé por las calles atestadas con la cabeza tapada, un solo ojo a la vista y el puñal disimulado bajo el *strophion*. Dejaba que la *calyptra* colgara más de un lado, y su extremo tapaba el mango del arma. Antes de desembarcar, había practicado varias veces la acción de meter la mano bajo la tela y desenfundar. Todo eso ante la mirada de un enojadísimo Zabbaios.

Por el camino caí en la cuenta de que no había matado nunca. En fin, a mis órdenes habíamos quebrado *gaulos*, *pentecónteros* y trirremes. Nuestro rastro de cadáveres en el mar superaba a Escila y Caribdis juntas. Pero eso, en realidad, lo había hecho el Némesis. Dicen que no es lo mismo cuando tienes que clavar un cuchillo a una pulgada y sientes el calor de tu víctima y te mira a los ojos. Su sangre mojando tu mano, su aliento cuando grita de dolor. Esas cosas me recordaban demasiado a aquella noche lejana en Halicarnaso.

Me entró el miedo a mitad de viaje. Ojalá Karkish y Bakish estuvieran conmigo. Esos sí que sabían manejar el cuchillo.

—Eh, mujer.

La voz me sobresaltó al pasar frente a una taberna. Era un pescador pario, con caña al hombro y un pozal mediado de presas. Salía apestando a vino barato y me ofrecía medio siclo por no sé qué guarrada. Apenas lo miré. Apreté el paso y esquivé a varios marinos más que me hicieron ofertas por el camino. Uno hasta me siguió de cerca un trecho mientras repetía obscenidades. Pese a todos mis remilgos y temores, estuve tentada de hacer un alto y probarme a mí misma. Sacar el cuchillo, clavar hasta la empuñadura y retorcer. Desparramarle las tripas y seguir a lo mío. Por suerte, el tipo se aburrió justo cuando yo sorteaba al borracho durmiente del callejón. El sol se había ocultado tras el monte que domina la ciudad. Había mucha clientela ese día. Tal vez por la cercanía de la guerra, me dije, la gente se apresuraba a pasarlo bien antes de pasarlo realmente mal. Me destapé la cara ante el matón de la puerta.

—Me esperan.

—Lo sé. Adelante.

Toqué la empuñadura de mi arma seis o siete veces mientras subía la escalera y recorría el pasillo. Obligándome a andar despacio, el oído atento. No escuché nada salvo mis propios latidos, que tronaban como una tormenta de otoño en los estrechos. Me planté frente a la puerta de Cloris, melena descubierta y *calyptra* colgando del cuello. Me aseguré de que el puñal seguía oculto. Recoloqué los bucles a los lados, me humedecí los labios. Entré.

Fuera atardecía, así que había dos velas encendidas en el despacho de la *porné*. De pie, con la espalda pegada a la pared y los brazos cruzados sobre el pecho, estaba él.

Parecía más bajo y menos fuerte que cuando lo había visto sobre su nave, a través de la lluvia. Su rostro era de lo más normal y, aunque nervudo, no tenía pinta de gran guerrero. Desde luego, no se parecía nada ni a Damasítimo ni a Ariabignes. Ni gozaba del aura de nobleza de Artafernes, ni de la mirada peligrosa de Acteón. Tal vez a quien más se parecía era a Zabbaios. Eso se me pasó por la cabeza, y me maldije a mí misma por pensarlo.

—Artemisia de Caria. —Sonreía. Con un punto de pena, creo. Aparentaba algo menos de cincuenta, aunque los hombres de mar suelen parecer más viejos. Pelo muy corto y negro, cejas pobladas, ojos pequeños, labios finos. Su piel morena tenía varias cicatrices pequeñas. Sobre los labios, cruzando la nariz, en la sien izquierda… Recordé lo que mi piloto me había dicho sobre esas marcas y la veteranía.

—Ameinias de Eleusis —dije. Eché una rápida mirada por la estancia. Ni rastro de Cloris y su guardaespaldas. El ateniense y yo estábamos solos. Observé su vestimenta. Nada de armas a la vista.

El tiempo de silencio se alargó hasta hacerse incómodo. Él ni siquiera pestañeaba. Yo seguía en el otro extremo de la sala.

—¿Decepcionada? —preguntó al fin.

Me encogí de hombros.

—¿Y tú?

Deshizo el nudo de sus brazos. Yo observé atentamente cómo movía su mano derecha. La balanceó despacio, como si estuviera valorando el género y no le pareciera ni caro ni barato.

—Conocí a una mujerona en Palene. —Volvió a cruzar los brazos—. Glicera se llamaba. Fea como un calamar. De algún modo, su padre le encontró esposo, pero se quedó viuda a los pocos días de casarse, dicen que porque el tipo se dio en la cabeza con el quicio de la puerta. Todos sabemos que en realidad lo mató ella de un coscorrón. Así que volvió a casa de su padre, y este la puso a trabajar la tierra y cortar leña. Cuando la vi la última vez, tenía más bigote que yo, los hombros anchos como el Egeo. Cascaba las nueces apretándolas con dos dedos y, en las Tesmoforias, palmeaba a las doncellas en las nalgas.

Y enarcó las cejas. Su jonio era muy parecido al mío. Y hablaba sin elevar la voz, que es algo que he visto muchas veces en quienes ostentan mando.

—Qué historia tan entrañable.

Los labios de Ameinias se estiraron, y la piel a su alrededor pareció agrietarse. Así que esa era su forma de sonreír.

—No te pareces a Glicera. Cloris me lo había advertido, pero tampoco esperaba… —hizo un gesto con la barbilla hacia mí y acentuó su sonrisa— esto.

Yo no intenté sonreír. Lo más seguro era que, con los nervios, me saliera una mueca.

—A lo mejor ahora sube mi precio, ¿no?

Soltó una risa entre dientes.

—Lo propondré cuando regrese a Atenas.

—Estupendo.

—Tengo otra propuesta, Artemisia.

Así que de eso se trataba. Fingí interés.

—¿Que me una a vosotros, quizá?

—Atenienses y carios hablamos la misma lengua. Adoramos a los mismos dioses. Si lo piensas bien, la única diferencia es que nosotros somos libres.

—¿Ah, sí? A ver, Ameinias: si yo fuera ateniense, ¿habría llegado a esta isla al mando de mi propia nave? ¿Habría venido a este antro? ¿Estaría hablando contigo?

Nueva sonrisa de labios afilados.

—Si te unes a mí, me encargaré de que nadie te considere peor que yo. Irás adonde quieras, harás lo que desees.

—Qué detallazo. Pero fíjate: ahora voy adonde quiero, hago lo que deseo. Y no soy peor que tú.

—Oye, Artemisia, ¿y si esos diez mil dracmas te los embolsaras tú?

Entorné los ojos, fruncí los labios.

—Diez mil dracmas. Vaya. ¿Es lo que ofrecéis a cualquiera por pasarse de bando?

—Cualquiera no vale lo que tú. Pero todos tenemos un precio, y muchos cambiarán su fidelidad. Ya lo verás.

—¿Te fiarías de alguien que cobra por su fidelidad? Jerjes puede multiplicar lo que paguéis a cada soldado, a cada nave. Puede compraros a todos, incluidos los atenienses. Puede comprarte a ti.

Ameinias volvió a descruzar los brazos. Vigilé sus movimientos. Se acercó a la mesa, tiró de la silla y se sentó en ella. Me invitó a hacer lo mismo. Yo notaba la dureza del hierro bajo el *strophion*. ¿Y si lo hacía ahora? Di un paso. Deslicé mis manos bajo el extremo de la *calyptra*. Él parecía confiado.

—¿Te han contado que los persas mataron a mi hermano?

Detuve mi movimiento. Mejor si seguíamos hablando, eso pensé. Cada palabra bajaba un poco más la guardia del enemigo.

—Fue en Maratón, ¿no?

—Sí. Cinegiro era el mayor, y mi padre le había encargado que cuidara de mí y de mi hermano pequeño, Esquilo.

Seguí en pie. Mis dedos se apretaron en torno a la empuñadura.

—¿Se sacrificó por vosotros?

—Por toda Atenas. Nos habíamos enterado de lo ocurrido en Eretria. Y eso que ellos solo mandaron cinco naves a la revuelta jonia. Nosotros habíamos mandado veinte. Imagina lo que iba a ocurrirnos si los persas entraban en la ciudad. Degüellos, incendios, empalamientos... Nuestras mujeres esclavizadas, nuestros hijos convertidos en eunucos.

—Cuánto me suena eso, Ameinias.

Me señaló con su índice.

—Lo sé, lo sé. Y dime, Artemisia: ¿quién quemó Halicarnaso?

La voz de mi madre resonó fuerte en mi memoria. «La culpa es de los atenienses».

—En lo de quemar ciudades, Ameinias, sabe uno cómo se empieza, pero no cómo se termina. Menos en este asunto, claro. En este asunto, la primera en arder fue Sardes. La última será Atenas.

—Quemar Atenas era lo que buscaban tus amos, pero en Maratón los pusimos en fuga. A mi hermano lo mataron cuando subía a una de las naves persas para impedir que huyeran. Mataron a conocidos míos. A Calímaco, uno de los atenienses más respetados. Y a mi amigo Estesilao.

—¿Acaso no murieron persas ese día?

—Muchos, Artemisia. Solo que estaban lejos de casa. Nosotros, a las puertas de la nuestra. Mi hermano Cinegiro cumplía con su deber. Los persas que cayeron en Maratón luchaban a golpe de látigo.

—Tu hermano seguiría vivo si tú no te hubieras alejado de tu casa para hacer hogueritas en Sardes y para embaucar a los demás. Para hacer promesas que no pensabas cumplir. De no ser por ti, mi padre también viviría. Y yo tendría a mi hermano en casa, y a mi madre en sus cabales. Porque sí, Ameinias: no eres el único que ha perdido algo. Hace poco he aprendido a valorar los espejos, fíjate. No los usamos lo suficiente. Haz igual y, si buscas a un responsable de Maratón, asómate al siguiente espejo que veas. No sabes nada de Persia, Ameinias. Y como no sabes, temes. Tienes miedo. Miedo de unos hombres a los que supones esclavos azotados por el látigo de Jerjes, ¿eh? Por miedo, pese a lo grandes luchadores que sois los atenienses cuando amenazan vuestra casa, has venido aquí a comprarme. ¿Pues sabes algo? Yo también he de cumplir con mi deber. Y tiene poco que ver con Sardes, con Maratón, con Jerjes o con tu hermano. Tiene que ver contigo.

Ameinias entrecerró los ojos. Apoyó su índice en el pecho.

—¿Entonces es por mí? ¿Se trata solo de venganza?

—Se trata de justicia. Némesis.

—Ya. —Apoyó las manos en la mesa—. Claro, de ahí el nombre de tu trirreme. Así que la Centinela de Asia está obligada por el destino, ¿eh?

Eso me pilló por sorpresa. De pronto me sentí como en la cueva de Inato. Desorientada en un cruce de caminos, temerosa de no hallar la salida. Casi sin pensarlo, tomé asiento. Lo señalé con la barbilla.

—¿Acaso tú no buscas venganza por lo de tu hermano en Maratón?

—No lo negaré —contestó Ameinias—. Aunque al menos yo lo reconozco. Pero te diré lo que busco con mayor ahínco aún: que ningún otro hermano de ningún otro ateniense muera luchando contra un persa para defender su patria. Que mi esposa y mis hijos vean atardeceres hasta su vejez. Que mi ciudad siga en pie, y no convertida en cenizas. ¿Eres capaz, Artemisia, de decirme cuántos de tus hombres murieron en la tormenta aquella noche, cuando nos enfrentamos?

—¡Dos! —rugí—. Un marino de cubierta llamado Arcón. Cayó al agua. Y Aridolis, un remero. Recibió de lleno el golpe de tu espolón.

—Conoces sus nombres. Eso está bien. Tú hundiste una de

mis naves. Conseguimos rescatar a diecisiete vivos y recuperamos nueve cadáveres más. El resto es comida para peces. Por mucho que me esfuerce, sería imposible recordar los nombres de todos a los que ahogaste esa noche.

Detecté la rabia en la forma en la que ahora Ameinias bajaba la cabeza, como un toro a punto de embestir. Me miraba con ojos encendidos bajo esas cejas negras. Empuñé el cuchillo y, con la mano oculta por la mesa, lo saqué media pulgada.

—¿A qué viene esto?

—Viene, Artemisia, a que tu justicia está costando muchas vidas. Y si al final no me matas, si eres tú quien muere, ¿de qué habrá servido? ¿De qué servirá a tu hermano, a tu padre, a tu madre? ¿Y a los padres de Arcón y Aridolis? ¿Y a las esposas e hijos de los remeros atenienses que tu espolón condenó a muerte?

—Creo que tienes razón, Ameinias de Eleusis.

Me moví muy rápido. La mesa voló con un estruendo capaz de despertar a medio Paros. Percibí la sorpresa cruzando los ojos del ateniense como un trallazo. Reaccionó con rapidez, pero no suficiente. En un momento, yo lo había derribado con silla incluida, y estaba sobre él, con el filo del cuchillo apoyado en su cuello. Sujetó mis muñecas con sus manos, pero no se atrevió a forcejear. Apretaba los dientes en espera del tajo. La piel tensa en las mandíbulas, vibrantes las aletas de la nariz. Presioné un poco más.

—Vamos —me animó en un susurro—. Mátame, Artemisia. Cumple tu destino.

Presioné hasta un pestañeo antes de cortar.

—No es el destino. Es justicia.

Movió la cabeza negativamente. Lo justo para que la piel no se rajara bajo el filo.

—Eso les dirás a todos, pero tú y yo sabemos la verdad.

Movimiento brusco a mi espalda. Alguien abrió la puerta, que rebotó contra la pared. La voz de Cloris sonó de una forma que jamás había oído. Suplicante.

—¡Artemisia, no!

—Esto no es cosa tuya —gruñí.

—¡Lo es! ¡Le di mi palabra, igual que a ti! ¡Por favor!

—Vamos, perra de Jerjes —insistía Ameinias—. Está escrito desde hace tiempo y es tu deber. ¡Hazlo!

Volví a gruñir. Presentí a los matones de Cloris tras de mí, dispuestos a intervenir. Pero no vacilaba por eso. Era porque no me lo había imaginado así. Me obligué a recordarlo. El propio Ameinias lo había dicho: era mi deber. Como el deber de su hermano en Maratón. Como el deber de los espartanos que habían viajado para entregar sus vidas a Jerjes. Solo que Jerjes no las había aceptado. Había cambiado el destino.

—Es mi deber —repetí—. Justicia, no venganza. Libertad, no destino. Verdad, no mentira.

Y una vez más la voz de Ariabignes en mi cabeza. Advirtiéndome de que Ameinias me engañaría, que me llevaría a su terreno. Que mentiría, y convertiría los obstáculos en ventajas. Lo mismo que yo acababa de hacer. Entonces, ¿en qué me diferenciaba de los atenienses que habían tenido la culpa de todo?

«Son viles. Indignos, Artemisia. No como tú y como yo».

Levanté el cuchillo. Ameinias aflojó su agarre defensivo. Poco a poco, me puse en pie. Él siguió allí, tumbado a mis pies, con una marca rojiza en el lugar donde el filo había presionado. Me volví a medias. Cloris estaba más blanca que nunca, y su propia cicatriz de degüello resplandecía. Su rostro, desencajado, no era la máscara hermosa y burlona de siempre. No me gustó la sensación de haberla defraudado. Quise que dijera algo. Que me llamara putón asiático, o me largara alguna otra de sus procacidades. Tras ella, dos figuras enormes, gemelas, dispuestas a desatar su furia. Yo aún estaba a tiempo. Podía apuñalar a mi enemigo. Una, dos veces. Tal vez tres cuchilladas antes de que los matones me destrozaran a patadas. Ni Ameinias ni yo saldríamos de allí, pero al menos todo habría terminado. O a lo mejor no hacía más que empezar, como siempre. Decisiones una vez más. De las buenas: de las que no tienen vuelta atrás. De lo que hiciera ahora dependía mi destino.

Un momento.

¿El destino?

—Me arrepentiré de esto, lo sé.

Devolví mi arma al *strophion*. Cloris hizo un gesto, y los dos matones abrieron paso al otro lado de la puerta. Miré una vez más a mi enemigo, que no había hecho ademán de levantarse.

—Nos volveremos a ver, Artemisia. Y cumpliremos nuestro deber.

SINCERIDAD O ENGAÑO

Año 481 a. C.

Cuando regresé a Halicarnaso, casi al final aquel verano, Damasítimo no estaba. Según me dijeron, llevaba semanas en Kálimnos, familiarizándose con la navegación en el Cazador, su nuevo trirreme ya terminado. Mejor. Yo me moría de ganas de que la guerra se desatara. De comandar mis naves hacia Atenas y de verme frente a mi enemigo sin trucos ni emboscadas.

Lo primero que hice fue comprobar que Pisindelis seguía creciendo en brazos de sus nodrizas, tan berreante como al dejarlo. Lo observé un rato mientras tragaba culpa y acumulaba frustración. Me convencí a mí misma con una buena ración de mentiras de que no pasaba nada, y después visité a mi madre para ofender de nuevo a la verdad. Le dije que sí: había ido a Inato y había cumplido los ritos. La danza, los ropajes ceremoniales y la elección en la puerta de la cueva. Todo eso. Que había escogido la madeja, naturalmente. Que la había atado para no perderme. Para no romper los lazos con el mundo. Y que, gracias a ello, había llegado enseguida al final. Entonces, antes de inventar algo para disfrazar mi conversación frente al espejo, se lo pregunté a mi madre.

—¿Qué te dijo a ti el toro?

—¿Qué toro?

Al principio lo tomé por una de sus lagunas.

—Madre, los corredores de la gruta desembocan todos en una gran sala. Vamos, tienes que recordarlo. Hay un toro y un espejo.

Ella arrugaba el entrecejo.

—Chiquilla, bebiste demasiado de aquel mejunje.

Tal vez fuera cierto.

—Madre, ¿adónde llegaste tú en la cueva?

—Al final, claro.

—¿Y qué había?

—Un corredor con una pared a medio caer. Se veían restos de pinturas.

—¿Ya está? —Tomé sus manos y la obligué a mirarme a los ojos—. Madre, ¿por qué dices que ese era el final?

—Porque fue ahí donde se terminaba la madeja. Después de mis elecciones, de vueltas y revueltas, seguí mi propio camino. Hasta que me quedé sin hilo y tuve que regresar.

La solté. Tenía todo el sentido. Porque igual que nuestras vidas tienen un final, todos los hilos se acaban en su extremo.

—Madre, no entiendo que esa fuera la forma en que conociste tu destino.

—Yo tampoco lo entendí entonces, pero es que era joven. Mucho más que tú ahora. Lo comprendí pasados los años, cuando el mundo se había derrumbado a mi alrededor, igual que la pared de la cueva. Porque ¿sabes qué había pintado en ella? Una gran casa frente a un mar plagado de alegres delfines. Y junto a la casa, una familia sonriente. El padre, la madre, los hijos. Solo que se había venido abajo con la pared. La casa, el mar, los delfines. La familia. Y lo que quedaba eran caras y cuerpos rotos. Dibujos incompletos agarrados a la roca, restos de pintura en piedrecitas al pie del muro, sembradas por el corredor, pisoteadas por cientos de suplicantes. Como recuerdos polvorientos de colores, que permitían asomarse al pasado, pero solo para llorar por él. Ese era mi destino. Y si tú no hubieras bebido tanto de ese licor, también te habrías fijado en el tuyo. Estaba allí pintado, en el lugar donde tu madeja se quedó sin hilo. Una pena. —Cogió mi cara entre sus manos—. Sé fuerte, Artemisia. Lo sepas o no, lo que tiene que ser, será.

Y eso explicaba por qué, como me había dicho la cabeza de toro, la mayor parte de las mujeres no llegaban jamás a la sala del espejo. ¿A qué falsos destinos las habrían atado sus hilos?

Aquella conversación con mi madre fue mientras las hojas empezaban a caer de los árboles del jardín. Yo no quise hablar más de ello y, por supuesto, tampoco conté nada a nadie sobre mi cita con Ameinias de Eleusis. Ni siquiera a Zabbaios lo había puesto al corriente. Solo le había dicho que era un tipo normal. Un marino como tantos otros, con la piel cuarteada, las manos encallecidas y unas cuantas cicatrices que daban cuenta de sus singladuras. Que su pretensión era comprarme con los diez mil dracmas de la recompensa, y que yo lo había mandado a estofar quisquillas. Así que ahora ya conocía el rostro del tipo al que debía matar.

Y con el invierno ya encima, llegó un mensajero de Sardes. Pidió audiencia con la *bandaka* del gran rey y, cuando lo recibí, me informó de que el propio Jerjes me convocaba en el palacio de Artafernes. Me entregó el salvoconducto sellado con el lacre aqueménida, que me allanaría todos los caminos y me facilitaría provisiones de viaje. Debía acudir de inmediato, y en compañía de Damasítimo.

—¿De Damasítimo? ¿Por qué?

El mensajero no tenía ni idea, que es lo que suele ocurrir con los mensajeros. Así que mandé recado a Kálimnos, y el padre de mi hijo cruzó al continente. Tras escuchar mis mentiras sobre el viaje a Creta, Damasítimo insistió en pasar unos días con Pisindelis antes de partir hacia el norte.

—Los tres juntos. Padre, madre e hijo. Como si fuéramos una familia normal.

Casi me dejé llevar. Acteón no había venido con Damasítimo, y aquello era lo más parecido a la tranquilidad que yo conocía. Pero lo persuadí para obedecer cuanto antes la orden de Jerjes. No porque no quisiera desairar al gran rey, sino porque no me apetecía pasar noches de confidencias con Damasítimo. Tal vez yo hablara demasiado. Y había cosas que, por el momento, prefería callar.

Hacía frío cuando Sardes apareció a la vista. Descendíamos de las alturas del Tmolo y, ya desde lejos, se apreciaban los cientos de columnas humeantes. La capital lidia se había convertido en el mayor campamento militar del mundo. En él se alojaba la Spada, el ejército imperial persa, y también el resto de los soldados reclutados en las levas de todas las satrapías. Desde tiendas de tela hasta construcciones provisionales de madera, las distintas unidades se repartían por procedencia y afinidad. Los más llamativos, acampados en los límites exteriores, eran los que aportaban contingentes de caballería. Habían habilitado establos y junto a ellos se acumulaban carros cargados de heno, pero muchos caballos pacían libres, en manadas. Otros soldados aprovechaban el tiempo para adiestrarse, y cabalgaban en grupo hacia dianas montadas sobre estructuras de madera. Lanzaban sus jabalinas y volvían grupas. Desde la distancia parecían enjambres de insectos, o esas bandadas de estorninos que forman manchas negras en el cielo, volando todos muy pegados en la misma dirección, y de repente cambian al mismo tiempo, como si uno de ellos llevara la voz cantante y diera una orden que los demás obedecen. Así llenaban los jinetes el mar de hierba que rodea Sardes. Vimos guerreros sagartios, que montaban con botas altas y ropajes muy coloridos. Indios que conducían carros de guerra tirados por onagros. Árabes sobre veloces camellos, animales cuya visión nos causó estupor. Los más disciplinados, con mucho, eran los jinetes persas, que llevaban cascos metálicos en lugar de las tiaras con las que se equipan sus soldados de a pie.

Dejamos atrás los bordes del campamento y pasamos por entre otros contingentes. Miles de hombres con sus criados, y muchos incluso con sus familias. Conforme nos acercábamos a Sardes, el aire se volvía denso, a veces maloliente. Junto a la Spada y las levas había viajado otro ejército, este de buhoneros y mercachifles de todo material. Algunos de los soldados, que llevaban allí desde fines de verano, se dedicaban a las ocupaciones que tenían antes de su reclutamiento, y ganaban unas pocas monedas trabajando el cuero, vendiendo vino, arreglando cacharrería, forjando armas.

Resultaba imposible calcular el número, pero no había duda de que jamás se había reunido una tropa tan numerosa. Nunca, ni siquiera en las llanuras troyanas, se dio cita tanta gente y de procedencias tan diversas. Oímos lenguas ininteligibles y otras familiares; vimos hombres que se rapaban el pelo, y otros que jamás se lo cortaban y lo ataban en trenzas interminables. Había escudos de piel de buey sin curtir, como los de los guerreros de la Cólquide y los pisidios. Lanzas de corto astil y gran moharra, como las de los moscos. Arcos de rama de palmera en manos de oscuros etíopes, y turbantes puntiagudos en las cabezas de los sakas. Y todavía no habíamos visto más que una fracción del ejército de Jerjes.

Las calles de la ciudad también estaban repletas de militares, aunque dentro de las murallas solo vimos a jefes con ricos atavíos, a soldados persas y medos, y también a los sacerdotes de Ahura Mazda conocidos como magos. Conforme nos acercamos a la acrópolis de Sardes, empezamos a divisar a la guardia real. Yo me detuve un par de veces, esperanzada en reconocer a mis amigos Karkish y Bakish. Supuse que se hallarían junto a Artafernes, o quizá protegiendo al mismísimo Jerjes. Otra cosa que notamos antes de presentarnos ante la élite persa fue el descontento de la población. Supusimos que, tras semanas o meses, soportar a tal cantidad de extranjeros no resultaba agradable para los lidios. Y eso que, según se decía, el gran rey gastaba una ingente cantidad diaria en sostener a aquella masa humana.

—Los atenienses no tienen nada que hacer —repetía Damasítimo. Habíamos dejado atrás nuestras mulas, a los guardias lidios

355

de escolta y a los criados, y subíamos la cuesta hacia la acrópolis. Él, tal vez sin darse cuenta, me había tomado del brazo. Fueron muchos los guerreros con los que nos cruzamos, y todos mantenían la mirada sobre mí más tiempo del oportuno.

—Los atenienses no se enfrentarán a estos hombres —repuse—. Lo harán a nosotros, sobre sus naves.

Damasítimo no se lo terminaba de creer.

—¿Para qué esto, entonces? No imagino el gran gasto que va a caer sobre el Imperio solo para dar de comer a tantos soldados. Y todavía queda lo más duro del camino. ¿Me estás diciendo, Artemisia, que semejante ejército se ha paseado por toda Asia para nada? ¿Que van a consumir cosechas enteras para luego darse la vuelta? ¿No han venido a luchar?

—A lo mejor Jerjes ha traído a tantos precisamente para eso: no verse obligado a luchar. Mira, vuélvete.

Habíamos llegado frente a la puerta de la triple muralla que protegía la ciudad alta. A nuestra espalda quedaban el resto de Sardes y la inmensa llanura. Era un océano armado lo que inundaba el valle del Hermo. Una multitud tal que ni los dioses parecían tan poderosos como para enfrentarse a ella.

—Somos afortunados por vivir este tiempo, Artemisia. Por ver esto.

Damasítimo estaba feliz. Los ojos le centelleaban, su pecho se hinchaba. Pronto, con su reluciente armadura y el penacho de su yelmo ondeando al viento, se sentiría parte de aquel ejército que nadie podía derrotar, y cuyas hazañas se cantarían en el futuro. De forma muy parecida lo había imaginado cuando niña. Sobre todo tras salvarnos de la deshonra y la muerte en Halicarnaso. Damasítimo de Kálimnos, todo un héroe antiguo, revestido de bronce y sacrificando cien vacas antes del combate. Como Áyax o como Diomedes antes de embarcarse hacia Troya. Con la gloria al alcance de su mano.

Dos guardias persas, muy enjoyados y atentos, nos escoltaron cuando nos anunciamos. Me agradó recibir sus saludos y sus deseos de bienestar. Y ver de nuevo aquellas largas túnicas coloridas, los pantalones remetidos en las botas, las cintas que sujetaban largas melenas, las barbas bien recortadas y los arcos colgando junto a las aljabas. Avanzamos por las lujosas salas de la Sardes noble, mucho más atestadas que la vez anterior. Toda la corte persa estaba instalada allí. Eunucos, escribas, consejeros, secretarios, traductores, mensajeros y resto de funcionarios. Había mesas con montañas de papiros, relaciones de tropas y víveres. Listas de regimientos y escuadrones, peticiones de armaduras, escudos, lanzas y espadas. Correos que iban y venían con rollos de pergamino sellados con lacre aqueménida. Y cada poco trecho, un guardia real con la contera de lanza apoyada en el pie derecho. Reconocí al inexpresivo chambelán de Artafernes. Él tampoco tuvo problema en reconocerme a mí, imagino. No creo que muchas mujeres anduvieran por esas salas en aquellos días. Se acercó a nosotros.

—Artemisia de Caria, el noble Artafernes te espera desde hace días.

¿Sonó a reproche? Damasítimo se adelantó.

—Por favor, avisa a tu señor. Hemos hecho un largo viaje y necesitamos descansar.

El chambelán movió un ápice sus cejas. Tal vez ofendido. Hizo un gesto autoritario para que saliéramos a los jardines, mucho menos acogedores ahora que en verano. No vi las aves coloridas, ni los corros de mujeres charlando bajo los árboles. En su lugar, montañas de fardos y cajas vigiladas por más guardias reales. Era evidente que Sardes estaba desbordada.

—Aguardad —dijo el chambelán al llegar frente al doble portón que yo ya conocía. Abrió una de las hojas lo justo para colarse, y volvió a cerrar.

—La primera vez que estuve aquí, se hizo de noche y me retiré sin que me recibieran —me contó Damasítimo—. Tuve que regresar al día siguiente, y tampoco sirvió de nada. Tú eras muy joven entonces. Y el sátrapa no era este Artafernes, sino su padre.

Miré a otro lado. Sin darse cuenta, Damasítimo me hablaba de un momento en el que mi familia se encontraba en franca rebelión contra Persia. Señalé una construcción al otro lado del jardín.

—Por ahí se va a los aposentos de Sadukka. Tengo ganas de verla.

—Hazlo ahora. Yo te disculparé ante Artafernes.

Me volví. En nuestro viaje apenas habíamos disfrutado de intimidad. Solo un par de noches, en Milasa y en Éfeso, nos habíamos alojado bajo techo, separados de la comitiva. Y no fue hablar lo que hicimos.

—Damasítimo, ¿por qué crees que el gran rey te ha llamado a ti también?

—Ni idea.

El portón crujió antes de que sus dos batientes se abrieran. Eché un vistazo rápido a mi peplo arrugado bajo el manto de lana. Ojalá hubiera dispuesto de tiempo para lavarme y cambiarme de ropa tras el viaje. Karkish y Bakish aparecieron ante mí.

—¡Artemisia de Caria! —dijeron a un tiempo. Sentí ganas de abrazarlos, pero me contuve.

—Que Ahura Mazda os alargue la vida —les saludé—. Ya conocéis a mi… A Damasítimo, hijo de Candaules. Gobierna Kálimnos en mi nombre.

—Sí, claro. —Karkish señaló el interior—. El sátrapa os recibirá enseguida.

La gran sala estaba distinta de como recordaba. Había más sombra, menos luces. Supuse que por la época del año. O a lo mejor porque eran tiempos más oscuros. El chambelán abría la marcha, seguido por mis dos amigos persas. Karkish se volvía cada poco y me dedicaba una sonrisa, y Bakish repetía lo hermosa que me veía. Creo que a Damasítimo no le sentó bien esa confianza entre los dos guardias y yo. En el extremo de la columnata, bajo el halcón coronado por el sol, Artafernes aguardaba. Túnica roja con bordes plateados, pelo corto sin tiara. Y su marca sobre la ceja izquierda. Se puso en pie y abrió los brazos en señal de bienvenida, aunque no le dio tiempo a hablar. El chambelán se le adelantó:

—Noble Artafernes, hijo de Artafernes, sátrapa de Lidia, Eolia, Jonia, Caria, Licia, Cilicia y Panfilia; estos son Damasítimo, hijo de Candaules, y Artemisia, hija de Ligdamis. De Caria. Están aquí según tu deseo.

—Según deseo del rey de reyes —corrigió el sátrapa, que bajó los tres escalones y se acercó a mí. Me tomó por los hombros y, con la familiaridad que le otorgaba mi condición de *bandaka,* me dio el beso ritual en los labios—. Artemisia, Ahura Mazda ha oído mis ruegos. Sigues viva pese a tu audacia—. Se fijó en la cicatriz de mi frente—. Veo que ahora compartimos algo más que el cariño de Sadukka.

—Me alegra verte, Artafernes.

El sátrapa se dirigió a Damasítimo, y esperó a que este hiciera la reverencia de respeto. Cruzaron un par de frases amables. Yo seguía impaciente, así que lo pregunté:

—¿Y Jerjes?

El chambelán carraspeó a nuestro lado. Supongo que incómodo por mi llaneza. Artafernes sonrió, los dos guardias persas también.

—El gran rey descansa —me informó el sátrapa—. Pero está muy interesado en hablar con vosotros, así que no tardará en recibiros. Todas las mañanas se reúne con su grupo de consejeros. Entended que de los rincones del Imperio llegan a diario dignatarios, generales, príncipes. Y cada uno pretende la atención de Jerjes.

—Lo entiendo. ¿Podemos saber para qué nos ha requerido en Sardes?

—Lo sabréis, Artemisia. Lo sabréis. Intentaré que sea mañana. Ahora deberíais descansar. —Se dirigió al chambelán—. Indica al noble Damasítimo su aposento, y lleva a Artemisia junto a mi esposa. Hay dos amigas que desean reencontrarse.

El ala del palacio reservada para las mujeres estaba ahora tomada por el harén real. Yo había oído hablar de la persa Amestris, la favorita, la más noble y mayor de las esposas de Jerjes. Las demás eran las bellas mujeres que el gran rey había escogido por todo el Imperio para ganarse el favor de sus súbditos, algo así como una docena. E incontables eran sus concubinas, procedentes también de todos los rincones de su gran dominio. No supe a cuáles de ellas conocería, así que mi sorpresa fue mayúscula cuando el chambelán me anunció en voz alta. Los eunucos y las criadas presentes no parecieron muy impresionados, pero una cabeza destacó entre las demás. La de una mujer alta que se abrió paso hacia mí.

—¡Artemisia! ¡Por fin!

Era Ester, la princesa judía. Corrió a abrazarme y me recorrió las mejillas y la frente con sus besos. Oí cómo el chambelán de Artafernes murmuraba a mi espalda. Algo sobre cómo la realeza de aquellos tiempos despreciaba las buenas costumbres. Cuando mascullaba algo de lo feo que era que una esposa real se relacionara con chusma, los eunucos cerraron la puerta e incomunicaron de nuevo la parte femenina del palacio.

—¿Qué haces aquí, Ester?

La muchacha saltaba de alegría, como una niña que al fin recibe el juguete suplicado durante un año. Al abalanzarse sobre mí, varias sirvientas habían corrido tras ella, y ahora se empeñaban en alisar su túnica y recolocar sus bucles. Ester había ganado un poco de peso, y vestía a lo persa, con una de esas prendas de lana joven que llaman *tukli*. Llevaba una coronita dorada, pendientes hasta los hombros e infinidad de pulseras, y no dejaba de hacerme preguntas. Cuánto llevaba en Sardes. Si ya me había casado con Damasítimo. ¿Estaba bien Zabbaios? ¿Seguía tan gruñón? ¿Aún componía Paniasis aquellas rimas insolentes? Me felicitó porque se había enterado del nacimiento de Pisindelis. Ella también quería quedarse preñada, y esperaba que el ardor guerrero de Jerjes se despertara en la expedición, porque una calentura lleva a la otra, como todo el mundo sabe.

—Seguro que vuelvo de Grecia con la barriga ocupada —decía.

—¿Vas a Grecia también, Ester?

—Sí. Amestris no quiere saber nada de Occidente. Dice que Persia ha de mirar hacia la tierra por la que sale el sol. Así que Jerjes me escogió para acompañarlo. —Se señaló la cara con ambas manos—. ¡A mí sola entre todas sus esposas! Bueno, y a treinta concubinas. ¡Pero es un gran honor! Ah, si pudieran verme en mi tierra…

La nube de sirvientas seguía zumbando a nuestro alrededor. Mujeres entradas en edad, bien vestidas y con gruesas capas de maquillaje. Incómodas por el poco solemne comportamiento de su señora. Advertí que se hacían gestos silenciosos, hasta que una de ellas se acercó a Ester.

—Señora, esto no es conveniente.

La judía se volvió a medias. Con una pizca de irritación.

—Dejadme, por favor. Artemisia es amiga mía. Ya os he dicho que no estamos en Susa. Separaos de mí ya. ¡Parecéis moscas!

Se retiraron sin darle la espalda y con la cabeza inclinada hacia el suelo. Se las veía un poco ridículas así, retrocediendo sin mirar dónde pisaban. Ester me lanzó una sonrisa cómplice. Me sentí culpable al recordar que no la había tratado bien durante el viaje desde Sidón. Caminamos por los corredores, con unos cuantos eunucos siguiéndonos de cerca. Ester tenía miedo de Amestris, se le notaba cuando siguió hablando de ella. Decía que estaba medio devorada por los celos. Celos no solo de ella. De cualquier mujer a la que Jerjes tocaba.

—No me parece seguro que vayas a Grecia, Ester.

—¿No? Todos dicen que será un paseo. Jerjes llegará, recibirá la sumisión de los atenienses, vencerá a los espartanos y ya. Es por aquí.

La seguí. Por lo visto, Sadukka le cedía sus aposentos, y ella se había retirado a un extremo más modesto del ala palaciega. Miré atrás un par de veces. Pese a la orden de Ester, un par de sirvientas corrían tras nosotras, asomadas a cada esquina antes de continuar, para no perdernos.

Sadukka nos esperaba en la biblioteca, cuya puerta cerró en cuanto la traspasamos. La persa no había renunciado a su peplo de lino egipcio, aunque llevaba un manto por encima. Hubo más abrazos y, por unos momentos, nos entregamos a la conversación trivial. Hablamos mezclando el arameo, el griego y el persa. Sadukka se dirigía a Ester con gran reverencia y la llamaba «señora». Nos explicó que se había despedido de su hijo mayor, Artactes, hacía apenas dos semanas. Como los demás jovencitos de la nobleza persa, tenía que completar su educación en Susa, sujeto a la disciplina que lo convertiría en un gran guerrero al servicio del Imperio, del bien y de la verdad. El resto de sus hijos, demasiado pequeños aún, estaban con sus nodrizas, apartados del ambiente militar que ahora se respiraba en toda Sardes, incluida la acrópolis. Me encantó oír de nuevo aquella forma de hablar:

—Mi corazón atribulado desea que la Spada parta hacia los estrechos y cruce el negro ponto, pero no sucederá hasta la primavera. Artafernes no quiere que vaya con él. Así que una vez más me quedaré aquí, esperando. Odio la funesta guerra.

—En realidad, Jerjes también —dijo Ester.

Eso nos resultó curioso. Pese a que estábamos solas y las sirvientas no podían oírnos desde fuera, la judía había bajado la voz, lo que prometía un rato más de confidencia. Le pedí que me explicara cómo era el gran rey. Nos contó que, desde su llegada a Susa, apenas había visto a su esposo. En las pocas ocasiones en las que el protocolo les permitía quedarse a solas, Jerjes era cercano, aunque jamás se despojaba de su aura imperial. Ni siquiera en la cama, nos aseguró. Según las confidencias de harén, hacía lo mismo con el resto de sus mujeres, y también con las concubinas. Se decía que era porque Amestris, la primera esposa, no soportaría perder su preeminencia. Jerjes lo sabía, y prefería ahorrar preocupaciones. Ester sospechaba que la mitad de los eunucos y sirvientes estaban al servicio de Amestris, y todos la tenían por alguien sin escrúpulos.

—Se cuenta que Jerjes se volvió muy cariñoso con una concubina de Bactria. Fue bastante antes de llegar yo. Empezó a visitarla con frecuencia y a hacerle regalos. La chica tardó poco en aparecer muerta. No se supo por qué. Enseguida se habló de veneno, aunque nadie se atrevió a hacerlo en voz alta, claro. No creo que Amestris mandara matarla ni nada de eso. No puede ser tan mala.

Aquello tenía su morboso interés, pero yo no estaba en ese momento para cotilleos de harén.

—Ya había oído que Jerjes odia la guerra —dije—. Así que es cierto. ¿No, Ester?

—Creo que lo que en realidad le gusta es construir. Pasa la mayor parte del tiempo diseñando o inspeccionando sus proyectos. Ahora mismo, su gran pasión es Parsa, la ciudad de sus sueños. Allí arde el fuego real y allí se guardan los escritos más antiguos. Jerjes la está embelleciendo tanto que pronto Susa se convertirá en un villorrio. Eso dice.

Sadukka alineaba una y otra vez sus rollos de papiro. No permitía que uno sobresaliera una pulgada respecto de los otros.

—Mejor construir palacios en Parsa —murmuró— que destruir ciudades en Europa. Es el rey. Puede hacer lo que quiera. Y si no quiere la guerra…

—No es tan fácil —siguió Ester—. Esto también se rumoreaba en Susa. Los del partido de la guerra son influyentes y están en su consejo. Le recuerdan una y otra vez que tiene el deber de imitar a su padre. Superarlo si puede. Y que las afrentas de los atenienses siguen sin castigo.

—El partido de la guerra —repetí—. Se trata de Mardonio, ¿no?

La judía asintió muy deprisa.

—Sí. Mardonio y sus seguidores. Los que quieren que Jerjes deje de construir palacios y de escribir leyes. Dicen algunos que a los nobles hay que mantenerlos ocupados matando enemigos porque, si no, podrían matar a quienes no lo son. No entiendo muy bien qué significa eso. Luego está el partido de la paz, que es el de

Artábano, tío del rey. Pero cada vez que habla Artábano, Mardonio dice una palabra: «Maratón». Por lo visto, también fue lo último que dijo el difunto rey Darío.

—Maratón, Maratón, Maratón. ¿Y si esta vez ocurre lo mismo que en Maratón? Grandes males acecharán entonces a los persas.

Lo había dicho Sadukka. Ester la miró sorprendida.

—Imposible. ¿Has visto la cantidad de gente dispuesta a cruzar a Europa? Aunque fuéramos desarmados, no concibo un ejército capaz de hacer frente a esto.

También me hacía gracia la forma de hablar de la nueva Ester. Conservaba su ingenuidad, pero afilada en las aristas del harén. Una mezcla extraña.

—No subestimes a los griegos —le advertí.

—Eso le dice a Jerjes el rey destronado.

Se refería al espartano Demarato, que también formaba parte de su consejo.

—¿Y no hay nadie que lo disuada, aparte de Artábano? ¿Los demás consejeros piensan como Mardonio?

—Eso parece.

Sadukka intervino otra vez.

—Ser y parecer, cuestiones distintas. Mi esposo tampoco quiere la cruel guerra, pero hasta ahora no ha formado parte del consejo. Eso va a cambiar. Sin embargo, llevar la contraria a Mardonio no parece aconsejable, y puede que tampoco lo sea.

Mi amiga persa me lo había dicho una vez: saber es una ventaja. Saber más que los demás, doble ventaja. Y triple si los demás ignoran que tú sabes más. Y en aquella reunión de amigas estaba claro quién aventajaba a las demás en conocimiento. Me aseguré de que las sirvientas no hubieran entreabierto la puerta. Bajé un poco más la voz.

—Sadukka, ¿no te gusta Mardonio?

Ella se mordió el labio. Miró de reojo a Ester.

—Es un noble persa, familia mía, de mi esposo, del gran rey.

Amigo de todos nosotros, caro a Ahura Mazda. Por supuesto que me gusta.

Ya. Recordé algo más que Sadukka me había dicho en aquel mismo palacio. «Es posible que tu amigo se convierta un día en tu enemigo. O tu enemigo en tu amigo». Sin saber por qué, pensé en Ameinias de Eleusis.

—Mardonio insiste en que será una campaña fácil. —Ester, ajena a la desconfianza, enredó un mechón de Sadukka en su dedo—. No temas, querida. Tu Artafernes volverá sano y salvo. Los nobles estarán contentos, Jerjes habrá ganado súbditos, la verdad quedará impuesta sobre la mentira, el mundo será un poco mejor.

—Hablas como una auténtica persa —dije—. Pero Mardonio podría equivocarse. Todos podemos. Ya no se trata de verdad y mentira. Sin querer, una persona equivocada podría aconsejar mal a otra.

Ester se mantuvo un rato en silencio, el pelo de Sadukka aún enrollado en su índice. La persa me miró durante todo ese tiempo. Vi el temor en sus ojos. El anuncio de la angustia que había padecido la Andrómaca de la vieja historia. Ella ya lo conocía. La judía pareció recordar algo y soltó el rizo negro de mi amiga.

—Le conté a Jerjes lo que hiciste, Artemisia. Cómo te enfrentaste a los piratas en el mar, cuidaste de mí y me salvaste. Él ya sabía que eras valiente, y ahora quiere conocerte. Seguro que pide tu opinión. Lo hace con todos, ¿por qué no contigo, que eres su *bandaka*? A lo mejor a ti te escucha. ¿Qué le dirás?

Sadukka me miró con aire de súplica. Yo carraspeé.

—A pesar de mis méritos y por muy *bandaka* que sea, ¿crees que el gran rey valorará el consejo de una mujer? ¿Más que el de sus parientes y generales?

Ahora fue uno de mis mechones el que recibió la atención de Ester.

—Tal vez no al principio. Luego verá que siempre tienes razón.

—Yo no tengo siempre razón —opuse—. Pero llevo media vida

deseando ir contra los griegos. Matar a muchos atenienses, desembarcar en su tierra, encender una antorcha y pegarle fuego a su ciudad. Quedarme a ver cómo se queman sus templos, sus casas y sus corrales. Es mi deber. Así que si Jerjes me pregunta, le diré que Atenas debe arder.

Sin darme cuenta, mi gesto se había vuelto tenso. Tanto que Ester había soltado mi pelo.

—Me parece que nuestra amiga caria está en lo cierto. —Sadukka se arrebujó en su manto—. En que no siempre tiene razón, digo.

Apreté los labios. Una de las voces que más sabia resonaba en mi cabeza era la de aquella persa. Y la había tenido muy presente cuando preferí la pareja de serpientes a la madeja de hilo demasiado corto.

—¿Cómo distinguir la verdad de la mentira?

Lo había preguntado Ester. Al aire.

—La verdad suele estar a nuestra vista, señora. La mentira, oculta —contestó Sadukka, y siguió con la mirada puesta en mí.

—¿Y quién nos oculta la mentira? ¿Los mentirosos?

—Casi siempre —explicó la persa—. Si son hábiles. También hay mentirosos torpes a la hora de urdir sus astucias, y entonces se los descubre enseguida. Aun así, algunas estamos ciegas y no vemos el engaño. O lo vemos, pero no queremos creer que nos están engañando. Lo que no es sino otro tipo de amarga ceguera.

Ahora fui yo quien preguntó.

—¿Y qué remedio habrá para esa ceguera?

—El tiempo, mi querida Artemisia. El tiempo.

Al día siguiente me ocurrió algo verdaderamente curioso, y que me mostró cómo esa farsa llamada destino puede adoptar formas muy diversas. Temprano, un eunuco real vino a visitarme y me explicó que estaba invitada a la comida con Jerjes. A continuación me recitó una lista de deberes a afrontar para la ocasión, lo que me mantendría ocupada y nerviosa durante toda la mañana.

El caso era que aquel eunuco tenía acento cario, así que le pregunté su nombre y procedencia.

—Me llamo Hermótimo, y nací en Pédaso —me contestó—. Soy de Caria, como tú. Por eso el gran rey me ha enviado expresamente a tratar contigo.

Di una palmada. Hermótimo de Pédaso. El castrador de Quíos, Panionio, nos había contado su historia al vendernos a los tres muchachos eginetas. Se lo dije, y una sonrisa fiera se le pintó en la cara.

—Así que conociste a Panionio de Quíos, ¿eh?

—Un verdadero gusano. Lo siento, ya sé que ahora te llevas bien con él. Pero no me gustan los castradores. Además, también cortó a mi hermano. Ojalá algún día reciba su merecido.

Hermótimo abandonó su pose protocolaria, me tomó del brazo y me retiró a un rincón. El eunuco era algo más joven que yo, es decir, de la edad de Apolodoro. Solo conservaba pelo en las cejas, vestía con un lujo que arruinaría a una ciudad entera, y su panza crecía sobre el cinto con el que sujetaba sus pantalones persas.

—Señora de Halicarnaso, los dioses han oído tus plegarias. ¿Cómo sabes que me llevaba bien con él?

—Nos lo contó en Quíos. Dijo que, gracias a haberte convertido en eunuco, ahora eras servidor de confianza del gran rey. Como premio, le ofreciste tierras a Panionio para que se instalara con su familia. ¿Acaso no es cierto? ¿Y por qué hablas en pasado para referirte a vuestra relación?

Hermótimo ensanchó su sonrisa.

—Es más o menos verdad. O eso creía él. Desde que entré al servicio del gran rey, envié cartas de agradecimiento a Panionio. Le pedí perdón por mis amenazas, le expliqué que había cambiado mi vida, que todo se lo debía a él. Y es cierto que Jerjes me ha tratado muy bien. Soy más rico que muchos de sus parientes, y mi vida es placentera. Placentera, pero soy un castrado. Un esclavo. Y es por culpa de ese quiota que mutila a niños. No puedes entender qué se siente, señora de Halicarnaso. Panionio me mandó sujetar, ató mis vergüenzas con un cordel, sacó su cuchilla y...

—Ya sé. —Levanté una mano—. Vi cómo se lo hacía a mi hermano.

—Hace pocos años lo invité a venir al continente. Le preparé una casa, ganado, terreno, esclavos, oro... Cruzó desde Quíos con su mujer y sus hijos.

»Solo perdoné a la esposa. Hice arrestar a Panionio y a sus hijos varones. Cuatro. Los arrastraron hasta mí, y ordené que ataran a los muchachos.

—Espera, Hermótimo. —Di un paso atrás—. Los hijos no te habían hecho nada.

—Los hijos seguían el oficio del padre, igual que él siguió el del suyo. Panionio y sus cuatro hijos eran castradores reputados. Por eso, cuando los tuve a mi merced, prometí a Panionio que los empalaría a todos, y que se verían morir unos a otros. Lloró. Se tiró de rodillas, me besó los pies. Hizo lo mismo que hice yo cuando le suplique que no me castrara. Entonces le expliqué que había una salida. Que podían conservar la vida. Panionio solo tenía que hacer un corte. O mejor dicho: cuatro.

Me tapé la boca.

—Lo obligaste a castrar a sus propios hijos...

La sonrisa de Hermótimo era un abismo al tártaro.

—¡Y luego ellos lo castraron a él! ¿No te parece delicioso?

Creo que Hermótimo se fue convencido de que no: no me parecía delicioso. Eso me hizo pensar de nuevo en la venganza. ¿O era justicia? En la cadena de desgracias de la que me había hablado Ameinias en Paros.

Luché durante toda la mañana por quitarme aquello de la cabeza. Por suerte, estuve ocupada escogiendo vestiduras y preparándome para el banquete real. El evento tuvo lugar en una sala desconocida para mí, situada en un piso alto del palacio. Al parecer, esa y otras dos estancias eran las que Jerjes usaba en su día a día. Si las abandonaba, lo hacía acompañado de su numerosa guardia y no sin que otros soldados hubieran asegurado antes la ruta. De este modo, cualquier movimiento del gran rey suponía un despliegue y conmocionaba a Sardes por entero. No era de extrañar que Artafernes y Sadukka estuvieran deseando que el ejército partiera.

Me reuní con Damasítimo en la sala indicada, sin pizca de hambre por culpa de Hermótimo de Pédaso y su siniestra venganza. El número de sirvientes triplicaba al de los divanes, y uno de ellos estaba encargado solo de repartir a los comensales. Conforme íbamos llegando, nos colocaba en un sitio o en otro bajo la mirada atenta de los demás. El aposento, rectangular, estaba presidido por un dosel con cortinajes blancos, casi transparentes. Observé la tupida alfombra moteada en su interior. Jerjes no usaba diván. Por lo visto, comía sentado en el trono. Uno de ébano, con las patas talladas en forma de leones durmientes. A sus pies había un escaño cubierto por un paño púrpura. El gran rey no podía pisar el suelo, de eso se trataba.

Me sentaron a dos divanes del entramado real, pero a Damasítimo se lo llevaron casi al final de la sala. Todos, absolutamente todos los invitados, vestíamos de blanco, tal como se nos había indicado. También era obligatorio llegar recién lavado. Por supuesto, nadie llevaba armas.

El impávido chambelán de Artafernes tuvo mucha competencia. Al parecer, casi todos los dignatarios disponían de algún sirviente especializado en recitar títulos y méritos. Así, fueron llegando uno tras otro los comensales de esa jornada. El tal Artábano, hombre cercano a la ancianidad, tomó asiento junto al dosel del gran rey, en el mismo lado de la sala que yo. Demarato, el rey de Esparta depuesto por supuesta bastardía, se colocó frente a mí. Llevaba la melena trenzada y la barba típica de los suyos, con el bigote rasurado.

Y, a diferencia de los otros espartanos que he visto en mi vida, estaba gordo. En lo demás, poco a poco, el aire persa también se adueñaba de su persona. Advertí una fina línea negra alrededor de sus ojos, y la túnica inmaculada que vestía parecía nueva. Al anunciarlo, enumeraron las ciudades asiáticas cuyo gobierno le había confiado el gran rey. Artafernes fue el siguiente en llegar, acompañado por Ariabignes. Este rompió el protocolo, tal como yo esperaba. Vino hasta mí, tocó mis labios con los suyos y se interesó por la evolución de mi herida.

—Bonita cicatriz. Pero recuerda: no te hagas más.

Observé a Damasítimo mientras el hermano de Jerjes departía conmigo. No nos quitaba ojo. Los invitados seguían llegando, pero a Ariabignes no le importaba. Varios sirvientes se nos acercaron, intimidados por la presencia del marino persa. No se atrevían a decirle que debía ocupar ya su lugar, frente a mí y junto al dosel.

Entonces llegó Mardonio. El anuncio del chambelán fue el más largo y recargado. Damasítimo se levantó, esperando que el belicoso persa, primo y cuñado de Jerjes a un tiempo, lo saludara. Pero Mardonio pasó a su lado sin prestarle atención. Hizo lo mismo ante las inclinaciones de los demás, y tomó su sitio frente a Artábano, único al que dedicó un levísimo movimiento de cabeza. Al igual que Ariabignes, Mardonio parecía nacido para el combate. Ancho de hombros, fuertes brazos y piernas largas, mandíbula cuadrada bajo la abundante barba teñida de azul. En brazaletes, pulseras y collares cargaría el oro que tributaba anualmente una satrapía.

Ya estábamos casi todos. El invitado de mi izquierda, más cercano al rey, era Artafernes. No recuerdo el nombre del de mi derecha. Conté veinte comensales, todos ellos hombres menos yo. Enseguida noté las miradas que convergían sobre mí. Y los gestos de desagrado.

—¡Levantaos para recibir a Jerjes, gran rey, rey de reyes, rey de las tierras y de las gentes de toda clase, de extremo a extremo.

Hijo de Darío, aqueménida de Persia, hijo de un persa, un iranio de linaje iranio!

Nos pusimos en pie. De una puerta escamoteada tras el dosel brotó Hermótimo de Pédaso, el vengador castrado. Y a su estela, una docena de criados.

A continuación, el gran rey.

Jerjes parecía flotar. Lo habían vestido con larga túnica roja, el color de la guerra para los persas. Una prenda plisada, larga hasta los tobillos. Era alto, más que Ester. Y llevaba en la cabeza la *kidaris*, una tiara rígida y repleta de pedrería que lo elevaba aún más. Eso sí: no era tan fornido como Mardonio o Ariabignes. Con movimientos lentísimos, se sentó en el trono y acomodó los pies sobre el escaño. Las punteras de sus botas azafranadas se retorcían hacia arriba. Elevó ambas manos a los lados y las bajó despacio: podíamos sentarnos y empezar a comer.

Me resultaba imposible apreciar los detalles a través de las cortinas, pero diría que Jerjes estaba cansado. Yo también lo estaría, y solo por los interminables rituales que lo rodeaban todo. El simple hecho de que el gran rey bebiera se convertía en una complicada operación. Jerjes solo consumía agua del río Coaspes o vino de Calibón, y la única persona que podía servirle era su copero real. El tipo tenía a su disposición varios instrumentos cuya exclusiva función era que catara el líquido antes que el rey, cosa que debía hacer sin contaminarlo. Utilizaba una especie de cucharón para sacar el agua de la gran copa dorada, y desde el cucharón derramaba un poco en la palma de su mano. Todo esto con ademanes exagerados y parsimoniosos, una auténtica danza. Bebía, y levantaba la cabeza a la espera de que el veneno actuara. Eso me pareció un poco absurdo, pues de todos es sabido que algunas sustancias tardan mucho en hacer efecto. Sin embargo, al cabo de poco rato, el copero asentía aparatosamente y tomaba la copa real con solo tres dedos para pasársela a Jerjes. Y esto tenía que hacerlo sin pisar la alfombra moteada. Por si fuera poco, cuando el gran rey bebía, el eunuco Hermótimo daba un par de palmadas y todos estábamos obligados a dejar de comer. Creo que semejante parafernalia no tenía por objeto proteger la vida del rey, sino mostrar a todos su singularidad. No había labios que pudiera mojar su agua, no había pies que pudieran pisar su alfombra.

Nos sirvieron vino de palma y de uva en elaboradas copas con formas de animal. Y con cubiertos de oro, comimos carne muy salada de varios animales diferentes, incluidas algunas especies de pájaros diminutos y sin apenas sustancia. Rábanos, nabos confitados y salsas en las que pringábamos el pan recién hecho. Pasteles de miel y almendras, granadas, membrillos, manzanas y dátiles. Al principio nos limitamos a comer frugalmente y sin hablar. Pero Ariabignes preguntó si alguien había visto montar a los árabes, y Artábano y Mardonio se enzarzaron pronto en una discusión sobre la dureza de la carne de camello. Poco a poco la gente, distraída, olvidó los miramientos. Me fijé en que Jerjes apenas probaba nada. Y en que Demarato tragaba de un bocado lo que yo en tres. Se dice que los espartanos crecen con un potingue vomitivo que consiste en su única alimentación y que recibe el alentador nombre de caldo negro. Pues bien, el depuesto rey de Esparta parecía vengarse del caldo negro con cada movimiento de su carrillo. No era de extrañar esa barriga, no.

No sé cómo llegó la charla a ese punto. Yo no había dicho nada hasta el momento, cuando de pronto oí mi nombre. Me volví a la izquierda. Artábano, sentado junto a Jerjes, se dirigía a mí, pero no había entendido su pregunta.

—Discúlpame, por favor. —Me pasé un pedazo de pan para secar los labios—. ¿Decías?

—Decía que ya es momento de saber lo que a todos nos escama. Artemisia de Caria, ¿qué sientes entre tanto hombre?

Los miré. Uno por uno.

—Nada, señor. Desde muy joven estoy acostumbrada a moverme con hombres. A mandar sobre ellos, de hecho.

De reojo, vislumbré las reacciones disimuladas a lo que acababa de decir. Eso me causó una satisfacción morbosa.

—Claro. —El veterano persa tenía la voz suave. Barba y pelo

muy negros que no casaban con aquella cara llena de arrugas. Era probable que usara postizos—. Me han dicho que gobiernas tu propio trirreme, y que has combatido contra los griegos.

—Artemisia es una de nuestras mejores bazas en la mar —intervino Ariabignes—. No tiene nada que envidiar a nadie. —Y subió un poco la voz para repetirlo—: A nadie.

Miré de soslayo hacia Jerjes. Estaba inmóvil, y resultaba imposible saber si atendía a la conversación o simplemente dormía con los ojos abiertos.

—He hundido algunas naves de Atenas —lo dije como si no tuviera importancia—. Lo reconozco.

Artábano sonrió. Mardonio, frente a él, me miraba con mucha fijeza. Me señaló.

—Es insólito, pero cierto. ¿También eso que dicen sobre tu recompensa?

—Diez mil dracmas atenienses, noble Mardonio.

Demarato suspendió en el aire el muslo de ave que pretendía embutirse en el gaznate.

—¿Diez mil dracmas? —Escupió migas al hablar—. Con ese dinero, Atenas podría comprar a varios buenos guerreros. No espartanos, claro. Nosotros no tenemos precio. Nuestras monedas no son de oro ni de plata. ¡El metal más noble es el hierro de una lanza espartana!

Artábano aprovechó que Demarato mordía carne, y retomó su interrogatorio:

—Y dinos, Artemisia, tú que conoces a los griegos y has luchado contra muchos más que yo, ¿qué opinas de esta guerra?

Sentí la presión en la forma en que Mardonio se reclinó sobre el diván y apoyó la cara en su puño.

—Es necesaria —dije.

—¿Para qué? —insistió Artábano.

—Para hacer justicia. —Miré de reojo al eunuco Hermótimo—. Los atenienses no han pagado aún por sus desmanes. A toda *hybris* sigue su némesis.

—Ya veo. —El anciano Artábano se tocó la sien con un dedo—. Pero, si no recuerdo mal, Halicarnaso se unió a la rebelión que despertaron los atenienses. Desde ese punto de vista, vosotros colaborasteis en la *hybris*.

Bajé la vista, aunque solo el tiempo que consideré suficiente para no mostrarme desafiante.

—Y pagamos nuestra parte, noble Artábano. Mi familia fue castigada. —Volví a mirar a Hermótimo—. Al heredero de mi padre lo castraron, y eso me convirtió en la esperanza de mi estirpe. Mi ciudad ardió. Muchos murieron, sufrieron mutilación y destierro. No me oirás decir que fue injusto. ¿Y qué pasa con los que trajeron la tea para encender el fuego?

Noté que Mardonio asentía.

—Dices que eres la esperanza de tu estirpe —repitió Artábano—. ¿No es una carga muy pesada…?

—¿… para una mujer? —completé su pregunta. Se extendió el silencio.

Mardonio intervino.

—No suelo estar de acuerdo con Artábano, pero ahora comparto sus temores. Las mujeres guerreras son más propias de los viejos cuentos.

Un calor súbito trepó hasta mis mejillas cuando advertí que todos en aquella sala estaban pendientes de mi respuesta. No me atreví a mirar a Jerjes, pero imaginé que él también aguardaba.

—Mi vida no es un viejo cuento —dije—. Las naves atenienses que he partido por la mitad, tampoco.

Artábano se mostró satisfecho con mi contestación. Mardonio no borraba la sonrisa de su rostro.

—Esperad, esperad. —Demarato devolvió el hueso mondo al plato—. Me llama mucho la atención esta mujer. Ni siquiera las espartanas luchan. Pero quiero saber algo. Dinos, Artemisia: ¿has matado alguna vez?

«Casi», estuve tentada de responder. El cuello de cierto ateniense se había librado por poco.

—Muchas —dije—. He quebrado naves repletas de enemigos por todo el Egeo. ¿Crees que Atenas ofrece esos diez mil dracmas por mi cara bonita?

—Bonita sí es —opinó Mardonio. Fingí que no lo escuchaba.

—No, no —continuó Demarato—. Una cosa es hundir barcos. Poco más o menos como matar de lejos, con un arco o una jabalina. —En ese instante se dio cuenta de su inconveniencia y miró a Mardonio—. Entendedme, queridos amigos: los persas sois excelentes arqueros, y también valientes, hábiles, temibles... Pero nada puede compararse a matar de cerca, como hacemos los espartanos. A ese tipo de muerte me refería, Artemisia. ¿Lo has probado alguna vez? —Demarato, al igual que Damasítimo y yo, se levantó del diván y se aseguró de que todos lo escuchaban—. Os diré por qué los espartanos somos superiores en combate al resto de los hombres.

Hizo una pausa preparatoria. Artafernes la aprovechó para inclinarse hacia mí. Habló en un susurro:

—Y ahora llega una de sus interminables diatribas. Este hombre solo sabe hacer dos cosas: comer sin medida y hablar sin fin.

No contesté. Aunque siempre he oído decir que los espartanos eran tacaños con las palabras. Demarato ya había empezado su discurso. Mardonio se cubrió un bostezo algo exagerado.

—... y podréis comprobar —decía el espartano—, cuando vayamos a la Hélade, que es una tierra carente de lujos, sin comodidades, y hecha por eso a la virtud y a la disciplina. De ahí que se dé a luz a varones capaces de luchar con los mejores, vengan de donde vengan. Pues bien, los espartanos cuerpo a cuerpo no son los más flojos, y luchando en fila son los más bravos. Sea como sea, no existe nadie tan letal matando de cerca. Os contaré una historia que me sucedió siendo yo joven, en un viejo templo en las cercanías de Esparta. Fue precisamente junto a la escultura de madera de Afrodita Armada, que por cierto reposa en una silla, con el velo puesto y con grilletes en los pies. Porque grilletes hay que poner a veces a las mujeres para que permanezcan fieles y obedientes. Eso me recuerda que la escultura la talló el viejo Tindáreo, rey de Esparta, en cuya esposa, Leda, había concebido a famosos hijos como Cástor y Clitemnestra. Sin embargo, Leda no supo mantener los pies quietos y también tuvo amoríos con Zeus, y de ahí nacieron Pólux y la bella Helena. Lo que me trae a la memoria que la madre de Tindáreo, Gorgófone, fue la primera viuda que no se resignó a su suerte y se buscó un segundo esposo. Por cierto, ¿sabíais que Gorgófone era hija de Perseo? Me viene a la mente una hazaña que nos solía contar mi tío…

Dejé de escuchar. Y observé que los demás hacían lo mismo. Poco a poco, el conato de discusión quedó ahogado, y los que estábamos de pie volvimos a reclinarnos. Yo me dediqué a comer uvas mientras Demarato seguía con su cháchara, saltando de uno a otro tema sin apenas respirar. Alguien tocó mi hombro, volví la cabeza. Era Hermótimo, el eunuco.

—El rey de reyes requiere tu presencia ahora. Sígueme.

En ese instante me di cuenta de que Jerjes ya no estaba en la sala. Dejé el racimo a medio terminar y anduve tras Hermótimo. Por el camino observé que otros dos sirvientes se dirigían de igual manera a Ariabignes y Artafernes. Damasítimo observaba la maniobra, cada vez más receloso. Me encogí de hombros al pasar a su lado. Salimos de la sala y caminamos corredor adelante en pos del eunuco y los chambelanes.

—¿Qué ocurre? ¿Adónde vamos?—pregunté.

Ariabignes hizo un gesto para quitar importancia al asunto.

—Mi hermano escucha aunque no lo parezca. Hemos sacado un tema importante hoy, y ahora querrá tomar una decisión. Además, no soporta al pesado de Demarato.

—Nos están llevando a mis aposentos —completó Artafernes—. Que estos días son los del gran rey.

A los lados de un portón, dos guardias reales vigilaban como si fueran estatuas. Hermótimo y los otros dos abrieron. Sin anuncio previo, nos invitaron a entrar.

Jerjes estaba sentado en un taburete mientras un criado lo descalzaba. Toda la hierática rigidez de la comida había desaparecido. El gran rey estaba ahora doblado, con las manos apoyadas en los bordes de su asiento, mordiéndose el labio mientras tiraba de la pierna. La *kidaris* descansaba a un lado.

—Estas botas me matan —dijo en cuanto nos vio entrar—. Tú, sirve vino, anda. Pero de aquí. No el caldo ese de Calibón.

El criado, sin protocolo alguno, se fue con las botas de Jerjes bajo el brazo. Yo no sabía cómo actuar, así que me mantuve a la espera. En pie, con las manos pulcramente enlazadas por delante. Cuando Jerjes levantó la mirada hacia nosotros, posé la rodilla en tierra. Me disponía a soplar un beso, tal como indicaba la costumbre persa cuando un súbdito saludaba al gran rey. Hizo un gesto perentorio.

—No, no. Arriba. Eso es para las audiencias públicas. Además, eres mi *bandaka*.

Sonreí al gran rey. Me fijé en su mirada un poco triste. Se decía que cuando el heredero del Imperio era niño, los eunucos frotaban su piel con una pomada de flores, grasa de león, vino de palma y azafrán. Y que eso hacía que, de mayor, el rey de reyes brillara como el sol. Lo que yo veía era una tez pálida, cansada. El eunuco Hermótimo se acercó a una mesa oblonga y separó una silla de respaldo alto. Se la ofreció a Jerjes.

—¿Deseas sentarte, majestad?

—Sí. Hagámoslo todos. Ah, Hermótimo, vuelve al banquete y di que me sentía fatigado. Que Demarato continúe con su charla, a ver si los duerme a todos y así no nos molestan.

El eunuco de Pédaso se fue con los otros dos sirvientes. Nosotros tomamos asiento alrededor de uno de los extremos de la mesa. Artafernes lo hizo a la izquierda del rey, y Ariabignes a la derecha. Este habló al oído de Jerjes durante un rato. El criado de las botas llegó acompañado de algunos otros. Repartieron copas y sirvieron vino lidio. Esta vez no hubo ritual de cata, ni servicio de tres dedos ni el resto de la liturgia. Jerjes vació la suya de un trago, sin dejar de escuchar las confidencias de su hermano. Pidió más vino. Los demás no bebimos. Los sirvientes se movían con soltura, ajenos a que el hombre más poderoso del mundo estuviera allí, descalzo y tragando un líquido que podía contener cien venenos. Nada de la lentitud artificiosa que habíamos visto durante la comida. Cuando Ariabignes dejó de cuchichear, Jerjes me miró. No supe reaccionar. Eso, al parecer, le resultó divertido.

—Tenía ganas de conocerte —me dijo.

—Y yo a ti, majestad. Perdóname. Estoy un poco… confusa.

—Lo imagino. Aunque no lo parecías ahí dentro, antes de que el insufrible Demarato empezara con su monserga.

Jerjes hablaba en persa y con toda llaneza, como si aquello fuera realmente una reunión de amigos. Su copa se llenaba y vaciaba a toda velocidad. El color acudió pronto a las mejillas del gran rey. Ariabignes apoyó los codos en la mesa, cruzó los dedos y se dirigió a mí.

—Querida amiga, existe un pequeño problema que debemos resolver. Has servido bien a Persia y a Halicarnaso. Nadie podrá reprocharte nada, o yo mismo lo haré empalar sobre su propia lanza. Pero ahora eres madre y tu principal preocupación ha de ser que tu ciudad cuente con un buen gobierno.

—Noble Ariabignes, ya hemos hablado de eso y…

Alzó una mano para pedirme silencio. Jerjes, por el momento, se limitaba a beber y escuchar sin quitarme la vista de encima. Artafernes, por su parte, permanecía cabizbajo.

—Se avecina una guerra cruenta, aunque muchos no quieran verlo. No todos regresaremos. Habrá sufrimiento y muerte. Viudas y huérfanos. Damasítimo ha solicitado comandar tu flotilla. Que permanezcas en Halicarnaso, cuidando de tus intereses, que son los nuestros.

Me puse en pie con tanto ímpetu que la silla salió despedida a mi espalda. Los tres hombres respingaron, y los criados se congelaron a nuestro alrededor.

—¿Que Damasítimo ha hecho qué? ¿Cuándo? ¡No me ha dicho nada!

Ariabignes giró ambas palmas hacia abajo.

—Vuelve a sentarte, Artemisia. Estás ante el rey de reyes y ante el gobernante de tu satrapía; y no olvides que yo también soy tu superior. Estoy de acuerdo con Damasítimo. Basta, Artemisia.

Enrojecí. Jerjes no parecía enojado. Pero nunca se sabía. Un criado levantó mi silla y la devolvió a su lugar. Casi pude oler su miedo tras de mí.

—Perdón, majestad. —Tomé asiento. Pegada al respaldo, las manos extendidas sobre la superficie de madera, un temblor violento en las piernas.

—De todos modos —continuó Ariabignes—, no se ha tomado aún una decisión. Para eso estamos aquí.

—Entiendo.

Artafernes habló al fin:

—Yo te apoyo, Artemisia. Tú has de mandar en tus barcos. Eso es lo que mereces. No quedarte en casa mientras los demás ganan gloria.

Lo miré. El sátrapa no había levantado la vista al decirlo. Así que las opciones estaban igualadas. Jerjes volvió a beber, más pausadamente esta vez. Dejó la copa en la mesa y pasó un dedo por su borde.

—Mi tío Artábano no ve bien que una mujer luche, y menos aún que mande tropas —habló en tono reflexivo, fijo en su reflejo sobre la superficie rojiza del vino—. A Mardonio le da risa solo pensarlo, aunque confiesa que siente curiosidad. Pero ninguno de los dos te conoce, Artemisia. Por eso fio mi decisión a estos dos hombres. He hablado con ambos, y cada uno expone sus razones. Unas y otras son buenas. Ahora quiero oír las tuyas. Pero no me digas que ansías servir a tu rey, o que pretendes extender la verdad de Ahura Mazda para que el bienestar y la felicidad rijan el mundo. Dime la verdad, Artemisia. Dime por qué quieres conducir tus naves hasta el otro lado del mar y matar atenienses. Háblame de oro, si lo deseas. O de gloria. Háblame de venganza. Di lo que quieras, pero cuidado: no mientas.

Ahora sí bebí. Cierto que el vino lidio era bueno. Este, además, lo habían mezclado con muy poca agua. Bajó en cascada por mi garganta y su calor se extendió por mi pecho. Nada de mentir, claro. Por muy capaz que fuera Jerjes de apearse de su pedestal de grandeza, seguía siendo un persa obligado a reverenciar la verdad. Me restregué los labios antes de hablar.

—Majestad, voy porque es mi deber. No envejeceré en Halicarnaso, tranquila y con la piel vacía de cicatrices, sabiendo que otros fueron a hacer mi trabajo. Y si no me permites comandar mi flotilla, me haré con un bote de remos y cruzaré yo sola, de isla en isla, hasta plantarme en Atenas. Y ay de aquel que se interponga en mi camino.

Jerjes asintió. Ariabignes apretaba los labios. Artafernes levantó la cabeza y lanzó un suspiro al aire. Hubo un momento de silencio, mientras el gran rey tamborileaba con sus dedos en la madera oscura.

—Es muy difícil ser rey. Tengo que fiarme de unos, desconfiar de otros. Todos pretenden conseguir algo. Siempre. Y como saben que no me gusta la mentira, se las arreglan para disimular la verdad. Y entonces tengo que esforzarme, hundirme un poco en la mente de cada hombre. Buscar sus motivos, sus miedos, sus ambiciones, sus deseos. Solo conociendo a mis súbditos podré ser justo con ellos. Fíjate, Artemisia. ¿Ves a mi hermano Ariabignes? Está preocupado por Halicarnaso, ya te lo ha dicho. Es cierto que necesitamos estabilidad, y lo que menos nos interesa ahora es que una de nuestras ciudades quede en manos de un crío de pecho. Las luchas de poder, ya sabes. La gente se vuelve ambiciosa.

»En cuanto a Artafernes, estima tu valía. Por eso piensa que te has ganado el derecho a participar. No solo eso: me ha propuesto que te incluya en mi consejo. Dice que eres muy capaz. Mucho más que la mayoría de mis hombres.

»¿Y sabes qué, Artemisia? Ambos me ocultan parte de la verdad.

—Majestad… —quiso intervenir Artafernes, pero Jerjes lo impidió.

—Sí, primo. Creo que no te das cuenta, pero te sientes en deuda. La ciudad de esta mujer ardió, a su padre le cortaron la lengua y le quemaron los ojos. Convirtieron en eunuco a su hermano. Escuché cómo me lo contabas ayer una vez más. Y sobre todo vi cómo brillaba tu mirada. La culpa. Ya, ya: tú no eras el sátrapa entonces, lo era tu padre. Y si de algo nos gloriamos los persas, es de procurar que nuestros hijos sean mejores que nosotros. Que no cometan nuestros errores e incluso arreglen lo que estropeamos. Lo sé muy bien: soy hijo del gran Darío. Culpa, Artafernes. Eso es lo que en realidad te mueve cuando se trata de Artemisia de Caria.

»Lo tuyo, hermano —se volvió hacia Ariabignes—, es otra cosa. No quieres que le pase nada malo. Más aún: darías cualquier cosa por que fuese feliz el resto de sus días. También te he oído hablar de ella, y también he visto cómo la miras. Por eso prefieres que se quede en casa.

Al almirante persa se le subieron los colores y dejó de mirarme. Ni él ni Artafernes negaron lo que Jerjes decía.

—¿Y qué decisión tomas, majestad? —pregunté.

El criado se acercó en ese momento con más vino e inclinó la crátera sobre la copa del rey, pero este la cubrió con una mano.

—No es una guerra que busque satisfacer bajos anhelos. Ahura Mazda desea que el bien llegue a todos los rincones del mundo. Recompensar al sincero y castigar al farsante. Impedir que el poderoso abuse del débil, y también que el débil cause injusticia al poderoso. Decida lo que decida, será lo que convenga a ese objetivo, y no puede lograrse nada bueno si nos servimos del mal. Nada justo si olvidamos nuestras leyes, nuestras costumbres. Ahura Mazda quiere que hagamos el bien para lograr el bien, y que seamos justos para que el mundo sea justo. Eres una mujer, Artemisia. Una madre. Las madres no deben ir a la guerra. Mi primera inclinación es dejarte en tierra.

Cerré los ojos.

—Por favor, majestad…

—Pero mi esposa Ester me ha contado cosas sobre ti, Artemisia. Y ella es un ser puro al que nada impide decir siempre la verdad. Tú la conoces.

—Sí, majestad.

—Me dijo lo que sonsacasteis a aquel pirata cilicio en vuestro viaje desde Sidón. El plan ateniense para capturarla a ella y a ti. Y yo he puesto a mis espías a trabajar, así que me he enterado de cuál era el objetivo. ¿Se puede ser más rastrero?

»Ojalá Atenas ofreciera diez mil dracmas de recompensa por cada uno de mis hombres. Pero no lo hace. Creo saber por qué. ¿Lo sabes tú, Artemisia? ¿Por qué ese interés en quitarte de en medio?

—Porque les he procurado todo el mal posible, majestad.

—No es solo por eso. —Tocó el hombro de Ariabignes—. Mi hermano también ha hundido naves atenienses. El enemigo te teme y te odia a ti más que a nadie. No hay otro marino en el mundo con cuya captura disfrutarían más los atenienses. Ninguno al que les gustaría más sacar de su nave, cargarlo de cadenas y olvidarlo en un agujero. Es porque eres una mujer.

Jerjes dio una palmada doble en la mesa y se levantó. Artafernes y Ariabignes lo imitaron enseguida. Yo tardé un poco más. Me alisé la blanquísima túnica y me dispuse a escuchar la decisión del gran rey.

—¿Y bien, majestad?

—Vendrás conmigo, Artemisia. Te quiero a mi lado en el consejo. Lo anunciaré bien alto. Nuestros enemigos han de saber que estás junto a mí; y que tal vez, en cada decisión mía que los acerque un poco más a la ruina, están las ideas de una mujer que los aterroriza y por la que pagarían una fortuna. Y llegará el día en el que te entregue una antorcha, porque tú pegarás fuego a Atenas. La veremos arder juntos y celebraremos el regreso de la justicia, la victoria de la verdad. —Jerjes miró al techo y abrió los brazos a los lados—. El desorden y la injusticia son resultado de la mentira. Ahura Mazda es testigo.

Apreté los puños en señal de triunfo. Tenía ganas de saltar.

—Gracias, majestad. No te defraudaré. Y cuando lleguemos a...

—No he acabado. —Jerjes devolvió su vista hacia mí—. No comandarás tu flotilla.

—¡Majestad!

—Me obedecerás en esto también, porque soy tu rey. Y en ausencia de tu padre, sin hermanos que te cuiden, yo te admito bajo mi amparo como *salaar*.

—¿*Salaar*? Majestad, no sé qué es eso. Yo...

—Tu guardián, Artemisia de Caria. Eso significa *salaar*. Te dotaré para que Damasítimo de Kálimnos te tome como esposa.

Ante mi estupor, Jerjes siguió hablando. Me atribuyó un término elamita oficial de la corte, *sunki pakri*, lo que venía a significar que se me consideraba como hija del rey. Me autorizó a usar mi propio sello, que tendría valor en todo el Imperio. Y estipuló que Damasítimo debería cumplir ante él con la súplica oficial por mi mano. Solo así, a nuestro triunfal regreso desde Grecia, celebraríamos la ceremonia del matrimonio ante un magistrado persa y, en presencia del propio Jerjes y de un séquito escogido de nobles, yo asumiría mi papel como amante de la casa y cedería a Damasítimo el trono de Halicarnaso y las islas. Él gobernaría por sí mismo hasta su muerte, momento en el que Pisindelis heredaría. Sin embargo, continuó Jerjes, la ley persa mandaba que la novia prestara su consentimiento. ¿Aceptaría yo al padre de mi hijo como mi legítimo esposo?

Artafernes, a un lado del gran rey, me incitaba a asentir. Ariabignes no me miraba. Imaginé las carcajadas que Ameinias de Eleusis soltaría si pudiera ver aquello. Me mordí la lengua con tanta fuerza que casi la hago sangrar. Muy ufana me había sentido yo hasta entonces. El destino no me ataba, me solía decir aquellos días. Yo no estaba sujeta al final de un hilo cualquiera, unida de raíz a una madeja. Yo decidía por mí. Ya.

—Acepto todo lo que ordenas, majestad. Pero si has de actuar como mi *salaar* y sustituyes a mi padre, dispensa a esta hija un solo ruego: déjame luchar contra los griegos. Bajo las órdenes de mi futuro esposo y del noble Ariabignes, sí. Pero déjame cumplir con mi deber.

Jerjes bufó. Se frotó las sienes con el índice y el pulgar. Se dice que los persas se emborrachan cuando han de debatir algo importante, y que esperan a estar de nuevo sobrios para tomar una decisión. Quizás ahora el rey no estaba lo suficientemente beodo.

—Sé que me arrepentiré de esto, Artemisia. Te lo concedo.

CAPÍTULO VII

Can you see the storm getting closer now?
Tell me how it feels being out there.

(¿Puedes ver cómo se acerca la tormenta?
Dime cómo sienta estar ahí fuera). Trad. libre.

Storm (2006, *Theatre of Tragedy: Storm*)
Theatre of Tragedy

DEL MANUSCRITO DE HERÓDOTO

FRAGMENTO 243

Me cuenta mi señora Artemisia algo de lo que se enteró en Sardes, justo antes de regresar a Halicarnaso.

Los griegos que pensaban enfrentarse a Jerjes habían vuelto a reunirse en Corinto. Treinta y un emisarios, uno por cada ciudad de la alianza. Esparta y Atenas a la cabeza. La propia Corinto, más Tegea, Sición, Egina, Mégara, Epidauro... Se hicieron juramentos de lealtad, y de dedicar a los dioses parte del botín y hermosas ofrendas que se llevarían a Delfos, lugar sagrado para todos. También, por mayoría de votos, se decidió la estrategia a seguir.

Los griegos habían sabido que Jerjes se encontraba en Sardes con sus tropas, así que enviaron tres espías para obtener informes sobre el ejército del gran rey. Pero, como se dejaron sorprender, fueron sometidos a interrogatorio por los generales de las fuerzas terrestres, y se los llevaron para ejecutarlos. Al enterarse Jerjes, criticó la decisión y envió a algunos de sus guardias con la orden de que, si encontraban a los espías aún con vida, los condujeran a su presencia. Así lo hicieron. Y ante el gran rey, los espías confesaron que estaban allí, enviados por la coalición griega, para calibrar el tamaño del ejército persa. Jerjes, entonces, ordenó a sus guardias que guiasen a los espías en una visita y que les mostrasen la totalidad de sus fuerzas terrestres, incluida la caballería. Y que cuando se sintiesen satisfechos de inspeccionar dichos efectivos, los dejasen marchar sanos y salvos al sitio que escogieran. Y al dar estas órdenes añadió el siguiente comentario: si los espías eran ejecutados, los griegos no podrían saber de antemano que las fuerzas persas superaban todo cálculo. Y, por otra parte, a los enemigos no se les causaría gran perjuicio por acabar con tres hombres. En cambio —agregó—, los griegos, al enterarse por los espías de cuál era el poderío de Persia, olvidarían la locura de enfrentarse a ella y entregarían el agua y la tierra.

—Lo cierto es que yo estaba furiosa con Damasítimo desde mi reunión con Jerjes. Hasta el punto de que había dejado de hablarle, e incluso evité su presencia por el eficaz método de recluirme en el gineceo de Sardes junto a mis amigas Ester y Sadukka. Solo salí de allí durante un rato para recibir a las tropas de a pie procedentes de Halicarnaso, que se presentaron un poco antes de la partida general. Mis súbditos se instalaron al sur de Sardes, en la periferia del inmenso campamento. Acudí con guardia persa, saludé a los jefes de las unidades y los tranquilicé: nos dirigíamos a una expedición cuyas jornadas se contarían por enemigos rendidos. Lo más seguro era que no hubiera batalla terrestre alguna. Y si algún loco, probablemente espartano, nos plantaba cara, lo arrollaríamos con la simple fuerza del número. Me creyeron. Es más: yo también lo creía.

»A finales de invierno, cuando partimos, no di explicaciones a Damasítimo acerca de la decisión real sobre nuestro futuro. Pero creo que no eran necesarias, pues él también estaba informado. Y, por otra parte, fue lo bastante gentil como para no ahondar en la herida. Durante el trayecto llegué a pensar que mi indignación, tal vez, era absurda. Nadie pretendía perjudicarme. Damasítimo, al igual que Ariabignes, obraba movido por ese bien y esa verdad de la que tanto gustaba hablar al gran rey. Pero lo mismo hace cualquier muchacha cuando, en la entrada de la cueva, se aparta de las serpientes y escoge la madeja. ¿No es verdad, Heródoto?

—¿Que nadie actúa mal a propósito, señora? Permíteme dudarlo.

Artemisia sonríe.

—Te lo permito.

Me cuenta luego que, al mismo tiempo que Damasítimo y ella dejaban Sardes y tomaban el camino del sur, el gran ejército partió en dirección a Ábidos, en la parte asiática del estrecho. De ese lugar arrancaba el puente de barcas. Un mes tardaron en llegar, según parece. A la cabeza de la larguísima comitiva cabalgaban mil jinetes persas, y tras ellos mil guardias reales con las puntas de sus lanzas vueltas hacia el suelo. A continuación, los diez caballos sagrados de Nesea, magníficamente enjaezados. Y el carro consagrado a Ahura Mazda, tirado por otros ocho caballos, estos de color blanco. Nadie los arreaba, sino que detrás marchaba a pie un auriga con las riendas en la mano, pues resulta que ningún hombre puede subir a ese carruaje, reservado para el propio Ahura Mazda. Jerjes marchaba en su propio carro, radiante junto a su auriga Patiranfas, hijo del persa Ótanes, igual que si fueran Héctor y Cebríones recién salidos de Troya, dispuestos a masacrar griegos. Otros guardias de a pie y jinetes persas cerraban la comitiva del rey de reyes.

—Hablando de Troya, ¿es verdad, señora, que Jerjes quiso pasar por allí?

—Verdad es. Fue por Lidia a Cime, donde remontó la costa hacia el norte, y después cruzó Misia hasta el río Escamandro, aquel que quiso ahogar a Aquiles por haber llenado su cauce con cadáveres troyanos. Dicen que, con ocasión del paso de Jerjes, el Escamandro fue el primer río cuyo caudal se agotó, sin que bastara para satisfacer las necesidades de las tropas y los animales.

—¿Y tú lo crees, señora?

Artemisia se encoge de hombros.

—Esta es una historia tan grande, Heródoto, que se ha contado miles de veces y se contará muchas más. Parte de su grandeza, imposible de evitar, es causa y consecuencia de que esté rodeada de hechos magníficos. Ríos que se secan, soles que se ocultan, mares cruzados por puentes, tierras cortadas por la mitad.

—Pero hemos de decir la verdad, señora. Evitar la mentira.

—Es cierto, Heródoto. Y a pesar de eso, de los persas y del propio Ahura Mazda, cuántas veces una mentira sirve para contarnos la verdad.

—Eso no lo entiendo.

—Da igual. Muchos niegan lo ocurrido entre griegos y troyanos, o creen que unos dioses existen y otros no. Pero el gran rey se dirigió a lo que había sido Troya, donde mandó sacrificar mil vacas en honor de Atenea Ilíada, y los magos que acompañaban al ejército ofrecieron libaciones a los héroes. Has de saber, Heródoto, que Jerjes hacía esto para congraciarse con los dioses ajenos, y también porque así dejaba tranquilos a los muchos griegos que formaban entre sus filas. Que eran más, por cierto, que los que pretendían enfrentarse a él.

»Se cuenta algo que tal vez sea también mentira. Cuando llegó a Ábidos, Jerjes quiso contemplar la totalidad de su ejército. Le instalaron una tribuna de mármol blanco sobre una colina, y allí se echó a llorar.

Detengo la escritura.

—¿Por qué lloraba el gran rey?

—Eso le preguntó su tío Artábano. Y Jerjes contestó que lo había invadido un sentimiento de tristeza al pensar en lo breve que es la vida de todo ser humano. Pues, cien años después de aquel momento, de semejante cantidad de gente no quedaría nadie.

Describo la escena del llanto real. Luego poso el cálamo en la mesa.

—Todos desapareceremos, es verdad —digo—. Y pasarán cien años. Mil, y aun diez mil. Los hombres temerán a la muerte y al olvido siempre, y verterán por ello muchas lágrimas, suficientes para llenar mares. —Palmeo despacio sobre la superficie blanca, aún sin cubrir de letras, de mi escrito—. Pero quedará esto, señora.

Artemisia afirma con la cabeza. Sonriente de nuevo.

—Entonces sigue escribiendo, mi buen Heródoto.

DESAFIAR A LOS DIOSES

En el puerto, antes de partir de Halicarnaso, cumplimos con las libaciones y la entrega de amuletos. Las mujeres y los hijos de mis marinos y remeros los despidieron entre lágrimas, más por el tiempo que iban a pasar fuera que por un riesgo que no temían. Uno a uno, embarcaron mis hombres en el Némesis y en el Hécuba, y en el resto de las pequeñas embarcaciones con las que contribuíamos al esfuerzo logístico de la armada persa. El penúltimo en subir, Paniasis, se volvió desde lo alto de la pasarela y agitó la mano hacia un corro de muchachas que esperaba una rima de despedida.

Mi cómitre fingió amargura:

—¡Chicas de Halicarnaso, diosas de curvas pestañas! ¡Sé que estos días tristes añoraréis mis hazañas! ¡Pensad que me voy a Quíos, pensad que me voy a Rodas! ¡Pensad que el día en que vuelva os la voy a meter a todas!

Rompieron a aplaudir, y alguna hubo que hasta lloró. Los demás reímos, que bien nos venía.

Solo quedaba yo por subir, y al pie de las tablas prometí a mi madre que regresaría sana y salva. Y lo más importante: que cumpliría con mi deber y haría justicia. Ella, con mi cara entre sus manos, asentía por inercia. ¿Comprendía la auténtica magnitud de

391

todo aquello? Tal vez algo barruntaba, porque me miró como si nunca más fuéramos a reunirnos.

—¿Un último cuento, Artemisia?

—Claro, madre.

—¿Te he hablado alguna vez de Harpálice?

La vi muy anciana. Salir de su jardín no le sentaba bien, o tal vez la locura había apresurado el envejecimiento.

—No, madre. ¿Es una diosa antigua? ¿Una muchacha cretense?

—Una princesa del norte era. La hija del rey Harpálico.

—Jamás he oído esos nombres.

—Pues Harpálico era el rey de la tribu de los amimneos, en Tracia. No era un rey rico, carecía de oro y plata. Sus súbditos eran todos pastores y, si algo abundaba en sus tierras, eran los toros y los caballos. Harpálico se casó, y durante muchos años procuró tener descendencia. Sin embargo, no conseguía preñar a su esposa, el tiempo pasaba y se esfumaba la juventud. Cuando ya la vejez estaba cercana y casi había perdido su vigor, la reina quedó encinta y dio a luz a una niña. Pero tanto fue el esfuerzo, que la madre murió agotada. Harpálice, que así se llamaba la recién nacida, creció con la leche de vacas y yeguas. Y el rey, que sabía que era demasiado mayor para tener otro hijo, decidió que ella heredaría el reino. Así pues, procuró que Harpálice se ejercitara en la guerra y en la caza. La muchacha no decepcionó al rey: alimentada con la misma sustancia que da su fuerza al becerro y su velocidad al potro, se convirtió en una guerrera feroz y en una insuperable corredora.

»Entonces pasó por allí un griego. Neoptólemo se llamaba, y era hijo del veloz Aquiles, que acababa de morir en la guerra de Troya. Neoptólemo, al ver que la única defensa de Harpálice era una mujer, formó a sus mirmidones y se dispuso a atacar para hacerse con el reino, con los toros, con los caballos y con la bella y valiente Harpálice. Los pastores, temerosos de este plan, se ofrecieron a ayudar al extranjero Neoptólemo, pues no querían que en el futuro los gobernara una mujer que, a más deshonra, había crecido como un animal.

»Estalló la revuelta, y los traidores, con ayuda de los mirmidones, asaltaron el palacio del rey. Pero Harpálice aulló de rabia, embrazó su escudo, tomó una lanza y corrió directa hacia los enemigos, que trataron de defenderse con sus arcos. Mató a un hombre, a dos, a tres, a diez, a veinte, moviéndose tan deprisa que ni una flecha la rozaba. Ni siquiera el mismísimo hijo de Aquiles, de pies alados, podía darle alcance. Ella saltaba de un lugar a otro, fugaz como un relámpago, descargando botes de lanza, quebrando cráneos con su escudo, a golpes, a dentelladas, a arañazos, abriendo pechos y gargantas. Hasta que Neoptólemo y los mirmidones supervivientes, aterrorizados, se dieron a la fuga. Cuando Harpálice regresó a palacio fatigada, con sus armas rotas y cubierta de sangre enemiga, descubrió que los pastores habían herido gravemente a su padre. Lo acunó entre sus brazos hasta que el viejo rey murió. Mientras cerraba los ojos del difunto, la princesa oía a los traidores, que aporreaban las puertas del palacio y le prometían la muerte. «Tú eres la siguiente», le decían. «Engendro que desafía a la naturaleza y a los dioses».

»Harpálice, más furiosa que nunca, se arrastró fuera sin que la vieran. Buscó refugio en un bosque cercano y se convirtió en una salvaje. Aparecía de noche en las cabañas de los pastores, los mataba a ellos y a sus familias, incendiaba los establos, masacraba el ganado. Y así pasó sus días hasta que los pastores, decididos a acabar con ella, le tendieron una trampa. Le suplicaron piedad de rodillas, ofrecieron su sumisión y la atrajeron al palacio con ofrendas y juramentos. Harpálice, cansada de derramar sangre, aceptó. Caminó por entre los traidores y, en cuanto les dio la espalda, la atravesaron de parte de parte.

Me quedé un rato a la espera. En fábulas como aquellas, lo normal era que la víctima recibiera por fin el favor divino para regresar de la muerte y ajustar cuentas; o bien algún *daimon* la vengaba de la forma más cruel y ejemplar posible.

—¿Ya está, madre?

—¿Qué más quieres? Nadie sabe qué ocurrió con el cadáver

de Harpálice. Tal vez la descuartizaran y arrojaran sus restos a los cerdos. Nadie le erigió una pira, ni consagró una estatua. No hay templos que la recuerden. Es de suponer que los dioses castigaron la *hybris* de los pastores embusteros, pero tampoco hay poemas que lo expliquen.

—De todos tus cuentos, madre, este es el que menos me ha gustado.

—Pero es el más real, Artemisia. De modo que sé rápida. Sé fuerte. Y nunca te dejes engañar, como hizo Harpálice. Como hizo tu padre.

—Mi padre sabía bien lo que hacía, y tuvo la oportunidad de echarse atrás. No lo engañaron: se equivocó. Yo he escogido bien.

Me pasaron a Pisindelis. Lo sostuve en alto y le sonreí. Él, que extrañaba los brazos de la nodriza, empezó a llorar. Eso casi me quiebra el corazón.

—Hasta pronto, hijo mío. Cuando regrese, ya no nos separaremos jamás.

Me deshice de él. Su llanto aminoró mientras lo alejaban de mí. Contemplé la escarpada roca sobre la que se aposentaba mi palacio. Y las casas que trepaban en grada hasta las colinas. Aspiré el aroma salado. ¿Y si era la última vez? Besé la frente de mi madre.

—Procura tú la venganza de Harpálice —me dijo—. La tuya y la mía.

Cerca de Kálimnos, junto con algunas pequeñas naves de suministros, se nos unieron el Laódice y el Casandra, que aguardaban al pairo. Al aproximarnos a la bahía oriental de la isla, vimos por primera vez el Cazador.

—Por Dagón y Asherá —juró Zabbaios—, si parece ateniense.

Era cierto. El trirreme de Damasítimo, recién pintado y sin un solo desperfecto, tenía esas feas extensiones laterales para los remeros de las filas superiores, que sobresalen desde las bordas y que los griegos llaman *parexeiresia*. Y en lugar de una cubierta continua y estrecha, tenía dos, sin regala y con un corredor central más bajo. Además, su borda no era tan alta como las nuestras. Supongo que mi futuro esposo pretendía aligerar su nave, hacerla más veloz. Noté una punzada de rabia. Como si aquello constituyese una traición. Mis marinos, y los del Hécuba, el Laódice y el Casandra, se rieron a distancia. Insultaron a los kalimnios, y les preguntaron si pensaban pasarse al enemigo.

—¡Artemisia! —Damasítimo me llamaba desde su popa, con las manos ahuecadas a los lados de la boca. Su codaste llevaba el gallardete aqueménida. El resto lucíamos la *sagaris*.

—¿Qué pasa?

—¡Partimos ya! ¡Ven a mi estela!

Se me hizo extraño que me dieran órdenes en el mar. Zabbaios se volvió un instante desde su puesto, pero no dijo nada. Yo me limité a asentir. Entonces oí un sonido familiar que me erizó el vello. Ladridos.

Sonaban apagados, y venían de un *gaulo* que en ese momento abandonaba la bahía para unirse a la comitiva. Reconocí las líneas del Ofiusa, la nave rodia que había cazado cuatro años antes. Forcé la vista y distinguí al hombre que se paseaba por la cubierta, las manos a la espalda. Calvo y con larga barba.

Acteón. Y traía sus perros. No lo esperaba. De todos era sabido que Acteón era un cazador, no un guerrero. ¿Qué pintaba él en una guerra?

Me distrajeron los cánticos religiosos. Mis marinos, al estilo fenicio, arrojaron al mar flores, miel y hierbas aromáticas. Dejar atrás Kálimnos era abandonar la seguridad del hogar. De nuestras aguas.

Navegamos hacia el norte en columna, con el Cazador como nave capitana y las naves civiles a retaguardia. Nuestros cascos levantaban a popa oleajes llenos de pétalos, que invadían las playas y mecían las chalupas de los pescadores. Desde las costas cercanas nos saludaban los críos, y si pasábamos cerca de una aldea, los lugareños salían a la playa, se metían en el mar hasta los tobillos y agitaban sus manos. Pronto se nos unieron *pentecónteros* de Didima y Samos. Y al día siguiente, un trirreme de Mindo y un *triacóntero* de Teos. Dos o tres *gaulos* estibados con grano y muchas más embarcaciones menores. En el estrecho paso entre Quíos y el continente se ralentizó la marcha. Transportes de tropas confluían desde las islas occidentales y la costa lidia. Nos costó dejar atrás aquel caos, y solo gracias a que la mayor parte de las naves de guerra isleñas había partido hacia los estrechos semanas antes. Al tercer día, a la altura de Cime, se añadió a la expedición una escuadra de trirremes jonios. Nos rebasaron por estribor, y pude ver sus cubiertas repletas de guerreros. Habían atado los escudos a las regalas, que ahora semejaban muestrarios multicolores. Parecía buena protección contra flechas y jabalinas. Zabbaios negaba con la cabeza.

—Demasiado peso —repetía—. Sigue rechazando que nos atesten la cubierta, Artemisia.

—Ya no tengo el mando —repuse.

Conforme nos acercábamos al punto de reunión, quedaba menos sitio en el agua. Creo que cualquiera hubiera podido cruzar desde Lesbos a Lemnos sin mojarse los pies, solo saltando entre cubiertas. Pese a todo aquello, nadie era capaz de imaginar lo que vimos al llegar a la embocadura sur del estrecho. Naves fenicias, unas trescientas nada menos. Con singulares mascarones que imitaban cabezas de caballo, de toro, de delfín. Doscientos trirremes egipcios, ciento cincuenta chipriotas, cien cilicios, otros cien jonios... Todos estos, que eran los más marineros, ocupaban por entero la superficie del agua, disputándosela a otras naves de los rincones costeros del Imperio. Isleños, sirios, eolios, helespontinos, licios y panfilios. Después oí decir que había allí más de mil naves. Bastantes más. Ah, qué panorama. Jamás se había visto, jamás se volvería a ver.

Y si esto suponía un prodigio, ¿Qué era el doble puente de barcas que unía Asia con Europa? Una maravilla fue ver el cruce de las tropas de a pie, la caballería, la servidumbre, los bastimentos. Era como si los dos continentes se hubieran unido. Como si la tierra, olvidando la voluntad divina, se hubiera plegado a los deseos de un rey mortal, y surgiera un camino desde el fondo marino. Para recrearse aún más, Jerjes ordenó un ejercicio naval entre algunas de las naves. Una regata en la que nosotros no participamos y que ganaron los fenicios de Sidón. Creo que alrededor de aquella carrera llovieron las apuestas de siclos y hasta de daricos. Muchos soldados empeñaron su botín antes de haberlo ganado.

Por fortuna, no tardamos en abandonar aquel lugar. Porque del mismo modo que el espectáculo era único, también lo eran las incomodidades. Abarloábamos las naves y desembarcábamos para trasnochar, y solo procurarnos leña para cocinar se convertía en misión de semidioses. ¿Conseguir agua potable? ¿Comida decente? ¿Un lugar tranquilo donde dormir? Imposible. No debía de ser así para la élite de la Spada. Se supo que los persas más nobles llevaban consigo carruajes llenos de comodidades, y algunos incluso se hacían acompañar por sus esposas. Ya sabía que Ester estaba entre ellas, así como varias concubinas del gran rey. Ojalá hubiera venido Sadukka.

Durante aquellos días esquivé a Damasítimo. Ariabignes y los demás almirantes persas no se habían reunido aún con los líderes de las escuadras, y cada cual iba por su lado. Cuando Zabbaios me preguntaba cuál era el plan, yo me limitaba a observar a las tripulaciones que acampaban cerca de nosotros. De momento, nos dejaríamos llevar. Vi como los míos trababan amistad con algunos marinos egipcios. Intercambiaban regalos, se contaban chistes obscenos, se preguntaban sobre sus respectivos hogares y, de noche, asistían a los recitales subidos de tono de Paniasis. Por supuesto, no hubo día en el que no se me acercaran dos docenas de curiosos. Todos querían comprobar si era cierto lo que se decía. ¿Una mujer gobernando una nave en la armada persa? Pues sí, ahí estaba yo. Hubo quien se atrevió a hablarme. La mayor parte se conformó con admirarme de lejos, pero mandé a pastar asfódelos al tártaro a algún que otro fenicio faltón, a varios sirios, a un cimerio y a un rodio. Le planté un sonoro guantazo a un chipriota que pretendía comprobar qué tenía entre las piernas, y Zabbaios también acabó recibiendo algún golpe de nariz cilicia en su puño. Pero sin asperezas. No se puede decir que nos aburriéramos esos días.

Al partir del estrecho perdimos de vista las tropas. Naves menores se encargaban de mantener la flota en contacto con la expedición terrestre, que ahora avanzaba por tierras tracias, apoyándose en los depósitos tan sabiamente repartidos y, según cuentan, vaciando de agua dulce un río tras otro. Y tal vez, sin saberlo, los guerreros de mil ciudades pisaran las tierras que un día pertenecieron a Harpálice, la salvaje princesa vengadora a la que nadie había vengado.

Nosotros navegamos en paralelo al ejército, siempre cerca de la costa. Dejamos atrás Samotracia y la isla de Tasos. Entonces se extendió frente a nosotros la península que algunos llaman Quersoneso y otros Calcídica, con sus tres lenguas de tierra que se alargan hacia el sur, como los tres dedos interminables de una zarpa inmensa. El dedo más oriental, el que más vidas humanas se había cobrado, era el del Atos, el que el gran rey se había atrevido a cortar. Hubo cierta vacilación en la armada antes de acercarnos al canal recién construido. El formidable sacrilegio. La anchura del canal permitía a la vez el paso de dos cascos a media boga, lo que a muchos les pareció un despilfarro. Otros, sencillamente, permanecíamos en silencio cuando nuestra nave recorría aquel espacio, los marinos pegados a las regalas, admirados del soberbio trabajo y temerosos a cada momento de que las panzas de los *gaulos* más cargados se atascaran contra el lecho. Nada de eso ocurrió, ni nos cayó encima una lluvia de rayos justicieros, ni Poseidón se elevó desde las profundidades para destrozarnos de un soberbio tridentazo. Popa contra proa, en columna doble, mil doscientas naves surcaron lo que antes era tierra y agua era ahora. Después, pese a lo exitoso de la operación, se oían los mismos chismes remilgados cada vez que fondeábamos o buscábamos el abrigo de la costa.

Que si Jerjes había cometido impiedad. Que si daba igual qué dios se ofendía, porque el gran rey los había desafiado a todos. Convertir el agua en tierra y la tierra en agua... ¿En qué cabeza cabía semejante sacrilegio?

Nos dirigimos al golfo Termeo, y allí fue donde Damasítimo vino en mi busca. Lo precedían los rumores que ya conocía toda la armada: a partir de aquel punto se esperaba que aparecieran las primeras naves griegas, así que nuestra flotilla navegaría unida.

Habíamos varado en una ancha marisma, por lo que muchos nos disponíamos a pernoctar a bordo. Damasítimo se nos acercó con el agua hasta las rodillas y lo ayudamos a embarcar. Zabbaios se apartó un poco, y el nuevo jefe de la flotilla y yo tuvimos nuestra entrevista bajo la toldilla.

—¿Me estás evitando, Artemisia?

—Puede.

Damasítimo arrugó el ceño. Se le habían tostado la cara y los brazos, poco acostumbrados a viajes tan largos sobre una cubierta, y llevaba una túnica corta, tiesa por el efecto de la sal y el sudor. Casi parecía uno de nosotros.

—¿Es que ya no me quieres? —me preguntó. Me resistí a contestar. Claro que lo quería. Y lo odiaba al mismo tiempo.

—No me gustó lo de Sardes, Damasítimo. Debiste avisarme antes de solicitar el mando a Jerjes.

—Y lo habrías aceptado, claro. Que nos conocemos, Artemisia. Si te pongo sobre aviso, eres capaz de preparar algo para evitarlo. ¿Lo niegas?

—No. Y, de todas formas, ¿qué importancia tiene ya? Tú mandas, yo obedezco. Así debe ser.

Él resopló.

—Está bien, Artemisia. Está bien. Pero no me harás cambiar de opinión. Si los atenienses divisan tu enseña con la *sagaris*, o si simplemente ven una nave con una mujer a bordo, caerán como un enjambre. No me lo perdonaría jamás. Y tampoco me importa si te enojas conmigo o dejas de hablarme durante diez años. Estarás viva y habrá valido la pena. —Con mucho cuidado, alargó la mano y me rozó la cicatriz de la frente—. Si te ocurriera algo…

Dejé que el dorso de sus dedos se paseara por mi mejilla. Tampoco me resistí al beso que vino después. Descubrí que un poco sí lo necesitaba. Cerré los ojos, y me vi reflejada en un espejo. Larga falda, pechos desnudos, una serpiente en cada mano. Dueña de mi destino. Apreté los dientes y me separé de Damasítimo.

—¿Cuáles son las órdenes?

Él tardó un poco en reaccionar.

—Las órdenes…, sí. Ariabignes ha dispuesto que naveguemos en formación a partir de aquí. Los fenicios en vanguardia, los egipcios a continuación. Nuestro lugar está tras los chipriotas, junto a los jonios y con los demás carios. Cada trirreme llevará treinta guerreros a bordo. Tú no. Tú te mantendrás siempre a mi popa. En caso de entrar en combate, el Hécuba y el Cazador pelearán por delante. El Laódice y el Casandra, detrás.

—Qué absurdo. La tripulación del Hécuba es la menos experimentada. Por no hablar de la tuya. Ni siquiera os habéis enfrentado con un *triacóntero* enemigo. Unos cuantos ejercicios en las bahías de Kálimnos no bastan. Entiende eso, Damasítimo.

—Lo entiendo, lo entiendo. Entiende tú que esta armada la componen más de mil naves. No vamos hacia una escaramuza de seis trirremes entre escolleras e islotes, con libertad de maniobra y margen para la astucia de marinos veteranos. Lo que nos espera es una gran batalla en mar abierto, en líneas compactas. Evitando flanqueos y buscando el abordaje. No lo digo yo: lo dice Ariabignes.

—Y está bien dicho, sin duda. Los superiores ordenan, los inferiores obedecemos. Igual que los mortales seguimos las leyes de los dioses. Igual que la esposa cumple el mandato del esposo. ¿Acaso no es nuestro destino? Y ay de quien se rebele contra él.

—Artemisia, para.

—Ya paro. Has descrito el orden de marcha de cuatro de mis… De cuatro de tus naves. ¿Qué pasa con el Némesis? ¿En qué puesto avanzo yo? ¿Dices que no se me asignarán guerreros de cubierta?

—De momento no tendrás que soportar presencias extrañas. Y tú vienes tras los demás. Salvo si divisamos al enemigo. En ese caso acudirás con tu Némesis junto a la nave capitana de Ariabignes, el Anahita. Actuarás como su escolta. Ambos formáis parte del consejo del gran rey, no debéis arriesgaros.

Eso me sentó como una patada en el bajo vientre.

—En la retaguardia, claro. ¿Algo más?

—Sí. Los exploradores de tierra han localizado un ejército griego al sur, en un valle al norte de Tesalia. No hay rastro de su armada. Esta noche, el gran rey celebra consejo en Terme, y te quiere allí.

—Iré.

Damasítimo acercó la cara para despedirse con un nuevo beso, pero no llegó a dármelo. Leí la culpa en sus ojos. En cada gesto indeciso. Íbamos a tardar mucho en dejar atrás aquello. Así que se alejó y rechazó la ayuda para abandonar la nave. Zabbaios se asomó bajo la toldilla.

—Lo he oído. Consejo de guerra esta noche.

Lo invité a entrar. Tenía ganas de hablar para quitarme el mal sabor de boca.

—Quiero que me recuerdes algo, Zab. Tiene que ver con una historia que me contaste acerca de Maratón. Fue cuando cruzábamos de Quíos a Asia con aquellos dos espartanos que pretendían ofrecer sus vidas.

—Ya. Lo de las fiestas Carneas.

—Sí. Los espartanos no ayudaron a los atenienses en Maratón porque no pueden salir de campaña hasta que acaban las Carneas, ¿no?

—Eso dicen. No es mala excusa cuando se trata de ayudar a un aliado incómodo, y eso es Atenas para Esparta.

—Aliado incómodo. Perfecto. ¿Cuándo son las Carneas?

Zabbaios precisó poco tiempo para hacer el cálculo.

—Empiezan en una semana. Y acaban en dos, si no me equivoco.

—Vale. Tenemos margen, pero hay que darse prisa.

No me preguntó por qué. Se dio la vuelta y arrastró los pies hasta salir a cubierta. Lo seguí extrañada. Creo que fue entonces cuando reparé en que estaba más callado que de costumbre, y eso que su costumbre era mantener la boca cerrada. ¿Y cuánto llevaba así?

—¿Pasa algo, Zab?

Se detuvo junto a su puesto. Las cañas del timón reposaban sobre las tablas. Miró al sur.

—Se acerca el momento —dijo.

—Lo sé. No tendrás miedo, ¿no?

Creo que rio en silencio. No lo sé, porque seguía dándome la espalda.

—No es miedo. Es impaciencia. —Se volvió—. Artemisia, cuando esto termine, me iré.

Eso no lo esperaba. Él lo notó e intentó escabullirse, pero me crucé en su camino.

—¿Cómo que te irás? ¿Me vas a dejar sola?

Zabbaios miró a un lado.

—Nunca te dejaría sola. Si me voy, es precisamente porque ya no me necesitarás. Tú habrás cumplido con tu deber para con los atenienses, y yo también para contigo.

Lo agarré por los hombros, y apreté hasta que su vista volvió a encontrarse con la mía.

—Zab, ya basta de secretos. Quiero saberlo. Te vas porque debes volver con alguien, ¿verdad? ¿Quién es ella?

—No hay nadie con quien volver. Tú sabes cómo funciona esto: *hybris* y némesis. Solo que a veces, quien mete la pata no es el mismo que luego sufre las consecuencias. —Con gran delicadeza, cogió mis manos y las retiró de sus hombros—. Entonces uno se siente sucio y necesita limpiarse. Pronto habré saldado mi deuda, o eso quiero creer. Estoy orgulloso, porque tú eres parte del resultado. Esto también quiero creerlo.

—Debes creerlo, Zab. Así que te quedarás y disfrutarás de la paz en Halicarnaso.

Movió la cabeza a los lados. Con firmeza.

—Para recuperar la paz he de regresar a Sidón. Allí la dejé, tendida en el suelo, al pie de una colina. Polvo, piedras, arena. Por eso me gusta la mar. O esto. —Pateó la cubierta—. Y por eso odio desembarcar. Aunque esta vez sí lo haré. Pisaré la tierra, como aquel día. Pero no para correr sin mirar atrás. Artemisia, nunca corras sin mirar atrás, porque el pasado no es un cadáver que pueda abandonarse. Te persigue, estira sus brazos y a veces, por las noches, hasta te toca. Arregla tus cuentas, como vas a hacer ahora.

»Vamos, no hagas esperar al gran rey. Eres la Centinela de Asia.

Bajé un poco la cabeza para recibir su beso en la frente. Ya estaba resignada a no saber su historia. El nombre que lo atormentaba en sus pesadillas. ¿Un amigo traicionado? ¿Un amor prohibido? ¿Una hija decepcionada? Supongo que todos navegamos con la bodega llena de errores. Algunos los escondemos en lo más hondo y los tapamos cuanto podemos, y es posible que incluso logremos olvidarlos por un tiempo. Pero siguen estando ahí, y un día cualquiera, cuando es fuerte la borrasca y la nave se agita más de la cuenta, resurgen para acusarte.

Jerjes solo usaba su carro de guerra para presentarse en cada ciudad de la ruta, como parte de su puesta en escena. El resto del tiempo viajaba en otro menos llamativo, aunque mucho más espacioso y cómodo. En los campamentos, su enorme y lujosa tienda ocupaba un lugar apartado y se rodeaba de su guardia. Los altos y apuestos guerreros persas se alternaban: uno con lanza, otro con antorcha. Y en el perímetro, patrullas de caballería aseguraban los alrededores. La noche era calurosa y húmeda, abundaban las nubes de mosquitos. También se oía croar de ranas, y el perpetuo zumbido del cercano campamento militar. Una especie de vibración compuesta de conversaciones, ronquidos, risas, trifulcas, relinchos, ladridos y ruidos metálicos. Yo, que no había traído mis mejores peplos a la campaña, vestía uno algo raído, de los que solía llevar en el Némesis. Por eso, nada más cruzar el anillo exterior de vigilancia, destaqué entre el lujo de los demás consejeros. Incluso el espartano Demarato parecía un diplomático babilonio a mi lado.

Los chambelanes, con el eunuco Hermótimo a la cabeza, nos hicieron sentar en círculo cuando superamos los sucesivos filtros. No se había reparado en gastos, así que contábamos con buenos taburetes, divanes, mesas y hasta un trono que ahora, vacío, esperaba la llegada de Jerjes. «Y esto es solo para pasar la noche», pensé.

Porque al amanecer, Jerjes montaría en su carro y la expedición seguiría camino. No quería ni pensar en el derroche que implicaba montar aquella tienda. Y los velones, pebeteros, tapices, cojines y cortinas que la dividían en múltiples habitaciones. ¿De verdad era preciso mantener en todo momento aquella apariencia casi sobrehumana?

Los miembros del consejo siguieron llegando. Noté que los chambelanes no nos instalaban al azar. Artábano no apareció; supe más tarde que el tío del gran rey lo había despedido desde Asia. Supongo que estaba demasiado viejo para una campaña tan larga. O tal vez Jerjes no consideró necesaria su presencia en una marcha militar, ya que Artábano era un decidido defensor de la paz.

Mardonio ocupaba el lugar más cercano al gran rey. Me saludó con una inclinación de cabeza, pero sin levantarse de su diván. A su lado, Demarato se frotó las manos: los sirvientes acababan de aparecer con bandejas de carne humeante. Ariabignes vino, me dio el consabido beso y ocupó su lugar. El largo rato en el que nos sostuvimos la mirada terminó con una doble sonrisa. Había allí otros hombres que me sonaban de vista, y algunos que desconocía, aunque después cobrarían fama. Hidarnes, jefe de la guardia real; Megabazo, almirante de la armada; Tritantecmes, hijo de Artábano,

404

que era el segundo de Mardonio; Esmerdómenes, su tercero; el padre de este, Ótanes, jefe de la infantería persa… La verdad es que resultaba trabajoso recordar todos los nombres y cargos que los chambelanes anunciaban. El último de los consejeros en llegar fue Artafernes, que venía acelerado. Pasó a mi lado y me rozó con la mano a modo de saludo. Después ocupó su lugar muy cerca del trono.

Cuando el gran rey hizo acto de presencia, nos pusimos en pie y aguantamos la sucesión de títulos y apelativos hacia su persona que recitó el eunuco Hermótimo. Jerjes caminó como si flotara sobre las pieles de leopardo, trepó al escaño, tomó asiento y nos indicó con un gesto que lo imitáramos. Llevaba una túnica roja que probablemente costaba más que un trirreme, pero él no parecía el mismo que presidiera el banquete en Sardes. El rey estaba animado, nos miraba a los ojos sin el obstáculo del dosel y se movía con menos rigidez. Eso sí: el rito del vino y el catador se cumplió con precisión total. Bebió un corto trago del licor de Calibón, rechazó la bandeja de frutas que un criado le ofrecía y abrió la sesión del consejo. Lo hizo señalando a Mardonio, que se puso en pie y carraspeó antes de anunciarlo con voz tonante:

—Queridos amigos, los griegos se retiran.

Hubo caras de sorpresa. Casi nadie en la tienda lo sabía, por lo que la noticia tenía que ser reciente.

—No creo que haya espartanos entre ellos —dijo Demarato con la boca llena.

—No lo sabemos —respondió Mardonio—. Nuestras avanzadas los localizaron al sur, en un valle que llaman Tempe. Infantería y caballería en número de unos diez mil. Creemos que algunos macedonios fueron a avisarlos y les describieron el ejército que se les venía encima. Los nuestros los vieron desmontando su campamento. Han partido hacia el sur.

—Qué fácil ha sido —opinó Ariabignes.

—Porque no había espartanos —insistió Demarato.

Mardonio dedicó una mirada burlona al depuesto rey griego, que masticaba sin rubor y sembraba su contorno de migas.

—Tesalia se abre ante la Spada. Pronto recibiremos su sumisión, no lo dudéis. —Se volvió hacia Jerjes—. Pero no es probable que actúen igual cuando nos acerquemos a sus lugares más venerados, como Delfos o Atenas.

Demarato arrojó un hueso mondo sobre la piel negra y brillante de algún animal de tierras recónditas. Sufrí al ver cómo se manchaba de aceite aquella superficie tan hermosa. Se puso en pie, con lo que temimos que fuera a arrancarse con una de sus interminables disertaciones.

—Habláis de los griegos como si fueran iguales y estuvieran unidos, y ni lo uno ni lo otro. Estoy seguro de que, cuando nos vean, unos querrán defender sus tierras mientras que los otros preferirán retroceder hasta la frontera con las suyas. Casi puedo imaginarme lo que ha pasado en el valle del Tempe. Los tesalios habrán insistido en establecer allí la línea de defensa. Los focidios habrán dicho que de ninguna manera, y ahora estarán preparándose para oponerse a nosotros en los límites de Fócide. Y así harán los demás en cada caso. Un paseo es esto. Hasta que nos acerquemos a Esparta, claro. Lo más seguro es que se hagan fuertes en el istmo para preservar la península del Peloponeso.

Jerjes alzó un poco la mano. Si Demarato pretendía seguir con una diatriba, tuvo que tragársela. El gran rey paseó su vista por el círculo del consejo. No le hizo falta levantar la voz.

—¿Pensáis todos igual que Demarato? ¿Los griegos no se nos opondrán unidos? ¿Qué ocurre con esos pactos que firmaron en Corinto? ¿Es que nadie va a hacernos frente?

Yo quería hablar, pero aún no me atrevía. Fue Ariabignes quien pidió la palabra.

—Majestad, ¿cómo es ese valle del Tempe? ¿Es una llanura ancha, donde se pueda desplegar la caballería? ¿O un lugar fragoso? ¿Está cerca de la costa?

Fue Mardonio quien respondió al hermano del gran rey:

—Los griegos aguardaban junto a un desfiladero por el que discurre un río. No muy ancho. Y queda cerca del mar, sí. Está circundado por varias alturas, incluida aquella donde, según dicen, moran sus dioses. El Olimpo.

—Es evidente que pretendían defenderse en un lugar estrecho. Es lo que yo haría —continuó Ariabignes—. Sobre todo contra un ejército que me supere en número.

—Es lo que haríamos todos —confirmó Mardonio—. Pero existen varios caminos para llegar al Tempe, y no todos estaban cubiertos. Habrán temido que los rodeásemos.

Ariabignes asintió.

—O que llegáramos con la armada más al sur y desembarcáramos allí las tropas. Creo que la decisión griega ha sido la más inteligente.

—La decisión griega más inteligente —intervino Hidarnes, el jefe de la guardia— habría sido entregar la tierra y el agua.

Aquel comentario no llevaba a nada ahora, fue el propio rey el que volvió a intervenir.

—No contestáis a mi pregunta. ¿Respetarán los griegos sus pactos de Corinto?

—Los espartanos sí —aseguró Demarato—. No respondo del resto.

—Pues bien —Jerjes hizo un gesto desafiante con la barbilla—, ¿dónde será eso? ¿Dónde se nos opondrá el enemigo?

Fue silencio lo que hubo a continuación. Ni siquiera los sirvientes se atrevían a rellenar las copas vacías o a retirar los huesos descarnados.

—Majestad —dije—. Yo podría enterarme. Intentarlo al menos.

Las cabezas se volvieron hacia mí. Enrojecí, lo sé. Eso debió de divertir a más de uno, como Mardonio. Demarato también torció la boca en un gesto insolente.

—Artemisia… —El gran rey miró a su lado, a Artafernes, como si lo interrogara. Creo que el sátrapa respondió con otro ademán silencioso—. ¿Te llevaría mucho ese intento?

—Unos días. Ocho o diez. Dos semanas a lo sumo. Mientras tanto, sería mejor que esperaras. Creo que Demarato tiene razón en que los espartanos cumplirán con su deber. Pero deberíamos enterarnos de qué deber es ese. ¿El que tienen para con los demás griegos o aquel al que están obligados por su ley?

—No te entiendo, Artemisia.

—Nadie la entiende —opinó Demarato. Mardonio coreó su gracieta con una corta carcajada. No les hice caso.

—Dime, majestad: ¿tanto deseas aplastar a los espartanos?

Jerjes se pasó la mano por la barba.

—En verdad no es mi deseo. Cometieron un sacrilegio, Ahura Mazda fue testigo, pero lo cierto es que se ofrecieron a expiarlo con admirable valor. No deseo exterminar a semejantes hombres. Ni siquiera enfrentarme a ellos. Antes bien me gustaría tenerlos a mi lado.

—Pienso como tú, majestad —seguí—. Por eso lo aconsejable es evitarlos en la medida de lo posible. Los espartanos no son culpables. Lo son los atenienses, los seres más ladinos del mundo. Temo una trampa.

Mardonio rio sin contemplaciones.

—¿Y qué daño puede hacernos caer en la trampa de cuatro andrajosos que se alimentan de aceitunas? Es como si un gato tropezara con una telaraña. ¿Has visto, mujer, la enormidad de este ejército?

Jerjes volvió a levantar la mano.

—Déjala hablar, Mardonio. Pero antes, Artemisia, no sé si eres consciente de algo: cada ciudad por la que pasamos queda sumida en la pobreza, y eso a pesar de los depósitos de suministros que preparé y de las provisiones que hemos traído. Mi intención es compensar a mis súbditos por su sacrificio, pero no recibirán nada hasta dentro de mucho tiempo. Y aún han de pasar el verano y hacer frente al otoño. No, Artemisia. Un ejército así no se alimenta de aire. No puedo esperar dos semanas, como me pides.

Pensé con rapidez. Estaba fraguando un plan, o algo que se le parecía; y necesitaba que Jerjes no se moviera mucho o no serviría de nada. Contemplé a Demarato, que no me quitaba ojo. Tal como se decía por ahí, los espartanos solo hablaban cuando tenían algo importante que decir. Aquel hombre, sin embargo, dejaba que las palabras salieran sin medida de su boca, pero no pronunciaba las realmente importantes. Hablé a Jerjes, aunque sin dejar de mirar a Demarato.

—Majestad, ¿estás seguro de que lo sabes todo acerca de Esparta?

El gran rey alzó las cejas. Señaló a su consejero espartano.

—Sé lo que necesito saber. Tengo a mi lado a la persona adecuada.

Estimé oportuno no ir más allá por el momento. No me manejaba con soltura en aquel ambiente, mucho más retorcido que una marejada entre escollos de punta.

—Bien, majestad. Entonces haz como te digo: divide a tu ejército para que discurra por distintas rutas, y para que no agoste las cosechas ni exprima las ciudades macedonias, que te son leales desde hace tiempo. Que las diversas columnas se dirijan a Tesalia, que se ha mostrado reticente a entregarte el agua y la tierra. Incluso si se someten ahora, que es lo que ocurrirá, justo es que carguen con el gasto de mantenerte durante unos días. Creo que aceptarán esa opción mucho mejor que la otra, que es sucumbir bajo tu marcha. Quédate allí, en el norte de Tesalia. No avances más al sur y, sobre todo, no te enfrentes a los espartanos. Un hombre sabio me lo dijo una vez: lucha solo cuando tengas asegurado el triunfo.

»En cuanto a mí, zarparé mañana mismo, en cuanto salga el sol. Y navegaré de vuelta con la información que necesitas. Dame al menos dos semanas, majestad. Nada tienes que perder.

Jerjes me observó largo rato.

—¿Qué proponéis los demás?

Demarato blandió un muslo de ave, con lo que salpicó de salsa a los más cercanos.

—Invade Tesalia ya, majestad. Yo también creo que tardarán poco en cambiar de bando, y te entregarán el agua y la tierra. Pero ¿quedarte quieto después? De ningún modo. Sigue hasta el sur y supera todo obstáculo, si es que alguien se atreve a oponerse. Dirígete a Atenas por el camino más corto y sométela a tu justa cólera.

—¿Y qué me dices de los barcos, Demarato?

—¿Luchar en el mar? —El espartano me apuntó con el muslo chorreante—. Cosa de mujeres. Los hombres luchamos en tierra.

Ariabignes se tensó. Jerjes dirigió su vista hacia él.

—¿Qué dices tú, hermano?

—Digo, majestad, que puedes dar a Artemisia las dos semanas que te pide, y así actuar con buena información. Y ten muy en cuenta la armada. Nuestro objetivo es Atenas, no Esparta. Y para vencer a los atenienses tendremos que hundir su flota.

El gran rey miró al resto uno por uno. Casi todos se adhirieron a la propuesta de Demarato. Cuando le tocó el turno a Mardonio, fue aún más radical:

—Avanza a marchas forzadas tras ese ejército que huye, majestad. Si los matamos ahora, no tendremos que hacerlo en otoño. ¿Dos semanas sin movernos? Ni una siquiera. Salgamos ya. Sin esperar a mañana.

El último en intervenir fue Artafernes. Lo hizo para darme la razón.

—Sobre todo no subestimes a los griegos, majestad —añadió—. Que no nos ocurra como en Maratón.

Jerjes entrecerró los párpados. Miró al techo de su tienda, como si a su través escuchara el veredicto de Ahura Mazda. Después, sus ojos se posaron en mí.

—No saldremos de inmediato, pero tampoco esperaremos tanto como propones. Una semana, Artemisia. Al séptimo día desde mañana, partiré desde el Tempe y haré lo que Demarato me aconseja.

DEVORADO HASTA LOS HUESOS

Zarpé de madrugada y sin avisar a Damasítimo. Supuse que Ariabignes le informaría después, y añadiría que yo había partido con anuencia del gran rey. Pero lo imaginé enfadado, preguntándose por qué una y otra vez lo ignoraba. Pues bien: que se enfadara. Ya tenía yo bastante apuro con escoger una ruta segura y lo más corta posible. Recorrer el Egeo en un trirreme solitario es un escabroso asunto cuando dos armadas merodean en las cercanías, dispuestas a hundir o capturar todo lo que flote.

Así que al principio navegamos hacia el este, buscando distancia de las islas Espóradas. Lo más lógico era que los griegos hubieran apostado allí vigilancia para señalar la aproximación persa, pero no sospecharían gran cosa de una sola nave que se alejaba del punto caliente. Después viramos al sur, cambiamos el gallardete aqueménida por la lechuza ateniense y, empujados por el etesio, bordeamos Esciros para colarnos por el caos de islas que en ese momento basculaban entre la lealtad a Persia o a la coalición griega. Al final tardé cuatro días, uno más de lo que deseaba, en llegar a Paros. Eso me puso nerviosa. El regreso tendría que hacerlo contra el viento y, por mucho que abusara de mis remeros, llegaría tarde.

—No hay vuelta atrás —me dijo Zabbaios cuando supo de mis

411

cuitas—. Esta aventura tuya no podía cumplirse en una semana. Y tampoco es cuestión de plantarte ante Jerjes a tiempo pero sin esa información. Que, además, no sé de dónde vas a sacar.

—Claro que lo sabes, Zab.

La aproximación a Paros la habíamos hecho por el norte de la isla y sin gallardete, con los ojos de la tripulación atentos al menor detalle. Zabbaios me había quitado de la cabeza entrar en el puerto, a la vista de todos. Como siempre, tenía razón. Alrededor no se veía ni una embarcación. Los parios habían renunciado incluso a pescar mientras hubiera una guerra en marcha. Así que varamos en una playa vacía y atravesamos la isla en diagonal. Zabbaios y yo solos, vestidos como lugareños y bajo un sol inclemente. Era una ruta corta, menos de cincuenta estadios; pero se me hizo tan larga como si anduviera desde Sardes a Susa.

En el barrio de los prostíbulos no se veía más que a borrachos. Los pescadores de la isla no tenían con qué pagar, puesto que no salían a faenar. Y ese verano no había mercantes ni naves de guerra que recalaran en el puerto. Dicen que la guerra es rentable para algunos. Estaba claro que en Paros era la paz lo que creaba prosperidad.

No sabía cómo nos iban a recibir, así que me decidí a parecer lo menos peligrosa posible. Por eso ordené a Zabbaios que no se dejara ver. Y me acerqué sin *calyptra* y luciendo mi sonrisa mejor ensayada. Había dos hombres holgazaneando en el banco corrido, entre las puertas con carteles que anunciaban los nombres de las prostitutas. Eran los dos matones gemelos de Cloris. Se pusieron en pie a la vez y de un salto.

—Hace falta valor.

Uno de ellos echó mano a un cuchillo. Se me cortó la respiración.

—Aguardad. Voy desarmada, lo juro.

El del cuchillo se vino a por mí. Ni siquiera pensé en defenderme. Temí que me espetaran como a un arenque, pero el gigantón cerró su zarpa en torno a mi cuello.

—Artemisia de Caria, son diez mil dracmas, ¿no? ¡Contesta!

Que contestara, decía. ¿Cómo iba a hacerlo, si esa manaza apretaba como el bocado de un oso? Era evidente: se trataba del gemelo tonto.

—Casi mejor que la sueltes —propuso el gemelo listo—. No puede hablar.

El que me sostenía en volandas miró su cuchillo. Creo que se le pasó por la cabeza meterme un palmo de hierro bajo el ombligo y desparramarme las tripas. O esa cara puso. Caí de rodillas cuando abrió la mano.

—Habla, zorrita. ¿Qué quieres?

Me restregué el cuello mientras tomaba aire a bocanadas. Miré atrás. Por suerte, Zabbaios no estaba espiando. De lo contrario, en ese momento correría hacia su muerte.

—Cloris… —Mi voz sonó ronca—. Necesito verla… Por favor.

—Ya. —El gemelo listo también se acercó, pero en actitud bastante más tranquila—. Como la última vez, ¿no?

Levanté las manos.

—Cacheadme.

El tonto no se hizo de rogar. Guardó su cuchillo y me sometió a un sobeteo impúdico. Cuando se aseguró de que no escondía nada, se entretuvo con mi pecho izquierdo mientras lanzaba una mirada cómplice a su hermano. Luego cambió al derecho.

—Déjale ya las tetas y avisa a Cloris —ordenó el listo.

El tonto me regaló un doloroso pellizco para rematar la faena, y se fue. Yo estaba acumulando rabia suficiente como para sacar unos cuantos ojos con las uñas. Pero continué de rodillas, resignada a humillarme. Dispuesta a lo que fuera.

—No voy a hacerle daño a Cloris. Nunca se lo haría.

El matón se pasó la mano por el cráneo rapado. Dio un par de pasos hacia mí. Por un instante pensé que me había equivocado. Que aquel gemelo no era el listo. Se acuclilló.

—¿Estás con el ejército persa? Cloris cree que sí.

—Sí, sí.

—¿Es tan grande como dicen?

—No puedes ni imaginarlo. Asia se ha vaciado.

El gigante volvió a secarse el sudor.

—Entonces los griegos no tienen nada que hacer.

Negué muy deprisa.

—Están condenados. Ciudades enteras se rinden al paso del gran rey.

—No sé si eso será bueno para el negocio.

Posé un pie en tierra, luego el otro. El matón también se incorporó.

—Este negocio es bueno mande quien mande —le dije—. No dudo de que Cloris saldrá adelante. Y si además tiene una amiga que también lo es del gran rey, imagina.

El gemelo tonto reapareció. Se nos acercó a pasos largos, levantando una polvareda.

—Dice Cloris que le cortemos el cuello y nos la follemos. —Volvió a exhibir su cuchillo— ¿O era al revés?

El gemelo listo lo retuvo cuando se disponía a cumplir con la primera opción.

—Espera, espera. Nadie va a cortarle el cuello a nadie. Y si quieres follar, hoy las tienes a todas libres. Déjame a mí. Artemisia, ven.

Busqué su protección. El tonto seguía blandiendo su arma.

—¡Pero Cloris no quiere verla!

El listo no hizo caso, me precedió camino de la oficina de la *porné*, y dejamos atrás las protestas del otro. De momento había salvado la vida, aunque la cosa no pintaba bien.

Cloris no levantó la vista cuando entramos. Tenía la mesa llena de tablillas y pergaminos con listas y cuentas. Para que luego digan que las rameras no son ordenadas. Las aletas de su nariz se dilataron un par de veces.

—Me cago en la puta que parió a Zeus. He dicho que no quiero verla.

—Lo sé. —El gemelo listo se adelantó. Apoyó la manaza en la mesa—. Escucha, Cloris: esta mujer va con el ejército persa. Todo cambiará, ya te lo dije. Podemos sacar provecho.

Ella lo miró por fin. No a mí.

—No te pago por pensar. Yo soy la inteligente, ¿recuerdas? Pues si esa zorra me engañó a mí, imagina lo que es capaz de hacer contigo.

El gemelo listo se volvió para mirarme. Como si así pudiera calibrar mi capacidad para la mentira.

—Cloris —dije—. Lo siento. De verdad.

La *porné* clavó sus ojos negrísimos en los míos. Casi sentí cómo me atravesaban las retinas y se clavaban en mi mente.

—Ameinias no volverá por aquí, putón asiático. Sus amigos tampoco. Uno de los hombres más influyentes de Atenas… ¿Sabes por qué tengo mucha y buena clientela? Por la confianza. Un cabrón adinerado confía en que mi mercancía es la mejor, y en que no le va a pasar nada mientras jode con una virgen egipcia: ni le voy a cobrar de más, ni le van a robar la bolsa, ni le van a dejar con las ganas, ni se le va a caer la polla a cachos porque le han contagiado una enfermedad. —Descargó el puño sobre la mesa. Las tablillas temblaron—. ¡La confianza, Artemisia de Caria! Eso es la base de todo buen negocio, también de toda relación. Es lo que llevo cultivando durante años. Estúpida niñata, princesita de mierda…

Yo no había bajado la mirada. Aguantaba el chaparrón sin toldilla, recibiendo rociones de espuma.

—Cloris, ¿sabes por qué Ameinias sigue vivo? ¿Sabes por qué aquel día renuncié a mi mayor anhelo desde que era una cría? ¿Sabes por qué no cumplí con mi deber?

—Espera, que me emociono. ¿Fue por mí?

Asentí.

—No es necesario que te lo explique, porque ya lo sabes. —Me retiré el bucle que medio tapaba la cicatriz de mi frente—. He estado a punto de morir varias veces, y en los días que se acercan lo estaré de nuevo. Puede que no salga viva de aquí hoy. O puede que me maten en un par de semanas. Y si un buscavidas me captura y cobra sus diez mil dracmas, ¿qué crees que me harán los atenienses? Pues bien, ¿me has visto retroceder o dar la vuelta para huir?

—No.

—Ese día, Cloris, perdoné la vida a Ameinias, y lo hice por ti. ¿Te supone pérdidas porque ya no vienen atenienses a tu prostíbulo? No habrían venido de todas formas. En poco tiempo, serán todos esclavos o estarán muertos.

La *porné* hizo un gesto de hastío. Como si fuera una adulta intentando aleccionar a una niña de pocas entendederas. Chascó los dedos, señaló la puerta. El matón entendió la orden y salió. Cerró tras de sí. Cloris esperó hasta que las pisadas de buey se perdieron pasillo adelante.

—Eres una ilusa, Artemisia. No te has enterado de nada.

Eso me desarmó. Sin esperar su invitación, tomé un taburete y me senté frente a ella, con la mesa entre ambas.

—¿De qué hablas, Cloris?

—Yo era una cría. No me llamaba Cloris, ni tenía este adornito en la garganta.

Subió la barbilla. La línea rojiza que cruzaba su pálido cuello se hizo visible. Larga y recta, trazada a conciencia. Cloris no era Cloris. Pues muy bien. A ver quién conoce a una meretriz que trabaje con su auténtica identidad.

—¿Cuál es tu verdadero nombre?

—Eso no importa. Mi nombre se quemó aquella noche en Sardes.

Descolgué la mandíbula. ¿La que me llamaba putón asiático era eso mismo? ¿Asiática?

—Te tomaba por corintia o megarense. O tal vez de alguna isla.

Negó despacio. Había bajado de nuevo la cabeza.

—Los atenienses y sus amigos insurrectos llegaron a Sardes a poco de atardecer. No hubo alarmas, nadie los esperaba. Ameinias de Eleusis era uno de los cabecillas. Fue aquello lo que provocó que tú y yo estemos aquí. La llama que prendió por primera vez en Sardes, que se convirtió en un incendio, se extendió y redujo a cenizas Mileto, Quíos, Halicarnaso.

»Todo ardía. De nada servía correr, porque dos calles más allá estábamos perdidas, respirando pavesas y tosiendo en la humareda. No sé qué fue de mi padre ni de mi hermana pequeña. A mi madre la clavaron a una puerta con una lanza ateniense. Estuvo agitándose un rato, y la agarré de la mano. Me llamaba por ese nombre que ya he olvidado mientras los muy cerdos me rasgaban la ropa. Eran cuatro, creo. Tal vez fueran cinco. No lo sé, porque cuando el segundo me estaba jodiendo, me desmayé. Me desperté y me volví a desmayar varias veces, pero ya había perdido la cuenta. Mi madre no soltó mi mano ni cuando dejó de patalear. En una de esas vi que clareaba a través de las nubes de humo. Toda la puta noche, Artemisia. ¿Te lo imaginas? Uno detrás de otro, hasta que se hizo de día y las tropas persas contraatacaron desde la acrópolis. Entonces les entró prisa a esos puercos atenienses, así que uno de ellos se me puso otra vez detrás, tiró de mi pelo y me apoyó el cuchillo aquí. —Se tocó el extremo de la cicatriz, bajo la oreja izquierda—. ¡Raaaaaas! De lado a lado.

Sonreía. Era una sonrisa maléfica. Hera debía de sonreír así cuando dejó caer las serpientes en la cuna de Heracles.

—Cloris, todo este tiempo…

—Todo este tiempo he luchado, Artemisia de Caria. No hundiendo naves atenienses, claro. Cada una tiene su estilo.

Fue como salir a la superficie tras bucear desde lo más profundo. Descansé los codos en la mesa y hundí la cabeza entre mis manos. Caí en la cuenta de algo y la volví a mirar.

—¿De verdad no querías recibirme, Cloris? ¿Habrías dejado que esas malas bestias me degollaran ahí abajo?

De nuevo esa sonrisa exterminadora.

—Ya lo creo. ¿Sabes lo que me costó ganarme la confianza de Ameinias, pedazo de ramera? A estas alturas podría saber cómo piensan enfrentarse los atenienses a tu bonita flota asiática. Pero la señora follapersas tuvo que venir aquí con sus ansias de venganza y sus ínfulas de gran estratega, a estropear un trabajo de años.

Me esforcé por digerirlo. De pronto, pequeños detalles cobraban sentido. Y algunos mayores también. La inagotable reserva de información de Cloris dejaba mis aventuras marítimas a la altura del fango. ¿Hundir dos o tres naves atenienses? Una nadería si lo comparamos con la capacidad para derrotar a toda una armada. ¿Y por qué Cloris me había ocultado su doble juego? De haberme hecho partícipe, yo me habría esforzado por ayudarla. Recordé una vez más el lema de mi amiga Sadukka: saber es una ventaja. Saber más que los demás, doble ventaja. Y triple si los demás ignoran que tú sabes más.

—Aún estamos a tiempo, Cloris. Dime lo que sepas y ambas obtendremos nuestra némesis.

Ella seguía despreciándome. Solo le faltaba escupir.

—No estamos a tiempo de nada. No he llegado a enterarme de cuál era el plan de los atenienses. Dónde estacionarán su flota para esperaros. Y si conozco a esos lameculos demócratas, tendrán listo algún truco para joderos. De nada servirá todo el honor de tu gran rey, toda su nobleza, todo su amor a la verdad. Os van a encadenar unas mentiras bien pesadas al cuello y os van a mandar al fondo del mar. Por tu culpa.

Me puse en pie. Las manos juntas, la nariz entre ellas. Me froté los ojos y rocé sin querer el relieve áspero sobre mi ceja. Ameinias era peligroso. Mucho. Y el resto de atenienses también. Pero aquello no se iba a resolver solo en el mar.

—Cloris, el día en que te conocí, ¿recuerdas?, nombraste a Demarato, el rey espartano exiliado. Dijiste que era un… ¿baboso egoísta?

—Vaya. Te has topado con él, claro. Veamos si al final no eres tan estúpida como aparentas. ¿Qué te parece ese gañán?

—No sabría decir. El objetivo de Jerjes es Atenas, y a regañadientes. No tiene intención alguna de ir a por los espartanos. Sin embargo, los consejos de Demarato parecen conducirlo a una guerra con Esparta.

—Te quedas muy corta, Artemisia de Caria. A lo mejor no soy yo la única que se dedica al doble juego. Un espartano es espartano desde que nace hasta que muere. Y Demarato es espartano. Perder su corona lo convirtió en una especie de traidor resentido, ¿no?

—Y por eso quiere recuperarla, supongo.

—Quiere algo más. —Tomó una de sus tablillas de cera—. ¿Ves esto, Artemisia de Caria? Yo las uso para la contabilidad. Otros, para mandar mensajes a los amigos. ¿Sabes cómo funcionan?

Una pregunta extraña. Pero con Cloris, ¿qué no lo era?

—Rellenas el hueco de la madera con cera y escribes con el estilo sobre ella. Cuando se endurece, el mensaje se queda fijo. Si quieres reutilizarla, rascas la cera y escribes otra vez.

Cloris asintió complacida. Cogió uno de los rascadores con los que se borraba lo escrito. Empezó a arrastrarlo por la superficie, y las listas con nombres de prostitutas y beneficios semanales se convirtieron en una lluvia de polvo ocre.

—¿Qué pasará, Artemisia de Caria, si sigo rascando hasta que no quede cera?

—Aparecerá la tabla del fondo.

—¡Muy bien, putón asiático! —Cloris dejó caer la tablilla y me apuntó con el rascador—. Adivina por qué isla pasa la ruta más corta desde Asia a Esparta. Demarato se ha dedicado a mandar tablillas de estas desde Persia. Escribía a sus parientes espartanos, les explicaba que estaba bien de salud, que Jerjes es un rey generoso y que solo quiere tierra y agua. Por lo que sé, envió una tablilla de estas para decir a los suyos que se avergonzaba de que hubieran arrojado a los emisarios persas a un pozo. Y otra para contarles lo orgulloso que estaba de que Espertias y Bulis hubieran ofrecido sus vidas a fin de compensar el sacrilegio.

—Sigo sin entender lo del doble juego.

—Artemisia de Caria, tu amigo Ariabignes podría meterte su gran polla persa por el culo, y no te enterarías hasta que te saliera por la boca. Cuando las tablillas de Demarato llegaban a Esparta, a nadie le importaban las sandeces que había escrito sobre la cera. Alguien las rascaba hasta eliminarla toda, y leía sobre la madera del fondo el verdadero mensaje. Un truco viejo, burdo. Muy previsible que en la rancia Esparta lo sigan usando. Como a mí no me la da nadie, repartí un poco de oro, de modo que no hay mensaje de ese espartano lameculos que no haya pasado por mis manos. Rasco y leo. Luego, para no levantar sospechas, vuelvo a rellenar el hueco, repito el mensaje original y lo envío hacia su destino. Lo demás es atar cabos, como decís los marinos.

Tomé aire. Y pensar que Jerjes había seguido casi al pie de la letra cada consejo de aquel charlatán devorador de grasa...

—Así que Demarato ha estado enviando informes sobre el ejército persa, ¿no?

—Eso es lo que haría cualquier espía. Demarato no lo es. Demarato es un rey destronado. Lo que ha mandado en el fondo de cada tablilla es una enorme sucesión de mentiras: que Jerjes quiere invadir Esparta, derribar sus templos, arrasarla hasta los cimientos, esclavizar a las espartanas y convertirlas en concubinas, castrar a los niños, empalar a los ancianos... Que el perdón concedido a Bulis y Espertias no fue más que un truco para que los espartanos se confiaran.

—Pero... ¿por qué? Demarato sabe que Jerjes no pretende hacer daño alguno a Esparta.

—Demarato necesita que Esparta y Persia luchen, y necesita algo todavía más.

»Una de las tablillas que pasaron por mis manos no iba dirigida a Esparta. Demarato la envió al santuario de Delfos junto con una escandalosa suma de dinero en daricos persas. Él sabía muy bien que sus conciudadanos querrían consultar al oráculo, como siempre antes de ir a una guerra. En la madera del fondo estaba el vaticinio que la pitia debía comunicar a los espartanos cuando acudieran a consultar al dios Apolo.

—Sangre de Hécate... —murmuré—. ¿Es que el oráculo de Delfos no dice nada sin que lo unten de oro?

—Esa es la idea, Artemisia de Caria. Los delegados de Esparta viajaron a Delfos, no me fue muy caro averiguar qué vaticinio recibieron. Coincidía, letra por letra, con lo que Demarato había escrito sobre la madera. Más o menos, que o bien Esparta sería arrasada, o bien lloraría la muerte de un rey. ¿Comprendes, Artemisia de Caria? Esparta ha de elegir entre ella misma o uno de sus reyes. Recuerdo bien el final del oráculo: *pues al invasor no lo detendrá nada hasta devorar a una o a otro hasta los huesos.*

Asentí.

—Una ciudad o un rey...

—Los espartanos no sacrificarán nunca su ciudad. Así que mandarán a uno de sus reyes contra los persas antes de que se acerquen a Esparta. Jerjes lo devorará hasta los huesos y, ¿quién sabe?, quizá Demarato podría ocupar su lugar.

Paseé de lado a lado. Cloris me seguía con la mirada. Me mordí el puño. El ejército de Jerjes seguía siendo inmenso, y yo no creía que los espartanos fueran capaces de derrotarlo en campo abierto. Pero sí podían esperarlo en el istmo de Corinto, como había vaticinado el propio Demarato. O en algún otro lugar parecido al valle del Tempe. Un sitio estrecho, bien guarnecido. Lo habían dicho todos en el consejo: la única esperanza griega era anular la superioridad numérica persa.

—Volveré con Jerjes. —Me detuve junto a la silla que había ocupado. Cloris me escuchaba con atención, pero sin borrar su sonrisita mortífera—. Le diré que Demarato es un traidor y que lo lleva directo contra el ejército espartano... Un momento.

—¿Qué ha descubierto la señoritinga? —Cloris se divertía. O no, pero pretendía mortificarme—. ¿Algo no encaja?

—Las Carneas. Esparta no puede luchar durante las Carneas. Es lo que pasó en Maratón.

La *porné* palmeó la mesa.

—¡Las Carneas! ¡Muy bien, Artemisia de Caria! Esparta no ayudó a Atenas en Maratón porque estaba celebrando esas fiestas. Y ahora se acercan de nuevo. Pero esta vez no se trata de defender a una ciudad que todos los espartanos desprecian. ¿No te das cuenta, pedazo de zorra? Ahora se trata de sacrificar a un rey para que Esparta no sea devorada hasta los huesos.

»Antes de que tus ansias de niñata jodieran mi trabajo de años, me enteré de cuál era el plan espartano para frenar a Jerjes por tierra. ¿El valle del Tempe? Una farsa destinada a calmar a los tesalios y engañar a los persas. Se suponía que tu gran rey, al ver cómo huían diez mil griegos, saldría en su persecución para exterminarlos y saciarse de su sangre. Dime, si no, por qué iban los griegos a mandar un ejército al Tempe y retirarlo sin luchar. ¿Porque se atemorizaron al descubrir la inmensidad de las tropas persas? Si todo el mundo la conoce desde hace meses.

—¿Y no pensabas decírnoslo?

Cloris se encogió de hombros.

—¿Y por qué habría de hacerlo? En ese plan no entran los atenienses. Y a mí los espartanos no me han hecho ningún daño. Tanto me da si tu gran rey obtiene una gran victoria o si le obligan a tragar tierra griega. Bien pensado, los persas no hicieron gran cosa para protegernos a mí y a mi familia aquella noche, en Sardes. Se encerraron en la acrópolis mientras nos masacraban a los demás; y cuando salieron, ¿piensas que se apiadaron de mí? ¿Crees que me ayudaron a recoger las tripas de mi madre?

»No. Lo que quiero más que nada en el mundo es joder a los atenienses. Y los atenienses no mandarán a sus ciudadanos a enfrentarse por tierra contra Jerjes. Su baza son los barcos. Y por tu culpa, putón asiático, no sé qué pretenden hacer con ellos. Dónde los esconden. Dónde os esperarán para meteros sus espolones por vuestro culo persa.

La *porné* tomó aire. A su piel blanca había subido el color de la ira contenida. Y el tono oscuro de su cicatriz se diluía poco a poco. Rodeé la mesa. Ella no dejaba de mirarme con asco. Incluso cuando me agaché a su lado, hasta que nuestras caras quedaron a la misma altura. No se resistió cuando tomé sus manos con las mías.

—Cloris, ayúdame. Tal vez no lo sepas, aunque lo intuyes. Los espartanos y los atenienses pueden odiarse, pero ahora actuarán unidos. Lo que consigan unos lo aprovecharán los otros.

Bajó la mirada. Cerró los ojos. Apretó las manos. Sentí su calor. El terror y la ira de la niña ultrajada. La culpa es de los atenienses, eso decía mi madre. Al final, era verdad que Cloris y yo éramos iguales. La voz de Cloris salió ronca. Desprovista ya de burla y de resentimiento.

—Ha de ser un sitio estrecho y único, por el que Jerjes no tenga más remedio que pasar. Una ratonera donde podrán frenaros durante un tiempo, el justo para que la armada ateniense os debilite y vuestras tropas de tierra queden desamparadas, aisladas en una tierra que desconocen. Un rey de Esparta se ha ofrecido a presentarse en ese lugar estrecho y a ser devorado hasta los huesos. Sin ejército, porque el ejército espartano no puede abandonar su ciudad durante las Carneas, y porque saben que ese rey se dirige a una muerte segura. Solo lo acompañan sus guardias personales. Trescientos hombres. Más unos pocos sirvientes y los guerreros que manden las demás ciudades griegas. Imagina a esos guerreros, escogidos entre los mejores. Saben que van a morir. Ninguno de ellos mirará atrás. Solo los moverá un pensamiento: matar a cuantos enemigos puedan antes de caer. Dar un paso más, alargar un aliento, clavar una lanza. Lo que sea para dar tiempo a los atenienses y a su armada. ¿Tu gran rey está preparado para eso?

Pensé en Jerjes, tan reacio a aquella guerra. Y en Mardonio, cegado por su avidez de gloria. Dos extremos entre los que se movía un enjambre interminable de hombres alejados de sus casas, que nada tenían que ganar en aquellas costas abruptas, salpicadas de islotes, estrechos y escollos. En una tierra pedregosa, solo apta para las cabras y los leños retorcidos.

—Lo siento, Cloris.

Me levanté para dirigirme a la puerta. Ella también se puso en pie. Noté su mano sobre mi hombro.

—Yo ya no lo conseguiré, Artemisia. Al final, los hijos de puta se salen con la suya. Inténtalo tú por las dos. O solo haz esto: cuando mates a alguno de esos cabrones que nos jodieron la vida, acuérdate de mí. De aquella niña de Sardes. ¿Lo harás?

La abracé. Un rato largo durante el que ella también me apretó contra su pecho. No quise comprobar si lloraba. Cloris la Blanca no llora jamás.

LA TEMPESTAD

Exigí esfuerzo doble a mis remeros en cuanto zarpamos de Paros, pero Zabbaios me hizo ver lo inconveniente de fatigarlos en vísperas de un posible encontronazo con la flota griega. Contemplé los rostros preocupados de mis marinos, e imaginé la incertidumbre que se extendía bajo cubierta. Así que escuché los consejos de mi piloto y navegamos hacia el norte con cuidado, recibiendo el viento de cara, evitando las islas Espóradas y atentos al mínimo rastro de naves enemigas.

Naturalmente, no llegué a tiempo.

Jerjes había esperado la semana prometida, ni un momento más. Acuciado por la presencia inquieta de Mardonio, aburrido de las larguísimas charlas de Demarato, levantó el campamento en el valle del Tempe y lanzó su columna hacia el sur. Divisé la armada persa, pues, mucho antes de lo que deseaba. Un destacamento de vanguardia compuesto por trirremes fenicios nos interceptó enseguida. En cuanto comprobaron quién era, me escoltaron hasta el continente. Observé que la armada navegaba en perfecta formación, con intervalos medidos y a velocidad constante. Como si fuera a batirse con un enemigo similar y en mar abierto. Hubo algo que me inquietó mientras pasábamos entre las líneas fenicias. Zabbaios olisqueó el aire. La vista se le iba a lo alto, hacia el norte.

—Nos demoramos demasiado, la estación avanza. ¿Recuerdas la tormenta sobre Antíparos?

Cómo olvidarla. Así se lo dije. Y él me contestó que se nos venía un temporal como aquel. Tal vez no enseguida, pero la tormenta era segura.

Desembarcamos cerca de un sitio llamado Castanea. El ejército de tierra se encontraba en marcha, así que tuvimos que esperar al pie de las pasarelas mientras las órdenes se transmitían a lo largo de la gigantesca cadena de mando. Zabbaios, que permanecía a bordo del varado Némesis, no hacía más que otear el cielo y murmurar agüeros sidonios. No se venía ni una sola nube.

Observé el paso de las tropas desde la playa. Muy cerca deambulaban los magos, esos extraños sacerdotes persas con los rostros siempre ocultos por grandes capuchas. Habían erigido una gran montaña de madera regada con vino, miel y leche, y ahora se disponían a pegarle fuego mientras entonaban extraños himnos. ¿Un sacrificio para que la naturaleza nos fuera favorable?

Una escuadrilla de caballería se acercó hasta nosotros. Su líder, un hombre enorme cuya barba nacía casi en los pómulos, me ofreció un caballo sin jinete.

—Lo siento —me excusé—. No sé montar.

Esperaba que se enojara. Para un noble persa, no hay nada más sencillo que tirar con el arco, decir la verdad y dominar un caballo. Pero el guerrero se inclinó y me ofreció su mano con gran gentileza. Cuando tiró de mí para acomodarme a su espalda, fue como si Polifemo hubiera agarrado una de esas montañas que arrojó contra Odiseo después de que este lo cegara de su único ojo.

Resultó que aquel imponente jinete no era persa, sino medo. Titeo se llamaba, y era hijo de Datis, el general que había acompañado a Artafernes en el desastre de Maratón. El corazón se me aceleró al oír el nombre: Datis era el amo de mi hermano.

—He oído hablar de tu padre, noble Titeo. —Busqué la forma de preguntarlo. Me agarraba a su pecho mientras avanzábamos a lo largo de la columna—. Conocí a un muchacho cario que acabó trabajando para él en Ecbatana. Un… eunuco.

Titeo asentía.

—Mi padre tiene muchos eunucos a su cargo, pero ninguno es cario.

Gran decepción. Tal vez mi hermano no se había limitado a cambiar de nombre. A lo mejor también ocultaba sus orígenes. Eso me entristeció.

—Da igual, noble Titeo.

—Espera. —El medo esquivó un carruaje con escudos de mimbre. Su escuadrilla lo siguió. Nos acercábamos al sector de la infantería persa, así que pronto alcanzaríamos el cómodo transporte de Jerjes—. Ahora que lo dices, sí que tuvo un sirviente cario. Un chico de buena familia, caído en desgracia cuando la rebelión jonia. ¡Ya me acuerdo de cómo se llamaba: Uppis! No era su nombre natural, claro. Muchos esclavos se los cambian. Gran tipo, Uppis. Servicial, y muy bueno con todo lo doméstico. —Volvió la cabeza a medias, cara de circunstancias—. Pero con pocas entendederas. Mi padre invitó a un embajador extranjero a una cacería, y Uppis, que siempre lo acompañaba, también fue esa vez. —Compuso media sonrisa—. El muy idiota se cruzó en el camino de una flecha perdida.

Se me embotaron los sentidos. De pronto, los pisotones del caballo persa sonaban lejanos. Titeo notó que mis dedos se clavaban en su ropa. Tiró de las riendas y me preguntó si estaba bien.

—No… Sí. Yo… Perdona. Cosas de mujeres.

El medo pidió calma a sus hombres, que se arremolinaban para interesarse por mi estado. Seguía mirándome por encima del hombro, gesto preocupado.

—He sido un bruto, Artemisia. Si es que tú también eres caria… ¿Conocías al chico?

Me mordí el labio. Llené el pecho de aire un par de veces.

—Creo que sí, noble Titeo. ¿Uppis murió?

—Murió, Artemisia. ¿Seguro que estás bien?

No. Claro que no lo estaba. Fue el noble medo quien evitó

que me derrumbara. Un par de sus hombres saltaron a tierra y me ayudaron a desmontar. Otro me ofreció agua de su odre. Titeo pidió que me abrieran espacio para respirar. Después no supe decir cuál de aquellos hombres había sido más cortés conmigo. Cuando fui capaz de hablar de nuevo, decidí dejar de lado las medias tintas:

—Noble Titeo, por favor, dime si recuerdas algo. ¿Qué embajador era ese que había ido a visitar a tu padre?

Su esfuerzo fue sincero. Pero ¿quién retiene los detalles sobre la muerte de un esclavo?

—Lo siento. Mi padre recibe muchas visitas, y los extranjeros tienen nombres tan raros... Sí que me acuerdo de algo: ese hombre estaba loco por cazar. Pretendía hacerse con la piel de un león, fíjate. ¡Como si cazar leones no estuviera reservado al gran rey! Al final, salieron a buscar íbices o algo así.

Mis dientes rechinaron.

—¿Y el embajador tenía su propia jauría de caza, noble Titeo? El medo palmeó.

—¡Ah, sí! Unos perros magníficos. Los trataba como si fueran sus hijos. Especialmente a uno de ellos. Un bicharraco así de grande, todo blanco. ¡Menuda fiera!

Jerjes no me recibió hasta que su tienda estuvo montada. Como cada tarde, se dedicó a repartir órdenes a Mardonio y al resto de los jefes del ejército terrestre. Tuve que esperar mi turno fuera, observando cómo los correos llegaban, presentaban sus informes y salían a todo galope. No me vino mal para echar unas lágrimas en silencio y deshacer el nudo de mi garganta. Apolodoro muerto... ¿Cómo se lo iba a decir a mi madre?

Recordar los ambiguos detalles de su muerte me arrebató del sumidero de pena y me elevó hasta la cima del odio. Acteón... Me restregué la cara y dejé que la brisa la sacudiera. La parte noble del campamento se había instalado sobre una altura cercana a la costa, y desde allí podía divisar parte de la armada, y también la inmensidad de tiendas del ejército terrestre. En algún lugar entre esa multitud estaría ahora el dueño del temible perro blanco. Apreté los puños y desvié mi vista a la izquierda. Una sombra gris se adivinaba al norte, todavía lejana y en contacto con el horizonte. Se me vino encima una racha más fuerte y del cercano bosquecillo salió un rumor siseante. Sobre nosotros, hasta las gaviotas parecían inquietas.

—Puedes entrar, Artemisia de Caria.

Era Hermótimo, el eunuco de Pédaso. Un tipo que había perdido lo mismo que mi hermano. Pero ni se había cambiado el nombre, ni había necesitado a nadie que lo vengara. Ahora ya me caía mejor. Lo seguí, y hasta le dediqué un «gracias» cuando alzó la solapa de la entrada y me cedió el paso. El ajetreo en el interior de la tienda también era mayor de lo habitual. El propio Jerjes estaba en pie y prescindía del protocolo, inclinado sobre una mesa en la que destacaba una enorme lámina metálica. Mardonio, a su lado, marcaba un punto con golpecitos de su excesivamente anillado índice. Llevaba cota de escamas y las botas altas de la caballería persa. El rey reparó en mí.

—Acércate, amiga mía.

Obedecí. Mi intención era darle el beso ceremonial reservado a los parientes cercanos y *bandakas*, pero no quise interrumpir. Nadie me lo reprochó. Me detuve a cuatro pasos y reconocí el perfil de la costa grabado en la lámina de metal.

—Se ve que hubo un muro hace tiempo —decía Mardonio—. Ah… Aquí. Podrían reconstruirlo.

—Unas cuantas piedras no van a frenarnos.

—Por supuesto, majestad. —Mardonio arrastró su dedo hacia el interior del mapa—. Por este otro lado también podemos pasar. Hay rutas de montaña tierra adentro. Nos llevaría pocos días alcanzarlas, pero luego nos veríamos obligados a avanzar sin contacto con la flota. Sería más lento, más fatigoso.

Jerjes se mesó la barba. Ladeó la cabeza, como si pudiera ver los perfiles montañosos en aquella burda representación plana.

—No debemos separarnos de los barcos. —Dejó caer el índice sobre la línea de costa—. Por aquí. Está decidido.

Mardonio sonrió satisfecho. El gran rey me miró.

—Llegas tarde, Artemisia.

Me ruboricé. Y el calor me abrasó las orejas cuando vi cómo Mardonio negaba despacio. «Te lo dije», podría salir de su boca en cualquier momento.

—Una semana no era suficiente —me excusé—. Pero aún estamos a tiempo. La información que traigo es buena, majestad.

—Habla.

Empecé por el tema más delicado: Demarato. Expliqué a Jerjes el tejemaneje con las tablillas de cera. El truco de los mensajes ocultos en el fondo, sobre la madera. El gran rey escuchaba sin pestañear. Mardonio parecía a punto de carcajearse. Fue él quien me interrumpió.

—¿Quién te ha dicho esa sarta de estupideces, mujer? A Demarato lo expulsaron los suyos como si fuera un perro, y el difunto rey Darío lo acogió y le dio tierras. ¿Qué lealtad debe a Esparta?

Sabía que ese era el punto débil de la historia. Hasta a mí me costaba creerlo.

—Demarato no está siendo leal a Esparta. Está siendo leal a sí mismo. No tiene sentido alguno que haya venido si no es para recuperar su corona. —Señalé a Jerjes—. Pero el gran rey no quiere luchar contra Esparta. Y sin luchar contra Esparta, no se la puede vencer. Conservaría sus dos reyes, y Demarato seguiría como servidor en una corte asiática.

Ahora sí, Mardonio rompió a reír. Incluso fingió que se atragantaba.

—Mujer, mujer —me dijo por fin, con la mano en el pecho—. Qué imaginación. Así que Demarato quiere ser el rey retornado en una nación vencida, ¿no? Y gobernará sobre sus cenizas. ¿No te das cuenta de la estupidez que insinúas?

—Sin duda soy una estúpida —murmuré, cada palabra silbando entre mis dientes—. Es decir, que los atenienses se enfrentan a nosotros sin esperanzas de vencer, ¿no? Y los corintios, y los megarenses, y los tespios, y los arcadios, y los eginetas...

»Pues no. Y no importa si tienen razón o no. Los griegos lucharán porque creen que hay una oportunidad de ganar. Algunos incluso están convencidos de que la victoria se inclinará de su lado. ¡Como que es un dios quien se lo ha dicho!

Entonces les hablé del oráculo de Delfos, y de cómo los griegos consultaban a Apolo a través de la pitia. Y de cómo esa pitia, muchas veces, no hablaba con la voz del dios, sino con la del oro. Les expliqué lo de la tablilla que Demarato había enviado a Delfos junto con el montante del soborno, y del vaticinio sobre la destrucción de Esparta o de uno de sus reyes.

—Devorado hasta los huesos —repitió Jerjes cuando hube terminado.

Mardonio se llevó las manos a la cabeza.

—No puedo creer que estemos hablando de esto. Majestad, deja de escuchar a esta mujer. Demarato te es fiel, y los griegos no tienen oportunidad alguna ante tu inmenso ejército. Y, si lo creen, creen una mentira. Al final, la verdad triunfará.

Esa alegre posesión de la verdad me recordó lo que había dicho mi madre sobre la diosa egipcia Renenutet. Algo sobre una sala de las dos verdades. Di un paso adelante.

—Majestad, un hombre decidido ha dejado su ciudad en fiestas, ha cambiado su trono por un escudo y una lanza, y viene hacia aquí con un puñado de guerreros. Te aguardará en uno de los desfiladeros que ves marcados en esa chapa. Así no podrás evitar que uno de los reyes de Esparta sea devorado hasta los huesos. Hasta ahí, la verdad triunfante de la que habla Mardonio. Solo que después de eso los espartanos, ya sin Carneas que los mantengan en casa, entrarán en esta guerra con todo lo que tienen, dispuestos a vengar a su rey devorado, unidos al resto de griegos que te odian. Y el oráculo pagado por Demarato se habrá cumplido. Otra verdad, no la de Mardonio, será entonces la que triunfe.

Jerjes detuvo la nueva carcajada que iba a salir de la boca de Mardonio.

—No puede haber dos verdades. Artemisia, ¿qué debo hacer, según tú, para que esa verdad mentirosa no triunfe?

—Evita a los espartanos, majestad. Dirígete contra tu auténtico enemigo: Atenas. Busca otro camino, o envía a tu armada. Haz lo que sea para que el oráculo no se cumpla.

El gran rey bajó la vista hacia el mapa. Su dedo recorrió de nuevo la línea litoral llena de desfiladeros.

—No quiero la guerra con Esparta.

—¡Majestad…! —empezó Mardonio, pero Jerjes lo detuvo una vez más.

—No quiero la guerra con Esparta, pero no permitiré que una profecía decida por mí, sea falsa o sea sincera. —Se palmeó el pecho—. ¡Yo decido! Nadie dicta mi destino.

Cerré los ojos. Ah, persas… Convencidos de que los dioses no dirigen a los mortales hacia su ineluctable fin. De que no existen ruecas ni hilos, sino voluntad humana. ¿Cómo no estar de acuerdo con Jerjes? Lo miré a los ojos. Durante más tiempo del que incluso una *bandaka* podía permitirse.

—Entonces te seguiré adonde ordenes, majestad.

—Bien. Y yo iré adelante como estaba previsto, por la costa y junto a la flota. Si ese rey espartano quiere sacrificarse con su puñado de guerreros, será que estabas en lo cierto, Artemisia. Y no me quedará más remedio que cargar de cadenas a Demarato. Después aplastaré toda resistencia y marcharé contra Atenas, a la que reduciré a cenizas. Entonces, solo entonces, conoceremos la única verdad.

Así que zarpamos, dispuestos a avanzar en paralelo a la Spada. Sin embargo, hubo algo que escapaba a los cálculos de Mardonio. En aquel tramo, la costa griega se separaba del continente en una larga y curvada península conocida como Magnesia. Nosotros tendríamos que rodearla, lo que nos alejaba de las tropas de a pie. Navegaríamos por entre la maraña de islas hasta el canal de Eubea, y eso implicaba estrecheces en la ruta hacia Atenas. Más tramos en los que tendríamos que apretarnos y calcular cada pequeño movimiento, como hacían los guerreros del ejército. Atrás quedaban el mar abierto para nosotros, las grandes llanuras para la infantería y la caballería. Aquello se parecía cada vez más a mi cueva cretense salpicada de recodos, cruces y desvíos. Me sentía medio ciega y a punto de recibir la mordedura de las serpientes.

Transcurrió el primer día. Sin apenas viento, con el agua en calma. Zabbaios vuelto sobre la popa, husmeando el aire caliente y denso, la vista fija en la capa plomiza que, como una muralla lejana, llenaba poco a poco el norte. Esa noche fondeamos arrimados a la orilla, en líneas a las que se sumaban otras líneas, con las proas orientadas hacia el mar abierto. Si es que a eso se lo podía llamar así. Al amanecer, fuertes ráfagas de viento se nos abatieron desde el nordeste. Zabbaios metió prisa a su alrededor, pero hubimos de esperar a que los chipriotas sacaran sus naves. Después se diría que los atenienses habían invocado la ayuda de Bóreas, el dios ventoso que sopla desde Tracia. Aquella fue la primera parte del desastre. Sin puertos en los que albergarse, decenas de naves se vieron arrastradas hacia la costa. Muchas de ellas destrozaron los cascos contra los bajíos y otras quedaron atrapadas entre las rocas. Y todo esto con las cubiertas llenas de guerreros persas, medos y sakas. Gente que no había visto el mar en su vida antes de esta expedición.

El temporal se prolongó por espacio de tres días, en los que nosotros nos mantuvimos a flote, prudentemente separados de los escollos y de los demás navíos. El cuarto día, fatigados y privados de sueño, nos reagrupamos. Calculamos las bajas, nos dimos ánimos y continuamos hacia el sur. A las mentes de todos acudía el recuerdo de otro desastre: el que años atrás Mardonio había sufrido al rodear el Atos. Y si alguien tiende a amargarse por la fatalidad, ese es un marino.

—Ni rastro de la armada enemiga.

Se lo decía a Zabbaios, que pilotaba con desgana, deseoso de bajar al sollado, cerrar los ojos y dormir una semana seguida. Navegábamos en un ancho frente, con los fenicios por delante. Frente a ellos, el extremo sur de la península de Magnesia y las siluetas de las Espóradas. Por suerte, el etesio suave nos permitía avanzar a vela. Los ronquidos de los agotados remeros subían como el gruñido de una bestia submarina. Y el silencio de Paniasis no me parecía buen presagio. Estuve a punto de pedirle que me recitara algún verso picante, pero no lo hice.

—Los atenienses habrán evitado la tormenta. Seguro que se refugiaron en puerto conocido. —Zabbaios movió la cabeza para desentumecerse—. Estas son sus costas. Lo saben todo de ellas, como yo me sé las mías. También saben cuándo se va a desatar la tempestad. Y la cosa no ha terminado. Huelo más lluvia, más viento y más marejada.

—¿Más? ¿Seguro, Zab?

—Seguro. Tal vez no hoy, ni mañana. Pero la tormenta regresará.

Más tarde, nuestras avanzadas avistaron tres navíos griegos junto a la isla de Eskíatos. Los enemigos trataron de huir, aunque solo lo consiguieron los marinos de una nave ateniense que de todas formas quedó varada. Las tripulaciones capturadas eran de Egina y Trecén. No llegué a ver a los prisioneros. Alguien me contó que no se pensó ni en interrogarlos siquiera. Tal era nuestra soberbia, por lo visto. Así que se aprovechó para hacer un sacrificio ejemplar y derramar la primera sangre, detalle importante porque afina el olfato matador y nubla el pensamiento. Es que no es bueno pensar mucho cuando la muerte ronda cerca. Le puede entrar a uno el miedo.

Cuando nos acercábamos a Eskíatos, todos contemplamos la columna de humo que se levantaba desde su monte más alto.

—Señales —dijo Zabbaios—. Los griegos se avisan. No solo luchan en casa: saben dónde estamos, cuántos somos, cómo nos movemos. Nosotros lo ignoramos todo de ellos.

La armada asiática navegó hacia el estrecho entre el extremo sur de Magnesia y la costa norte de Eubea. Artemisio llamaban a aquel lugar, supongo que porque cerca habría algún templo de la diosa cazadora. Nos lo comunicaron desde una nave jonia que nos flanqueaba por babor. Sabían quién era yo y les hacía gracia el detalle. Como si mi nombre me convirtiera en un talismán.

—¡Qué gran augurio! —gritó su oficial de proa—. ¡La diosa nos favorecerá!

A mí también me habría gustado si no hiciera tiempo que no creía en augurios y talismanes. Y si no hubiera ocurrido lo que ocurrió a continuación. Quince trirremes fenicios se adelantaron para buscar al enemigo y ya no regresaron. Así que cuando varamos en las pocas playas disponibles, Ariabignes me mandó llamar. Zabbaios se ofreció a venir, pero yo lo rechacé. Lo prefería descansado, por si acaso.

En mi trayecto por la playa, a lo lejos, divisé una gran columna de trirremes que se alejaba hacia el sudeste. Aquellas aguas estaban negadas para el enemigo, así que tenían que ser de los nuestros. Continué mi camino entre tripulaciones diversas, establecidas en campamentos apiñados tras sus naves varadas. Tufo tremendo a brea, ir y venir de calafates. Se encendían los primeros fuegos para tomar una cena caliente, pues nunca se sabía si las siguientes noches habría que pasarlas a bordo. Todo el mundo había oído hablar de mí, estaba claro. Se apartaban a mi paso, algunos me saludaban con respeto. Se creaban corros, y a veces hasta oía sus tonterías: ahí va Artemisia, la Centinela de Asia. Una mujer en la armada. «Mala suerte», se le escapó a uno. Lo de siempre.

Localicé la nave capitana de Ariabignes. El Anahita era precioso, casco azul con ojazos de largas pestañas pintados a proa. La tal Anahita era una diosa de otros tiempos, cuando los persas todavía no se habían decantado por el solitario Ahura Mazda. Pero antes de que aquel dios único cargara con todo el trabajo, Anahita, montada sobre su león, guardaba las aguas desde el cielo, guiaba a los guerreros en la lucha y protegía a las mujeres en el parto.

Ariabignes había levantado un somero campamento a poca distancia de su varado trirreme, en un lugar llamado Áfetas. Nadie habría dicho que era el hermano del gran rey cuando me recibió con su corto beso en los labios. Allí estaban ya los comandantes jonios y carios, incluido Damasítimo, que me saludó con la mano. Yo lo imité, e incluso fui a acercarme. Entonces me di cuenta de que Acteón se encontraba a su lado, con aquel gesto siempre burlón. Casi por instinto, busqué con la mirada su jauría. Nada. Un torbellino amenazó con desatarse en mi mente. Una tempestad parecida a aquella que casi me cuesta la vida entre Paros y Antíparos. Casi oía los truenos. Me las arreglé para no verlo. Necesitaba despejarme, salir al mar en calma; y para eso tenía que borrar la imagen de Acteón. Llegaría el momento de recuperarla, desde luego. Pero no ahora. Poco a poco, formamos un círculo alrededor de nuestro líder persa, y yo busqué el lugar más alejado de Damasítimo y su acompañante. Ariabignes se sentó frente a un fuego mientras algunos bichos de cola larga se asaban espetados en ramitas.

—Ya sabemos cuál es el plan griego —nos dijo para abrir la reunión.

—¿No han huido? —preguntó un capitán jonio.

—Parece mentira, ¿eh?

Ariabignes explicó que un *pentecóntero* samio había detectado a los trirremes griegos de lejos, formados a la angosta entrada del canal que separaba el continente de la isla de Eubea. Casi toda la armada enemiga se encontraba allí, taponando la ruta.

—¿Son muchos? —quiso saber Damasítimo.

—No lo sabemos. —Ariabignes tomó una de las ramitas y olió al pequeño ser humeante antes de darle un bocado—. Pero da igual. Podrían bloquear ese canal con una docena de chalupas. No podemos pasar, no seremos capaces de acercarnos a los nuestros en tierra.

—Podremos, noble señor —opinó el jonio—. Caigamos sobre ellos. Espolón tras espolón, hasta que no tengan nada que ponernos delante.

—Así lo haremos, aunque no a lo loco —continuó Ariabignes—. El almirante Megabazo ha dispuesto que algunos de los nuestros rodeen Eubea por el este y entren en el canal desde el sur. Ha elegido a los egipcios. Pillarán al enemigo por la popa.

Me sentí obligada a avisar.

—Hay gran posibilidad de que la tempestad regrese, y la costa oriental de Eubea es larga y escarpada. Mandar esas naves a rodear la isla es peligroso.

Oí una risita en el punto opuesto del círculo. Ariabignes entornó los párpados. Fijó la vista en el cielo despejado, en el que titilaban las primeras estrellas.

—¿Otra tormenta, Artemisia? ¿Estás segura?

—Mi piloto lo está. ¿Recuerdas a mi piloto?

El persa asintió.

—Avisaré al jefe de la armada. Pero la orden está dada. De hecho, los egipcios han partido ya. Es posible que los hayáis visto alejándose hacia el sudeste. —Ariabignes volvió a dejar el reptil espetado sobre el fuego. Se puso en pie y restregó las manos contra su túnica—. Os he llamado para avisaros: nuestro ejército de tierra se ha topado con un contingente griego apostado en un desfiladero. Tal como nos ocurre a nosotros, se han visto obligados a detenerse para limpiar ese obstáculo. Jerjes ordena que desembarquemos a la espalda del enemigo, y para eso tenemos que eliminar antes a las naves griegas. Toca esperar a que los egipcios rodeen Eubea.

Un contingente griego apostado en un desfiladero. Casi temía preguntar de dónde venía aquella fuerza de interposición. Preferí centrarme en lo que podía ocurrir en el mar, así que di un paso adelante.

—No es bueno dividirnos. No ya por la tormenta que se avecina. Los griegos podrían verse tentados a embestirnos.

—¡Que lo hagan si tienen lo que hay que tener! —gritó un jonio—. ¡Bueno, lo que casi todos tenemos aquí!

Hubo algunas carcajadas. Ariabignes miró de reojo al tipo, pero no lo reconvino. En lugar de eso, me preguntó qué haría yo.

No quise contestar enseguida. En mi mente dibujé las líneas de costa. Al menos las que yo conocía. En aquella locura de bahías, estrechos, promontorios e islotes, los atenienses y sus amigos habían construido la mejor defensa posible. Evitar el mar abierto, donde su inferioridad los condenaba a la derrota. Mejor quedarse cerca de sus playas. Todo el mundo sabe lo que pasa con las gatas acorraladas en un agujero. A ver quién mete la mano para arrebatarle un cachorro.

—Hay que retroceder —dije al fin—. Y mandar a los egipcios que regresen. Evitar la trampa, mantener nuestra armada intacta y unida. Esperar a que el gran rey avance con la Spada y tome la costa, plaza por plaza hasta llegar a Atenas. Los que reman ahí enfrente, contra nosotros, son los ciudadanos de ese sitio que arderá a la llegada de Jerjes, ¿creéis que se quedarán sentados en los bancos de sus naves mientras sus familias padecen y sus casas se derrumban?

Ariabignes pareció calibrar lo acertado de mi consejo. Damasítimo se adelantó.

—El gran rey nos necesita. Debemos acudir. No ha traído sus barcos y a nosotros para que nos quedemos quietos, dejando que pasen los días mientras los soldados de a pie luchan. Somos más, tenemos que atacar.

Acteón quiso rematar el argumento:

—Esto no es tejer en el telar, señora. ¡Menos paciencia, más coraje! Vuelve a Halicarnaso y trabaja la lana.

Nuevas risitas. Miré con furia a Acteón. Eso pareció hacerle aún más gracia pero, poco a poco, el silencio regresó. Esperé hasta que lo único que se oía era el crepitar del fuego bajo la carne de lagarto.

—He mandado al fondo a más de un hombretón que, nada más verme, me ha querido meter el espolón de frente, con todo el coraje y la prisa del mundo. Yo prefiero maniobrar hasta tener el viento a favor, dejarme llevar por la marea, buscar la aleta. —Di un paso hacia Acteón—. Me lo tomo con calma. Dejo que mi vela baje, igual que la lana cubre poco a poco el telar. Es una labor paciente, sí. —Otro paso—. Tirar y soltar cabos, mover las cañas a los lados, observar cómo el cataviento ondea y delata la derrota perfecta. Es tejer, y ver cómo el dibujo toma forma en el tapiz. Hilo sobre hilo. —Tercer paso—. Entonces me acerco al enemigo, que sigue desesperado, dando bandazos, con su espolón brillante cabalgando sobre las olas. Pero yo tengo tiempo, Acteón. Yo me asomo bajo cubierta, miro a mis remeros a los ojos y les pido que remen. Y ellos, que no son perros, sino hombres de verdad, me dan la boga más potente de sus vidas. —Último paso—. Y mi enemigo, fatigado de remar contra el viento con su gran espolón por delante…, recibe mi golpe mortal.

Con la última palabra, mi diestra describió una parábola e impactó abierta contra la mejilla de Acteón. Creo que fue la bofetada más salvaje de mi vida. Me dolió hasta a mí en la muñeca, en el codo y en el hombro. El rostro de Acteón se convulsionó, su cabeza se torció y un salivazo escapó hacia un lado. Damasítimo se me echó encima, tal vez pensando que yo seguiría golpeando a su lugarteniente. Se redoblaron las risitas que antes se dedicaban a mí, ahora para burlarse de Acteón. Este se llevó la mano al pómulo, que adquiría un creciente color rojizo. Su expresión se había congelado entre la sorpresa y la ira. Le falló un pie, tuvo que sujetarse en otro capitán cario. Damasítimo me empujaba con suavidad. Y no me resistí. Me llevó hasta mi sitio en el círculo y regresó junto a su lugarteniente. Ariabignes se puso a mi lado.

—Artemisia, ¿qué haces? —me susurró.

—Ese puerco no lucha. Solo caza. ¿Qué hace aquí?

—Damasítimo lo ha traído. Quiere hablar conmigo sobre los griegos que capturemos en la batalla, creo.

Apreté los labios. Claro: una nueva operación comercial. Alguien tendría que vender a los miles de esclavos que iban a salir de aquello. Ariabignes se volvió y empezó a repartir órdenes. Detecté vergüenza en su voz. Quería que el episodio del bofetón quedara atrás. Enterrar con sus gritos las burlas de los marinos. Carios y jonios, dijo, formaríamos al día siguiente, tras las líneas fenicias. Mientras tanto, los doscientos trirremes egipcios rodearían Eubea, lo que les llevaría unos días. Atacaríamos todos juntos cuando tuviéramos atrapado al enemigo entre dos frentes. Entonces machacaríamos a los griegos sin piedad. El optimismo, bien sazonado de jactancia, rompió contra el acantilado.

—¡Falta poco! ¡Hasta ahora, esos perros nos han enviado a sus dioses, y ellos se han escondido tras sus tormentas y sus orillas pedregosas! ¡El momento que esperábamos se acerca! ¡Destrozaremos su flota! —Ariabignes levantó el puño—. ¡Victoria!

Lo repitieron. Victoria. Tres veces, cuatro, cinco, qué sé yo. Damasítimo también. Acteón no. Victoria. Se extendió el griterío, hasta yo me contagié. Un poco más, y el mar se nos abriría hasta Atenas. Supuse que, en otras reuniones similares, fenicios, chipriotas, cilicios y resto de los nuestros estarían también jaleando el plan persa. Los aullidos perdieron fuerza, el grupo se disolvió. Fingí no ver a Damasítimo cuando se quedó rezagado, tirando de Acteón entre maldiciones para sacarlo de allí. Yo seguía junto a la hoguera, oliendo la carne de lagarto demasiado tostada. Esperando la bronca de mi jefe.

—Menuda bofetada —dijo, ya sin bajar la voz—. Ahora está oscuro, pero mañana lo tienes aquí buscando sus dientes.

No reí. No había causa. La estrategia persa me parecía errónea, y no había tiempo para corregirla. Jerjes se equivocaba, el almirante Megabazo también. Eso costaría vidas y naves a pesar de nuestro entusiasmo. Por fortuna, éramos más que ellos. De algo tenía que servir, ¿no? Más. Muchos más. Pero… ¿mejores?

—Una última cosa, noble Ariabignes.

—¿Sí, Artemisia?

—Esos griegos que se han apostado en tierra, en el desfiladero, e impiden el paso del gran rey… ¿Hay espartanos entre ellos?

Movió la cabeza afirmativamente. Muy despacio.

Ese día confirmé que, aunque nos neguemos a tratar con el destino, a veces es él quien se empeña en tratar con nosotros.

El primer día de nuestro plan transcurrió sin actividad. Salimos a aguas del Artemisio y formamos a retaguardia, cerca de Magnesia y junto al Anahita, el trirreme de Ariabignes. Por delante, el sector jonio y cario. A lo ancho del estrecho, hasta la costa norte de Eubea, repartidos los escuadrones isleños, chipriotas, cilicios... Y en vanguardia, los fenicios. Pudimos ver que en las alturas de Eubea se encendían fuegos muy bien alimentados. Las nubes de humo subían intermitentes y se repetían hacia el oeste. Más señales.

—Les están avisando de que los egipcios rodean Eubea —aventuró Zabbaios. Estuve de acuerdo.

Los puso en marcha el temor a verse rodeados. Un poco antes de anochecer, los griegos se nos vinieron encima. Para mí es un decir, porque casi no los vi. Estaba ya bastante oscuro y la acción tuvo lugar delante. Esa madrugada me contaron que unas cuantas naves atenienses se habían colado por entre las filas fenicias y hasta habían inutilizado algunos trirremes. Los fenicios no se habían quedado quietos, claro. Zabbaios estaba seguro de que atacar tan cerca de la noche tenía por objeto plantear una escaramuza corta, con pocas bajas y resultado incierto.

—¿Nos tantean? —pregunté.

Zabbaios arrugó la nariz.

—Saben de sobra cómo luchamos y lo que podemos hacer. Lo que quieren es mantenernos alerta. Que pasemos la noche embarcados. Seguro que ellos hacen turnos para varar y dormir en tierra firme.

Lo consiguieron. Además, el viento arreció y, tal como había anunciado Zabbaios, se desató otra tormenta antes del alba. Ariabignes nos ordenó ciar para alejarnos de las naves delanteras, zarandeadas a placer por Poseidón o cualquier otra divinidad favorable a los atenienses. Hubo colisiones y vías de agua. Zabbaios se mantuvo silencioso durante esa lucha contra el mar y el viento, los brazos en tensión, puños aferrados a las cañas. De vez en cuando me miraba y negaba con la cabeza. Ambos sabíamos que aquella tempestad estaría destrozando las naves egipcias en su misión de circunvalar Eubea. Arrojándolas contra las escolleras orientales de la alargada isla, donde casi no existían playas ni abrigos. Una sombra más oscura que la propia noche empezó a extenderse sobre nosotros. Venía cargada de *daimones* malignos que se dedicaron a aflojar nuestra voluntad.

Con el amanecer, la tormenta amainó. La claridad creciente nos mostraba un paisaje difícil de interpretar. La formación se había deshecho y la armada persa era una masa informe de naves aisladas. Nosotros habíamos perdido de vista a Ariabignes, y navegábamos a lo ancho del Artemisio, como muchos otros. Ese caos lo aprovecharon nuestros adversarios. Los trirremes cilicios, únicos que habían mantenido cierta disciplina, habían ocupado la vanguardia en relevo de los fenicios. El vendaval los había empujado durante la noche contra las líneas enemigas, y con el alba los atenienses se lanzaron sobre ellos como aves de rapiña. Fue imposible organizar un contraataque, porque reagruparnos en aquellas estrecheces nos llevó la mañana. Antes de mediodía, cuando por fin acudimos en su ayuda, los cilicios habían perdido casi la mitad de sus naves. Por la tarde regresó la lluvia, más llevadera que el castigo torrencial de la víspera. Nuevo caos, y hasta la noche no pudimos reencontrarnos con los nuestros. Ariabignes, desde el Anahita, me hizo señas para reunirme con él en Áfetas. Navegamos en paralelo, y casi no hallamos sitio donde varar. La playa estaba repleta de trirremes averiados, y las olas arrastraban tablas y cuerpos que se colaban entre los cascos. Hablamos sobre la arena mojada, entre martillazos y maldiciones. Las hogueras cercanas nos iluminaban a medias.

—Esto va mal. Fatal —me dijo. Como si fuera necesario.

—¿Se sabe algo de los egipcios?

—No sé sabe nada de nadie. A duras penas me he mantenido a flote. Hemos perdido contacto con el ejército de tierra. Esta mañana ha llegado un *pentecóntero* desde el golfo. Dice que Jerjes se enzarzó con la fuerza terrestre griega en el desfiladero y que no logra avanzar. Pero no hay mensajes oficiales. Deberíamos esperar a que los egipcios rodeen Eubea, pero…

—Las naves egipcias son tablas flotantes ahora mismo, Ariabignes. Nadie va a rodear Eubea. Debimos retirarnos a aguas seguras cuando lo dije.

El persa se miró las puntas retorcidas de las botas. Se mordía el labio, incapaz de liberar su rabia.

—El almirante Megabazo insiste en forzar el paso mañana.

—¡No! —grité—. ¡Basta de caer en sus trampas! ¿No os dais cuenta de que esto nos consume poco a poco? ¡Estamos matando abejas a hachazos!

Ariabignes resopló. Él coincidía conmigo, lo sé. Solo que su hermano no le había dado el mando total de la armada. Había preferido a un hombre casi anciano, leal al difunto Darío, conductor de expediciones terrestres en Tracia y Macedonia. Alguien que no sabía nada de navegar, como les ocurría a casi todos los persas. La misión de Ariabignes era cumplir órdenes. ¿Por qué Jerjes había limitado así su campo de acción? Tal vez porque su lealtad era condicional, y ahora el gran rey necesitaba a gente que no diera un paso atrás. O porque no quería que su hermano mayor, más alto, más fuerte y más hermoso se alzara con la gloria de destruir la flota ateniense. ¿Quién lo sabía?

—Padecemos más bajas de las esperadas, Artemisia. Hay que taponar esta herida que nos desangra poco a poco. Mañana formaremos en el ala izquierda, pegados a la costa de Eubea. Atacaremos al amanecer.

—¿Voy a luchar?

—No si puedo evitarlo. Te mantendrás a mi lado. Damasítimo liderará tus naves por delante, y no te moverás salvo que yo lo ordene. No acepto discusiones.

—Espera…

—¡No acepto discusiones!

—¿Y para qué me has llamado entonces?

Ariabignes volvió a resoplar. No se le veía tan imponente como me lo había encontrado en Quíos, o como cuando me despertó en Paros. Ahora sus hombros estaban más caídos, y bajo los ojos le colgaban bolsas violáceas. La barba y la melena, apelmazadas de sal y sudor, no eran las de un príncipe persa, seguro de sí mismo y del poder imparable de Ahura Mazda.

—Artemisia, quiero que sepas algo.

Le costaba. Se restregaba los párpados, se disponía a seguir hablando. Pero se arrepentía y daba la vuelta. Dio dos pasos hacia el agua. Se agachó para coger arena húmeda. La convirtió en un terrón que lanzó al mar. Yo lo observaba. Quise ahorrarle el trago.

—Me lo dirás cuando todo acabe. Hacer planes es más de vivos que de muertos. Pero necesito que sepas algo, Ariabignes: no me estás protegiendo.

—¿Cómo? Yo…

—Conozco a los atenienses mejor que tú. He hundido más naves suyas que nadie en esta armada. A Megabazo le espera una trampa, y a ti también. —Abrí los brazos—. Todo esto es una gran trampa en la que Jerjes está cayendo, y nos arrastra a todos. Va a ser duro, pero pronto descubriréis que la verdad no siempre vence a la mentira. Ya: ya sé que no aceptas discusiones. No discutiré contigo. Eso sí, ¿quieres conocer mi verdad ahora?

»Vine aquí buscando a alguien. Vine para hacer algo. Tengo un deber. Nadie me impedirá cumplirlo. Ni Megabazo, ni Jerjes ni tú.

El tercer día, con el sol surgiendo por nuestra popa, atacamos a los griegos.

Ellos lo sabían. Lo sabían todo, porque tenían observadores en las costas, y enseguida se pasaban la información con sus fuegos. Así que nos esperaron en dos líneas, con las bordas juntas, el espacio justo para remar. Nosotros nos desplegamos en media luna, con los extremos más avanzados y buscando la protección de las costas. Yo misma navegaba casi rozando las playas de Eubea, con el Anahita a estribor. Por delante de mí, el Cazador lideraba al Eurídice, el Casandra y el Hécuba. Todos habíamos tumbado nuestros mástiles. Sobre las olas flotaban listones rotos, fragmentos de regala y cuerpos. El mar los empujaba hasta que se trababan en la arena, y allí se amontonaban para formar una barricada de escoria, pedazos de lino, cordaje, madera y muerte. De vez en cuando, uno de los remos golpeaba algo blando, hinchado. Nuestro único consuelo era que los griegos también padecían ese mismo horror.

—¡Zab, a media eslora del Casandra y quietos hasta nueva orden! —Yo paseaba a lo largo de la cubierta. Gracias a Hécate, no me habían asignado guerreros de abordaje. Me agaché para tocar el hombro de mi cómitre—. Tercio de boga cuando toque avanzar, Paniasis. Que no llegue a cansarse nadie. —Y luego me dirigía a los marinos—. ¡Hombres, haced que me sienta orgullosa! ¡Nuestros antepasados nos observan!

Asentían. Algunos con resignación, porque sabían que no entraríamos en combate real. Otros con alivio, y por esa misma causa. Sobre nosotros, el cielo estaba tan azul y limpio que parecía mentira que sobre las aguas del Artemisio flotaran tantos restos despedazados por las tormentas.

Los fenicios se lanzaron sin más dilación. Había que verlos cortando la superficie con sus espolones, largos y afilados. Las palas de sus remos entraban sin salpicar, todas a la vez. La estela se levantaba espumosa desde proa, acariciaba las bordas y se abría a popa. Se oyeron cantos diferentes, amortiguados por la distancia y el siseo de la madera sobre el agua. Himnos de Tiro, Arwad, Biblos, Sidón…

Los atenienses aguantaron inmóviles, trabados en una línea impenetrable, como soldados en una falange. Yo había llegado a proa y me encaramé a la roda. Intentaba ver sobre nuestra línea de ataque y las que aguardaban su turno en segunda y tercera fila. Vislumbrar una figura negra, cornuda. Nada.

La primera embestida fue imprecisa. Como se esperaba, las naves evitaron los choques entre espolones. Unos pocos fenicios lograron entrar por entre los trirremes enemigos y quebraron algunos remos, pero pronto se vieron obligados a ciar. No había espacio para el abordaje, que era la principal baza persa. Se intercambiaron unas pocas flechas e insultos. Ya está.

La segunda línea tomó el relevo. Por delante de nosotros, naves jonias esquivaron a los fenicios en retirada. Su boga no era tan elegante, pero pronto cobraron velocidad. Ahora los griegos habían perdido su uniformidad. Los imaginé vociferantes, sacando del sollado a los hombres cuyos remos les hubieran golpeado en la primera embestida. Esta vez dispararon antes sus jabalinas y sus flechas. Los guerreros de a bordo, apiñados en las proas, subieron los escudos. Nueva embestida. Los nuestros penetraron un poco más, y algunos hombres saltaron de borda en borda. En la tercera fila, creí oír la voz de Damasítimo, que ordenaba arrancar.

Se me pusieron los pelos de punta. Ante el Némesis, las otras cuatro naves de la flotilla hendían el agua con sus remos. Mis uñas se clavaron en la madera de la roda. Ojalá pudiera estar con ellos. Eso pensaba. Pasaron entre las naves fenicias, aumentaron su ritmo de boga.

—Vamos, vamos —murmuraba yo. Rebasaron a los jonios.

Oí que me llamaban. Miré a mi derecha. Ariabignes, apoyado en su regala repleta de escudos de mimbre, me hacía gestos.

—¡Avanzamos un poco!

De acuerdo. Había perdido de vista mis naves, así que corrí hacia popa. Zabbaios también había oído la orden y la transmitió a Paniasis. El Némesis brincó hacia delante. Tomé asiento.

—No te hagas ilusiones —me dijo mi piloto.

Y sin embargo, era como si navegara por primera vez. Por delante, la barrera de fenicios y jonios no me permitía ver la línea de combate. A esas alturas, Damasítimo estaría trabado con los griegos. Por un momento se me pasó por la cabeza la posibilidad de que lo mataran. Que Pisindelis se quedara sin padre. No quería pensar. No en eso.

Y no ocurrió. Aquel primer asalto terminó sin naves hundidas por las dos partes. La flotilla de Halicarnaso cio lo suficiente para que los fenicios los adelantaran en una segunda oleada, y luego otra vez los jonios. Cuando los míos arrancaron para el relevo, las líneas se rompieron.

Alguien diría después que la culpa había sido de un navío chipriota que consiguió atravesar la vanguardia griega. Nada más rebasar las popas enemigas, cayó a babor y se lanzó contra el primer través a su alcance. Pero un griego de segunda línea trató de evitarlo, y a su vez intentó clavarle su espolón. Por el hueco del chipriota se coló un jonio, y dos naves atenienses convergieron para atravesarlo por ambas bordas. Esto se repitió en dos o tres puntos más de la línea y, antes de que nadie pudiera explicarlo, se habían deshecho las formaciones.

Esta vez no corrí a proa. Desde mi sitial pude ver cómo las naves viraban en cerrados bucles sin fin, buscando las bordas enemigas y evitando sus espolones. Pero en aquel enjambre de madera y bronce, apenas quedaba sitio para moverse. Mis marinos jaleaban; y también los de Ariabignes, que eran los más cercanos y a los que podíamos escuchar. Nosotros avanzábamos muy lentamente, aún lejos del combate.

—¿Ves algo, Zab?

—Imposible desde esta distancia. No se distinguen los gallardetes.

Quise morderme las uñas. No ciaba ninguna de nuestras naves, lo que significaba que los asaltos en línea ya no tenían sentido. Ahora, cada cual luchaba por su cuenta. Nos llegaron los crujidos brutales de las embestidas. Yo pateaba la cubierta sin levantarme. Miraba a estribor, deseosa de que Ariabignes se acercara a la borda del Anahita y me diera orden de arreciar la boga. Pero sabía que eso no iba a ocurrir.

—¡Mira, Artemisia! ¡Por la amura!

Zabbaios me señalaba a estribor, hacia el centro del caos. Una nave acababa de aparecer por allí. Se escoraba de lo furioso que era su viraje. Levantó una ola con su casco y completó un giro como no había visto jamás. Luego se lanzó a toda boga y clavó su espolón sobre una de las nuestras. No sé si la víctima era fenicia, cilicia o helespontina. Sé que el vencedor era un trirreme negro, con dos rodas.

—¡Ameinias! —rugí.

Cio para librarse del abordaje. Se vio en ciertos apuros porque tres de los nuestros, bastante pegados, se le echaban encima. Pero venían muy lentos con toda aquella carga humana, así que el Tauros consiguió arrancar y abandonó a su víctima a la deriva, con el casco doblado y venciéndose a babor. Los hombres saltaban al agua, caían entre los remos. Sentía el cosquilleo en las yemas de los dedos. Deseaba arrancar. Ir hacia aquel ateniense que ahora se dedicaba a recorrer la línea en dirección a Eubea. De pronto hizo otro de esos virajes bruscos y destrozó la bancada de estribor de un navío cilicio. Vi cómo los nuestros intentaban abordar al Tauros antes de que se desclavara, pero no había manera. El ateniense se escabulló de nuevo y se metió entre varias naves enzarzadas en persecuciones mutuas.

Miré a Zabbaios, que ahora estaba vuelto del todo, sin levantar sus manos de las cañas.

—No, Artemisia. No busques tu muerte.

Vi reaparecer al Tauros. Su silueta negra se materializó en vanguardia y se llevó por delante una nave jonia. Parecía mentira cómo se levantó el trirreme al recibir el impacto. El chasquido de maderas llegó hasta nosotros como un trueno. También oíamos gritos. No sabíamos si eran de guerra o de dolor. La nave negra desapareció de nuevo. Varios navíos se habían trabado y por fin había abordajes. En esas teníamos nosotros las de ganar. Sin embargo, el día avanzaba y la lucha no parecía inclinarse hacia lado alguno.

—¡Mira allí!

Era como un *daimon*. El Tauros surgía de repente, mordía y se retiraba. Esta vez afeitó las tres filas de remos de un cario. Por un momento temí que fuera el Laódice. O el Cazador.

—Damasítimo…

La nave negra volvió a esfumarse. Navegar en las aguas del Artemisio se había convertido en una carrera de obstáculos. Los trirremes inutilizados flotaban sobre una borda, con figuritas humanas que correteaban sobre ellos. Otras nadaban para ganar la orilla. ¿Cuántos se estaban ahogando ante nuestros ojos? De repente, el proel avisó: se nos venía encima una nave.

Hubo gran conmoción a bordo. Los marinos se apelotonaron delante. Estábamos cada vez más cerca del barullo. Creo que Ariabignes tenía la intención de presionar. De empujar a los nuestros para que la batalla se desplazara poco a poco hacia la retaguardia griega. De ir recortando espacio para que les resultara difícil maniobrar, y así nosotros podríamos abordarlos. Pero lo cierto es que había tantas naves medio hundidas que era difícil escapar de allí.

—¡Es el Cazador!

Me puse en pie. Venía a toda boga, y en su persecución traía al Tauros.

—Por la sangre de Hécate… ¡Paniasis, todos listos!

Zabbaios me miró por encima del hombro. Luego regresó su atención al Cazador. El trirreme de Damasítimo se acercaba en oblicuo. Creo que quería pasar entre nosotros y la playa. Oí cómo mis marinos lo advertían.

—¡No hay sitio!

Cierto. Y yo no podía caer a estribor para crear un pasillo, porque pegado al Némesis estaba el Anahita. Entonces Damasítimo, quizás agobiado por su perseguidor, tomó la peor decisión posible. Mandó un viraje cerrado a babor para invertir el rumbo.

—¡No! —avisó Zabbaios—. ¡Llevas demasiada carga!

Pero no podían oírlo. El Cazador siguió con su maniobra, y con eso le ofreció el través al Tauros.

—¡¡Adelante!! —rugí.

Paniasis repitió mi grito, y el Némesis saltó como un mastín que desea proteger a las ovejas. El Cazador describía su curva con una acusada escora y con la boga descompasada. Sus remeros no tenían la experiencia de los míos, y tampoco su sangre fría, fruto de la veteranía en cien escaramuzas. Zabbaios cayó sobre la caña, rebasamos la proa de la nave capitana. Oí los chillidos de Ariabignes a mi espalda. Yo estaba desobedeciendo sus órdenes. El Tauros viró un poco, lo suficiente para fijar su rumbo de colisión. Se me puso la piel de gallina al ver su espolón asomando entre las olas. Y aquellos dos cuernos negros.

—¡Más rápido! —urgí—. ¡Más rápido!

Paniasis no cantaba, porque no había canción que soportara ese ritmo. Nuestros remos entraban y salían, entraban y salían. Deprisa, deprisa. Zabbaios esquivó un pecio. Sobre los restos de una nave panfilia, tres marinos agitaban los brazos. Me levanté. La distancia entre el Tauros y el Cazador se acortaba. Vi volar algunas flechas desde la nave de Damasítimo. Nosotros describíamos un viraje muy largo, cayendo apenas a estribor. Zabbaios, algo inclinado a su derecha, calculaba el camino más rápido. Lo íbamos a lograr. Me puse la sonrisa de loba en la cara y di un alarido que mis marinos corearon. La aleta negra del trirreme ateniense crecía ante nosotros. Sobre su codaste, el banderín con la lechuza. Lo vi a él, que se incorporaba desde su asiento. El yelmo negro, los cuernos negros. El escudo negro, la coraza negra.

—¡Vengo a por ti, Ameinias!

Era imposible que me oyera, pero lo vi sobresaltarse al reconocer mi nave. Empezó a repartir órdenes. En ese momento, justo cuando cambió de idea, su espolón estaba a un parpadeo de atravesar al Cazador.

El Tauros se escoró hasta casi la horizontal. Varios de sus marinos y soldados rodaron por cubierta. Por Pandora que hasta vi cómo uno caía por la borda. Zabbaios corrigió de un tirón, y nosotros también nos fuimos de orza. El agua saltó sobre cubierta, me mojó el rostro. Yo seguía gritando. En nuestros respectivos virajes, el Tauros y el Némesis se pusieron borda contra borda. Nosotros yendo, ellos viniendo. Vi pasar su proa, y las caras de asombro de los marinos atenienses. Volaron los insultos de una a otra cubierta.

—¡Ratas! ¡Gusanos!

Una flecha se clavó en los listones del codaste, justo sobre mí. Si hubiera tenido piedras a mano, se las habría arrojado a esos comedores de aceitunas. La figura larga y negra del Tauros desfilaba ante nosotros, igual que nosotros desfilábamos ante él. Su popa se acercó a la nuestra. Entonces vi de nuevo a Ameinias. Recorría esa cubierta partida que llevan los trirremes atenienses. Se movía con gran agilidad, como si de niño hubiera aprendido a andar sobre una nave en plena marejada. Llevaba una jabalina en la mano. La hizo saltar y la recogió de nuevo, pero con el agarre vuelto. Echó el brazo hacia atrás. El cuerpo ladeado, la cara oculta por su yelmo cornudo. Una serpiente surgida de lo más profundo del Hades amenazaba con morderme el corazón. Chillé como si fuera la misma Medusa la que clavara sus ojos en mí, pero me quedé sin aire y la angustia se me atoró en la garganta antes de convertirme en piedra. La jabalina de Ameinias voló. Trazó una línea oscura, y hasta me pareció ver que la punta metálica despedía un reflejo al captar el rayo de sol. Empezó a bajar. Girando despacio, como una hoja que cayera para anunciar el fin del verano.

De pronto, con un chasquido, la lanza terminó su vuelo. El astil tembló un momento, y Zabbaios cayó sobre cubierta.

—¡Zab! ¡No! ¡Zab!

Me arrojé sobre él. Lo cubrí con mi cuerpo y agarré aquel odioso proyectil. Solo entonces me di cuenta de que la jabalina también era negra, como la propia conciencia de quien acababa de matar a mi maestro, a mi amigo. Grité de nuevo su nombre, ajena ya a lo que ocurría a mi alrededor. Zabbaios curvaba la espalda, los dientes apretados. Lo llamé una vez más. Dos, tres, diez. Mi piloto abrió los ojos. Me abrazaba. Fuerte, como si yo fuera su amarre al puerto seguro en medio de la mayor tormenta. No sé si Zabbaios tenía miedo en ese momento. O si descansaba. Sé que puse mi cara cerca de la suya. Intenté sonreírle. Aunque yo me estuviera deshaciendo y mis lágrimas cayeran sobre él, saladas como el agua que lo había rodeado desde que nos conocimos. Me negué a aceptarlo. Nos quedaba mucho por vivir. Teníamos que volver a casa. Y él debía reencontrarse con su pasado en Sidón. Había tantas cosas que arreglar. Tantos mares que navegar.

—Zab… Espera. Espera, Zab.

Dejó de moverse. Un marino me agarró por los hombros y me arrastró bajo el codaste. No lo tuvo muy difícil. Me gritó algo sobre las flechas, pero a mí no me importó en ese momento. Ni luego, cuando vi la cubierta acribillada. Y la sombra negra a un lado, mientras el Tauros completaba su viraje a nuestro alrededor para regresar a las líneas griegas. Paniasis se hacía cargo de los timones a duras penas, nuestra nave perdía velocidad. Y ahí escapaba Ameinias de Eleusis, de nuevo agarrado a un cabo. Como la primera vez que nos encontramos bajo la lluvia. Aquella en la que me llevó directa a una trampa ateniense.

Se levantó el yelmo y vi su rostro, el mismo que había estado a punto de borrar en Paros. Ojalá lo hubiera hecho. Me observó. Sin petulancia, sin ira ni pena. Solo me observó. Yo le grité:

—¡Ameinias! ¡Lo has matado! ¡Ameinias!

El Tauros se alejaba. Él dejó caer su yelmo. Puso ambas manos en torno a la boca.

—¡Artemisia! —gritó.

—¡Ameinias! ¡Lo has matado!

—¡Artemisia, era mi deber! ¿Oyes? ¡Era mi deber!

CAPÍTULO VIII

Am I brave enough?
Am I strong enough
to follow the desire
that burns from within?

(¿Soy lo bastante valerosa?
¿Soy lo bastante fuerte
para obedecer el deseo
que arde en mi interior?). Trad. libre.

I am the fire (2015, Halestorm: *Into the wild life*)
Hale/Hale/Hottinger/Stevens

DEL MANUSCRITO DE HERÓDOTO

FRAGMENTO 281

Durante tres días me he visto obligado a interrumpir mis visitas a la señora Artemisia. Incluso ahora, cuando por fin acepta que reanudemos el relato, las lágrimas se le acumulan en los ojos. Creo que recordar la muerte del fenicio Zabbaios ha servido para despertar un dolor que llevaba muchos años aletargado.

La invito a hablarme de otra cosa. A alejarse del combate en el pedazo de mar que los griegos llaman Artemisio. No se lo digo, pero ¿acaso no es evidente? Una divinidad hizo que el nombre de mi señora y el de aquel lugar quedaran unidos para siempre. Desde siempre.

Le pregunto qué ocurrió con las fuerzas griegas que cortaban el paso al ejército de tierra. ¿Es verdad lo que se cuenta? Eso de que el gran rey Jerjes montó en cólera al ver que sus hombres eran incapaces de arrasar a la exigua tropa enemiga.

—Jerjes supo que entre los griegos no había atenienses, así que les mandó un emisario para evitar la masacre. Su mensaje: que entregaran las armas y, a cambio, podrían regresar libres a sus hogares. Sin embargo, el líder griego envió de vuelta al mensajero para que le explicara al gran rey que, si quería sus armas, debía ir en persona a quitárselas.

»Ante semejante impertinencia, y viendo claramente que la lucha era la única salida, Jerjes lanzó por delante a sus guerreros medos y cisios con la orden de capturar vivos a los griegos. Sin embargo, nuestras bajas fueron cuantiosas, si bien nuevos efectivos sustituían a los caídos. Pero el enemigo hizo gala de un gran valor, y aprovechó una vieja muralla que acababa de reconstruir, así como la asfixiante angostura del desfiladero. Se cumplían los temores de los príncipes persas. Pero sobre todo se cumplían los míos, porque el hombre que comandaba aquella pequeña fuerza de resistencia era Leónidas, uno de los reyes espartanos. Aquel que había decidido ofrecer su vida y las de sus pocos camaradas para salvar su ciudad. A estos espartanos, en número de trescientos, los acompañaban guerreros arcadios, corintios, micénicos, fliasios, beocios, locrios y focenses, hasta un total de siete mil hombres. Suficientes para relevarse y aguantar hasta las más duras arremetidas de los persas.

»En vista de que medos y cisios eran incapaces de barrer al enemigo, Jerjes no quiso arriesgar más vidas de las necesarias y se decidió a mandar a su mejor tropa: los guardias reales. Así que la élite de la juventud persa se dirigió a aquella barrera humana... y también fracasó. Murieron cientos, tal vez miles de hombres magníficos, empeñados en extender el bien y la verdad por un mundo horrible. El gran rey, aterrorizado por la montonera de cadáveres que se apilaba frente al desfiladero, ordenó que sus jóvenes se retiraran antes de que la matanza fuera total. Ahora su esperanza era que nosotros, con las naves, desembarcáramos al sur y pudiéramos atacar a los valientes griegos por la espalda. Y llegó la noche.

»El segundo día transcurrió de igual manera. Oleada tras oleada, los súbditos del gran rey se estrellaban contra el muro de piedras y hombres. Por el lado griego, los beocios relevaban a los arcadios, y a aquellos los focenses, y luego los corintios, y de nuevo los espartanos. De nada servía que el ejército de Jerjes gozara de tanta superioridad, puesto que solo un puñado de hombres podía luchar al mismo tiempo en aquel desfiladero. Y nosotros seguíamos sin forzar el paso por mar. Al darse cuenta de esto, el gran rey envió exploradores para encontrar un modo de rodear al enemigo por tierra. También interrogó a los lugareños, y examinó cada pequeña senda hasta que dio con la solución.

»Esa noche, un contingente de guardias reales recorrió una escabrosa ruta de pastores. Un sendero de cabras que apenas podía verse entre el matorral y la roca. De madrugada, la fuerza incursora topó con focenses apostados precisamente para avisar de ese posible flanqueo. Estos focenses, de retirada, informaron del gran peligro que se cernía sobre la fuerza griega. Leónidas vio que todo estaba perdido, pero se resignó a cumplir con la ley de su ciudad y los vaticinios del oráculo, y ordenó que se retiraran todos aquellos que no fueran espartanos. Casi todos obedecieron. Solo permaneció él con su guardia personal, más un puñado de beocios. Demasiado poco para aguantar el último asalto.

»Al amanecer, la avanzada persa se presentó en la retaguardia de las tropas comandadas por Leónidas. En ese mismo momento, nuestras naves emprendían el ataque definitivo en el Artemisio.

Levanto el cálamo. Es de todos conocido que los griegos, rodeados, presentaron una resistencia sobrehumana que causó aún muchas bajas a los súbditos de Jerjes. Más incluso que los dos días anteriores. Eso dicen. Y que no hubo nadie que pidiera clemencia, eso también lo dicen. Dicen que murió hasta el último defensor. Entre ellos, por supuesto, Leónidas.

—¿Es verdad, señora, que Jerjes profanó el cadáver del rey espartano?

—Esa no es más que otra de las muchas mentiras que circulan acerca de él. ¿Profanar el cuerpo de un hombre tan valeroso? El gran rey jamás habría hecho eso. Al contrario, ordenó lavar los cadáveres de los griegos, y que los alinearan junto a sus armas y entre los muertos persas, mezclados unos con otros como si fueran hermanos. Yo no estaba allí, pero algunos dicen que Jerjes lloró al ver a tantas y tan jóvenes vidas malgastadas. Sin distinguir amigos de enemigos.

La señora Artemisia prosigue con el relato. Mientras los últimos espartanos morían en el desfiladero, las naves luchaban en el mar, causándose bajas recíprocas sin que ningún bando alcanzara la victoria. El combate se alargó hasta que los griegos recibieron la noticia de la derrota espartana. Eso marcaba el fin de su misión, así que, muy ordenados, los atenienses y sus aliados se retiraron por el canal que separa la isla de Eubea del continente.

—Y así fue como, por fin, se abrió ante nosotros el camino a Atenas.

FURIA Y MIEDO

Leónidas y sus trescientos descansarían eternamente en aquel desfiladero porque ese era su deber. Y Zabbaios murió en mis brazos porque era su deber.

—Y este es mi deber.

Estaba sentada en el teatro. Y a mi alrededor, Atenas ardía.

Atenas a medio carbonizar, agobiada bajo una nube caliente e irrespirable, de casas desprendidas en ceniza flotante, templos envueltos en jirones negros. Ahora, con la antorcha aún humeante en la diestra, comprendía el significado de ese primer incendio en Halicarnaso.

Al desembarcar, esa misma tarde, habíamos encontrado al ejército de tierra embebido en el saqueo y la destrucción. La entrada en Atenas la habían hecho sin lucha, porque nadie quedaba para luchar. Así que los soldados, fatigados y rabiosos por la pérdida de vidas en el desfiladero, se toparon con una ciudad desierta. Calles vacías, puertas arrancadas de sus quicios, enseres tirados. Al paso de las tropas victoriosas, los perros aullaban y las aves levantaban el vuelo. Los guerreros de las incontables naciones sometidas a Jerjes se habían desbordado por Atenas. Habían invadido su ágora, penetrado en sus templos, saqueado sus hogares. Solo en la acrópolis, refugiados en los santuarios, algunos locos soñaban con sobrevivir. Habían apilado las puertas de las casas para construir una muralla. Ilusos.

El gran rey dispuso un grupo de hostigamiento en el monte que llaman Areópago. Desde allí, los arqueros cubrieron con estopa las puntas de sus flechas, les prendieron fuego y regaron la acrópolis. Al mismo tiempo, otros soldados escalaron las pendientes y tomaron posesión de las alturas. Los refugiados se lanzaron al vacío, aunque unos pocos se encerraron en un templo a medio construir que los desgraciados pretendían dedicar a la patrona de la ciudad, la diosa Atenea. Mientras las tropas de asalto tomaban posesión de la acrópolis, Jerjes me invitó a acompañarlo. Tomó mi mano y, un paso por delante, me guio pendiente arriba. El sol tocaba el horizonte, los soldados derramaban aceite y brea, hacían acopio de las pocas riquezas que los atenienses habían dejado antes de huir, y amontonaban enseres de madera. Uno de los guardias reales le pasó una antorcha a Jerjes, y Jerjes me la pasó a mí.

—Ellos vinieron a nuestro hogar y quemaron nuestros templos. Hazlo tú ahora, Artemisia. Que las llamas se vean desde los cuatro rincones del mundo.

Lo hice. El fuego se extendió como si la propia acrópolis ateniense deseara consumirse. Aspiré el aire caliente, me deleité con el crepitar de la madera, y con la violencia de las llamas que ascendían altísimas. Las pavesas que flotaban a mi alrededor, las fumaradas negras, las estructuras de piedra que, con sus soportes calcinados, colapsaban entre chisporroteos. En mis ojos, las lágrimas provocadas por el humo se mezclaron con las que todavía derramaba por Zabbaios. Después descendí en solitario, con la antorcha aún prendida en la mano. A mi espalda, la acrópolis era una inmensa pira contra el anochecer. Y cuando tomé asiento en la ladera del monte, en el lugar donde los atenienses disfrutaban de sus obras de teatro, barrios enteros de la ciudad baja también ardían.

Cerré los ojos. ¿Bastaba con esto? La mayor parte de los atenienses había huido. Ahora estarían hacinados en Salamina, la isla situada frente al puerto de Atenas. Los pocos supervivientes capturados en la acrópolis nos lo habían explicado antes de convertirse en esclavos. Qué diferencia entre aquellos autoexiliados, capaces de sacrificar su ciudad para conservar la vida, y los espartanos. Imaginé a Ameinias de Eleusis, y a su hermano... ¿Cómo se llamaba? Ah, sí: Esquilo. Y a Temístocles, y al resto de los ciudadanos libres de Atenas, reunidos en la playa de Salamina, asistiendo desde la lejanía al luminoso espectáculo que les acabábamos de procurar.

—Artemisia, hay que salir de aquí.

Me volví. Era Artafernes quien me avisaba. Las últimas tropas desalojaban la acrópolis y, en columna, tiraban de la cuerda de cautivos y acarreaban el botín. Me sacudí el peplo tras levantarme.

—Me han dicho que fue muy duro.

El sátrapa enarcó la ceja buena. Se lo veía extenuado. Todos lo estaban esa noche. Unos pocos guardias reales lo escoltaban en la distancia.

—Duro... No, no fue duro. No fue desesperante, ni horrible, ni doloroso. Todas esas palabras nos han servido hasta ahora, pero allí perdieron su significado. Habrá que inventar otras nuevas para lo que ocurrió en ese desfiladero.

Me detuve un instante, impresionada. Artafernes, que reanudó su camino hacia la iluminada ciudad baja, no era dado a exagerar. Corrí para alcanzarlo. Los guardias reales formando un discreto y perfecto círculo a nuestro alrededor.

—¿Viste a su rey, Artafernes? ¿Viste a Leónidas?

El sátrapa no me miraba. Negó con la cabeza.

—No con vida. Durante el combate fue todo demasiado confuso. Lo único que podías apreciar eran las oleadas de nuestros hombres lanzándose contra ellos. Y cadáveres apilados, escudos, lanzas, sangre... En nuestra rotación, el segundo día, ni siquiera pude llegar a la primera línea. Vi a Leónidas después, cuando todos los espartanos habían caído, y algunos de los nuestros lo reconocieron. Todavía no sé cómo, porque estaba acribillado, cubierto de tajos y pinchazos. Bueno, así estaban también los demás.

—¿Son tan buenos?

—Mejores. —Entonces sí se detuvo Artafernes, y volvió la cabeza hacia mí. Quería asegurarse de que viera sus ojos, supongo. De que yo no dudara ni un momento de que me estaba diciendo la verdad—. No podemos ganar.

Echó a andar de nuevo, aunque pareció recordar algo. Su mano agarró mi brazo, apretó con cariño.

—Karkish y Bakish…

No fue necesario que continuara. Cerré los ojos y otra vez me quedé rezagada. Me vinieron a la mente sus rostros, siempre sonrientes. Su inocente fanfarronería. Y su letal velocidad, los relámpagos azules de sus metales cuando los movían para repartir muerte. Eran los mejores guerreros que había conocido. Y habían caído lejos de sus hogares, de sus padres, de sus amores, bajo aquellos tipos silenciosos e implacables que acudían con alegría a morir por su ciudad. Cumpliendo unos y otros ese deber con el que todos al parecer cargábamos, ya fuera desde Esparta, ya fuera desde Asia.

—¿Y Jerjes? —pregunté—. ¿Quiere continuar?

Artafernes se encogió de hombros.

—No le queda más remedio. Es el gran rey, también tiene un deber. La verdad y la justicia han de llegar al último rincón del mundo. Así lo dispone Ahura Mazda. De todos modos, mañana celebrará consejo de guerra para decidir el próximo paso. Has de acudir, Artemisia.

—Allí estaré. ¿Y Demarato? ¿Vendrá?

—Cuando el gran rey vio que se cumplía tu vaticinio, lo mandó encadenar. Ese espartano mentiroso te maldecía mientras se lo llevaban a rastras. Lo decapitaron, y Jerjes ordenó que clavaran su cabeza en la lanza de Leónidas. Todo el ejército desfiló ante él. Ante la cabeza de un rey de Esparta.

No me alegró oír aquello. Aunque es cierto que, en esos días, nada de lo que oía me alegraba. Continuamos nuestro camino, rodeando la elevación de la acrópolis hacia el noroeste de Atenas, donde las llamas no rugían con tanta furia. Anduvimos en silencio, cruzándonos con hombres eufóricos que cargaban con sacos de recuerdos atenienses. Algunos, además, debían de haber encontrado vino, porque iban perdiendo botín a cada tumbo que daban. Llegamos al borde del ágora, siempre protegidos por los guardias reales. Algunos edificios ardían a nuestra espalda, proyectando su humo entre nosotros y las estrellas. En el centro de la explanada, soldados de diez naciones distintas apilaban enseres rapiñados en las casas. Demasiadas imágenes acudiendo a mi memoria.

—Es extraño —dije—. Después de todo, ahora que Atenas arde, no siento que este sea el fin del camino.

—El camino no tiene fin, Artemisia. Si acaso, somos nosotros los que dejamos de andar.

Lo miré. Tan cansado, tan triste. Él no disfrutaba con aquello, por mucho que hubiera visto el mar de llamas elevándose desde Sardes. Por más que hubiera presenciado el sufrimiento de su padre. Tal vez fuéramos eso. Hijos hastiados del dolor de nuestros padres. ¿Una generación malgastada?

—Ojalá esa carta hubiera servido de algo.

Artafernes volvió a enarcar su ceja buena.

—¿Qué?

—La carta que tu padre envió al mío para que se apartara de la rebelión. Ahora no estaría yo aquí, sino él. O mi hermano Apolodoro. Qué sé yo.

El sátrapa cruzó el ágora y se sentó sobre uno de los escalones de la Stoa, de modo que podía ver el fabuloso espectáculo de la Atenas ardiente. Los guardias reales tomaron posiciones para alejar a los potenciales curiosos. Cosa que no me venía nada mal, pues no hay nada tan imprevisible como un soldado en pleno saqueo. Sobre todo en aquella ciudad de la que habían volado las mujeres. Artafernes reposó la espalda en una de las gruesas columnas que sostenían la Stoa. Frente a él, una estructura destrozada. Seguramente un lugar sagrado para los atenienses. Artafernes lo señaló.

—Lo llaman el Altar de los Doce Dioses. O lo llamaban. Hablando de caminos, Artemisia: para los atenienses, todos empiezan ahí. También el que los llevó con sus barcos hasta Jonia para incitar a la rebelión. Ya ves: uno toma el camino que le marca un dios y, claro, no puede equivocarse. Tal vez entonces los atenienses pensaron que su inequívoco camino terminaba en Sardes, pero resulta que lo hemos recorrido de vuelta y ahora es Atenas la que arde. ¿Acaso no supieron leer la voluntad de sus doce dioses? ¿O es que se equivocó cada uno de ellos? Zeus, Hera, Atenea…

¿Caminos equivocados, designios de los dioses, mortales que se ataban a una madeja? Yo ya sabía que era la única constructora de mi destino.

—No es la voluntad de un dios, ni de doce. La voluntad de los atenienses fue. Y ahora, la voluntad de Jerjes es. Los miles de voluntades que lo han seguido y que se han enfrentado a él. La tuya y la mía también.

—Hablas como una persa.

Me senté junto a Artafernes. Sí que me sentía cada vez más persa. Sonreí. Ah, ¿qué diría mi madre si conociera mis pensamientos? ¿Y si pudiera verme mi padre? Yo, una persa. Amiga, aliada, partidaria de aquellos que habían ordenado su mutilación y su desgracia. ¿Cómo fue posible? ¿Qué pasó por la mente de Ligdamis para rechazar la oferta de paz persa?

—¿Recuerdas, Artafernes, qué decía la carta que tu padre le envió al mío?

—¿Sigues con eso, Artemisia? Forma parte del pasado. —Volvió a señalar el destruido altar—. El presente es lo que importa. Y el futuro que seamos capaces de crear. Además, no recuerdo las palabras exactas. Supongo que mi padre ofreció al tuyo el retorno a la paz del gran rey. A cambio le pediría algún acto de sumisión en Sardes, o una súplica de perdón a Darío. Así fueron sus cartas a las otras ciudades sublevadas por aquel tiempo, aunque raramente logró lo que quería. Los hombres no reaccionan bien ante la cortesía: la toman por debilidad. Fíjate dónde estamos y cómo hemos llegado hasta aquí.

»De todos modos, ya que estás tan interesada, deberías preguntar a Damasítimo. Es posible que él recuerde lo que decía la carta.

Me volví de golpe hacia él. ¿Qué?

—¿Damasítimo? ¿Qué tiene que ver Damasítimo con esa carta?

Artafernes se desperezó. Chasqueó los dedos para llamar la atención de los guardias.

—Estoy cansado. Mejor vayamos a dormir, Artemisia. Mañana, con la luz de sol…

—Espera. ¿Damasítimo conoció la carta?

—Pues claro. Pensaba que lo sabías: él era el hombre de confianza de mi padre en Caria. Damasítimo fue el encargado de llevar la carta, eso lo recuerdo bien. Lo recuerdo a él en Sardes, antes de partir con sus mercenarios lidios y con la orden de recuperar Halicarnaso y las otras ciudades rebeldes en Caria. Estaba con su lugarteniente, ese cazador… Artemisia, ¿acaso te lo ha ocultado?

Asentí.

—Mi madre siempre ha dicho que solo hubo una carta: la que Ameinias de Eleusis mandó a mi padre para que no se rindiera. Vimos cómo Acteón la quemaba aquella noche.

—Ya. Tu padre escogió bando. En cuanto a tu madre… —Me ofreció la mano—. Tuvo que ser una mujer sublime, como tú. Pero de eso hace tiempo. Es tarde para volver al puerto y buscar tu nave. Y Atenas no será un lugar seguro esta noche. Sadukka no me perdonaría que te pasara algo, así que ven. Te llevaré junto a la esposa del gran rey.

Acepté su ayuda. Arreciaban los cánticos de borrachos, y nuevos incendios aparecían a nuestra derecha. Los guardias reales formaron su círculo de protección, y echamos a andar.

Jerjes había establecido su campamento al norte de Atenas, cerca del mar y en la falda de un monte llamado Egáleo. Los guardias reales custodiaban la tienda del rey y la de su esposa judía, la de las concubinas y las de los principales funcionarios de la corte. Artafernes y yo nos topamos con Hermótimo de Pédaso.

—Saludos a ambos —dijo el eunuco—. Artemisia, algunos te daban por muerta. Puede que incluso lo desearan. Me alegro de que sigas viva.

—¿Quién me daba por muerta? ¿Mardonio?

—No te sabría decir. ¿La voz de uno cambia cuando habla en susurros?

Artafernes se despidió de mí allí, pero antes me recordó que al día siguiente tendríamos que reunirnos con Jerjes.

—Esta vez te escuchará, espero —me dijo.

Ester me acogió, aunque no con alegría, como yo esperaba. La judía parecía distinta esa noche. A pesar de que contaba con su ejército de sirvientas, su pelo estaba enredado, y la túnica persa que llevaba puesta habría pasado por la manta de un remero. ¿Había perdido peso? Me ofreció vino de palma, y algunos dulces de miel y almendras. Ella misma me alargó la bandeja ante las quejas escandalizadas de la servidumbre. Ester se revolvió y lanzó una lluvia de pastelillos sobre ellas.

—¡No os soporto! ¡Fuera de aquí, bandada de cuervos!

Estampida de sirvientas. Yo permanecí con la mandíbula colgante unos momentos.

—Ester, casi no te conozco.

Y no lo decía solo por su arrebato furioso. También porque se la veía más decidida. Se sirvió otra copa de palma. La tercera o cuarta.

—Lo siento, Artemisia. Tienes razón, debería moderarme. Esto no es propio de una esposa del gran rey. —Y se largó un trago que tampoco parecía muy propio de una consorte real.

—Pero ¿pasa algo? ¿Jerjes no te trata bien?

Se restregó con la manga del *tukli*.

—Jerjes trata bien a todo el mundo. Hasta a los esclavos. Es esta guerra. —Y vació la copa. Casi retengo la jarra para que no se sirviera otra, aunque me reprimí.

—¿No bebes demasiado, Ester?

—Sí, seguramente. Pero es la única manera de quitarme el miedo.

Miré alrededor. La tienda de Ester no era la de Jerjes, pero contaba con más lujos que mi palacio. Se veía por allí todo lo necesario y, especialmente, todo lo inútil. Había pieles de cien animales distintos, cofres desbordados de seda, metales que reflejaban las llamitas de cada vela. Velas. Había muchas, y todas encendidas. Pregunté a Ester por ellas, y me contestó que no aguantaba quedarse a oscuras. Porque cuando no había nada que ver, los veía a ellos.

—Los veo hasta cuando cierro los ojos, Artemisia. Veo los cadáveres. Veo los enjambres de insectos. Veo los buitres en lo alto.

Me contó que se le había ocurrido unirse a Jerjes mientras, desde la cima de un monte y sentado en su trono, contemplaba la lucha para desalojar a los griegos del desfiladero. El gran rey estaba convencido de que sería un combate rápido, y había contagiado su optimismo a Ester. Pero el talante de ambos cambió cuando empezaron a caer guerreros a un ritmo imposible de seguir. De pronto los muertos se amontonaban. Los vivos resbalaban al pasar sobre ellos. Cuerpos inmóviles se desparramaban, hacinándose contra la pared de roca o escurriéndose hacia el mar. Otros, heridos y vociferantes, se arrastraban, o agitaban sus manos, aplastados por las montoneras. Jerjes saltó tres veces de su trono ese día. Y las tres fue para vomitar.

—Se lo advertí —dije—. Pedí al gran rey que evitara a los espartanos.

—Ahora ya no importa. Había que pasar, y pasamos. Había que quemar Atenas, y ahí está: ardiendo. En Susa nos dijeron que sería un paseo. Que los griegos se rendirían solo con ver el enorme

467

ejército que venía a dominarlos. Todo sería alegría por el triunfo, y volveríamos sin apenas derramar sangre. Y ya ves. Jerjes no es el mismo. Yo tampoco. Hemos venido aquí, a esta tierra pedregosa, ¿sabes para qué? Para morir. ¿Ya no queda vino?

—Debes reponerte, Ester. A Jerjes no le ayudará verte así.

—¿Y a mí quién me ayuda? ¡Que alguien traiga vino!

Nadie se dio por enterado. Tal vez las criadas estaban fuera, escuchando. Pero seguro que temían regresar. Ester gritó un poco más, se cubrió la cara con las manos y rompió a llorar. La abracé.

—Me quedo contigo esta noche, Ester. No te va a pasar nada.

—Es el Sheol, Artemisia. Me han arrojado en vida al foso ardiente donde todo se olvida. ¿He ofendido a Dios?

—Seguro que esta noche hay muchos dioses ofendidos. Pero no creo que tú hayas ofendido al tuyo. ¿Qué es el Sheol? ¿Vuestro inframundo?

Asintió. Y como estaba un poco borracha, le gustaba hablar y le había conseguido una excusa, se secó las lágrimas y me contó que el Sheol era una especie de gran salón profundo donde tal vez los muertos aguardaban. Igual que los griegos esperaban en el Hades para ser juzgados por sus actos. Lo mismo que los persas tras cruzar su puente.

—¿Qué juicio nos espera a nosotras, Artemisia? Después de traer tanta muerte, tanto fuego… A mí, que me mostré feliz cuando Jerjes anunció que lo acompañaría a Grecia. Y yo lo animaba. Le decía que se alzaría con un glorioso triunfo, que sus súbditos lo aclamarían, y que el mundo lo recordaría en los siglos venideros.

—¿Acaso podías elegir, Ester?

—Siempre se puede elegir, Artemisia.

La volví a abrazar. Por fortuna, dejó de reclamar vino, así que preferí que las criadas siguieran fuera. Amontoné algunas pieles y cojines.

—Venga, acuéstate. Yo me quedo aquí. Como cuando te traje desde Sidón y pasábamos las noches en las playas.

Pero aquello quedaba atrás. Ni ella ni yo éramos las mismas.

468

Y ahora no podíamos dormir. En parte por la profusión de velas encendidas, en parte porque Ester había bebido demasiado y no dejaba de hablar. Resultó que el campamento estaba situado junto a un camino sagrado, lo supe después. Una ruta que medía cien estadios y que unía Atenas con Eleusis, el lugar donde había nacido Ameinias.

—Unos griegos le han contado a Jerjes que a estas alturas del año, en Eleusis, hay un rito muy importante. Un misterio relacionado con dos de sus falsas diosas, madre e hija. Miles de fieles desfilan por el camino sagrado.

—Ah, ya. La madre y la hija. Deméter y Perséfone.

Esas eran las falsas diosas, tal como las había llamado Ester. La segunda, raptada por Hades en Eleusis, vivía confinada en el inframundo hasta que su madre bajó a rescatarla. Pero, al igual que había ocurrido con la brillante Inanna y su oscura hermana, Ereshkigal, la solución a un conflicto entre dioses no era tan fácil, así que ahora Perséfone pasa medio año abajo, junto a su raptor, y medio año arriba, con su madre. Y como Deméter es la diosa de las cosechas, el mundo vive la abundancia del grano mientras es feliz porque la madre disfruta de la compañía de su hija. Y cuando Deméter añora a la cautiva Perséfone, nos sumimos en la espera del frío, los trabajos de la siembra y la incertidumbre de la semilla enterrada.

—Pero este año no hay misterios en Eleusis —dijo Ester—. Tampoco hay cosecha, porque los persas y el resto del ejército han acabado con todo. Perséfone se ha quedado en el Sheol, Artemisia. Su madre llora, ¿la oyes? Tal vez no vuelva a ver jamás a su hija. Estos griegos son unos ilusos. Creen que los dioses controlan el destino de los hombres, y resulta que es al revés.

Me revolví en el improvisado lecho. Sí: tal como había aprendido en mis viajes sobre y bajo la superficie, en balconadas palaciegas y en profundas grutas, para mi esperanza y también para mi frustración, el destino no era cosa de los dioses, pero a veces tampoco lo era de los mortales. Porque allí estaba yo, en la tienda de una esposa, sin el mando de mi flotilla ni control sobre mi futuro. Expuesta a que el puro azar, una carta perdida o una jabalina negra lo torcieran todo.

—Puede que tu dios no intervenga en tu destino, Ester. Quizá ni siquiera exista el destino. Pero vuelvo a dudar. Tal vez otros, dioses o mortales, pueden intervenir aquí, entre nosotros, y variar nuestro rumbo. Incluso aunque nos resistamos. Injusto. Sobre todo si es cierto que debemos rendir cuentas en ese inframundo, tras pasar por el Hades o cuando crucemos el puente de los persas.

—Artemisia. Somos dueños de nuestra voluntad o la entregamos a nuestro antojo. ¿Recuerdas lo que te conté sobre Eva y la serpiente? Pues ella fue libre de elegir, y eligió la desobediencia. ¿Y por qué? Porque Dios la había hecho libre. Olvida la casualidad.

Vaya. Sí que le sentaba bien el vino de palma a la esposa del gran rey. Se removió un poco, buscando una posición cómoda. Parecía más calmada. Más tranquila. A lo mejor por la mañana, cuando el efecto de la palma ya no estuviera, volvería a ser la muchacha ingenua que había conocido en Fenicia.

—Yo también elegí la serpiente —dije.

—Ah… ¿Sí? Creía que las odiabas.

—Y yo. Pero ahora las prefiero. Las prefiero a las madejas, por ejemplo. —Bostecé—. Y a los toros. Y también las prefiero a los perros.

—Hablando de perros… Esta tarde he visto a ese hombre que me acompañó a Susa junto con tu Damasítimo. El cazador. ¿Cómo se llamaba?

Y de esa forma se me sacudió la modorra. Me incorporé hasta quedar medio sentada entre los cojines. Ester seguía arropada, ajena a mi repentino sobresalto.

—¿Y a qué ha venido Acteón?

—A cazar, claro. Quiso presentar sus respetos al gran rey, pero no había pedido audiencia, así que siguió Egáleo arriba. Dicen que en esta montaña hay jabalíes, y hasta osos.

—Acteón caza ciervos —gruñí. Aunque lo cierto era que cazaba otras presas. Algunas de ellas, de las que andaban sobre dos patas. Volví a tumbarme—. Pero si no lo has recibido, ¿cómo sabes que va de caza?

—Por los perros. Menudo escándalo montaban. Me he asomado y allí estaban. Qué miedo dan. Sobre todo el blanco… Acteón agitaba la mano a lo lejos. Llevaba el arco… Y la aljaba… con las flechas… Pobres ciervos…

La voz de Ester se apagaba. Su respiración se acompasaba. Fuera se oían, a lo lejos, las consignas de los centinelas persas. Más allá, miles de mortales. Miles de voluntades, unas lanzadas contra otras como flechas disparadas desde infinidad de arcos. Acteón, de caza. Qué casualidad. ¿Sorprendería a alguna joven griega bañándose en un manantial? ¿Permitiría esta vez que sus perros la despedazasen?

Mi mirada se enfocó en la vela más cercana. El brillo de su llama se convirtió en un resplandor estrellado de contornos vagos. Alrededor de la mecha, la cera se derretía. Los goterones se alargaban hacia la base, y no había dos iguales.

—Pero debo olvidar la casualidad —murmuré, justo antes de que el sueño también me alcanzara a mí. Antes de que mis ideas, trabadas en la mente por años de inercia, obediencia y conformismo, se derritieran a mi alrededor y me mostraran formas irrepetibles. Una conversación en Quíos, con un castrador profesional. Otra en Sardes, con un eunuco vengativo. Un manantial de agua caliente, mi cuerpo desnudo, los ladridos rabiosos de la jauría.

Porque ¿qué posibilidad existía de que Acteón, el mismo que había leído la sentencia de mutilación de mi hermano, lanzara también la flecha que, accidentalmente, acabó con su vida? ¿Qué enorme confabulación cósmica, qué capricho de los dioses conseguía que esos dos hechos se hilaran desde una separación de trece años y trece mil estadios? ¿Acteón, el tipo que se había enriquecido con la venta de jovencitos para convertirlos en eunucos? ¿El mismo que no se había despegado de Damasítimo durante el

471

aplastamiento de la rebelión? ¿Y qué tenía que ver en esto el hecho de que la única salvación de mi hermano, la carta perdida de Artafernes, hubiera pasado por las manos de Damasítimo?

Y allí estábamos, en la gran tienda de Jerjes. De nuevo sentados en círculo según la disposición de Hermótimo de Pédaso. Esta vez sin viandas. Y sin Demarato, claro, que no se encontraba presente por su mala cabeza.

Recibí cortesías, cumplidos y besos según el estilo persa. Mardonio, sin acercarse, fue especialmente efusivo al verme:

—Se dice que salvaste una de tus naves con una maniobra de gran valor. Enhorabuena. Artemisia en el Artemisio. ¿No suena gracioso?

—Graciosísimo, noble Mardonio.

Y agradecí su felicitación con una reverencia. Así, de paso, no veía que mis ojos se enrojecían porque, gracias a mi maniobra de gran valor en tan graciosa ocasión, Zabbaios estaba muerto.

Jerjes apareció el último, como de costumbre. La creciente profusión de maquillaje delataba que, al igual que Ester, su físico acusaba la tensión. Mantuvo las formas rígidas del protocolo y, una vez instalado, dio inicio al consejo con un gesto casi imperceptible. Mardonio no se anduvo con revueltas:

—La flota griega sigue reunida en torno a esa isla enfrente de Atenas, donde se refugiaron casi todos los perros que huyeron de aquí con sus miserables familias. Salamina se llama el sitio. Los atenienses la atestan. Nos consta que tal cantidad de gente no podrá aguantar mucho tiempo allí. Una semana a lo sumo. No soy hombre de mar, porque mi estirpe es persa, monto a caballo y manejo el arco. Pero abogo por no agotar esa semana. Salgamos ahí y destruyamos sus barcos.

En esta ocasión dejé atrás los remilgos. Me puse en pie y, aunque el protocolo disponía que hablara con Mardonio, me dirigí a Jerjes.

—No hagas tal cosa, majestad.

Si a Mardonio le irritó mi irreverencia, no lo demostró. A Jerjes tampoco.

—¿Por qué, Artemisia?

—Porque es un riesgo tan innecesario como el paso por ese desfiladero bloqueado por los espartanos. Como ese absurdo duelo naval que mantuvimos, día tras día, noche tras noche, contra las tormentas y los subterfugios de los atenienses. ¿No eres ya el dueño de Atenas, majestad? Conquistarla fue la razón de que emprendieras esta expedición.

Artafernes también se levantó.

—Una bonita túnica que se nos ha quedado pequeña. ¿Acaso crees, Artemisia, que los espartanos no vendrán a vengar la muerte de su rey Leónidas? Solo trescientos de los suyos lo acompañaban, luego su ejército está intacto. Y en cuanto a Atenas, fueron pocas las bajas de sus barcos en el Artemisio, según he oído. Así que su flota está, también, casi intacta. ¿No querrán recuperar su ciudad y vengar el incendio de sus templos y sus casas?

—Unos y otros buscarán venganza —dije—. Pero la franja de agua que separa Salamina del continente es un nuevo estrecho sinuoso, lleno de recovecos, bahías y cabos. Una trampa donde pocos pueden enfrentarse a muchos. ¿No hemos aprendido nada por tierra y por mar?

Jerjes demandó bebida. Nos mantuvimos a la espera. El copero cumplió con el pesado ritual, y el gran rey se aclaró la garganta. Su voz sonó débil:

—¿Cómo aplicamos esas enseñanzas, Artemisia?

—Mantén aquí tus naves, majestad. Tanto si permaneces a la expectativa como si las tropas de tierra avanzan hacia el Peloponeso. Dice el noble Mardonio que en Salamina se quedarán sin víveres pronto, en una semana como mucho. Eso los forzará a actuar antes. ¿Quieres acabar con su flota? Bien. Bloquea Salamina sin entrar en sus estrecheces. Y cuando no les quede nada que comer, que vengan a mar abierta, donde las tempestades son igual de crueles para todos. Allí los esperamos sin trampas. Si lo prefieres al bloqueo, majestad, y no quieres vigilarlos durante esa semana, haz que tus naves avancen hacia el istmo de Corinto. De igual forma, a la flota griega no le quedará más remedio que abandonar la seguridad de su escondite. Si lo hace en pequeños grupos, los cazaremos como a liebres. Si salen en pleno, los esperaremos en alta mar.

—Ariabignes —intervino de nuevo el gran rey—, ¿aún los superamos en número?

El hermano de Jerjes se puso en pie.

—Hemos padecido bajas. Ellos también. Algunos de los trirremes egipcios que Megabazo envió a rodear Eubea se salvaron de la tormenta, y ya han vuelto. Es posible que doblemos en número al enemigo.

Entonces el gran rey hizo algo que no estaba previsto. Se levantó, bajó del escaño y caminó entre nosotros. Hubo auténticos saltos para incorporarse, pues no era aceptable que nadie permaneciera sentado mientras Jerjes se alzaba sobre sus pies.

—Ayer escuché los informes de Megabazo y del resto de jefes de mi armada. De las muchas excusas que oí saqué una conclusión: no se luchó con el ánimo adecuado en el Artemisio.

Ariabignes enrojeció. Hubo bajada generalizada de cabezas entre el resto de los nobles al mando de unidades navales.

—Las tormentas nos cogieron por sorpresa —se excusó el almirante Megabazo. Pero el rey volvió a reclamar silencio.

—¿Acaso no llovió sobre los barcos atenienses? ¿No brillaba para ellos el mismo sol que os iluminó a vosotros el tercer día en el Artemisio?

—Hemos luchado en su terreno, majestad —intervino Ariabignes—. Los enemigos conocen sus costas, nosotros sabíamos muy poco sobre ese lugar, Artemisio. Y sobre las bocas del canal de Eubea. Sobre la violencia de las tormentas en esta parte del año.

—Tampoco sabíamos mucho sobre ese desfiladero que bloqueó el rey espartano. Pero mis soldados se batieron y murieron. Y alcanzamos la victoria.

»¿Qué diferencia hay entre mi ejército de tierra y mi armada? ¿Por qué unos pagaron un precio muy alto y otros prefirieron ahorrarlo? Os recuerdo que los marinos griegos os cedieron el paso porque sus compañeros fueron derrotados en tierra. ¿Qué necesitáis para navegar con valor y superar al enemigo?

Ante el silencio apocado de los demás, Mardonio se adelantó un paso. Jerjes le concedió permiso para hablar.

—No creo que los persas y sus servidores sean más cobardes a bordo de los barcos, majestad. Solo es que tú estabas presente en ese desfiladero, y a todos nos avergonzaba retroceder. Tus guerreros morían con la vista puesta en ti, deseando satisfacerte. Pero nuestro fiel Megabazo y sus hombres se batían lejos, sin oír tus palabras de aliento y presenciar tu magnífica figura. Es una desgracia que hemos de padecer, majestad, que no puedas desdoblarte. Y si luchamos por tierra y por mar al mismo tiempo, solo en uno de esos lugares podrás estar presente. Así las cosas, mi propuesta es que asistas al combate naval primero, y al terrestre después.

»Dice el noble Ariabignes que nuestros barcos doblan a los suyos. Bien, pues que se separen y entren por los dos extremos de esa lengua de mar entre Salamina y el continente —Mardonio cerró ambos puños y los hizo chocar—, y que los aplasten. Mañana, sin esperar a pasado. Sube a lo alto de esta montaña en cuyas faldas han instalado tu campamento, majestad. Lo he comprobado: desde la cima del Egáleo se aprecia el contorno de la costa, el estrecho y las orillas de Salamina. Yo mismo he visto las naves griegas que merodeaban entre el continente y la isla. Instala ahí tu trono, y que tus súbditos sepan que están puestos sobre ellos los ojos del gran rey, rey de reyes y rey de las tierras. Eso les infundirá arrojo para acabar de una vez con la irritante molestia que son los barcos griegos.

A Jerjes pareció satisfacerle la propuesta. Anduvo de regreso al trono, aunque no llegó a sentarse. Se volvió y me señaló.

—Una vez me aconsejaste esperar y no te escuché. Tenías razón. Ahora, tu propuesta también me parece sensata. Y mi hermano te secunda. Luchar en mar abierto nos permitirá aprovechar la ventaja numérica.

Creo que sonreí por primera vez desde la muerte de Zabbaios.

—Gracias, majestad.

—Sin embargo —siguió el gran rey—, también creo que Mardonio está en lo cierto, y que se puede rodear Salamina y apresar al enemigo en una trampa de la que no escapará. Sobre todo si mis hombres me ven en lo alto, dirigiendo la lucha.

Jerjes se sentó. Sus dedos se colaron entre su barba de arriba abajo. Sopesando pros y contras. Solicitó la opinión de cada miembro de su consejo, y la mayoría se inclinó por Mardonio. Este hinchó su pecho y me lanzó una mirada de reojo. Luego se dirigió a su primo:

—Así pues, ¿qué decides, majestad?

El gran rey levantó una vez más su mano, aunque esta vez cerró el puño y mostró el índice apuntando hacia el cielo.

—Una semana. Los bloquearemos durante una semana, sin acercarnos a las bocas de ese estrecho. Los esperaremos en mar abierto y, si vienen hacia nosotros, los trituraremos.

—¿Y si no salen, majestad? —pregunté.

—Entonces entraremos nosotros. Que Ahura Mazda os conceda prosperidad.

Hermótimo de Pédaso palmeó dos veces. A esa señal, los demás eunucos y la guardia real rodeó al gran rey, que inició la ceremonia de marcha. El consejo se disolvió, y Mardonio pasó a mi lado sin mirarme. Ariabignes, que venía detrás, se detuvo.

—He tomado una decisión con respecto a ti, Artemisia.

—¿A qué te refieres, noble Ariabignes?

Me agarró del brazo con suavidad. Anduvimos hacia la salida de la lujosa tienda. Yo notaba las miradas de los demás miembros del consejo. Y oía sus siseos.

—Me desobedeciste, Artemisia. Te ordené de forma clara que no te separaras del Anahita, pero tuviste que atacar al Tauros. Y tu piloto, ese hombre excepcional, está muerto ahora.

Se me arrasaron los ojos. Apreté los labios. Nuestros pasos nos sacaron de la tienda, donde más guardias reales nos separaban de otros líderes indios, árabes, egipcios, sirios, babilonios, paflagonios, tesalios, eolios… Unos y otros se acercaban a preguntar cuál era la decisión del rey, pues debían acudir junto a sus tropas para prepararlas. Las órdenes empezaron a volar.

—Ariabignes, soy la culpable de que Zab muriera. Lo reconozco. Y aceptaré tu castigo, pues será merecido.

—No te voy a castigar. Zabbaios murió, pero salvaste toda una embarcación. El Cazador flotaría ahora destartalado si no hubieras acudido en su ayuda. Y solo Ahura Mazda sabe cuántos hombres se habrían ahogado. Esto es la guerra. Si cada sacrificio individual me reportara la seguridad de una nave entera, me consideraría feliz.

»La decisión que he tomado, además, tiene que ver con el hecho de que Damasítimo no fuera capaz de enfrentarse al Tauros. Para ti ha sido la segunda vez. Y como puede que haya una tercera, te devuelvo el mando de tu flotilla.

Me tapé la boca. Quise abrazarlo. Pero no lo hice, claro. Decenas de ojos seguían puestos en nosotros.

—¿Podré luchar entonces?

Asintió. Le costó hacerlo, pero asintió.

—He pedido permiso al gran rey, y me lo ha concedido. Quiero algo a cambio, o revocaré la orden enseguida.

—Lo que sea.

—Seguirás a mi lado. Tu Némesis y las otras cuatro naves navegarán junto a la mía. Y si divisamos al Tauros, dejarás que yo lo ataque primero con el Anahita. No quiero discusiones con esto. Y no permitiré que me desobedezcas una segunda vez, u olvidaré que te… Olvidaré lo que siento… Me obedecerás, Artemisia. Lo harás. Di que lo harás.

—Lo haré, Ariabignes. Tú atacarás primero.

Apenas era de día cuando me dejé caer del caballo, y el medo Titeo, hijo de Datis, me entregó el bulto envuelto en tela.

—Te lo repito, Artemisia: no me parece buena idea. Hay osos por aquí. O podría ser peor. Dicen que bandas de salteadores recorren las montañas. Gentuza huida de Atenas y de las otras ciudades que hemos conquistado.

Tomé el bulto y acaricié el cuello del animal. Este reaccionó cabeceando, y su crin me acarició el rostro. Me prometí que, a mi regreso a casa, aprendería a montar. Luego recordé que seguramente no habría regreso.

—Gracias, Titeo. Me valdré sola.

Y para darle un poco más de confianza, retiré las telas que envolvían la *sagaris*. El enorme guerrero hizo un gesto apreciativo.

—Bonita. Sabrás usarla, espero.

Asentí. ¿Para qué decirle que jamás la había manchado de sangre?

—Ah, Artemisia, ¿y algún día me explicarás por qué te has pintado así la cara? ¿Es una costumbre caria?

Sonreí. Sí: había reproducido en mi rostro la franja negra de mi aventura cretense.

—Una costumbre mía más bien.

Titeo tiró de las riendas para que el caballo encarase el camino de vuelta. Volvieron a sonar los ladridos, lejanos y repetidos. El medo levantó la cabeza y entornó los ojos.

—Cuidado, Artemisia. Vuelve entera.

Se lanzó al trote monte abajo. Yo lo vi alejarse, imponente sobre aquel bello animal. Me volví. Los alisos flanqueaban la senda de pastores, y sonaban cantos de pájaros. Y de nuevo los ladridos. Sopesé la *sagaris* y observé la vibración de las hojas amarillentas en las ramas más altas. El viento soplaba en dirección a Atenas. Bien.

Me eché la *sagaris* al hombro y empecé a andar, guiándome

por los frecuentes ladridos. Procuré evitar los espacios abiertos, y avanzar siempre cuesta arriba. Un par de sobresaltos por la maleza agitándose, una bandada de estorninos. El bosque sobre el Egáleo se alfombraba con el recién estrenado otoño. A la izquierda aún ascendían columnas de humo. Los incendios se sucedían en Atenas porque los soldados se tomaban su tiempo saqueando. Habían empezado por las mejores casas, y a estas alturas iban por las chozas de la periferia. Ninguna se salvaba de arder. A mi derecha, hacia el norte, la gran mole del Parnés. Demasiado lejos para que mi objetivo la escogiera, eso había pensado. Y había acertado: el coro de ladridos me confirmó que me estaba acercando. Traté de no pisar las hojas recién caídas, apreté el paso. Sorteé una concentración de rocas, y tuve que dar un rodeo para evitar un barranco cruzado por un riachuelo. Me había parecido que alguien hablaba allí abajo. ¿Un eco distante, imaginaciones o algún *daimon* perdido?

Continué la marcha. A mi espalda, el sol prometía calentar. Me ayudé del hacha para trepar una pendiente y, al rebasar la cima, vi Salamina.

Tomé aire. Ahí estaba la isla en la que se refugiaban los atenienses. Su costa irregular, salpicada de salientes que se proyectaban hacia el continente y creaban abrigos naturales. No quería luchar allí. Un lugar así era la pesadilla para todo marino con una nave rápida y fuerte. Los ladridos resonaron ahora a mi derecha, en la vertiente norte del Egáleo. Así que hasta allí había intentado huir el ciervo. Me dejé caer por la ladera. A medio estadio, un jabalí cruzó la vaguada seguido de tres jabatos. Ahora escuchaba muy cercanos los ladridos. Comprobé de nuevo la dirección del viento y me detuve junto a un tronco ennegrecido. Rodilla en tierra, me obligué a tomar aire. Despacio. Un milano cruzó de este a oeste. Planeó un momento sobre mí, como si le sorprendiera verme en tierra firme. Luego se dejó caer hacia Salamina.

—Hay que seguir.

El último tramo lo hice deslizándome de pino en pino. Y todavía me tomé mi tiempo para recuperarme y prepararlo bien. Aproveché los arbustos y, encogida, corregí mi marcha hacia un lado, por donde la masa arbolada era más densa. Puede que alguno de los perros me viera, pero estaban tan excitados y ladraban de tal manera que no había aviso posible.

Acteón tiraba de una soga. Lo hacía con ambas manos, descargando el peso de su cuerpo para ayudarse. Había lanzado la cuerda sobre una rama gruesa, a media altura, y ahora izaba por las patas traseras a su trofeo, un bonito macho de pelo rojizo. Me había informado a fondo: en esa época era cuando los ciervos lucían mayor cornamenta, porque andaban en busca de hembras. El amor los volvía imprudentes, resultaban más fáciles de cazar.

Y seguro que eso era lo que le había pasado a ese macho. Ahora colgaba cabeza abajo, con el hocico a un palmo del suelo, la cornamenta removiendo la hojarasca y acribillado a flechazos. Acteón gemía por el esfuerzo. Aún quería elevarlo más. Tiraba de la cuerda con la mano derecha, afirmaba los pies, tiraba con la izquierda, el ciervo subía otro poco.

Muy cerca, atados a un solo tronco de roble, los perros se volvían locos. Saltaban unos por encima de otros, se enredaban, lanzaban dentelladas al cuello más cercano, arremetían hasta el tope de su amarre y, con las patas en alto, seguían ladrando. Me fijé en Leucón. El más salvaje sin duda. Ninguno de los otros se atrevía a quedarse cerca y, si alguno se aproximaba, el perro blanco lo disuadía con un amago a la garganta. Tenía las fauces ensangrentadas, y casi me pareció que me miraba. Se me erizó el pelo, apreté el mango de la *sagaris*.

Volví a fijar mi atención en el cazador. La cabeza del ciervo había llegado casi al nivel de su cintura, así que dio varias vueltas al tronco antes de asegurar la soga con un buen nudo. Se sacudió las manos y empezó a arrancar flechas. De la lomera, de los muslos, del cuello… El animal se había resistido, seguro. Vi que goteaba un poco desde el cuello. Allí le habría metido Leucón el bocado definitivo. En fin, había que actuar.

Salí de la espesura con la *sagaris* bien cogida. Acteón, que me daba la espalda, removía cada flecha antes de desclavarla. Observé que el arco y la aljaba descansaban contra el pino. Cerca de él. Ya casi estaba. Los perros se desgañitaron al verme. Leucón tiraba de la cuerda, retrocedía, tomaba nuevo impulso, se lanzaba hacia delante. Parecía imposible que no se rompiera el cuello. Y el resto lo imitaba.

—¡Callad, bestias! —dijo Acteón—. ¡Enseguida os toca!

Tiró a tierra la última flecha y sacó un cuchillo que llevaba al ceñidor. Apoyó la punta entre los cuartos traseros, dispuesto a practicar el primer corte. Yo levanté el hacha. Despacio, por encima de mi cabeza. Di un paso más, dos. Los perros dejaron de ladrar y empezaron a aullar. Acteón hundió el cuchillo en la piel del ciervo, y yo descargué mi golpe.

Primero abrió un ojo. Pero lo volvió a cerrar enseguida porque algo goteaba sobre él.

—¿Eh? ¿Qué?

—Despierta, cazador —dije—. Tenemos cierta prisa.

Volvió la cabeza de lado. Gesto de dolor. Dejé que se tomara su tiempo. Yo era consciente de que costaba más reconocerme por el antifaz negro pintado en la cara.

—¿Quién eres, mujer? ¿Qué ha pasado?

Me levanté. Anduve hacia los perros, que a esas alturas se habían despellejado el cuello de tanto luchar contra sus amarres. Cada una de las doce cuerdas sujetando un pescuezo hirsuto, fuerte como una columna. Y las doce unidas a su vez a otra que rodeaba el tronco y mantenía a las bestias aprisionadas. Me detuve a distancia segura y los observé con detenimiento. Dejando a Leucón para el final. Se veían más flacos que la última vez, y ahora no se trataba solo de que Acteón los hubiera sometido al hambre antes de la cacería. Los imaginé en el largo viaje desde Kálimnos, encerrados en la bodega del *gaulo* que una vez se llamó Ofiusa. Alimentados con pedazos de carne rancia, aterrados por el bamboleo, la oscuridad y el agua que se filtraba desde cubierta. ¿Cómo habrían vivido las tormentas del final de verano? A buen seguro ladrando desesperados, aullando y mordiendo sus ataduras. Tal vez los marinos, hartos de tanto escándalo, les habían pegado. Pero eran animales muy fuertes, acostumbrados al trato duro. Ningún mal trago pasarían que no arreglara una buena dosis de carne recién muerta y de sangre caliente. Regresé junto a Acteón, que intentaba rodar sobre sí mismo.

—No puedes, cazador. Te he atado los pies al pino. Y las manos a ese otro de ahí.

Ahora sí, abrió los ojos. Con dificultad, levantó la cabeza desde el suelo. Había reconocido mi voz.

—Eres Artemisia… Pero ¿qué dices? ¿Qué es esto? Ayúdame.

—Sí, sí. Enseguida.

Acteón escupió. Le había entrado sangre en la boca. Parpadeó muy seguido, varias veces.

—¿Qué me has hecho? ¡Suéltame!

Me situé junto al ciervo, que seguía colgado en el mismo sitio. Desde arriba, el cazador se me antojaba ridículo. Nada parecido a aquel petulante que me había sorprendido en pleno baño, que se permitió amenazarme y que clavó su asquerosa mirada en mi desnudez. Ahora que me fijaba, Acteón solo conseguía abrir del todo un ojo. El otro lo mantenía medio cerrado. ¿Le había golpeado demasiado fuerte? Recogí la *sagaris*, que había dejado junto al arco y el carcaj. Se la mostré a Acteón.

—Antes te he dado con la parte plana, pero ahora voy a usar los filos. Los dos.

Empujé el cuerno del ciervo, que se balanceó sobre él. La cornamenta pasó a pulgadas de su nariz. Nuevas gotas de sangre rociaron al cazador desde el mordisco del cuello.

—Espera… ¿Qué vas a hacer?

—De momento, escuchar. Háblame, Acteón.

Él apretó los dientes. Supongo que pretendía romper las ligaduras que mantenían sus muñecas atadas y sus brazos estirados. Luego sus ojos se clavaron en los del animal muerto. No debía de ser un alegre panorama tenerlo así, justo encima. Con la punta de las astas meciéndose a unos dedos.

—¿Qué quieres que te diga?

—Dime lo de la carta, Acteón. La que escribió en Sardes Artafernes el viejo. La que debía recibir mi padre. Esa en la que se le ofrecía la paz.

—No sé de qué hablas. ¿Y quién se acuerda de esos tiempos? Estás loca, lo mismo que tu madre. Aunque ella, por lo menos, no se pinta la cara como una cría.

—Me imaginaba algo así. Por eso me he traído el hacha, que es muy buena para la memoria. ¿Empiezo por los pies o por las manos?

El gesto burlón volvió al rostro del cazador.

—No eres capaz.

Levanté la *sagaris*.

—Por los pies entonces.

Me dispuse a cortar, pero su grito me detuvo.

—¡No! ¡Espera! ¿Qué haces? ¡Es que no sé de qué me hablas! ¡Lo juro! ¡Lo juro por Zeus! ¡Por Apolo! ¡Por el agua de la Estigia!

—Vale. Vamos a probar otra cosa.

Di dos pasos, me situé de cara al vientre del ciervo. Allí el pelo era más claro. Aspiré despacio, subí el hacha todo lo alto que pude, con ambas manos. Me detuve un parpadeo y descargué el golpe. El filo rasgó la piel en la entrepierna del animal, rompió la membrana y rajó hasta el pecho. El paquete con las entrañas cayó a plomo, y tras él una cascada de sangre negruzca. Todo aquello se desparramó sobre la cara de Acteón. Di un paso atrás, porque salpicaba. El olor penetrante se extendió con una vaharada, y me hizo retroceder otro paso. Acteón intentó gritar, pero de esa boca no podía salir nada porque estaba entrando todo. La peste crecía como la marea, o como el oleaje en plena marejada. La brisa la empujaba en dirección contraria a los perros, pero eso no evitó que redoblaran su escándalo. Una arcada me agitó el cuerpo entero. Pese a ello, me acerqué y empujé el cadáver del ciervo. Las tripas dejaron de colgar justo encima de Acteón, que ahora tosía con gran violencia. Su cabeza estaba medio hundida en el lodo de sangre en el que se mezclaban hojas secas y casquería.

—No voy a matarte, Acteón. Pero es cosa tuya que siga cortando. La carta del viejo Artafernes a mi padre. ¿Qué pasó?

—¡Júramelo! —Un par de toses. Escupió sangre de ciervo y, tal vez, algo de su propio vómito—. ¡Júrame que no me matarás!

—Te lo juro.

—¡La quemé nada más salir de Sardes! ¡Lo siento, de verdad! ¡Lo siento!

Eso sí fue un alivio. Pese a que de alguna forma estaba segura de ello, oírlo de su boca me proporcionó descanso. Y ganas de llorar. En ese momento, el intestino del ciervo se rasgó, y Acteón recibió una nueva lluvia densa y oscura. Su alarido se convirtió en gorgorito cuando tragó inmundicia y sangre a partes iguales. Y tiró tan fuerte de las cuerdas que casi se descoyunta los hombros. Se echó a llorar.

—¡Por favor! ¡Quítamelo de encima! ¡Por favor!

Esta vez no me acerqué. Así que me vi obligada a gritar, porque el alboroto de los perros ensordecía hasta el último rincón del bosque.

—¿Por qué, Acteón? ¿Por qué quemaste la carta?

—Porque… Porque… Aaah. Es que Artafernes quería perdonarlo, y eso no podía ser. —Escupió un grumo pardo—. Se había rebelado contra el gran rey, Artemisia. Tú lo comprendes. Lo comprendes. Tú eres justa. Por favor, Artemisia, perdóname.

—¿Te ordenó Artafernes que cegaras a mi padre si no se rendía? ¿Te ordenó cortarle la lengua? ¿Te ordenó castrar a mi hermano? ¿Ordenó quemar Halicarnaso? ¿Degollar a tanta gente?

Agitó la cabeza a los lados. Seguía llorando y por la boca, con cada sacudida, despedía sangre, saliva y excrementos.

484

—El viejo Artafernes nos dijo que debíamos reducir a Ligdamis si se negaba a someterse. Que lo castigáramos con severidad, eso es. Por favor, Artemisia, sácame de aquí...

—¿Así que fue idea tuya, ¿eh? Quemar la carta, dejar a mi padre la única opción de Ameinias, y luego aplicar el castigo.

—¡Yo no quería, de verdad!

Di un paso atrás, moví el hacha de lado y la clavé en el saco de tripas que aún colgaba del ciervo. Nuevo riego negro. Acteón reanudó su serenata de gimoteos y tragó un poco más de sangre sucia. La tierra se reblandecía bajo él. Las burbujas se hinchaban y explotaban entre las hojas secas. Y los perros no paraban de ladrar.

—Solo tienes que ser sincero, Acteón. Deja de mentir. ¿Dices que no querías hacerlo? Claro que querías. ¿Qué querías, Acteón? ¿Querías dinero, y por eso necesitabas jovencitos?

—¡Sí! Pero solo eso, ¡lo juro! Se los vendía a ese castrador quiota. Él los capaba, no yo. Por favor...

—Así que fue por sacar tajada. Poca cosa, ¿eh?

—Basta, te lo ruego. Yo apenas me beneficié. La verdadera tajada era otra. Estás castigando a quien no debes. ¿Es que no lo ves, Artemisia?

—¿Qué es lo que no veo?

—¡Damasítimo! ¡Él sí que salió ganando! —Lloró de nuevo. Como un crío esta vez—. ¡Fue Damasítimo!

Me moví de lado. Levanté la *sagaris*.

—Te lo he advertido, Acteón. Que no me mintieras.

—¡No! ¡No me cortes los pies, por favor! ¡Lo juro! ¡Zeus y Hera, Apolo, Atenea! ¡Que sean testigos ellos, y todos los dioses! ¡Por la memoria de mis antepasados, te lo juro! ¡Fue Damasítimo!

Retrocedí. Acteón arqueaba el cuerpo como si lo hicieran a la brasa. Volvió a vomitar pedazos de vísceras mientras la cornamenta del ciervo se balanceaba sobre él. ¿Damasítimo? No podía ser.

—Damasítimo me salvó. Salvó a mi madre, y a Halicarnaso.

—¡Damasítimo te ha usado desde que eras una cría! ¿Es que no te das cuenta? ¡Todo estaba preparado! ¿Cuál era la forma de que un desgraciado con ínfulas dejara de mandar en una isla roñosa y se convirtiera en señor de Halicarnaso? ¡Piénsalo, Artemisia! ¡Y sácame de aquí! ¡Me ahogo!

Dejé que la hoja de la *sagaris* se apoyara en tierra. ¿Damasítimo me había engañado todo este tiempo? ¿Y a mi madre? ¿Y a Artafernes, y al propio Jerjes?

—El padre de mi hijo. El que será mi esposo y mandará sobre todo lo mío.

—¡Es lo que ha perseguido siempre! ¡Sí, yo saqué dinero de aquello! ¿Y qué? Lo que Damasítimo buscaba era algo mejor aún que el dinero. ¡Poder! ¡Por eso nos libramos de tu padre y de tu hermano!

—¿Y por eso mataste a Apolodoro cuando viajaste a Ecbatana?

Tal vez palideció Acteón, pero estaba pringado de la cabeza a la cintura. Imposible saber el color de su piel en ese momento.

—Perdóname, Artemisia. Eso también me lo ordenó Damasítimo. ¡Pero fue él quien se encargó de tu padre en Ampe!

Cerré los ojos.

—¿Damasítimo mató a mi padre?

—Si no te hubieras empeñado en que volvieran… Damasítimo temió que su plan se viniera abajo después de tantos años de paciencia. ¿No podías dejarlos tranquilos? No es tan malo ser esclavo. Por favor, Artemisia… Zeus, Apolo, salvadme… Te lo ruego, corta las cuerdas. Lo que te digo es verdad. Es verdad, es verdad… Yo solo quería ganar un poco de dinero. Lo demás fue idea de él. ¿Y cómo iba a desobedecer? Yo no podía escoger.

—Siempre se puede escoger. —Sentí que las lágrimas caían, y se llevaban con ellas la pintura negra de mi antifaz. Mi padre no había tenido esa opción. La de escoger. Su única opción había sido Ameinias… Un momento—. Esa carta que quemaste delante de mi padre, Acteón. La carta en la que Amenias prometía auxiliarlo. Falsa, ¿verdad?

—¡Eso también fue idea de Damasítimo, no mía! ¡Lo siento!

Lo que te digo es verdad, Artemisia. ¡Apolo, Atenea! Corta las cuerdas. ¡Es verdad!

—Es verdad —repetí—. ¿Escribiste tú la carta falsa, cazador? ¿Firmaste tú como si fueras ese ateniense? ¿Engañaste a mi padre para poder cegarlo a él y mutilar a mi hermano? Sí, tú preparaste la farsa. Y luego apareció Damasítimo, el salvador. El héroe que llega justo a tiempo. Damasítimo, el comprensivo. El que lo hace todo por mi bien. ¡Por mi bien!

—¡Eso es! ¡Ya está, te lo he contado todo! Suéltame. Lo has jurado, Artemisia. Artemisia, ¿adónde vas? No me dejes aquí. ¡No me dejes aquí! ¡Lo has jurado! ¡Puta miserable! ¡Suéltame! ¡Serpiente, ramera, mentirosa! ¡Lo has jurado!

Yo me alejaba. La *sagaris* manchada y a rastras. Dejé atrás el ciervo destripado, y el hedor a entrañas, sangre y mierda. Rodeé el pino, lejos del alcance de los perros. Aunque ya daba igual, porque todos ellos, y Leucón el primero, me ignoraban. ¿También los *daimones* pueden poseer a los animales? ¿Cuál poseía ahora a aquellas bestias hambrientas, enloquecidas por el olor de la sangre y las entrañas calientes? ¿Lyssa, la rabiosa? ¿Némesis, con su deseo de retribución? ¿Y a mí? ¿Qué *daimon* me poseía en ese momento? ¿Deimos, y el terror al vacío que acababa de descubrir? ¿Fobos, y el impulso de huir para desaparecer del mundo? Un caos de imágenes, sonidos y recuerdos cruzaba mi mente, sacando chispas en cada impacto. Y pese a todo, cada vez lo veía más claro. Los gestos, las palabras. Los silencios, las caricias, incluso nuestro hijo. Todo por mi bien. Acteón se desgañitaba. Me insultaba, y al momento me suplicaba piedad. Que lo había jurado, decía. Que no lo mataría. Y me volvía a llamar zorra. Puta mentirosa. Y la jauría ladraba. Y yo sentía la furia, y olía el miedo. Furia y miedo.

—¡Lo has jurado, Artemisia! ¡Vuelve!

Levanté de nuevo el hacha.

—Damasítimo —dije, y solté el tajo. La cuerda se cortó, el filo se clavó en la corteza con un sonido brusco, seco, que resonó en el bosque del monte Egáleo. Los perros, unidos entre sí pero liberados de su prisión, arrancaron a una. Los doce. Aplastaron la hierba con sus patas, se adelantaron unos a otros, pero ninguno pudo superar a Leucón, el temible cazador de pelo blanco. Él fue el primero que desgarró el cuello de Acteón con sus colmillos.

SALAMINA

Como era de esperar, los griegos se hicieron fuertes en el istmo de Corinto. Entre los muchos que allí se reunieron estaba el hermano de Leónidas y, aparte de otras medidas, se empezó a construir un muro de lado a lado. De este modo, la ruta terrestre al Peloponeso quedaba taponada para la Spada. Junto a los espartanos —ya libres de las Carneas—, al lugar acudieron arcadios, eleos, corintios, sicionios y casi todo el resto del Peloponeso, a excepción de los argivos. Allí se apostaron para aguardar cómo los dioses dictaban el destino de sus naves y de los atenienses refugiados en Salamina.

Estas noticias se extendieron pronto entre nosotros. La sombra de la masacre en el desfiladero sobrevoló las cenizas de Atenas y los campamentos repartidos por el Ática. Si unos pocos griegos tras un muro viejo habían hecho que la voluntad persa se tambalease, cruzar el istmo se preveía como un imposible. Sin embargo, yo, en esta ocasión, confiaba en la sangre fría de Jerjes. Pensaba que se mantendría a la espera, tal como se había acordado en el consejo de guerra. Que aguardaría con paciencia a que las naves enemigas salieran de su refugio, y que obtendríamos la victoria definitiva en mar abierto. El gran rey lo había dicho, y el gran rey siempre cumplía. Porque la verdad es sagrada.

Pero jugarás en desventaja cuando te obligues a ti mismo a ser sincero si tu enemigo es un mentiroso contumaz. ¿Y mentían los griegos?

Cada vez que abrían la boca.

Ariabignes me despertó desde fuera. En los últimos tres días, en previsión de que el enemigo forzase la salida, pernoctábamos en las naves, con todo listo para zarpar en pestañeo y medio. Nosotros, junto al resto de jonios y carios, habíamos fondeado sobre las marismas poco profundas entre el viejo puerto de Falero y el todavía inconcluso Pireo. Me asomé fuera de la toldilla. Aún era de noche.

—¡Artemisia, aquí!

Me incliné sobre la regala de estribor. El persa llevaba el pelo revuelto y se había vestido apresuradamente. Miré a ambos lados, percibí la agitación en las cubiertas. En la parte de tierra, los hombres corrían con bultos y se tendían las pasarelas desde las naves.

—¿Qué pasa?

—Un desertor ateniense. Se pasó ayer por la tarde, y trajo noticias sobre el enemigo. Jerjes ha ordenado que zarpemos. Despierta a los tuyos y disponlo todo.

—¡Espera! —le dije cuando ya daba la vuelta para irse—. ¿Qué ha contado el desertor?

—Los griegos intentan huir. Darán la vuelta por la parte de poniente para ir hacia el istmo. El desertor dice que han surgido desavenencias, que se han quedado sin víveres y que parte de los enemigos se pasarán también a nuestro lado en cuanto nos vean. Hace un rato, los observadores del Egáleo han detectado una columna de trirremes enemigos navegando hacia el oeste por el canal. Jerjes da por buena la información y quiere aprovecharla.

Eso no me gustó. Pero Ariabignes ya caminaba hacia el siguiente grupo de naves.

—¿Qué vamos a hacer? ¿Los esperamos en mar abierta?

—¡No! ¡Entramos a por ellos!

Golpeé la regala con rabia. Paniasis asomaba por la escotilla en ese momento, restregándose los ojos.

—¡Despiértalos a todos! —le ordené—. ¡Dispuestos para zarpar!

Y Salté. Me hundí hasta medio peplo en el agua, fría por la madrugada y por la estación. Pero no me importó. Avancé con dificultad en pos de Ariabignes, los pies descalzos se me trababan en el lodo del fondo. Al pasar junto al casco del Cazador, lo golpeé tres veces. De todos modos, los gritos de aviso ya volaban entre las naves. Alcancé al persa cuando se dirigía a un jefe de flotilla jonio.

—Ariabignes, es una trampa. Otra.

Él dejó de impartir órdenes. Suspiró.

—Es posible que lo sea, sí. Pero el gran rey manda.

—Tú me lo dijiste, Ariabignes. Son viles, indignos. No como tú y como yo.

—Ya lo sé, ya. Y nos engañarán, nos llevarán a su terreno, convertirán los obstáculos en ventajas.

—No puedo creer que Jerjes siga ciego, confiando en que todo el mundo se empeña en decir la verdad. ¿Se lo has explicado?

El persa hizo un gesto de hastío.

—A gritos. Pero Mardonio grita más fuerte y desde más cerca. Y su coro es más numeroso que el mío. Lo único que quieren es acabar cuanto antes en el agua, porque están convencidos de que la lucha se decidirá en tierra.

—Pues deja que vaya yo a explicárselo. Soy su *bandaka*, tendrá que escucharme…

—Basta, Artemisia. Hay momentos para hablar y momentos para actuar. Ahora debemos guardar silencio y cumplir con nuestro deber.

Mis hombros se vencieron. Los cascos de algunos trirremes empezaron a crujir al avanzar sobre el lecho cenagoso.

—Decidir rápido y en el último momento es la mejor receta para equivocarse. Lo decía siempre mi piloto.

Ariabignes se volvió.

—¿Quién pilotará el Némesis?

—Yo lo haré.

—Bien. No se me ocurre mejor alumna para Zabbaios. Así

que recuerda sus palabras, mantente a mi lado y déjame atacar primero al Tauros. Que Ahura Mazda te proteja.

Se quedó allí un momento, plantado. Esperando a que me despidiera de él. Eso me hizo darme cuenta de que nos disponíamos para la batalla definitiva. Y que nada garantizaba que terminara en una victoria.

—Que Ahura Mazda te proteja a ti también, Ariabignes.

Vaciló un poco, tal vez algo decepcionado. Pero había prisa, así que se fue repartiendo órdenes. Yo me volví a la derecha. Me pareció ver a Damasítimo recorriendo la cubierta del Cazador. Clavé mi vista en aquella silueta. Mis ojos lo seguían, pero mi mente me forzaba a no prestarle la atención que merecía. No aún.

Tomé aire, hinché mi pecho, solté despacio. Mis hombres también se afanaban en prepararlo todo. Abatir el palo mayor, retirar el aparejo y masticar algo de pescado seco antes de tomar los remos. Tal vez tuviera tiempo de bajar al sollado, rebuscar entre mis cosas y sacar de nuevo mi frasquito con los polvos negros. Una no puede ir a burlarse del destino hecha unos zorros.

Para los hombres llega más tarde ese momento en el que comprenden que la vida es un combate perdido. Ellos se permiten soñar más tiempo con la victoria. Pero nosotras asumimos la derrota desde jóvenes. Demasiado.

Es duro campo de batalla la tierra. Y el gineceo, la primera fila de una falange. Tu esperanza dura dos botes de lanza. Por eso escogí el mar. En el mar no hay gineceos. Sobre el mar —y bajo él— somos todos iguales, hombres y mujeres. Sacos de carne prestos a ahogarse, hundirse hasta el abismo y desaparecer. No creo que los peces distingan entre el sabor de los cadáveres masculinos y el de los femeninos.

Faltaba poco para el alba cuando llegamos a nuestra posición, al sur de la boca oriental del estrecho. Todas las naves habían abatido los mástiles y encendido fanales a proa, de modo que el mar era como un cielo estrellado que refulgía hasta la costa del Ática. Nada de viento. El agua, ondulada solo por nuestra media boga, reflejaba las luces de cada nave. Por delante se dibujaban tímidos los perfiles de Salamina.

Los fenicios ocupaban el ala derecha, nosotros la izquierda. El resto se situó en el centro, y muchos soldados desembarcaron en un islote alargado llamado Psitalea. Se esperaba que los náufragos griegos y los nuestros nadasen hacia allí, y la intención era matar o hacer prisioneros a los unos, salvar a los otros en cuanto pusieran un pie en tierra. A nuestra popa, una columna se dirigió al oeste en medio de la oscuridad, sin luces que delataran su rumbo. Eran las naves egipcias supervivientes del rodeo a Eubea, completadas por algunos trirremes cilicios. De nuevo, su misión era circunvalar Salamina y taponar la salida occidental.

Yo manejaba las cañas tal como me había enseñado Zabbaios. Solo que nosotros solíamos navegar en solitario, o como mucho en nuestro pequeño grupo. Esta vez, la nave capitana de Ariabignes estaba a babor. Y por estribor tenía al Cazador, tan cerca que podía ver a Damasítimo sentado en su lugar de mando. Más allá, el Hécuba, el Laódice y el Casandra. Habíamos conseguido llegar hasta allí con pocos daños a pesar de las tormentas y los atenienses. ¿Qué pasaría esta vez?

—¡Artemisia!

Me volví a la derecha. Damasítimo, de pie en su cubierta sin regala, me llamaba con las manos ahuecadas en torno a la boca. Lo miré sin contestar. Él no sabía nada, claro. Solo que Acteón no había regresado de su última partida de caza. Pero Acteón no era un marino. Ni siquiera un guerrero. Nadie lo echaría de menos hoy. Damasítimo repitió su llamada. Me tragué las ganas de escupir fuego.

—¿Qué pasa?

—¿Llevas algo en la cara, Artemisia?

—¡Nada! ¿Qué quieres?

—¡Artemisia, quería decirte…! ¡Escucha, hoy acabará todo! ¡No te arriesgues, por favor! ¡Piensa en nuestro hijo! ¡Piensa en el futuro!

Corregí un poco a babor para mantener la línea. Avanzábamos a remo, rumbo norte, hacia las costas convergentes que estrechaban el paso.

—¡No pienso morir hoy, Damasítimo! —le dije.

Eso lo dejó contento. Se apartó de la borda, dio un par de instrucciones a su piloto y volvió a sentarse. Miré atrás, a mi sitial vacío. Al bulto blanco debajo. Mi *sagaris* envuelta en telas. Limpia después de pringarla en lo alto del monte Egáleo. ¿La volvería a manchar hoy?

Rebasamos Psitalea. Para hacerlo, las naves del centro se adelantaron, desembarcaron a sus guerreros y se reagruparon por delante. El día no había empezado y ya rompíamos las líneas. Los demás corregimos rumbos y bogas para adaptarnos a la demora.

—Canta algo, Paniasis. Algo sucio. Parece que vamos de funeral.

¿Y es que no era así? El cómitre se volvió desde su agujero. Tampoco era el mismo desde que habíamos perdido a Zabbaios.

—¿Por qué te has pintado así, señora?

—Cosas mías. ¿Qué pasa? ¿No estoy guapa?

—Mucho, mucho… Que cantemos, pues. ¿No importa que se nos oiga, señora?

—Pero si somos una invasión de luciérnagas. Que nos oigan, Paniasis. Y que nos vean. Se trata de eso.

No se hizo de rogar. La tonada era conocida de nuestra gente, pero creo que la corearon con poca gana:

—Ojos azules, linda cabellera.

—¡Enorme el trasero, larga la espera!

—Así llegue a puerto, juro por Hera…

—¡… que sin tardanza se la meto entera!

A la derecha y un poco al norte, empezaba a vislumbrarse la

mole del Egáleo. Jerjes estaría ahora allí, tal como había prometido. Le habrían preparado un toldo, y bajo él su trono, con el escaño. El copero real dispuesto, Hermótimo atento. Mardonio buscando ya en su mente las grandilocuentes palabras con las que narraría las hazañas individuales en medio del combate. Se nos había dicho que usáramos nuestros pabellones privados, no el aqueménida, porque era preciso distinguir a los mejores navegantes, a los más osados. Lo que sabía de seguro era que Ester no se encontraría en aquel lugar privilegiado. Había visto ya guerra suficiente para toda su vida y la de tres generaciones de sus descendientes.

Nos encontramos con el segundo obstáculo. Un largo brazo de tierra llamado Cinosura. Cola de perro. Arrancaba de la costa este de Salamina y se estiraba hacia el Ática, lo que convertía la boca del estrecho en una puerta angosta y sin visibilidad. El hormigueo en el estómago me llevó a otro momento. No como el de esa madrugada, con el mar y el cielo calmos. Uno en el que la naturaleza se desbordaba contra nosotros, y mi enemigo, actuando como cebo, aprovechaba las revueltas de la costa para ocultarnos su trampa. Mi enemigo. Ameinias de Eleusis.

Me había hecho mujer con la convicción de que la culpa era de los atenienses. De que uno en concreto lo había desatado todo. Que Halicarnaso había sido pasto de las llamas y que la desgracia había caído sobre mi familia porque Ameinias de Eleusis había navegado desde Atenas para extender el mal y la mentira, engañar a mi padre y abandonarlo a la desgracia. Y ahora, como el sol cuyos primeros rayos rozaban la devastada acrópolis, una nueva luz iluminaba mi vida. Yo había tenido a Ameinias a mi merced, con el cuello a punto para el degüello. La justicia en el filo de mi cuchillo. Pero aquello no era justicia. El ateniense lo había visto claro. Y yo era la ciega. La sombra de su voz resonó en el recuerdo:

«Así que la Centinela de Asia está obligada por el destino».

La armada comenzó una difícil conversión para la que no se habían impartido instrucciones. Los fenicios, en el ala derecha, tomaron la delantera porque su ruta era la más limpia. Aceleraron

495

su boga mientras se estiraban para pasar de línea a columna y navegar paralelos a la costa del Ática. El resto de la flota se adaptó al esquema, lo que nos convertiría en la retaguardia. Esperar nuestro turno me dio tiempo para pensar. Pensar en Damasítimo. En cómo había dictado mi destino. Eso me llevó de nuevo a la gruta cretense. Y ahí estaba otra vez, reflejada en el espejo tras romper los lazos con el mundo y brotar de la confusión. «Todo está en ti», me decía la cabeza de toro. El trirreme Cazador viraba ahora para esquivar la larga península de Cinosura. Poco a poco, mientras yo también tiraba de la caña para caer a estribor, el trirreme de Damasítimo me fue ofreciendo su popa. Sus líneas de estilo ateniense. El gallardete con mi hacha doble izado sobre el codaste. El Anahita viró tras nosotros. La armada persa era ahora un enorme hilo que, extendiéndose desde la madeja, penetraba en los recovecos de un lugar oscuro, hacia un destino incierto.

Estaban allí. No habían huido, ni nos esperaban separados de la costa. Aquel desertor que había convencido a Jerjes era un pobre infeliz al que habían engañado los atenienses, o bien un valiente que ofrecía su vida por el bien de los suyos. Ignoro qué hizo Jerjes con él al saber que aquello era otra trampa. Nunca lo pregunté ni quiero saberlo.

Las naves enemigas se encontraban en las bahías que salpicaban Salamina. Alineadas, recibiendo de cara los primeros rayos de sol. Pero nuestra columna no podía virar para ir a su encuentro, porque solo la cabeza había penetrado en el estrecho. Así que los fenicios avanzaron para permitir que los demás entráramos y pudiéramos desplegarnos. Los griegos, al principio, incluso ciaron. Se echaron atrás, lo que animó a los nuestros a seguir ocupando el pasillo marítimo. Nuestro contingente apenas rebasaba el extremo de Cinosura cuando el enemigo se lanzó al ataque. Recuerdo que el grupo chipriota, que navegaba justo delante de nosotros, trató de hacer la conversión en orden. Eso nos frenó a los demás, y ellos mismos se estorbaron por lo irregular de la costa ática. Alerté de un chillido a Paniasis, que dejó su cantinela a mitad y mandó revertir las paladas para frenar. Estuvimos a punto de empotrar nuestro espolón contra la popa del Cazador. Eso me hizo volverme. El Anahita se había dado cuenta tarde, así que su piloto tiró de caña y empezó a rebasarnos por babor. El desbarajuste estaba servido. Escuché el eco de un chasquido por delante. Y otro más. Y otro. Vi naves que se salían de la columna y se acercaban a la punta de Cinosura. Otras se desviaban hacia el Ática. Nosotros habíamos quedado justo dentro del estrecho, y Ariabignes fue el último en pasar. Después se diría que los jonios habían rehusado el combate. No es cierto. Solo es que venían tras nosotros y no pudieron entrar.

No sé cuánto tiempo estuvimos atascados, insultándonos de cubierta a cubierta. «Déjame virar a estribor. Aparta tu mierda de madera. Cuidado con mis remos, cegato. Rodio tenías que ser. ¿Quién te enseñó a pilotar?». Miré hacia la línea griega. Era recta, uniforme. Incluso cuando los trirremes dejaban atrás sus respectivas bahías y se integraban en un frente compacto, nadie se adelantaba ni se quedaba atrás. Su ritmo de boga era el más recio que había visto a este lado del Egeo. Me imaginé a los remeros atenienses sobre sus bancos, conscientes de que se jugaban la supervivencia a esa única tirada. Casi podía reproducir las palabras de su líder, Temístocles, unos momentos antes, quizá cuando el sol empezaba a asomar tras las humaredas de su ruinosa ciudad. Animando a cada uno de aquellos hombres que ahora tiraban de los remos bajo las cubiertas. Diciéndoles que solo habría una oportunidad. Que tenían que darlo todo para cruzar esa lengua de agua salada y empotrarnos contra la costa antes de que pudiéramos reaccionar.

Nos llegaron los gritos de los que habían conseguido entrar. Avisos y órdenes de los capitanes cilicios a los cómitres, las de estos a sus remeros. Traqueteo de palas que chocaban de nave a nave. El mismo caos que se vivía a mi espalda, se vivió ante mí. El Anahita, casi encajonado entre nuestra borda y la punta de Cinosura, se las arregló para colarse en el estrecho. Hasta oí la voz de Ariabignes gritando desde la nave capitana:

—¡Adelante, adelante! ¡Hay que entrar!

Lo imité, aunque estábamos tan cerca que temí que nuestra panza se desgarrara contra los bajíos de Cinosura. Tiré de caña y, con gran precaución, me desvié para evitar al Cazador. Solo que Damasítimo, al darse cuenta, hizo lo mismo y me estorbó. La bilis se me subió como un surtidor.

—¡Aparta, desgraciado!

No podía oírme, claro. De todos modos tuvimos que frenar de nuevo. Me contagié de la ola de frustración. La línea griega había pasado la mitad de su trayecto, y cada uno de sus trirremes se lanzaba como un tiburón contra el banco de indefensos pececillos. De pronto, uno de aquellos depredadores llamó mi atención. Uno negro, con dos rodas, que viraba a babor desde el ala derecha de la formación griega y venía hacia la boca del estrecho.

Ariabignes no lo vio venir. Su obsesión era llegar hasta donde los nuestros se esforzaban por presentar una mínima resistencia. Me castigué la garganta a gritos, y otros marinos desde las demás naves también lo hicieron. Pero el príncipe persa seguía con su rumbo fijo. El Tauros, cuya velocidad ya me había sorprendido en el Artemisio, superaba al más rápido de los demás atenienses. Era incluso hermoso ver cómo su proa negra hendía el agua, apenas rizada por breves cabrillas. Sus remos ejecutaban parábolas perfectas, como si en lugar de agua empujaran aire. Una levísima escora cuando el trirreme negro corrigió su rumbo a estribor. Solo al final, ya casi sin tiempo, Ariabignes trató de virar su proa hacia el enemigo. Imposible. El espolón del Tauros se hundió en la amura del Anahita, muy cerca de la roda. El crujido se asemejó a la ira de Poseidón cuando sacude la tierra y hace que las montañas arrojen fuego.

Mis sospechas más negras se cumplían. Cada letra de cada palabra de cada aviso a Jerjes aparecía escrita sobre el mar. Y ahora él, desde su trono en el Egáleo, asistía como privilegiado espectador al resultado de su apuesta. De su inquebrantable fe en que la verdad siempre vencía a la mentira. En que unos cuantos europeos escondidos en un caballo de madera no podrían jamás engañar a la nobleza asiática.

El torrente de nuestras escuadras resistió primero, pero como se acumulaba tal cantidad de naves en el estrecho, no hubo manera de prestarse auxilio. Los griegos embistieron la línea fenicia, y a los cilicios, y a los carios que habíamos conseguido entrar. Se rompían los aparejos, los remos, las cuadernas. El ataque griego se había clavado en nuestra irregular línea con una violencia que jamás había visto hasta entonces, y que después no volví a ver.

Damasítimo, aún delante de mí, se desvió a babor para ayudar a Ariabignes. El Tauros, primera nave griega en conseguir una victoria, seguía clavado en el costado de la nave persa, y los hoplitas de a bordo intentaban abordarlo. Cuando conseguí sacar el Némesis del atasco, más naves de uno y otro bando acudían a ayudar a Ameinias y a Ariabignes. Las sienes me latían como tambores. No sé cuántas veces le ordené a Paniasis que aumentara la velocidad. Un segundo trirreme ateniense embistió al Anahita. Vi hombres que caían entre los remos. Vi al propio príncipe persa lanza en mano, dirigiendo la resistencia contra los primeros griegos que, desde el Tauros, invadían su cubierta.

—¡Más rápido, Paniasis, por tu vida!

Entonces el Cazador, que me había tomado ventaja al estorbarme con su arrancada, ejecutó una maniobra extraña. Cuando estaba ya muy cerca de Ariabignes, viró para ponerse en paralelo con él. En lugar de rodearlo y empotrarse contra el Tauros, Damasítimo había escogido abarloarse para hacer un abordaje y luchar sobre la cubierta del Anahita. Es decir, se estaba comportando como un guerrero de a pie, no como un marino.

Por mi mente pasaron varias posibilidades, y todas las deseché de forma inmediata. El Némesis navegaba ahora lanzado, y con el espolón apuntaba el través del Cazador. Sobre la cubierta del Anahita se libraba en ese momento una batalla terrestre, y ahí yo no tenía gran cosa que hacer. ¿O sí? Del corredor bajo entre la doble cubierta del Cazador empezaron a salir figuras. Hombres de torso desnudo que se encaramaban para unirse a la lucha. Eran los remeros de Damasítimo.

—Estúpido, incapaz… —murmuré.

—¡Señora! —me avisó Paniasis, vuelto desde la escotilla—. ¡Vamos a embestir al Cazador!

Ya lo sabía. Pero la maniobra de Damasítimo me había cerrado el paso para ayudar a Ariabignes. Y yo necesitaba llegar hasta él. La distancia se reducía. En ese momento había dejado de escuchar los crujidos a mi alrededor. Y los gritos de socorro desde el agua. No prestaba atención a la escabechina que las naves atenienses hacían sobre los amontonados trirremes asiáticos. En aquel preciso instante, cuando la borda del Cazador crecía delante de nosotros, supe que la batalla estaba perdida. Que semejante desastre condenaba a la armada persa a la retirada. Y sin armada, el ejército de tierra no tardaría mucho en verse superado. Y sin embargo, yo tenía un deber que cumplir. Un deber al que había dedicado años de mi vida, que me había arrastrado de un extremo al otro del mar, y que me había dejado cicatrices. A toda *hybris* sigue una némesis. Pero ahora ya no vivía engañada. Ahora ya sabía quién había escrito el destino de mi familia. Quién había planeado la mutilación de mi padre y de mi hermano. Quién había ordenado su muerte. Ahora sabía que había volcado mi ira sobre el culpable equivocado.

Ameinias de Eleusis lo había visto bien: mi justicia estaba costando muchas vidas. ¿Cuántas más eran necesarias para que el *daimon* vengativo saciara su sed?

—Solo una vida más —me dije.

Nuestro espolón se hundió en el Cazador. El impacto fue mayor de lo que esperaba, seguramente porque el trirreme de Damasítimo no se encontraba flotando en solitario ante nosotros, sino pegado al de Ariabignes. Estuve a punto de rodar, pero me quedé agarrada a las cañas de los timones. Mis marinos vacilaban. Paniasis se volvió de nuevo, medio cuerpo fuera de la escotilla.

—¿Ciamos, señora?

—¡No! —Señalé la proa—. ¡Al abordaje!

Griterío a bordo. Los marinos de cubierta acudieron a popa para desatar la pasarela. Yo también corrí hacia mi sitial, ahora vacío. Saqué el bulto de debajo y lo desenvolví. Me detuve solo un momento para mirar los filos, ya limpios y recién afilados. Dejé caer el paño mientras recorría la cubierta de popa a proa. Paniasis se me interpuso. Llevaba un par de jabalinas. Él, que la única arma que sabía manejar era el cálamo.

—¡No vayas, señora! ¡Quédate aquí!

Lo aparté de un empujón. Algunos de mis remeros trepaban a cubierta con cuchillos entre los dientes.

—¡Salvad a los nuestros! —grité—. ¡Por Halicarnaso!

Corrimos. En torno a nosotros, otros trirremes evolucionaban. La mayor parte de ellos eran griegos que, después de ciar, volvían a embestir el caos en el que se había convertido la armada persa. Pero también vi pasar naves fenicias desorientadas, perseguidas por dos y hasta tres enemigos. Mientras mis hombres aseguraban la pasarela junto a la roda, miré a la boca del estrecho. Algunos navíos jonios intentaban entrar. El atasco se iba aclarando, pero a costa de retroceder.

Hubo un chasquido cuando la pasarela se apoyó en la cubierta del Cazador. Pero no era allí donde se desarrollaba el combate, sino en la nave capitana. Pasamos a la nave kalimnia. Algunos de sus remeros seguían allí, desarmados. Uno de ellos, al reconocerme, me avisó:

—¡El casco se inunda!

Asentí. Saltamos el pasillo central y llegamos a la borda opuesta. El Cazador se había separado del Anahita, seguramente a causa de nuestra embestida. Había un buen salto ahora entre las cubiertas. Miré a los lados. Y al frente de nuevo. Vi a Ariabignes.

Estaba de pie aún, a popa de su nave capitana, y aferraba una lanza persa con ambas manos. Enorme como Heracles, magnífico como Zeus, hermoso como Apolo. Bien clavadas las tres flechas que acribillaban su pecho, y que las escamas de su coraza no habían detenido. Me miró. Ojos vidriosos. Gesto de dolor. Una jabalina se clavó en su cuello.

—¡Ariabignes!

—Artemisia.

No oí mi nombre, lo leí en sus labios. Cayó de rodillas.

Otros hombres luchaban a su alrededor, sobre la cubierta del Anahita, pero ninguno lo tocó. Vi a los griegos en la parte de proa, escudos trabados, ocultos sus rostros por los yelmos corintios. Altos penachos de crin de caballo. Todos menos uno. Ese uno vestía peto negro, su escudo era negro, su casco era negro. Y en lugar de penacho, dos cuernos también negros.

—Ameinias…

Creo que era la primera vez que decía ese nombre sin odio. El ateniense compartía faena con sus conciudadanos. Formaban una línea sobre cubierta y, conforme avanzaban al unísono hacia popa, tajaban soldados persas y sakas. De nada servían allí la elegancia y el mimbre de los escudos asiáticos. Ni su habilidad con la espada, ni los flechazos que largaban contra la muralla humana de los griegos. Era un rebaño de ovejas aspirando a resistir contra una manada de leones. Casi podía imaginarse una lo que habría sido la batalla en el desfiladero, contra los espartanos de Leónidas. Ariabignes cayó de rodillas. Me mordí el labio. Uno de mis hombres, rugiente, se acercó a la borda, dispuesto para saltar a la nave persa. Otro más lo hizo. Y otro.

—Señora, ¿pasamos?

Me lo preguntaba Paniasis, puesto a mi lado. Qué mal agarraba sus jabalinas. Y cómo temblaba. Yo miré mi hacha. No sé por qué, me vinieron a la mente las palabras del artero espartano Demarato, que se burlaba de mí porque no había matado a nadie con mis propias manos. Y era cierto. Ni siquiera lo de Acteón lo había hecho yo, sino sus perros. ¿Podría ahora? ¿Podría quitar una vida por mí misma? Volví a fijarme en Ariabignes. Seguía de rodillas y, aun vaciándose de sangre, no soltaba su lanza. Ni la soltaría hasta su último aliento. Todavía me miraba, como si yo fuera lo último que quería ver antes de irse. Me obligué a sonreír, aunque lo que habría querido era saltar a su cubierta, correr, abrazarlo, arrancarle aquellos dardos clavados en su cuerpo. Taponar sus heridas, darle un poco de aliento. Despedirlo. Ahora el príncipe persa cruzaría el puente, y los jueces sopesarían sus acciones, sus palabras, sus pensamientos. Lo dejarían pasar, claro. Porque ¿qué clase de dios sería Ahura Mazda si no permitía compartir su gloria a un hombre como aquel? Y él, el hermoso y noble Ariabignes, se reuniría con la mujer a la que había amado y perdido, la que pudo haber sido su reina. Casi me dio envidia.

Se derrumbó. Su cuerpo rebotó contra la cubierta y, por fin, las manos se le abrieron para soltar la lanza. Incluso en medio de la batalla, con cientos muriendo alrededor y mi propia vida en peligro, la caída de Ariabignes me sacudió fuerte en el pecho. Apreté los labios, me forcé a apartar la vista de su cadáver. La estrecha falange griega seguía haciendo estragos sobre el Anahita. Entonces localicé a Damasítimo.

Se defendía en las líneas traseras. No creo que se hubiera quedado atrás a propósito. Él no era cobarde. Un puerco mendaz, codicioso, homicida y cabrón, eso era. Pero no cobarde. Abrí los brazos a los lados. Aún sostenía mi hacha doble en la diestra.

—¡No pasamos! —dije a los míos— ¡Evacuad el Cazador! ¡Ayudad a sus remeros! ¡Volvemos al Némesis!

Paniasis repitió la orden con no poco alivio. Algunos hombres del Cazador extendieron su pasarela para ayudar en el rescate. Otros saltaron agarrándose a la roda, y hubo incluso quien se lanzó al agua y trepó por las bordas del Némesis. Yo permanecí allí, con la vista fija en la escaramuza que se desarrollaba sobre el Anahita. La línea griega seguía matando, derribando, atropellando a los pocos persas que quedaban. Damasítimo probó un par de piques que rebotaron sobre escudos atenienses. Lo vi retroceder. La tripulación de Ariabignes buscaba la salvación en el agua. Aquello se terminaba. El Anahita, poco a poco, aumentaba su distancia con el Cazador. Ambas naves se escoraron hacia sus respectivos boquetes, con lo que la separación aumentó. Tuve que afirmar los pies para no resbalar.

Miré atrás. La boca del estrecho, entre la punta de Cinosura y la costa del Ática, se despejaba. Ahora eran muchos los trirremes asiáticos que se daban a la fuga por el hueco, y a algunos los perseguían naves griegas. Había que salir de allí.

—¡Cuidado, Artemisia!

Me volví. Desde el Anahita, Damasítimo trataba de salvarse. Se disponía a saltar para regresar al Cazador. A su espalda, los dos últimos persas caían atravesados por hierro ateniense.

Me hice a un lado. Damasítimo dio dos pasos atrás, calculó la distancia. Pero era demasiado. Arrojó la lanza, desembrazó el escudo, miró a su espalda. Vio que Ameinias venía, yo también lo vi. Me alegré, por la diosa. En ese momento deseé que el ateniense espetara al padre de mi hijo como si fuera un ternasco destinado a la brasa. Damasítimo se despojó del yelmo. Lanzó un grito y se impulsó con fuerza. Voló entre las dos naves y, por muy poco, su pie izquierdo se apoyó en el Cazador. Rodó por cubierta con un alarido de triunfo. Yo me volví hacia el Anahita. Ameinias de Eleusis se frenó justo a tiempo para no caer. Vi sus ojos a través de esos agujeros que tienen los yelmos griegos. Aunque en ese momento, tampoco mi cara era otra cosa que una máscara pintada. ¿Le daría yo a él el mismo miedo que me daba él a mí? ¿O acaso no era una cuestión de miedo?

—Artemisia de Caria…

Uno de sus compañeros lo llamó. Le avisó de que había que

abandonar aquel trirreme que se escoraba demasiado. Era cierto. La cubierta del Anahita se vencía. Ameinias me miraba. Yo a él también.

—Has cumplido con tu deber —le dije.

Asintió. Me señaló con la espada pringada de sangre persa.

—¿Y tú?

—Yo lo voy a cumplir ahora. Por mi bien.

Me di la vuelta. Damasítimo trataba de incorporarse. Avanzó a gatas por la inclinada cubierta, hacia mí.

—¡Vámonos, Artemisia! ¡Hay que salir de aquí!

Lo dejé llegar. Y permití que viera cómo levantaba mi *sagaris*. El hacha doble que era emblema de mi casa y de mi padre. La que me había acompañado en la búsqueda de un destino que no era el mío. Porque yo no tenía destino. Salvo que lo construyera.

Así que apreté bien los dientes, descargué la *sagaris* sobre la cabeza de Damasítimo y construí mi destino.

EPÍLOGO

A new day dawns for heaven and earth,
a first sunbeam is killing the night.
Once upon a time forever more,
the gloom with the spirit of that lady in white.

(Un nuevo día amanece para el cielo y la tierra,
el primer rayo de sol mata la noche.
Érase una vez, por siempre jamás,
la penumbra en el espíritu de esa dama de blanco). Trad. libre.

Princess of the dawn (1982, Accept: *Restless and wild*)
Deaffy/Smith/Accept

DEL MANUSCRITO DE HERÓDOTO

FRAGMENTO 311

Me cuenta mi señora Artemisia que, una vez evacuados los supervivientes del Cazador al Némesis, cambió su pabellón por el ateniense, se dirigió a la boca del estrecho y huyó sin que la acosara el enemigo. Poco después llegó al puerto de Falero, donde se reagrupaban los maltrechos restos de la armada persa. Me confirma que, efectivamente, la falsa huida de las naves griegas durante la noche formaba parte del subterfugio. Que se trataba del contingente corintio, y que regresó por la mañana, en lo más rudo de la batalla.

—¿No trató de perseguirte Ameinias con su trirreme negro? —le pregunto.

—No. Sé que presenció cómo yo mataba a Damasítimo, pero ignoro qué pensó al respecto. Tampoco me importa. Lo único que vi cuando miré atrás fue que el Cazador se escoraba hasta volcar, lo mismo que el Anahita. No sé qué hizo el Tauros desde ese momento, ni he vuelto a saber jamás de Ameinias. Sí me enteré de que su hermano, el amante del teatro, había escrito una obra sobre la batalla. Me gustaría verla representada algún día.

Esto último no lo escribo. También dudo ante el episodio que acaba de contarme mi señora. Narrar cómo embestía a uno de sus propios navíos, cómo mataba al padre de su hijo...

—¿De verdad quieres, señora, que cuente esto tal como ocurrió? Artemisia se encoge de hombros.

—Haz como gustes, Heródoto. Lo que pasó, pasó. Cómo lo cuentes es otra cosa. Supongo que, dentro de muchos años, lo que se considere cierto no será lo real, sino lo que más se escuche. Y se escuchan muchas cosas...

»Por ejemplo, hubo quien dijo que, en el preciso momento en que las fuerzas persas se hallaban en plena confusión, mi nave se vio acosada por otra del Ática; como no podía escapar, pues delante de mí había varios aliados y la mía se hallaba más próxima al enemigo, embestí violentamente la nave de Damasítimo y provoqué su hundimiento. El capitán de la nave ateniense, al verlo, pensó que la mía era también griega o que estaba desertando, así que cambió de rumbo y se fijó otro objetivo. Se supone que Jerjes, desde su trono en el monte Egáleo, observó que mi nave embestía a otra. Y que alguien de los que estaba junto a él reconoció mi emblema del hacha doble y, sin reparar en el pabellón de la nave embestida, le explicó que yo, Artemisia de Caria, acababa de hundir un navío enemigo, lo que me granjeó la simpatía del gran rey.

»Otros dijeron que fui ladina desde el principio del combate y que, tal como yo acostumbraba, cambié mi pabellón del hacha doble por una lechuza ateniense, y así pude escabullirme entre los enemigos, evitar la masacre y huir. Algunos de los que más me odian añaden que, durante esta fullería, embestí a varias naves persas para no levantar sospechas entre los trirremes griegos que me rodeaban.

»Otras muchas cosas se dijeron, Heródoto, y supongo que muchas más se inventarán en el futuro. Es lógico pensar que algunos de nuestros navíos, en su afán por escapar de la trampa griega, arremetieran contra los aliados que les estorbaban. También hubo tripulaciones embestidas que invadieron la nave atacante, se hicieron con ella y la usaron para continuar en la batalla.

Me cuenta mi señora que los soldados desembarcados en el islote de Psitalea quedaron aislados, y los griegos hicieron gran degollina con ellos. Y que las naves enemigas regresaron a Salamina, donde se dispusieron para una segunda batalla, si es que el gran rey insistía en usar los restos de su armada.

—Pero esa segunda batalla naval no se produjo jamás —continúa explicándome Artemisia—. El gran rey nos reclamó para un nuevo consejo, y allí, en su tienda, pudimos comprobar su abatimiento.

»Mardonio intentó consolarlo. Le dijo que en nada podía afectarnos una derrota naval porque los persas eran, en realidad, guerreros de tierra adentro. Propuso atacar el Peloponeso cuanto antes, y se comprometió a liderar personalmente las tropas para vencer a los griegos.

»Yo aconsejé a Jerjes que regresara a Asia. Le dije, eso sí, que dejara en Grecia a Mardonio con parte del ejército, ya que era lo que quería aquel hombre tan partidario de la guerra. Creo que era justo lo que esperaba oír, porque desde la batalla en el desfiladero, su aversión por las armas había crecido tanto como su deseo de regresar. Así que, por fin, siguió uno de mis consejos. Y para asegurarse de que yo también regresaba, puso a mi cargo a un par de críos recién nacidos, hijos de las concubinas que le habían acompañado junto con Ester. Me pidió que los llevara a Éfeso, y me mostró su pesar por la muerte de Damasítimo, padre de mi heredero, el que iba a ser mi esposo y señor de Halicarnaso y sus islas. Yo le hice ver lo apenada que estaba. Y te digo, Heródoto, que no mentía en ese momento: me daba mucha pena no haber descubierto antes la verdadera cara de ese hombre. De haber empleado tantos años de mi vida en una némesis parida por otros, y de cuantas desgracias ocasioné con mi afán de cumplir destinos ajenos.

Y así fue como mi señora Artemisia zarpó hacia Éfeso, y ya nunca regresó a Europa. Jerjes, Mardonio y el ejército de tierra, unos cuantos días después de la batalla naval, abandonaron el Ática en dirección al norte, dispuestos a invernar en Tesalia y posponer el ataque contra el Peloponeso hasta la primavera siguiente. Allí Jerjes, con una parte de las tropas, se despidió, y volvió a Asia por el mismo camino recorrido en la ida.

511

—*Mardonio murió en Grecia, ¿no es cierto, señora?*

Asiente Artemisia.

—*Allí murió según el destino que él mismo se había labrado. Pero esa es una historia que yo no te contaré. Busca, Heródoto, a quien pueda narrarte lo que ocurrió cuando las ciudades griegas coaligadas, imbuidas del sacrificio de Leónidas y del triunfo de Salamina, se decidieron a plantar batalla. Que te cuenten de Platea, y que te cuenten de Micala.*

Escribo. Pocos son los pliegos que me quedan, y no creo que los gaste. Mi señora Artemisia acaba con el vino de su copa y se levanta. Camina despacio hacia el ventanal de cortinas, azotadas por el viento. Se oscurece el cielo a poniente, huele a tormenta y a marea gris. Ella observa todo eso como en un teatro. Como quien se sienta en la grada y ve desarrollarse la tragedia de la vida.

Solo que, en esta obra, Artemisia de Caria no fue simple espectadora, sino principal protagonista.

LO QUE FUE Y LO QUE NO FUE
DE HISTORIA, FICCIÓN, MITOS Y DEUDAS

¡Con un hacha de doble filo, la miserable a su esposo asesinó! Con su mano tomó el hacha, con su propia mano de esposa. ¡Su esposo era: no importa la injuria que le hubiera hecho! ¡Como leona carnicera que merodea por los montes, así perpetró ella su crimen!

Este texto pertenece a una de las antistrofas de la obra *Electra*, de Eurípides. La asesina del hacha doble es Clitemnestra; y la víctima, su esposo Agamenón, que previamente había dispuesto el sacrificio de la inocente Ifigenia, hija de ambos y hermana de Electra. Tampoco Clitemnestra quedó sin castigo, pues es una historia de *hybris* y némesis. Llama la atención que los tres grandes tragediógrafos griegos, Esquilo, Sófocles y Eurípides, coincidieran al tratar en sus obras la muerte de Agamenón a manos de Clitemnestra, un crimen que vengaba una ofensa y que, a su vez, conducía a otra venganza. También yo, salvando la mucha distancia y la aún mayor diferencia de talento, encontré inspiración en los vengativos líos de familia de Agamenón, en sus *hybris*, en sus némesis y en sus hachas dobles como medios para resolver conflictos. Digamos que fue uno de mis combustibles para escribir esta obra.

Otro fue el atractivo que siempre he sentido por la figura de Artemisia I de Caria. Incluso antes de leer la traducción del *H-312*. En parte porque es un personaje del que apenas sabemos algo. De hecho, no han sido pocas las ocasiones, a lo largo de la escritura de esta novela, en las que me he preguntado si realmente existió esa mujer. Si hubo alguna vez una tirana asiática llamada Artemisia que sirvió al Imperio persa y que, convertida en enemigo público número uno de Atenas, comandó naves de guerra en las batallas de Artemisio y Salamina. Luego me doy cuenta de que seguimos hablando de ella después de dos mil quinientos años. Si eso es no existir...

El tercer combustible, el más importante, fue el deseo de contarle un cuento a mi hija. Sirviéndome de Artemisia y del resto de mujeres que aparecen en esta novela. De Sadukka, de Cloris, de Ester, y también de las diosas y heroínas cuyos relatos salpican las páginas. De Inanna, Eva, Harpálice, Pandora, Hécate, Anahita, Perséfone... Espero que sepa que están todas en ella.

Lo que nunca hubo fue un combustible puramente histórico. El *Manuscrito H-312* no sirve para contar la Segunda Guerra Médica, ni es una biografía novelada de Artemisia I de Caria. Tampoco es mi intención divulgar la historia, ni enfrentar mitos, ni contar lo que ya está contado por quien sabe y debe contarlo. De modo que si en esta obra residen algunas verdades, quede claro que son del tipo que solo puede alcanzarse mediante la ficción. Nada más y, sobre todo, nada menos.

No obstante, sabedor de que muchos lectores de este género aman también la historia, aclaro a continuación algunos aspectos que navegan entre esas dos aguas: las ficticias y las históricas.

Uso el término *sagaris* para referirme al hacha doble. No es incorrecto, pero sí menos habitual que *labrys*. También recibe otros nombres. Se conjetura, por cierto, con que la palabra «laberinto» proceda precisamente de *labrys*. Sí parece claro que el nombre de

Labraunda, localidad caria que nombra Artemisia en la novela y en la que se venera a un Zeus armado con hacha doble, está muy emparentado etimológicamente con *labrys*. He elegido *sagaris* por simple comodidad de cara al lector, ya que *labrys* e *hybris* son términos con cierto parecido, y pretendo evitar confusiones a aquellos que los lean por primera vez. La *labrys* o *sagaris* es recurrente en la antigüedad cretense, lo mismo que los toros, o las muchachas de pechos desnudos y largas faldas que sujetan serpientes con ambas manos. Históricamente se ha relacionado el hacha doble con las sociedades matriarcales y, en la actualidad, toda esta simbología, su origen y su significado son objeto de interesantes análisis.

He prescindido de otros términos de uso común entre eruditos, pero susceptibles de dificultar la comprensión lectora o de alargar el texto con explicaciones, glosarios, falsos pies de página o artificiosos párrafos aclaradores. Por ejemplo, hablo de capitanes en lugar de *trierarcas* o *navarcos*. No hay *tranitas*, *talamitas* ni *zigitas*, sino remeros en las distintas alturas de la nave. Más complicado es evitar cierta terminología naval arcaizante, casos de *akateion* o *pentecóntero*, o tecnicismos marinos como «roda», «amura» o «codaste». Espero que el lector no se atasque en ellos. Por lo demás, lo siento por los adalides del rigor histórico en la ficción y por los cazadores de anacronismos culturales: estoy seguro de que podrán superar su decepción acudiendo a las obras académicas que narran magistralmente este periodo histórico o, aún mejor, a las crónicas escritas en griego antiguo. En esta novela, el trirreme Némesis es mucho más que un barco, y no solo por el nombre. Y navegar no es solo desplazarse sobre una superficie líquida.

Aunque se conocen a grandes rasgos, no hay unanimidad en los detalles de las naves de guerra a principios del siglo v a. C. Algunas obras aseguran que los trirremes griegos carecían de cubierta; otras, que tenían plataformas a proa y popa, o bien que los atenienses disponían de dos cubiertas longitudinales divididas por una crujía a nivel inferior. Tampoco es pacífica la doctrina en cuanto a si los navíos griegos eran más o menos pesados que los fenicios. Hay datos que apuntan a que los mástiles *akateion* ya existían en aquella época, pero también pudieran ser posteriores. Las descripciones cronísticas tampoco suelen extenderse en la táctica de combate, así que este tipo de detalles, al igual que los técnicos, precisan de cierta imaginación al trasladarlos al campo ficticio. Parece ser, además, que las tripulaciones de los trirremes incluían a contramaestres, segundos oficiales, subcómitres, marinos expertos en el atraque y otros especialistas de los que no se habla en la novela. Esto no es una novedad en lo que a ficción histórica se refiere, de modo que, una vez más, el verdadero aprendizaje queda sujeto a la consulta de tratados académicos y, en el caso de los trirremes clásicos, a la arqueología experimental como la del navío griego Olympias.

La visión helenocéntrica es la que ha creado nuestra imagen de la Persia aqueménida. Un relato construido por sus enemigos. Y al igual que ocurre con la Leyenda Negra en el caso de España, la propia historiografía iránica se ha visto contaminada. Es probable que los hechos históricos recientes y la forma que tenemos en Occidente de aprehender conocimientos —muchas veces a través de la ficción histórica— hayan contribuido a asentar esa imagen distorsionada del Imperio persa, sobre todo el de la época de Jerjes. El hecho es que somos romanos porque somos griegos y, como griegos, miramos siempre de reojo a los persas.

Esto no solo atañe al dibujo de los personajes históricos como Jerjes, Mardonio, Artafernes o Artemisia. Los propios hechos nos han llegado tamizados de tal manera que, si uno no puede ni debe tomarse la ficción como una manifestación histórica, resulta que tampoco puede hacerlo con la propia historiografía. Se nos ha pintado una sociedad persa despótica e imperialista en la que, textualmente, todos los habitantes de la tierra eran esclavos del gran rey. Sus soldados acudían a la lucha azotados por el látigo, y cualquier error se pagaba con torturas y crueles ejecuciones. Hay manifestaciones ficticias en las que los espartanos son un pueblo demócrata que salva a Occidente de la esclavitud, mientras que los nobles persas escogidos para la guardia real son seres tan deformes que deben ocultar sus rostros con máscaras. Resulta curioso comprobar, por oposición, que históricamente la economía espartana dependió mucho más de la esclavitud que la persa, y que los espartanos organizaban cacerías regulares de ilotas; al mismo tiempo, en Persia los escasos esclavos eran considerados personas sobre las que no se podía ejercer violencia gratuita, y hasta disponían de tres días libres al mes. Aspectos siempre discutibles, naturalmente. Uno puede edificar su ficción sobre una visión histórica, sobre la opuesta o sobre la pura imaginación. Y en la ficción no existen lagunas, gazapos ni licencias: lo que existe es libertad creativa. Con esta novela también pasa, incluidos los fragmentos del *H-132*, cuya traducción no está copiada fielmente, sino tamizada por la ficción dramática.

Damasítimo es personaje de difícil encaje histórico. Heródoto lo hace tirano de Calidna, localidad cuya situación geográfica lo aleja de la órbita de Halicarnaso. Hay autores que piensan que el historiador cario —o alguno de sus copistas— confundió Calidna con Kálimnos. Y además está esa confusa referencia en las *Historias* al cario llamado Damasítimo, hijo de Candaules, uno de los personajes más célebres de la flota persa. En el *H-312* se menciona una sola vez la isla, en el fragmento 115, y el profesor Mariscal tradujo también como Calidna. Sin embargo, si consideramos a Damasítimo súbdito de Artemisia, necesariamente hablamos de Kálimnos, que es la opción que yo he escogido. Acteón es personaje inventado, aunque encuentra inspiración en el mito del cazador que sorprendió en pleno baño a la diosa Ártemis. En cuanto a Pisindelis, podría haber heredado el gobierno de Halicarnaso hacia la mitad del siglo v, pero su hijo, Ligdamis II, lo sustituyó en pocos años. Fue uno de estos dos el que ordenó la muerte del poeta Paniasis y desterró a sus familiares, entre los que se encontraría el propio Heródoto. No hay exactitud a la hora de fechar estos relevos de poder, contextualizados en la cada vez mayor influencia ateniense en la costa caria. El original del *H-312,* de ser auténtico, fue escrito en vísperas de esas convulsiones que, a la postre, llevarían al fin de la dinastía ligdámida. Entre los siguientes gobernadores de Halicarnaso, los hecatómnidas, hubo otra mujer, Artemisia II, que, pese a no ser pariente directa de la primera, sí heredó su querencia a la navegación.

He intentado no contradecir lo que nos cuenta Heródoto sobre Artafernes padre y Artafernes hijo, así como sobre Ariabignes, Mardonio, Jerjes, Demarato y Datis. Pero sus desarrollos como personajes, necesarios más allá de las *Historias* y del *H-312*, son ficticios. Lo mismo vale para las fugaces apariciones de los demás persas «históricos». Heródoto, en sus *Historias*, nos dice que Ariabignes se hallaba al frente de las fuerzas navales jonias y carias, y que murió en la gesta de Salamina. También nos dice que Artafernes, hijo de Artafernes, había acompañado a Datis en su incursión contra los atenienses en Maratón, y que en la expedición de Jerjes figuraba al frente de las tropas lidias y misias de a pie. De otros personajes asiáticos he prescindido porque no me eran útiles dramáticamente. Sobre algunos añadiré que infunden dudas acerca de su real existencia. Entre estos podríamos incluir al rey de Sidón de sospechoso nombre, Tetramnesto, nombrado en las *Historias* pero no en el *H-312.*

Ameinias aparece en los fragmentos 45, 115 y 311 del *H-312*, aunque nombrado como «Ameinias de Palene». En algún lugar he visto que también se le llama «Ameinias de Decelea». Dado que se le supone hermano de Esquilo y que este nació en Eleusis, en la novela me inclino por un origen eleusino. De Ameinias dice Heródoto en las *Historias* que fue el primer griego que embistió a un navío enemigo en Salamina, que su nave quedó enganchada y que las demás acudieron en su ayuda.

Ya hemos visto que Ligdamis, Pisindelis y Paniasis cuentan con fundamento histórico. De la madre de Artemisia no sabemos nombre, aunque sí su presunto origen: Creta. Apolodoro es puro invento. El eunuco Hermótimo de Pédaso y el esclavista Panionio de Quíos existieron según las *Historias* de Heródoto, donde se nos describe su particular enredo de castraciones. También las *Historias* nos cuentan el episodio de Espertias y Bulis, los espartanos que se ofrecieron como víctimas para compensar la muerte de los heraldos persas; aunque se dice que se entrevistaron con el noble persa Hidarnes, no con el sátrapa Artafernes. En el *H-312*, estos espartanos aparecen nombrados dos veces en el fragmento 202. Las menciones del rey espartano destronado, Demarato, son similares en ambas obras. Es inventada, sin embargo, su ejecución tras las Termópilas. En las *Historias*, Heródoto nos cuenta que Jerjes profanó el cadáver de Leónidas: «Mandó que le cortaran la cabeza y que la clavasen a un palo». Curiosamente, unas líneas más abajo es el mismo Heródoto quien asegura que «Los persas son, que yo sepa, las personas que más suelen honrar a los soldados valerosos». Tras esto, Demarato aparece en un confuso episodio justo antes de Salamina. Ni este ni el anterior —el de la profanación— aparecen en los fragmentos conservados del *H-312*. Y en cuanto a mi ficción, he preferido clavar en ese palo la cabeza de otro espartano, menos noble y valeroso que Leónidas.

Sadukka es personaje sin base real, lo mismo que Cloris. La Ester de la novela encuentra su fundamento en la Ester hebrea y bíblica, que en origen choca con la historia conocida, pues habla de su llegada a la corte en el duodécimo año del reinado de Jerjes, o menciona a una esposa real llamada Vashti. Incluso los propios nombres de los personajes judíos, como Ester o Mardoqueo, parecen más babilonios que hebreos. Las apariciones de Ester y Sadukka en los fragmentos 115 y 243 del *H-312* son adiciones mías a la traducción del profesor Mariscal. También es ficticio el nombre de Zabbaios y su origen fenicio. En el fragmento 115 se hace mención al piloto de Artemisia, pero no se especifica quién es ni de dónde viene. En el fragmento 281 aparece otra referencia, de nuevo sin detallar, para informar de que dicho piloto murió en la batalla de Artemisio.

Creo que merece la pena una sucinta reseña de la Artemisia I de Caria retratada en las *Historias*. Tradicionalmente se ha pensado que la semblanza de Heródoto es muy amable, tal vez porque eran paisanos e incluso se conocieron. Pero yo no descartaría el doble sentido, pues la Artemisia que el halicarnasio nos muestra en sus *Historias* es soberbia y ladina en realidad, tanto al hablar a Jerjes de sus colegas como actuando en combate. Sabemos que Heródoto concluyó las *Historias* en su hogar de Turios, colonia ateniense en Italia. Para entonces tendría más de cincuenta años. Mientras que el *H-312* fue presuntamente redactado en Halicarnaso y durante su juventud, antes de caer en desgracia y exiliarse. De ser este un documento auténtico, ¿cambió de parecer el autor con el paso de los años y la experiencia de su destierro?

En las *Historias*, la primera referencia a nuestra protagonista aparece cuando Heródoto nombra a los jefes de la armada persa, y dice: «No cito acto seguido a los demás oficiales, pues no veo la necesidad. Sin embargo, quiero mencionar a Artemisia, una mujer que tomó parte en la expedición contra Grecia y por quien siento una especial admiración, ya que ejercía personalmente la tiranía (pues su marido había muerto y contaba con un hijo todavía joven), y tomó parte en la campaña, cuando nada la obligaba a hacerlo, impulsada por su bravura y arrojo». Añade Heródoto que Artemisia era hija de Ligdamis, oriunda de Halicarnaso por parte de padre y de Creta por parte de madre, que imperaba sobre Cos, Nísiros y Kálimnos (Calidna en la traducción), y aportaba cinco navíos a la flota, los más celebrados tras las naves de Sidón. Y que fue ella quien dio a Jerjes los mejores consejos.

Cuando la armada persa llega a Falero, el puerto antiguo de Atenas, Jerjes entrevista a los jefes de las unidades navales, entre los que está Artemisia. Todos le aconsejan —a través de Mardonio— enfrentarse directamente a la flota enemiga. Pero Artemisia, tras exponer sus propios méritos en la batalla de Artemisio, le pide al gran rey que se mantenga a la espera hasta que las naves griegas, acuciadas por la escasez, se dispersen. En esta intervención,

Artemisia se muestra despectiva con muchos de sus colegas egipcios, chipriotas, cilicios y panfilios, a los que llama «esclavos des-
preciables» y «gente que no sirve para nada». Heródoto nos cuenta
que Jerjes se sintió muy complacido con ella y, «pese a que ya la
consideraba una mujer notable desde hacía tiempo, en aquellos momentos su aprecio por ella aumentó considerablemente». También
nos cuenta cómo muchos de los comandantes navales la detestaban y envidiaban. Jerjes optará por desoír el consejo de Artemisia,
lo que supondrá la derrota en Salamina.

En el momento de narrar la batalla, Heródoto cuenta el incidente que «permitió acrecentar» el prestigio de Artemisia, pues en
plena confusión, su nave se vio acosada por un navío del Ática.
Como no podía escapar, «embistió violentamente a una nave aliada, tripulada por calindeos, a bordo de la cual iba el propio rey de
Calidna, Damasítimo». Salvo la probable confusión entre Calidna
y Kálimnos, lo que dice a continuación Heródoto es curioso: «No
puedo precisar si es que [Artemisia] había mantenido alguna po-
lémica con él (Damasítimo) cuando todavía se hallaban en el He-
lesponto, ni tampoco si lo hizo premeditadamente, o si la nave de
Calidna chocó con la suya por haberse cruzado casualmente en su
camino. Sea como fuere, después de haberla embestido, provocan-
do su hundimiento, Artemisia tuvo la fortuna de granjearse un doble beneficio: el trierarca de la nave ática, al ver que embestía un
navío bárbaro, creyó que la nave de Artemisia era griega o que
estaba desertando de la flota de los bárbaros para apoyar a los
griegos, por lo que cambió el rumbo». Heródoto nos dice después
que Artemisia pudo escapar y refugiarse en Falero. Y añade que
Jerjes, espectador de la batalla, se fijó en este incidente, y algunos
«que conocían a la perfección el emblema de su nave» le explica-
ron que Artemisia se batía muy bien, y que acababa de hundir un
navío enemigo. Este episodio se remata con una famosa frase de
Jerjes: «Los hombres se me han vuelto mujeres; y las mujeres, hombres». A este respecto es interesante lo que tres siglos después insi-
núa Polieno en sus *Strategemata*: que Artemisia cambió varias veces

de enseña durante la batalla, usando, según le convenía, estandartes griegos o persas.

Algo más tarde nos cuenta Heródoto que uno de los griegos más distinguidos en Salamina fue Ameinias, el que había estado a punto de alcanzar el trirreme de Artemisia; y añade que, de haber sabido quién lo comandaba, Ameinias no habría cejado hasta apresarla o caer, pues «esa era la orden que habían recibido los trierarcos atenienses; es más, incluso se había ofrecido una recompensa de diez mil dracmas para quien la capturase viva, ya que consideraban algo inadmisible que una mujer hiciera la guerra a Atenas».

Tras la batalla, un decaído Jerjes reúne otra vez a su consejo, y recibe la oferta de Mardonio de quedarse en Grecia con parte del ejército mientras el gran rey regresa a Persia. Heródoto cuenta que a Jerjes le interesaba especialmente lo que Artemisia tuviera que decir al respecto, pues «había sido, sin lugar a dudas, la única en intuir lo que había que hacer». El gran rey pidió quedarse a solas con Artemisia, y esta le aconsejó hacer lo que Mardonio le pedía, pues «Si logra someter lo que, según él, pretende subyugar, y le sale bien el plan del que habla, el éxito, señor, te pertenece a ti, ya que lo habrán conseguido tus esclavos». Artemisia añade que carece de importancia lo que le pase a Mardonio, y que el objetivo de la expedición, incendiar Atenas, está ya cumplido, por lo que el rey puede darse por satisfecho. Las últimas menciones de Artemisia sirven para que Heródoto nos explique cómo, antes de partir de vuelta a Persia, Jerjes la colma de elogios y le confía a sus hijos bastardos para que los conduzca a Éfeso.

Heródoto es la única fuente coetánea de Artemisia I de Caria que la nombra. Esquilo, que habla de Salamina en su obra *Los persas*, y que probablemente luchó en la batalla, no dice nada de ella. En su comedia *Lisístrata*, Aristófanes, nacido casi cuarenta años después de Salamina, menciona a Artemisia, la mujer que llegó a construir barcos y participar en batalla naval contra los atenienses. Y hay que dejar atrás la Grecia clásica para volver a encontrar algo relativo a Artemisia I de Caria. Focio se refiere a una obra de Ptolomeo Queno, que vivió en tiempo de los primeros emperadores de Roma. En esa obra, al parecer, Ptolomeo habría contado que Artemisia fue rechazada por su enamorado, así que le sacó los ojos y, a continuación, se suicidó. Polieno, en tiempos del emperador Marco Aurelio, incluye a Artemisia como modelo militar en su *Strategemata*. Cuenta que llevaba siempre a bordo pabellones griegos y persas, y que los cambiaba según se dispusiera a cazar un navío enemigo o se viera acosada por él. También habla de cierto ardid que maquinó para conquistar la ciudad caria de Latmos, aliada de los atenienses. De la misma época que Polieno —siglo II d. C.— es Pausanias, que en el libro III de su *Descripción de Grecia* nos detalla el ágora de Esparta. Lo más notorio de ella, dice, es el Pórtico Pérsico, hecho «Con los despojos tomados a los medos». Cuenta Pausanias que sobre las columnas había estatuas de mármol blanco, «Entre otros Mardonio, hijo de Gobrias. También hay una, Artemisia, hija de Ligdamis, que reinó en Halicarnaso. Dicen que ella marchó voluntariamente con Jerjes contra la Hélade y realizó hazañas en la batalla naval de Salamina».

Está claro que, para asomarse a la protagonista y a la época, Heródoto es fundamental. Las *Historias* con las que he contado son las de la Biblioteca Clásica Gredos, libros V, VI, VII y VIII (Gredos, 1989). Para la vida del historiador cario me he servido de *Greek Historiography*, de Thomas F. Scanlon (Wiley & Sons, 2015).

En lo concerniente al mundo persa, los textos básicos han sido el monumental *From Cyrus to Alexander. A history of the Persian Empire*, de Pierre Briant (Eisenbrauns, 2002), además de *Political memory in and after the Persian Empire*, de Waerzeggers y Silverman (SBL Press, 2015), *Zoroastrian Theology*, de Maneckji N. Djalla (Literary Licensing, 2014), el curioso *Ancient egyptian, assyrian and persian costumes*, de Houston y Hornblower, obra de 1920 digitalizada para la Universidad de Toronto; y *Xerxes, a persian life*, de

Richard Stoneman (Yale University Press, 2015). A estos hay que sumar la socorrida *Encyclopædia Iranica* (iranicaonline).

Como salvavidas geográfico, aparte del muy útil Google Maps, he contado con el *Dictionary of Greek and Roman Geography* (en línea gracias a la Biblioteca Digital Perseus), los dos volúmenes digitalizados del *Dictionary of Greek and Roman Geography*, de William Smith (Murray, 1873) y el siempre socorrido *Digital Atlas of the Roman Empire*. Para orientarme en el mar antiguo he usado *La navegación fenicia. Tecnología naval y derroteros* (VV. AA.), editada en 2004 por el Centro de Estudios Fenicios y Púnicos; la tesis *The phoenician trade network: tracing a mediterranean exchange system*, de Neil N. Puckett, para la Texas A&M University; y, naturalmente, *The athenian trireme*, de Morrison, Coates y Rankov (Cambridge University Press, 1986), sobre la construcción del trirreme Olympias para la actual armada griega.

El tramo final, el más bélico, ha ido de la mano de *The battle of Salamis: the naval encounter that saved Greece*, de Barry Strauss (Simon and Schuster, 2005), y *Termópilas, la batalla que cambió el mundo*, de Paul Cartledge (Ariel, 2010). Y, por supuesto, los inevitables manuales de Osprey: *The greek and persian wars 499-386 BC*, de Philip de Souza; *The greek and persian wars 500-323-BC*, de Jack Cassin-Scott; *Marathon 490 BC. The first persian invasion of Greece*, de Nicholas Sekunda; *Salamis 480 BC, The naval campaign that saved Greece*, de William Shepherd; *Greek hoplite versus persian warrior*, de Chris McNab; *The persian army 560-330 BC*, de Nicholas Sekunda; *Warships of the ancient world 3000-500 BC*, de Adrian K. Wood; y *Ancient greek warship 500-322*, de Nic Fields.

Obvio otras referencias, la mayor parte de ellas digitales, a la figura bíblica de Ester o a los mitos asiáticos, a la satrapía de Eber-Nari, a aspectos específicos del Imperio aqueménida o a la revuelta babilonia al principio del reinado de Jerjes. Sí me parece fundamental citar *Theoi Greek Mythology*, en la web Theoi.com, crucial para basar muchos aspectos mitológicos de la novela.

Aparte de los ya mencionados Esquilo, Sófocles y Eurípides, y por supuesto de Heródoto, esta novela carga con una deuda de difícil satisfacción para con Hesíodo, Homero, Ovidio, Tolkien, Eco, Campbell, Lucas y Spielberg. Más fácil, por tenerlos cerquita, es agradecer su confianza, su esfuerzo y su cariño a Ian Khachan, Lucía Luengo, Marcos Mariscal, Ana Isabel Martínez, Yaiza Roa y Fiona Wright.

CPSIA information can be obtained
at www.ICGtesting.com
Printed in the USA
LVHW111818190223
739813LV00010B/3